AF398329

Ella Quinn ist eine USA Today-Bestsellerautorin von intelligenten, sinnlichen Regency Romances, darunter „The Worthingtons" und „The Marriage Game Series". Bevor sie Liebesromane schrieb, war Ella Quinn Assistenzprofessorin, Anwältin und die erste Frau, die einer Green Beret-Einheit zugeteilt wurde. Sie ist Mitglied der Romance Writers of America und hat die Regency-Ära ausgiebig recherchiert, um ihre Geschichten mit dem Flair und dem Gefühl dieser Zeit auszustatten, so dass die Leser:innen sich in diese Zeit hineinversetzen können. Sie und ihr Mann leben derzeit in Deutschland, wenn sie nicht gerade mit ihrem Segelboot um die Welt segeln.

THE
WORTHINGTONS

DER MARQUIS UND ICH

ELLA QUINN

Deutsche Erstausgabe Mai 2022

© 2022 dp Verlag, ein Imprint der dp DIGITAL PUBLISHERS GmbH

Made in Stuttgart with ♥
Alle Rechte vorbehalten

DER MARQUIS UND ICH

ISBN 978-3-98637-879-0
E-Book-ISBN 978-3-96817-668-0

Copyright © 2018 by Ella Quinn
Titel des englischen Originals: The Marquis and I

Published by Arrangement with KENSINGTON PUBLISHING CORP., NEW YORK, NY 10018 USA
Dieses Werk wurde vermittelt durch die Literarische Agentur Thomas Schlück GmbH, 30161 Hannover.

Übersetzt von: Angelika Lauriel
Covergestaltung: ARTC.ore Design
Umschlaggestaltung: ARTC.ore Design
Unter Verwendung von Abbildungen von
shutterstock.com: © Evgeny Karandaev, © Paul Briden,
© Inara Prusakova, © Valmond
periodimages.com: © Maria Chronis, VJ Dunraven Productions
Korrektorat: Katrin Ulbrich
Satz: dp DIGITAL PUBLISHERSGmbH
Druck und Bindung: Books on Demand GmbH, Norderstedt

*Für meine Enkelinnen Josephine und Vivienne.
Ihr seid das Licht meines Lebens.*

*Und für meinen wunderbaren Ehemann,
der das Leben an der Seite einer Autorin erträgt.
Ich danke dir, mein Liebster.*

KAPITEL 1

Berkeley Square, Mayfair, London, England, im Mai
1815

Angstschauer liefen Lady Charlotte Carpenters Rücken hinab, und sie kämpfte gegen einen Kloß an, der in ihrer Kehle aufstieg. Ihre behandschuhten Hände wurden feucht.

Nicht einmal als kleines Mädchen, wenn sie Angst vor einem Gewitter hatte, war sie so verängstigt gewesen. Genau so mussten ihre Schwester Grace und ihre Freundin Dotty sich gefühlt haben, als sie entführt wurden. Charlotte atmete zitternd ein. Nun, die beiden hatten überlebt. Das würde sie auch.

Jemand hatte sie grob in die Kutsche geschubst, sie hatte sich dabei die Knie an der Türkante angeschlagen und war fast zu Boden gestürzt. Glücklicherweise hatte ihr Korb den Sturz gebremst, doch dann hatten fleischige Hände nach ihr gegriffen und sie nicht eben sanft auf den in Fahrtrichtung weisenden Sitz gedrängt.

»Macht keinen Ärger, und wir tun Euch nich weh«, hatte der ihr gegenübersitzende Schurke gesagt.

Ohne aufzublicken hatte sie genickt.

Nachdem ihre Schwester gekidnappt worden war, hatte Mattheus, der Earl of Worthington, ihr Schwager und Vormund, dafür gesorgt, dass sie selbst, ihre frischverheiratete Schwester Louisa – eigentlich ihre Schwägerin, aber Charlotte betrachtete all ihre Schwägerinnen wie leibliche Schwestern – und ihre drei Jahre jüngere Schwester Augusta unterrichtet wurden, wie sich selbst schützen konnten und was sie tun mussten, wenn ihnen etwas Derartiges zustoßen sollte.

Jetzt konnte sie nur darauf vertrauen, dass ihr dieser Unterricht zugutekommen und sie sich an alles erinnern würde. Besser, sie konzentrierte sich *darauf*, anstatt in Panik zu verfallen. Ihr Kopf verweigerte jedoch eine scheinbare Ewigkeit lang die Zusammenarbeit. Sie schloss die Augen und versuchte, ihren Verstand zusammenzunehmen.

Nach und nach erinnerte sie sich an Bruchteile des Gelernten. Als Allererstes hatte sie gelernt, dass sie die Halunken im Glauben lassen sollte, sie hätten sie unter Kontrolle. Dadurch sollten sie denken, ihr Opfer würde keine Flucht wagen. Unter den gegebenen Umständen war das nicht sehr schwer, denn die Kerle hatten sie tatsächlich unter Kontrolle. Beide Männer waren viel stärker als sie, wodurch eine Flucht schwierig wäre.

Als Nächstes sollte sie darüber nachdenken, was genau sie bei sich trug, das ihr bei einer Flucht nützlich sein könnte. Diese Überlegung müsste ihr schon ein besseres Gefühl vermitteln, denn sie hatte einen Dolch an ihrem Bein befestigt. Allerdings bräuchte sie noch mehr Übung, um ihn auf die richtige Art herauszuziehen. In ihrem Korb lag eine eigens für sie hergestellte, geladene Pistole, außerdem fanden sich darin Ersatzpatronen und Schießpulver. Leider war auch ihr Kätzchen Collette in dem Korb. Allerdings trug sie das Geschirr und die Leine, die Charlotte für das Kätzchen gestaltet hatte. Beide Dinge würden ihr gute Dienste tun, wenn sie den Korb zurücklassen musste. Sie umfasste den Griff fester.

Und der dritte Schritt sah vor, dass sie über einen Fluchtplan nachdachte. Das könnte schon etwas schwieriger werden. Sie hatte lediglich quer über den Platz zum Haus der Worthingtons gehen wollen und deshalb kein Geld bei sich. Selbst wenn es ihr tatsächlich gelänge, von den Verbrechern wegzulaufen, würde sie ohne Geld nicht weit kommen. Andererseits wusste sie, wie man eine Kutsche steuerte, also könnte sie selbst fahren, wenn es ihr gelänge, sie zu stehlen.

Ihr Atem ging gleichmäßiger, und sie fühlte sich schon eher, als hätte sie die Lage unter Kontrolle. Zumindest, solange sie die Kerle ignorierte, die sie entführt hatten.

Ein Freund von Matt hatte ihr und ihrer Schwester auch beigebracht, wie man ein Schloss knackte. Vielleicht würde sie eine Weile dafür brauchen, aber sie war sich sicher, dass sie es schaffen würde, wenn es nötig wäre.

Sie trug bequeme halbhohe Lederstiefel und ein Ausgehkleid aus Twill, das praktisch und robust genug war, um nicht auseinanderzufallen, sollte sie sich quer durchs Land schlagen müssen.

Endlich hörte ihr Herz auf, so heftig zu pochen, als wolle es ihr aus der Brust springen.

»Habt Ihr irgendwas an Viktualien in dem Korb da?«, fragte der Mann, der ihr gegenübersaß.

Oh nein, Collette! Wer wusste, was sie ihrem Kätzchen antun würden. Charlotte durfte sie nicht in den Korb schauen lassen. »Nein. Ich wollte ein paar Sachen besorgen.«

Er lehnte sich wieder in die abgewetzten Kissen zurück, und sie widerstand dem Drang, einen erleichterten Seufzer auszustoßen.

Ihre Entführer waren sauber und leidlich gut gekleidet, auch wenn sie nicht so sprachen, wie man es erwarten würde. Sie trugen Kniehosen anstelle der modernen Pantalons und bunte Belcher-Schals anstelle von hellen Leinen-Halstüchern. Zumindest stanken sie nicht und wirkten nicht allzu verdreckt. Das half, weil ihr Magen sich immer noch wie ein knotiges Geflecht anfühlte. Schon eine Kleinigkeit könnte ihr Übelkeit bereiten.

Wenn sie nur wüsste, in welche Richtung sie fuhren, das würde ihr helfen, einen Fluchtplan zu ersinnen.

Wenige Minuten später wurde ihre Aufmerksamkeit von einem großen Anwesen auf einem Hügel geweckt. »Was ist das dort für ein Gebäude?«

Der Entführer, der ihr gegenübersaß, schlug den Laden am Kutschfenster zu. »Geht Euch nix an.«

»Halt den Schnabel, Dan. Wir sollen nich mit der reden.« Der Schurke neben ihr schob das Kinn vor, als wollte er Dan auffordern, sich ihm zu widersetzen.

»Und was meinste, wird unser Opfer machen? Rausspringen und um Hilfe wetzen?« Der Mann namens Dan grinste schmierig. »Da müsste sie uns erst mal beiden entwischen. Ich hab's nur zugemacht, damit keiner reingucken kann.«

Charlottes Wange fühlte sich brennend heiß an, so als würde der Entführer neben ihr sie anstarren, aber sie wagte nicht, den Blick zu erwidern.

»Wir haben unsere Befehle«, sagte der Mann neben ihr. »Ich kann's nich brauchen, dass du uns in Schwierigkeiten bringst.«

Dan zuckte die Schultern, und das Brennen auf ihrer Wange verschwand.

Sie hatte kein Gespür dafür, wie lange sie schon unterwegs waren, aber sicherlich würden sie bald anhalten, um die Pferde zu wechseln. Vielleicht fände sie dann jemanden, der ihr helfen konnte. Sie fragte sich, wie es ihrem Kätzchen ging, wagte aber nicht, ihrem Korb irgendwelche Aufmerksamkeit zu schenken. Die beiden Schurken würden es zwangsläufig bemerken, und dann würden sie sowohl die Pistole als auch das Kätzchen finden.

Die Männer waren wieder in Schweigen verfallen. Dans Augenlider sanken herunter, aber sie bezweifelte, dass der andere Halunke auch so nachlässig wäre. Nicht, dass sie ohnehin aus der Kutsche hätte springen können. Der Verkehr war endlich weniger geworden, und sie reisten mit schnellerer, stetigerer Geschwindigkeit.

Etwas später drückte Dans Fuß gegen ihren Schuh. Sie bewegte das Bein, um ihm mehr Platz zu lassen, aber der Fuß rutschte nach.

Plötzlich schrie er auf, und als sie ihm einen verstohlenen Blick zuwarf, hielt er sich das Knie. Der andere musste ihn getreten haben. »Warum machste denn sowas?«

»Lass die Kleine in Ruhe«, grummelte der Entführer neben ihr. »Nich reden, nich berühren.«

Sie sollte erleichtert sein. Irgendjemand wollte offenbar, dass sie unverletzt blieb. Das warf allerdings die

Frage auf, wer ihre Entführung angeordnet hatte? Sie war sich sicher, dass sie sich keine Feinde geschaffen hatte. Matt achtete so sorgsam auf sie, dass keine Glücksjäger näher als auf mehrere Meter an Louisa oder sie hatten herankommen können.

Sie schauerte unmerklich zusammen. Diesem Gedankengang zu folgen, würde ihr nicht bei der Flucht helfen. Er würde sie nur ablenken und vielleicht in noch größere Angst versetzen.

Das Horn des Kutschers erscholl, und sie wurden langsamer. Sie mussten an einer Zollstelle angekommen sein. Doch bevor sie darüber nachdenken konnte, was sie tun könnte, beschleunigte die Kutsche wieder. Verflixt! Nächstes Mal müsste sie schneller sein. Etwas später erkannte sie ein Muster, nach dem sie mal rascher, dann wieder langsamer fuhren, aber nicht an den Zollstellen. Der Fahrer schien die Pferde zu schonen, sodass sie nicht gewechselt werden mussten.

»Ich muss ins Scheißhaus«, sagte Dan in verdrießlichem Ton. »Komisch, dass sie nich rumgeheult hat, wir sollen sie gehenlassen. Du hast ihr wohl ordentlich Schiss gemacht.« Er lachte über seinen Witz.

Der Mann neben ihr grunzte nur.

Wenn sie irgendwo anhielten, könnte sie sich vielleicht befreien und Hilfe suchen. Als sie daran dachte, wurde ihr Drang fast zu groß, um anhalten zu können. »Ich muss sehr bald zur Toilette.«

»Burt, du kannst hier anhalten. Ich behalte die Kleine im Auge.« Dan grinste anzüglich, sodass sich ihr der Magen umdrehte.

»Wir sind fast am Inn«, sagte Burt. »Wenn Ihr was sagt oder versucht, jemanden zu finden, der Euch hilft,

Euer Ladyschaft, dann verschnür und knebel ich Euch, klar?«

Charlotte nickte. Das Letzte, was sie wollte, war, auf irgendeine Art und Weise gefesselt zu werden.

Wenige Minuten später hielt die Kutsche an.

»Sieh nach den Pferden«, bellte Burt, und Dan stieß die Tür auf und sprang flink wie ein Hase hinunter. Ein Stallknecht kam und klappte die Stufen aus. Der Junge half ihr hinaus, aber Burt griff sie am Ellbogen und führte sie in das Inn.

»Sir«, sagte der Wirt und eilte zu ihnen. »Wie kann ich Ihnen helfen?«

»Ich bin Mister Smith. Für uns sind Zimmer reserviert worden.«

»Oh, ja. Ja, richtig.« Der Besitzer des Gasthofs warf Charlotte einen missbilligenden Blick zu. »Hier entlang.«

Verflixt. Sie hatten dem Hausherrn wahrscheinlich irgendeine erfundene Geschichte aufgebunden, genau wie bei ihrer Freundin Dotty. Da hatte man dem Paar, bei dem sie untergebracht worden war, auch ein Lügenmärchen erzählt. Zwei Tage vor ihrer Hochzeit war Dotty, jetzige Marchioness of Merton, von einem Mann entführt worden, der ihre Heirat mit Merton hatte verhindern wollen. Sie war in ein Haus in Richmond gebracht worden, und den Wirtsleuten hatte man erzählt, sie sei ausgebüxt. Es war reines Glück gewesen, dass Matt und Merton herausgefunden hatten, wo sie war. Die beiden waren wie der Teufel geritten, um ihr zu Hilfe zu eilen. Als Merton ankam, hatte Dotty aber schon eine Möglichkeit gefunden, zu fliehen.

Wäre doch nur Matt nicht aufs Land gefahren. Doch das war er, und Dotty und Merton ebenfalls. Charlotte wusste nicht einmal, ob irgendjemand gesehen hatte, wie sie entführt worden war. Wenn ihre Befürchtung stimmte, gab es nur eines, was sie tun konnte: Sie *musste* einfach selbst eine Fluchtmöglichkeit finden.

»Mylord, Mylord!« Constantine Marquis of Kenilworth blickte zu dem auffälligen, schwarzgekleideten Mann, der wild winkend die Straße entlang gelaufen kam.

Großer Gott! Das war Thorton, der Butler seines Freundes, dem Earl of Worthington. Was zur Hölle war da los?

Er lenkte seinen Phaeton zum Bürgersteig und zog die Zügel an, um seine Pferde zum Stehen zu bringen.

»Mylord.« Mit zitternder Hand zeigte der Diener auf eine schwarze Kutsche, die die Straße hinunter fuhr. »Ihr müsst der Kutsche folgen! Die haben Lady Charlotte entführt.«

»Lady Charlotte?« Er hätte schwören können, dass Worthingtons Gattin Grace hieß.

»Lady Worthingtons Schwester.«

»Wo ist Worthington?« In der Nähe, hoffte Con.

»Seine Lordschaft weilt mit Ihrer Ladyschaft für ein paar Tage außerhalb von London.« Der Butler blickte besorgt der Kutsche hinterher. »Eilt Euch, bitte, Mylord. Ihr müsst sie retten.«

Er sah sich um, aber aus irgendeinem Grund war auf dem Platz niemand zu sehen, den er kannte.

Zur Hölle nochmal!

Er hatte andere Pläne für diesen Nachmittag gehabt.

»Sagen Sie mir alles, was Sie wissen, während ich wende.« Je schneller Con sich um dieses Problem kümmerte, desto schneller konnte er sich wieder seiner eigenen Angelegenheiten annehmen ... und seiner Geliebten.

»Lady Charlotte überquerte gerade den Platz von Stanwood House, wo die Geschwister der Lord- und Ladyschaft wohnen, zu Worthington House, da haben die Entführer sie geschnappt. Sie haben sie in diese Kutsche gestoßen und sind losgefahren. Zwei Kerle und ein Kutscher waren es.« Der Butler rang die Hände.

»War denn keine Zofe oder ein Bursche bei ihr?« Er konnte sich nicht vorstellen, dass Worthington bei seinem Mündel so sorglos wäre.

»Er hat versucht, sie aufzuhalten, aber es war schon zu spät.« Der Butler runzelte die Stirn, als versuche er immer noch, sich zu erklären, wie es dazu hatte kommen können, dass er im Schutz der Lady versagt hatte. »Nachdem Lady Worthington ...« Die Falten um seinen Mund gruben sich tiefer ein. »Was ich sagen möchte, ist, dass in den ersten paar Wochen nach der Vermählung Seiner Lordschaft alle viel wachsamer waren, aber die Kinder gehen so oft zwischen den Häusern hin und her, dass wir dachten ...« Der Butler zog ein Taschentuch hervor und tupfte sich die Stirn ab. »Es gab keinen Grund anzunehmen, dass sie oder die anderen in Gefahr wären.«

Con wollte fragen, wie viele Kinder es denn wären, dass Worthington gleich zwei Stadthäuser bewohnte, doch diese Frage würde bis später warten müssen.

»Besteht die Möglichkeit, dass sie weggelaufen ist?« So skandalös es auch war – nach Gretna Green auszubüxen, war nicht ungewöhnlich. Allerdings waren üblicherweise keine Entführer in eine solche Flucht verwickelt.

Cons Hoffnung, dass seine Aufgabe ganz einfach wäre, erstarb sogleich, als die Züge des Dieners gefroren. Wahrlich kein schöner Anblick. Kein Wunder, dass Worthington sich wünschte, dieser Mann würde auch mal lächeln.

»Gewiss nicht, Mylord.« Die Lippen des Butlers bewegten sich kaum. »Ihre Ladyschaft würde ihrer Familie niemals die geringste Schande zufügen.« Der Mann sah die Straße hinunter, der Kutsche hinterher. »Bitte sputet Euch, Mylord. Sie entwischen.«

Con biss die Zähne zusammen. »Ich lasse die Pferde so schnell wenden, wie ich kann.« Wie schade. Das bedeutete nämlich, dass jemand beabsichtigte, Worthington oder seiner Familie Schaden zuzufügen. Allerdings könnte es auch bedeuten, dass jemand versuchte, die Lady zu einer Eheschließung zu nötigen. »Informieren Sie Lord Worthington darüber, dass ich zu ihrer Rettung eile.« Beinahe überlief Con ein Schaudern. Sollte es doch der Teufel holen. Er hörte sich schon an wie einer der Charaktere aus den Romanen, die seine Schwester so schätzte. »Oder besser, sagen Sie ihm, ich habe alles in die Hand genommen.«

»Jawohl, Mylord. Vielleicht wünscht Ihr auch zu wissen, dass Jemmy, einer der kleineren Jungen, auf die Rückseite der Kutsche aufgesprungen ist.«

Wie klein?, fragte sich Con. Aber es spielte keine Rolle. Er hoffte, dass der Bursche ihm eine Hilfe sein würde. Andernfalls müsste er eine hilflose Dame und einen ebenso hilflosen Jungen retten müssen.

Sollte es doch der Teufel holen.

Heute fand im House of Lords keine Sitzung statt, und er hatte keinen echten Grund, unterwegs zu sein. Er hätte einfach bei Aimée bleiben sollen. Hätte er nicht einen Brief erhalten, in dem es um ein Problem mit seinem Hauptgut ging – das nun noch immer nicht gelöst würde –, wäre er noch bei ihr, anstatt einer farblosen jungen Frau hinterherzujagen.

Auch wenn sie die Schwester eines Freundes war; er war noch keiner jungen Dame begegnet, die nicht zu langweilig wäre, um sie ertragen zu können. Und diese würde aller Wahrscheinlichkeit nach zudem noch hysterisch sein.

Con zog eine finstere Miene. Er hatte nichts getan, womit er diese Unannehmlichkeit verdiente. Er kümmerte sich gut um seine Liegenschaften und um seine Leute, nahm rege an den Oberhaussitzungen teil, und er liebte seine Mutter und die anderen Familienmitglieder, auch wenn er ihr Drängen, endlich zu heiraten, in den Wind schlug. Er hatte noch haufenweise Zeit, bevor er sich eine Fußfessel anlegen lassen musste. Sein Leben war genau so, wie er es sich wünschte.

Bisher.

Ein unangenehmes Gefühl wie das Kribbeln von Ameisen kroch seinen Rücken hinauf. *Was für ein Mist. Es ist nicht der richtige Zeitpunkt, sich abstruse Gedanken zu machen.*

Er würde die junge Frau retten, Worthington würde ihm einen Gefallen schulden, und alles wäre wieder gut. Mit etwas Glück wäre er zum Abendessen mit seiner bezaubernden Aimée und einem anschließenden Theaterbesuch wieder zurück. Die unschuldigen

Frauen hatten für ihn keinen Reiz. Er hielt sich nicht einmal gern in ihrer Gegenwart auf. Dennoch konnte er einem Freund nicht seine Hilfe verweigern.

Er blickte die Straße hinauf und sah, dass die Kutsche noch in Sichtweite war. »Ich werde sie bald zu euch zurückbringen.«

Er gab seinen Pferden das Zeichen, loszulaufen. Glücklicherweise war das Gespann frisch und bereit für etwas Bewegung.

Einige Minuten später hatte Con Gelegenheit, die Einzelheiten des Vehikels wahrzunehmen, dem er folgte. Es war nicht sehr groß, vermutlich eine ehemalige Stadtkutsche. Der Junge – denn die Gestalt war eindeutig ein Kind, ein *kleines* Kind – hatte einen Absatz auf der Rückseite der Kutsche, der breit genug war, um darauf zu stehen. Außerdem gab es Haltegriffe, dafür aber kein Heckfenster. Diese Kutsche war offensichtlich das Eigentum von jemandem gewesen, der sich zwar um die Bequemlichkeit seiner Dienerschaft sorgte, sie jedoch nicht sehen und nicht von ihr gesehen werden wollte. Das spielte Con nun in die Hände. Denn bis derjenige, der die Lady entführt hatte – verdammt, welchen Namen hatte der Butler genannt? Lady Charlotte, so hieß sie – herausfand, dass Con ihm auf den Fersen war, wäre es zu spät, dass die Entführer ihm noch entkommen konnten.

Noch besser: Er könnte die Lady vielleicht befreien, wenn die Kutsche anhielt, um die Pferde auszutauschen oder eine Pause einzulegen. In einer solchen Situation war eine verdeckte Aktion viel besser, als seinen Rang zu erklären und eine Szene zu machen. Es würde niemandem helfen, wenn bei der Sache der Ruf der jungen Frau ruiniert würde.

Er zügelte sein Gespann und blieb weit genug weg, um sich in den übrigen Verkehr einzureihen, ließ den Abstand aber nicht so groß werden, dass er sie im mittäglichen Verkehr verlieren könnte. Wenn er seine Pistole bei sich hätte, oder wenn es nicht drei Entführer wären, hätte Con versucht, die Kutsche zu überholen und anzuhalten. Aber es war zu viel Verkehr, und er verspürte keine Sehnsucht nach dem Tod.

Er nahm die Zügel in eine Hand, zog seine Taschenuhr heraus und sah darauf. Verdammt noch mal. Es war fast vier Uhr. Das würde ihn lehren, die Vormittage faul zu verplempern.

Trotzdem, wenn die Schicksalsgöttinnen ihm beistanden, würde er die junge Dame innerhalb kürzester Zeit zurückbringen, könnte seine Geschäfte noch erledigen und an diesem Abend ins Theater gehen.

Eine Stunde später gestand Con sich betrübt ein, dass er nicht nur das Abendessen, sondern auch das Theater verpassen würde. Er hatte die südlichen Randgebiete Londons verlassen und war auf dem Weg nach Surrey, zur Küste. Das war kein gutes Zeichen.

KAPITEL 2

Dicht hinter der Kutsche, in der Worthingtons Schwester saß, fuhr Con auf den Hof des *Hare and Hounds*. Er sprang von seinem Phaeton herunter, hastete zur Rückseite der Kutsche und schnappte sich den Jungen, Jemmy, bevor ihn jemand anderes sah.

»Hey!« Der Junge wand sich hin und her, um loszukommen. »Was macht Ihr da?«

Der Junge konnte nicht älter als fünf oder sechs Jahre sein. Wie war es nur möglich, dass er nicht beaufsichtigt worden war?

Bevor Jemmy anfangen konnte, mit seinem Geschrei unerwünschte Aufmerksamkeit zu erregen, beugte Con sich hinunter und flüsterte ihm ins Ohr: »Worthingtons Butler hat mich geschickt, um zu helfen.«

»Ihr seid da, um Lady Charlotte zu retten?«, fragte der Junge.

Con neigte den Kopf. »Richtig. Ich bin Lord Kenilworth, ein Freund deines Herrn.«

Con dachte an den Spruch von alten Seelen in jungen Körpern. Er war sicher, dass er nicht mehr so misstrauisch beäugt worden war, seit man ihn dabei erwischt hatte, wie er einen ganzen Kuchen vom Koch seiner Mutter gestohlen und es dann geleugnet hatte.

Schließlich zeichnete sich auf Jemmys Gesicht Zustimmung ab, und er nickte. »Wie schaukeln wir das Ding?«

Con blickte auf und sah, wie die Lady von einem großen Kerl in das Gasthaus gedrängt wurde. »Ich will, dass du dich als mein Bursche ausgibt, verstehst du?«

Jemmys wache Augen verengten sich. »Wie sollen wir damit meine Lady gesund und proper hier raus kriegen?«

Er war alles andere als dumm. Cons erste Gedanken hatten der Sicherheit des Jungen gegolten, aber jetzt musste er sich einen Plan ausdenken, bevor er für Jemmys Wohlergehen sorgen konnte. »Du hilfst dem Stallknecht mit meinen Pferden. Gleichzeitig schaust du dir den Mann mit den schwarzen Haaren genau an, der in die Ställe gegangen ist. Er ist einer der Gauner, die deine Herrin entführt haben. Während du das erledigst, verwandle ich mich in den pompösesten Lord, den du je gesehen hast. Deine Aufgabe besteht nur darin, zu den Angestellten des Inns freundlich zu sein. Du kannst dir irgendeine Geschichte ausdenken, aber sorg dafür, dass du herausfindest, in welchem Zimmer Lady Charlotte ist und ob sie allein ist.«

Jemmy ging auf die Fußballen, grinste und sah wieder wie ein kleiner Junge aus. »Dann retten wir sie?«

»Dann sagst du ihr, dass ich sie retten werde.« Als der Junge ein langes Gesicht zog, hob Con die Hand, um das bevorstehende Streitgespräch gleich zu unterbinden. »Ich schicke dich zurück nach Worthington House, damit du die anderen über den Aufenthaltsort Ihrer Ladyschaft informierst und dass sie bald in Sicherheit sein wird. Aber zuerst musst du sie finden und ihr sagen, dass ich hier bin. Ich verwende den Namen Lord Braxton.« So würde, wer auch immer herkäme, um nach Lady Charlotte zu suchen, dem falschen Mann folgen. Es war eine Schande, dass Con nicht einfach hineingehen und sie zurückholen konnte, aber der Ruf der Dame stand auf dem Spiel, und außerdem müsste er sich noch mit den Schurken auseinandersetzen, die sie entführt hatten.

Das Gasthaus lag in einem Dorf abseits der großen Zollstraßen, jedoch nicht allzu weit davon entfernt. Er konnte nur hoffen, dass weder Braxton selbst noch einer seiner Bekannten hier auftauchte. Con sah sich das Gasthaus noch einmal an. Es sah nicht wie ein Lokal aus, das Mitglieder der feinen Gesellschaft, des *Tons*, öfter aufsuchten, aber man konnte nie wissen.

Jemmy schien über Cons Anweisungen nachzudenken, bevor er einwilligte. *Verdammt!* Benahmen sich überhaupt irgendwelche Diener von Worthington so, wie man es von ihnen erwartete?

»Ich mach's.« Er nickte betont.

»Gut.« Nicht, dass der Bursche in der Sache wirklich eine Wahl gehabt hätte. »Ich miete ein Pferd für dich, auf dem du zurück nach London reiten kannst.«

Die Augenbrauen des Knaben sanken herunter, und er schüttelte langsam den Kopf. »Kann nich.«

»Was meinst du damit, du kannst nicht?« Con zog eine Braue hoch und bedachte den Jungen mit einem Blick, der bei den meisten Menschen, die ihn abbekamen, Angst auslöste. »Natürlich kannst du.«

»Kann nich, mach ich nich. Ich kann noch nich reiten.«

Hölle und Teufel noch mal. Er rieb sich mit der Hand über das Gesicht. »Finde heraus, ob hier eine Postkutsche verkehrt.«

Auf Jemmys Gesicht erschien ein Grinsen. »Ich war noch nie in 'ner öffentlichen Kutsche unterwegs.«

»Ich hoffe, du genießt es.« Und machst nicht zu viele Probleme. »Spute dich. Diese Pferde müssen abgerieben und eingestellt werden. Sie dürfen nicht warten, bis die Pferde der anderen Kutsche versorgt sind.« Con ging los, dann drehte er sich noch einmal um. »Du weißt, wie das geht?«

»Ich bin echt gut in der Pferdepflege. Nur das Reiten braucht noch 'n bisschen.«

Warum in Gottes Namen Worthington einen Burschen hatte, der noch nicht reiten konnte, ging über Cons Vorstellungsvermögen. Andererseits ergab es auch keinen Sinn, dass ein Kind zu seinen Angestellten gehörte. Er fühlte sich, als wäre er in ein Irrenhaus geraten.

Er wartete und betrachtete das Äußere des Gebäudes durch sein Augenglas. Das Inn war mindestens zweihundert Jahre alt. Wie bei vielen antiken Bauten waren die Fenster nicht sehr groß. Eine kleine Person könnte hinausklettern. Mehr jedoch nicht, denn weder schmückten Spaliere, die zupasskämen, noch Efeuranken die Außenwände des Gasthauses.

Einer der Stallburschen kam heraus, und nach einem kurzen Wortwechsel mit Jemmy holte er die Pferde in die Stallungen. Im Augenwinkel sah Con, wie Jemmy zur hinteren Seite des Baus lief. Er sollte nicht allzu lange brauchen, um herauszufinden, wo die Lady war.

Etwas später, nachdem er das Gelände betrachtet hatte, als wäre er auf der Suche nach etwas Bestimmtem, beschleunigte Con seinen Schritt, stapfte in das Gasthaus hinein und bellte: »Wo ist der Herr des

Hauses, ich brauche sofort den Herrn des Hauses.« In einem höheren, verdrießlichen Tonfall setzte er hinzu: »Wisst ihr denn nicht, wer ich bin?«

Ein Mann, der aussah, als wäre er in den Zwanzigern, kam heruntergeeilt und löste eine Schürze von seinen Hüften. »Mein Pa ist sofort wieder da. Kann ich Euch helfen, Sir?«

Con richtete sein Augenglas auf den Mann. »Euer Lordschaft, nicht Sir. Euer Lordschaft. Ich bin Lord Braxton. Mein Leibdiener sollte bereits vor über einer Stunde eingetroffen sein, aber ich sehe meine Reisekutsche nirgendwo. Seine Anweisung war es, ein Schlafgemach und einen privaten Salon für mich zu reservieren, nebst Räumen für ihn und meine Burschen und Diener.«

»Nein – nein, Mylord. Die einzigen Gäste, die wir haben, sind ... eine andere Gesellschaft, die soeben eingetroffen ist.«

Der Hausherr und seine Leute wussten also, dass sie Lady Charlotte nicht erwähnen sollten. Das war interessant. Waren sie in die Entführung eingeweiht?

Con reckte die Brust heraus und reagierte verärgert. »Wollen Sie mir sagen, dass Sie keine Zimmer mehr frei haben?«

Der Eigentümer kam heran und stieß den jüngeren Mann aus dem Weg. »Mylord.« Der Hausherr vollführte einen tiefen Diener. »Wir haben tatsächlich ein großes Zimmer und einen privaten Salon.«

Con ließ den Hausherrn noch mehrere Minuten lang beschwichtigend auf sich einreden, um seine vorgespielte Empörung zu kühlen, dann stimmte er den Arrangements zu seiner Unterbringung zu. »Dennoch bleibt die Tatsache bestehen, dass mein Leibdiener verschwunden ist. Ich muss meinen Burschen nach London zurückschicken. Verkehrt hier eine Postkutsche?«

»In der Tat, Mylord.« Der Gastwirt verbeugte sich erneut. »In zwei Stunden sollte sie eintreffen.«

Er beschäftigte den Mann weiter, indem er mit ihm über Details sprach, um die er sich sonst nicht kümmerte. Nachdem genug Zeit verstrichen war, um sicher zu sein, dass Jemmy mit Lady Charlotte hatte sprechen können, sagte Con im Ton eines Menschen, dem man es nicht recht machen konnte: »Nun gut denn. Ich habe jetzt lange genug hier gewartet. Ich wünsche meine Kammer zu sehen.«

Wieder dienerte der Gastwirt. »Bitte folgt mir, Mylord.«

Er schritt hinter dem Hausherrn drein und hoffte, dass er Jemmy genug Zeit verschafft hatte, die Lady zu finden. Con wünschte, in nicht allzu ferner Zeit wieder auf dem Heimweg nach London zu sein.

Man hatte Charlotte Wasser zum Waschen erwärmt und ihr versprochen, dass in Kürze ihr Abendessen käme. Doch als sie versuchte, ein Gespräch mit dem Zimmermädchen zu beginnen, das ihr das Wasser gebracht und ihr gesagt hatte, was es zu essen gäbe, hatte das Mädchen fest die Lippen zusammengepresst.

Sie seufzte. »Wie ich sehe, darfst du mit mir nur über das Nötigste sprechen.«

Das Mädchen nickte. Offensichtlich war von dieser Seite keine Hilfe zu erwarten.

Verflixt. Sie hatte gehofft, zumindest mehr über das Inn in Erfahrung zu bringen, und wo genau es im

Verhältnis zu London lag. Noch schöner wäre es gewesen, für ihre Flucht eine Hilfe zu finden.

Nachdem das Mädchen hinausgegangen war, blickte Charlotte aus dem offenen Fenster. Sie könnte wohl hinaussteigen, aber es schien nichts zu geben, woran man hinunterklettern könnte. Abgesehen davon lag ihr Fenster zur Straße, wo jedermann sie sehen könnte.

Wenn sie nur wüsste, wo die beiden Halunken, die sie entführt hatten, abgeblieben waren. Dann könnte sie, da war sie gewiss, das Türschloss knacken und hinunterschleichen, in dem sicheren Wissen, dass sie sie nicht schnappen könnten. Es würde ihr allerdings nicht besonders gut bekommen, wenn sie bei ihrem Fluchtversuch geradewegs in sie hineinrannte. Sie war sich sicher, dass der eine der beiden seine Drohung, sie zu fesseln, wahrmachen würde.

Es musste im Dorf jemanden geben, den sie um Hilfe bitten konnte.

Charlotte blickte erneut aus dem Fenster. Nicht weit entfernt ragte ein Kirchturm in den Himmel. Vielleicht war dort das Pfarrhaus? Ein Kirchenmann würde gewiss seine Hilfe zusagen und ihre Sache vertraulich behandeln. Schließlich wollte sie nicht alle Welt einweihen, dass sie entführt worden war. Auch wenn nichts daran ihre eigene Schuld war, würde es ihren Ruf vernichten, wenn jemand herausfände, was geschehen war.

Andererseits wollte sie auch niemand anderen in Gefahr bringen. Und dann stand immer noch die Frage im Raum, wer sie überhaupt entführt hatte.

Aus dem Korb erklang ein kratzendes Geräusch.

Bevor sie irgendetwas unternahm, musste sie sich um Collette kümmern. Charlotte öffnete den Deckel des Korbs, und das Kätzchen sprang heraus.

Sie hob das arme kleine Ding hoch und kraulte ihre Wangen, bis die Katze zu schnurren begann. »Ich weiß, Süße. Das war kein besonders schöner Tag.« Sie ging hinter die spanische Wand und entdeckte den Nachttopf, allerdings nicht den Deckel. Den fand sie schließlich in einer Ecke. »Wir müssen etwas Neues ausprobieren.« Zu Hause hatten sie und ihre Schwester Louisa ihre Kätzchen daran gewöhnt, ein kleines Brett zu benutzen, das quer über den Nachttopf gelegt wurde. Was sie jetzt versuchte, würde komplizierter, aber der Deckel hatte zumindest Lederriemen, mit deren Hilfe die eine Hälfte über die andere geklappt werden konnte. Dadurch würde für die Katze ein gewisse Stabilität erreicht. »So, bitte schön.«

Dankenswerterweise war Collette entweder zu froh darüber, sich erleichtern zu können, oder sie war eine viel versiertere Reisende, als Charlotte je gedacht hätte, denn sie zierte sich nicht, sondern erledigte ihr Geschäft.

Sie hatte das Kätzchen gerade abgesetzt, da kratzte jemand an ihrer Tür. Gütiger Gott, das konnte nicht schon wieder das Zimmermädchen sein. Sie müsste Collette verstecken.

Als sie das Kätzchen hochhob, flüsterte eine kindliche Stimme hinter der Tür: »Mylady, ich bin's, Jemmy.«

Jemmy? Bedeutete das, dass auch einer der anderen Diener hergekommen war? War sie gerettet?

Charlotte hastete zur Tür. »Jemmy, was machst du hier?«

»Ich weiß noch, wie Ihr mir geholfen habt, und als ich diese Männer gesehen habe, bin ich hinten auf die Kutsche aufgesprungen, damit ich Euch helfen kann.«

Sie hatte ihn vor einer der kriminellen Verbindungen gerettet, die Kindern beibrachten, wie man Taschendieb wurde, und noch andere Dinge.

Tränen der Dankbarkeit brannten in ihren Augen. »Ist einer der Burschen oder Kammerdiener mit dir gekommen?«

»Nein, Mylady. Nur ich. Keiner von denen war schnell genug.« In seiner Stimme klang mehr als nur ein bisschen Stolz.

»Sehr gut.« Er wurde mit ihren kleinen Brüdern und Schwestern unterrichtet, und sie lobte ihn für seine Fortschritte. Sie fragte sich, was er allein draußen gemacht hatte. Das wäre allerdings eine Frage, die sie für später aufheben wollte. Jetzt war Charlotte froh, seine Stimme zu hören, auch wenn sie nun einen Weg finden musste, wie sie beide sicher nach Hause gelangten. »Jemmy, du darfst dich nicht erwischen lassen.«

»Mach ich nich, Mylady. Ich komme – kam, um Euch zu sagen, dass ein Freund von Seiner Lordschaft hier ist. Er wird Euch retten. Er hat zum Hauswirt gesagt, er wäre Lord Braxton und hat sich ganz pomp-pomp… irgendwas benommen, damit ich Zeit hatte, Euch zu finden. Er schickt mich mit der Postkutsche zurück nach London.« Seine flüsternde Stimme klang vorfreudig. »Wird das nich ein tolles Abenteuer?«

»Ja, das wird es.« Charlotte legte den Kopf gegen die Tür, und die Angst floss aus ihr heraus.

Gott sei es gedankt, *irgendjemand* war ihr gefolgt. Beinahe musste sie laut lachen.

Und dank den Schicksalsgöttinnen war es nicht der echte Lord Braxton. Der Mann hatte das größte Mundwerk in ganz London. Weniger als eine Stunde nach ihrer Rückkehr würde der ganze *Ton* von ihrem Missgeschick erfahren haben, und sie wäre ruiniert.

Aber die Idee war brillant, und Jemmy wäre in Sicherheit. »Was für einen Plan hat der Gentleman?«

»Ich weiß es nich genau ...« In diesem Augenblick durchbrach die Stimme eines Adligen die relative Ruhe des Gasthauses. »Das muss er sein. Sagte, er würde 'n bisschen Krawall machen.«

Wenn sie nach Hause kamen, musste sie mit ihm an seiner Ausdrucksweise arbeiten. »Danke, dass du zu mir gekommen bist. Bitte sag ihm, dass ich einen Plan habe, wie ich aus meinem Zimmer entwischen kann, und wenn er freundlicherweise mit einem Beförderungsmittel bereitstünde ...« Sie runzelte die Stirn. Sie konnte nicht wissen, wann es im Inn ruhiger würde und ihre Entführer sicher schlafen würden. »Nun, er müsste wissen, wann es sicher ist.«

»Da kommt wer. Ich muss gehen.«

Wenige Augenblicke darauf erklang ein lautes Pochen an der Tür.

»Wenn Ihr nich wollt, dass dem Mädchen was passiert und dass Ihr verschnürt und geknebelt werdet, versucht nich mehr, mit ihr zu sprechen«, grummelte Burt im Flur.

Tja, verflixt. Das Mädchen musste es dem Hausherrn gesagt haben. Sie wollte sicherlich nicht dafür verantwortlich sein, dass dem Mädchen Schaden zugefügt wurde. »Ich verspreche, dass ich es nicht mehr mache.«

»Haltet Euch dran.«

Charlotte lehnte sich mit dem Rücken an die Tür und lauschte auf seine Schritte auf dem blanken Holzboden, als er den Flur entlangging.

Die laute, vornehme Stimme war verschwunden.

Es war gut von dem Gentleman, Jemmy zurück nach London zu schicken. Könnte sie ihn nur begleiten! Immerhin hatte er gesagt, dass der Gentleman eine Kutsche hatte. Mit etwas Glück könnte sie vor dem Morgengrauen zu Hause sein. Sie wollte sich nicht ausmalen, was geschähe, wenn sie bis dahin nicht zurückkehrte. Die Postkutsche wäre die einfachere Lösung gewesen.

Da ihre älteste Schwester, die jetzige Countess of Worthington, und ihr Schwager für mehrere Tage weggefahren waren, und Lord Harrington, der einzige Mann, der Charlotte derzeit den Hof machte, zu seinem Vater gereist war, hatte sie ihre gesellschaftlichen Termine abgesagt, anstatt ihre Base Jane dazu zu nötigen, ihre Anstandsdame zu spielen. Deshalb bestand die Möglichkeit, dass ihre Abwesenheit niemandem auffallen würde. Falls doch – sie zog eine Grimasse – nun, darüber würde sie nachdenken, wenn es so weit war. Sicher könnte sie mit ihrer Familie eine glaubhafte Geschichte ersinnen.

Etwas später verrieten der Lärm eines Pferdegespanns und der Ruf eines Kutschers nach Passagieren Charlotte, dass die Postkutsche angekommen war. Sie betete, dass Jemmy darin saß, als das Gefährt wieder losfuhr.

Sie legte sich auf ihr schmales Bett und setzte ihre Katze dicht neben sich. Sie sollte versuchen, sich so gut wie möglich auszuruhen, um sich auf eine ganze Nacht auf der Straße vorzubereiten, und ein Schläfchen vor dem Abendessen wäre dafür das Richtige.

Sie hatte keinen leichten Schlaf, aber wenn jemand anklopfte oder ihren Namen riefe, würde sie sogleich aufwachen. Wahrscheinlich kam das daher, dass sie die Zweitälteste in einer großen Familie war.

Bevor sie jedoch in den Schlaf gleiten konnte, erklangen feste Schritte im Flur und eine Tür neben ihrer wurde geöffnet. »Bitte sehr, Mylord. Ihr werdet Wasser vorfinden. Das Abendessen ist in einer halben Stunde bereit.«

Kurz herrschte Stille, bevor der Gentleman sagte: »Sind Sie vollkommen sicher, dass *dies* Ihr bestes Zimmer ist?«

Charlotte unterdrückte ein Lächeln. Wer auch immer Lord Braxton spielte, musste ihn gut kennen.

»Es tut mir leid, Mylord, aber dies ist das Beste, das ich Euch bieten kann.«

Ein lautes Seufzen folgte. »Ich hoffe, Sie bereiten einen besseren Essenstisch vor, als dieses Zimmer erwarten lässt.«

Sie schlug sich die Hände auf den Mund und gab sich Mühe, ihr Lachen zu unterdrücken. Der arme Gentleman könnte von Glück reden, wenn ihm niemand ins Essen spuckte.

Beim Gedanken an Essen begann ihr Magen zu knurren. Glücklicherweise klopfte es an der Tür, und das Zimmermädchen kam mit ihrem Mahl herein. Sie freute sich, dass es sowohl reichlich als auch wohlschmeckend war. Sie aß die Suppe und das Gemüse; das Brot, den Fisch und den Käse teilte sie mit Collette.

Als Charlotte und das Kätzchen sich sattgegessen hatten, wickelte sie das Brot, den Käse und das Fleisch, das übrig geblieben war, ein, um sie als Proviant für den Weg nach London mitzunehmen.

Als sie aus dem Fenster sah, schlenderten mehrere Männer die Straße entlang zum Inn. Es könnte noch einige Zeit dauern, bevor der Gastwirt und seine Leute sich zur Nacht hinlegen würden.

Kapitel 3

Eine Stunde später kam das Zimmermädchen in Begleitung von Burt, um das Essgeschirr aus Charlottes Zimmer zu holen.

Während das Mädchen stumm den Tisch abräumte,
betrachtete der Mann Charlotte. »Sie kommt später
wieder, um Euch beim Umziehen zu helfen.« Er hielt ihr
ein großes Bündel aus Baumwollstoff hin. »Die Hausherrin überlässt Euch eins ihrer Nachtgewänder.«

»Danke.« Am liebsten hätte Charlotte gestöhnt. Wie es
der Teufel wollte, würde sie das besondere Kleid, das sie
trug, nicht ohne Hilfe wieder anziehen können. Wenn
man sie zwang, sich umzukleiden, müsste sie im Nachtgewand fliehen. Das ginge unter keinen Umständen an.
»Bitte richten Sie ihr meinen Dank aus.«

»Es is so'n feiner Pinkel da, dem Ihr nich begegnet
wollt, wenn Ihr klug seid«, sagte Burt. »Also kommt
bloß nich auf irgendwelche Flausen, wie nach Hilfe zu
rufen. Ich würd nich wollen, dass der verletzt wird.«

»Vielen Dank für die Warnung.« Sie blickte schüch-
tern zu Boden und versuchte, den Entführer so davon
zu überzeugen, dass sie von ihm und seinem Komplizen eingeschüchtert war.

Er hielt dem Mädchen die Tür auf, dann schloss er sie
und sperrte ab. Sobald sie die beiden die Treppe hinuntergehen hörte, zog sie zwei Nadeln aus ihrem Haar.

Sie musste noch warten. Es war Zeit, das Aufknacken des Schlosses zu üben.

Sie zog einen Stuhl neben die Tür, setzte sich und schob die Nadeln in das Schloss. Fünfzehn Minuten später war ihr Nacken steif, und Wassertropfen rannen ihr über das Gesicht. Eine feuchte Haarlocke fiel ihr in die Augen, und sie versuchte, sie wegzupusten.

Jedes Mal, wenn sie meinte, gleich die Entriegelung des Schlosses zu hören, rutschte es wieder zurück. »Verflucht.« Sie stand auf und streckte sich. »In diesem Tempo werde ich es nie offen bekommen.«

»Mylady?«, flüsterte ein Mann hinter der Tür.

Gott sei Dank! Diese kultivierte Stimme musste zu dem Gentleman gehören, von dem Jemmy ihr erzählt hatte. Niemand außer den Bediensteten des Inns und ihren Entführern wusste, dass sie hier war. »Ja?«

»Ich wollte Euch sagen, dass Euer Bursche in der Postkutsche nach London sitzt. Ich habe ihn angewiesen, eine Mietdroschke zu rufen, um nach Mayfair zu gelangen, und gab ihm das nötige Geld mit.« Jetzt, da er nicht versuchte, wie Lord Braxton zu handeln, hatte er eine tiefe und fast melodische Stimme. Wer konnte es sein? Charlotte war sich fast sicher, dass sie ihm noch nie begegnet war. An diese Stimme hätte sie sich erinnert.

»Vielen Dank.« Sie schob sich noch mehr feuchte Locken aus dem Gesicht. »Ich habe mir solche Sorgen gemacht, er könnte geschnappt und verletzt werden. Die Verbrecher, die mich entführt haben, sind gefährlich.«

»Haben sie ... haben sie Euch etwas angetan?« Sein Ton wurde drängender als zuvor.

»Ich habe ein paar blaue Flecke an den Handgelenken, das ist alles. Ich habe versucht, das Schloss zu knacken, aber es gelingt mir nicht. Habt Ihr irgendeine Idee, wie Ihr mich aus diesem Zimmer herausbekommt?« Sie betete, dass niemand sie hörte. Sie wollte nicht, dass der Gentleman gefangen oder verletzt wurde. Selbst wenn er eine Pistole hatte, so würde sie ihnen doch nur zwei Schüsse verschaffen.

»Nein«, antwortete er matt. »Unglücklicherweise nicht.« Charlotte barg das Gesicht in beiden Händen. Wenn sie keine Möglichkeit fanden, diese Tür zu öffnen, wie sollte sie dann fliehen können? »Ich habe allerdings die Zahl der Schurken um einen reduziert.« Er klang wieder etwas selbstsicherer als zuvor. »Der Schwarzhaarige ist zu besoffen, um aufrecht stehen zu können.«

Das war eine gute Nachricht. »Gut gemacht. Was ist mit dem anderen?«

»Er ist nicht unten. Kommt er mit dem Mädchen jedes Mal mit?«

»Nein.« Wenn man darüber nachdachte, war diese Tatsache eigenartig. »Er ist nur ein Mal mitgekommen und hat ihr geholfen, die Reste des Abendessens abzuräumen. Vorher hat er mich gewarnt, dass das Mädchen verletzt würde, wenn ich versuchte, mit ihr zu sprechen, aber er sprach durch die Tür.«

Der Gentleman gab ein Schnauben von sich. »Ich bezweifle, dass er der jungen Frau etwas tun würde. Ich glaube, dass die meisten der Bediensteten mit dem Hausherrn verwandt sind. Außerdem glaube ich, dass der Gastwirt den Entführern hilft.« Das war noch ein Grund mehr, leise zu sein. »Wird sie heute Abend noch einmal zu Euch kommen?«

»Ja. Sie müsste sogar gleich kommen.« Charlotte drückte den Rücken durch. Sie wollte nicht, dass dem Mädchen etwas geschähe, aber sie musste fliehen.

»Sorgt Euch nicht, ich überlege mir etwas«, sagte der Gentleman zuversichtlich. Kurz darauf öffnete sich die Tür auf der gegenüberliegenden Seite und schloss sich wieder.

Bis er allerdings sein Schlafzimmer wieder betreten hatte, kam ihr auch schon eine Idee. Sie öffnete den Korb, zog ihre Pistole hervor und vergewisserte sich, dass alles bereit war. Dann legte sie sich wieder hin, das Kätzchen neben sich eingerollt, und wartete.

Con starrte nachdenklich die Tür an, hinter der Lady Charlotte eingesperrt war, und fragte sich, wie zum Teufel er sie herausbekommen sollte. Er dachte darüber nach, ob er ihr raten sollte, das Betttuch zu zerreißen, die Bahnen zu verknoten, sicher festzubinden und an ihnen aus dem Fenster zu steigen. Aber vermutlich war sie in ihrem Leben noch nie irgendetwas hinauf- oder hinuntergestiegen, außer Treppen. Außerdem bestand die Möglichkeit, dass der andere Bösewicht sie sehen würde, wenn sein Zimmer auf derselben Seite des Gebäudes lag wie ihres.

Glücklicherweise war sie nicht die Art junge Dame, die er vorzufinden erwartet hatte. Nicht einmal ihre Stimme klang wie die einer Lady, die gerade erst debütierte. Sie klang reifer als siebzehn oder achtzehn. Er erinnerte sich, dass Worthington gesagt hatte, es wäre ihre erste Londoner Saison – also war sie sicherlich nicht älter.

Zumindest hatte sie nicht gewirkt, als wäre sie in Panik oder stünde kurz vor einer Ohnmacht. Er hätte beinahe gelacht, als sie ihm sagte, dass sie versuchte, das Schloss zu knacken. Er wäre nie auf den Gedanken gekommen, dass sie so erfindungsreich oder intelligent wäre.

Con fragte sich, ob sie die auffallend dunklen Haare und blauen Augen der Vivers hätte, wie Worthington.

Nicht, dass es eine Rolle spielte. Er suchte nicht nach einer Frau. Er und seine Geliebte, Aimée, führten eine hervorragende Beziehung. Er schätzte sie sehr und betrachtete sie als eine Freundin. Gelegentlich hatte er das Gefühl, dass Aimée ihn liebte, aber sie kannte ihren Platz und würde ihm nie eine Szene machen, wie andere, frühere Geliebte es getan hatten.

Genau dies war auch das Komplizierte mit den Frauen. Sie verliebten sich zu rasch. Das war der Grund, weshalb er aufgehört hatte, sich mit Witwen und verheirateten Frauen die Zeit zu vertreiben. Wenn er so darüber nachdachte, hoffte er, Lady Charlotte wäre so klug, sich nicht einzubilden, dass sie in ihn verliebt wäre.

Con verließ sich darauf, dass Aimée sich nicht in der Öffentlichkeit besorgt äußern würde, weil er sie heute Abend nicht ins Theater führte. Er würde daran denken müssen, ihr irgendein Schmuckstück zu kaufen, um es wiedergutzumachen.

Der Lärm schwerer Stiefel, die höchstwahrscheinlich dem anderen Gauner gehörten, der den Flur entlangkam, um vor Lady Charlottes Tür anzuhalten, lenkten seine Aufmerksamkeit wieder auf sein unmittelbares

Dilemma: Wie sollte er sie aus dem Schlafzimmer befreien?

Wahrscheinlich könnte er den verbliebenen Entführer überwältigen. Doch da der Gastwirt ein Komplize der Verbrecher war, könnte Con auch geschlagen und eingesperrt enden, nicht zu reden von dem Skandal, den es hervorrufen würde, wenn Lady Charlotte hier in der Gesellschaft der Kerle vorgefunden würde.

Er hatte sich den Aufbewahrungsort der Schlüssel sehr genau betrachtet, bezweifelte jedoch, dass ihr Zimmerschlüssel auch dort war. Man müsste schon außerordentlich nachlässig sein, wenn man eine Frau einsperrte und den Schlüssel dort ablegen würde, wo er leicht gefunden werden konnte.

Aus Lady Charlottes Gemach drang kein Ton, und kurz darauf hörte er, wie der Mann den Flur entlang zu seinem Zimmer ging. Zu schade, dass der Kerl dem Gin nicht ebenso gern zusprach wie sein Kumpan.

Con lächelte in sich hinein. Jemmy hatte hervorragende Arbeit geleistet, als er dafür sorgte, dass der dunkelhaarige Mann genug Münzen zur Verfügung hatte, um so betrunken wie eine Haubitze zu werden.

Außerdem bestand das Problem, seine Pferde vor dem Phaeton einzuschirren, sodass Con und Lady Charlotte schnell losfahren konnten. Wie die Dinge lagen, musste er es selbst machen und dabei sehr leise sein, damit niemand, der in den Stallungen schlief, aufwachte.

Er rieb sich mit der Hand über das Gesicht. Großer Gott, wo hatte er sich da hineingeritten?

Das Ganze wäre viel einfacher gewesen, wenn sie ausgebüxt wäre. Er hätte sofort nach London zurückkehren können. Es war schließlich nicht seine Angelegenheit, wer mit wem durchbrannte. Allerdings gab es hier keinerlei Anzeichen für Durchbrennen oder eine Entführung, um zu heiraten. Schlechterdings wusste er nicht, wonach zum Teufel das Ganze aussah.

Sicher war nur, dass er Ihre Ladyschaft retten und zu ihrer Familie zurückbringen musste, bevor sich ihre Entführung herumsprach und ihr Ruf zerstört würde.

Aber zuerst einmal musste er sie aus diesem verfluchten Zimmer herausbekommen.

»Mylady?« Charlotte riss die Augen auf.

Sie hatte nicht bemerkt, dass sie eingeschlafen war, aber es musste so sein. Das Zimmer war bis auf die eine Kerze, die sie hatte brennen lassen, dunkel, und es war still im Gasthaus. »Herein.«

Das Schloss klickte, und das Mädchen trat in die Kammer. »Ich komme, um Euch beim Ausziehen zu helfen.«

»Danke sehr.« Charlotte rieb sich die Augen und lächelte warmherzig. »Ich bin nicht im Geringsten dazu in der Lage, dieses Kleid ohne Hilfe auszuziehen.« Sie hielt inne und setzte eine bedauernde Miene auf. »Ich vermute, Sie können mir nicht etwas Brot und Käse bringen? Das Abendessen war hervorragend, aber ich bin immer noch sehr hungrig, und mit leerem Magen kann ich nicht schlafen.«

»Ich denke schon«, sagte das Mädchen zögernd. »Ich werde mal meine Ma fragen.«

Wenige Augenblicke, nachdem das Mädchen gegangen war, erschien der Gentleman wieder vor der Tür und flüsterte: »Mylady, ich habe eine Idee.«

»Ich ebenfalls.« Sie wartete ab, um zu sehen, ob er ihren Plan hören wollte. Bestimmte Gentlemen – Lord Harrington, der Mann, der ihr den Hof machte, kam ihr in den Sinn – würden das nämlich nicht.

»Ladies first.« Seine Stimme war so voll und ausdrucksstark, dass sie fast meinte, die Geste seiner Hand vor Augen sehen zu können. Wie freundlich von ihm.

»Ich habe eine Pistole. Ich ziele auf sie, und Ihr fesselt sie. Sie muss auch geknebelt werden.«

»Viel besser als meine eigene Idee.« Sie hörte, dass er das Gewicht verlagerte. »Ich glaube, sie kommt zurück.«

Charlotte holte ihre Pistole vom Nachttischchen und setzte Collette in den Korb zurück. »Bleib hier, Süße. Wir werden bald abfahren, und ich werde nicht die Zeit haben, unter das Bett zu kriechen, um dich zu suchen.«

Als die Tür aufschwang, versteckte Charlotte die Waffe in ihren Röcken. »Ma war schon im Bett, da habe ich das einfach hochgebracht. Ich glaube nicht, dass Euer Ehemann und Miss Betsy Euch aushungern wollen.«

Charlotte wollte gerade ihren Dank ausdrücken, da fiel ihr auf, was die junge Frau gesagt hatte, und ihr wurde der Mund trocken. *Ehemann?* Ihr ganzer Körper erstarrte vor Sorge. Das war noch viel schlimmer, als sie es sich vorgestellt hatte.

Ihre Stimme kam als heiseres Wispern heraus, als sie mit der freien Hand nach dem Stuhl griff, damit ihre Knie mit Zittern aufhören sollten. »Miss Betsy?«

»Euer Ehemann hat sie angeheuert, Euch zu finden«, sagte die junge Frau und stellte das Brot, den Käse und das Obst auf den Tisch. »Meine Ma und mein Pa halten nicht zu Ehefrauen, die durchbrennen, deshalb helfen sie ihr.«

Charlotte versuchte zu schlucken, war jedoch unfähig, den Knoten in ihrem Hals zu befeuchten. »Macht sie … macht sie … nur Frauen ausfindig?«

»Jetzt ist keiner da, der mich hören könnte, also kann ich es Euch ja verraten«, sagte das Mädchen, während es das Besteck hinlegte. »Kinder gehen verloren und manchmal laufen junge Damen von zu Hause weg. Sie sorgt dafür, dass sie alle wieder nach Hause kommen.«

Nach Hause, Hölle nochmal.

Charlottes Hand zitterte, sodass sie die Pistole fester umgriff. In ein Bordell, das war wahrscheinlicher.

Sie musste hier rauskommen und ihre Familie und Dotty warnen, dass Miss Betsy nicht mehr nur die Ehefrauen von Soldaten entführte, die in Übersee stationiert waren, um sie zur Prostitution zu zwingen, sondern dass sie inzwischen den Kreis ihrer Opfer deutlich erweitert hatte.

Charlotte zwang sich zu einem Lächeln. Solange das Mädchen so gesprächig war, könnte sie auch noch so viele Informationen wie möglich aus ihr herausholen. »Wie lange macht sie diese Arbeit schon?«

»Weiß nich. Wir helfen ihr so seit zwei Monaten, glaube ich. Ihr seid die vierte oder fünfte.«

Irgendwie würde sie die Frauen und Kinder retten, die diese Frau entführt hatte, schwor sich Charlotte. »Wissen Sie, wohin sie sie von hier aus bringt?«

Die Augen der jungen Frau weiteten sich. »Zu ihren Familien. Wohin denn sonst?«

Wohin denn sonst, in der Tat. Nun, es war jetzt nicht der richtige Zeitpunkt für diese Auseinandersetzung.

Wenn sie erst zu Hause war, würde sie daran arbeiten, der ehemaligen Madam das Handwerk zu legen.

Als das Zimmermädchen das große Baumwollnachthemd, das Charlotte über einem Stuhl hatte hängen lassen, auf das Bett legte, richtete sie die Pistole auf das Mädchen. »Es tut mir wirklich sehr leid, aber ich muss Sie bitten, sich auf diesen Stuhl zu setzen.« Dem Mädchen klappte der Mund auf. »Bitte schreien Sie nicht. Ich schieße, wenn es sein muss.«

Nicht, dass sie dachte, sie könnte das Mädchen töten, aber die Drohung musste sie aussprechen.

Man konnte sehen, wie das Mädchen schluckte, und sie nickte mehrmals, dann setzte sie sich auf den Stuhl.

»Gut, ich komme genau rechtzeitig.« Der Gentleman, der durch die Tür mit Charlotte gesprochen hatte, trat in den Raum. Er trug einen Reitmantel, und den Hut hatte er ins Gesicht gezogen, sodass er seine Züge beschattete.

Selbst wenn im Zimmer mehr als eine Kerze gebrannt hätte, wäre es schwierig gewesen, ihn gut zu sehen. Sie konnte nur erkennen, dass er groß war, mindestens so breitschultrig wie ihr Schwager, und dass er ein Grübchen im kantigen Kinn hatte. Sie fragte sich, welche Farbe seine Augen hatten und ob er so attraktiv war, wie sie dachte.

Ihr Herzschlag beschleunigte sich. Ernstlich, dies war nicht der richtige Zeitpunkt, um auf irgendeine Weise auf einen Mann zu reagieren.

Er fesselte rasch die Hände und Füße des Dienstmädchens. »Wenn ich einen Vorschlag machen dürfte?«

Charlotte blinzelte, um sich auf das vor ihr Liegende zu konzentrieren. »Gewiss.«

Seine Mundwinkel wanderten nach oben. »Sie kann mit diesem Stuhl viel Lärm machen. Ich schlage vor, wir binden sie am Bett fest.«

»Nun denn.« Sie half ihm, das Mädchen zu bewegen und an dem schmalen Bett festzubinden.

Als sie das getan hatten, setzte Charlotte ihre Haube auf und verknotete die Bänder, dann sammelte sie das Essen in einer Serviette, um es in den Korb zu legen.

»Ich bitte um Entschuldigung«, sagte sie zu dem Mädchen. »Aber ich wünsche nicht an den Ort zu gehen, zu dem Miss Betsy mich verschleppen würde. Ganz entgegen Ihrer Annahme ist sie kein guter Mensch.« Sie band dem Mädchen einen Knebel um. »Auch dafür entschuldige ich mich.«

Der Gentleman warf Charlotte einen scharfen Blick zu, sagte jedoch nichts. Sie zog die Schlüssel hervor und sperrte die Tür hinter ihnen ab. »Steht Eure Kutsche bereit?«

»Ja. Das ist der Grund, weshalb ich etwas spät dran war. Ich bin in die Ställe gegangen und habe die Pferde selbst eingespannt.« Er hielt ihr den Arm hin und flüsterte: »Mylady?«

Sie legte die Hand auf seinen Arm, und kurz darauf gingen sie leise die Eingangstreppe hinunter und in den Hof. Ein Paar prächtiger Brauner waren vor einen beeindruckenden Phaeton gespannt.

»Sie sind wunderhübsch«, sagte sie mit so leiser Stimme wie möglich. Gleichzeitig schlug ihr Herz so schnell, dass sie dachte, es müsse ihr aus der Brust springen. Bei diesem Tempo würde sie mit zwanzig einen Schlaganfall erleiden.

»Kommt, wir müssen uns sputen. Wir haben nur wenige Stunden, bevor es hell wird. Ich möchte Euch vorher zu Eurem Haus bringen.«

»Wie viel Uhr ist es?« Sie hatte nicht auf ihre Uhr geschaut, bevor sie die Schlafkammer verlassen hatten, und selbst bei Mondlicht war es zu dunkel, um jetzt nachzusehen. Aber es konnte noch nicht nach Mitternacht sein.

»Fast zwei Uhr.« Oh je. Sie musste viel länger geschlafen haben, als sie gedacht hatte. »Warum ist sie denn so spät zu mir gekommen?«

»Sie hat im Gastraum gearbeitet. Der letzte Kunde ist vor etwa einer halben Stunde gegangen.«

»Das ergibt Sinn.« Sie fragte sich, was das Mädchen und seine Eltern wohl denken würden, wenn sie wüssten, was Miss Betsy in Wirklichkeit mit den Menschen machte, die sie entführte. Vielleicht hätte Charlotte der jungen Frau alles erzählen sollen, was sie wusste, aber wenn der Gastwirt die Frau mit seinem Wissen konfrontieren würde, würde Miss Betsy einfach einen anderen Platz finden, an dem sie ihre Gefangenen versteckte. Sobald Charlotte zu Hause war, musste sie Dotty schreiben.

Als sie in der Kutsche saßen, schnalzte der Gentleman leise mit der Zunge, und das Gespann ging im Schritt los. In den nächsten Minuten kribbelte Charlottes Haut aus Angst, jemand im Gasthaus könnte entdecken, dass sie verschwunden waren, und würde nach ihnen suchen. Sie wünschte, er würde schneller fahren, aber sie wusste, dass es ihnen bei der Flucht helfen würde, so wenig Lärm wie möglich zu machen.

Endlich trieb er die Pferde zum Trab an, und sie entspannte sich etwas.

Keiner von ihnen sprach, und zwar nicht, so dachte sie, weil sie nichts zu sagen hatten, sondern weil bei Nacht jedes Geräusch weiter zu tragen schien. Charlotte fragte sich, wie viel Zeit sie hätten, bevor das Verschwinden des Mädchens bemerkt wurde, und sie betete, dass es nicht vor Sonnenaufgang geschähe.

Dennoch bekam sie auch dieses Problem nicht aus dem Kopf. Wie viel Schlaf erlaubte man dem Dienstmädchen, nachdem sie bis um zwei Uhr nachts gearbeitet hatte? Ihre Schwester legte Wert darauf, dass die Bediensteten ihre Ruhe bekamen, und Charlotte sorgte dafür, dass May, ihre Zofe, sich hinlegte, wenn Charlotte spät nach Hause kam. Aber sie glaubte nicht, dass der Gastwirt und seine Frau so freundlich wären, auch der eigenen Tochter gegenüber nicht.

Sie und ihr Retter kamen an einem offenen Feld vorbei, und Charlotte sah die Morgenröte am Horizont. Wie lange würde es dauern, bis die Sonne aufging?

Der Weg vor ihnen wirkte fast weiß, und sie flüsterte zu sich: »Es scheint zu hell zu sein.«

»Der Mond ist noch nicht untergegangen.«

Charlotte fuhr auf. Sie musste wirklich aufhören, mit sich selbst zu sprechen, besonders, wenn sie nicht allein war. Oder sie müsste dann mit einer Antwort rechnen.

Sie blickte in den Himmel, was eigenartig war, da der Gentleman ihr doch schon gesagt hatte, dass der Mond noch dort oben stand. Aber so etwas machten Menschen ja ständig. Sicherlich nicht, weil sie dem anderen nicht glaubten, sondern es schien eine natürliche, wenn auch unnötige Reaktion zu sein. »Ich sehe es.« Sie konnte auch die weißen Zähne Seiner Lordschaft in einem Grinsen aufleuchten sehen. »Ich bin um diese Tageszeit noch niemals auf gewesen. Wisst Ihr, wie viele Stunden es noch dauert, bis die Sonne aufgeht?«

»Wir haben noch mindestens zwei Stunden, vielleicht mehr.«

Mit etwas Glück würde diese Zeit reichen, dass sie weit genug kämen, als dass ihre Entführer sie noch einfangen konnten, auch wenn sie sie jagten.

»Hier.« Er reichte ihr einen Metallgegenstand. »Wenn ich es sage, blast in das dünne Ende.«

Sie drehte das Ding herum. Es hatte ein großes, offenes Ende auf der einen Seite, und auf der anderen verdünnte es sich zu einem winzigen Loch. »Was ist das?«

»Ihr werdet es wissen, wenn Ihr es blast. Jetzt.«

KAPITEL 4

Lady Charlotte holte tief Atem und blies in das dünne Ende hinein. »So etwas benutzt unser Kutscher.« Sie klang von der Entdeckung überrascht. »Zu denken, das ich noch nie eines gesehen habe ...«

»Es heißt Horn«, fügte er hinzu.

»Ja, ich weiß.« Sie betrachtete das Horn noch etwas. »Woraus ist es gemacht?«

»Hauptsächlich aus Blech.«

Er hatte das Gespann zum Stehen gebracht, und wartete, als der Zöllner, in Kniehosen, Nachthemd und eine Schlafmütze gekleidet, aus dem kleinen Haus kam. Con warf ihm eine Münze zu und trieb die Pferde wieder an.

»Woher wusstet Ihr, wie hoch die Zollgebühr war?«, fragte Lady Charlotte.

»Es gibt einen Gebührenplan«, erklärte er. »Wenn man oft genug aus der Stadt hinausreist, lernt man ihn.«

»Ich bin überhaupt noch nicht oft gereist. Erst einmal von zu Hause nach London. Aber ich würde gern viel mehr verreisen.«

Ganz gegen seinen Willen und gegen seine Erwartungen, hatte Con eine angenehme Zeit. Lady Charlotte war wirklich eine bemerkenswerte junge Dame. Trotz allem, was sie gerade hatte durchmachen müssen, hatte sie keinerlei Anzeichen einer beginnenden Ohnmacht erkennen lassen. Tatsächlich ließ lediglich die

Art, wie sie mit der Hand den Korb in ihrem Schoß umklammerte, ihre Anspannung erahnen.

Er ließ das Gespräch ruhen, bis sie etwa eine weitere Meile gefahren waren, bevor er sie fragte: »Ihr habt Miss Betsy erwähnt. Den Namen habe ich seit einigen Monaten nicht mehr gehört. Ich dachte, sie ist in Newgate.«

»Ihr wisst über Miss Betsy Bescheid?« Lady Charlotte wandte ihm ihr Antlitz zu, die Augen geweitet.

»Ähm, ja. Einige der Geschehnisse haben die Runde gemacht.« Er hätte gar nicht fragen sollen. Das hätte er auch nicht getan, doch sie schien über die Kupplerin Bescheid zu wissen.

»Nach dem, was Worthington mir gesagt hat, ist sie entflohen«, sagte Charlotte. »Aber ich weiß, dass er nie mit Rache von ihrer Seite gerechnet hätte. Denn nur das kann es sein.«

Con wusste über die ehemalige Bordellbesitzerin nur, was er in Gesprächsfetzen von seiner Geliebten und einigen ihrer Freundinnen aufgeschnappt hatte. »Es ist besser, ihr nicht über den Weg zu laufen.«

»Das hat man mir auch gesagt. Allerdings weiß ich nichts Persönliches von ihr. Mein Bruder, mein Vetter und ein Freund haben geholfen, ihr das Handwerk zu legen.« Die Lady zog ein Gesicht, wodurch sich ihre Nase, deren Spitze ein bisschen nach oben wies, kräuselte. »Zumindest haben sie es mir so erzählt. Es wäre klüger von ihr gewesen, das Land zu verlassen. Stattdessen scheint sie noch immer Ärger zu verursachen.«

Mit ihrer goldenen Schönheit und ihrer Unschuld hätte Lady Charlotte Miss Betsy in einer Auktion viel Geld eingebracht. Wenn das ihre Absicht gewesen war, würde sie vermutlich nicht noch einmal versuchen, Ihre Ladyschaft zu entführen. Aber wenn Lady Charlotte richtiglag und die Frau Rache üben oder Lösegeld erpressen wollte, wäre Worthington besser beraten, sogleich mit seiner Familie von der Stadt aufs Land zu ziehen.

Aus bestimmten Gründen wollte Con noch mehr über seinen Schützling erfahren. »Tragt Ihr immer eine Pistole bei Euch?«

»Nein.« In ihrer Stimme klang unterdrücktes Lachen mit. »Ich war auf dem Weg zu Worthington House, um dort Schießen zu üben und meinem Kätzchen beizubringen, an der Leine zu laufen. Sie macht es schon ganz gut, lässt sich aber zu leicht ablenken.«

Con wollte schon fragen, was Worthingtons Nachbarn zu dem Lärm sagten, aber … Nein, das war unmöglich. »Sagt mir nicht, Ihr habt auch eine Katze in diesem Korb.«

Nun lachte Lady Charlotte doch. Der Klang war hell, perlend und vollends bezaubernd. »Das habe ich tatsächlich.«

»Jede Katze, die ich kenne, würde längst kratzen.«

Sie öffnete den Deckel des Korbs und steckte den Kopf hinein. »Sie ist eine ruhige Katze. Das einzige Geräusch, das sie von sich gibt, ist ein Zwitschern.« Sie drehte ihm leicht den Kopf zu und zog eine Grimasse. »Es ist kein sehr schöner Ton.«

»Ihr sagtet etwas von einer Rasse.« Con wollte die Lady dazu bringen, weiterzusprechen. Nicht nur, weil er den Klang ihrer Stimme schätzte, sondern weil früher oder später trotz der Kühnheit, die sie bisher an den Tag gelegt hatte, der Schock einsetzen konnte. Zu sprechen könnte sie davon abhalten, über alles nachzudenken, was geschehen war und was hätte geschehen können.

»Sie ist eine Chartreux. Das ist eine alte französische Rasse. Meine Freundin Lady Merton hat sie vor ein paar Jungen gerettet, die versuchten, den Wurf zu ertränken. Ich hatte großes Glück, dass ich eine bekommen habe. Collette mag keine Fremden. Ich denke, das ist der Grund, weshalb sie nicht einmal versucht hat, aus dem Korb zu krabbeln.« Sie schwiegen wieder, und einige Minuten später bedeckte sie den Mund und gähnte. »Danke sehr für die Unannehmlichkeiten, die Ihr auf Euch genommen habt.«

»Es war mir ein Vergnügen, dass ich Euch beistehen konnte.« Er drehte ihr den Kopf zu, neigte ihn, und ihre Lippen berührten seine.

Wahrscheinlich hatte Lady Charlotte lediglich ihre Position verändern oder noch eine Bemerkung machen wollen. Doch als ihre Münder sich berührten, konnte er nicht widerstehen, mit seinem Mund über ihre vollen Lippen zu streifen. Er ließ rasch die Zungenspitze darüber gleiten, um das bisschen von ihr zu kosten, das er wagte. Ihre Lippen, die geschlossen blieben, wurden weich, und er bewegte sich, um sie zu ermutigen, den Mund für ihn zu öffnen.

Doch die Zügel schlugen in seiner Hand und zwangen ihn, den Kuss zu unterbrechen. *Verflucht!*

Als er sie ansah, blickte sie zu ihm auf, als wäre sie verwirrt. Kurz darauf gähnte sie wieder. Ihre langen, dunkelblonden Wimpern senkten sich, und sie sackte gegen ihn, wobei ihre weichen Brüste seinen Arm streiften.

Sogleich wurde sein Freund so hart, als hätte er eine Einladung zum Spiel erhalten.

Zur Hölle!

Das geschah ihm doch nicht wirklich. Es lag nur daran, dass er den vergangenen Abend mit seiner Geliebten versäumt hatte, und er war daran gewöhnt, eheliche Beziehungen zu führen, wann immer es ihn danach gelüstete. Er hatte gehört, viele Männer suchten geschlechtliche Erleichterung nach einem Kampf. Er hatte eine Art Kampf geführt. Das konnte die einzig mögliche Erklärung für sein plötzliches Begehren sein. Minderjährige Frauen erregten ihn nicht im Mindesten. Weder geistig noch körperlich. Er richtete seine Aufmerksamkeit auf die Straße und brachte seine Erektion mit reiner Willenskraft dazu, sich wieder zu legen.

Einige Zeit später knurrte Con der Magen. Er hatte am vorherigen Abend nicht viel von seinem Abendessen gegessen, weil er den vagen Eindruck hatte, jemand hätte ihm in die Suppe gespuckt.

Er erinnerte sich daran, wie Lady Charlotte Käse und Brot in eine Serviette gewickelt und in den Korb gelegt hatte. In dem Wunsch, sie nicht aufzuwecken, streckte er den Arm vor ihrem Körper aus, öffnete vorsichtig den Deckel des Korbs und steckte die Hand hinein.

»*Au!*Was zum Teufel!« Hastig zog er die Hand zurück. Aus einem seiner Finger quoll Blut.

Lady Charlotte fuhr erschrocken hoch. »Was ist passiert? Haben sie uns?«

»Nein, Eure Katze hat mich gekratzt.«

»Das tut mir leid.« Blinzelnd sah sie auf seinen Finger hinunter. »Ich habe Euch aber gesagt, dass sie keine Fremden mag.«

»Das heißt aber doch nicht, dass sie mich angreifen muss.« Er warf einen Blick in den Korb.

»Das war natürlich böse von ihr. Für gewöhnlich versteckt sie sich nur. Ich muss zugeben, dass ich geträumt habe, sie hätte den Korb verlassen und wir würden ihr hinterherjagen.«

»Das hat sie nicht«, grummelte er. Und das war gut so, denn für eine Katze würde er nicht anhalten. »Ich habe hineingegriffen, um nach dem Essen zu suchen, das Ihr eingepackt habt.«

»Das erklärt es.« Lady Charlotte streckte die Hand in den Korb und zog das kleine Essensbündel heraus. Dann holte sie ein Taschentuch hervor. »Ich verbinde Euch die Wunde, damit Ihr nicht alles vollblutet.« Bevor er protestieren konnte, riss sie einen Streifen von dem Taschentuch ab und wickelte ihn um seinen Finger. »So.« Sie tätschelte ihn. »Es wird gleich besser.«

»Danke sehr.« Er hatte nicht vorgehabt, sich zu entschuldigen, aber sie verhielt sich so mitfühlend, dass er … so schnell wie möglich aus ihrer Nähe musste. »Ich hätte nicht so ein Aufhebens machen sollen.«

»Ich bin sicher, es war ein ordentlicher Schreck.« Sie steckte eine Kante Käse in ein Stück Brot und klappte es zu. »Ich hoffe, er schmeckt so gut wie er riecht. Der Käse, meine ich.«

Nicht so gut wie ihre Lippen, aber die würde er nicht wieder kosten. Niemals.

Con verschlang das belegte Brot, während sie säuberlich ein kleines Stückchen Käse abbrach und es in den

Korb hielt. Kurz darauf übergab sie ihm ein weiteres Stück Brot mit Käse und nahm sich selbst auch davon.

Sie schluckte. »Er ist gut. Ich wünschte, ich könnte fragen, wo ihn der Koch herhat.«

Er wandte sich ihr zu und lächelte. »Ich denke nicht, dass wir zurückkehren werden.«

»Das würde ich auch nicht wollen. Einmal hat mir gereicht, vielen Dank.« Ihr staubtrockener Ton überraschte ihn.

Bemerkenswert. Er hatte noch nie eine junge Lady, oder viele ältere, getroffen, die so gelassen waren. Sie hatte den Kuss nicht einmal erwähnt. »Ist das Eure erste Saison?«

»Ja.« Er spürte ihr Lächeln fast. »Bis gestern hatte ich eine wirklich schöne Zeit.«

»Ehrlich?« Obgleich sie seinen Ausdruck nicht sehen konnte, hatte er eine Braue hochgezogen.

»Ja, ehrlich. Ich verstehe nicht, weshalb Ladies, besonders diejenigen, die gerade erst ihr Debüt hatten, vorgeben, gelangweilt zu sein. Das ist lächerlich.«

»Was für ein erfrischender Standpunkt.« Irgendein Gentleman würde sich glücklich schätzen können, sie zu heiraten. Wenn es so weit wäre, so hoffte Con, würde ihr Mann Lady Charlotte ihren Sinn für Humor nicht austreiben. »Ich glaube, ich stimme Euch zu.«

»Ihr meint, Ihr *wisst* nicht, ob Ihr mir zustimmt?« Ein Hauch von Ungläubigkeit färbte ihre Wangen. »Ich dachte, alle Männer wüssten genau, was sie wollen und was nicht.«

Ah! Sie war gefährlich. Er bezweifelte nicht, dass sie jeden Mann, den sie wollte, schnellstens um den kleinen Finger wickeln konnte. Wie gut, dass er nicht auf dem Heiratsmarkt unterwegs war, und dass ihn die Unschuldigen nicht reizten. »Ich nehme an, Ihr seid auf der Suche nach einem Ehemann.«

»Nur, wenn ich einen Gentleman treffe, der an dieselben Dinge glaubt wie ich und den ich lieben kann.«

»Wenn das eintrifft, würdet Ihr dann Eurem Ehemann in allem zustimmen?« Er bemerkte, dass es ihm Freude machte, sie zu necken.

»Ich? Nur, wenn er recht hat.«

Vielleicht nicht irgendein Gentleman. Der Mann müsste es schon zu schätzen wissen, gelegentlich geführt und auch herausgefordert zu werden. Man sollte nicht zulassen, dass sie jemanden heiratete, der sie ignorieren oder sie unglücklich machen würde.

»Wir haben uns noch nicht kennengelernt, oder?«, fragte sie.

Er sah Lady Charlotte ins Antlitz. Ihre Stirn war leicht gerunzelt, als versuchte sie, ihn zuzuordnen.

Con hatte nicht vor, ihr zu erklären, dass es noch einen Teil der Londoner Gesellschaft gab, über den sie nichts wusste. »Nein.«

»Das dachte ich mir.« Ihre Stirn glättete sich, und ihr Tonfall wurde wieder leichter. »Ich hätte Eure Stimme erkannt. Seid Ihr nicht wegen der Saison in London?«

»Ich hatte in anderen Angelegenheiten zu tun.« Das war keine sehr aufschlussreiche Antwort, aber es müsste ihr genügen.

Der Pfad vor ihnen wurde dunkler, und er sah zum Himmel auf. Der Mond war untergegangen, und der entfernte Himmel hatte die Farbe von Saphiren. Die Morgendämmerung kam früher, als er erwartet hatte. Ihnen blieb höchstens noch eine Stunde. Con wünschte, er könnte sein Gespann zu größerer Eile antreiben, aber ohne mehr Licht musste er die Pferde im Schritt gehen lassen.

Es musste länger als vermutet gedauert haben, sich um das Mädchen zu kümmern und vom Gasthaus wegzukommen. Er durfte um keinen Preis zulassen, mit Lady Charlotte gesehen zu werden. Das wäre für sie beide katastrophal.

Zum Donnerwetter! Ohne mehr Licht würde er sie niemals rechtzeitig nach London schaffen können. Wenn er nur diese Strecke besser kennen würde, dann könnte er schneller fahren.

Als er sich an den Weg von gestern zurückerinnerte, fiel ihm auf, dass die Schurken mehrere Nebenstraßen genommen hatten, wodurch sie die größeren Gasthäuser gemieden hatten. Er musste eindeutig irgendeine Abzweigung verpasst und sich verirrt haben. Was sollte er jetzt tun, zum Teufel?

Sie kamen an einem Straßenschild vorbei, auf dem der Name eines Dorfes stand, welches nur eine Meile von dem Anwesen entfernt war, auf dem seine Mutter lebte. Wie hatte ihm entgehen können, dass sie so nah bei Hillstone Manor waren? Nun, das war die Lösung für sein Problem. Er würde Lady Charlotte zu seiner Mutter bringen. Danach würde Con den Weg nach London fortsetzen.

Und zulassen, dass Mama meine Hochzeit plant.

Verdammt! Genau das würde seine Mutter tun. Schon seit einigen Jahren lag sie ihm in den Ohren, dass er sich eine Frau suchen solle.

Der Himmel hellte sich weiter auf. Selbst *wenn* er Lady Charlotte nach Hillstone brachte, würden sie frühestens in einer oder zwei Stunden dort ankommen.

»Nein«, sagte sie zum Korb und schloss den Deckel.

»Das Kätzchen?«

»Ja.« Sie lächelte.

Er sah Lady Charlotte an. Ihre Augen, die die Farbe des jetzt helleren Himmels hatten, wurden groß, und ihre glänzenden, rosigen Lippen formten ein vollendetes O.

»Ich habe noch nie solch grüne Augen gesehen.«

Dasselbe hörte er schon sein Leben lang, aber aus ihrem Mund klang es ... besonders. »In der Familie meines Vaters ist diese Augenfarbe weit verbreitet.«

Sie zog ihre volle Unterlippe zwischen die Zähne und versank plötzlich in Gedanken. Etwas später sagte sie: »Ist es richtig, dass Ihr meinen Namen wisst, wenn ich den Euren nicht kenne?« Ihre Wangen röteten sich. »Ich meine, ich weiß, dass wir einander formell vorgestellt werden müssten, aber ...«, sie hielt die Hände mit den Handflächen nach oben und sah sich um, »ich sehe niemanden, der diese Aufgabe erledigen könnte.«

Er grinste. »Kenilworth, zu Diensten, Mylady.«

»*Kenilworth?*« Ihr bezauberndes Lächeln wurde urplötzlich von einem finsteren Blick abgelöst, und ihr lockerer Tonfall wurde so eiskalt wie sein Eishaus im tiefsten Winter. »*Ihr* seid der *Marquis of Kenilworth?*«

»Das bin ich, ja.« Con fragte sich, womit er eine derart ablehnende Reaktion verdient hatte.

Eine goldblonde Locke löste sich, und sie steckte sie wieder unter ihre Haube, wobei sie etwas über

Kurtisanen und arme Frauen murmelte. Er würde sie nicht bitten, das zu wiederholen.

Aber wann war sie ihm bereits begegnet? Der einzige öffentliche Ort, den er in letzter Zeit aufgesucht hatte, war ... Verdammt. Das Theater. Er erinnerte sich an ihr wundervolles Haar.

Wie hatte er das vergessen können? Sie war die junge Lady in Worthingtons Loge gewesen. Sie hatte ihn angestarrt, als er mit Aimée und einer ihrer Freundinnen im Theater gewesen war. Die Lichter in Worthingtons Loge waren heller gedreht gewesen, wie in den meisten Logen. Nur Con hatte die Lichter in seiner eigenen Loge heruntergedreht, weil seine Geliebte ungern die Aufmerksamkeit auf sich zog. Ihre Freundin hatte sich dagegen geradezu über die Balustrade gehängt, um alle Aufmerksamkeit zu erregen, die sie bekommen konnte. Diese Person war sogar so vermessen gewesen, Kenilworth darum zu bitten, dass er sie zu Worthingtons Loge begleiten möge, weil der Duke of Rothwell – der inzwischen mit einer anderen von Matts Schwestern verheiratet war – die Worthingtons begleitet hatte.

Dennoch – sicherlich wusste Lady Charlotte nicht ... Junge, unverheiratete Damen von vornehmer Herkunft wussten nichts über Geliebte. Andererseits hatte sie Kenntnis von Miss Betsy und sie hatte Kurtisanen erwähnt – aber selbst wenn sie etwas darüber erfahren hätte, was kümmerte es sie? Es war nicht ihre Angelegenheit, wenn er eine Geliebte hatte. Die meisten Männer hatten eine.

»Ich weiß es zu schätzen, dass Ihr solche Mühe auf Euch nehmt, mich zu retten«, sagte Lady Charlotte mit fester Stimme. »Dennoch würde ich es vorziehen, wenn wir jetzt ein Gasthaus fänden, von dem aus ich mit der Postkutsche weiter nach London reisen könnte.«

Den Teufel würde sie. Worthington würde Con umbringen, wenn er seine Schwester in einer gewöhnlichen Postkutsche fahren lassen würde. Er würde sie nach Hause bringen. Immerhin trug sie ein Reisegewand. Es war zwar etwas zerknittert, aber niemand würde wissen, dass sie nicht zu einem Morgenausritt unterwegs gewesen waren. Solange er sie nur zurückbrachte, ohne dass sie gesehen wurden, bevor sie am Hyde Park vorbeikamen, wäre alles gut.

Verflixt. Wer, wenn nicht er, wüsste es besser, als an solchen Nonsens zu glauben. Wenn irgendjemand sie sähe, wäre er erledigt.

Seit sie das Gasthaus verlassen hatten, waren Stunden vergangen. Die Sonne stieg mit jeder Minute schneller am Himmel. Wenn er sich nur nicht verfahren hätte, hätten sie schon längst in der Stadt sein können.

Sie erreichten einen Ort, der wie eine Marktstadt aussah. Ladenbesitzer kehrten die Eingänge und Frauen, alte wie junge, eilten umher, große Körbe den Armbeugen. Glücklicherweise sah er keine Kutschen oder Leute, die er kannte, und fuhr stracks durch. So weit, so gut.

»Warum habt Ihr hier nicht angehalten?«

»Hier verkehrt keine Postkutsche«, log er. Zweifellos würde sie ihm von der Kutsche springen, wenn sie wüsste, dass es vermutlich sogar eine Hauptstelle war. Marktstädte waren das nämlich immer.

»Oh.« Sie verfiel wieder in angespanntes Schweigen.

Ein Schnurren drang aus ihrem Korb hervor. Wenigstens die Katze fühlte sich wohl.

Kapitel 5

Eine halbe Stunde später hatte sich an Cons Lage nur ein Detail verbessert: Er hatte ein weiteres Hinweisschild auf die Marktstadt gesehen, die in der Nähe des Anwesens seiner Mutter lag. Nun wusste er wenigstens, wo er war. Den Atem anhaltend, während sie durch ein Dorf fuhren, betete er darum, dass niemand sie bemerken würde.

Seit Lady Charlotte seinen Namen erfahren hatte, war sie so weit wie möglich von ihm abgerückt – was nicht sehr weit war, wenn man bedachte, dass ihre Röcke noch immer seine Hüfte streiften – und hatte jeden Blick in seine Richtung vermieden. »Bitte haltet die Kutsche an.«

Ohne nachzudenken, zog Con die Zügel an. Bevor er fragen konnte, was sie brauchte, oder ihren Arm greifen konnte, war sie von seinem Phaeton hinuntergeklettert und stapfte die Straße hinunter in Richtung Dorf.

Das gibt noch schlimmeres Gerede. »Was denkt Ihr denn, wo Ihr hingeht, Mylady?«

»Zurück nach London«, rief sie über die Schulter. »Wir hätten schon längst da sein müssen.«

Zur Hölle aber auch. »Ich habe mich ... verfahren. Wir werden in Kürze am Haus meiner Mutter ankommen.« Sie murmelte etwas, das er nicht verstand. »Wisst Ihr denn den Weg?«

»Nein.« Sie reckte das wohlgeformte Kinn, das er vorher bewundert hatte. »Aber vor einer Meile oder so habe ich ein Inn gesehen. Vielleicht hält dort keine Postkutsche an, aber ich bin mir sicher, dass die Leute mir helfen werden, eine Reisemöglichkeit nach Mayfair zu organisieren.«

Noch schlimmeres Gerede aus purer Ignoranz heraus. Worthington war selbst schuld, wenn er seine Schwester so unwissend hielt, dass sie nicht einmal ahnte, welchen Skandal sie auslösen würde.

Er sprang von seiner Kutsche ab, wendete sie und folgte Charlotte, die weiter Richtung Dorf, Gasthaus und in ihren sicheren Ruin marschierte. »Habt Ihr Geld dabei?«

»Natürlich nicht«, versetzte sie in irritiertem Tonfall. »Warum, bitte schön, sollte ich mein Retikül mitnehmen, wenn ich nur den Platz überquere, um zu Worthington House zu gelangen?«

Con hätte sie am liebsten über das Knie gelegt. »Dann erklärt mir doch bitte«, sagte er in mühsam aufrechterhaltener Ruhe, »wie Ihr für Eure Fahrt nach London zu zahlen gedenkt.«

Dieses Mal blieb sie stehen, ihr Rücken so gerade wie ein Stock. »Ich wüsste nicht, dass das Eure Angelegenheit wäre, Mylord.« Er hörte sie geradezu mit den Zähnen knirschen. »Ich werde einfach meine Karte überreichen und erklären, dass ich hier gestrandet bin. Sicher wird man begreifen, dass meine Familie für alle Kosten aufkommen wird. Sollte man mir da nicht helfen wollen, werde ich mich an den örtlichen Pfarrer wenden.«

»Warum ich?« Er legte eine Hand über die Augen und grummelte bei sich: »Warum war ich der Einzige, der gerade vorbeikam, als diese Xanthippe entführt wurde?«

»Habt Ihr etwas gesagt?« Ihr Tonfall war so hochmütig wie der seiner ältesten Schwester.

Das verhieß nichts Gutes für ihn. »Nein.«

»Gut.« Sie sank vor ihm in einen Knicks, der in einen Ballsaal gepasst hätte. »In diesem Fall wünsche ich noch einen guten Tag, Mylord. Ich wünsche nicht, in Eurer Gesellschaft gesehen zu werden. Es könnte meinen Ruf zerstören.«

Was hatte er nur angerichtet, dass das Schicksal ihm ein solches Joch auferlegte? Schon allein das Betreten eines Gasthauses ohne ihre Zofe, Gepäck oder einer erkennbaren Transportmöglichkeit würde ihren Ruf zerstören.

Verdammt. Zum ersten Mal wünschte er, er hätte eine jüngere Schwester. Dann wüsste er wenigstens, wie er Lady Charlotte zur Vernunft bringen könnte.

Was hatte seine deutsche Hauslehrerin immer gesagt, wenn Kenilworth Schwierigkeiten gehabt hatte? Ach ja, *Schritt für Schritt.* Einen Schritt nach dem anderen. Er musste Lady Charlotte irgendwie verständlich machen, in welche Gefahr sie sich gerade begab. »Ihr wisst, dass eine wohlerzogene junge Dame nicht ohne Begleitung herumwandern darf, oder?«

»Ja, gewiss. Deshalb begleitet mich normalerweise immer ein Bursche. Allerdings haben die Kerle ihn nicht mitgenommen, als sie mich entführten.«

Con war sich sicher, dass seine ältere Schwester solchen Sarkasmus missbilligen würde. »Habt Ihr irgendeine Vorstellung davon, was der Hausherr des Inns denken wird, wenn eine junge Dame in seinem Gasthaus aufkreuzt, die kein Gepäck und keine Zofe bei sich hat? Na?«

Ihr Schritt stockte einen Augenblick. Als sie fortfuhr, war ihr Tonfall nicht annähernd so selbstsicher wie zuvor. »Mister Brown war sehr freundlich zu meiner Schwester, als sie wegen des Wetters einmal gestrandet ist, und sie hatte ihre Zofe auch nicht bei sich.«

Con mahlte mit den Backenzähnen. »Und hat der ehrenwerte Mister Brown Eure Schwester zufällig bereits gekannt?«

»Natürlich. Meine Familie kennt ihn seit Jahren.«

»Ich kann Euch garantieren, dass der Gastwirt, wer auch immer er sein mag, nicht so zuvorkommend sein wird.«

Sie drehte sich auf dem Absatz um und blickte ihn an. »Und warum sollte er das nicht sein?« Die Hand, die nicht den Korb hielt, stützte sie in die Taille, und er konnte sehen, wie schmal sie tatsächlich war.

Doch nicht nur das, auch ihre Brüste hoben und senkten sich, und die Erinnerung an ihre Weichheit spielte Con und seinem kleinen Freund einen Streich.

»Was denkt Ihr, was Ihr da so anstarrt?« Ihre blauen Augen erinnerten ihn an Eiskristalle.

Wenigstens vergaß sie dieses Mal, *Mylord* anzuhängen. »Nichts.«

Sie drehte sich wieder um und stapfte los. »Ich weiß nicht, warum ich Euch überhaupt irgendetwas erklären sollte. Schließlich seid Ihr ein Lebemann. Wie solltet Ihr etwas darüber wissen, wie eine ehrenwerte Dame behandelt werden muss?«

»Zuerst einmal habe ich auch Schwestern und eine Mutter. Und zweitens bin ich kein Lebemann.«

»Wirklich?«, sagte sie und zog das Wort im höhnischsten Tonfall in die Länge, den er in letzter Zeit gehört hatte.

Genau das war der Grund, weshalb ein Mann sich eine Mätresse hielt. Eine Mätresse sprach niemals in solchem Ton mit ihm. Eine Mätresse widersetzte sich nie. Eine Mätresse tat genau das, was man ihr sagte.

»Ja, wirklich.« Könnte er Lady Charlotte doch einfach verschnüren und zurück nach London bringen. »Ein Lebemann macht Jagd auf Jungfrauen. Das tue ich nicht, seid versichert.« Hauptsächlich, weil sie ihn zu Tode langweilten – bisher jedenfalls. Niemand konnte Lady Charlotte vorwerfen, sie wäre langweilig – und ihm war sein Leben lieb.

Sie schnaubte.

Dann schwieg sie, und er dachte, er könnte es noch einmal mit der Stimme der Vernunft probieren. »Was wollt Ihr im unwahrscheinlichen Falle tun, dass der Gastwirt Euch keinen Glauben schenkt?«

»Wie ich bereits erwähnte, werde ich den Pfarrer aufsuchen und ihn bitten, einen Brief an Worthington zu schicken.«

Verfluchtes Weib. Sie hatte auf alles eine Antwort, nur nicht darauf, wie sie aus dem Schlamassel wieder herauskommen sollten, in den sie beide katapultiert worden waren. Wenn er Miss Betsy zwischen die Finger bekäme, wurde er der verfluchten Kupplerin den mageren Hals umdrehen und auf die Konsequenzen pfeifen. Er war versucht, auch Lady Charlotte am Hals zu packen, aber sie begriff wirklich nicht, wie angespannt die Lage war, in der sie sich befand. Als würde der *Ton* oder auch nur der Gastwirt nicht sofort das Schlimmste über eine junge Dame annehmen, die auf dem Land ohne Begleitung herumwanderte.

Das Inn kam in Sicht, und ihr erleichtertes Seufzen war so laut, dass er es sogar aus seinem Abstand von mehreren Fuß hören konnte.

»Jetzt werdet Ihr sehen, dass ich recht habe«, sagte sie und machte so große Schritte, wie ihre engen Röcke zuließen. Sie hatte eindeutig den größten Teil ihres Lebens auf dem Land verbracht.

Just in dem Moment, in dem sie die Tür erreichten, fuhr eine andere Kutsche auf den Hof. Hölle und Verdammnis! Das war Braxton. Das größte Klatschmaul von ganz London, begleitet von Lord Gerald.

Irgendwie musste Con die Situation unter Kontrolle bringen. Er warf die Zügel einem Stallburschen zu und hastete zur Tür des *Green Man*, um sie zu öffnen, bevor Lady Charlotte es selbst tun konnte. Mit hoch erhobenem Kopf betrat sie das Gebäude wie ein Schiff unter Flagge.

Gott möge sie beide schützen! Er trat hinter ihr ein, bereit, die Scherben einzusammeln. Nicht, dass sie ihm dafür danken würde.

Sie stand vor dem irritierten Gastwirt und verkündete: »Ich bin Lady Charlotte Carpenter ...«

»Und ich bin Lord Kenilworth. Meine Verlobte und ich besuchen meine Mutter, und wir hatten einen Unfall mit unserer Kutsche.« Er widerstand dem Drang, die Luft auszustoßen, als Braxton durch den Eingang hereintrat.

Verlobte? Charlotte wirbelte herum, um zu protestieren, da sah sie Lord Braxton und gab sich rasch den Anschein von Ruhe.

Großer Gott! Konnte denn gar nichts richtig laufen? Nach allem, was sie zu Lord Kenilworth gesagt hatte, um seine selbstgefälligen Antworten mal beiseitezulassen, konnte sie die Erniedrigung nicht ertragen – oder seine Selbstzufriedenheit.

Sie hatte ihr normalerweise nicht leicht aufbrausendes Temperament und, um ehrlich zu sein, auch die Angst, was ein Mann, der Frauen zu seinem Vergnügen kaufte, mit ihr tun würde, die Oberhand gewinnen lassen. Er hatte natürlich recht. Junge Damen betraten nicht einfach so ein Gasthaus und verlangten ein Zimmer.

Vielleicht lag es sogar an dem Kuss. Er war so sanft und so süß gewesen – besser, als sie jemals gedacht hatte, dass ein Kuss sein könnte, und doch genau so, wie Dotty und Louisa es beschrieben hatten – und zum ersten Mal seit Stunden hatte Charlotte sich so sicher gefühlt. Und sie hatte gedacht, dass … nun, sie wollte jetzt nicht mehr daran denken. Dieser Kuss würde niemals wiederholt werden. Wenn sie erst einmal zu Hause war, würde sie ihn nie wiedersehen.

»Kenilworth«, rief Braxton aus. »Ich dachte schon, dass Ihr das seid. Sagtet Ihr, Ihr seid verlobt?«

»Ja, das sind wir. Lady Charlotte und ich besuchen meine Mutter.« Lord Kenilworth hob sein Augenglas und betrachtete sein Gegenüber. »Allerdings kann ich mir nicht vorstellen, was Euer Interesse sein könnte.«

Sie unterdrückte ein Stöhnen. Warum sie? Womit hatte sie es verdient, in so eine Lage zu geraten? Sie hatte immer versucht, gut zu allen zu sein und Menschen in Not zu helfen. Aber nun würde Matt sie umbringen, und Grace würde ihn nicht daran hindern können. Wenigstens hatte Lord Kenilworth aufgehört, gehässig zu grinsen. Wenn Charlotte nur wüsste, was sie sagen sollte. Irgendetwas, womit sie diesen Irrsinn aufhalten könnte.

Im kurzen Flur hinter ihr öffnete sich eine Tür. *Bitte nicht noch ein Herr von Braxtons Sorte.*

»Lady Charlotte ...«

Beim Klang der vertrauten Stimme ließ sie die Luft heraus und konnte nicht widerstehen, Lord Kenilworth ein triumphierendes Lächeln zuzuwerfen, bevor sie ein dankbares Stoßgebet gen Himmel sandte.

»... ich fragte mich schon, was Euch so lange aufgehalten hat.«

Eine Welle der Erleichterung durchfloss Charlotte, und sie knickste vor der Grand Dame, die bei der Heirat von Dotty und Dom eine große Rolle gespielt hatte. »Lady Bellamny, es tut mir leid, dass ich Euch habe warten lassen.« Charlotte küsste die Wange der älteren Dame und flüsterte: »Ich versuche verzweifelt, nach Hause zu kommen. Wie habt Ihr mich gefunden?«

Sie wollte nach Hause und so weit von Kenilworth weg wie möglich. Sie würde sich mit seiner unerwünschten, allerdings höchstwahrscheinlich nötigen Ankündigung später befassen.

»Ein glücklicher Zufall, meine Liebe. Ich bin erfreut, Euch bei bester Gesundheit zu finden«, sagte Ihre Ladyschaft in leisem Ton, bevor sie Charlottes Wange tätschelte und dann zurücktrat. »Ja, ja, das kann ich mir vorstellen, aber alles zu seiner Zeit, meine Liebe. Alles zu seiner Zeit«, sagte Ihre Ladyschaft geradezu aufreizend gelassen. »Kommt mit mir.« Lady Bellamnys Blick schien durch die Eingangshalle zu wandern, als sie Charlotte bedeutete, ihr zu folgen.

Ihre Ladyschaft blickte über die Schulter. »Ihr auch, Kenilworth. Ich freue mich darauf, Eure Mutter wiederzusehen. Es war freundlich von Euch, mich hier zu treffen. Misses Watson ...«, Lady Bellamny gab der Hausherrin ein Zeichen, »wir brauchen Tee und eine Kleinigkeit zu essen.« Als Lord Braxton einen Schritt nach vorn machte, fixierte sie ihn mit ihrem Basiliskenblick. »Ihr nicht, Mylord.«

Ihre Ladyschaft rauschte durch die Tür eines recht großen Salons und winkte Charlotte zu einem der Stühle an einem quadratischen Eichentisch. Lord Kenilworth folgte ihnen und stellte sich an den Kamin.

Glücklicherweise brauchten sie nicht lange zu warten, bis Misses Watson und eine Dienerin zwei Kannen Tee, Brot, verschiedene Käsesorten, Fleisch und Obst hereintrugen. Nachdem sie die Mahlzeit auf dem Tisch angeordnet hatten, verließen die Frauen den Raum und schlossen die Tür hinter sich.

Weder Ihre Ladyschaft noch seine Lordschaft hatten ein Wort geäußert. Allerdings hatte er den amüsierten Ausdruck von zuvor verloren. Das geschah ihm recht dafür, dass er so selbstgefällig war. Nun, da Lady Bellamny da war, könnte Charlotte bis zum Nachmittagstee zu Hause sein.

Während sie zwischen den beiden hin und her sah, drehte sie den Perlenring an ihrer rechten Hand. Kurz dachte sie daran, das Schweigen zu durchbrechen, entschied sich dann jedoch dagegen. Vor ihren Augen schien sich etwas abzuspielen. Sie wusste nur nicht, was es sein könnte.

»Ich habe Euch sagen hören, dass Ihr und Lady Charlotte verlobt seid.« Lady Bellamny setzte sich auf den Stuhl Charlotte gegenüber und begann, ihnen Tee einzugießen.

Lord Kenilworths Kiefer mahlten, als ob er mit den Zähnen knirschte, bevor er düster antwortete: »Unter den gegebenen Umständen hätte ich kaum etwas anderes tun können.«

Ihre Ladyschaft zog herrisch eine Braue hoch. »Schaut nicht so mürrisch drein. Lady Charlotte wird Euch eine überaus bezaubernde Gattin sein. Eure Mutter wird begeistert sein, dass Ihr endlich beschlossen habt zu heiraten.«

Gattin? Heiraten? Nein, nein, nein! Verlobt zu sein war schlimm genug. Das könnte man wieder lösen. Aber verheiratet! Lord Kenilworth war der letzte Mann auf Erden, den sie heiraten würde. Allein die Vorstellung, er könnte sie mit denselben Händen berühren, mit denen er andere Frauen misshandelte, drehte ihr den Magen um.

Charlotte schob die Erinnerung an seinen Kuss rasch beiseite. Hätte sie gewusst, wer er war, hätte sie ihn niemals geküsst.

Sie atmete tief ein, dann sagte sie mit so fester Stimme, wie sie vermochte: »Unabhängig davon, was Seine Lordschaft sagte, wünsche ich nicht, ihn zu heiraten. Es muss einen Weg geben, wie ...«

»Da gibt es weder so noch so einen Ausweg, meine Liebe.« Lady Bellamny wischte Charlottes Einwand mit so entschiedener Stimme zur Seite, dass sie am liebsten jemandem den Hals umgedreht hätte. Vorzugsweise Lord Kenilworth. »Ich hatte Stanwood House eine Stippvisite abgestattet, um Eure Schwester über mein Vorhaben in Kenntnis zu setzen, einige Tage außerhalb der Stadt zu weilen. An ihrer Stelle traf ich jedoch auf Eure Base, Lady Jane Addison. Da sie weiß, dass ich eine vertrauenswürdige Freundin Eurer Familie bin, erzählte sie mir, was geschehen ist. Wenn ich mich nicht irre, wart Ihr zumindest über Nacht in der Gesellschaft von Lord Kenilworth, und Ihr wurdet gesehen, wie Ihr mit ihm das Inn betreten habt.« Sie zog eine Braue hoch. »Und zwar in recht derangiertem Zustand.«

Charlotte beschloss, über ihr zerknittertes, schmutziges Kleid hinwegzugehen und auf den wichtigsten Punkt zu sprechen zu kommen. »Ich habe nicht wirklich die Nacht mit ihm verbracht.« Nicht die ganze Nacht, und genaugenommen war sie als Erste in das Inn gegangen. »Er ist mir in das Inn gefolgt. Ich ...«

»Das war dicht genug, Mylady.« Sein Ton war so trocken wie Sand. »Wir wurden dabei gesehen, dass wir gemeinsam hierher gegangen sind, und ich habe Euch die Tür offengehalten.«

»Charlotte, meine Liebe.« Lady Bellamnys strenger Tonfall traf Charlotte. Sie war noch nie vom Biss Ihrer Ladyschaft getroffen worden. »Ich hoffe doch sehr, dass Ihr mir nicht gerade erzählen wolltet, dass Ihr die Nacht in Gesellschaft der zwei Halunken verbracht habt, die Euch entführt haben.« Ihre zweite Braue hob sich, als sie den Satz beendete.

»Nein, Mylady.« Sie brachte die Worte kaum heraus, da die Konsequenzen dieser Aussage ihr schlagartig bewusst wurden.

Unglücklicherweise wäre es in den Augen der feinen Gesellschaft sogar noch schlimmer, mit diesen beiden Entführern zusammen gewesen zu sein, als die Zeit mit Seiner Lordschaft verbracht zu haben. Niemand würde glauben, dass sie nicht geschändet worden wäre. Die Tatsache, dass er ihr am frühen Morgen zur Flucht verholfen hatte, hätte für so ein Schandmaul wie Lord Braxton keinerlei Bedeutung.

Was jedoch noch schlimmer war: Lord Kenilworth hatte recht gehabt. Sie war naiv und dumm gewesen. Allerdings vertraute sie ihm immer noch nicht. Jeder Mann, der Frauen auf die Weise gebrauchte, wie er es tat, war ein Mistkerl.

»Hervorragend.« Ihre Ladyschaft nahm einen Schluck Tee und fixierte Charlotte mit unbedarftem Blick. »Welchen Einwand habt Ihr dann gegen Kenilworth? Er ist gutaussehend ...«

Sie spürte, wie ihre Augen sich weiteten.

»Himmel noch mal, Mädchen. Ich bin vielleicht alt, aber nicht blind.«

Seine Lordschaft neigte den Kopf leicht, und in seinen Mundwinkeln deutete sich die Spur eines Lächelns an, als Ihre Ladyschaft ihre Teetasse in seine Richtung hob. »Nun, wie ich schon sagte, er ist ein gefälliger Anblick, wohlhabend und außerdem Marquis. Die meisten jungen Damen wären vor Freude außer sich über eine solche Verbindung.«

Die meisten vielleicht, sie jedoch nicht. »Aber – aber ich bin ihm vor gestern Abend noch nie begegnet.« Sie setzte sich auf ihrem Stuhl aufrechter hin. »Ich kann doch nicht einen Mann heiraten, den ich erst so kurz kenne.«

Die Tatsache, dass sie Fremde waren, würde doch sicherlich einiges Gewicht haben. Sie hatte geschworen, niemals einen Mann zu heiraten, der sich zu seinem eigenen Vergnügen eine Frau kaufte, und genau das tat er, wenn er eine Geliebte aushielt. Geschweige denn zwei zur gleichen Zeit. Nein, sie musste an ihren Grundsätzen festhalten.

»Unter diesen Bedingungen habt Ihr keine Wahl.« Lady Bellamny nippte ruhig an ihrem Tee.

»Er ist ein Schurke.« Charlotte hob herausfordernd das Kinn. Einer von beiden sollte wagen, ihr zu widersprechen. »Ich heirate keinen Mann, der Frauen missbraucht.«

»Eine Frau missbrauchen?« Lord Kenilworths grüne Augen verdunkelten sich, als er sie mit seinem Blick durchbohrte. Seine Stimme war gefährlich ruhig, und ein Schaudern lief ihr den Rücken hinab. »Ich habe in meinem ganzen Leben niemals einer Frau Schaden zugefügt.«

Wie konnte er es wagen, zu lügen? Die bloße Tatsache, dass er dafür bezahlte, den Körper einer Frau zu benutzen, war mehr, als sie aushalten konnte. Dotty hatte ihr erzählt, wie erniedrigt die Frauen gewesen waren, die sie gerettet hatte. Sie waren gezwungen worden, sich Vergewaltigungen zu fügen, oder man hatte sie so lange unter Drogen gesetzt, bis sie alles für die Drogen tun würden. Nur sehr wenige der Frauen im Etablissement von Miss Betsy hatten gesagt, dass sie sich aus freien Stücken für dieses Leben entschieden hatten. Die anderen taten es, weil sie entweder von jemandem dazu gezwungen wurden oder weil sie es tun mussten, wenn sie nicht Hungers sterben wollten.

»So, Mylord.« Charlotte sah ihn mit zusammengekniffenen Augen an. »Wie nennt Ihr es, wenn Ihr eine Frau dafür bezahlt, dass Ihr über ihren Körper verfügt?«

»Eine geschäftliche Vereinbarung«, schoss er zurück, als hätte er nichts Falsches getan.

»Es reicht. Beide.« Lady Bellamny läutete eine kleine Handglocke. »Lady Charlotte, Ihr solltet es besser wissen, als über Themen zu streiten, von denen Ihr gar keine Kenntnis haben solltet. Und was Euch betrifft, Lord Kenilworth, erinnere ich Euch daran, dass Ihr ein Gentleman seid, der mit einer jungen Dame spricht. Offensichtlich habt ihr beide noch einige Differenzen auszuräumen.« Lady Bellamny läutete erneut. »Lady Charlotte, Ihr zieht Euch jetzt auf ein Zimmer zurück. Nachdem Ihr Euch gewaschen und Euer Frühstück eingenommen habt – dann es ist eindeutig, dass Euch etwas aus der Contenance bringt – werde ich Euch und Kenilworth zum Anwesen seiner Mutter begleiten. Dort werdet Ihr bleiben, bis Worthington Euch wieder zurück nach London holen kann. Ich werde Grace schreiben und sie darüber in Kenntnis setzen, dass Ihr in Sicherheit seid. Kenilworth, Euch rate ich, an Wor-thington zu schreiben.« Misses Watson betrat den Salon. »Bitte bringt Lady Charlotte in ein Zimmer, in dem sie sich waschen kann. Das kleine Mahl, das Ihr kredenzt habt, war sehr gut. Dennoch möchte ich, dass hier ein vollständiges Frühstück serviert wird, sobald Ihre Ladyschaft zurückkommt.«

KAPITEL 6

Charlotte war überaus dankbar dafür, den Salon verlassen zu können.

Was für ein Glück, dass Lady Bellamny hier auf sie gewartet hatte – die Schicksalsgöttinnen hatten ein gutes Händchen bewiesen, es so einzurichten. Dennoch bereitete der Gedanke ihr Magenschmerzen, dass sie gezwungen wäre, einen Mann zu heiraten, der Prostituierte ausnutzte – also die Art Mann, die sie geschworen hatte, niemals zu heiraten. Wenn sie nur das nötige Geld hätte, um nach London zurückzukehren, würde sie abreisen und sich weigern, ihn je wiederzusehen. Sie konnte jedem, der es wissen wollte, sagen, dass sie sich gestritten hätten und sie ihre Meinung über eine Heirat geändert hätte. Nun musste sie mindestens einen weiteren Tag mit ihm im selben Haus verbringen.

Sie kamen an eine Tür in der Nähe des Treppenabsatzes. »Ich schicke Euch meine älteste Tochter, dass sie Euch hilft, Mylady.«

»Danke sehr.«

Als sich die Tür hinter Charlotte schloss, setzte sie die Haube ab, zog die Nadeln aus ihrem Haar und entwirrte mit den Fingern die langen Strähnen. Was würde sie für ein Vollbad geben! Da sie nicht die nötigen Mittel hatte, um nach Hause zu reisen, könnte sie hoffentlich eines nehmen, sobald sie im Haus von Lord Kenilworths Mutter war.

Oh Gott. Ihr Herz zog sich schmerzhaft zusammen, als wäre es von unsichtbarer Hand gedrückt worden. Sie konnte nicht akzeptieren, dass ihre Lage unausweichlich war. Dass sie gezwungen wäre, ihn zu heiraten.

Das Schlimmste von allem war, dass sie begonnen hatte, ihn leiden zu mögen, solange sie noch nicht wusste, wer er war. Nach seinem Kuss hatte sie gedacht, sie hätte den richtigen Gentleman für sich gefunden. Doch sie konnte, sie würde ihn nicht heiraten.

Sicherlich würde Grace ihr aus dieser Lage heraushelfen können. Obgleich sie Dotty nicht hatte helfen können. Allerdings hatte Dottys Heirat sich als viel besser erwiesen, als irgendjemand erwartet hätte. Merton betete Dotty an – und sie ihn.

Charlotte konnte sich keine Möglichkeit ausmalen, wie sie mit einem Mann glücklich sein sollte, der vom Körper einer Frau als geschäftliches Abkommen dachte. Er musste wissen, welchen Schaden er den Frauen zufügte, die er benutzte.

Sie hatte begonnen, das Zimmer zu durchmessen, und blieb stehen. Oder vielleicht wusste er nicht, wie schändlich sein Verhalten tatsächlich war. Dotty hatte gesagt, viele Männer würden nicht über die Konsequenzen ihres Handelns nachdenken. Sogar Grace hatte zugestimmt, dass Männer blind sein konnten, wenn es um das Erfüllen ihrer Bedürfnisse ging.

Charlotte war nicht gewillt, Kenilworth zu ehelichen, aber sie würde ihr Bestes tun, um ihn davon zu überzeugen, dass er Frauen in Not helfen sollte, anstatt sie auf die Weise zu benutzen, wie er es tat.

An der Tür erklang ein Pochen, und eine Frau, die in Charlottes Alter zu sein schien, betrat den Raum. »Ich bin Sally. Meine Ma schickt mich, Mylady.«

»Danke sehr. Ich habe versucht, mein Haar zu kämmen.«

»Wenn Ihr möchtet, dass ich Euch beim Auskleiden helfe, damit Ihr Euch waschen könnt, werde ich auch Euer Haar machen.«

»Ja, bitte.« Charlotte drehte dem Mädchen den Rücken zu. »Ich würde Ihre Hilfe sehr zu schätzen wissen.«

Eine halbe Stunde darauf fühlte sie sich viel sauberer und mehr für die Herausforderung gewappnet, die sie sich selbst gestellt hatte. Sie würde ihren Standpunkt gegen diese Ehe wahren und nicht wanken.

»Ich brauche Stift und Papier«, sagte Con, als die Frau des Gastwirtes zurückkkam. »Ich möchte ebenfalls einen Boten nach Hillstone Manor schicken.«

»Ja, Mylord.« Die Frau knickste

Sobald er in eine kleine Kammer mit einem Schreibtisch geführt wurde, setzte er sich auf einen harten Holzstuhl und begann zu schreiben.

Mein lieber Worthington,

Du wirst inzwischen erfahren haben, dass Deine Schwester in Sicherheit ist. Ich werde sie zum Haus meiner Mutter bringen, Hillstone Manor in Kingsbrook. Lady Bellamny war so vorausschauend und hat den richtigen Zeitpunkt getroffen, um die Gegend zu besuchen – anscheinend gibt es eine Felsformation, die

*ihr Ehemann gern besichtigen wollte –, und sie wird
mit uns zu meiner Mutter reisen.
Ich möchte Dir versichern, dass alles sich zum Guten
gewendet hat. Allerdings wurden Deine Schwester und
ich von gewissen Personen gesehen, als wir auf den Hof
einfuhren. Als natürliche Folge habe ich behauptet,
dass wir verlobt wären und meine Mutter besuchten.
Ich bin bereit, die ehelichen Vereinbarungen mit Dir zu
besprechen, sobald Du angekommen bist.
Dein Diener,
C. Kenilworth*

Als nächstes schrieb er ein Billett an seine Mutter, in
dem er sie vorwarnte, dass sie Gäste bekäme, ohne ihr
jedoch einen Hinweis zu geben, welche Art von Besu-
chern sie zu erwarten hätte. Das war wahrscheinlich
nicht sehr zuvorkommend von ihm, aber er müsste erklären, wie es zu seiner Verlobung gekommen war.
Und den Grund, weshalb seine Verlobte – wenn man
eine Lady, die sich weigerte, einen Mann zu heiraten,
als Verlobte bezeichnen konnte – nicht glücklich darüber war. Und das konnte er nur persönlich tun. Auch
wenn er niemals gedacht hätte, sich einmal über die
Anwesenheit von Lady Bellamny zu freuen, würde er
höchstwahrscheinlich ihre Hilfe brauchen.

Er kritzelte auch noch eine Nachricht an seinen Kammerdiener, Cunningham, und wies den Mann an, sogleich nach Hillstone Manor zu reisen und alles an
Kleidung und anderen Dingen mitzubringen, die Con
für mindestens eine Woche brauchen würde. Nach
kurzer Überlegung wies er seinen Kammerdiener außerdem an, sich mit Lady Charlottes Zofe in Kontakt zu

setzen und ihr zu sagen, dass sie Cunningham nach Hillstone Manor begleiten solle.

Con legte den Stift beiseite, zog den Korken aus dem Behälter und streute Sand auf die Briefe, bevor er Wachs auf die zusammengefalteten Bögen tropfen ließ und seinen Siegelring in die roten Kleckse drückte.

Er lehnte sich in dem harten Holzstuhl zurück. Hätte doch Braxton – von allen rücksichtslosen Schandmäulern – Con und Charlotte bloß nicht dabei gesehen, wie sie nach einer fast durchreisten Nacht auf den Hof gekommen waren. Wäre Con abergläubisch, würde er annehmen, dass er den Lackaffen selbst damit herbeigelockt hatte, dass er am vorherigen Abend vorgegeben hatte, Braxton zu sein.

Con rieb sich das Kinn. Jetzt war daran nichts zu ändern. Die Würfel waren gefallen und so weiter. Wenigstens würde er seine Mutter und seine Schwestern glücklich machen.

Er ging gemächlich zum Eingang des Inns und stieß auf den Eigentümer. »Ich muss diese Nachrichten sofort per Boten versenden lassen. Lasst den Mann bitte auf Antwort warten. Ich brauche außerdem ein Zimmer und Wasser, um mich zu waschen.«

»Sehr wohl, Mylord.« Mister Watson glättete seine Stirnlocke. »Ich lasse sogleich ein Zimmer herrichten.«

Con schlenderte in den Gemeinschaftsraum, der neben der Halle lag, um etwas vom hausgebrauten Bier zu trinken, während er darauf wartete, bis sein Zimmer bereit wäre.

»Kenilworth.« Lord Gerald Heathcote lächelte Con mit gefletschten Zähnen an. »Das Ale hier ist hervorragend.« Er schob mit dem Fuß einen Stuhl unter seinem Tisch heraus. »Gesellt Euch zu mir.«

»Das habe ich schon gehört.« Con blickte sich um, und da er Braxton nicht sah, gesellte er sich zu Lord Gerald. »Ich denke, das werde ich. Es war ein interessanter Morgen.« Und Abend, aber was sollte er sonst sagen? »Was führt Euch aufs Land?«

»Der Boxkampf, wisst Ihr nicht davon?« Er hielt zwei Finger für den Kellner in die Luft. »Ich habe beschlossen, früh herzukommen. Bei solchen Anlässen sind die Gasthäuser rasch voll. Braxton hörte, wie ich es einem anderen Bekannten sagte, und beschloss, mitzukommen.«

Wie hatte Con nur solch ein Schwachkopf sein können? Trotz dessen, was er gerade gesagt hatte, war es doch auch sein Plan gewesen, den Kampf zu besuchen. »Das hatte ich vergessen.«

»Ach, was das angeht ...« Lord Gerald senkte die Stimme zu einem Flüstern. »Was tut Lady Charlotte hier? Braxton ist der Meinung, Ihr müsst gemeinsam durchgebrannt sein, aber ich sagte ihm, dass Ihr nach Gretna Green die falsche Richtung eingeschlagen hättet.« Vor ihnen wurden zwei Krüge abgestellt. Lord Gerald nahm einen tiefen Zug aus seinem. »Wusste gar nicht, dass Ihr nach 'ner Gattin sucht. Sonst hätte ich meine Schwester vorgeschlagen, die älteste. Die andere hat noch nicht ihr Debüt gehabt. Wenn ich so drüber nachdenke, kann ich mich gar nicht entsinnen, Euch diese Saison irgendwo auf 'nem Ball oder so gesehen zu haben.«

Weil ich keine der Veranstaltungen besucht und ganz gewiss nicht nach einer Gattin Ausschau gehalten habe. Die Schicksalsgöttinnen hatten eine eigenartige Weise, mit den Plänen der Menschen umzugehen.

Er musste später daran denken, Charlotte – er nahm an, er brauchte sie in Gedanken nicht mehr mit ihrem Titel zu benennen – die unglaubliche Geschichte zu erzählen, die er jetzt seinem Bekannten zum Besten gab. »Lady Charlotte und ich haben uns kürzlich erst miteinander geeinigt. Und ich beschloss, dass sie ebenso gut jetzt meine Mutter kennenlernen könnte. Während der Fahrt hierher hatten wir einen kleinen Zwischenfall mit meinem Phaeton. Niemand wurde verletzt. Aber wir wurden beide etwas durchgewirbelt. Natürlich hat Lady Bellamny uns in ihrer Kutsche begleitet.« Er musste nachdenken, was gesagt worden war, als Lady Bellamny auf der Bildfläche erschienen war. Gott sei Dank hatte Braxton nicht gehört, wie Con mit Charlotte aneinandergeraten war.

»Hätte nie gedacht, dass Ihr Euch so bald Fußfesseln anlegen lassen würdet.« Auf Lord Geralds Antlitz breitete sich ein Lächeln aus. »Na, ich bin erfreut, Euch Glück wünschen zu dürfen. Aber warum hattet Ihr es so eilig, wenn Ihr doch den Kampf hättet sehen können?«

»Wir wollten meine Mutter über unsere Entscheidung zur Heirat in Kenntnis setzen.« Con bezweifelte nicht, dass Mama und Worthington, sobald sie erfuhren, dass Braxton ihn und Charlotte gesehen hatte, darauf bestehen würden, dass Charlotte diese Hochzeit durchzog.

»Ich dachte, Worthington würde auf dem Land weilen?«, fragte Lord Gerald verwirrt. Aber in seinem Kopf war es ja immer schon etwas drunter und drüber gegangen.

»Ich habe unmittelbar vor seinem Aufbruch mit ihm gesprochen. Allerdings musste meine Mutter, wie gesagt, informiert werden, bevor wir es verkünden.«

»Na, dann.« Lord Gerald leerte sein Ale und erhob sich. »Ich verschwinde mal und sage Lord Braxton, dass er verloren hat.« Er verbeugte sich übermütig vor Con. »Ich bin überaus froh, dass wir dieses Gespräch geführt haben. Damit schuldet Braxton mir ein Pony. Ich hab ihm gesagt, dass Lady Charlotte nicht einfach weglaufen würde. Sie ist nicht dieser Typ, wenn Ihr wisst, was ich meine.« Plötzlich wirkte Lord Gerald verunsichert, und er klappte den Mund auf und zu. »Ich bitte um Vergebung. Das wollte ich damit nicht sagen. Natürlich wisst Ihr, dass sie nicht dieser Typ ist. Ihr würdet sie nicht heiraten, wenn sie es wäre.«

»Gewiss.« Con ballte die Faust. Hätte er nur einen Grund, würde er Braxton zu gern einen Boxhieb verpassen. Leider würde das nichts an der Lage ändern. Der Kerl versprühte so viel Gift wie eine Viper. Er würde nur um des eigenen Amüsements willen sowohl Charlotte als auch Con ruinieren.

»Ich bin dann weg.«

Con unterdrückte einen erleichterten Seufzer. Wenigstens hatte Lord Gerald die Geschichte geschluckt.

Kurz nachdem Con sein Ale ausgetrunken hatte, erschien der Innbesitzer und führte ihn zu seinem Zimmer.

Er zog sich aus und goss warmes Wasser in eine Schüssel, dann wusch er sich so gut wie möglich und rasierte sich. An der zerknitterten Krawatte oder dem geknickten Hemdkragen konnte er jetzt nichts ändern, aber bis heute Abend würde Cunningham im Gut ankommen.

Con fragte sich, ob Charlotte ihrer Zofe geschrieben hatte, und ob er ihr sagen sollte, dass er sich bereits für sie darum gekümmert hatte. Allerdings wäre es vielleicht klüger, sich das zu sparen, wenn man bedachte, dass sie anscheinend gar nichts mit ihm zu tun haben wollte.

Solange sie nicht begriffen hatte, in welch prekärer Lage sie beide steckten, wäre das ein Problem. Er hatte sich niemals eine widerwillige Braut gewünscht. Einer der Gründe, weshalb er Bälle und andere Veranstaltungen des *Tons* gemieden hatte, war es gewesen, genau diese Art von Zustand zu vermeiden – aus Gründen, die außerhalb seiner Kontrolle lagen, in der Verlobung mit einer Dame zu enden.

Guter Gott. Was für ein Durcheinander. Wellington hatte aus Pflichtgefühl geheiratet. Und wie schlecht hatte es für ihn geendet? Con blieben in dieser Lage sogar noch weniger Wahlmöglichkeiten als dem General. Hätte er sich doch nur nicht verfahren. Hätte er es doch nur geschafft, sie vor dem Morgengrauen zurück nach London zu bringen, dann hätte dieses Problem vermieden werden können. Oder wenn sie sich nicht eine vollends unsinnige Meinung über ihn gebildet hätte, die lächerlich und zudem beleidigend war.

Was war aus der Welt geworden, wenn nur die Tatsache, dass ein Mann sich eine Geliebte hielt, ihm den Verwurf des Missbrauchs einbrachte? Aber nicht nur das – es stimmte doch nicht. Er behandelte seine Gespielinnen immer großzügig und freundlich. Keine von ihnen hatte sich je beklagt. Es lag in der Natur der Sache, dass man am Ende weiterzog.

Was für ein ausgemachter Blödsinn, schlecht von ihm zu denken, weil er tat, was alle Männer taten.

Man musste Charlotte begreiflich machen, dass Kurtisanen in einer anderen gesellschaftlichen Klasse verkehrten als die armen Frauen im *Miss Betsy's* oder in anderen Bordellen. Er stimmte durchaus zu, dass manche dieser Frauen schlecht behandelt wurden – sogar, wenn sie selbst entschieden hatten, dort zu leben. Seine Geliebte jedoch sowie andere sahen die Vorteile, die im Unterhalten von Gentlemen lagen, und sie genossen ihre Arbeit. Daran war nichts Anstößiges, und die Frauen wurden für ihre Dienste gut entlohnt.

Jemand musste Charlotte Verstand beibringen. Allerdings nicht er. Sie würde ihm ohnehin nicht zuhören, wenn er verrückt genug wäre, es zu versuchen. Hoffentlich würde Lady Bellamny ein Gespräch mit Charlotte führen und ihr erklären, wie die Dinge liefen. Andererseits käme sie vielleicht doch zu ihm, wenn sie begriff, dass ihre Optionen darin bestanden, entweder ihn zu heiraten oder aus der feinen Gesellschaft ausgestoßen zu werden und Jungfer zu bleiben.

Wenn sie ihn nicht ehelichte, würde niemand die Geschichte glauben, dass sie mit Lady Bellamny gereist waren. Wenn jemand die ganze Sache tatsächlich untersuchen würde, wäre die Geschichte nicht haltbar, und nicht nur ihr Ruf wäre gefährdet, sondern auch ihre Schwestern würden Schaden erleiden.

Er stöhnte. Ganz zu schweigen von seinen eigenen Schwestern. Er konnte geradezu hören, wie sie ihn anprangerten und verurteilten, weil sie ihn für einen gedankenlosen Herumtreiber hielten, dem die Klugheit abging, eine unberührte junge Dame dazu zu bewegen, dass sie ihn heiratete.

Er wollte verdammt sein, wenn er zuließ, dass Charlotte ihn wie einen veritablen Geck dastehen ließ. Es gab keine andere Wahl, sie musste ihn heiraten.

Con rieb sich über die Wange, als er an ihre sanften Kurven denken musste. Seine frühere körperliche Reaktion auf sie – bevor sie damit begonnen hatte, auf dem Umstand herumzureiten, dass er eine Geliebte hatte – war so stark gewesen, dass er schon dachte, es könnte ihm Vergnügen bereiten, sie in die sinnlichen Künste einzuweihen.

Sie war schön, mit einer guten Mitgift ausgestattet, temperamentvoll und intelligent. Abgesehen von ihrer unglückseligen Neigung, sich für die Gewerblichen einzusetzen, war sie exakt die Art Frau, die er hatte heiraten wollen ... eines Tages.

Er betrachtete sich im kleinen Rasierspiegel. Ob er es wollte oder nicht, dieser Tag war gekommen.

Er müsste Charlottes Leidenschaftlichkeit nur von dem, was er mit seiner Geliebten getan hatte, ablenken und auf das richten, was er mit ihr tun würde. Was konnte einfacher sein, als die eigene Verlobte zu verführen? Eine Unschuldige, die vermutlich nicht einmal richtig geküsst worden war – oder die überhaupt noch nicht geküsst worden war, so wie er ihren Bruder kannte – bevor sie ihm begegnete.

Con ging zu den Ställen, wo seine Pferde versorgt worden waren. »Ich muss ein anderes Paar mieten. Mein Stallmeister wird alles Nötige veranlassen, um diese beiden nach Hillstone Manor zu holen.«

»Aye, Mylord«, antwortete ein älterer Stallbursche. »Wir werden gut auf sie aufpassen. Ich habe noch dieses Paar Graue. Laufen gut, wenn Ihr mich fragt.«

Con besah sich die Pferde. Zufrieden antwortete er: »Sehen Sie zu, dass sie in einer halben Stunde bereit sind. Lady Bellamnys Kutsche wird ebenfalls gebraucht.«

Er wollte verdammt sein, wenn er den ganzen Tag auf die Damen warten würde, und er musste im Haus seiner Mutter mit einer Begleitung für Charlotte ankommen.

»Ich lasse den Kutscher Ihrer Ladyschaft rufen.«

»Guter Mann.« Con ging zurück zum Inn und direkt zu Lady Bellamnys Salon, wo er sie und Charlotte beim Tee antraf. Zwei Teller mit Essensresten standen auf dem Tisch, aber auf dem Tablett war noch genug für ihn, um zu frühstücken.

Eine fast leere Schale mit Milch stand auf einem Tisch neben Charlotte. Collette saß auf dem Sofa, neben ihrem Frauchen eingerollt, die die Katze abwesend streichelte. Die heimelige und häusliche Atmosphäre täuschte über die Umstände hinweg.

»Ich habe veranlasst, dass unsere Kutschen in einer halben Stunde fertig sind, wenn es Euch recht ist.«

»Hervorragend«, antwortete Lady Bellamny. »Ich habe es übernommen, an Charlottes Base zu schreiben und darum zu bitten, dass ihre Zofe hergeschickt wird, um ihr beizustehen. Ich habe auch an Lady Worthington geschrieben. Worthington kann etwas aufbrausend sein, wenn es um seine Schwestern geht. Sie wird einen beruhigenden Einfluss auf ihn ausüben können.«

Das war vermutlich der beste Einfall, den jemand an diesem Tag gehabt hatte. »Sehr gut.« Con ließ sich auf einem Stuhl neben Charlotte nieder. »Ist noch Tee da?«

»Ich werde eine frische Kanne bestellen.« Lady Bellamny zog am Glockenseil.

»Bitte.« Er sah zu Charlotte. Sie hatte nicht einmal von ihrem Kätzchen aufgeblickt.

Vermutlich dachte das verflixte Frauenzimmer, dass er verschwinden würde, wenn sie ihn ignorierte.

Con öffnete den Mund, um sie anzusprechen, da zog Lady Bellamny seinen Blick auf sich und schüttelte den Kopf. Nun gut. Vorläufig ließ er die Sache auf sich beruhen. Sie war nicht im Geringsten unhöflich oder bockig gewesen, bevor sie herausgefunden hatte, wer er war. Vielleicht holten sie auch die Geschehnisse des vergangenen Tages ein, und sie würde sich besser benehmen, wenn sie im Haus seiner Mutter wäre und Gelegenheit hätte, sich zu erholen.

Er war von Rang und Wohlstand, und mehr Frauen, als er zählen konnte, hatten ihm versichert, dass er attraktiv war. Con glaubte nicht, dass er unbescheiden war, wenn er dachte, dass sie es wirklich nicht viel besser treffen konnte als mit ihm. Es sei denn, natürlich, sie war hinter einem Herzog her, und junge Herzöge waren dünn gesät. Früher oder später würde Charlotte auf ihn zukommen.

Er füllte seinen Teller mit Roastbeefscheiben und Brot.

Wenn die Schicksalsgöttinnen es gut mit ihm meinten, würde er genug Zeit haben, bevor Worthington eintraf, um sie zu überzeugen, dass sie ihr Leben mit ihm verbringen wollte.

KAPITEL 7

Elizabeth Bell, die die meisten Menschen als Miss Betsy und andere als Misses E. Bottoms kannten, erreichte das *Hare and Hound* um zehn Uhr morgens und fand das Inn in Aufruhr vor. »Burt«, sie griff nach dem Arm des Angesprochenen, als er vorbeieilte, »was ist passiert?«

»Mein Mädchen, meine arme Annabelle, ist verschwunden«, kreischte Misses Wick, die Frau des Hausherrn, und hielt sich ein großes Schnäuztuch an den Mund. »Das war dieser Mann, der da war und sagte, er wäre ein Lord, der hat sie mitgenommen.« Sie wrang die Hände in ihrer Schürze. »Ich weiß, dass er mein armes Mädchen gezwungen hat, mit ihm zu gehen.«

Betsy legte sogleich ihre Hände zusammen und hielt sie an ihre Brust. »Meine liebe Misses Wick, sie wäre sicherlich nicht durchgebrannt. Anabelle ist solch ein gutes Mädchen.«

»Das ist sie.« Die ältere Frau wischte sich die Augen ab und nickte. »Er muss sie niedergeschlagen und mitgenommen haben.« Betsy konnte sehen, wie sich der Gedanke im Kopf der Frau formte. »Können Sie mir helfen, Miss? Ich weiß, dass Sie für Leute gearbeitet haben, die reicher sind als wir. Wir haben nicht viel, aber wir geben Ihnen, was wir haben, um unser liebes Mädchen wiederzubekommen.«

»Sie brauchen nicht einmal darum zu bitten.« Sie legte sanft die Arme um Misses Wick. »Sie und Ihre Familie waren mir so gute Freunde, ich werde es ohne Entlohnung machen.«

»Oh, danke, danke. Ich weiß nich, was wir ohne Sie machen täten!« Sie strich ihre Schürze glatt, zog ein frisches Taschentuch heraus und schnäuzte sich. »Werden Sie sofort aufbrechen?«

»Gewiss. Wenn Sie mir den Namen des Mannes nennen, der sie mitgenommen hat, und alles an ihm beschreiben, woran Sie sich erinnern können, beginne ich mit der Suche, sobald ich die Dame abgeliefert habe, die die Smiths gestern hergebracht haben.« Betsy sah zu Burt. »Wir brechen in der nächsten Stunde auf.« Sie wandte sich wieder Misses Wick zu und fragte: »Glauben Sie, es geht Ihnen gut genug, um für die junge Dame oben etwas zu essen vorzubereiten und ihr bei der Morgentoilette zu helfen?«

»Ach Gottchen.« Die Frau sprang in die Höhe. »Ich hab sie ganz vergessen. Ich mach sie fertig, nachdem ich Ihnen einen Tee im Salon serviert habe. Es schickt sich nicht für eine Lady wie Sie, im Gastraum zu sein. Auch nicht so früh am Morgen.«

»Sie sind so freundlich, Misses Wick. Ich danke Ihnen.« Betsy lächelte die Frau an, bevor sie zu dem einzigen Raum im ganzen Gasthaus ging, der als Salon durchgehen konnte.

Sie hatte diesen Ort ausgewählt, weil er gewöhnlich keine Adligen beherbergte. Was sie nun tatsächlich interessierte, war zu erfahren, wer der Gentleman war, der Annabelle entführt hatte, und wie viel er zahlen würde, um das Mädchen zu behalten. Es stand anzunehmen, dass das Mädchen keine Jungfrau mehr wäre, wenn Miss Betsy sie fand.

Wenige Augenblicke später schnitt ein ohrenbetäubendes Schreien durch die Luft.

»Ich habe sie gefunden, ich habe sie gefunden!« Misses Wicks Schreie wären noch im nächsten Dorf zu hören.

Na, das war ein schnell beendetes Geschäft gewesen.

Die Hausherrin kam in den Raum gestürmt. »Oh, Miss Betsy, Sie wer'n nich glauben, was passiert ist. Diese schlechte junge Lady – obwohl ich nich weiß, ob ich den Titel überhaupt für sie benutzen sollte, nach dem, was sie getan hat – hatte eine Waffe und hat meine Annabelle gefesselt. Dieser Lord Braxton hat ihr dabei geholfen.« Misses Wick zerknäulte erneut ihre Schürze. »Er muss der Grund gewesen sein, weshalb sie von ihrem angetrauten Ehemann weggelaufen ist.«

Betsy biss sich fest auf die Unterlippe, um nicht Dinge zu sagen, die sie besser für sich behielt. Burt und Dan würden eine Reihe Antworten geben müssen. Diese blutigen Narren! Charlotte nach all den Planungen entwischen zu lassen, die nötig gewesen waren, um sie zu fangen! Und wie zum Teufel war sie an eine Pistole gekommen? Auch das müssten sie ihr beantworten.

»Bitte sagen Sie den beiden Herren Smith, dass ich sie sehen will.«

»Ja, Miss Betsy, ich rufe sie sofort.«

Sie hatte gerade ihre Tasse geleert, als Burt an die Tür klopfte und sie öffnete, wobei er Dan am Ärmel mit sich zog. Eine ganze Weile blieb sie stehen, wo sie war, und ließ die Stille sich ausbreiten, bis sie lastend wurde und die beiden Männer herumzappelten. Schließlich fragte sie: »Woher hatte sie eine Pistole?«

Burt sah zuerst Dan an, dann sie. »Sie muss sie in ihrem Korb gehabt haben.«

Betsy biss die Backenzähne zusammen, um sich unter Kontrolle zu behalten. Sie jetzt zu verlieren, wo alle sie für eine Dame hielten, wäre nicht hilfreich. »Einem Korb.« Sie verschluckte das letzte Wort fast. »Gibt es einen Grund, weshalb Sie den Korb nicht überprüft haben?«

»Ich hab gefragt«, sagte Dan und sah zu Burt auf, »gefragt, ob sie was zu essen drin hätte.« Dan schüttelte Burts Hand ab. »Sie sagte, sie wäre unterwegs gewesen, um was abzuholen.«

Betsy fixierte Burt. »Und es ist euch nicht in den Sinn gekommen, dass sie lügen könnte?«

»Nein, Miss. Ich war damit beschäftigt, Dan davon abzuhalten, sie besser kennenzulernen, wenn Ihr wisst, was ich meine.« Er warf Dan einen finsteren Blick zu. »Ich hätte nie gedacht, dass eine junge Dame eine Waffe hätte. Sie wollte nur zu dem anderen Haus gehen.«

Nun, sie musste eingestehen, dass das Sinn ergab. Betsy dachte, dass sie es wahrscheinlich auch nicht angenommen hätte. Allerdings, wäre sie ein Mann, würde sie ihren beiden Angestellten einen Boxhieb verpassen, weil sie das Mädchen verloren hatten. Und Dan. *Verfluchte Hölle!* Das hatte ihr gerade noch gefehlt: ein Mann, der seine Hände nicht bei sich behalten konnte.

Sie griff in ihr Retikül und zog ein Säckchen heraus. »Dan, hier ist Ihr Lohn. Ich werde Sie vorerst nicht mehr brauchen.«

Sein Kinn sackte herunter, aber er griff nach dem Geld und eilte aus dem Salon.

»Burt, wie gedenkst du, dieses Problem zu lösen?« Denn sie würde Lady Charlotte wieder in die Finger bekommen. Die Summe, die dieser gewisse Gentleman bereit war, für sie zu bezahlen, machte die Hochwohlgeborene für Betsy wertvoller als ihre letzten drei Päckchen zusammen.

Der frühe Morgentau war bereits getrocknet, als Lord Kenilworth Lady Bellamny und Charlotte in die Reisekutsche Ihrer Ladyschaft half. Charlotte konnte es kaum ertragen, dass er sie berührte, und war froh über ihre Handschuhe.

In der Annahme, er würde mit ihnen reisen, hatte sie neben Lady Bellamny Platz genommen. Dankenswerterweise hatte Seine Lordschaft sich jedoch entschlossen, seinen Phaeton zu fahren, anstatt mit den Damen in der Kutsche zu reisen.

»Ich werde Euren Mangel an Umgangsformen, von denen ich ja weiß, dass Ihr sie besitzt«, sagte Lady Bellamny in sarkastischem Tonfall, »den grässlichen Erfahrungen des gestrigen Tages zuschreiben.« Ihre Ladyschaft sah Charlotte an und vermittelte ihr das Gefühl, wieder sechs Jahre alt zu sein, und nicht achtzehn. »Ich erwarte, dass Ihr Euch Lady Kenilworth gegenüber tipptopp benehmt.«

»Jawohl, Ma'am.« Immerhin hatte seine Mutter ja nichts mit *seinem* Verhalten zu tun. Nicht, dass Charlotte Lady Bellamny andernfalls den Gehorsam verweigert hätte. Sie war eine Freundin von Charlottes Mutter gewesen und jetzt mit Grace und der restlichen Familie befreundet.

»Noch will ich sehen, dass Ihr Ihrer Ladyschaft ein unfreundliches Gesicht zeigt. Ihr seid mit ihrem Sohn verlobt.« Charlotte versuchte, ihre Lippen zu einem höflichen Lächeln zu verziehen, was ihr kläglich misslang. »Nach meiner Erfahrung kommt es am Ende immer so, wie es kommen sollte.« Lady Bellamny verfiel in ein mehrminütiges Schweigen, aber Charlotte erwartete nicht, dass es andauern würde, und sie behielt recht. Wenige Augenblicke später fuhr Ihre Ladyschaft fort: »Ihr könntet es viel schlimmer treffen als mit Kenilworth. Er spielt nicht, und soweit ich weiß, trinkt er auch nicht exzessiv. Im House of Lords hat er einen hervorragenden Ruf. Tatsächlich hat er mit Worthington zusammengearbeitet, um mehrere wichtige Gesetze durchzubringen. Ich bin mir sicher, dass Ihr, wenn Ihr erst Gelegenheit zur Erholung und zum Überdenken Eurer Lage hattet, zu dem Schluss kommen werdet, dass Ihr es viel schlechter hättet treffen können. Er ist eine gute Partie.«

Nicht, wenn er Frauen kaufte, dann nicht. Lady Bellamnys strenger Blick konzentrierte sich auf Charlotte, und sie fühlte sich zu einer Antwort genötigt. »Jawohl, Mylady.«

Zufrieden schloss Lady Bellamny die Augen, um zu dösen, und überließ Charlotte ihren Gedanken.

Vor allem wollte sie dringend nach Hause. Sie wollte bei ihrer Schwester und den Kindern sein und nicht darüber nachdenken müssen, was geschehen war, was hätte geschehen können oder was noch geschehen könnte.

Hätte sie nur nicht ihren Burschen Frank zurück ins Haus geschickt, um ihre Schusshandschuhe zu holen. Dann hätte er die Schurken in Schach halten können, bis andere Hilfe käme. Wäre er da gewesen, und hätte sie fleißiger den Umgang mit ihrem Dolch geübt, dann hätte sie einen der Männer niederstechen und weglaufen können.

Tränen brannten in Charlottes Augen, aber sie gab sich einen Ruck. Es lag kein Sinn darin, über bereits Vergangenes zu heulen. Sie würde einen Weg nach vorn finden. Einen Weg, der die Hochzeit mit einem Mann, den sie bereits verabscheut hatte, bevor sie ihn kannte, nicht beinhaltete.

Wenigstens musste Jemmy inzwischen mit der Nachricht, dass sie gerettet werden sollte, in Berkeley Square angekommen sein. Das war ein beglückender Gedanke. Auch wenn sie wünschte, ihr Retter wäre jemand anderes gewesen. Diese Sache war aber außerhalb ihrer Kontrolle ... vorerst.

Sie konnte nicht verhindern, dass sie im Geiste immer wieder zum gestrigen Tag zurückkehrte. Zuerst hatte Lord Kenilworth so angenehm gewirkt, und sie konnte nicht leugnen, dass er attraktiv war, und dann hatte es diesen Kuss gegeben. Aber schließlich hatte Attraktivität eben auch ihre Wirkung ... Sie musste wirklich aufhören, über Kenilworth nachzudenken.

Matt und Grace wären noch nicht zu Hause, aber Base Jane würde kommen, sobald sie den Brief erhielt, in dem sie die Adresse von Lady Kenilworths Haus erfuhr. Vielleicht hatte ihre Base noch ein paar Einfälle, auf die Charlotte noch gar nicht gekommen war. Immerhin hatte Lady Jane es erfolgreich einrichten können, den

Mann, den ihr Vater für sie ausgewählt hatte, nicht zu heiraten.

Charlotte wollte auch an Dotty schreiben. Ihre Freundin hatte ihr in all ihren persönlichen Schwierigkeiten immer geholfen, Lösungen zu finden. Und Dotty würde verstehen, weshalb es Charlotte unmöglich war, Lord Kenilworth zu ehelichen. Schließlich war sie diejenige, die Miss Betsys Bordell entdeckt und herausgefunden hatte, was man den armen Damen dort angetan hatte.

In der Zwischenzeit würde Charlotte Seiner Lordschaft aus dem Weg gehen. Vielleicht würde seine Mutter nach Charlottes Leidensweg erwarten, dass es ihr nicht gut ginge und sie indisponiert wäre, und sie würde ihr erlauben, ihre Mahlzeiten in ihrem Zimmer einzunehmen. Normalerweise würde sie über solch rührseliges Verhalten die Nase rümpfen, aber in diesem Fall würde sie eine Ausnahme machen.

In ein oder zwei Tagen würde Jane eintreffen und Charlotte nach Hause holen. Und vielleicht würde ihre Schwester sie dann bereits erwarten. Und wenn sie gleich an Dotty schriebe, wäre diese dann vielleicht auch schon in London. Charlotte fühlte sich bereits besser und hoffnungsvoller. Sie wünschte, Louisa könnte kommen, aber sie war frisch verheiratet, und es wäre nicht gerecht, sie zurück nach London zu locken.

Wenn doch nur Lord Braxton und Lord Gerald nicht da gewesen wären! Dann wäre das alles nicht nötig gewesen. Aber das waren sie nun einmal, und Charlotte musste einen Weg aus diesem Gedankenwirrwarr heraus finden.

Sie nickte bei sich. Sie würde ihrer ältesten Schwester und ihrer Freundin schreiben und ihnen alles erzählen, was geschehen war – na, vielleicht nichts von dem Kuss –, und gemeinsam würden sie einen Plan entwerfen, wie sie Lord Kenilworth den Laufpass geben konnte. Es dürfte ihn nicht einmal groß scheren, wenn sie die Verlobung löste. Er wollte sie ohnehin nicht heiraten.

Lady Bellamny hatte recht. Alles würde sich so ergeben, wie es sollte. Allerdings nicht auf die Art, die Ihre Ladyschaft erwartete.

Weniger als dreißig Minuten später fuhr Con die vertraute Lindenallee zum Familiensitz hinauf. Er beugte sich leicht nach vorne und wartete darauf, dass das elisabethanische Herrenhaus in Sicht kam. Selbst die Pferde schienen seine Aufregung zu spüren; sie liefen etwas schneller.

Als er näher kam, funkelten die Fenster, als wären Diamanten in die Scheiben gefügt. Holzbalken durchzogen nicht nur das cremefarbene Lehmfachwerk, sondern auch den roten Backstein. Wenngleich von der Vorderseite aus nicht zu sehen, waren die hinteren Gärten in ihrer ursprünglichen Pracht wiederhergestellt worden, und er konnte es kaum erwarten, sie wiederzusehen. Das Landhaus war mit Abstand sein liebstes Anwesen.

Und auch wenn Charlotte ihm bisher nur Ärger bereitet hatte, so fragte er sich doch, ob sie von dem Herrenhaus ebenso beeindruckt wäre, wie er es bei jeder Rückkehr war.

Er zog den Pferden die Zügel an, bis sie stehenblieben, sprang vom Phaeton herunter und warf die Zügel einem Burschen zu, der herbeigerannt kam.

Als Lady Bellamnys Reisekutsche anhielt, öffnete er den Schlag und klappte die Stufen heraus.

»Myladies, herzlich willkommen«, sagte er und bot seine Hand an. Als Lady Bellamny ausgestiegen war, wandte er sich in der Absicht um, Charlotte herunterzuhelfen, und erwartete schon, dass sie sein Angebot ausschlagen werde. Doch sie stand in der Tür und betrachtete mit, wie es schien, Bewunderung die Hausfassade.

»Das ist zauberhaft«, murmelte er und betete, dass diese neue Seite an ihr bleiben würde.

»Ja. Es ist wunderschön.« Ihre ausdrucksstarken blauen Augen funkelten. »Ich liebe das Fachwerk und die Fenster. Hat es die Form eines großen E?«

»In der Tat. Ihr kennt Euch mit Architektur aus.« Er war zuvor noch nie einer jungen Dame begegnet, die sich für alte Gebäude interessierte, und ihr Ansehen wuchs in seinen Augen. Hatte Lady Bellamny etwas zu Charlotte gesagt, womit sie sie zu einem Umdenken bewogen hatte? Er war noch nie von einer Frau zurückgewiesen worden, und es kratzte an seinem Stolz, dass die Dame, die er heiraten musste, ihn nicht wollte.

»Hat einer Eurer Vorfahren es erbaut?« Sie betrachtete die Hausfront, als versuchte sie, alles am Gebäude in sich aufzunehmen, bevor sie es betrat.

»Es ist erst seit etwa hundert Jahren im Besitz meiner Familie.« Con hielt er erneut seine Hand hin. »Hinter dem Haus gibt es eine Gartenanlage und ein Labyrinth.«

Die massive Doppeltür des Hauses schwang auf, und ein Butler trat heraus. »Mylord, willkommen. Ihre Ladyschaft wird sogleich hier sein.«

Burschen umschwärmten die Kutsche und traten dann überrascht zurück. Großer Gott. Wie hatte er vergessen können, wie eigenartig es erscheinen würde, wenn zwei Damen ohne Gepäck eintrafen?

»Es gibt kein Gepäck, Dalton.« Con streckte einen Arm für Lady Bellamny und einen für Charlotte aus, und beinahe hätte er erleichtert geseufzt, als sie ihre schlanken Finger auf sein Jackett legte. »Es wird später eintreffen, mit meinem Leibdiener und Lady Charlottes Zofe.«

Einen winzigen Augenblick schürzte der Butler die Lippen, als hätte er eine besonders saure Zitrone gekostet. Der Mann musste daran arbeiten, seine Gedanken zu verbergen. »Sehr wohl, Mylord.«

Er geleitete Lady Bellamny und Charlotte in eine große Empfangshalle. Charlotte nahm ihre Hand von seinem Arm und sah zu den Holzbalken hinauf, die im Lauf der Jahre dunkel geworden waren, dann blickte sie nach unten auf die im Schachbrettmuster verlegten Marmorfliesen in Dunkelblau und Weiß.

Bevor seine Mutter eingezogen war, hatten alte Waffen die Wände geschmückt. Sie waren durch alte Gemälde und noch ältere Wandteppiche ersetzt worden.

»Man könnte leicht ein ganzes Leben damit verbringen, dieses Haus und das Grundstück zu erforschen«, sagte sie, schlenderte herum und betrachtete die Wände.

»Fast.« Lag ein Hauch von Bedauern in ihrer Stimme? Er hoffte es. »Ich habe noch nicht alles erforschen können, und das liegt nicht daran, dass ich es nicht versucht hätte.«

Er beglückwünschte sich selbst, wie gut die Dinge sich entwickelten, da kam seine Mutter, eine Frau mit rötlichbraunem Haar, die Stufen herunter. Ihre Haut war noch immer makellos. Es war, als wäre sie seit seinem letzten Besuch nicht einen Tag gealtert. Mama blickte von Con zu Charlotte, dann zu Ihrer Ladyschaft.

Niemand könnte sie der Dummheit bezichtigen. Er würde beschwören, dass sie in der kurzen Zeit, die sie brauchte, um die Treppe herunterzukommen, das meiste der Lage erfasst hatte. Endlich erfüllte sich ihr Wunsch, dass er heiratete.

Langsam verzog Mama ihre Lippen zu einem breiten Lächeln. »Almeria, ich bin überglücklich, dich zu sehen. Was hast du mir mitgebracht?«

»Und ich freue mich, dich zu sehen.« Lady Bellamny berührte Lady Kenilworths ausgestreckte Hand und küsste sie auf die Wange. »Du musst öfter nach London kommen.«

Die älteren Damen umarmten einander, bevor seine Mutter sich ihm zuwandte und eine Braue hochzog. »Constantine?«

Sofort verbeugte er sich und nickte in Charlottes Richtung. »Mama, dies ist Lady Charlotte Vivers ...«

»Carpenter«, korrigierte ihn Charlotte in festem, aber herzlichen Tonfall und versank in einem eleganten Knicks. »Vivers ist der Familienname meines Schwagers, des Earls of Worthington.«

Und Vormund. Endlich fiel Con wieder ein, dass Worthington die Fürsorge für die Geschwister seiner Ehefrau gemeinsam mit der für seine eigenen Schwestern übernommen hatte. Con musste sich beherrschen, um nicht mit den Backenzähnen zu mahlen. Wenn er so weitermachte, würde er sie bald abgenutzt haben. »Mein Fehler.«

Verdammt. Wie zur Hölle hatte er den Namen vergessen können, den sie dem Gastwirt genannt hatte? Nicht nur das – sie hatte auch nicht das dunkle Haar und die lapislazulifarbenen Augen der Vivers. Carpenter? Stanstead? *Zur Hölle.* Sie musste die Tochter des verstorbenen Earl of Stanstead und die Schwester des neuen Earls sein. Er fühlte sich wie der größte Narr.

Doch nicht nur das. Sein kleiner Lapsus machte auch die Geschichte zunichte, die er seiner Mutter hatte erzählen wollen: dass er und Charlotte sich schon früher kennengelernt hätten.

»Lady Charlotte, meine Mutter, die Marchioness of Kenilworth.«

»Es ist mir eine Freude, Euch kennenzulernen, Mylady.«

Ohne mit der Wimper zu zucken, streckte seine Mutter die Hand zur Begrüßung aus. Man könnte annehmen, er brächte regelmäßig junge Damen in derangiertem Zustand nach Hause, deren Namen er nicht kannte. »Ich glaube, wir nehmen im Morgenzimmer Tee, und ihr könnt mir erzählen, was es mit alledem auf sich hat.« Lady Kenilworths Augen verengten sich leicht, als sie Charlotte und ihren Sohn musterte. »Wie auch immer, das kann warten. Lady Charlotte soll Gelegenheit bekommen, sich auszuruhen. Ihr seht aus, als hättet Ihr nicht gut geschlafen, meine Liebe.«

Obgleich Charlottes Rücken so aufrecht wie die ganze Zeit war, schien sie zusammenzusacken, und Con spürte einen Stich im Bereich seines Herzens. Sie *hatte* gerade erst einiges durchgestanden.

»Vielen Dank. Ich bin recht erschöpft«, antwortete Charlotte.

Als hätte sie darauf gewartet, gerufen zu werden, tauchte Misses Moore, die Haushälterin seiner Mutter, neben Charlotte auf, knickste und sah zu ihrer Dienstherrin auf.

»Bitte, meine Liebe.« Seine Mutter wahrte ihr Lächeln und den leichten Tonfall, in dem sie sie begrüßt hatte. »Misses Moore wird Euch gern zu Eurem Zimmer geleiten.«

»Wenn Ihr mir folgen wollt, Mylady, ich habe ein Zimmer hergerichtet.«

»Vielen Dank.« Sie lächelte dankbar.

Das war das erste Mal, dass Con sie lächeln sah, seit … nun, seit sie seinen Namen herausgefunden hatte. Er wusste nicht, wodurch diese vollständige Wandlung in ihrem Verhalten ausgelöst worden war, aber er war dankbar dafür.

Sobald Charlotte und die Haushälterin die Treppe hinaufgestiegen und in den Ostflügel gegangen waren, verfiel Mama in Aktionismus. »Dalton. Wir brauchen Tee und dazu … was auch immer der Koch um diese Tageszeit verfügbar hat.«

In dem Versuch zu fliehen, verbeugte Con sich. »Lady Bellamny, vielen Dank für Eure Hilfe. Mama, ich geselle mich zu Euch, wenn ich mich ausgeruht habe.«

Sie blickte ihn an, die Augenbrauen bis zum Haaransatz hochgezogen. »Nicht so hastig, mein Junge. Bevor du irgendetwas tust, will ich diese Geschichte von dir hören.«

Ohne auf seine Antwort zu warten, nahm sie Lady Bellamnys Arm, drehte sich auf dem Absatz um und führte sie zum hinteren Teil des Hauses.

Er folgte den Damen durch den Flur. Wenigstens könnte er seine Geschichte ohne Unterbrechungen von Charlotte erzählen und seine Mutter in den Fall einweihen.

KAPITEL 8

Charlotte folgte Misses Moore die breite Treppe hinauf zu einem großen, gemütlichen Zimmer. Es blickte auf einen Rosengarten hinaus, der von Buchsbaum eingerahmt zu sein schien.

Vor dem Kamin stand ein Zuber hinter einer spanischen Wand. Das Feuer war bereits angezündet worden und erwärmte das Schlafzimmer.

»Ich schicke das Ankleidemädchen Ihrer Ladyschaft zu Euch.«

»Vielen Dank.«

Die Tür schloss sich hinter der Haushälterin, und Charlotte rieb sich die Arme, mehr, um wachzubleiben, als wegen der Wärme.

Kurz darauf erklang ein leises Schaben an der Tür, bevor sie sich öffnete und eine Frau das Zimmer betrat, die ein Nachtgewand aus Leinen auf dem Arm trug. »Guten Morgen, Mylady, mein Name ist Gray.« Sie sah sich im Raum um und fragte dann, offensichtlich zufrieden: »Soll ich Euch beim Entkleiden helfen?«

»Ja, bitte«, antwortete Charlotte. Im Gegensatz zu letzter Nacht im Inn sehnte sie sich danach, Nachtgewänder anzulegen, in ein weiches Bett zu sinken und zu schlafen.

Obgleich Lord Kenilworth im Haus zugegen war, fühlte sie sich sicher. Selbst ein solcher Wüstling wie er würde sie im Haus seiner Mutter nicht belästigen.

»Ich kann Eure Kleidung säubern und bürsten, während Ihr schlaft.« Die Stimme der Ankleidefrau war einlullend und hüllte sie in ein Gefühl der Zufriedenheit. »Soweit ich es verstanden habe, wird Eure Zofe später eintreffen.«

»Ja, das wird sie.« Dankenswerterweise hatte Lady Bellamny das in die Wege geleitet.

Charlotte wandte sich um, damit das Mädchen die Rückseite ihres Reisegewands öffnen konnte, da fiel ihr der Dolch ein. »Wenn Sie mir bitte einen Augenblick geben, ich muss hinter den Schirm gehen.«

Gray zeigte auf die Tür zwischen zwei Buchregalen. »Ihr findet die Garderobe hinter dieser Tür.«

»Ich bin sofort wieder da.« Charlotte trat in die kleine Kammer. Auf der einen Seite standen Regale mit gefalteten Stoffen. Sie löste den Dolch und seine Halterung, legte beides hinter die Stapel und ging zurück in das eigentliche Zimmer.

Während Gray Charlotte entkleidete, hatte sie Gelegenheit, nachzudenken. Sie war überrascht gewesen, wie jung Lady Kenilworth aussah. Als sie zu ihnen gekommen war, um sie begrüßen, hatte Charlotte ihre makellose Haut gesehen. Abgesehen von einigen feinen Linien, die von Lady Kenilworths Augen ausgingen, war kaum eine Falte zu erkennen.

Sie hatte nicht alt genug gewirkt, um die Mutter Seiner Lordschaft zu sein, und Charlotte dachte, dass die Lady seine Stiefmutter sein könnte. So wie Lady Worthington, jetzt Lady Wolverton, die Stiefmutter von Matt war. Allerdings waren die Augen Ihrer Ladyschaft von demselben hellen Grün der Kenilworths, also mussten sie verwandt sein.

Erst als Lady Kenilworth vom Ausruhen gesprochen hatte, hatte Charlotte sich erlaubt, in ihrer Haltung nachzugeben, und schlagartig hatten die Stunden der Reise und des mangelnden Schlafes ihren Tribut gefordert.

Charlotte hob die Arme hoch, und die Ankleidefrau zog ihr das Nachthemd über den Kopf. Charlotte bedeckte ihren Mund, um ein Gähnen zu verbergen.

Gray schob eine Wärmepfanne unter die oberen Bettdecken. »Nun, schaffen wir Euch ins Bett, Mylady.«

Einen Augenblick darauf war Charlotte in die Bettdecken gekuschelt, die Tür hatte sich hinter der Magd geschlossen, und nichts außer einer erneuten Entführung hätte sie jetzt noch davon abhalten können, Morpheus ins Reich der Träume zu folgen ... außer – ein klagendes Tschirpen erklang aus dem Korb – Collette.

Charlotte warf die Decke zurück. Wie hatte sie ihr Kätzchen vergessen können?

Sie musste viel erschöpfter sein, als sie gedacht hatte. Nachdem sie den Korb geöffnet und dem Kätzchen geholfen hatte, seinen Bedürfnissen nachzugehen, setzte sie Collette auf dem Bett ab, kletterte selbst wieder hinein und drückte das Kätzchen an sich. »Jetzt werden wir ein schönes Schläfchen machen. Wenn ich erst ausgeruht bin, werde ich einen Ausweg aus dieser lächerlichen Verlobung finden.«

Das Bett war weich, die Vorhänge zugezogen, dennoch stellte sich der Schlaf nicht ein. Lord Kenilworth konnte sich doch nicht wünschen, Charlotte zu heiraten. Tatsächlich hatte er sich vorher, im Inn, nicht einmal genug um sie geschert, um zu bemerken, dass sie ihn bewusst ignorierte. Danach, als er seiner Mutter ihren falschen Nachnamen genannt hatte, hatte er nicht im Geringsten so gewirkt, als ob ihm der Irrtum leidtäte, den er begangen hatte. Er besaß eindeutig keine echten Gefühle. Noch ein Grund mehr, ihn nicht zu heiraten.

Na, was konnte sie auch von diesem Mann erwarten – sie wollte ihn bei sich nicht mehr Gentleman nennen, auch wenn das seinem gesellschaftlichen Rang entsprach –, der für den Körper einer Frau bezahlte. *Die* Körper von Frauen.

Höchstwahrscheinlich wollte er lediglich nicht den Zorn von Lady Bellamny erregen, indem er die Verlobung verweigerte. Das musste es sein. Selbst Matt und Merton vermieden es, die Lady auf dem falschen Fuß zu erwischen. Je mehr Charlotte darüber nachdachte, desto überzeugter wurde sie, dass Lord Kenilworth glücklich sein würde, wenn er sie wieder loswurde.

Nachdem sie zu diesem Schluss gekommen war, wurde sie wieder schläfrig. Es gab keinen Grund, sich zu sorgen. Wenn alles gutginge, wäre sie spätestens morgen Abend wieder zu Hause.

***

Con folgte Lady Bellamny und seiner Mutter den Flur hinunter in ein lichtdurchflutetes Morgenzimmer im hinteren Teil des Hauses.

Der Salon – mit alten Möbelstücken ausgestattet – war eher gemütlich als formell. Der untere Teil der Wände war in einem gedämpften Apfelgrün gestrichen. Die Vorhänge und die oberen Teile der Wände wiesen ein großflächiges florales Muster auf. Gemälde, hauptsächlich Porträts von Kindern, Haustieren und anderen Menschen bedeckten fast die komplette Oberfläche zweier Wände. Die Terrassentüren, die seine Mutter hatte einbauen lassen, führten in ihren Lieblingsteil des Gartens hinaus.

»Constantine«, sagte Mama und winkte ihn zu einem von zwei Sesseln bei dem Sofa, neben dem sie stehenblieb. »Bitte setz dich so, dass ich dich gut sehen kann.«

Dies bedeutete für ihn nie Gutes. Anstatt zu gehorchen, entschied er sich für eine Stelle neben dem Kamin. »Ich glaube, ich stehe lieber.«

»Wie du wünschst.« Mit zusammengezogenen Augen betrachtete sie ihn, sank graziös auf das Sofa und ordnete ihre Röcke.

Als der Butler mit einem großen Teetablett eintrat, freute sich Con, einen Teller mit seinen geliebten Zitronentörtchen darauf zu entdecken. *Waren sie ein Einfall des Kochs oder von Mama?*

Lady Bellamny entschied sich für einen alten französischen Stuhl mit einer Rückenlehne aus Peddigrohr.

Nachdem er eine Tasse Tee von ihr entgegengenommen hatte, beschloss Con, mit der wichtigsten Nachricht zu beginnen. »Lady Charlotte und ich sind verlobt.«

»Verlobt!« Seine Mutter öffnete den Mund und klappte ihn wieder zu, als wollte sie mehr dazu sagen, wüsste aber nicht so recht, was. Leider hielt das bei Weitem nicht lange genug an. Sie hatte auf diesen Tag gewartet, seit er zum ersten Mal nach London aufgebrochen war. »Du kanntest nicht einmal ihren Nachnamen. Wie kannst du mit der Dame verlobt sein?«

Der Teufel sollte es holen. Warum musste sie sich auf diesen kleinen Irrtum stürzen?

Er mahlte schon wieder mit den Backenzähnen. »Mutter, wenn du mir erlauben würdest, fortzufahren.«

Mit hochgezogener Augenbraue wartete er. Wenige Augenblicke darauf neigte sie den Kopf. »Nun gut. Du magst fortfahren.«

Wenn er doch nur eine angenehmere Möglichkeit fände, es auszudrücken. »Wie es scheint, habe ich Lady Charlotte kompromittiert ...«

»Du hast was?« Das Antlitz seiner Mutter rötete sich vor Wut. »Kenilworth, wie konntest du so etwas tun? Und wieso kann es *scheinen*, als ob du sie kompromittiert hättest? Entweder hast du es getan oder du hast es nicht getan.«

Zum Glück räusperte sich da Lady Bellamny ... laut. »Darf ich?« Sie wartete nur den kürzesten Augenblick, bevor sie weitersprach, ohne Zustimmung. »Kenilworth kam gestern gerade an Worthington House vorbei, als er gebeten wurde, Lady Charlotte zu Hilfe zu kommen, die entführt wurde.«

Seine Mutter schnappte nach Luft und hielt sich die Hand vor die Brust. »Oh, das arme liebe Mädchen.«

»Korrekt.« Lady Bellamny nickte. »Er folgte ihr zu einem Inn, in dem sie gefangen gehalten wurde, und rettete sie.«

Mama lächelte. »Das war außerordentlich klug von dir, Constantine.«

Er deutete einen Diener an und wartete darauf, dass Ihre Ladyschaft fortfuhr.

»Er schaffte es nicht, sie vor heute Vormittag nach London zurückzubringen, und dann wurden sie von zwei wertlosen Klatschmäulern gesehen, wie sie ein

Gasthaus betraten.« Seine Mutter sah aus, als wolle sie noch einmal unterbrechen, hielt aber still. »Einer der beiden würde nicht zögern, sowohl Lady Charlottes als auch Kenilworths Namen zu beschmutzen. Natürlich ist Kenilworth als Gentleman und Ehrenmann bereit, seiner Verpflichtung nachzukommen.«

»Ich glaube, sowohl du als auch Lady Charlotte wart außerordentlich kühn«, sagte seine Mutter. »Es ist ein Wunder, dass sie nicht völlig hysterisch war, als sie hier angekommen ist.« Mama nahm einen weiteren Schluck Tee, behielt Con jedoch unaufhörlich im Blick. »Wie du weißt, habe ich mir für dich eine Liebesheirat gewünscht. Nun, es gibt keinen Grund, weshalb du es nicht schaffen solltest, in ihr Liebe für dich zu *wecken*. Du bist sehr charmant, wenn du es willst.«

Nur, dass sie nichts mit mir zu tun haben möchte.

»Ich bin sehr erfreut, dass du dich so verhalten hast, wie ein Gentleman es sollte – nicht, dass ich weniger von dir erwartet hätte – und wie du weißt, wäre ich sehr froh, endlich Enkelkinder zu bekommen.«

Wie seine Mutter völlig ignorieren konnte, dass seine Schwestern ihr bereits vier Enkelkinder geschenkt hatten, die sie anbetete, lag außerhalb seines Fassungsvermögens. Wahrscheinlich meinte sie einen Erben, wollte es aber nicht aussprechen.

»Was ich nun gern wissen möchte: Was empfindest du in dieser Sache?«

Mamas Frage riss ihn aus seinen Gedanken. Was empfand er?

Zuerst war er erzürnt gewesen, da hineingezogen worden zu sein. Dann hatte er erkannt, in welch verzweifelter Lage Charlotte sich befand, und sein Zorn war fast verschwunden. So starrköpfig sie auch war, glaubte sie zumindest leidenschaftlich an die Richtigkeit ihrer Sache. Und wo solche Leidenschaft zu finden war, gäbe es auch eine Möglichkeit, diese in angemessenere Bahnen zu lenken. Sie hatte keine Angst, ihre Meinung auszudrücken. Das war allerdings ein zweischneidiges Schwert, das gerade in seinem Nacken lag.

Ihre Unschuld war ebenso erfrischend wie ihre Aufrichtigkeit. Er könnte es viel schlimmer treffen und vermutlich kaum besser als mit ihr. Das einzige echte Problem war, dass sie es nicht ertrug, in seiner Nähe zu sein.

»Sie ist wunderschön, intelligent und wird mir eine gute Frau und Marchioness sein.«

Seine Mutter nickte.

Das war der richtige Zeitpunkt, ihr zu sagen, dass Lady Charlotte bezüglich ihrer Lage nicht so hoffnungsvoll war wie er. »Allerdings fürchte ich, dass sie über unsere Verlobung nicht so erfreut ist wie ich.«

Mamas Augen wirkten so hart wie Smaragdsplitter, und er konnte nur hoffen, dass sie auf seiner Seite war. Schließlich war er ihr einziger Sohn. »Denkt sie, sie kann es besser treffen als mit einem Kenilworth?«

»*Ich* denke, sie könnte es besser treffen«, erwiderte er im Versuch, Mamas Stimmung aufzulockern. »Das ist aber nicht ihr Kritikpunkt. Sie beanstandet, dass ich eine Geliebte habe.«

»Um Himmels willen, Constantine!« Mama warf die Hände in die Luft. »Was dachtest du dir nur dabei, vor ihr deine Geliebte zu erwähnen? Hast du die feine Gesellschaft so lange gemieden, bis du vergessen hast, wie

man sich benimmt? Unverheiratete junge Damen sollten gar nicht wissen ...«

»Ich war nicht derjenige, der das Thema zur Sprache
brachte.«

»Woher wusste sie es dann?« Sie stellte ihre Frage so,
als glaubte sie ihm nicht.

Con wischte sich mit der Hand über das Gesicht. »Sie
hat mich im Theater gesehen.«

»Nun«, seine Mutter blinzelte mehrmals, als müsse sie
diese Information verdauen, »dann hat es keine Konsequenzen. Du wirst Lady Charlotte schlicht versichern,
dass du deine Freundin aufgibst und es im Geiste sogar
bereits getan hast.«

Er wünschte bei Gott, es wäre so einfach. »Sie sagte,
dass sie keinen Mann heiraten wird, der je eine Mätresse ausgehalten hat.«

»Wie absurd.« Seine Mutter wedelte abfällig mit der
Hand. »In unserer Welt ist es nun einmal die Art der
Gentlemen, sich Mätressen zu halten. Sogar dein Vater
hatte eine«, Mamas Antlitz verzog sich zu einer Grimasse, »bevor er mich traf, natürlich. Danach ... bestand die Notwendigkeit nicht mehr.«

Mama sah zu Lady Bellamny, die den Kopf schüttelte.
Gut, wenigstens eine wusste, dass Charlotte nicht so
leicht zu besänftigen wäre. »Unglücklicherweise«, sagte
er, »hat Lady Charlotte erfahren, in welch bedauerli-
chen Umständen einige der unglücklichen Frauen festgehalten werden. Zu guter Letzt wird sie klein beige-
ben.« Gott, das hoffte er so sehr.

»Ich schlage vor, die Ankunft ihrer Schwester und
Worthingtons abzuwarten, bevor das Thema ange-
schnitten wird. In der Zwischenzeit«, Lady Bellamny

erhob sich, »muss ich wieder zum Inn zurück. Auch wenn ich meinem Gatten eine Nachricht hinterlassen habe, wird er sich fragen, wohin ich gegangen bin. Er ist kurz vor Kenilworths und Lady Charlottes Eintreffen aufgebrochen, um die eine oder andere Felsformation zu besichtigen.«

»Und ich«, sagte Con und streckte den Rücken durch, »lege mich jetzt auf meine Couch. Lady Charlotte ist nicht die Einzige, die um ihren Nachtschlaf gebracht wurde.« Er küsste seine Mutter auf den Kopf. »Lady Bellamny, erlaubt mir, Euch zur Halle zu geleiten.«

Sie waren den Flur halb entlanggegangen, da sagte Lady Bellamny: »Ich wünsche Euch Glück. Ich habe so ein Gefühl, dass Ihr das brauchen werdet. Soweit ich sie kenne, ist Lady Charlotte sehr treu, und zwar ihrer Familie, ihren Freunden, aber auch ihren Überzeugungen gegenüber.«

»Ich bezweifle nicht, dass Ihr recht habt.«

»Da im Dorf wohl ein Boxkampf stattfindet, informiere ich meinen Ehemann, dass wir noch heute nach London zurückkehren.« Sie seufzte. »Wobei ich nicht überrascht wäre, wenn er beschlösse, nach Hause zu fahren. Er ist nur nach London gekommen, um Unterlagen vorzulegen, und länger geblieben, als ich erwartet hatte. Wie auch immer, ich werde mein Bestes geben, um zu helfen, Euch den Weg zu ebnen.«

»Vielen Dank.« Con würde es nicht passen, wenn seine Gattin nach London abrauschen würde, während er selbst lieber auf dem Land bliebe. Aber die Bellamnys hatten offenbar eine Übereinkunft, die ihnen beiden entgegenkam.

Nachdem er Ihre Ladyschaft zur Tür begleitet hatte, schlug Con die Richtung zu seinen Schlafgemächern ein. Doch anstatt in einen friedlichen Schlummer zu fallen, drehte und wälzte er sich im Bett und schlug nicht nur einmal in die Kissen.

Visionen von Charlotte, die versuchte, auf eigene Faust nach Mayfair zurückzukehren, drangen immer wieder in seine deutlich erfreulicheren Träume davon ein, wie er sie zu der Seinen machen wollte. Schließlich wäre es unvermeidbar. Deshalb könnte er es ebenso gut genießen.

Wenn er logisch dachte, dann hielt er sie für zu intelligent, um etwas so Dummes zu tun. Sie musste wissen, dass die Kupplerin und die Entführer, die sie fortgebracht hatten, auf der Suche nach ihr sein mussten. Nach allem, was er über Miss Betsy gehört hatte, wäre sie außerordentlich unglücklich darüber, dass man sie ihres Werkzeuges, sich an Worthington zu rächen, beraubt hatte.

Con gab es auf, schlafen zu wollen, und versuchte sich zu erinnern, was genau er über diese Kupplerin gehört hatte. Er war zu einem dieser Treffen nach französischem Stil gewesen, die Aimée, seine Geliebte, gern abhielt. Es musste kurz nach der Zerstörung von Miss Betsys Bordell gewesen sein. Eine der anderen Prostituierten kannte eine der Huren, die dort gearbeitet hatten. Es schien, als würden sogar die Frauen, die sich freiwillig dort verdingt hatten, gegen ihren Willen festgehalten. Und zwar mehr wegen der vermutlichen Schulden, die sie Miss Betsy gegenüber hatten, als aus irgendeinem anderen Grund. Diese Art von

Abhängigkeitsverhältnissen war leider nicht ungewöhnlich. Jedenfalls hatte man ihm das gesagt.

Wirklich verstörend war allerdings, dass angeblich auch Jungfrauen und Damen gezwungen wurden, in dem Freudenhaus zu arbeiten. Außerdem würde Opium benutzt, um sie gefügig zu machen. Dieses letzte Detail glaubte er einfach nicht.

Er boxte erneut in sein Kissen. Gewiss, jeder hatte schon einmal von Mädchen vom Lande gehört, die nach London kamen und in die Prostitution gelockt wurden. Er hatte sogar einige getroffen, aber hatten sie sich erst einmal eingewöhnt, waren sie in ihrem Beruf sehr glücklich.

All das rief jedoch die Frage hervor, weshalb Worthington Miss Betsys Geschäft hatte hochgehen lassen. Oder aus welchem Grund Charlotte überhaupt in diese Dinge eingeweiht worden war. Was war nur über ihn gekommen, dass er etwas so Dummes getan und ein Bordell in Anwesenheit einer jungen Dame erwähnt hatte?

Das würde Con erst herausfinden, wenn sein Freund herkäme, um Charlotte abzuholen. Dieser Gedanke brachte seinen aufgewühlten Geist zurück zu der Schwierigkeit, die Dame in Sicherheit, und, was noch wichtiger war, in diesem Haus zu halten, wo er sie nicht nur unter Kontrolle hätte, sondern sie auch überzeugen könnte, ihn zu heiraten.

Denn trotz der Umstände seiner Verlobung und aus Gründen, die er nicht vollends verstand, freute er sich darauf, Charlotte in seinem Leben und in seinem Bett zu haben.

KAPITEL 9

»Wollt Ihr, dass ich sie aufwecke, Ma'am?« Mays Flüstern drang in Charlottes Schlaf ein.

»Nein, ich werde bei ihr sitzen bleiben, bis sie aufwacht.« Das klang nach Jane.

Charlotte hörte das Rascheln von Röcken und ein leises Rauschen, als ihre Base sich neben ihrem Bett auf einen Stuhl setzte. Sie sollte ihnen wirklich sagen, dass sie wach war, aber so sehr sie es auch versuchte, ihre Augen wollten sich nicht öffnen. Wie eigenartig.

Etwas später schüttelte jemand sie sacht. »Charlotte, Liebes.«

Guter Gott, es *war* Jane.

»Du musst aufwachen, sonst wirst du heute Nacht nicht schlafen können.«

Charlotte öffnete die Lider und rieb sich den Schlaf aus den Augen. Die Vorhänge waren zurückgezogen, und Sonne ergoss sich ins Schlafzimmer. »Wie lange bist du schon da?«

»Etwa zwei Stunden. Es ist schon weit nach Mittag.« Wenngleich Jane lächelte, hatte sich eine Sorgenfalte zwischen ihren Brauen gebildet. »Ich rufe May, und sie kann einen kleinen Imbiss für dich bringen lassen.«

Just in diesem Augenblick grummelte es in Charlottes Bauch. An diesem Morgen schien ihr Magen so verknotet gewesen zu sein, dass sie nur ein Stück Toast gegessen hatte. Nun war sie ausgehungert. »Einen großen Imbiss bitte, ich verhungere.«

Das Lächeln ihrer Base wurde breiter, und die Sorgenfalte verschwand. »Ich bin froh, das zu hören.«

Charlotte schwang die Beine aus dem Bett und hob Collette hoch. »Ist Hector da?«

»Nein, er wollte mitkommen, aber ich hielt es für besser, dass er bei den Kindern bleibt.« Jane nahm das Kätzchen von Charlotte, während sie in die Garderobe trat. »Worthingtons Butler ließ kurz nach ... gestern Nachmittag nach uns schicken. Sobald ich erfuhr, wo du bist, habe ich an Grace geschrieben und ihr geraten, sogleich mit Matt herzukommen. Aber im Falle, dass sie meine Nachricht nicht rechtzeitig bekommen, kann Hector ihnen sagen, wo wir sind.«

Das bedeutete mindestens noch einen oder zwei Tage, den sie in Gesellschaft von Lord Kenilworth und seiner Mutter verbringen musste. Charlotte biss sich auf die Lippe, um nichts zu sagen, und verschwand hinter der spanischen Wand, wo sie erfreut sah, dass ihre Seife und ihre Zahnpasta eingetroffen waren.

Wenige Minuten darauf kratzte May an der Tür und kam herein. Sie betrachtete Charlotte von Kopf bis Fuß, bevor sie ihr Kleid hochhielt. »Ich bin so froh, Euch zu sehen, Mylady. Ich werde Euer blassgrünes Kleid für Euch bereit haben, wenn Ihr gegessen habt. Lasst uns in der Zwischenzeit Euer Haar machen.«

Das war eine Überraschung. Sie hätte erwartet, dass May, wenn schon nicht Jane, die Entführung ansprechen würde. Anscheinend schien keine von beiden den Vorfall thematisieren zu wollen.

Charlotte setzte sich an den Frisiertisch und beobachtete, wie ihre Zofe ihr Haar zu einem glatten, hochsitzenden Knoten schlang.

»Habt Ihr noch Eure goldenen Ohrringe?«

»Sie liegen auf dem Nachtkästchen. Ich habe sie abgenommen, bevor ich mich hingelegt habe.«

»Ah, ich sehe sie.« Kaum hatte Charlotte den Schmuck angelegt, da erklang ein Pochen von der Tür, und May schenkte ihr ein ebenso breites Lächeln wie Jane zuvor. »Das wird Euer Mittagsimbiss sein, Mylady.«

Charlotte stellte sich ans Fenster und genoss die Aussicht auf den Garten, während ihre Zofe den Tisch deckte.

»Sieht das nicht alles großartig aus?«, sagte May, und zum ersten Mal hörte Charlotte die gekünstelte Fröhlichkeit in der Stimme ihres Mädchens.

Sie konnte die Sorge in Mays Augen fast genauso deutlich sehen, wie sie die Falte zwischen den Brauen ihrer Base gesehen hatte. Es ging etwas vor sich, doch was? Sie behandelten sie beide, als wäre sie eine zerbrechliche Porzellanfigur und könnte jeden Augenblick auseinanderbrechen.

Die Tür schloss sich, und sie eilte zum Tisch, an dem Jane sich bereits niedergelassen hatte, um sich dem Essen zu widmen. Charlotte hatte ihre Mahlzeit zur Hälfte beendet, als ihr in den Sinn kam, dass weder ihre Mädchen noch ihre Base ansprechen würden, was geschehen war. Sie selbst musste ihnen die Sorgen nehmen.

»Mir geht es gut, Jane. Wirklich. Lord Kenilworth hat mir geholfen zu fliehen, bevor mir jemand etwas antun konnte.«

Jane setzte die Teetasse ab, aus der sie gerade getrunken hatte. »Charlotte, auf unserem Weg hierher haben wir an einem Inn angehalten, um nach der Richtung zu fragen. Während der Kutscher sie in Erfahrung brachte, hörte ich zwei Gentlemen über deine Verlobung mit Lord Kenilworth sprechen. Bist du wirklich verlobt? Weder Lady Bellamny noch Lady Kenilworth haben mir gesagt, dass ihr euch verlobt habt, aber was hat das Gerede ausgelöst?«

Charlotte drehte die Serviette in ihren Händen. »Lord Braxton und ein anderer Mann haben uns gesehen, als wir das Inn betreten haben. Lord Kenilworth sagte zu dem Hausherrn, wir wären verlobt. Dann tauchte Lady Bellamny auf und fragte ihn, ob er seiner Pflicht nachkäme und mich heiraten würde.« Die Sorge in Janes Augen war nicht kleiner geworden. »Ich wünsche ihn nicht zu heiraten, und ich glaube nicht, dass er mich heiraten will. Während ich geschlafen habe, ist mir ein Plan in den Sinn gekommen. Ich bleibe einfach bis irgendwann im Sommer verlobt, wenn das Gerede sich wieder gelegt hat. So wie Dotty es tun wollte, bevor sie sich in Merton verliebt hat.« Janes Haltung wurde steifer, als Charlotte sie je gesehen hatte. »Alles wird gut, du wirst sehen.«

Allerdings kam ihr beim Blick ihrer Base in den Sinn, dass sich vielleicht nicht alles so fügen würde, wie sie es sich wünschte.

Jane streckte die Hand herüber und tätschelte Charlottes Schulter. »Lass uns vorerst nichts planen. Grace wird bald hier sein.«

Ein Schaudern lief Charlottes Rücken hinab. »Was enthältst du mir vor?«

Mehrere Augenblicke verstrichen, bevor ihre Base antwortete: »Aufgrund des Zustands deiner Kleidung« – vergangene Nacht hatte ihr Gewand ausgesehen, als hätte sie darin geschlafen, was auch der Fall war – »geht das Gerücht, du und Seine Lordschaft hättet heute Morgen ein Stelldichein gehabt.«

Zweifellos von Lord Braxton in die Welt gesetzt, auch wenn Jane die Quelle vielleicht nicht wusste. »Aber Lady Bellamny ...«

»Oh ja. Die Gentlemen glauben durchaus, dass Ihre Ladyschaft mit euch gereist ist, aber sie hatten den Eindruck, dass ihr beide euch allein davongestohlen hättet.«

Verdammt, verdammt, verdammt! Was mache ich denn jetzt?

Dem Gerücht zu widersprechen wäre sinnlos. Charlotte wusste sehr wohl, was ihre Schwester und ihre Freundin mit ihren Ehemännern vor ihren Eheschwüren getan hatten. Lady Bellamny hatte Charlotte verraten, was Lord Kenilworth zu Lord Gerald gesagt hatte: dass sie einen Unfall mit dem Phaeton gehabt hätten. Offenbar hatte Lord Gerald, oder wohl eher Lord Braxton, entgegen Lord Kenilworths Annahme die Geschichte nicht geglaubt.

»Das haben wir nicht«, widersprach sie mit allem Nachdruck. »Wir sind gefahren, und davor war ich in eine Kutsche gestoßen worden. Er hat nur gesagt, wir wären verlobt, um meinen Ruf zu retten.«

»Ja, meine Liebe.« Jane tätschelte Charlottes Hand. »Ich glaube dir, und Matt und Grace werden dir ebenfalls glauben. Das Problem ist jedoch, dass solches Gerede, hat es erst einmal begonnen, fast unmöglich aufzuhalten ist.« Ihre Base schürzte die Lippen. »Und er hat gesagt, dass ihr heiraten werdet. Das hat die Spekulationen darüber, dass etwas vor sich gehen könnte, zusätzlich befeuert.«

»Das ist so ungerecht.« Charlotte wollte heulen, aber sie weigerte sich, in solch kindisches Verhalten zu verfallen.

»Ich verstehe.« Jane war einige Augenblicke still und trank ihren Tee. »Ich kenne Lord Kenilworth nicht, aber Lady Bellamny denkt gut von ihm. Ich weiß, du möchtest eine Liebesheirat, aber bist du sicher, dass du ihn nicht ehelichen kannst?«

Oh Gott, nicht auch Jane! »Das kann ich nicht.« Charlotte fragte sich, wie viel sie ihrer Base erzählen sollte, und entschied, dass sie die ganze Wahrheit berichten musste, wenn sie Hilfe erwartete. »Er missbraucht Frauen.«

Tee spritzte aus Janes Mund hervor, bevor sie nach ihrer Serviette greifen konnte. »Was?« Ihr entsetzter Gesichtsausdruck entsprach genau Charlottes Erwartung. »Charlotte, woher um Himmels willen weißt du das?«

»Vor Louisas Heirat haben wir mit ihr und Rothwell das Theater besucht. Kenilworth war dort, und zwar nicht nur mit einer, sondern zwei Kurtisanen.«

Janes Braue schoss hoch. »Das scheint etwas exzessiv zu sein.«

Das war nicht ganz die Antwort, die Charlotte erwartet hatte. »Weißt du über das Bordell Bescheid, das Dotty Merton gefunden hat?« Jane schüttelte den Kopf. »Dann lass mich dir erzählen, was Grace und Dotty Louisa und mir berichtet haben.«

Sie erzählte, wie Damen entführt worden waren, um als Prostituierte zu arbeiten und, wenn sie sich weigerten, zum Opiumkonsum gezwungen wurden. »Alles nur, weil Männer ihren Körper kaufen und sie missbrauchen wollen.« Charlottes Stimme zitterte vor Wut. Dann hängte sie noch ihr *pièce de résistance* an. »Und weißt du, was Lord Kenilworth sagte, als ich ihn dafür schalt, dass er sich eine Mätresse hält?«

»Nein«, sagte ihre Base langsam.

»Er sagte, es wäre ein geschäftliches Abkommen.« Sie schluckte und blinzelte die Feuchtigkeit aus den Augen, sah aber weiterhin alles verschwommen. »Diese armen Frauen. Ein geschäftliches Abkommen.«

Kaum hatte sie das letzte Wort ausgesprochen, da brach sie in Tränen aus.

Jane schlang ihre Arme um Charlotte und tätschelte ihr den Rücken. »Wir überlegen uns etwas. Ich verspreche es dir.« Ihre Base half ihr auf und zurück ins Bett. »Es wäre am besten, wenn du dich noch für eine Weile hinlegst.«

»Vielleicht hast du recht.« Sie weinte fast nie. Nicht mehr, seit ihre Mutter gestorben war und sie festgestellt hatte, dass Weinen nichts nützte. »Vielleicht bin ich erschöpfter als ich dachte.«

Charlotte wachte einige Stunden später wieder auf und fühlte sich viel ruhiger, da der tränenreiche Ausbruch ihr geholfen hatte, ihre überschüssigen Gefühle loszuwerden. Sie läutete nach ihrer Zofe, die wenige Minuten später kam.

»Wir wussten nicht, ob Ihr aufstehen oder durchschlafen wolltet.«

»Habe ich das Abendessen verpasst?«

»Nein, Mylady. Ihr habt genug Zeit, Euch anzukleiden.«

Während ihre Zofe arbeitete, traf sie einige Entscheidungen.

Zunächst einmal musste sie sich wie die Lady benehmen, die sie schließlich war. Ihre Schwester Grace wäre über ihr Verhalten gegenüber Lady Bellamny und sogar gegenüber Lord Kenilworth entsetzt. Charlotte schwor sich, dass sie ihre guten Manieren wahren wollte, ganz gleich wie groß die Provokation wäre.

Zweitens wollte sie die Verlobung gar nicht bereden, mit niemandem, einschließlich Seiner Lordschaft. Insbesondere Seiner Lordschaft. Männer konnten eine höchst seltsame Rasse sein, die in allem eine Herausforderung sahen. Und sie hatte nicht vor, eine Herausforderung zu sein.

Und zuletzt würde sie einen Weg finden, Miss Betsy verhaften zu lassen und so viele Opfer wie möglich aus den abscheulichen Fängen dieser Frau zu retten.

»Eure Perlen, Mylady?«, fragte May.

»Ja. Sie sind perfekt.«

Charlotte legte die Ohrringe an, während ihre Zofe das Halsband verschloss. Ein Seidenband, das mit kleinen Perlen verziert war, war in ihr Haar gewunden worden.

Als May Charlotte ihr Retikül reichte und ihr einen Norwich-Schal über die Schultern legte, sah sie in den Spiegel und nickte. Sie war bereit, Lord Kenilworth und seiner Mutter gegenüberzutreten.

Sobald sie herausgefunden hätte, wo der kleine Salon war. Es war immer schwierig, in alten Häusern den Weg zu finden.

Es pochte an der Tür, und Jane streckte den Kopf herein. »Ich dachte, wir beide könnten gemeinsam hinuntergehen.«

»Kennst du den Weg?«, fragte Charlotte hoffungsvoll.

»Nein.« Jane lachte. »Ich hoffte, einen Burschen oder eine Magd zu finden.«

Charlotte machte die Tür weiter auf. »Das Schlimmste, was geschehen kann, wäre, dass sie einen Suchtrupp ausschicken müssten.«

»Das ist nicht nötig.« Lord Kenilworth stand im Flur und lächelte sie und Jane an. »Ich bin gekommen, Euch zu geleiten. Lady Charlotte?« Er hielt ihr einen Arm hin. »Misses Addison?«

Beide legten eine Hand auf einen Arm. Sie wollte ihn hier nicht haben, aber es war ihre erste Gelegenheit, sich so zu verhalten, wie sie sollte. »Führt uns, Mylord.«

»Das Haus ähnelt nicht so sehr einem Kaninchenbau wie manch andere, aber es gibt schon eine stattliche Anzahl an Zimmern.«

»Ich würde es eines Tages gern besichtigen«, sagte Charlotte. Obgleich sie bezweifelte, dass sie lange genug hier sein würde. Ohne Frage hatten Seine Lordschaft und seine Mutter vieles, worum sie sich kümmern mussten.

»Ich wäre glücklich, Euch das Haus und die Gärten morgen zu zeigen.«

Nun hatte sie den Salat. »Das würde mir sehr gefallen.«

»Wenn es Euch nichts ausmacht«, sagte Jane, »würde ich das Haus und die Gärten ebenfalls sehr gern sehen.«

Charlotte sandte ein Dankgebet für hilfreiche Cousinen gen Himmel.

»Aber nicht im Geringsten, Ma'am. Es ist mir ein Vergnügen.« Er klang, als ob er es ehrlich meinte, was sie überraschte.

Vielleicht behielt sie letztendlich doch recht, und er wäre froh, sie loszuwerden.

Andererseits sagte ihre Schwester, dass man mehr Fliegen mit einem Löffel Honig fing als mit einer Kanne Essig. Nicht, dass sie sich wünschte, von ihm eingefangen zu werden, noch wollte sie bei jeder Wendung ihre Meinung ändern, und da war ja auch noch seine Mutter zu berücksichtigen.

Nachdem sie die große Treppe hinunter und dann nach rechts einen anderen Flur entlanggegangen waren, erreichten sie schließlich den kleinen Salon. Er war genauso freundlich und zauberhaft wie die anderen Zimmer.

Lady Kenilworth saß bereits mit einem Weinglas in der Hand am Kamin. »Willkommen, Misses Addison.« Sie stellte ihr Glas auf einem kleinen Tisch mit Marmorplatte ab und erhob sich. »Meine liebe Lady Charlotte, wie wunderbar, Euch so gut ausgeruht zu sehen.« Ihre Ladyschaft streckte Jane und Charlotte die Hände entgegen. »Darf es Wein oder Sherry sein?«

»Sherry bitte«, antwortete Charlotte.

»Für mich auch«, stimmte Jane zu.

Lord Kenilworth schenkte ein und reichte ihnen ihre Gläser.

»Kenilworth hat mir von Eurer Verlobung erzählt. Ich kann Euch gar nicht sagen, wie glücklich ich bin. Ein Toast!« Ihre Ladyschaft lächelte selig. »Auf Eure Verlobung. Ihr wisst nicht, wie lange ich schon darauf warte, eine Tochter zu bekommen.«

Obgleich sie kein Wort gesagt hatte, fühlte Charlotte sich wie die schlimmste Betrügerin.

Charlotte nippte gerade an ihrem Sherry, als Kenilworth trocken parierte: »Ich bin erst zweiunddreißig.« Wobei er gerade wie ein Dreizehnjähriger klang. »Und du hast bereits drei Töchter. Ich hoffe, du hast sie nicht vergessen.«

Trotz ihres Gelöbnisses, sich perfekt zu benehmen, konnte sie nicht anders und sagte: »Wie könnt Ihr es wagen, so mit Eurer Mutter zu sprechen?« Ihr Griff um den Stiel des Glases verkrampfte sich, als sie versuchte, ihre Selbstkontrolle wiederzuerlangen. »Mylord, Ihr solltet Euch schämen, und dankt Eurem Glück, dass Ihr noch eine Mutter habt.« Kenilworth und die Marquise warfen ihr irritierte Blicke zu. Oh Gott. Was hatte sie getan? »Vergebt mir«, sagte Charlotte in viel zerknirschterem Tonfall als beabsichtigt. Ihre Nerven mussten stärker mitgenommen sein als sie gedacht hatte. »Ich hätte das nicht sagen sollen. Meine Mutter ist vor einigen Jahren verstorben, und ich vermisse sie jeden Tag.«

»Ich weiß exakt, wie Ihr Euch fühlt, meine Liebe.« Lady Kenilworth eilte zu Charlotte und blickte sie mit so viel Mitgefühl an, dass sie dagegen ankämpfen musste, erneut in Tränen auszubrechen. »Ich habe meine Mutter ebenfalls als Kind verloren. Ich glaube, man vergisst das nie. Constantine«, das Kinn der

Marchioness hob sich, »ich bin mit der Wahl deiner Ehefrau einverstanden, und was mich betrifft, ist nichts anderes wichtig.«

Oh nein! Charlotte hatte Lady Kenilworth nicht verteidigt, um ihr Einverständnis zu einer Ehe zu gewinnen, die sie nicht einzugehen beabsichtigte.

Doch was sollte sie jetzt tun? Sie konnte nicht zulassen, dass Ihre Ladyschaft weiterhin unter dem falschen Eindruck stand, sie würde ihren Sohn heiraten. Sie sollte erklären, dass sie Seine Lordschaft nicht wirklich heiraten müsste.

Sie schlug das, was ihre Base gesagt hatte, in die Luft. »Es ist nur eine vorübergehende Vereinbarung. Sicherlich wird mir Seine Lordschaft zustimmen, dass es in unser beiderseitigem Interesse liegt, unsere Verlobung im Spätsommer oder Herbst aufzulösen.« Sie zwang sich, die anderen anzulächeln. »Bis dahin werden alle Geschehnisse in Vergessenheit geraten sein.«

»Ich erhebe Einspruch«, sagte Kenilworth in jenem Ton, den sie als seinen üblichen, überheblichen Sprechstil wiedererkannte. »Ich glaube nicht daran, dass Braxton nicht jedem, der es hören möchte, erzählen wird, dass Ihr und ich am frühen Morgen in derangiertem Zustand gesehen wurden.« Lord Kenilworth blickte zu seiner Mutter. »Die Tatsache, dass keiner von uns beiden die vergangene Nacht in jenem Inn verbracht hat, ist allzu leicht zu beweisen.«

Das war fintenreich von ihm. Doch was noch schlimmer war: Er könnte recht haben.

Wobei Charlotte keinen Schimmer hatte, weshalb er sie heiraten wollen könnte. »Ich bin sicher, dass meine Schwester und mein Schwager sich hier melden werden, sobald sie wieder in London sind. Ich schlage vor, dass wir auf sie warten, um dieses Gespräch zu Ende zu führen.«

»Ich stimme zu. Wir werden es Worthington und Eurer Schwester überlassen.« Er nahm einen Schluck Wein und lächelte sie an.

Es war fast, als wüsste er etwas, wovon sie keine Kenntnis hatte. Doch weder Matt noch Grace würden Charlotte je zur Hochzeit bewegen, wenn sie nicht wollte. Dessen war sie sich sicher.

KAPITEL 10

Burt verbrachte den größten Teil des Morgens und des Nachmittags damit, jeder Spur von Lady Charlotte und Lord Braxton zu folgen, die er finden konnte. Leider hatte er erst Glück, als er durch einen Zollübergang kam und dort nachfragte. Der Mann, der die Zollgebühren einsammelte, war nicht derselbe, den Burt am gestrigen Morgen gesehen hatte.

Als er die Münzen hervorzog, fragte er: »Ich vermute, Sie ham nich zufällig 'ne Lady und 'nen Gentleman vor Morgengrauen hier durchkommen sehen?«

Der ältere Mann nahm das Geld. »Hab ich wohl. Dachte, es is komisch, sie um die Uhrzeit zu sehen. Wir sind hier nich in London.«

»Irgendein Schimmer, wohin die gefahren sind?«

»Gibt nur eine Stadt von 'ner gewissen Größe hier in der Gegend, und das is Blackwell.«

Burt tippte grüßend an seinen Hut. »Danke für die Auskunft.«

Er brauchte noch zwei Stunden, bis er die Stadt erreichte. An den Straßenrändern sah er mehr Gigs, als er je auf einem Haufen gesehen hatte.

Vor zwei Gaststätten hatte man Tische aufgestellt, und junge Männer liefen rein und raus, Pints mit Bier in den Händen.

Er schnappte sich einen der Jungen. »Was ist hier los?«

»Boxkampf. Hat gerade aufgehört.«

Verflucht. Das würde ihm das Leben nicht gerade leichter machen. Wie zur Hölle sollte er in diesem Gewimmel eine feine Dame und einen Gentleman finden? »Biste schon den ganzen Tag hier?«

»Nee.« Die Augen des Jungen standen keinen Moment still, während er die Menge überblickte. »Bin nur zum Bedienen da. Ich arbeite mit den Pferden.«

Verdammt, er könnte eine Pause brauchen. »Schon mal von einem Lord Braxton gehört?«

»Ich wünschte, ich hätt seinen Namen noch nie gehört.« Der Junge spuckte auf den Boden. »Hat mir nich mal 'nen Halfpenny gegeben dafür, dass ich mich gut um seine Pferde gekümmert hab.«

Burt angelte nach einer Guinee in seiner Tasche und gab sie dem Burschen. »Isser noch da?«

»Nee.« Die Münze verschwand. »Hatte noch ein Pint und is dann nach London aufgebrochen.«

Und genau dorthin würde Burt auch reiten. Einen Pinkel in Mayfair zu finden, war nicht halb so schwierig, wie einen auf dem Land ausfindig zu machen. Das Dämchen würde er dort auch finden. Wahrscheinlich dort, wo er sie beim ersten Mal geschnappt hatte. Dieses Mal würde sie ihm nicht entwischen.

»Bring mir ein Pint und was zu essen.«

Grinsend rannte der Junge davon. Morgen wäre noch früh genug, Lady Charlotte zu finden und zu Miss Betsy zu bringen.

Am späten Vormittag des nächsten Tages hielt sich Con in der Bibliothek auf, da kratzte der Butler seiner Mutter an der offenstehenden Tür. »Mylord, Lord und

Lady Worthington sind eingetroffen. Ich habe mir die Freiheit erlaubt, Tee zu ordern. Wünscht Ihr, dass ich Ihre Ladyschaft über das Eintreffen von Lady Charlottes Familie in Kenntnis setze?«

»Noch nicht, Dalton. Ich wünsche, zuvor mit Lord und Lady Worthington zu sprechen.«

»Wie Ihr wünscht, Mylord. Ich werde sie hereinführen.«

Wenige Augenblicke später wurden die Worthingtons angekündigt. Einen Moment war Con schockiert, wie sehr Charlottes Schwester ihr ähnelte. Würde Ihre Ladyschaft die gleiche Aversion gegen ihn an den Tag legen, die Charlotte hatte? Er bemerkte, wie er die Schultern straffte.

»Kenilworth, ich danke dir.« Worthington wandte sich der Dame neben sich zu. »Meine Liebste, darf ich dich dem Marquis of Kenilworth vorstellen? Kenilworth, meine Frau.«

»In der Tat.« Lady Worthington lächelte herzlich. »Ich kann Euch nicht genug für die Rettung meiner Schwester danken.«

»Ihr müsst mir nicht danken, Mylady. Ich versichere Euch, jeder Gentleman hätte das Gleiche getan.«

»Bei Gott, Mann.« Worthington streckte die Hand aus, und Con schüttelte sie. »Ich bin mir nicht sicher, ob jeder es getan hätte.«

Lady Worthington nahm auf dem Sofa Platz, und Worthington setzte sich neben sie. Obwohl sie mitgenommen aussah, saß sie still da, mit einer Hand im Schoß, die andere hielt Worthington. Als das Tablett mit dem Tee kam, schenkte sie aus. »Sahne oder Milch, Mylord?«

»Milch und ein Stück Zucker.«

Während sie die Tasse für ihren Mann vorbereitete, sagte er: »Ich habe deinen Brief bekommen, und meine Frau hat Briefe von Lady Bellamny und Charlotte erhalten.« Con nickte. »Als wir gestern in London ankamen, hat uns Mister Addison darüber informiert, dass seine Frau hier bei unserer Schwester ist. Ich bin natürlich zu *Brooks's* gegangen, um herauszufinden, ob der Tratsch London schon erreicht hat.« Worthington zog eine Grimasse. »Das war der Fall.«

»Braxton?« Con presste die Lippen zusammen. »Das war zu erwarten.«

»Wie geht es Charlotte?«, fragte Lady Worthington mit besorgtem Blick.

»Den Umständen entsprechend gut. Ich glaube, die Anwesenheit von Misses Addison hilft ihr.«

»Ich würde meine Schwester jetzt gern sehen.« Ihre Ladyschaft trank ihren Tee aus und erhob sich. »Ich werde dieses Gespräch den Herren überlassen.«

Con läutete eine Kristallglocke, und die Tür wurde geöffnet.

»Mylord?«

»Bitte begleiten Sie Lady Worthington zum Zimmer von Lady Charlotte. Anschließend setzen Sie bitte meine Mutter darüber in Kenntnis, dass wir weitere Gäste haben.«

Nachdem die Tür wieder geschlossen war, sagte Worthington: »In ihrem Brief schreibt Charlotte, dass sie dich nicht heiraten will. Allerdings erwähnt sie keinen Grund. Konntest du sie bereits eines Besseren belehren?«

»Nein.« Con hielt eine Karaffe mit Brandy hoch, und Worthington neigte den Kopf. »Sie bleibt dabei, dass ein Mann, der eine Geliebte hat, Frauen missbraucht, und dass sie einen solchen Mann nicht heiraten wird.«

»Hölle und Verdammnis.« Worthington rieb sich mit beiden Händen über das Gesicht. »Hätte es einen Weg gegeben, die Geschichten über das Bordell von ihr fernzuhalten, wüsste sie nicht einmal etwas über leichte Mädchen. Sie ist …« Er hielt einen Augenblick inne. »Ich kann nicht sagen, dass sie übersensibel ist, aber sie neigt immer noch dazu, die Welt in Gut und Böse einzuteilen.«

Con war jedenfalls in der Kategorie »böse« gelandet. Er reichte seinem Freund ein Glas und nahm selbst einen Schluck. »Ich nehme an, niemand hat ihr gegenüber erwähnt, dass nicht alle Freudendamen unglücklich sind.« Worthington zog eine Braue hoch. »Nein, natürlich nicht.« Con holte Luft. »Wenn du irgendeinen Einfall hast, wie ich ihre Meinung ändern könnte, wäre ich für jeden Hinweis dankbar.«

»Leider werde ich das ganz dir überlassen müssen.« Worthington hob sein Glas und betrachtete den bernsteinfarbenen Weinbrand. »Man sagt, du hast sehr viel Charme. Sicherlich findest du einen Weg, dich für sie annehmbar zu machen.«

»Ich bin froh, dass du Vertrauen zu mir hast.« Con hätte am liebsten gestöhnt. »Derzeit bekomme ich sie nicht einmal allein zu Gesicht. Sie hängt wie eine Klette an ihrer Base.« Er nahm einen weiteren Schluck. »Sie denkt außerdem, dass du sie in ihrem Wunsch, mich nicht zu heiraten, unterstützen wirst.«

Kopfschüttelnd antwortete Worthington: »Diese Option steht ihr nicht offen.«

»Nein, das dachte ich auch nicht. Aber du musst noch etwas wissen: Miss Betsy steckte hinter der Entführung.«

»Verflucht sei diese Frau!« Worthington fuhr sich mit den Fingern durchs Haar. »Ich hatte angenommen, sie wäre auf den Kontinent geflohen. Man sollte doch denken, dass sie ihre Lektion gelernt hat.«

»Offenbar nicht.« Was Con nun sagen musste, würde seinen Freund noch mehr beunruhigen. »Sie wendet wieder ihre alten Tricks an: Kinder und junge Frauen entführen.«

»Weiß Charlotte es?«

»Sie war dabei. Ich sollte noch hinzufügen, dass der Gastwirt, der Miss Betsy half, und seine Familie denken, sie würde Entflohene retten und zu ihren Familien zurückbringen.«

»Ich muss meinen Vetter darüber in Kenntnis setzen. Er war beim Hochgehenlassen ihres Bordells mit von der Partie.« Worthington schwieg einen Augenblick, dann zog er eine Grimasse. »Bitte sag mir, dass Charlotte nicht erklärt hat, sie wolle dabei helfen, die neuesten Opfer zu retten.«

Um Himmels willen. Dazu war sie ganz offensichtlich fähig. Und Con hatte befürchtet, sie würde auf eigene Faust versuchen, zurück nach London zu gelangen. Was war er doch für ein Narr. »Mir gegenüber nicht, aber sie hat einen Brief an Lady Merton geschrieben.«

Worthington nahm einen großen Schluck Brandy. »Ich hoffe, du hast nichts gegen noch mehr Gäste. In der

Sekunde, in der Dotty Merton herausfindet, dass Charlotte nicht in London ist, wird sie hier auftauchen.«

»Aber nein. Tatsächlich glaube ich, dass meine Mutter es sogar sehr genießen wird.«

»Ich hätte gern, dass Charlotte hier bleibt. Hier ist sie sicherer. Grace und ich müssen zurück. Wir müssen uns um die anderen Kinder kümmern.« Plötzlich grinste er. »Wir nehmen Base Jane mit. Wenn Charlotte Dotty und Merton zusammen sieht, wird sie vielleicht noch einmal darüber nachdenken, ob sie deinen Antrag zurückweist.« Worthington ließ das Glas in seinen Händen langsam kreisen. »Wir haben uns alle Sorgen um Charlottes Gefühle gemacht. Aber was empfindest du denn bei dieser Verlobung? Du warst nicht auf dem Heiratsmarkt unterwegs. Tatsächlich muss ich als ihr Bruder und Vormund darauf bestehen, dass du aufhörst, in der Art Gesellschaft zu verkehren, in der du zuletzt warst.«

Con hatte gewusst, dass sein Leben sich ändern würde, hatte jedoch noch nicht viel darüber nachgedacht. Nicht, dass er erwartete, weiterhin eine Geliebte zu haben oder weiterhin zu solchen Gesellschaften zu gehen wie bisher. Es von seinem Freund zu hören, führte ihm die Veränderung, die er durchlaufen müsste, allerdings klar und deutlich vor Augen. Eigenartigerweise beunruhigte es ihn aber gar nicht. Er hatte es ja ohnehin erwartet, wenn er einst heiraten würde. »Ich bin nicht unglücklich über die Verlobung.« Vielleicht hatte er noch nicht heiraten wollen, doch er beabsichtigte nicht, zuzulassen, dass Charlotte ihn sitzenließ. Keine Frau hatte ihn je verlassen, und sie würde nicht die Erste sein, die es doch tat. »Tatsächlich freue ich mich darauf und auf meine Rückkehr in die feine Gesellschaft.«

»Gut. Dann hoffe ich, dass ich dich in unserer Familie willkommen heißen kann.«

Die Frage war, ob Con Charlotte in Anwesenheit ihrer Freundin den Hof machen könnte. Oder würde sie Lady Merton als Schutzschild benutzen?

Just als Charlotte von ihrem Spaziergang durch die elisabethanische Gartenanlage zurück war, erklang von ihrer Schlafzimmertür ein Pochen, und ihre Schwester kam mit ausgebreiteten Armen herein.

Ohne weiter nachzudenken, warf Charlotte sich hinein. »Oh, Grace, ich habe ein solches Durcheinander angerichtet.«

Ihre Schwester strich ihr übers Haar und murmelte: »Wie ähnlich es dir sieht, die Verantwortung für Geschehnisse zu übernehmen, über die du keine Kontrolle hattest.«

»Nein, aber ich habe alles noch viel schlimmer gemacht.« Sie schniefte. »Wäre ich nicht von der Kutsche gestiegen und hätte darauf bestanden, zum Inn zurückzugehen, hätte niemand Lord Kenilworth und mich gesehen. Dann gäbe es keine Verlobung. Aber ich konnte ihm nicht genug vertrauen, um neben ihm sitzen zu bleiben. In dem Augenblick konnte ich nur daran denken, wie ich von ihm wegkäme.« Sie trat einen Schritt zurück und sah ihrer Schwester in die Augen. »Ich kann einen Mann wie ihn nicht heiraten.«

»Hm.« Grace schürzte die Lippen. »Es scheint sehr vieles zu geben, das für ihn spricht. Darf ich nach dem Grund fragen?«

»Er hat eine Geliebte.« Höchstwahrscheinlich sogar mehr als eine zur gleichen Zeit. Und wer wusste, wie viele Frauen er schon benutzt hatte.

»Ah, verstehe.« Sie betrachtete Charlotte eine Weile, und die Sorge stand ihr ins Antlitz geschrieben.

Wenigstens verstand ihre Schwester sie. Tatsächlich schien sie sogar die Einzige sein, die begriff, wie Charlotte sich fühlte. »Ich dachte ...«, sie löste sich aus Graces Umarmung und ging auf und ab, »dass, wenn ich einfach abwarte, das Gerede sich legen würde. Das müsste doch funktionieren, oder nicht? Ich meine, Skandale verschwinden doch wirklich.«

»Manche, ja. Das hängt gänzlich von den Umständen ab.«

Die Stimme ihrer Schwester klang nachdenklich, wofür Grace dankbar war. Zumindest hatte Grace ihren Einfall nicht sogleich von der Hand gewiesen, wie Kenilworth es getan hatte.

Grace fuhr fort: »Ich muss dir sagen, dass Matt in seinem Klub einiges Gerede aufgeschnappt hat. Aber natürlich werden wir erst, wenn wir nach London zurückgekehrt sind, genau wissen, wie weit die Gerüchte sich bereits ausgebreitet haben.«

Charlotte wollte nicht den Stoff für Tratsch abgeben. Dotty hatte das erleiden müssen, und es war nicht angenehm. »Vielleicht, wenn wir gleich aufs Land ziehen ...«

»Nein.« Graces Ton war so bestimmt, dass Charlotte Widerspruch nicht einmal in Betracht zog. »Weglaufen gibt den Gerüchten nur neue Nahrung. Je eher wir uns dem stellen, was uns erwartet, desto besser. Wir reisen morgen von hier ab.«

»Ich glaube«, sagte Matt, der durch die offenstehende Tür hereinkam, »Charlotte sollte hier bleiben, wo sie in Sicherheit ist. Wir können Dotty und Merton herschicken, sobald sie in London eintreffen.«

Grace schien über seinen Vorschlag nachzudenken, dann schüttelte sie den Kopf. »Ich fürchte, das würde eigenartig wirken. Wenn Charlotte und Lord Kenilworth wirklich verlobt wären, würde unser Besuch nicht ungewöhnlich wirken. Ohne sie nach Mayfair zurückzukehren, würde man als seltsam betrachten.«

»Aber ...«

Grace unterbrach ihn: »Sie sollte das tun, was jede junge Dame, die gerade eine Verlobung eingegangen ist, tun würde.«

»Und das wäre?«, fragte er langsam und in vorsichtigem Ton.

»Einkaufen gehen.«

»Einkaufen?«

Charlotte konnte nicht unterscheiden, ob in Matts Stimme Sorge oder Zweifel mitschwang.

»Richtig.« Graces Augen leuchteten auf. »Obwohl Louisa, Dotty und ich so rasch geheiratet haben, konnten wir nicht viel ...«

»So hat es sich nicht angefühlt«, murmelte ihr Ehemann.

Sie wedelte seine Bemerkung mit der Hand weg. »Nichtsdestoweniger«, sie durchbohrte ihn mit einem Blick. »Solange wir noch in London sind, und da ihr Ziel *nicht* eine möglichst baldige Hochzeitsfeier ist, muss sie dabei gesehen werden, wie sie ihre Brautausstattung zusammenstellt.«

»Und was ist mit Kenilworth?«, fragte Matt. »Wir können ihn nicht einfach hier lassen.«

Ehrlicherweise hielt Charlotte das für eine ausgesprochen gute Idee.

»Nein, mein Liebster, du hast recht. Es tut mir leid, Charlotte.« Ihre Schwester teilte einen mitfühlenden Blick mit ihr. »Man muss euch gemeinsam sehen.«

Das war nicht das, was Charlotte hören wollte. Allerdings kam es nicht überraschend. Sie hatte gesehen, wie viel Zeit Louisa und Dotty mit ihren Ehemännern verbracht hatten, bevor sie heirateten.

Doch eine Bedingung musste Charlotte stellen. »Ich werde nicht mit ihm allein sein.«

»Wie du wünschst, meine Liebe.« Grace lächelte herzlich, während Matts Wange zu zucken begann. »Es ist nur für einige Wochen.«

»Dann können wir also nach Hause?«, fragte Charlotte und betete, dass die Antwort Ja lauten würde.

»Dann können wir also nach Hause.« Grace legte den Arm um Charlottes Schultern. »Versuch, deine Mundwinkel nicht so herabhängen zu lassen. Ich habe immer gefunden, dass alles sich am Ende so ergibt, wie es sein soll.«

Das hatte auch Lady Bellamny gesagt. Vielleicht hatten die beiden recht. Obgleich er es sagte, wollte Kenilworth sie nicht wirklich heiraten, und sie würde niemals zustimmen, ihn zu heiraten. Er konnte in sein Lotterleben zurückkehren, und sie würde einen Mann finden, den sie lieben und respektieren konnte. Vielleicht sogar Lord Harrington, wenn er beweisen konnte, dass ihm wirklich an ihr gelegen war.

Am folgenden Morgen brachen nicht nur Charlotte, Grace, Jane, Matt und Kenilworth auf. Auch Lady Kenilworth hatte beschlossen, den Weg nach London anzutreten und in der Kutsche der Worthingtons mitzufahren.

Zunächst hatte Charlotte diese Planänderung nicht gestört. Leider konnte die Lady, sobald die Kutschtüren geschlossen waren, von nichts anderem mehr reden als von Heiratsplänen.

»Nun, da Kenilworth und Euer Bruder miteinander gesprochen haben, kann die Hochzeitsannonce in die Zeitung gesetzt werden.« Glückselig lächelte Lady Kenilworth Charlotte an, als wäre eine formelle Bekanntgabe einer Verlobung, die sie nicht wollte, die beste Neuigkeit, die man sich vorstellen konnte.

Charlotte biss sich auf die Zunge, fest entschlossen, die Lady nicht darauf hinzuweisen, dass sie nicht vorhatte, die Hochzeit durchzuziehen. Es würde die Rückkehr nach London nur noch unangenehmer machen, als sie nun ohnehin schon wurde. Sie wünschte, sie könnte reiten oder eine andere Kutsche nehmen. Aber auf einem Pferd zu reiten, stand außer Frage, und die einzige andere Möglichkeit wäre Lord Kenilworths Phaeton. »Gewiss.«

»Ich nehme an, Ihr wünscht in St. Georges zu heiraten.« Ihre Ladyschaft beugte den Kopf in Janes Richtung. »Wenn ich es richtig verstanden habe, wurden alle kürzlich stattgefundenen Trauungen der Familie dort durchgeführt.«

»Ich weiß noch nicht, wo ich zu heiraten wünsche«, antwortete Charlotte, bevor dieser Gedanke im Kopf Ihrer Ladyschaft noch mehr Gestalt annehmen konnte.

Wo auch immer sie heiraten würde, es wäre nicht Lord Kenilworth, der mit ihr am Traualtar stünde.

»Ich denke, wir müssen über einen Termin sprechen.« Lady Kenilworth warf Charlotte einen derart hoffnungsvollen Blick zu, dass sie sich schrecklich fühlte, weil sie die Dame enttäuschen musste.

»Ähm, ja. Es eilt jedoch nicht. Ein Tag im Herbst würde Seiner Lordschaft und mir die Zeit geben, uns besser kennenzulernen.« Wenn sie dieses Gespräch nicht bald auf ein anderes Thema lenken könnte, würde sie noch närrisch werden. »Wo werdet Ihr wohnen, solange Ihr in London weilt?«

»Ich habe ans *Pulteney Hotel* geschrieben. Dort werde ich einige Nächte logieren, während man in Kenilworth House Räumlichkeiten für mich herrichtet. Ich habe es seit dem Tod meines Gatten nicht mehr besucht, und es wäre mir unerträglich, meine früheren Wohnräume zu benutzen.« Ihre Ladyschaft bedachte Charlotte mit einem bedeutungsschwangeren Blick, während diese versuchte, nicht an die Gemächer der Marquise zu denken. »Ich hoffe, eine Abendgesellschaft zu Ehren Eurer Verlobung auszurichten.«

Ihr eigenes Höflichkeitslächeln wurde immer starrer. »Ihr seid sehr freundlich.«

Als sie anhielten, um die Pferde zu wechseln, tat ihr der Kopf weh. Wenn es ihr bereits gegenüber einer Frau, die Charlottes Gefühle zu dieser Verlobung kannte, so schwerfiel, Contenance zu wahren, obgleich Ihre Ladyschaft beschlossen hatte, Charlottes Vorbehalte einfach zu übergehen, wie viel schwieriger würde es sein, der ganzen Welt vorzuspielen, dass sie sich darauf freute, Kenilworth zu heiraten?

Und doch musste sie genau das tun. Lady Bellamny hatte deutlich klargemacht, dass niemand von der Entführung erfahren durfte, oder davon, dass Charlotte die Nacht in einem Inn verbracht hatte und in den frühen Morgenstunden mit Kenilworth allein gewesen und mit ihm durch die Landschaft gereist war. Der Skandal wäre unmöglich im Zaum zu halten.

Charlotte konnte nur noch beten, dass sie viel besser schauspielern konnte, als sie dachte, und darauf hoffen, dass niemand das Ränkespiel durchschaute.

KAPITEL 11

Am gestrigen Tag, als sich herausgestellt hatte, dass der Plan, den Con und Worthington gefasst hatten, durchgefallen war, hatte Con seinem Freund eine hübsche brauen Stute angeboten.

Vom Rücken seines grauen Wallachs betrachtete er die Kutschen vor dem Haus seiner Mutter. »Lieber reiten als in einer Kutsche zu sitzen.«

Mit einem Blick auf die fragliche Kutsche nickte Worthington. »Viel lieber.«

Sie ritten vor den Wagen, in dem seine Mutter, Lady Worthington, Misses Addison und Charlotte saßen. Eine zweite Kutsche mit ihren Kleiderkisten und das dritte Gefährt, das seinen und Worthingtons Kammerdiener transportierte, waren schon früher abgefahren, um vor ihren Dienstherren und -herrinnen in London einzutreffen. Auch sein Bursche, der Cons Zweispänner fuhr, hatte es so gemacht.

Die Kutsche wurde von zwei berittenen Begleitpersonen flankiert. Con glaubte nicht, dass jemand versuchen würde, sie anzugreifen, aber es wäre unsinnig, das Schicksal herauszufordern. In letzter Zeit war es ihm nicht wohlgesonnen gewesen.

Gerade wollte er den Befehl zum Aufbruch geben, da beschloss seine Mutter, dass sie noch einen Gegenstand brauchte, den ihr Mädchen im Gepäck verstaut hatte, aber bald waren sie auf dem Weg.

Am gestrigen Nachmittag, als Worthington mit seiner Gattin und Lady Charlotte gesprochen hatte, war die Unterredung nicht wie geplant verlaufen. Kurz darauf hatte Worthington Con darüber in Kenntnis gesetzt, dass seine Frau entgegen ihrem Vorhaben, Charlotte auf dem Land zu lassen, darauf bestanden hatte, es wäre besser, in die Stadt zurückzukehren, zumal es bereits Gerede gab.

Wenn er Braxton je wiedersehen würde, würde Con ihm einen Kinnhaken verpassen.

Später, als ihre kleine Gesellschaft sich vor dem Abendessen im kleinen Salon zusammengefunden hatte, hatte Cons Mutter überschwänglich zugestimmt. »Bekämpfe Feuer mit Feuer, mein Sohn. Wenn du und Charlotte euch zeigt, wird der Klatsch sich bald legen.«

Als er und Worthington im leichten Galopp die Kutsche anführten, kam Con eine Schwierigkeit in den Sinn, die niemand der anderen bedacht hatte. »Du bist dir darüber im Klaren, dass ich zu keiner der Veranstaltungen eingeladen bin, an denen Lady Charlotte teilnehmen wird, oder?«

»Das sollte deine kleinste Sorge sein«, entgegnete Worthington. »Die Neuigkeit der Verlobung wird viele Damen dazu veranlassen, dir eine Karte zu schicken. Ganz davon zu schweigen, dass deine Mutter, meine Frau und Lady Bellamny bei den morgendlichen Antrittsbesuchen ihre jeweilige Version der Geschichte verbreiten werden.«

Wobei die Damen zweifellos Charlotte mit sich herumschleppen würden. Womöglich bescherte das Con am Ende eine Gattin, die resigniert hatte. Wenngleich *gefangen* wahrscheinlich die bessere Wortwahl wäre, und das war nicht gut genug für ihn.

Er wollte den Blick sehen, den sie ihm geschenkt hatte, als er sie rettete. Er wollte an ihren weichen Lippen saugen, und sie sollte sie gern für ihn öffnen, und er wollte verdammt noch mal nicht dafür verurteilt werden, dass er eine Geliebte gehabt hatte. Dieses Arrangement musste er schnellstmöglich beenden.

Verflucht und zur Hölle nochmal!

Er hatte noch nicht vorgehabt zu heiraten, aber jetzt, da es unausweichlich war, wollte er, dass Charlotte sich wünschte, ihn zu heiraten. Er kannte keine andere Frau, die ihn je zurückgewiesen hätte. Dass es ausgerechnet die eine Dame tat, mit der er verlobt war, war inakzeptabel.

Er würde Charlotte begreiflich machen müssen, dass sie sich in seinem Charakter irrte. Als Erstes musste er sie überzeugen, dass leichte Damen ihr Gewerbe genossen. Das würde gewiss ein Schock für Charlotte sein. Schließlich wurden vornehme junge Damen aus gutem Grund so erzogen, dass sie glaubten, körperliche Beziehungen zwischen einem Mann und einer Frau wären nur in einer Ehe rechtens.

Die Hauptschwierigkeit lag darin, dass sie Miss Betsys Freudenhaus kannte. Er war sich sicher, dass Charlotte auf das, was sie gehört hatte, überreagiert hatte. »Weißt du zufällig, was man Charlotte über die Frauen in Miss Betsys Bordell erzählt hat?«

»So, wie ich Dotty Merton kenne, mehr als gut für sie war.« Worthington verzog die Lippen zu einem dünnen Strich. »Es war eine grauenhafte Situation. *Damen* sind entführt und in die Prostitution gezwungen worden, entweder durch Androhung vieler Vergewaltigungen oder durch Betäubung mit Opium. Ihre Kinder wurden entweder getötet oder einfach verkauft.«

Zur Hölle! »Damen? Bist du sicher?«

»Ja, Damen der feinen Gesellschaft, Ladies.« Worthingtons Blick war hart und starr geworden. »Ich erzähle dir das nur, weil du mit Charlotte Hilfe brauchst und weil du bald Teil der Familie sein wirst. Das darf keine Kreise ziehen.« Er wartete, bis Con nickte, immer noch unfähig zu verstehen, wie Frauen seines eigenen sozialen Standes in einem Bordell gelandet sein konnten. »Wir haben sie durch eine Frau gefunden, die ein Unterkunftshaus für Familien von Soldaten führte, die ihre Familien nicht mit nach Übersee nehmen konnten und deren Leute nirgendwo sonst hingehen konnten. Die Damen, die ein Kind unter dem Herzen trugen, bekamen einen Trunk, um das Kind abzutreiben. Manche der Frauen sind gestorben. Ihre Kinder, meistens noch zu klein, um zur Schule zu gehen, wurden an kriminelle Banden verkauft.«

»Großer Gott.« Con fühlte sich, als hätte man ihm die Luft aus den Lungen gesaugt. Als hätte Jackson selbst ihm in den Magen geboxt. Natürlich wusste er, dass nicht alle Frauen freiwillig in diesem Gewerbe waren. Es war aber immer noch besser, als auf der Straße zu leben. Dass allerdings auch Damen der angesehenen Schicht so gelitten hatten, war unglaublich. Dass Charlotte, eine ganz und gar unschuldige junge Frau, darüber Bescheid wusste, bereitete ihm Übelkeit. »Ich verstehe nicht, warum irgendjemand so etwas ...«

»Meine Gattin denkt, es ist besser, wenn Damen etwas über die Gefahren wissen, die ihnen und anderen drohen können.« Worthington zuckte die Achseln. »Ich widerspreche ihr nicht. Allerdings denke ich, dass man ihnen einige der schrecklichen Details hätte ersparen können.«

Con hatte immer noch Schwierigkeiten, zu begreifen, wie wohlerzogene junge Damen auf so furchtbare Weise hatten missbraucht werden können. »Was ist mit den Damen passiert?«

»Mein Vetter Merton und seine Frau kümmern sich um sie.« Worthington zog die Brauen zusammen. »Wir warten immer noch auf die Rückkehr der meisten ihrer Ehemänner.«

»Und die Kinder?«

»Merton hat Männer angeheuert, um sie zu suchen. Es gab schon einige Erfolge. Zum Beispiel Jemmy, obwohl wir seine Familie noch nicht gefunden haben.«

»Warte kurz.« Jemmy hatte gesagt, Charlotte hätte ihn gefunden. »Warum war Charlotte in diese Sache verwickelt?«

»Dotty und Charlotte sind von Kindesbeinen an beste Freundinnen. Als Dotty beschloss, dass das alles zu lange dauerte, entschied sie sich, einen der Überfälle zu überwachen. Charlotte hat sie natürlich begleitet.«

Con öffnete den Mund, um etwas zu sagen, klappte ihn jedoch wieder zu.

Die Haut um Worthingtons Augen kräuselte sich, als er grinste. »Als Dotty Merton sagte, was sie vorhatte, war er auch sprachlos. Es gab keine Möglichkeit, wie er sie aufhalten könnte, außer sie in ihrer Kammer einzusperren. Er war in der Kutsche, und sie waren gut beschützt.«

»Ich verstehe immer noch nicht, wie Charlotte den Jungen gerettet hat.«

»So, wie ich es verstanden habe, wurde Jemmy von einem der Dorfbewohner weggezerrt, und Charlotte schlug ihm die Kutschentür ins Gesicht. Er ließ Jemmy fallen, und Charlotte hob ihn auf. Wenn du mehr Einzelheiten wissen möchtest, wirst du sie selbst danach fragen müssen.«

Auch so war das, was er über Miss Betsy gehört hatte, bei Weitem schlimmer, als Con gedacht hatte. Es war kein Wunder, dass Charlotte Männer verurteilte, die Bordelle besuchten. Wobei die Bordellbetreiber in Covent Garden die Hauptschuld trugen, und das zu Recht: Ohne Freier würden diese Häuser gar nicht erst existieren. Dennoch, und das musste man einfach feststellen, waren diese armen Frauen nicht mit den Freudendamen zu vergleichen, die er anheuerte. All seine Geliebten waren freiwillig zu ihm gekommen. Tatsächlich suchten sich die Freudenmädchen ihre Beschützer öfter aus, als Gentlemen ihre Geliebte aussuchten. Darin lag ein Unterschied wie Tag und Nacht gegenüber den Gräuelgeschichten, die Charlotte gehört hatte. Genau das musste er ihr begreiflich machen. Wenn Con sich eine Geliebte hielt, war das ganz und gar nicht dasselbe, wie wenn ein Mann eine Frau kaufte, die keine andere Wahl hatte.

Etwa zwei Stunden später machten sie eine Pause, damit die Pferde ausruhen konnten, und um einen leichten Imbiss zu sich zu nehmen. Con half zuerst seiner Mutter, dann Charlotte die Kutschenstufen hinunter. Ihre Contenance könnte nach den Emotionen, die sie an den Tag gelegt hatte, gespielt sein. Und obgleich sie vor seiner Berührung nicht zurückzuckte, war sie doch so kalt und steif wie ein Eisblock. Um alles noch schlimmer zu machen, falls das überhaupt möglich war, sprach seine Mutter unaufhörlich darüber, wie glücklich sie war, Charlotte in der Familie willkommen zu heißen und ihnen zu Ehren einen Ball zu veranstalten. Er würde mit seiner Mutter sprechen müssen. Es gab keinen Grund, seine Verlobte noch mehr aufzubringen, als sie bereits war. Als sie in dem privaten Salon waren, den er reserviert hatte, saß die Katze auf Charlottes Schoß und vernaschte eifrig Fleischstückchen und Käse. Nachdem der Hunger des Tiers gestillt war, erzeugte das kleine Wesen ein tiefes Brummen, während Charlotte es streichelte und sich betont von der Unterhaltung zurückhielt. Con fragte sich, ob er jemals so viel Aufmerksamkeit von ihr erhalten würde wie diese verdammte Katze.

Da er seine Mutter nicht daran hindern konnte, all ihre Pläne zu erwähnen, versuchte er bei jeder Gelegenheit, sobald sie den Mund öffnete, das Thema zu wechseln. Als er wieder auf seinem Pferd saß, spürte er beginnende Kopfschmerzen. In der Vergangenheit hatte er nur Kopfschmerzen bekommen, wenn er zu viel getrunken hatte, und sein Kammerdiener hatte ein Gegenmittel, das ihm schnell wieder einen klaren Kopf verschafft hatte. Con hatte den Eindruck, dass dieser Schmerz nicht so leicht geheilt werden könnte.

Gott sei Dank war sie endlich zu Hause!

Charlotte hatte kaum den Fuß auf das Pflaster gesetzt, als Jemmy mit ihr zusammenstieß und seine dünnen

Arme um ihre Taille legte. »Die haben gesagt, Ihr seid in Sicherheit, aber ich musste es selbst sehen.«

»Ich bin in Sicherheit, und es geht mir gut.« Sie tätschelte den Kopf des Kindes. »Und ich bin sehr froh zu sehen, dass du unverletzt zu Hause angekommen bist. Es war sehr kühn von dir, auf die Kutsche zu klettern. Ich danke dir.«

Sein Gesicht rötete sich, als er zu ihr aufsah. »Ach, das war nichts.« Er blickte um sie herum, als ob er nach etwas oder jemandem suchte. »Hat der Gentleman Euch zurückgebracht?«

»Ah ja. Er ist mit uns nach London gekommen, aber zu seinem eigenen Haus gefahren.« Noch nie in ihrem Leben war sie so froh gewesen, zwei Menschen loszuwerden.

»Ich wusste, der ist ein Guter. Hat mir mehr Geld gegeben, als ich für die Kutsche und die Droschke gebraucht hab.« Er senkte die Stimme. »Soll ich ihm den Rest zurückgeben?«

»Ich glaube, das ist nicht nötig. Tatsächlich bin ich mir sicher, er würde wollen, dass du es behältst.« Sie konnte sich nicht vorstellen, dass sich jemand wie Kenilworth über ein paar Pennys aufregen würde.

Als Jemmy breit lächelte, sah sie, dass er einen weiteren Zahn verloren hatte. Charlotte würde sich vergewissern, dass der Stallmeister es bemerkt hatte und dem Kind *tand-fé* gegeben hatte. Schließlich war die Tatsache, dass er immer noch darauf bestand, in den Ställen zu schlafen, kein Grund, dass er kein Geld für seinen Zahn erhalten sollte. Bald müssten sie ihn ins Haus holen, damit er ganz dort wohnte.

»Meint Ihr, ich habe die Gelegenheit, ihm für das extra Geld zu danken?«

»Aber ja.« Und für ihren Geschmack viel zu bald. Sie wuschelte dem Jungen durch die Haare und küsste ihn auf den Kopf.

Gleich darauf scharten sich neben Jemmy ihre Schwester Mary, ihre beste Freundin und Matts Schwester Theo sowie der Rest der Kinder um Charlotte. Der Lärmpegel stieg, bis Matt sie alle ins Haus beorderte. »Ihr könnt eure Fragen im Haus stellen. Rein mit euch.«

Die beiden Jüngsten zogen sie die Treppe hinauf und den Flur entlang ins Morgenzimmer, wo sie verlangten, alles zu erfahren, was geschehen war. Tabletts mit Tee und Essen wurden serviert, als die Kinder sich niederließen, um die Geschichte zu hören. Der achtjährige Phillipp, ihr jüngster Bruder, saß mit Theodora, ebenfalls acht, und der fünfjährigen Mary zusammen. Matts zwölfjährige Schwester Madeline saß zwischen den Zwillingen Alice und Eleanor, die im selben Alter waren. Seine zweitälteste Schwester Augusta, fünfzehn, und Charlottes Bruder Walter, vierzehn, setzten sich zu beiden Seiten von Charlotte. Der Einzige, der noch fehlte, war ihr ältester Bruder Charlie, Earl of Stanwood, der in Eton war.

Nach einer kurzen Weile der Stille begann die Befragung, und Charlotte hob die Hand, um sie zum Schweigen zu bringen. »Es wird viel einfacher sein, wenn ihr mich einfach erzählen lasst, was geschehen ist. Danach könnt ihr eure Fragen stellen, wenn ihr noch welche habt.«

Nach mehreren Minuten zog Augusta die Brauen zusammen. »Ich habe wirklich nicht geglaubt, dass der Unterricht, den wir bekommen haben, nützlich wäre. Jetzt muss ich ernsthaft anfangen zu üben.«

»Welcher Unterricht?«, fragten Alice, Eleanor und Madeline gleichzeitig.

»Lektionen, die ihr vor eurem Debüt bekommen werdet.« Charlotte sah sie der Reihe nach an. »Gibt es noch andere Fragen?«

Mary, die zu Charlottes Füßen saß, raffte ihr Kleid um sich. »Ich hatte Angst.«

Als sie Mary auf ihren Schoß zog, füllten zum zweiten Mal an diesem Tag Tränen ihre Augen.

»Ich auch«, sagte Theo und eroberte sich einen Platz auf Charlottes Schoß.

»Und ich erst.« Phillip stellte sich neben Charlotte und legte ihr den Arm um die Schultern.

»Ich hatte auch Angst, aber jetzt ist alles gut.« Sie gab jedem von ihnen einen Kuss, setzte Mary und Theo wieder ab und stand auf. »Ich will mir den Staub abwaschen und nach Collette sehen. Später sprechen wir weiter.«

Charlotte verließ den Raum, und Walter ging mit ihr den Flur hinunter. »Ich bin froh, dass du in Sicherheit bist. Wir haben uns sehr um dich gesorgt.«

Sie hätte ihn gern umarmt, aber in letzter Zeit hatte er das als zu kindisch zurückgewiesen. »Sag es nicht den anderen, aber ich war wirklich besorgt.«

»Ich verrate nichts.«

Charlotte meinte, seine Haltung würde etwas straffer. »Ich bin froh, dass du mir vertraut hast.«

Das war sie auch. Er entwickelte sich zu einem guten Mann. Sie würde ihn vermissen, wenn er im Herbst mit Charlie in die Schule gehen würde.

Wenige Minuten später setzte sie den Korb auf dem Boden ihres Schlafzimmers ab, zog sich die Haube herunter und warf sie auf den Ankleidetisch. Collette streckte den Kopf heraus, und als sie bemerkte, dass sie endlich zu Hause war, sprang sie aus dem Korb und lief hinter den Wandschirm.

Da Charlotte endlich wieder im Schoß ihrer Familie war, fühlte sie sich zum ersten Mal seit Tagen wieder vollends sicher. Der Gedanke ließ sie innehalten. Das stimmte nicht. Bevor sie gewusst hatte, wer Kenilworth war, hatte sie sich bei ihm sicher gefühlt. So sicher, dass sie an seiner Seite eingeschlafen war und ihm einen Kuss erlaubt hatte.

Sie zog ihre Handschuhe aus und warf sie auf den Tisch. Das bewies nur, dass sie müde gewesen war und eine viel schlechtere Menschenkenntnis hatte, als sie ursprünglich dachte. Hätte sie doch nur auf ihren Burschen gewartet, damit er sie begleitete, oder wäre sie gar nicht erst gegangen ... Charlotte holte tief Luft. Es war nichts gewonnen, wenn sie immer und immer wieder darüber nachgrübelte, was geschehen war oder was sie hätte tun können, um das Ergebnis zu ändern. Das Einzige, worüber sie eventuell Kontrolle haben könnte, war die Heirat mit Kenilworth.

Sie wandte ihre Gedanken den Plänen zu, die Lady Kenilworth und Grace auf dem Weg nach London geschmiedet hatten. Graces Morgenempfang wäre in drei Tagen. Bis zu diesem Termin würden Lady Kenilworth, Grace und Charlotte die Tage damit verbringen, dass sie Morgenbesuche abstatteten und zur Schau stellten, was ihre Schwester eine ›geeinte Front‹ nannte. Wenn sie und Kenilworth zum ersten Mal formell zusammen auftreten würden, könnte niemand mehr denken, dass irgendetwas an Charlottes Verlobung ungewöhnlich wäre, insbesondere da Ihre Ladyschaft über diese Verlobung vor Begeisterung so außer sich war.

Allerdings würde die Frage aufkommen, wie sie sich kennengelernt hatten. Die Wahrheit wäre natürlich indiskutabel. Nach vielen Diskussion war beschlossen worden, dass sie sagen wollten, Matt hätte sie miteinander bekannt gemacht. Wenn man bedachte, dass ihre Schwester Louisa und ihr frischgebackener Ehemann Gideon sich in Matts Arbeitszimmer zum ersten Mal begegnet waren, war das die einfachste Lösung.

Die nächste Schwierigkeit war der Gentleman selbst. Irgendwie musste Charlotte eine Möglichkeit finden, ihm begreiflich zu machen, dass sie nicht die geringste Absicht hatte, ihn zu ehelichen, und dass seine Gewohnheit, sich eine Geliebte nur wegen ihres Körpers zu halten, moralisch verwerflich war. Bedauerlicherweise schien er überzeugt zu sein, dass er nichts Falsches tat.

Charlotte warf einen Blick auf die Kaminuhr. Es blieb ihr noch reichlich Zeit bis zum Tee, um Klavierspielen zu üben. Das Spiel würde ihr helfen, ihre Gedanken zu ordnen. Vielleicht würde ihr sogar ein überzeugendes Argument einfallen, mit dem sie Seine Lordschaft dazu bringen konnte, seinen Starrsinn aufzugeben und ihr zuzustimmen. May betrat vom Ankleidezimmer her Charlottes Schlafkammer und brachte ihr ihr grünes Lieblingstageskleid. »Verzeiht, dass ich so lange gebraucht habe, Mylady. Ich wollte, dass alles seine Richtigkeit hat. Nun wollen wir Euch aus Eurem Reisekleid befreien.«

Nachdem sie das eine Kleid durch das andere ersetzt hatten, öffnete Charlotte die Tür. »Falls irgendjemand nach mir fragt, ich bin im Musikzimmer.«

»Jawohl, Mylady.«

»Charlotte!«

»Dotty!« Gott sei Dank. Genau die Person, die Charlotte jetzt sehen wollte. »Ich bin so froh, dass du da bist. Woher weißt du, dass ich zurück bin, und wann bist du in London angekommen?«

Lachend nahm Charlottes allerbeste Freundin ihre Hände und drückte sie. »Lass uns in den Salon gehen, und ich werde es dir erzählen.«

»Möchtest du eine Tasse Tee?«

»Sehr gern, und wenn euer Koch noch von dem Gebäck übrig hat, würde ich mich auch darüber freuen. Ich kann nicht lange bleiben, aber heute Abend beim Abendessen sehen wir uns wieder.«

Charlotte nickte May zu, die zur Tür hinauseilte, als Dotty und Charlotte in den Salon der jungen Damen gingen.

»Bist du glücklich?« Charlotte betrachtete forschend das Antlitz ihrer Freundin, erleichtert über das, was sie sah. »Du siehst danach aus.«

»Selbst ich kann es kaum glauben, aber ich war nie glücklicher.« Dottys Lächeln schien den Raum zu erhellen. »Dominic erfüllt alles, was ich mir von einem Ehemann und Gefährten je erhofft habe.«

Dominic Marquis of Merton war ein Vetter von Matts Seite der Familie. Bevor er sich in Dotty verliebte, war er derart aufgeblasen und von sich selbst überzeugt gewesen, dass niemand in der Familie ihn leiden mochte. »Das ist nur so, weil du ihn geändert hast.«

Sie zuckte die Schultern. »Ich habe ihn nur ermutigt, er selbst zu sein und nicht der, den sein Onkel aus ihm gemacht hatte.«

Der Tee kam, und Charlotte schenkte ihnen ein.

Nachdem beide einen Schluck des sehr starken Tees genommen hatten und Dotty von dem Zitronengebäck geknabbert hatte, das sie so sehr mochte, sagte sie: »Deinen Brief habe ich bekommen, aber ich möchte lieber aus deinem eigenen Mund hören, was genau geschehen ist.«

Charlotte erzählte ihr von der Entführung, dem Kuss, der Begegnung mit Lady Bellamny im Gasthaus und der Verlobung. »Ich habe beschlossen, dass ich bis zum Spätsommer oder Herbst warten möchte, um dann die Verlobung zu lösen. Trotz des Geredes, das Lord Braxton losgetreten hat, sollte ich die Hochzeit immer noch absagen können.« Als ihre Freundin die Brauen nach unten zog, fuhr sie hastig fort: »Ich bin ziemlich sicher, dass Lord Kenilworth nichts dagegen haben wird ...« Auch wenn er das keineswegs gesagt hatte. Sie war zuversichtlich, dass er seine Meinung ändern würde. »Und nach allem, was ich über die armen Damen im Bordell weiß, kann ich keinen Mann heiraten, der Frauen für ... du weißt schon ... bezahlt.«

Dotty nickte nachdenklich. »Dominic hat mir gesagt, dass man über seine Geliebte allgemein Bescheid weiß, aber dass er nicht dafür bekannt ist, Bordelle zu besuchen.«

»Was spielt das für eine Rolle?« Dottys Antwort überraschte Charlotte. Und warum stimmte ihre Freundin ihr nicht zu? »So wie ich das sehe, ist eins genauso schlimm wie das andere.«

»Machst du dir Sorgen, er könnte sich noch eine Geliebte halten, nachdem er verheiratet ist?«

Charlotte setzte die Tasse wieder ab, bevor sie einen Schluck nahm. »Diesen Gedanken habe ich gar nicht in Betracht gezogen.«

Eine Weile herrschte Schweigen, dann setzte Dotty ihre Tasse ab. »Erinnerst du dich noch an unsere Gespräche über Dominic? Dass seine politischen Ansichten und seine Stimme im House of Lords viel Leiden unter den Armen verursachten?«

»Ja, und du sagtest, du könntest nie einen Mann heiraten, der solche Überzeugungen pflegte.«

»Exakt. Dann wuchs in ihm die Erkenntnis, welches Unglück er anderen Menschen zufügte.« Dotty streckte die Hände aus und nahm Charlottes Finger. »Meinst du, Lord Kenilworth könnte seine Meinung auch ändern? Vielleicht könnte man ihm vor Augen führen, wie schlecht seine Denkweise ist?« Ihre Freundin lächelte schelmisch. »Der Kuss hat dir gefallen, und soweit ich gehört habe, ist er sehr attraktiv und überdies eine gute Partie.«

Beides stimmte. Wenn er einsah, dass er unrecht hatte, könnte sie vielleicht noch einmal über ihn nachdenken, aber Kenilworth war so selbstsicher. Er war schlimmer, als Merton je gewesen war. »Ich habe es versucht. Er ist bereit, zuzugeben, dass manche Frauen ihr Gewerbe nicht mögen, aber nur diejenigen in den Bordellen. Er ist vollends überzeugt, dass Kurtisanen ihr Gewerbe genießen, und nichts, was ich gesagt habe, konnte bis jetzt seine Meinung ändern. Tatsächlich meint er, ich wäre einfältig in meinen Ansichten, und dass nichts dahintersteckt.«

»In dem Fall musst du einen Weg finden, seine Meinung zu ändern. Zeig ihm, welchen Schaden er verursacht, so wie ich es Dominic gezeigt habe.«

Aber wie? Charlotte hätte heulen können. Mit ihm zu reden war wie mit dem Kopf gegen die Wand anzurennen.

»Dir wird eine Möglichkeit einfallen.« Dotty grinste. »Es gibt nur wenige Ladies, die schlauer sind als du.« Sie deutete mit dem Kopf zur Tür. »Ich gehe, bevor Dominic auftaucht.«

»Ich bringe dich zur Tür.«

Nachdem Charlotte sich von Dotty verabschiedet hatte, ging sie endlich in das Musikzimmer.

Sobald sie die Finger auf die Tasten legte, schien der Druck, unter dem sie stand, sich aufzulösen. Wie erwartet, befreite sich ihr Geist, Einfälle flogen um ihren Kopf, und sie fand die perfekte Lösung für ihr dringendstes Problem.

KAPITEL 12

Eine Stunde später hob Charlotte die Finger vom Flügel, nachdem sie die letzten Noten von Johann Baptist Cramers *Divertimento* gespielt hatte. Einen kurzen Augenblick herrschte Ruhe, dann setzte langsames Klatschen ein.

»Exzellent, Mylady.«

Sie hatte damit gerechnet, diese Stimme noch mindestens einen Tag lang nicht zu hören. Sie erhob sich vom Klaviersitz und knickste, während er eine Verbeugung machte. »Lord Kenilworth, was für eine Überraschung.«

»Ah, und nach dem Ausdruck auf Eurem Gesicht zu schließen, keine angenehme. Ich entschuldige mich für die Unterbrechung.«

»Ich habe das Stück gerade beendet.« Sie bemühte sich, die Ruhe zu wahren, die sie durch ihr Spiel gewonnen hatte, als sie sich wieder auf den Schemel setzte und ihm einen Stuhl in der Nähe anbot. Es war ungerecht und unwillkommen, dass seine schiere Anwesenheit in ihr so eine starke Reaktion auszulösen schien. Er schlenderte auf sie zu, und Charlotte konnte nicht umhin, zu bemerken, wie gut er in seinem dunkelblauen Jackett und den hellen Hosen aussah. Sein dunkles, modisch geschnittenes Haar wellte sich leicht. Alles an ihm unterstrich den Eindruck eines wohlhabenden und bedeutungsvollen Peers. Nur ein leichter

Schimmer in seinen Augen, als wäre er in ihrer Gegenwart verunsichert, strafte sein Selbstvertrauen Lügen.

Nun gut. Sollte er auf der Hut bleiben. »Hat mein Bruder Euch eingeladen, uns beim Tee Gesellschaft zu leisten?«

»Nein.« Lord Kenilworth betrachtete sie mehrere Augenblicke, bevor er sich elegant auf dem Stuhl niederließ. »Ich dachte, wir könnten über eine Angelegenheit sprechen, die für uns beide von Interesse ist. Eine Angelegenheit, über die wir eine Einigung finden müssen. Je eher, desto besser.«

»Wenn Ihr gekommen seid, um über unsere sogenannte Verlobung zu sprechen, wünschte ich, das wäre nicht der Fall«, sagte Charlotte und erwiderte seinen unverwandten Blick. »Ich werde bis zum Ende der Saison tun, was man von mir erwartet. Das muss reichen.«

»Ich bin sicher, dass Ihr das tun werdet. Allerdings bin ich nicht wegen unserer Verlobung hergekommen, sondern wegen des Grundes, aus dem Ihr mich nicht heiraten möchtet.«

Lieber Himmel! Dieser Mann war unmöglich. »Darüber haben wir bereits gesprochen, Mylord. Bevor Ihr nicht zugeben könnt, dass Ihr Euch geirrt habt in Bezug auf die Gefühle von Frauen, die ihren Körper verkaufen, können wir keine weiteren Gespräche führen.«

Charlottes runde Brüste hoben sich, als sie einen tiefen Atemzug nahm. Sie ballte die Fäuste. Die Wut stand ihr ins Gesicht geschrieben. Diese Frau konnte niemand einfach missachten. Kurz, sie war wundervoll und – das schwor er sich – sie würde die Seine werden.

Bedauerlicherweise war sie auch die starrsinnigste Frau, der Con jemals begegnet war. »Manche Menschen würden auch die Ehe als eine Form der Prostitution betrachten.«

Er hörte das Klatschen ihrer Handfläche gegen seine Wange, bevor er den Schmerz spürte, der in sein Gesicht strahlte.

Augenscheinlich war sie anderer Ansicht.

Ihr Gesicht war gerötet. Wieder hoben sich ihre Brüste vor Empörung, und er dachte, sie habe nie schöner ausgesehen. »Das ist eines der dümmsten Dinge, die ich jemals gehört habe. Eine verheiratete Frau hat einen Rang in der Gesellschaft. Ihre Kinder kommen legitim zur Welt und können Land, andere Eigentümer und Titel erben. Sie haben Besitzvereinbarungen, durch die ihre Rechte geschützt sind. Wenn ihr Mann vor ihr verstirbt ...« Charlotte kniff die Augen zusammen, und Con dachte, dass sie sich seinen Tod ausmalte, »kann sie als Witwe weiterleben oder erneut heiraten. Sie ist nicht in einer Lage, in der sie sich einen anderen Beschützer suchen musst. Sie ist nicht in der Gefahr oder deutlich weniger in der Gefahr, sich eine schreckliche Krankheit zuzuziehen.«

Woher zur Hölle weiß sie solche Dinge?, fragte sich Con.

»Wenn ihr Ehemann sie schlecht behandelt, hat sie den Schutz ihrer Familie und möglicherweise sogar des Gesetzes, wie Lady Byron und andere bewiesen haben.«

Er wollte Charlotte ganz sicher nicht darüber in Kenntnis setzen, dass viele Frauen das Gesetz nicht für sich arbeiten lassen konnten oder dass ihre Familien sie nicht unterstützen würden, weder finanziell noch emotional. Jetzt war nur von Bedeutung, dass Charlottes Familie es tun würde und außerdem dafür sorgen würde, dass die Gerichte sich darum kümmern würden.

Sie starrte ihn mehrere Augenblicke an, und er fragte sich, ob sie fertig war. Dann deutete sie mit einem langen, feingliedrigen Finger auf ihn. »Ihr seid so selbstbewusst, Mylord. Nun, ich fordere Euch heraus, Eure Geliebte zu fragen, wie gerne sie das Leben lebt, das sie führt. Ob sie lieber ein anderes Leben hätte als das, in dem sie jetzt feststeckt.«

Mit noch immer brennender Wange gelang Con ein angedeutetes Lächeln. »Was ist der Einsatz?«

Erschrocken starrte Charlotte ihn mit offenem Mund an. »Ich verstehe nicht.«

Das war der richtige Zeitpunkt, ihr das Versprechen abzunehmen, ihn zu heiraten. »Was bekomme ich, wenn ich recht habe und Ihr unrecht?«

»Die Genugtuung, dass Ihr recht hattet und ich unrecht.« Sie reckte das Kinn. »Mehr werde ich nicht versprechen.«

Con dachte darüber nach, ob er versuchen sollte, sie zu einem Einsatz zu überreden, stattdessen erhob und verbeugte er sich. »Nun gut, Mylady. Ich werde sie fragen. Anschließend werde ich die Unterhaltung getreu wiedergeben, und dann werden wir ein anderes Gespräch führen.«

»Ein Gespräch, in dem Ihr Kröten schlucken werdet.« Sie verschränkte die Arme unter den Brüsten, wodurch sie sie auf vorteilhafte Weise anhob.

Er würde darum wetten, dass ihre Nippel die Farbe von hellen Rosen hatten und nach Honig schmeckten. Mit ihr verheiratet zu sein, verlockte ihn mehr und mehr. Oder vielmehr, sie ins Bett zu bekommen, aber das eine ging mit dem anderen einher. »Auf alle Fälle wird jemand etwas zu kosten bekommen.«

Con verbarg ein süffisantes Grinsen, als er aufstand. Es gab keinen Grund, sie erneut in Versuchung zu bringen, ihm eine Backpfeife zu verpassen. Er schlenderte aus dem Raum.

Kaum fünfzehn Minuten später klopfte er an die Tür eines Hauses in einer ruhigen Straße am Rand von Mayfair. Er hatte das Stadthaus für Aimée etwa einen Monat, nachdem er sie angeworben hatte, gekauft. Die Wohnung, in der sie vorher gewohnt hatte, war für seinen Geschmack zu weit weg gewesen.

Con wartete, bis der ältliche Butler die Tür öffnete und zur Seite trat.

»Guten Tag, Clark.«

»Mylord.« Er verbeugte sich. »Die Herrin ist im Morgenzimmer.«

»Vielen Dank.« Con schlenderte den Flur entlang zur offenen Tür. »Aimée.«

Sie erhob sich langsam, in einer fließenden Bewegung. »Kenilworth.« Ihr übliches Begrüßungslächeln wirkte abwesend, und sie kam ihm nicht entgegen. »Ich hörte, du wirst heiraten.«

Tja, verflixt. Es war ihm nicht in den Sinn gekommen, dass Braxtons Tratsch bis zu ihr vorgedrungen sein könnte, aber das war der einzige Weg, auf dem sie es herausgefunden haben konnte. Con hätte ihr schreiben sollen, sodass sie auf die Neuigkeiten vorbereitet gewesen wäre. »Ja. Ich wünschte, du hättest es von mir erfahren. Ich bin erst vor etwa einer Stunde in London angekommen.«

»Es hat sich in meiner Welt noch nicht allzu weit herumgesprochen.« Sie zuckte betont mit den Schultern. »Lord Braxton meinte, ich würde nun einen anderen Beschützer suchen, und hat sich selbst angeboten.«

Dieser Hundsfott! »Und willst du das?«

»Willst du sagen, du möchtest mich nach deiner Hochzeit als Geliebte behalten?« In Aimées Augen schimmerten Tränen. »Ich wusste, dass du egoistisch bist, *mon ami*, aber für grausam habe ich dich nie gehalten.«

Sollte der Teufel es holen. Das alles lief ganz anders, als er erwartet hatte. Hielten alle Frauen in seinem Leben ihn für einen Schurken? Er hatte geglaubt, Aimée würde ihn besser kennen, anstatt eine solche Frage zu stellen.

Charlotte bestand darauf, dass er herausfinden sollte, wie seine Geliebte zur Kurtisane geworden war, und er hatte zugestimmt. In der sicheren Überzeugung, dass die schöne, talentierte und intelligente Aimée sich dieses Leben auserwählt hatte. Doch jetzt ... Jetzt war er sich nicht mehr so sicher. »Ich richte ein schönes Durcheinander an. Bitte, können wir uns setzen? Ich muss dir eine Frage stellen.«

»*Naturellement.*« Anmutig ging sie zum Glockenseil. »Ich werde Tee ordern.«

Kaum eine oder zwei Minuten darauf brachte der Butler ein Tablett mit Tee, Brandy und Wein sowie Törtchen und belegten Broten. Sie musste angeordnet haben, dass ein Imbiss vorbereitet wurde, sobald er einträfe.

Ihre Lippen zitterten in einem angedeuteten Lächeln. »Ich weiß, wie hungrig du immer bist.«

»Danke sehr.« Essen war das Letzte, was er jetzt wollte; er wagte es aber auch nicht, im Brandy Zuflucht zu suchen. »Ich nehme eine Tasse Tee.«

Nachdem sie ihm eine Tasse gereicht und für sich selbst eine eingeschenkt hatte, faltete sie die Hände im Schoß. Er vermutete, damit wollte sie Ruhe ausstrahlen, doch ihre Finger waren so fest verschränkt, dass ihre Knöchel weiß hervortraten.

»Was möchtest du mich fragen?«

»Aimée, warum hast du dieses Leben gewählt?«

Einen Augenblick lang starrte sie ihn an, ein gefrorenes höfliches Lächeln auf den Lippen. Dann kräuselte sich ihre Oberlippe in einem ironischen Grinsen. »Ich habe dieses Leben nicht gewählt.« Ihre Stimme war leise, zittrig, und Schmerz klang in ihren Worten mit. »Dieses Leben hat jemand *für* mich gewählt.«

Cons erster Impuls war, nach ihr zu greifen, ihre Hände festzuhalten oder sie in die Arme zu ziehen. Doch er war sich nicht sicher, ob sie seinen Trost annehmen würde, oder ob er überhaupt das Recht hatte, ihn anzubieten.

Seine nächste Reaktion war Kummer. Charlotte hatte recht gehabt, und er hatte in all seiner Arroganz völlig danebengelegen. »Ich würde gern deine Geschichte hören, wenn du bereit bist, sie mir zu erzählen.«

Aimée blinzelte nervös, goss sich ein Glas des Clairet ein, den er für ihren Vorrat besorgt hatte, und nahm einen langen Schluck. »Ich glaube nicht, dass du sie wirklich hören möchtest. Das ist nur eine verrückte Idee von dir.«

Dann streckte er doch die Hände aus und legte sie auf die ihren. »Bitte. Ich muss es verstehen.«

Sie schüttelte seine Hände ab wie Dreck und wischte sich eine Träne weg. »Ich stamme aus einer guten Familie. Mein Vater war ein wohlhabender Weinhändler, und meine Mutter war die Tochter eines Barons.« Sie sprach den Titel französisch aus. »Sie liebten einander sehr, doch sie hätten ohne *la Terreur* nicht heiraten können. Mein Großvater hatte sich nicht bedeckt gehalten. Man könnte auch sagen, er hat die Tatsachen ignoriert. Der Adlige, den er sich als Ehemann für meine *Maman* gewünscht hätte, war umgebracht worden, und er dachte, sie wäre mit meinem Papa sicherer.« Sie zog ein spitzengesäumtes Taschentuch heraus und tupfte ihre Augen ab. »Viele Jahre waren wir glücklich. Dann starben meine Eltern an der Grippe. Ich war vierzehn und *dévastée*. Ein Mann, der meinen Vater gekannt hatte, ein Colonel, bot an, mich zu meiner Tante und meinem Onkel in Lyon zu bringen.« Sie nahm einen größeren Schluck Wein und leerte damit fast das Glas. »Stattdessen machte er mich zu seiner Geliebten.« Ihre Augen hatten einen verhangenen, hoffnungslosen Ausdruck angenommen, und ihre Stimme war gepresst. »Einige Monate darauf bekam er ein Kommando im Süden und ließ mich bei einer wohlbekannten Kurtisane in Paris. Sie lehrte mich alles, was sie wusste. Kunst, Musik, geistreiche Konversation. Das Letzte, was sie für mich tat, war, mich hierherzuschicken, nach England. Ich habe gehört, dass sie inzwischen verstorben ist.«

Con schenkte ihr noch ein Glas Wein ein. Vierzehn! Er wusste nicht, was er antworten sollte. Wie konnte jemand einem Kind die Unschuld rauben? Obwohl er wusste, dass es das gab. Er hätte nie gedacht, dass er jemanden näher kennen würde und für jemanden sorgen würde, dem dies passiert war. Aber Charlotte – wenn sie es nicht gewusst hatte – hatte vermutet, was geschehen war. Er wünschte beinahe, sie wäre hier, um ihm zu sagen, was er tun sollte.

Er trank seinen inzwischen kalten Tee, ohne etwas zu schmecken. »Weißt du, ob deine Tante und dein Onkel immer noch in Lyon leben?«

»Ja. Wir schreiben uns. Sie denken, ich wäre mit einem englischen Händler verheiratet.«

Auch in Frankreich wurde eine Kurtisane nicht respektiert. Da sie diese Fassade aufrechterhielt, musste es Aimées verzweifelter Wunsch sein, wieder respektiert zu werden.

Er fragte sich, ob das überhaupt ihr richtiger Name war, und dachte, wahrscheinlich nicht. »Was, wenn du das Geld hättest, zu deiner Familie nach Frankreich zu gehen? Genug, um so zu leben, als wäre dein Ehemann gestorben und hätte dich als Witwe zurückgelassen? Würde dir das gefallen?«

Sie blickte ihm zum ersten Mal, seit sie mit ihrer Geschichte herausgerückt war, ins Gesicht und studierte ihn. Das leise Ticken der vergoldeten Kaminuhr erfüllte die Stille. Dennoch vergingen mehrere Augenblicke, bevor sie antwortete: »Mehr als alles im Leben wünsche ich mir einen Ehemann und Kinder. Nur sehr wenige Frauen wünschen sich das Leben, das ich führe.«

Was sie als Letztes sagte, beantwortete eine andere Frage. Die meisten von ihnen? Wie hatte er so falschliegen können?

»Du bist schockiert, *mon ami*.«

Con vermochte nur zu nicken.

»Wie viel wärst du bereit, für eine Frau zu bezahlen, die ihr Unbehagen über ihren Lebensstil zeigen würde?«, fragte Aimée.

Nicht viel, antwortete er in Gedanken.

Er sog tief die Luft ein. Vielleicht war er nicht in der Lage, den ganzen Schaden zu reparieren, den er und andere Männer angerichtet hatten, aber er konnte ihr dabei helfen, das zu haben, was sie sich wünschte und was sie verdiente. »Dann sollst du es haben. Oder zumindest so viel von diesem Leben, wie ich dir geben kann.« Sein Magen zog sich zusammen. Die Rolle, die er in Aimées Leben gespielt hatte, bereitete ihm beinahe körperliche Übelkeit. »Ich überschreibe dir dieses Haus. Es ist deine Entscheidung, ob du es verkaufst oder vermietest. Ich werde auch ein Konto für dich einrichten, das ausreicht, um die Geschichte, die du deiner Familie erzählt hast, aufrechtzuerhalten.« Der Knoten, der sich in seinem Magen gebildet hatte, löste sich, als er im Geiste die Schritte durchging, die nötig wären, um sein Ziel zu erreichen, und er lächelte. »Ich fürchte, für den Ehemann und die Kinder wirst du selbst sorgen müssen.«

Zum ersten Mal, seit er das Haus betreten hatte, war das Lächeln, das Aimée ihm schenkte, aufrichtig. Dieses Mal hoffte er, dass die Tränen, die in ihren Augen schimmerten, Tränen der Hoffnung waren. »*Merci beaucoup, mon ami.* Ich weiß nicht, wie ich dir danken soll.«

»Ich bin derjenige, der dir danken muss.« Con dachte an die Geschichten, die Charlotte ihm erzählt hatte, und wie er geschnaubt und ihr nicht geglaubt hatte. »Du hast mir eine Möglichkeit gegeben, Abbitte zu leisten.«

Seine ehemalige Geliebte ging zu einem kleinen Sekretär. Sie zog ein Stück Papier hervor und notierte etwas darauf. »Das ist der Name, den ich für meine Familie benutze.«

Er faltete den Bogen zusammen und steckte ihn in seine Westentasche. »Ich verspreche, dass ich niemandem jemals deine Verbindung zu diesem Namen enthüllen werde.«

»Nochmals meinen Dank.« Sie streckte die Hände aus. »Ich wünsche dir viel Glück mit deiner Verlobten. Sie muss *très spéciale* sein.«

Er nahm ihre Hand und küsste sie zum letzten Mal. »Sie ist mehr als das.«

Viel mehr, als er jemals erwartet hatte.

Doch jetzt würde er Charlotte gegenüber eingestehen müssen, dass sie die ganze Zeit recht gehabt hatte. Als er Aimées Haus verließ, fragte er sich reuevoll, ob sein männlicher Stolz den Hieb aushalten konnte, den sie ihm versetzen würde, und betete darum, dass sie ihm gegenüber freundlicher wäre als er es ihr gegenüber gewesen war.

Alles deutete darauf hin, dass er tatsächlich Kröten schlucken würde, bevor dies alles überstanden war. Aber würde das ausreichen, um Charlotte zu überzeugen, ihn zu heiraten?

Con schlug den Weg zur James Street ein, zu seinem Klub. Noch nie im Leben hatte er sich so verloren gefühlt. Glücklicherweise erwartete sie ihn nicht vor dem nächsten Tag. Den Rest des Tages würde er einfach nicht daran denken und stattdessen angenehme Gesellschaft genießen – und eine Flasche von *Brooks's* hervorragendem Brandy.

Nicht viel später öffnete er die Tür zu seinem Klub und übergab seinen Hut und seinen Stock einem Burschen. Der Leiter des Klubs verbeugte sich. »Guten Tag, Mylord. Darf ich Euch zu Eurer Verlobung beglückwünschen?«

Hölle nochmal! Dieser verfluchte Klatsch und Tratsch! Die Neuigkeit hatte sich offenbar schon in ganz London verbreitet. »Danke sehr, Smithers. Vielleicht eine Flasche Brandy zum Feiern?«

»Wie Ihr wünscht, Mylord.« Er verbeugte sich erneut, bevor er mit einem Fingerschnippen einen Burschen rief.

Kaum hatte Con sich mit seinem Glas Brandy hingesetzt, da schlenderte einer seiner Freunde, Lord Endicott, herbei. »Du bist ein schlauer Fuchs, Kenilworth. Schnappst dir einfach Lady Charlotte, während Harrington noch auf dem Lande weilt.«

Was zum Teufel hatte denn dieser Welpe Harrington mit Charlotte zu tun?

»Wie bitte?«

Endicott zog die Augenbrauen hoch und ließ gleichzeitig den Mund offen stehen. »Du meinst, du wusstest es nicht? Er ist während der gesamten Saison um sie herumscharwenzelt. Er brauchte noch die Zustimmung seines Vaters für diese Partie. Deshalb weilt er derzeit außerhalb Londons.«

Zögerte Charlotte etwa deshalb, Con zu heiraten? Sie hatte gesagt, es wäre wegen seiner Geliebten, aber wollte sie in Wirklichkeit Harrington heiraten? Liebte sie ihn? »Sein Name ist nicht gefallen.«

»Wie hast du sie denn überhaupt kennengelernt?« Endicott machte es sich auf einem Ledersessel neben Con gemütlich. Das war nun eine Frage, die er beantworten konnte. »Worthington hat uns einander vorgestellt. Ich war bei ihm zu Besuch und bin für den Tee geblieben.«

»Wenn noch mehr Schwestern von Worthington dieses Jahr debütieren würden«, sagte Endicott impulsiv, »würde ich eine enge Bekanntschaft mit ihm pflegen. Auf diese Weise hat nämlich Rothwell Lady Louisa kennengelernt, weißt du.«

Lady Louisa? Oh, richtig. Worthingtons andere Schwester. Er hatte erwähnt, dass sie vor Kurzem geheiratet hatte. »Ja gewiss. Ich bin froh, einer seiner Freunde zu sein.«

Langsam dämmerte Con, dass zu *Brooks's* zu kommen nicht sein bester Einfall gewesen war. Zumindest, solange sein Leben nicht in geregelten Bahnen verlief.

»Worthingtons Schwestern sind verflixt feine Damen.« Endicott betrachtete die Brandyflasche und zog eine Grimasse. »Komm schon, Con. Du willst doch nicht dieses Zeug trinken. Das ruft nach einer Feier.« Endicott drehte den Kopf und rief laut: »He da, bringt uns ein paar Flaschen eures besten Champagners. Wir haben eine Verlobung zu feiern. Lord Kenilworth hat uns alle aus dem Feld geschubst und Lady Charlotte Carpenter überzeugt, ihn zu heiraten. Wir müssen ihm Glück wünschen!«

Verdammt! Jetzt konnte er nicht mehr zulassen, dass Charlotte ihm den Laufpass gab, selbst wenn sie tatsächlich den Grünschnabel Harrington bevorzugte. Das würde Con niemals ertragen können.

KAPITEL 13

An dem Morgen, als Burt vom *Green Man* weggefahren war, fand er Lord Braxtons Haus in Mayfair und erfuhr, dass der Mann London in Begleitung einer blonden Frau verlassen hatte.

Miss Betsy würde nicht erfreut sein, dass ihr Vögelchen aus dem Nest geflattert war. Burt war zurück in seine Räume gegangen und hatte ihr geschrieben, und die letzten beiden Tage hatte er in einer Taverne sitzend mit Warten auf eine Nachricht von ihr verbracht.

»Ist ein Mister Smith anwesend?«, fragte ein kleiner Junge, der kaum mehr als Lumpen trug.

Der Bursche erinnerte ihn an sich selbst als Kind. »Ich bin Smith.«

»Hab hier was für Sie.« Der Junge hielt ihm einen Brief hin, und Burt schnippte ihm einen Penny zu.

Er kippte sein restliches Bier, dann ging er in sein Zimmer, um die Nachricht zu öffnen.

Bitte folgen Sie Seiner Lordschaft weiterhin und holen Sie sich das Paket zurück.
B.

Seiner Ansicht nach war das Zeitverschwendung. Wahrscheinlich war die Kleine keine Jungfrau mehr, und die Gentlemen wollten sie nicht mehr. Nicht, dass ihn jemand fragen würde. Er zuckte die Achseln. Ihm war das alles gleich, solange Miss Betsy ihn bezahlte.

Burt öffnete seine Uhr. Noch genug Zeit, die Spur des Pinkels wieder aufzunehmen, bevor es dunkel wurde. Mit ein bisschen Glück würde die aufgetakelte Kutsche, die er benutzte, leicht zu finden sein.

Er packte seinen Sack und zahlte seine Zeche in der Taverne. Er brauchte nicht einmal so lange wie gedacht bis zur Great North Road.

Burt zog am ersten Zollhäuschen die Zügel an, und der Zöllner kam heraus. »Haben Sie vor ein, zwei Tagen einen protzigen, geschniegelten Zweispänner mit einem Rassegaul und einer blonden Kleinen vorbeikommen sehen?«

»So nah bei London sehe ich haufenweise auffällige Kutschen.« Burt warf eine Münze in die Luft, die der Kerl auffing. »Vor zwei Tagen meinense? Schätze ja. Kaufte eine Karte bis zum nächsten County. Der Kutscher sagte, sie würden nach Biggleswade oder so fahren. Habe selbst nie davon gehört. Er sagte, das wär in Bedford.«

Burt gab dem Mann noch eine Münze. Diese Information ersparte ihm viel Zeit. Jetzt brauchte er nur noch Biggleswade irgendwo in Bedford zu finden.

Er fuhr, bis es dunkel wurde, dann fand er ein Zimmer in einem Inn an der Postroute. Am nächsten Tag kam er kurz nach Mittag in der Marktstadt Biggleswade an. Die erste Gaststätte, zu der er kam, war das *Dog in a Doublet* in der High Street.

Kein Stallbursche kam heraus, um ihm mit den Pferden zu helfen, aber an der Seite des Gebäudes war ein Eisenring angebracht. Nachdem er sein Leitpferd an den Eisenring gebunden hatte, betrat er das Lokal und ging zum Tresen. »Ich brauche ein Zimmer und Verpflegung für einen oder zwei Tage.«

»Sie haben Glück«, sagte der Wirt. »Ich habe noch ein Zimmer frei. Morgen ist Markttag, da wird die Stadt wieder voll.«

»Sieht aus, als wär ich rechtzeitig angekommen.«

Der Mann bedeutete einem jüngeren Mann, seinen Platz am Tresen einzunehmen. »Ich führ Sie hoch.«

»Ich hab auch eine Kutsche mit einem Zweiergespann«, sagte Burt.

»Mein Sohn kümmert sich um sie. Kutsche und Pferde kosten extra.«

Er nickte. Die Ausgaben kümmerten ihn nicht. Miss Betsy erstattete ihm immer alles.

Das Zimmer war klein, aber sauber. Es gab zwei Fenster; eines davon reichte auf die Straße, was ihm zupasskam. »Danke.«

»Abendessen gibt es um fünf. Kann ich noch was für Sie tun?«

»Ich soll nach einem Gentleman mit einer glänzenden schwarzen Kutsche Ausschau halten. Haben Sie ihn gesehen?«

»Hier kommen ein Haufen Kutschen durch. Seine Lordschaft im Großen Haus hat eine seiner Hausgesellschaften. Vielleicht finden Sie Ihren Mann morgen. Er kommt mit seinen Gästen gern zum Markt.« Der Hauswirt verzog missbilligend das Gesicht. »So wie manche dieser Londoner Frauen sich benehmen, würde man denken, die haben noch nie eine Marktstadt gesehen.«

Das ergab für Burt nicht viel Sinn. Selbst er wusste, dass die meisten Damen einen Großteil des Jahres auf dem Land lebten. Aber der Hausherr hatte von Frauen gesprochen, nicht von Damen. Bevor er sich überlegt hatte, wie er danach fragen sollte, fuhr der Mann fort: »Letztes Mal, als Seine Lordschaft hier war, sind meine Frau und die meisten anderen Frauen der Stadt zum Priester gegangen wegen der Gentlemen, die hier zu Besuch waren. Seine Lordschaft muss jetzt seine eigenen Mädchen mitbringen, wenn er Gesellschaften gibt. Keiner von uns lässt die Töchter noch raus, wenn die da sind.«

Burt gab den Versuch auf, die Adligen verstehen zu wollen. Es ergab keinen Sinn, dass Lady Charlotte die Erlaubnis haben sollte, zu so einer Veranstaltung zu gehen.

»Die kehren sogar im *White Hart* ein und trinken Bier!«, sagte der Gastwirt sichtbar schockiert.

Nun, wenn sie dorthin gingen, würde er da sein. Miss Betsy sollte bekommen, was sie wollte.

***

Kurz nachdem Lord Kenilworth gegangen war, schlenderte Charlotte zum Morgenraum, um Tee zu trinken. Im Haus war es außergewöhnlich still, was bedeutete, dass Matt die Kinder höchstwahrscheinlich zum Hyde Park mitgenommen hatte und sie noch nicht zurück waren.

Just in diesem Moment hörte sie, wie die Haustür aufflog, Füße in den Flur stapften und Daisy bellte.

Kurz darauf erschienen Mary und Theo auf der Türschwelle.

»Daisy und Duke heiraten«, erklärte Mary Charlotte.

Sie schüttelte den Kopf und versuchte, klar zu denken. »Wie bitte?«

»Morgen werden wir Hochzeit feiern«, bestätigte Theo. Sie und Mary hielten sich an den Händen und tanzten durch den Raum.

»Wir werden für Daisy die schönste Haube machen, die es je gegeben hat.« Alice grinste, während Eleanor und Madeline aufgeregt nickten.

»Ich habe das Gefühl, etwas verpasst zu haben«, sagte Charlotte mehr zu sich selbst.

Augusta kam zu ihr und flüsterte: »Daisy hat um den Bauch herum zugenommen. Theo und Marie haben es bemerkt, als wir im Park waren.«

Das Geheimnis klärte sich. »Welpen.«

»Das denkt Matt jedenfalls.« Augustas Mundwinkel zogen sich nach oben. »Deshalb die Hochzeit. Er hat den Kindern aber erklärt, dass wir die Zeremonie nicht in der Kirche feiern.«

»Gott sei Dank.« Mit fünf Hochzeiten innerhalb von weniger als halb so vielen Monaten hatte ihre Familie Mister Peterson, dem jungen Geistlichen von *St. George's*, diese Saison viel Arbeit beschert – und der feinen Gesellschaft viel Unterhaltung.

Charlotte wurde bewusst, dass die Debütantinnenfeier, die Grace für sie, Louisa und Dotty zu planen begonnen hatte, nicht stattgefunden hatte. Immerzu kamen Hochzeiten dazwischen.

Daisy trottete schwanzwedelnd in den Salon. Sie wurde tatsächlich runder. Es schien, als wären alle, die Charlotte kannte, guter Hoffnung, mit Ausnahme von Dotty – aber das war nur eine Frage der Zeit.

Hätte Harrington doch um sie angehalten, bevor er die Stadt verließ, dann könnte Charlotte sich auch auf einen erfreulichen Anlass in nicht allzu ferner Zukunft freuen. Wenn sie seinen Antrag angenommen hätte, hieß das, und sie war sich nicht sicher, ob sie das getan hätte. Jedes Mal, wenn sie zusammen waren, schien ein bestimmtes Gefühl oder etwas anderes zu fehlen. In Kenilworths Gegenwart hatte sie eine viel stärkere Reaktion erlebt – natürlich, bevor sie wusste, wer er war – als jemals bei Harrington. Ganz zu schweigen davon, dass Harrington sie für gegeben hinnahm, und das würde, wie Luisa schon gesagt hatte, nicht reichen.

Charlotte riss sich zusammen. Sie war eine dumme Gans. Wenn sie bei ihrer Entführung mit Harrington verlobt gewesen wäre, hätte man sie mit Kenilworth gesehen, obwohl sie mit einem anderen Mann verlobt wäre, und das hätte ihre Lage bedeutend schlimmer gemacht, als sie jetzt war. Vielleicht sollte sie einfach aufhören, darüber nachzudenken.

Andererseits war es schwer aufzuhören, wenn das alles – und er – derzeit ihr Leben zu beherrschen schien, und Charlotte schätzte diese Situation nicht im Geringsten. In ihren schlimmsten Träumen hätte sie nie gedacht, jemals mit einem Gentleman verlobt zu sein, den sie gar nicht heiraten wollte.

Sie dachte über ihre Vereinbarung mit Kenilworth nach und über das, was Dotty gesagt hatte. Er hatte versprochen, Charlotte die Wahrheit über sein Gespräch mit seiner Geliebten zu sagen, aber selbst, wenn sie im Recht war, würde er wirklich seine Meinung und sein Verhalten ändern?

Matt, Phillip und Walter strömten in den Raum; hinter ihnen kam Duke, der sogleich zu Daisy lief. Wusste er, dass er Vater werden würde? Sie drehte den Kopf zu den Hunden und lächelte.

Der Lärmpegel stieg. Pläne wurden gemacht und manchmal laut herausgeschrien, um über all dem Aufruhr gehört zu werden.

Grace trat herein, dicht gefolgt von ihrem Butler und vier Burschen mit Tabletts. Grace ließ sich elegant auf einem Sofa nieder. »Sobald ihr ruhiger werdet und euch gesetzt habt, dürft ihr euren Tee nehmen.«

Phillip und Walter setzten sich rasch, und Phillip rief laut: »Beeilt euch, ich bin hungrig.«

Nur Sekunden später half Charlotte Grace, Teetassen und Teller herumzureichen, die mit Marmeladentörtchen, Gebäck und kleinen Scheiben belegter Brote gefüllt waren.

Schließlich nahm Charlotte sich eine Tasse und einen Teller und ging damit zum Fensterplatz. Sobald der Hunger der Kinder gestillt war, begann das Gespräch um die Hochzeit von Neuem. Natürlich musste Grace von dem bevorstehenden Fest in Kenntnis gesetzt werden. Charlotte sah das Lachen in ihren Augen, als Matt einen Finger zwischen Hals und Kragen schob, als ob er ihn lockern müsste.

Charlotte versetzte sich in die Rolle einer Mutter von einem ganzen Stall Kindern mit einem Ehemann an der Seite, der so fürsorglich wie ihr Schwager war. So sehr sie auch versuchte, das Bild lachender grüner Augen wegzuwischen, es wollte nicht verschwinden.

Ich werde Con nicht heiraten.

Selbst wenn er eingestehen könnte, dass er falschgelegen hatte, würde er wahrscheinlich nie etwas tun, um Frauen zu helfen, die in der Prostitution gefangen waren. Außerdem, was wusste sie schon von ihm? Ja, er war attraktiv, hatte einen Titel, war wohlhabend, aber was für eine Rolle spielte das alles, wenn er sich weigerte, den Armen und Bedürftigen zu helfen?

»Charlotte, du hast ausgesehen, als wärst du tief in Gedanken. Darf ich mich zu dir gesellen?« Matt stand vor ihr, eine dunkle Augenbraue hochgezogen.

»Aber ja.« Sie wollte zur Seite rücken, um ihm Platz neben sich zu machen, doch er holte sich einen Stuhl und stellte ihn hin.

»Du scheinst mit allem, was geschehen ist, außergewöhnlich gut zurechtzukommen«, sagte er und setzte sich.

Sie zuckte die Achseln. Es brachte nichts, hysterisch zu werden über Dinge, die nicht geändert werden konnten.

»Ich hatte noch keine Gelegenheit, mit dir über die Entführung zu sprechen und über ...«

»Über die Verlobung?« Sie hoffte inniglich, dass er nicht versuchen würde, sie umzustimmen. Wenn sie ihre Meinung ändern sollte, dann müsste es wegen Lord Cons Handlungsweise sein, nicht wegen der Worte eines anderen Mannes, auch wenn er ein geliebter Bruder war.

»In der Tat.« Er zog kurz die Brauen nach unten. »Wenn ich es richtig verstanden habe, hast du keine gute Meinung von Kenilworth.«

»Das siehst du richtig, die habe ich nicht.« Vor ihrem inneren Auge bildete sich das Bild von ihm im Theater, in Begleitung nicht nur einer, sondern gleich zweier leichter Damen. »Ich bin nicht gerade beeindruckt von dem, was ich über ihn weiß.«

»Nun, ja, in letzter Zeit war sein Privatleben nicht ganz unbescholten.« Matt blickte sie an und zog ein Gesicht. »Nach dem, was du davon gesehen hast, kann ich dir keinen Vorwurf machen.«

Sie kämpfte gegen den Impuls an, die Lippen aufeinanderzupressen. »Aber?«

Ein Lächeln deutete sich auf seinen Zügen an. »Ich kenne ihn seit langer Zeit und kann mich für seinen Charakter verbürgen. Er ist nicht aufbrausend oder nutzt andere aus ...«

»Mit Ausnahme gewisser Frauen.«

Matt rieb sich mit der Hand über das Kinn. »Das ist unglücklicherweise ein Fehler, den die Gesellschaft im Allgemeinen noch ermutigt.«

Es war Zeit, dieses Gespräch zu beenden. »Es ist jedenfalls ein Fehler, den ich verabscheue. Du würdest nicht wollen, dass ich einen Mann heirate, den ich nicht schätze oder respektiere, oder?«

»Nein.« Er zog die Brauen zusammen und rutschte auf dem Stuhl hin und her. »Erlaube mir jedoch, dir zu sagen, dass Grace am Anfang nicht dachte, sie könne mir mit den Kindern vertrauen, und keiner von uns dachte, dass Merton sich je ändern könnte oder würde.« Charlotte nickte und erkannte die Wahrheit in beiden Aussagen an. »Ich schmeichle mir damit, dass Grace inzwischen glücklicher ist, als sie lange Zeit war.«

Charlotte konnte ihm nicht widersprechen. Sie hatte ihre Schwester nicht mehr so zufrieden und fröhlich erlebt, seit ihre Eltern gestorben waren. »Fahr fort.«

»Vielleicht ist Kenilworth nicht so, wie du denkst. Zumindest politisch ist er viel liberaler als Merton, auch jetzt noch.« Matt erhob sich und stellte den Stuhl zurück an die Wand. »Wenn du ihn kennengelernt hast und dann immer noch der Meinung bist, ihn nicht heiraten zu können, stehe ich dir zur Seite.«

»Danke.« Das war viel mehr, als sie erwartet hatte. Andererseits hätte sie nicht überrascht sein sollen. Im Gegensatz zu vielen Vätern oder Vormunden wollte er, dass sie alle aus Liebe heirateten. »Ich versuche, gerecht zu sein.«

»Das, meine liebe Schwester, ist alles, worum ich dich bitte.«

Drei Stunden später, lange bevor die ganze Familie sich zum Abendessen im kleinen Salon wieder zusammenfinden würde, saß Charlotte erneut am Flügel.

Sie beendete ihr Stück, sah auf und entdeckte Dotty, die still in ihrer Nähe saß. »Ich wollte dich nicht unterbrechen. Nach deiner Musikauswahl zu schließen, nehme ich an, dass du noch immer recht schwermütig bist.«

Nur Dotty wusste, dass Charlottes Lieblingsstück, wenn sie aufgebracht war, Mozarts *Klaviersonate Nr. 12* war, auch wenn ihre Freundin sich den Namen nie merken konnte. »Lord Kenilworth kam vorbei, nachdem du weg warst.«

»Aha. Hat er dich aufgebracht?«

»Nein. Er sagte, er käme morgen wieder her und wolle mir das Ergebnis seiner Unterredung mit seiner Geliebten mitteilen.«

Mit schiefgelegtem Kopf fragte Dotty: »Weißt du, dass du seine Aufrichtigkeit nie angezweifelt hast?«

Sie hatte recht. Er war Charlotte nie unaufrichtig erschienen. »Er ist so unverblümt, dass ich es nie in Betracht gezogen habe, er könnte mir gegenüber unehrlich sein.«

»Nun, das spricht immerhin für ihn«, sagte ihre Freundin mit sanftem Nachdruck.

»Ja, das nehme ich an.« Sie könnte anfangen, eine Liste mit seinen guten und schlechten Eigenschaften zu führen. Wenn es nur so einfach wäre. »Ich denke, alles Mögliche könnte ihn umstimmen. Aber auch dann ist es noch ein weiter Weg, bis ich seinen Antrag in Betracht ziehen könnte.«

»Ich kann dir deine Skrupel oder deine Vorsicht nicht vorwerfen. Schließlich ist eine Ehe für immer.« Plötzlich schien sich das Antlitz ihrer Freundin aufzuhellen. »Ich wollte es dir zuallererst sagen. Dom und ich erwarten Ende Januar, Anfang Februar ein Kind.«

»Oh, Dotty!« Charlotte sprang vom Schemel auf und stieß ihn beinahe um, als sie ihre Freundin umarmte. »Ich freue mich so für dich!«

»Es ist noch sehr früh«, sagte Dotty und erwiderte Charlottes Umarmung. »Aber ich habe keinen Anlass, anzunehmen, dass die Schwangerschaft nicht komplikationslos verlaufen könnte. Dennoch haben wir beschlossen, es nur unseren besonderen Freunden und engen Familienmitgliedern zu sagen, bis sie weiter vorangeschritten ist.«

»Ich bin überrascht, dass Merton nicht überfürsorglich um dich herumgeistert.«

»Das würde er, wenn ich es zuließe.« Schmunzelnd schüttelte sie den Kopf. »Wie die Dinge liegen, musste ich ihm versprechen, mich nicht zu erschöpfen, nicht zu reiten, nirgendwohin zu gehen, ohne zwei Burschen mitzunehmen, und nur noch mit ihm zu tanzen.«

»Nur mit ihm zu tanzen?« Charlotte brach in lautes Lachen aus. »Der arme Mann. Wahrscheinlich würde er dich auf Händen überall hintragen, wenn er könnte.«

»Ich verbiete dir strengstens, ihn auf falsche Gedanken zu bringen«, sagte Dotty fest. »Er ist völlig in der Lage, das allein zu bewerkstelligen.«

Immer noch lachend blickte Charlotte auf die Kaminuhr. »Wir gehen besser zu den anderen, sonst kommt er dich noch suchen.«

»Höchstwahrscheinlich hast du recht.« Dotty stand auf, ein Lächeln umspielte ihre Lippen. »Er treibt es etwas zu weit, aber ich liebe ihn dafür.«

Eingehakt verließen sie das Musikzimmer. »Ich denke, er hat außerordentliches Glück gehabt, dich zu finden.«

»Und ich hatte Glück mit ihm.« Dotty drückte Charlottes Arm. »Ich bin zuversichtlich, dass du die Liebe deines Lebens ebenfalls finden wirst.«

»Ich hoffe, du hast recht.«

Als sie in den kleinen Salon traten, schenkte Matt bereits Champagner und Limonade in Gläser und reichte sie herum. »Da seid ihr ja. Wir wollten euch gerade suchen.« Er gab ihr und Dotty einen Kelch in die Hand. Merton legte den Arm um seine Frau. Matt hob sein Glas. »Auf unsere Familie und die nächste Generation.«

Charlotte hob ihren Kelch ebenfalls hoch. Sie hätte sich nicht mehr für ihre Freundin freuen können, aber zugleich fragte sie sich, wann sie ihre eigene Schwangerschaft würde feiern können. Doch zuvor brauchte sie einen Ehemann. Den richtigen Ehemann, was sich als schwieriger herausstellte, als sie am Beginn ihrer Saison für möglich gehalten hatte.

KAPITEL 14

Con traf um zehn Uhr am nächsten Morgen vor Stanwood House ein. Er freute sich nicht auf die Gardinenpredigt, die er sicherlich von Charlotte zu erwarten hatte, und verlangsamte seine Schritte, als er auf die Außentreppe zuging.

Er war etwas überrascht, dass die Tür nicht, wie früher schon, sofort geöffnet wurde, sondern er den Türklopfer benutzen musste. Er war auch nicht erfreut, dass ein jüngerer Bursche mit der Aufgabe betraut war, seinen Hut, seine Handschuhe und seinen Stock entgegenzunehmen. Wo zum Teufel steckte der Butler?

»Ich bin gekommen, um Lady Charlotte zu sehen.«

»Folgt mir, Mylord. Die Familie weilt wegen der Hochzeit im Garten.«

Hochzeit?

Seines Wissens war Charlotte die einzige junge Dame in heiratsfähigem Alter, die noch nicht unter der Haube war. War Harrington etwa mit einer Sondergenehmigung heimgekommen? Er sollte zum Teufel gehen, wenn es so war. Der andere durfte sie nicht bekommen. Charlotte gehörte zu Con, und es wurde Zeit, dass sie es begriff. »Ich finde den Weg.«

»Wie Ihr wünscht, Mylord. Geht einfach den Flur entlang.«

»Danke sehr.«

Er musste dieser Hochzeit ein Ende setzen, bevor es zu spät wäre. Er eilte den Flur hinunter, blickte nach rechts und sah offene Terrassentüren in einem Salon. Eine große Gruppe Menschen hatte sich unmittelbar hinter der Terrasse versammelt.

Con betete, dass er noch früh genug käme, um sie aufzuhalten. Die Hochzeit aufzuhalten. Hölle, welcher Mann musste seinen Vater um Erlaubnis bitten, um eine Frau wie Charlotte zu heiraten? Nicht die Art Mann, die sie brauchte.

Die Schicksalsgöttinnen hatten sie ihm in die Hände gespielt, und niemand würde sie ihm wegnehmen. Auch wenn der Zeitpunkt, Einwände zu erheben, bereits vorbei wäre, würde er auf sich aufmerksam machen. Sie war sein.

Er hastete durch den Raum und kam gerade in den Garten, als Worthington die Worte sprach: »Wenn jemand zugegen ist, der dieser Vereinigung widerspricht, so möchte er jetzt sprechen oder für immer in Frieden schweigen.«

Worthington? Con blieb so abrupt stehen, dass beinahe Steinchen aufflogen.

Klingendes, helles und kindliches Gelächter setzte ein. Charlotte stand abseits neben ihrer älteren Schwester und einer anderen Dame mit schwarzem Haar. Ein Lächeln lag auf ihrem bezaubernden Antlitz, während sie geradeaus blickte.

Es schien auch, dass die gesamte Dienerschaft versammelt war. Ein langer Tisch mit einer Auswahl an Essen und Limonade war aufgestellt worden.

Was zum Teufel ging hier vor?

»Sehr gut. Hiermit erkläre ich euch«, Worthington blickte nach unten, »zu Mann und Frau.«

»Matt«, sagte ein kleines Mädchen mit einem pompösen Hut, »müssen sie nicht noch ihr Ehegelübde sprechen?«

Darauf erklang noch mehr Gekicher und Gelächter.

Worthington blinzelte einmal, langsam. »Madeline, sie sind Hunde. Sie können die Gelübde nicht sprechen.«

Con ging um die Gruppe herum, um genau zu sehen, wer oder was vor Worthington war, und zu seiner Überraschung standen die beiden Doggen vor ihm. Sie waren in etwas gekleidet, das man nur als Hochzeitsschmuck bezeichnen konnte. Wobei die kleinere Dogge anscheinend versuchte, ihre Haube zu verspeisen.

Lady Worthington flüsterte Lady Charlotte etwas zu, und ihre Augen leuchteten auf, als sie zu ihren Worten nickte.

Er wiederum fühlte sich wie ein Narr, auch wenn er der Einzige war, der gedacht hatte, es fände eine echte Hochzeit statt.

»Können wir jetzt essen?«, fragte der kleinere der beiden Jungen.

»*Dürfen* wir, und ja, wir dürfen«, sagte Lady Worthington. »Achtet darauf, dass ihr den Hunden nicht zu viele Leckereien gebt, sonst werden sie krank.«

Die Kinder strebten als Erste dem Tisch zu. Die Diener zogen sich ins Haus zurück, und ein großer Mann, der Misses Addison begleitete, näherte sich Con.

»Guten Tag, Mylord. Ich bin Mister Addison. Ich habe von meiner Frau schon viel über Euch gehört.«

Con verbeugte sich. »Es ist mir eine Freude, Sie wiederzusehen, Misses Addison, und Sie kennenzulernen, Mister Addison.«

Sie knickste. »Ich nehme an, Ihr seid gekommen, um Lady Charlotte zu sehen. Ich hole sie für Euch.«

»Danke sehr.« Con wandte sich dem Gatten der Dame zu und sagte: »Ich hoffe, was Sie über mich gehört haben, ist ...« Etwas zog an Cons Jackett, und er sah hinunter in zwei Paar blauer Augen, eines sommerhimmelblau wie Charlottes Augen, das andere Paar eher kobaltblau, wie die Worthington-Augen. »Ich glaube, ich hatte noch nicht das Vergnügen.«

Die Mädchen sahen zu Mister Addison, der sagte: »Ah, Lady Theodora«, das dunkelhaarige Mädchen knickste, »und Lady Mary«, das kleinere Mädchen knickste ebenfalls, »erlaubt mir, Euch den Marquis of Kenilworth vorzustellen.«

Diejenige, die sich als Lady Theodora herausgestellt hatte, schielte zu ihm auf, als müsse sie noch entscheiden, ob er willkommen war. »Was tut Ihr hier?«

»Er ist gekommen, um mich zu treffen.« Charlotte kam gerade rechtzeitig, um das zu unterbrechen, was eine ausgedehnte Befragung zu werden versprach.

»Äh, ja. Entschuldigt, dass ich ein Familienereignis unterbreche, aber ich denke, wir brauchen eine Unterredung.«

Sie sah zu den kleineren Mädchen hinab, dann dorthin, wo die restliche Familie und die Gäste sich versammelt hatten. »Ich kann im Augenblick nicht. Aber Ihr könnt Euch zu uns gesellen, wenn Ihr möchtet, und wir werden später miteinander sprechen.«

Er lächelte bemüht. »Ich wäre erfreut.« Einige der anderen Kinder bemerkten ihn nach und nach, und er hatte den Impuls, sich umzuentscheiden. Allerdings, wenn er wollte, dass sie seine Frau wurde ... Wie schlimm konnte es schon werden? Schließlich waren sie nur Kinder.

Er bot seinen Arm an und wartete, dass Lady Charlotte ihre Hand darauf legte. Stattdessen griff eine viel kleinere, jüngere Hand nach seinem Ärmel. »Danke sehr.« Lady Mary schenkte ihm ein strahlendes Lächeln. »Seid Ihr hier, um Charlotte den Hof zu machen?«

Bevor er sich eine Antwort überlegen konnte, nahm Lady Theodora seinen anderen Arm in Beschlag. »Sie ist die Letzte, die diese Saison noch heiraten kann. Also dachten wir, Ihr könntet deshalb gekommen sein.«

Er hörte ein ersticktes Geräusch, und Charlottes Gesicht nahm eine rosige Farbe an.

»Ich, ähm, nun, ja, das bin ich tatsächlich.« Das war nicht so schlimm, wie er erwartet hatte. »Ich habe gesehen, dass Eure Hunde gerade geheiratet haben.« Lady Mary nickte mehrmals. »Darf ich fragen, weshalb?«

»Damit sie Welpen bekommen können«, antwortete Lady Theodora.

Er warf einen Blick auf die »Braut« und sah jetzt erst ihren leicht gerundeten Bauch. »Ja, gewiss, das ist verständlich.«

Con richtete seinen Blick auf Charlotte. Sie trug ein blassgelbes Kleid, das ihn an die frühen Narzissen auf seinem Landgut erinnerte. Ihr goldenes Haar war zu einem Knoten geschlungen, der am Hinterkopf festgesteckt war. Spiralförmige Locken umrahmten ihr

Antlitz, und beim Erwähnen von Welpen vertiefte sich die rosige Farbe in ihrem Gesicht noch. Er konnte sie sich leicht – zu leicht – mit geschwollenem Bauch vorstellen, wie sie sein Kind trug.

Er hatte zugestimmt, sie zu heiraten. Tatsächlich würde er sogar fordern, dass sie ihn heiratete. Zunächst aus einem Pflichtgefühl heraus, doch seine Gefühle für sie schienen zu wachsen. Jedenfalls wuchs ihr Ansehen bei ihm, und das war eine unvorhergesehene Freude.

Er war am Erfrischungstisch angekommen, die beiden Mädchen waren immer noch bei ihm. Sie gaben seine Arme frei und nahmen sich von einem Stapel an einem Ende des Tisches je einen Teller.

»Grace sagte, das wird wie ein Picknick, also holen wir uns unser Essen selbst«, klärte Theodora ihn auf.

Er nahm sich selbst einen Teller und deutete gegenüber beiden Mädchen eine Verbeugung an. »Vielleicht könnt Ihr mir raten?«

»Die Zitronentörtchen und Käse«, antwortete Mary bestimmt.

»Ich liebe die Cremetörtchen und Käse«, sagte Theodora.

»Hm, ist an dem Käse irgendetwas besonders?«

»Ja.« Mary lächelte. »Wir machen ihn auf unserem Hof auf dem Land. Es ist der beste Käse der Welt.«

»In diesem Fall muss ich ihn probieren.« Er biss ein Stück ab. Es war tatsächlich einer der besten Käse, die er seit Langem gekostet hatte, vollmundig und kräftig, von leicht krümeliger Konsistenz. »Hervorragend.«

»Wir sagten es Euch ja.« Theodora führte ihn zu einer Fleischauswahl.

Froh, es so weit geschafft zu haben, suchte er mit den Blicken nach Charlotte und sah sie am Tischende. Bevor er sich jedoch in Bewegung setzen konnte, um sich zu ihr zu gesellen, traten drei Mädchen, die etwas älter als Mary und Theodora waren, zu ihm.

»Was für bezaubernde Hauben. Ich glaube nicht, dass ich schon einmal solche gesehen habe.«

Die Mädchen strahlten vor Stolz. »Danke sehr«, sagten sie unisono. »Wir haben sie selbst gemacht.«

Er sah sich erneut in der vergeblichen Hoffnung um, dass ein weiterer Erwachsener in der Nähe wäre, doch sie hatten sich alle neben dem Tisch versammelt. Nun, wie hieß es so schön, wer A sagt, muss auch B sagen. »Vergebt mir meine Kühnheit, Myladies, aber ich sehe niemanden, der uns formell vorstellen könnte. Ich bin Lord Kenilworth.«

Die Mädchen knicksten.

»Ich bin Lady Alice Carpenter.« Sie zeigte auf das Mädchen neben sich. Auch dieses hatte die dunklen Haare und die Augen der Worthingtons. »Dies ist meine Schwester Lady Madeline Vivers, und dies«, sie zeigte auf das Mädchen mit blondem Haar und Charlottes Augen, »ist meine Zwillingsschwester Lady Eleanor Carpenter. Wir sind zwölf, und wenn wir achtzehn sind, werden wir debütieren.«

Lady Madeline und Lady Eleanor nickten zustimmend, und Con beschloss, Charlotte in jenem Jahr auf dem Land zu lassen. Andererseits bestand Worthington vielleicht darauf, dass die ganze Familie in London wäre, um ein Auge auf sie zu haben. »Es ist mir eine Freude, Euch kennenzulernen, Myladies.«

Dotty griff nach Charlottes Arm, als sie zu ihren Schwestern und Lord Kenilworth schlendern wollte.

»Ich sehe, er ist in guten Händen.«

»Theo und Mary werden sich gut um ihn kümmern. Spaßig wird es erst, wenn die Zwillinge und Madeline beschließen, dass sie an der Reihe sind, den Gast kennenzulernen.«

»Ich denke, du wirst gleich beobachten können, was geschieht.«

Charlotte blickte in die Richtung, in die ihre Freundin starrte, und sah, dass die Mädchen Theo und Mary abgelöst hatten. Sie fragte sich, was das Ergebnis seiner Unterhaltung mit seiner Geliebten war. Genauso gespannt war sie allerdings darauf, wie er in der Gegenwart der Kinder zurechtkäme. Ihre Familie bedeutete ihr alles, und wen auch immer sie heiraten würde – er musste sie ebenfalls lieben.

Sie kaute auf der Unterlippe herum. »Er möchte mit mir reden.«

»Natürlich will er das.« Dotty zog Charlotte zurück. »Sag mir nicht, dass du besorgt bist, was er dir berichten könnte?«

»Zum Teil.« Sie hakte sich bei ihrer Freundin unter und ging weiter. »Um die Wahrheit zu sagen, wünsche ich mir nicht, dass ich unrecht hatte.«

»Nein«, murmelte Dotty. »Wobei ich überrascht wäre, wenn es so wäre.« Sie hielten sich vom Tisch zurück und ließen allen anderen den Vortritt bei der Speisewahl. »Aber es ist noch mehr als nur das, richtig?«

»Ich verstehe nicht.« Charlotte fragte sich, worauf ihre Freundin hinauswollte.

»Wie sein Blick immer zu dir zurückkehrt, und wie du ihn immerzu anschaust … Magst du ihn leiden, Char? Vielleicht mehr, als du derzeit bereit bist, zuzugeben?«

Vielleicht tat sie das. Aber er müsste sich zuerst noch bewähren, bevor sie zuließe, dass sich das alles weiter entwickelte. »Erinnerst du dich an den Abend, an dem Merton und du euch verlobt habt?«

»Den könnte ich kaum vergessen.« Dotty lachte leichthin.

»Du warst nicht richtig froh darüber. Dann sind du und er zusammen weggegangen, und …«

»Und er hat mich geküsst.« Ein träumerischer Ausdruck legte sich auf ihre Züge. »Danach hat es mich nicht mehr im Geringsten gestört, mit ihm verlobt zu sein. Bis zu diesem Kuss hatte ich nicht begriffen, wie sehr ich ihn schätzte.«

»Ich will nicht, dass mir das passiert.« Sie hatten ein paar Süßigkeiten und etwas Käse vom Tisch genommen und spazierten zur Laube am Ende des Gartens. »Du hattest schon damit angefangen, ihm zu zeigen, wie falsch er lag. Wenn ich mich in Lord Kenilworth verlieben soll, muss ich die Sicherheit haben, dass auch er in der Lage ist, sein Verhalten zu ändern.« Sie rieb sich die rechte Schläfe in dem Versuch, dem Schmerz zuvorzukommen, der sich ankündigte. Wenn er sich nicht als der Gentleman aus dem Theater entpuppt hätte, hätte sie weniger Zweifel. Vielleicht wäre sie sogar glücklich über die Verlobung.

Doch sie musste mit dem agieren, was sie hatte. »Verstehst du?«

»Vollends«, versicherte Dotty ihr. »Und ich stimme zu. Wenn er nicht ganz der ist, den du willst, solltest du ihn nicht heiraten. Vorausgesetzt, du kannst dir eine Möglichkeit vorstellen, wie du ihm den Laufpass geben kannst, ohne einen Skandal auszulösen.«

Darauf lief alles hinaus: einen Skandal. Obwohl weder Matt noch Grace etwas gesagt hatten, schienen sie nicht viel von Charlottes Idee zu halten, die Hochzeit unendlich aufzuschieben. »Danke sehr. Es ist gut zu wissen, dass meine Familie und meine Freunde meine Entscheidung akzeptieren werden.«

Dotty lächelte, und sie schlugen den Rückweg zur Feier ein. »Dazu hat man ja Freunde und eine Familie. Jetzt stärke dich mit einem der exzellenten Zitronentörtchen eures Kochs, dann sprich mit Lord Kenilworth. Ich bin mir sicher, dass alles gut ausgehen wird.«

»Das werde ich.« Charlotte betete, dass ihre Freundin recht behielte. Sie konnte das Gespräch nicht länger hinauszögern.

Als sie da waren, war Seine Lordschaft von ihren restlichen Brüdern und Schwestern umringt. Daran war nichts Ungewöhnliches. Sie waren neugierige Kinder, und die Zwillinge und Madeline würden versuchen, so viele Informationen wie möglich aus ihm herauszuholen.

Ihre Brüder würde nur interessieren, welche Pferderassen und Kutschen Lord Kenilworth besaß und ob er Mitglied im *Four Horse Club* war. Zu diesem berühmten Klub für Kutschenbesitzer zugelassen zu werden, war derzeit Phillips und Walters höchstes Ziel. Augusta würde wissen wollen, ob er durch Europa gereist war und was er gesehen hatte.

Als spürte er ihre Anwesenheit, drehte Lord Kenilworth den Kopf zu ihr um. Seine grünen Augen wirkten heller als bei ihrer letzten Begegnung. Heute hatten sie die Farbe frischer, junger Birkenblätter. Sahen sie nur nach Gras aus, wenn er wütend war?

»Siehst du, was ich meine?«, fragte Dotty. »Sogar wenn er von Kindern umringt ist, sieht er dich.«

Charlotte beschleunigte ihren Schritt. »Ich brauche noch etwas Zitronenkuchen und eine Tasse Tee.«

»Natürlich.« Ihre Freundin lächelte rätselhaft. »Aber du kannst nicht damit weitermachen, die Aussprache unendlich hinauszuzögern.«

Tatsächlich gelang es ihm erst eine halbe Stunde später, ihren Geschwistern zu entwischen und sich ihr zu nähern. Sie befreite gerade Daisy von ihrem Schmuck. »Ich hatte angenommen, dass sie bis jetzt alle Blumen aufgegessen hätte.«

»Sie hat sie nur gekostet. Augenscheinlich schmecken sie nicht so gut wie sie riechen.« Daisy schnupperte an einer Rose und nieste. »Gott sei Dank. Andernfalls würde sie eine Magenverstimmung bekommen.«

»Eure Geschwister sind wundervoll.«

»Ich stimme zu.« Charlotte zog die restliche Spitze vom Hals der Hündin weg. »Wir haben großes Glück gehabt, dass alle miteinander auskommen.«

»Eure Zwillingsschwestern und das andere Mädchen haben anscheinend ein einzigartiges Band geknüpft.« Er streichelte Daisys Kopf, und sie lehnte sich gegen ihn.

Zumindest mochte er Hunde leiden. »Das ist richtig. Es ist nicht überraschend, da sie altersmäßig dicht beisammen sind. Madelines Geburtstag ist nur eine

Woche nach dem der Zwillinge, und sie haben vieles gemeinsam.«

»Wie zum Beispiel Hauben?« Er grinste.

»Ja, und Mode generell.« Charlotte deutete ein Lächeln an. »Sie können manchmal ziemlich albern sein, aber sie sind gute Mädchen und werden da herauswachsen.«

»Erzählt mir von den anderen.«

Charlotte fragte sich, ob er ernstlich interessiert war oder ob seine Frage einfach eine Möglichkeit war, Konversation zu betreiben, die ihre Differenzen nicht berührte. »Walter, der älteste der anwesenden Jungen, hat sich mit Augusta angefreundet. Wie es scheint, lieben sie beide Landkarten und Sprachen. Ich fürchte, Augusta wird etwas verloren sein, wenn Walter zur Schule weggeht.«

»Wie ich es verstanden habe, wird er zu Eurem anderen Bruder Stanwood nach Eaton gehen.«

Charlotte fragte sich, ob Lord Kenilworth danach gefragt hatte, oder ob eines der Kinder es ihm erzählt hatte. »Ja, in diesem Herbst. Die Kleineren, Mary, Theo und Phillip, verbringen sehr viel Zeit miteinander. Die Mädchen sind fast unzertrennlich. Phillip teilt seine Zeit zwischen ihnen und Dingen, die Jungen Spaß machen, mit Walter und Matt.«

»Wie lange wird er noch zu Hause bleiben?«

»Nur noch ein Jahr. Grace denkt, Jungen sollten nicht zu früh ins Internat geschickt werden, aber Matt sagt, dass es für einen Jungen auch hilfreich ist, wenn er bereits einen Bruder an der Schule hat, und sie stimmte zu.«

»Weder Worthington noch ich hatten einen älteren Bruder«, merkte Kenilworth an. Er klang etwas traurig.

Familie schien gerade ein unverfängliches Gesprächsthema zu sein. »Habt Ihr Geschwister?«

»Ich habe drei Schwestern. Alle sind mehrere Jahre älter als ich.« Lord Kenilworth zog eine Grimasse. »Es tut mir leid, dass ich sagen muss, ich habe nicht viel Erfahrung mit einer großen Familie. Als ich alt genug war, zur Schule zu gehen, hatte meine jüngste Schwester bereits ihr Debüt. Ich erinnere mich noch genau an das zugehörige Drama«, hängte er trocken an.

Charlotte konnte nicht anders, sie musste lachen. »Ich denke, etwas Drama gibt es jedes Mal.«

»Eure Geschwister sind charmant.« Seine Miene wurde streng, und er zog eine Braue hoch; sie nahm an, es sollte einschüchternd wirken. »Allerdings scheinen sie nicht über unsere Verlobung im Bilde zu sein.«

Er war sehr direkt. Andererseits hätte sie aufgrund ihrer kurzfristigen Erfahrungen mit ihm erwarten müssen, dass er gleich auf den Punkt kommen würde. »Nein. Das sind sie nicht. Matt und Grace haben es mir überlassen, wann ich es ihnen sagen möchte.«

»Und wann genau soll das sein?« Sein Tonfall wurde fester, er klang beinahe irritiert.

Charlotte streckte sich zu ihrer vollen Höhe. Auch wenn sie mit dem Kopf nicht einmal bis zu seinem Kinn reichte, fühlte sie sich dadurch selbstbewusster. »Sobald *ich* davon überzeugt bin, dass es tatsächlich eine Hochzeit geben wird.«

»Aha.« Anstatt zu widersprechen, wie sie es erwartet hatte, wurde er still. »Können wir irgendwo reden, ohne unterbrochen zu werden?«

Sie blickte sich um und sah, dass Grace die Kinder in das Haus scheuchte. »Hier.«

»Hier?«, fragte er und sah nicht allzu begeistert aus. »Gibt es keinen privateren Ort?«

Nach allem, was sie durchgemacht hatten – wie konnte er da annehmen, Charlotte wolle allein mit ihm sein? Der Mann hatte Wahnvorstellungen.

Sie überbrückte die kurze Distanz zu einer der Holzbänke, die über den Garten verteilt waren, und setzte sich. »Nein. Wir werden in Sichtweite meiner Schwester bleiben.«

KAPITEL 15

Das waren ja schöne Voraussetzungen. Nicht nur, dass Charlotte innerhalb ihrer Familie nicht über ihre Verlobung sprach, sondern sie zwang Con außerdem, die Frage seiner Geliebten im Garten unter den Augen ihrer Familie zu bereden.

Er hatte noch immer Schwierigkeiten damit, diese Unterhaltung mit einer Dame führen zu müssen, besonders mit einer jungen, unverheirateten. Er warf sich vor, zugelassen zu haben, dass sie ihn zu einem früheren Zeitpunkt dazu verleitet hatte, Freudendamen zu erwähnen. Gewiss, wenn es nach ihm ginge, wäre sie nicht mehr lange unverheiratet. Je mehr er über Charlotte herausfand, desto überzeugter war er, dass sie genau die Dame war, die er heiraten wollte. Und die er in seinem Bett haben wollte.

Er blickte zum Haus zurück. Worthington und seine Frau saßen auf der Terrasse an einem Tisch. Nicht die ganze Familie – aber Charlotte und Con mussten gut beaufsichtigt werden. Als wären sie nicht bereits verlobt.

Verdammt.

Er konnte es ebenso gut zügig hinter sich bringen. »Ich habe, wie angekündigt, mit meiner ehemaligen Geliebten gesprochen.« Er hoffte, dass sie das Wort »ehemalige« bemerkte.

Die Hände im Schoß, sah sie ihn unverwandt an. Ihre blauen Augen waren so offen, dass Con das Gefühl hatte, er könne in ihre Seele blicken. Wie ungewöhnlich für eine Dame, die der feinen Gesellschaft angehörte. Ein Gefühl oder eine Wahrnehmung machte sich in seiner Brust bemerkbar, doch er hatte keine Zeit, genauer darauf zu achten.

»Ich habe Eure Ehrlichkeit nie in Frage gestellt, Mylord. Um es offen zu sagen, Ihr wart in allen Angelegenheiten, die mich betreffen, außerordentlich aufrichtig.«

Zu aufrichtig wohl. Etwas mehr drum herumzureden hätte ihm besser zu Gesicht gestanden. »Ich hoffe doch, dass wir mit all unseren Angelegenheiten aufrichtig umgehen.«

Sie neigte den Kopf in einem königlichen Winkel.

»Nun, was ich gerade sagen wollte: Ich habe getan, was wir vereinbart haben, und meine ...« Verflixt. Er konnte das Wort *Geliebte* nicht mehr benutzen. »Die Frau, mit der ich zu tun hatte, gefragt, ob sie ...«, plötzlich hatte er einen Widerstand im Hals, sodass er sich räuspern musste. Er hustete. »Ob sie sich ihren Beruf ausgewählt hat.« Dieses Gespräch fiel ihm sehr viel schwerer, als er erwartet hätte. Er wünschte, er hätte ein Glas Brandy zur Hand, und nahm einen tiefen Atemzug. »Sie hat ihn nicht gewählt. Ich lag tatsächlich völlig fa-fa...« Er atmete ein und versuchte es erneut. »Ihr lagt rich..., hattet re-recht.«

Charlotte presste die vollen Lippen aufeinander und schien einen winzigen Augenblick zu zucken. Die Ader am Grund ihres zauberhaften Halses begann zu pulsieren, und er hatte den Eindruck, ihr Herzschlag hätte sich beschleunigt. Er hatte keine Vorstellung davon

gehabt, dass es sie derart berühren würde. »Habt Ihr
vor, ihr auf irgendeine Weise zu helfen?«

Endlich konnte er ihr eine Antwort bieten, die sie zu
schätzen wüsste. »In der Tat. Ich habe es bereits in die
Wege geleitet.« Sein Blick wurde unwillkürlich wieder
auf ihren Hals gelenkt. Das Pulsieren hatte sich ver-
langsamt. »Sie sagte mir, dass sie mit ihrer Familie in
Kontakt stünde, die nichts davon weiß, was sie tut. Ich
habe angeboten, ihr einen festen Betrag zur Verfügung
zu stellen, mit dem sie in der Lage ist, das Leben wieder-
aufzunehmen, das sie hätte führen sollen.«

Charlotte hob die immer noch verschränkten Hände
zu ihrer Brust. Sie blinzelte rasch, ihr Mund formte ein
O, dann sagte sie: »Das ist ... das ist überaus freundlich
von Euch. Ich habe nicht erwartet ... ich meine, dass
Ihr ...«

Dass er irgendetwas tun würde, um seiner Geliebten
beizustehen, das meinte sie. Es belustigte ihn, dass sie
zu erkennen schien, was sie im Begriffe zu tun stand:
ihn beleidigen. »Ich kann verstehen, warum Ihr mich
für alles andere als mitfühlend haltet. Ich denke, ich
schulde Euch eine demütige Entschuldigung, Mylady.
Ich habe mich Euch die meiste Zeit nicht von meiner
besten Seite gezeigt. Noch habe ich mich immer so verhalten, wie es einem Gentleman geziemt.«

»Das habe ich Euch gegenüber auch nicht, Mylord.«
Ihr Ton war fest, allerdings sah sie ihn beim Sprechen
nicht an, so als wäre sie plötzlich scheu.

»Wie auch immer, ich bitte um Eure Vergebung. Ich
hatte unrecht.« Beim zweiten Mal war es nicht mehr
annähernd so schwierig auszusprechen.

»Ich vergebe Euch.« Sie presste die Lippen erneut zusammen, jedoch eher konsterniert. »Ich habe mich ebenfalls Euch gegenüber nicht immer von meiner besten Seite gezeigt. Ich möchte mich für meine Launenhaftigkeit entschuldigen.«

»Es gibt nichts zu verzeihen.« Als die Worte seine Lippen verließen, wusste Con, es war die Wahrheit. Jede Dame, insbesondere eine jungfräuliche, wäre beim Gedanken an Prostitution schockiert. Es war unangemessen von ihm gewesen, sie herauszufordern und in skandalbehaftete Wortwechsel zu ziehen. »Ich wünschte, wir könnten«, er blickte zum Himmel, auf Inspiration hoffend, fand jedoch keine, »von vorne anfangen. Eine bessere Formulierung fällt mir leider nicht ein.«

Sie zog die Unterlippe zwischen ihre wie Perlen schimmernden Zähne. »Ich möchte Euch nicht beleidigen, Mylord, doch ich fürchte, dass ...« Charlotte bedeckte einen Augenblick das Gesicht. »Ach, was für eine missliche Situation. Ich habe mir geschworen, dass ich niemals einen Mann heiraten würde, der eine Frau gekauft hat. Allerdings sagte mein Bruder mir, Gentlemen werden sogar dazu ermutigt, zu ...«

»Ihr braucht Euch nicht zu erklären. Ich verstehe, was Ihr meint. Er hat recht.« Con fuhr sich mit den Fingern durchs Haar. Er musste sie überzeugen, ihn doch zu nehmen. Der Gedanke, von ihr den Laufpass zu bekommen, war zu viel für seinen Magen. Zur Hölle, er hatte sich bereits zum Narren gemacht, als er versuchte, das aufzuhalten, was er für ihre Hochzeitsfeier gehalten hatte. »Vielleicht kann ich Euch den Hof machen, wir könnten einander besser kennenlernen, und Ihr würdet mich mit freundlicheren Augen sehen.«

Ihre Hände blieben ruhig, doch ihre dunkelbraunen Augenbrauen wanderten zueinander und riefen eine feine Falte hervor. Ihm kam der Gedanke, dass er bei ihr immer wüsste, woran er war.

Sie blickte auf ihre fest verschränkten Hände, bevor sie zu ihm aufsah. »Nun gut. Ihr dürft mir den Hof machen. Ich habe jedoch eine Bedingung. Wenn wir beschließen, dass wir nicht zusammenpassen, werdet Ihr mich aus unserer Verlobung entlassen.«

Niemals. Je länger er in ihrer Gesellschaft war, desto größer wurde seine Überzeugung, dass sie ihm eine perfekte Gattin, Marquise und Mutter seiner Kinder würde. Um von dem Schaden, den sie seinem Stolz mit einer Zurückweisung zufügen würde, ganz zu schweigen. »Aber gewiss.«

Zum ersten Mal seit ihrer Entdeckung, wer er wirklich war, schenkte sie ihm ein aufrichtiges Lächeln, und es war genauso wunderschön, wie er es in Erinnerung hatte. »In diesem Fall reserviere ich Euch einen Tanz auf Lady Penningtons Ball.«

»Zwei Tänze.« Er konnte sich nicht bremsen, nach mehr zu fragen. »Beide Walzer, und einer von ihnen der Supper-Tanz.«

Sie sah ihn mehrere Momente mit festem Blick aus ihren blauen Augen an, und seine Krawatte schien enger zu werden. »Wie Ihr wünscht, Mylord.«

So erfreut er auch über ihre Entscheidung war, widerstand er dem selbstzufriedenen Lächeln, das sich auf seine Züge legen wollte. Und zwei Tage, in denen er sie nicht sehen würde, wären zu lang. »Und bis dahin?«

Sie legte den Kopf zur Seite und zog ihre schön gewölbten Brauen erneut zusammen. »Ich werde mir etwas überlegen.«

Nein. *Er* würde es sich überlegen, und zwar schnellstens. Er musste zupacken, solange sie so zugänglich war. »Würdet Ihr mich heute Nachmittag zu einer Kutschfahrt in den Park begleiten?«

»Lord Harrington ist hier für Lady Charlotte«, kündigte eine sonore Stimme an.

Con sah zur Terrasse und stieß beinahe einen Fluch aus. Was im Namen alles Geheiligten tat dieser Wicht denn jetzt hier? Just in dem Moment, in dem er mit Charlotte Fortschritte machte. Nun, er würde diese Partie nicht an den jungen Schnösel verlieren.

Worthington und Charlottes Schwester trieben Konversation mit Harrington. »Eine Kutschfahrt heute Nachmittag?«

Con hielt den Atem an und wartete auf ihre Antwort.

Charlotte wandte den Blick von der Terrasse ab und Lord Kenilworth zu. Seine Frage hatte Charlotte ebenso überrascht wie Lord Harringtons Ankunft. Aus bestimmten Gründen hatte sie nicht gedacht, dass Lord Kenilworth mit so viel Nachdruck agieren würde. Sollte er annehmen, sie würde ihm einfach in die Arme sinken, lag er vollends falsch. Dennoch war sie einen Handel eingegangen.

Aber was sollte sie mit Lord Harrington machen? War ihm das Gerede zu Ohren gekommen, oder wollte er um ihre Hand anhalten? Damit wurde eine ohnehin schwierige Lage noch komplizierter.

»Mylady?«, sagte Lord Kenilworth, dessen verkrampfter Kiefer die Ruhe in seiner Stimme Lügen hieß.

Eines nach dem anderen. Sie würde sich um den Gentleman vor ihr zuerst kümmern, und dann um den anderen. »Das würde mir gefallen, vielen Dank.«

Sie hätte beinahe gesagt, sie wäre sehr erfreut, aber sie waren rücksichtslos ehrlich miteinander, und das hätte nicht echt geklungen.

»Die Freude liegt ganz auf meiner Seite.« Seine Lippen verzogen sich zu einem seltsam schiefen Lächeln, und sie fragte sich, was es zu bedeuten hatte.

Obwohl ihr Bruder gesagt hatte, er würde die endgültige Entscheidung über eine Hochzeit ihr überlassen, wusste sie, dass er mit ihrer Wahl zufrieden sein würde. Nach allem, was Grace und nun auch Matt getan hatten, um ihre Geschwister zusammenzuhalten, wünschte sie sehr, dass ihre Familie mit ihr glücklich wäre.

Ein Ausritt mit Kenilworth würde ihr auch die Möglichkeit bieten, ihn besser kennenzulernen. Um mehr hatte ihr Schwager sie nicht gebeten – dem Mann die Möglichkeit zu geben, sich zu beweisen.

Sie dachte an sein Geständnis zurück und musste lächeln. Es hatte ihn große Überwindung gekostet, zuzugeben, dass er sich geirrt hatte. Mehrere Augenblicke lang hatte Charlotte sich gefragt, ob er in der Lage wäre, die Worte auszusprechen. Wirklich beeindruckt hatte sie allerdings, was er für seine ehemalige Geliebte tun wollte. Wie viele Männer würden eine Wiedergutmachung versuchen, indem sie der Frau einiges von dem, was ihr genommen worden war, wieder zurückgaben? Nicht viele, darauf würde sie wetten.

Wohlhabend, attraktiv und mit einem Titel. Konnte sie jetzt auch »mitfühlend« auf ihre Liste positiver Eigenschaften setzen? Dieser letzte Punkt würde für sie mehr bedeuten als alle drei Qualitäten zusammen. Viel mehr.

Nun, etwas Zeit und ihn näher kennenzulernen, würde ihr Klarheit verschaffen.

Er bot ihr den Arm, und Charlotte legte die Hand darauf, dann gingen sie gemeinsam zur Terrasse. Dotty und Merton waren gegangen, ebenso wie die Kinder. Nur noch Matt, Grace und Harrington waren da.

Harrington erhob sich, als sie näher kam. »Lady Charlotte, ich kam, Euch zu sagen, dass ich wieder in London bin.« Harrington ignorierte Lord Kenilworth und verbeugte sich. Einen Augenblick dachte sie, er wolle ihre Hand nehmen. »Ich habe wunderbare Neuigkeiten. Trotzdem hätte ich Eurem Bruder schreiben sollen, sodass Ihr mit meinem Erscheinen gerechnet hättet.«

Sie warf Lord Kenilworth einen raschen Blick zu, doch dessen Züge waren maskenhaft. »Na, nun seid Ihr hier. Was wollt Ihr mir denn sagen?«

Harrington sah stirnrunzelnd zu Lord Kenilworth. »Das wird nun warten müssen. Habt Ihr noch einen Walzer auf Lady Herefords Ball für mich frei?«

Rasch ging sie im Geiste ihre Tanzkarte durch. An dem Abend waren drei Walzer vorgesehen. »Ja. Der zweite ist frei.«

Er warf Lord Kenilworth, dessen Haltung nichts als gepflegte Langeweile zeigte, einen weiteren ärgerlichen Blick zu, als wüsste er, wer die anderen beiden Walzer reserviert hatte. Da sie nicht wusste, was sie sonst tun sollte, schenkte sie ihrem zweiten Kavalier ein freundliches Lächeln.

Kenilworth nahm ihre Hand und beugte sich darüber. »Bis heute Nachmittag, Mylady.«

»Bis dann, Mylord.« Sie knickste.

Grace blickte von Charlotte zu Harrington, während Matt Kenilworth zur Haustür brachte und sie mit Lord Harrington allein ließ.

Sie nahm auf dem Stuhl auf der anderen Seite des kleinen Tisches Platz, und ihre Schwester schenkte ihnen beiden Tee ein. »Ich nehme an, Eurem Vater geht es gut, Mylord?«

»Ja ... Ja, tatsächlich.« Er nahm einen Schluck Tee, dann setzte er die Tasse ab. »Er hat für mich ein Amt im Außenministerium arrangiert.«

»Wie wunderbar für euch«, sagte Charlotte. »Werdet Ihr in London leben?«

»Ich werde mit Sir Charles Stewart auf den Kontinent gehen.« Er grinste wie ein kleiner Junge. »Ich werde zu ihm ziehen, sobald ich alle Angelegenheiten hier geregelt habe.«

Sie hoffte für ihn, dass Napoleon bald zurück auf eine Insel geschickt würde. »Das hört sich aufregend an.«

»Ich freue mich, dass Ihr so denkt«, sagte er und wirkte sehr zufrieden mit ihrer Antwort.

Er blieb noch zehn Minuten, in denen sie darüber sprachen, was geschehen war, während er auf dem Land geweilt hatte. Charlottes Verlobung sprachen sie allerdings nicht an. Mied er dieses Thema absichtlich oder hatte er noch nicht davon gehört? Sie kämpfte mit sich, ob sie etwas sagen sollte, beschloss dann jedoch, da sie sich noch nicht entschieden hatte, dass es noch zu früh wäre. Abgesehen davon hatte sie sich zuvor für ihn interessiert. Wenn er ihr zeigen konnte, dass er sich bemühen würde, ihre Zuneigung zu gewinnen … Nun, wer wusste schon, was die Zukunft brachte.

»Lady Charlotte«, sagte Lord Harrington. »Wollt ihr morgen mit mir einen Spaziergang im Hyde Park machen?«

Im Augenwinkel sah sie, dass ihre Schwester zustimmend nickte. »Vielen Dank. Das würde mich sehr freuen.«

Kurz nachdem Graces Butler Royston Harrington hinausgebracht hatte, sagte Grace: »Wenn ich es richtig sehe, ist dein Gespräch mit Kenilworth gut verlaufen.«

»Ich glaube, ja.« Charlotte fiel ein, dass ihre Schwester nicht wusste, welche Aufgabe sie ihm gestellt hatte. Sie begann ihr zu erklären, was am vorherigen Tag geschehen war.

Ihre Schwester zog die Brauen hoch. »Meine Liebe, das war ausgesprochen kühn von dir.«

»Möglich.« Nervös glättete sie ihre Röcke. »Aber stimmst du mir nicht zu, dass es nötig war? Besonders nach allem, was er gesagt hatte?«

»Ich nehme es an.« Ihre Brauen wanderten nach unten, und Graces Stirn kräuselte sich wie immer, wenn sie sehr nachdenklich war. »Unter den gegebenen Umständen hast du die richtige Entscheidung getroffen.«

Charlotte ließ den Atem wieder heraus, den sie angehalten hatte. »Danke sehr.« Sie kicherte. »Du hättest sehen müssen, wie er versucht hat, mir zu sagen, dass er im Unrecht war. Ich dachte, er würde an den Worten ersticken. Und du wirst nie erraten, was er noch getan hat.«

»Was denn?«, fragte Grace und beugte sich auf ihrem Stuhl vor.

»Er gibt ihr das nötige Geld, um ein neues Leben anzufangen.«

»Und deshalb«, sagte Grace weise, »deshalb hast du entschieden, ihm die Möglichkeit zu geben, sich zu beweisen.«

»Ja.« Charlotte war froh, dass ihre Schwester sie verstand und ihr zustimmte. »Alles Weitere werden wir sehen. Weil ich mich bezüglich Lord Kenilworths noch nicht entschieden habe, habe ich beschlossen herauszufinden, ob Lord Harrington ernstlich an mir interessiert ist.«

»Eine großartiger Einfall.« Matt trat auf die Terrasse heraus und blieb hinter Grace stehen. Er legte ihr die Hände auf die Schultern. »Es schadet einem Mann nie, einen Rivalen zu haben.«

Charlotte starrte ihn eine Weile an. »Ich verstehe nicht.«

»Du hast dich noch nicht für Kenilworth entschieden, ist das richtig?« Sie nickte langsam und bemerkte das schelmische Aufleuchten in den Augen ihres Bruders. »Harrington hat von seinem Vater die Erlaubnis bekommen, dich zu heiraten, und darum gebeten, mit mir zu sprechen.« Dass Seine Lordschaft seinen Vater um Erlaubnis fragen musste, verdross sie ein wenig. »Erlaube ihnen beiden, dir den Hof zu machen.«

»Ich hatte beschlossen, das zu tun, aber ich habe den Eindruck, du hast etwas anderes im Sinn.«

»Ein kleiner Wettkampf kann Wunder bewirken und dazu führen, dass ein Mann sich fokussiert.«

»Ein Wettkampf um mich?«, fragte Charlotte. »Ich wüsste nicht, wie mir das bei meiner Entscheidung helfen sollte.«

Ihr Bruder grinste. »Das wirst du sehen.«

Bevor sie um Aufklärung bitten konnte, sah Grace auf ihre Uhr. »Die Fortsetzung dieses Gesprächs wird warten müssen. Charlotte und ich müssen uns umkleiden. Lady Kenilworth kommt in weniger als einer Stunde, um uns abzuholen.«

Charlotte erhob sich und folgte ihrer Schwester ins Haus. »Was denkst du über das, was Matt sagte?«

»Dass dein Bruder recht gerissen sein kann, wenn es um andere Gentlemen geht, insbesondere, wenn eine seiner Schwestern oder seiner Mündel betroffen ist. Folge seinem Rat, und wir werden sehen, was geschieht.«

Es wäre ihr nie in den Sinn gekommen, dass zwei Gentlemen ihr den Hof machen wollten. Der Gedanke, dass sie um sie kämpfen würden, war etwas beunruhigend. Andererseits könnte es auch interessant werden. »Ich werde tun, was er rät.«

Kapitel 16

Eine Stunde später saßen Charlotte, Grace und Lady Kenilworth gemütlich im kleinen Salon von Lady Bellamny. Charlotte sah Ihre Ladyschaft heute zum ersten Mal seit jenem Tag, als Lady Bellamny erklärt hatte, dass Charlotte und Kenilworth heiraten müssten, und sie hatte wegen ihres Verhaltens an jenem Tag noch immer ein schlechtes Gewissen.

Nachdem die Begrüßungsfloskeln ausgetauscht waren und Ihre Ladyschaft Charlotte zu ihrer Verlobung beglückwünscht hatte, ging Charlotte zum Fensterplatz, ihrem liebsten Platz im kleinen Salon. Es schien allerdings eigenartig, ihn nicht mit Louisa oder Dotty zu teilen.

In diesem Augenblick trat Miss Turley mit ihrer Tante, Lady Bristow, ein. Nachdem sie vor Lady Bellamny geknickst hatte, eilte Elizabeth zu Charlotte. »Ich habe von meinem Bruder gehört, du und Lord Kenilworth habt euch verlobt. Stimmt das?«

Sie hatte diesen Augenblick gefürchtet, aber die Nachricht zu bestätigen, fiel ihr leichter als gedacht. »Ja.«

»Gavin sagte, dein Bruder hätte euch einander vorgestellt?« Als Charlotte nickte, seufzte Elizabeth. »Ich wünschte, mein Bruder hätte so viel Verstand, mit heiratsfähigen Herren bekannt zu sein, die nicht bereits die ganze Saison präsent waren. Und das habe ich ihm auch gesagt, als er mich fragte, warum ich nicht so leicht wie Louisa, Dotty und du einen Gatten gefunden habe.«

Charlotte lachte fröhlich. »Matt ist einige Jahre älter als dein Bruder. Dennoch muss ich sagen, dass ich dir zustimme. Er sollte die Freundschaft mit Männern pflegen, die für dich als Partie in Frage kommen.«

»Genau.« Elizabeth nickte nachdrücklich. »Aber, Charlotte, was ist mit Lord Harrington? Hattet ihr nicht eine Übereinkunft?«

»Das kann man so nicht sagen.« Charlotte fragte sich, wie viel sie Elizabeth erzählen sollte. Sie war zwar eine gute Freundin, aber Charlotte hatte nur Dotty und Louisa vollends vertraut. Jetzt, da sie darüber nachdachte, hatte Kenilworth mehr getan, um ihr Interesse zu wecken, als Harrington in der gesamten Saison. Wahrscheinlich hatte er ebenfalls eine Geliebte. Sie fragte sich, ob er so freundlich wie Lord Kenilworth mit ihr umginge, und kam zu dem Schluss, dass es nicht so war. »Ich hatte nichts mehr von ihm gehört, seit er London verlassen hatte, um seinen Vater zu besuchen – bis heute, da ist er vorbeigekommen, um mir mitzuteilen, dass er wieder zurück ist.« Trotz allem, was Grace gesagt hatte, überraschte es Charlotte, dass Elizabeth von der Verlobung gehört hatte. »Sagte dein Bruder, wo er die Neuigkeiten gehört hat?«

»Oh«, Elizabeth wedelte mit den Fingern, »gestern Abend in seinem Klub. Anscheinend verlangte Lord Endicott Champagner, um Eure Verlobung zu feiern.«

»Lord Endicott?« Was hatte der denn damit zu tun, und was fiel Kenilworth ein, das Gerücht über ihre Verlobung zu streuen?

»Ja«, sagte Elizabeth aufgeregt. »Soweit ich es gehört habe, hatte Kenilworth kaum den Klub betreten, da hat ihn der Betreiber des *Brooks's* beglückwünscht. Er bestellte Brandy und setzte sich allein hin, aber sobald Lord Endicott ihn sah, brachte er ihn dazu, die Gerüchte zu bestätigen, und bestellte Champagner. Mein Bruder sagte, dass Kenilworth nicht sehr erfreut über die Einmischung wirkte, und versuchte, zu verschwinden. Aber da warteten bereits zu viele der Herren darauf, ihn zu beglückwünschen.«

»Ich verstehe.« Und zwar viel mehr, als Elizabeth verstanden hatte. Lord Kenilworth hatte zu der Zeit vermutlich bereits die Geschichte seiner Geliebten erfahren und sich etwas Ruhe gewünscht, die er zu Hause nicht finden konnte.

Seine Mutter hatte nur einen Blick auf das *Pulteney*, eines der besten Hotels der Stadt, geworfen und dann erklärt, dass sie lieber in Kenilworth House logieren wollte, also war dort vermutlich wenig Frieden zu finden. Charlotte hatte beinahe Mitleid mit ihm.

»Gavin sagte auch, dass Kenilworth sich weigerte, mit einigen von ihnen zu weiterzuziehen, als sie das *Brooks's* verließen, um andere Zerstreuung zu finden.« Elizabeth wandte ihren Blick zur Decke. »Was auch immer das heißt. Er wird es mir niemals verraten. Aber er meint bestimmt Spielhöllen und andere niedere Zerstreuungen.«

Charlotte hatte eine sehr genaue Vorstellung, was es hieß, und ihre Achtung vor Seiner Lordschaft wuchs etwas. »Ich bin mir nicht sicher, ob ich es gerne wissen würde.«

»Sehr richtig«, bemerkte Elizabeth wenig überzeugend. »Du sagtest, Lord Harrington ist zurück?«

»Ja.« Charlotte betrachtete ihre Freundin eine Weile. »Er hat Worthington um ein Gespräch gebeten.«

»Oh.« Ihre Freundin zog ein langes Gesicht.

»Interessiert er dich?«

»Es könnte sein.« Elizabeths Ton klang ausweichend. »Und dich?«

Das war schwierig. Charlotte wünschte ihrer Freundin, einen Ehemann zu finden. Aber Harrington? Sie wollte dem Glück ihrer Freundin nicht im Wege stehen. »Ich bin nicht sicher.« Elizabeth warf Charlotte einen scharfen Blick zu. »Es ist kompliziert.«

»Wir werden nicht mehr lange allein sein. Wenn du möchtest, können wir später weiter sprechen.«

»Das würde ich gern.« Sie lächelte, als wäre sie erleichtert. »Danke.«

Sie und Elizabeth lächelten höflich, als sich eine Gruppe Damen um sie scharte und Charlotte von Gratulanten belagert wurde, die ihr Fragen stellten, auf die sie keine überzeugenden Antworten liefern konnte.

Glücklicherweise machte Grace einige Minuten später Zeichen, und Charlotte konnte sich entschuldigen.

Als sie in der Eingangshalle ankamen, lächelte Lady Kenilworth zufrieden. »Ich habe mich lange nicht mehr so unterhalten gefühlt. Almeria hatte recht. Ich sollte mehr Zeit in London verbringen.« Die Kutschen kamen, und den Damen wurde hineingeholfen. »Charlotte, meine Liebe, habt Ihr gehört, dass alle nur über die Neuigkeit Eurer Verlobung sprechen? Sie übertrumpft sogar die Hochzeit von Lady Jane Summers und Mister Garvey. Die Garveys sind eine alte und angesehene

Familie, aber Lady Jane zu erlauben, dass sie sich an einen solchen Mann wegwirft ... nun, ich weiß nicht, was ihre Mutter sich dabei dachte. Sie hätte es viel besser treffen können.«

»Die Anwesen ihrer Großeltern grenzen aneinander, und die beiden kennen sich seit Jahren.« Charlotte sah keinen Grund, Lady Kenilworth darüber in Kenntnis zu setzen, dass Janes Eltern in dieser Sache keine Wahl geblieben war. Jeder hatte gedacht, sie hätte sich für Merton entschieden, doch er war nur ein Ablenkungsmanöver gewesen, bis sie sicher war, dass sie ein Kind trug und den Mann heiraten konnte, den sie liebte. »Ich habe einen Brief von ihr bekommen, als ich nach Hause kam. Sie ist sehr glücklich mit Mister Garvey verheiratet.«

»Das ist auch besser so«, antwortete Ihre Ladyschaft lakonisch. »Sie kann ihre Meinung nun nicht mehr ändern.«

Das stimmte. Eine Ehe war für immer, oder bis zum Tode eines der beiden. In Charlottes Augen war das ein triftiger Grund, sich ihrer Gefühle für Kenilworth so sicher zu sein, wie es nur ging – und seiner Gefühle für sie. Sie müsste auch herausfinden, ob sie für Harrington andere als freundschaftliche Gefühle empfand. Zum jetzigen Zeitpunkt war sie sich ihrer Gefühle für beide Männer nicht sicher. Es war, als wäre Harrington nur aufgetaucht, um das Wasser zu trüben. Andererseits könnte ihr gerade das helfen, die richtige Entscheidung zu treffen. Sobald er von ihrer Verlobung hörte, würde er sich wiederum höchstwahrscheinlich einer anderen Dame zuwenden. Vielleicht konnte sie Elizabeth helfen.

Charlotte seufzte bei sich. Selbst in *Stolz und Vorurteil*, dem Buch, das sie gerade zu Ende gelesen hatte, fanden der Held und die Heldin nicht sogleich zusammen.

Durch diesen Gedanken fühlte sie sich besser. Ihre Mutter hatte immer gesagt, am Ende würden die Dinge sich immer zum Besten fügen. *Ich hoffe es, Mama.*

Con trommelte leicht mit den Fingern auf den Schreibtisch. Er hatte seinen Finanzverwalter gerufen und wurde zunehmend ungeduldig bei den Fragen des Mannes. »Es muss reichen, wenn ich sage, dass es eine Ehrenschuld ist. Wenn Sie sich nicht darum kümmern können, werde ich jemanden finden, der es tut.«

»Nein, nein, Mylord.« Zum ersten Mal wirkte Sutton unbehaglich. »Ich habe nur versucht, klarzustellen … ich meine … aber eine Ehrenschuld. Ich verstehe.«

Sutton war ursprünglich von Cons Vater eingestellt worden, weil er nicht auf jede Forderung einging, ohne sich zuvor zu vergewissern, dass ein Plan im Einklang mit den Interessen des Marquis und seiner Liegenschaften war. Was jedoch Cons Versprechen an Aimée anging, musste der Angestellte – zumindest sah Con es so – bezüglich einiger Einzelheiten im Unklaren bleiben.

»Ich werde die Konten sogleich sichten. Wohin soll ich die Unterlagen schicken?«, fragte Sutton.

»An mich. Setzen Sie auch eine Übertragungsurkunde für das Haus in der North Row auf.«

Sutton setzte sich aufrechter hin. »Das ist ein guter Besitz, Mylord, auch wenn Ihr es nicht weiter auf die Weise nutzen wollt wie bisher.«

»Jetzt, da ich verlobt bin, möchte ich es lieber abstoßen.« Con hörte auf, mit den Fingern zu trommeln, doch die Ungeduld durchfloss ihn weiterhin.

Er wollte, dass diese Angelegenheit so schnell wie möglich erledigt wurde, und zwar nicht nur um seiner Geliebten willen. Charlotte war deutlich warmherziger geworden, nachdem er ihr gesagt hatte, was er getan hatte. Ihr Bruder hatte gesagt, dass ihre Familie in weniger als zwei Wochen abreisen würde, und er war fest entschlossen, Charlotte bis dahin zu seiner Gattin zu machen. Diese fixe Idee von ihr, die Hochzeit aufzuschieben oder gar nicht stattfinden zu lassen, war nicht tolerierbar. Er würde sich nicht von der ersten Dame, mit der er verlobt war, den Laufpass geben lassen.

Charlotte hatte eindeutig eine etwas romantische Natur. Weshalb sonst sollten ihr sein Rang und sein Wohlstand so wenig wichtig sein? Er wollte so viel Zeit wie möglich mit ihr verbringen, sie kennenlernen und sie bezaubern. Schon bald hätte sie das Gefühl, in ihn verliebt zu sein, und er würde sie vor den Traualtar führen, bevor sie ihre Meinung änderte.

Soviel Con wusste, war es keinem der anderen Gentlemen, mit Ausnahme von Harrington, gelungen, ihr den Hof machen zu dürfen. Wäre der verfluchte Kerl nur nicht aufgetaucht, dann hätte Con viel leichteres Spiel. Verflucht sei der Grünschnabel, dass er ihm einen Strich durch die Rechnung gemacht hatte. Er musste einen Weg finden, ihn aus dem Spiel zu werfen.

»Sehr wohl, Mylord«, antwortete Sutton, der seine Einwände offenbar aufgab. »Ich werde bis zum Morgen alles für Euch fertig haben.«

»Hervorragend.« Con strich die Unterlagen auf seinem Schreibtisch glatt, als sein Butler die Tür öffnete und Sutton sich verabschiedete. »Webster.«

»Mylord?«

»Lasst meinen Phaeton in zwanzig Minuten vorfahren.«

»Jawohl, Mylord.«

Con lehnte sich gegen die weiche lederne Stuhllehne. Heute würden Charlotte und er zum ersten Mal seit jenem Morgen, an dem er sie gerettet hatte, allein sein. Wobei er eingestehen musste, dass er ihr kaum mehr als Beihilfe zur Flucht geleistet hatte. Sie hatte es ohne seine Hilfe geschafft, die Pläne der Kupplerin zu durchkreuzen.

Er bewunderte ihre Unabhängigkeit – außer, wenn sie ihn herausforderte. Nun, wenn er sie wollte, und das tat er, musste er sich an ihren starken Willen gewöhnen.

Eine halbe Stunde später stieg er die Stufen zu Stanwood House hinauf.

Der Butler öffnete die Tür und verbeugte sich. »Ich werde Lady Charlotte über Euer Eintreffen in Kenntnis setzen. Möchtet Ihr in den Salon gehen?«

Und damit aus den Augen und möglicherweise aus dem Sinn geraten? »Nein, danke. Ich werde hier warten.«

»Wie Ihr wünscht, Mylord.«

Wenige Minuten später stand Charlotte auf dem oberen Treppenabsatz – eine berückende Erscheinung in einem türkisfarbenen Reisekleid aus Rohseide, besetzt mit gelben Bändern. Von ihren muschelförmigen Ohren hingen Perlen herab. »Ich entschuldige mich dafür,

dass ich so lange gebraucht habe. Ich hatte Schwierigkeiten …« Ein grauer Blitz raste die Treppe herunter und
blieb an der Tür sitzen. Ihre Augen verengten sich. »Collette, wer hat dich herausgelassen?«

»Entschuldigung, Charlotte.« Lady Theodora lehnte
sich über das Geländer.

Charlotte kam die Treppe herunter, hob das Kätzchen
hoch und übergab es dem Butler. »Bitte, sorgen Sie dafür, dass sie in meinem Salon bleibt.« Erst dann wandte
sie sich Con zu. »Wir können los.«

Con sah die kleine Katze an, die anscheinend überall
mit dabei war. »Begleitet sie Euch normalerweise über-
allhin?«

»Ich nehme sie mit, wenn ich meine Kutsche fahre.
Sie scheint nicht zu verstehen, dass sie mich heute
nicht begleiten darf.«

Irgendetwas stimmte nicht … war nicht richtig an
dem, was sie gesagt hatte. Er dachte über ihre Bemerkung nach. »Ich nehme an, dass sie bei vielen Gelegenheiten nicht mitkommen darf.«

»Nicht so vielen.« Die Worte kamen eher flüsternd.
»Damit meine ich: Am Anfang der Saison hat Matt beschlossen, dass Louisa und ich besser selbst fahren
würden. Dies ist erst das zweite Mal, dass ich in der Kutsche eines Gentlemans mitfahre. Ich vermute, Ihr erinnert euch an das erste Mal.«

Interessant. »Und Ihr nehmt immer die Katze mit …
Collette? Versucht sie nicht, zu fliehen?«

»Ja, Collette. Alle Kätzchen haben Namen, die mit C
beginnen. Und nein, sie ist fast immer bei mir. Diese
Rasse reist recht gern. Lord Merton hat ihren Bruder,
Cyrille, und er ist oft mit ihm unterwegs.«

Con hatte schon von Hunden in Kutschen gehört, allen voran der berühmte Hund von »Poodle« Byng. Aber eine Katze? Andererseits ... »Ich habe keine Einwände dagegen, dass Collette mit uns kommt.«

Charlottes Stimmung hellte sich auf, als sie das Kätzchen von ihrem Butler nahm. »Schickt bitte nach ihrem Geschirr.« Sie sah ihn mit einem Ausdruck an, von dem er hoffte, dass er frisches Interesse verriet. »Danke sehr, Mylord. Ich versichere Euch, dass sie sich hervorragend benehmen wird.«

Er hatte seine Vorbehalte, erinnerte sich jedoch, wie gut das Kätzchen im Korb mitgereist war. Bis er seine Hand in den Korb gesteckt hatte – er trug noch immer feine Narben von der Begegnung – hatte er ihre Anwesenheit kaum bemerkt. »Ich zweifle nicht, dass sie sich von ihrer wohlerzogensten Seite zeigen wird.«

Das Geschirr kam, und kurz darauf waren sie unterwegs, die Katze kuschelte sich zwischen ihn und seine Verlobte.

Er lenkte die Kutsche von Berkeley Square in die Mount Street.

»Habt Ihr Haustiere?«, fragte Charlotte.

Sie streichelte die Katze, und gelegentlich berührte einer ihrer Finger sacht seine Hüfte. Wenn das so weiterging, könnte er froh sein, wenn er den Ausflug in den Park heil überstand.

»Jagdhunde.« Cons Stimme klang rau, da er versuchte, seine rasch wachsende Begierde im Zaum zu halten. »Ich versuchte, einen ins Haus zu holen, als ich etwa sechs Jahre alt war, aber meine Mutter hat es nicht erlaubt.«

»Ach je.«

Im Augenwinkel sah er, dass sie die Mundwinkel herunterzog, und versuchte, sie aufzumuntern. »Ihr braucht Euch keine Sorgen zu machen. Wenn wir heiraten, werdet Ihr die Herrin all meiner Besitztümer ... unserer Besitztümer.« Sie wirkte noch nicht überzeugt. »Meine Mutter wohnt nicht in meinem Herrenhaus, und wenn sie wünscht, London zu besuchen, kann sie woanders wohnen, sollte sie keine Haustiere leiden mögen. Ich habe vor, Worthington zu fragen, ob ich einen der Welpen übernehmen kann.«

Das wirkte. Charlottes Lächeln kam zurück, und sie sah ihn an. »Ich bin sicher, er wird über Euer Angebot erfreut sein. So sehr wir alle Duke und Daisy lieben, müssen wir für ihren Wurf neue Herrchen finden.« Sie fuhren eine Weile schweigend weiter, bis Charlotte sagte: »Es ist eine Schande, dass Ihr keinen innigeren Kontakt zu Euren Schwestern habt.«

Da sie so besonders eng mit ihren Geschwistern und sogar den Schwagern und Schwägerinnen war, hatte Con schon gewusst, dass sie irgendwann die Sprache auf seine Schwestern bringen würde. Vielleicht machte sie sich sogar Sorgen, er würde nicht wollen, dass sie enge Verbindungen zu ihrer Familie pflegte. »Meine jüngste Schwester Annis Lady Kendrick und ich schreiben uns, aber sie ist immer noch fünf Jahre älter als ich, und ihre Familie nimmt viel von ihrer Zeit in Anspruch.«

»Habt Ihr Nichten und Neffen?«

»Ja. Fünf Nichten und sechs Neffen.« Der Gedanke an sie brachte ihn zum Lächeln. Annis' Kinder waren viel angenehmer als die Kinder seiner anderen Schwestern. Nicht, dass er die anderen annähernd so gut kannte.

»Diejenigen, die ich am besten kenne, sind Annis' Kinder. Der Älteste, ein Junge, ist vierzehn. Dann kommt ein Mädchen, dreizehn. Noch ein Junge, elf, ein Mädchen von neun, und der jüngste Junge ist sieben Jahre alt. Sie wohnen etwa eine halbe Tagesreise von meiner Mutter entfernt. Ich nutze für gewöhnlich die Gelegenheit und besuche sie entweder bevor oder nachdem ich Mama besuche.«

Charlotte hatte sich auf dem Sitz etwas gedreht, sodass sie ihm zugewandt war. »Was ist mit Euren anderen Schwestern?«

»Cornelia Marchioness of Westborough ist acht Jahre älter als ich und Sapphira Duchess of Stafford ist zehn Jahre älter. Wir stehen uns nicht so nah.«

»Ich glaube, ich verstehe.« Charlottes Lippen formten einen Schmollmund. »Ich habe zwei Eurer älteren Schwestern kennengelernt. Sie sind nicht sehr freundlich.«

»Das ist noch nett ausgedrückt.« Er erkannte Charlottes Freundlichkeit an. Seine älteren Schwestern waren ausgesprochene Megären. »Meiner wohlüberlegten Meinung nach haben sie sich in ihren eigenen starren Vorstellungen verrannt. Ihr hättet sehen sollen, wie sie sich echauffiert haben, als Annis erlaubt wurde, einen einfachen Baron zu heiraten. Sie hatten gemeinschaftlich beschlossen, dass sie einen der königlichen Prinzen heiraten solle.«

Charlotte kräuselte die Nase. Sie, Louisa und Dotty waren zu Beginn der Saison alle Queen Charlotte vorgestellt worden. Zwei der königlichen Prinzen waren zugegen gewesen, und Charlotte war von keinem der beiden beeindruckt gewesen. »Waren sie denn besser, als sie noch jünger waren?«

»In einem Wort: nein. Sie wäre in ihr Unglück gestürzt worden. Glücklicherweise hat meine Mutter ihren gesunden Menschenverstand eingesetzt.«

Als Charlotte Lady Kenilworth zum ersten Mal begegnet war, wäre gesunder Menschenverstand nicht die Bezeichnung gewesen, die sie ausgewählt hätte. Nachdem sie allerdings den frühen Nachmittag mit der Beantwortung von Fragen zu Kenilworth zugebracht hatte, hatte Charlotte ein Verständnis für die Tortur entwickelt, durch die die Lady sie auf dem Weg nach London gezwungen hatte. Und niemand, der heutzutage mit Lady Kenilworth sprach, würde bezweifeln, dass ihr Sohn und Charlotte aus Liebe heiraten wollten, wodurch die Lady das bisschen an schädlichem Tratsch unterbunden hatte, das bereits zu hören gewesen war, und ihren Ruf gerettet hatte.

Dieser Gedanke brachte sie zu Kenilworth zurück. Er stellte sich als viel gediegenerer Gentleman heraus, als sie angenommen hatte. Als er ihr zuvor erzählt hatte, was er für seine Geliebte tat, hatten ihr ob seiner Großzügigkeit beinahe die Worte gefehlt.

Aber könnte sie ihn auch lieben? Das galt es herauszufinden, bevor sie ihn wieder küssen würde. »Ich bin froh, dass sie den Mann heiraten konnte, den sie gern heiraten wollte.«

»Sie war auch froh darüber.« Er lächelte. »Leider hat ihre Entscheidung eine Spaltung ausgelöst, die noch nicht ganz überwunden ist.«

»Das ist traurig.«

Allerdings hatte sie ihren Onkeln noch nicht vollends verziehen, dass sie Grace hatten daran hindern wollen, das Sorgerecht für sie und die kleineren Kinder zu bekommen. »Ich glaube nicht, dass so etwas mit meinen Geschwistern vorkommen könnte. Wir stehen uns so nahe, und wir sind so viele.«

»Ich finde Eure Familie außerordentlich liebenswert«, sagte er, um sie zu beruhigen. »Diese Art von Zuneigung wünsche ich mir für meine zukünftige Familie.«

Eine weitere ihrer Sorgen löste sich auf und wehte davon wie Samen der Pusteblume im Wind. »Ich danke Euch. Meine Familie ist mir sehr wichtig.«

Ebenso wichtig war ihr die Frage, ob er sie lieben konnte? Im Augenblick quälte sie die Vermutung, dass er auf dieser Heirat bestand, weil er gesagt hatte, er würde sie heiraten, und nicht aus wahren Gefühlen für sie. Würde ein Kuss ihr zeigen, was er fühlte? Dotty sagte, dass es bei ihr der Fall gewesen sei, aber für Charlotte war es noch viel zu früh. Außerdem musste sie an Harrington denken. Sie sah es als ihre Pflicht an, ihm eine Chance zu geben.

Sie befanden sich auf dem Kutschenweg im Park, und seine Aufmerksamkeit galt den verschiedenen Fahrzeugen, Pferden und Menschen, die am Rande des Wegs flanierten.

»Lady Charlotte.«

»Lady Jersey.« Charlotte erwiderte den Gruß der Schirmherrin des *Almack's*. »Wie schön, Euch zu sehen.«

»Und Lord Kenilworth.« Ihre Ladyschaft sah aus wie eine Katze, die Sahne schleckt. »Ich bin erfreut zu erfahren, dass der Klatsch gestimmt hat. Darf ich Euch alles Gute wünschen?«

»Danke«, sagten Charlotte und Kenilworth gleichzeitig.

»Ich werde Eure Schwester besuchen, wenn sie die Morgengäste zu Hause empfängt, und ihr ebenfalls gratulieren. Es kommt nicht oft vor, dass man es schafft, drei junge Damen gleich in ihrer ersten Saison zu verheiraten, und dann auch noch so gut. Obwohl sie die letzten beiden wohl Worthington zu verdanken hat.« Ihre Ladyschaft gab ihrem Kutscher den Auftrag zu fahren. »Ich freue mich darauf, Euch auf dem Ball von Lady Hereford zu sehen.«

Charlotte bemerkte, dass Lady Jersey die Hochzeit von Grace nicht mitgerechnet hatte. »Ja, in der Tat.«

»Wenn der Ball eine zu große Tortur für Euch sein sollte ...«, flüsterte er, und sein leiser Ton verursachte angenehme Schauer, die ihren Nacken streichelten. Das hatte sie zuvor noch nie erlebt.

»Nein. Eure Mutter hat recht. Wir müssen hingehen.« Charlotte musterte ihn einen Augenblick. »Es sei denn, Ihr möchtet nicht teilnehmen. Tatsächlich kann ich mich nicht erinnern, Euch bei einer der Veranstaltungen dieser Saison gesehen zu haben.«

»So schlimm wie in der letzten Saison kann es nicht mehr sein«, brummte er und brachte sie damit wieder zum Lächeln.

»Wie das?«

»Ihr werdet da sein, um mich zu beschützen.«

»Ah, vor all den heiratsfähigen jungen Damen.« Matt hatte

Freunde, die nur an den Vergnügungen teilnahmen, zu denen sie mussten. Selbst dann gingen sie früh und taten ihr Bestes, um die forscheren jungen Damen zu meiden. Ihr Vetter Merton war sogar beinahe in die Falle einer Dame getappt.

»Und heiratswillige Witwen. Die darf man nicht vergessen. Sie können grausamer sein als die kupplerischen Mütter.« Sie wollte in schallendes Gelächter ausbrechen, schwächte ihre Belustigung jedoch zu einem leisen Kichern ab. »Ich stelle sicher, dass Euch nichts geschehen kann.«

Er warf ihr einen prüfenden Blick zu, und sie fragte sich, ob sie zu voreilig gewesen war. »Ich werde Euch beim Wort nehmen.«

KAPITEL 17

Burt hatte drei Tage in Biggleswade darauf warten müssen, dass die Gäste aus London im *White Hart* auftauchten, obwohl der Gastwirt gesagt hatte, dass der Adlige des großen Hauses dort seine Gäste empfing. In den letzten zwei Tagen hatte er den feinen Pinkeln beim Biertrinken zugeschaut, aber von Lady Charlotte und dem Gentleman gab es keine Spur. Wo, zum Teufel, konnten sie nur hin sein?

Zwei gelbhaarige Huren gingen hinter dem Gasthaus umher, und einer der feinen Herren rief: »Braxton, ich verkaufe sie Euch für einen Tag.«

Die Gespielin, die neben dem Mann saß, schlug ihm auf den Arm. »Glaubt nicht, dass Ihr mich teilen könnt. Ich bleibe bei dem Herrn, mit dem ich gekommen bin.«

»Ich bin zufrieden mit dem, was ich habe«, sagte der Mann namens Braxton.

Braxton. Das war der Name des Herrn gewesen, der mit Lady Charlotte abgehauen war, aber der hier sah nicht aus wie der Adlige im Gasthaus.

Zur Hölle! Burt fluchte leise vor sich hin. Er war reingelegt worden. Und er hatte nicht die geringste Ahnung, wo er Ihre Ladyschaft finden konnte. Miss Betsy würde darüber nicht erfreut sein.

»Habt ihr gehört, dass Kenilworth an die Kandare genommen wird?«, fragte ein rothaariger Pinkel, und die anderen Herren spitzten die Ohren.

»Ich dachte, es würde Jahre dauern, bis er sich auf Lebenszeit unterwerfen lässt. Wer ist die Frau?«

Red rief nach einer weiteren Runde Bier. »Lady Charlotte Carpenter. Worthingtons Schwägerin. Es ist ihre erste Saison.«

»Das hätte ich dir auch sagen können«, grummelte Braxton. »Ich habe sie am Morgen des Kampfes gesehen, dem ich beiwohnte, bevor ich hierher kam. Sie sah mitgenommen aus, und dann bemerkte ich, dass Lady Bellamny auch da war.«

Kampf? Verdammter Mist. Er war so nah dran gewesen, sie in dem Dorf zu erwischen, durch das er gekommen war.

»Nun, wenn sie da war, hat wohl alles seine Richtigkeit«, sagte ein anderer Herr.

»Ich frage mich, wie Lady Charlotte ihn eingefangen hat.« Ein Mann mit einem violetten Mantel warf dem Dienstmädchen Münzen zu. »Er hat immer gesagt, er mag keine jungen Frauen. Vielleicht hätte ich mir die Damen dieses Jahr ansehen sollen.«

»Ich frage mich, ob seine Geliebte nach einem Neuen sucht«, sagte ein großer Mann.

Der feine Herr namens Braxton blickte finster drein. »Noch nicht, das macht sie nicht.«

»Du hast sie gefragt, oder?«

Braxton wurde rot, und der Rest der Gruppe lachte ihn aus.

Tage hatte er damit verschwendet, den falschen Mann zu verfolgen. Burt wusste nicht einmal, wo sie sein könnte. Er wartete in der Hoffnung, etwas Brauchbares zu hören, aber jemand fing an, über

Pferderennen zu reden, und sie verloren das Interesse an Lady Charlotte.

So ein Mist. Burt war es leid, ihnen zuzuhören. Er trank sein Bier aus und stand auf. Es musste doch einen Weg geben, die Dame in die Fänge zu bekommen.

Er ging zurück zu der Taverne, in der er übernachtet hatte. Wenn er nach London zurückkehrte, würde Miss Betsy wissen, wie sehr er es vermasselt hatte. Er war jetzt in der Queer Street.

Er hätte auf sein Gefühl hören sollen, als er dachte, dass keine feine Dame an einem fröhlichen Beisammensein dieser Art teilnehmen würde. Und was noch schlimmer war, Miss Betsy würde es auch wissen.

Burt bezahlte seinen Obolus im Gasthaus und fuhr zurück nach London. Er würde Berkeley Square für einen Tag oder so beobachten lassen. Wenn er Lady Charlotte dort nicht finden konnte, blieb ihm nichts anderes übrig, als Miss Betsy zu schreiben und ihr zu erzählen, was geschehen war.

Con brauchte nicht lange, bis er herausfand, dass Charlotte mit Harrington einen Spaziergang auf dem Broad Walk im Hyde Park machte, als dort am meisten los war. Wut war keine gewohnte Emotion für Con, aber sie war das Einzige, was ihn jetzt von völligem Überschwang abhielt.

Er war vor Stanwood House in der Sicherheit eingetroffen, seine Verlobte zu Hause anzutreffen. Stattdessen erhielt er die Information, dass sie ausgegangen war. Royston, der Butler der Carpenters, stand ungerührt da, die Hand ausgestreckt, und wartete, dass Con ihm seine Karte übergab. Doch dann füllten

Kinderstimmen das Schweigen, und er hatte einen Einfall. »Wessen Erlaubnis brauche ich, um mit den Kindern zu *Gunter's* zu gehen, um etwas Eis zu naschen?«

Einen winzigen Augenblick lang dachte er, er würde einen schelmischen Ausdruck in den Augenwinkeln des Butlers entdecken. »Die von Lady Worthington, Mylord.« Der Diener trat einen Schritt zur Seite und erlaubte ihm, in die Halle zu treten. »Wenn Ihr mir einen Augenblick Zeit lasst, werde ich nachsehen, ob sie zugegen ist.«

»Gewiss.«

Einige Augenblicke später kam Royston zurück. »Sie wird Euch empfangen, Mylord.«

Con wurde zu einem Raum gebracht, der auf der anderen Seite des Hauses als der Morgenraum lag, und angekündigt. Lady Worthington saß hinter einem großen Schreibtisch, der von Dokumenten und Kladden übersät war. Sie winkte ihn zu einem geraden Holzstuhl mit Ledersitz vor dem Schreibtisch. Im Studio seines Vaters hatte ein solcher Stuhl gestanden, und er hatte es nie genossen, darauf zu sitzen.

Als er sich gesetzt hatte, faltete sie die Hände auf dem Schreibtisch. »Wie ich erfahren habe, wünscht Ihr mich zu sprechen.«

Er widerstand dem Drang, herumzuzappeln, und nickte. »Ich würde gerne auf etwas Eis mit den Kindern zu *Gunter's* gehen.«

Ihre Augen weiteten sich. »Mit allen Kindern?«

»Ja.« Con fühlte sich sicherer. »Ich dachte, sie könnten sich über eine Nascherei freuen. Ich werde mehrere Burschen brauchen.«

»Sehr gut.« Sie griff nach hinten und zog an einer dicken, seidenen Kordel. Wenig später erschien der Butler. »Bereiten Sie die Kinder für einen Besuch bei *Gunter's* vor. Seine Lordschaft hat freundlicherweise angeboten, sie dorthin zu geleiten.«

Dieses Mal war er sich sicher, dass er Roystons Lippen zucken sah. »Jawohl, Mylady. Ich werde Seiner Lordschaft Bescheid geben, sobald sie bereit sind.«

Die Tür schloss sich, und er blickte Lady Worthington an. »Wie lange denkt Ihr, wird es dauern?«

»Gar nicht lange.« Sie legte leicht den Kopf schief. »Ich vermute, Ihr wisst, dass Charlotte einen Spaziergang mit Lord Harrington macht?«

Seine Freunde würden dies einen Frontalangriff nennen. Das musste in der Familie liegen. »Das sagte man mir.«

»Warum wollt Ihr meine Schwester heiraten?« Sein Kopf war schlagartig gedankenleer, und sie lächelte ihn an. »Seid mir versichert, den Kindern Aufmerksamkeit zu schenken, geht schon in die richtige Richtung. Dennoch möchte ich gern eine Antwort.«

»Wir müssen heiraten.« Sogleich, als er die Worte sagte, hätte er sie am liebsten zurückgenommen. »Ich meine, jeder weiß …« Das war nicht viel besser.

»Ich stimme Euch zu, die Umstände sind nicht gut.« Das war gelinde ausgedrückt. »Dennoch neige ich dazu, Charlottes Haltung einzunehmen. Eine lange Verlobungszeit, ein Zerwürfnis und die darauffolgende Entscheidung, dass Ihr nicht zueinanderpasst, könnte auch funktionieren.« Sie zog betont eine Braue hoch. »Wenn Ihr sie nicht heiraten wollt …«

»Nein.« Er hatte sich auf dem Stuhl vorgebeugt und lehnte sich nun wieder zurück. »Ich möchte Charlotte heiraten. Ich bin nicht dazu fähig, meine Gründe in Worte zu fassen«, keine, die Lady Worthington annehmbar fände, »aber ich bin fest entschlossen.«

»Ich lasse nicht zu, dass jemand sie unglücklich macht.«

»Noch werde ich das zulassen.« Cons Backenzähne begannen wieder zu pochen. Er hatte ausgiebig darüber nachgegrübelt, was er empfand. Nicht, dass es geholfen hätte. Er hatte allerdings auch Charlottes Gefühle bedacht. Er würde sie dazu bringen, dass sie sich in ihn verliebte.

An der Tür erklang ein Pochen, dann öffnete sie sich. »Die Kinder sind in der Eingangshalle.«

Er erhob sich vom Stuhl und verbeugte sich. »Danke sehr.«

Ihre Ladyschaft neigte den Kopf und wandte sich wieder ihren Büchern zu. Con folgte dem Butler in die Halle, die nun voller Kinder war, die sich mit den Burschen bereits in einer Reihe aufgestellt hatten.

Er hörte kaum seine eigenen Gedanken über dem Lärmpegel. »Wollen wir?«

Irgendwie war er gehört worden, wie sich zeigte, als die Kinder sich in Zweierreihen aufstellten, flankiert von den Burschen. Royston öffnete die Tür, Con trat hinaus, die Kinder folgten ihm. Er rannte stracks in Charlotte und Harrington hinein.

Zunächst wirkte sie erschrocken, dann blitzte ein Lachen in ihren strahlend blauen Augen auf. »Geht Ihr zum Square?«

»Sozusagen. Ich gehe mit den Kindern zu *Gunter's*.« Con erwiderte Harringtons finsteren Blick, indem er sein Augenglas hob und es auf den Jungspund richtete. »Würdet Ihr uns gern begleiten?«

»Das würde ich sehr gern.« Sie lächelte Con an, bevor sie sich an seinen Kontrahenten wandte. »Mylord?«

»Nein. Ich habe noch einen Termin.« Harrington verbeugte sich steif. »Ich freue mich darauf, Euch heute Abend zu sehen, Mylady.«

Ha! Er hatte ihm ein Schnippchen geschlagen. Der Narr kannte eindeutig nicht einmal die wichtigste Regel bei der Eroberung einer Frau: ›Lass niemals zu, dass ein anderer Mann mit ihr davongeht.‹

»Ganz meinerseits, Mylord.«

Er genoss den Anblick, wie Harrington die Stufen hinunterstapfte. Charlotte knickste anmutig vor Con, dann legte sie die Hand auf seinen dargebotenen Arm. Sie überquerten die Straße und gingen den Berkeley Square hinauf zum berühmten Teeladen. Er genoss die Art und Weise, wie sie sich beim Gehen etwas näher zu ihm zu beugen schien.

»Was ist in Euch gefahren, sie alle zum Eisessen einzuladen?« Ihr Blick war immer noch voller Fröhlichkeit.

Er dachte darüber nach, zu flunkern, aber sie hatten sich geeinigt, ehrlich miteinander zu sein. »Ihr.«

»Danke sehr.«

Danke sehr? Wofür? Für seine Aufrichtigkeit? Dafür, die Kinder einzuladen? Was zum Teufel meinte sie, und wie sollte er das herausfinden? »Gern geschehen.«

Diese letzten Worte kamen so kurz angebunden, dass Charlotte zu Kenilworth aufsah. Ein konsternierter Ausdruck hatte sich auf seine ausgeprägten, klaren Gesichtszüge gelegt; er runzelte leicht die Stirn und presste die Lippen zusammen. Männer waren solch fremdartige Wesen. Bis gerade eben war er fast spielerisch lustig aufgelegt gewesen. Was war geschehen? »Was ist los? Bedauert Ihr Eure Großzügigkeit?«

Er schüttelte den Kopf. »Nicht im Mindesten. Ich mag Kinder gerne leiden.« Er zog die dunklen Brauen herunter. »Ich verstehe nur nicht, was Ihr mit ›Danke sehr‹ meint.«

»Ich freue mich, dass Ihr meine Geschwister ausführt, weil Ihr dachtet, dass es mir Freude machen würde, und das tut es.« Er schnaubte, was sie als Zufriedenheit mit ihrer Antwort interpretierte. »Wie wollt Ihr das Eis bestellen?«

»Zuerst für die Kleinsten.« Er sah sie an und grinste. »Die Ladies Theo und Mary machen mir Angst. Sie sind schon jetzt Gegnerinnen, mit denen man rechnen muss.«

Sie erreichten *Gunter's*, und er übernahm die Verantwortung, womit er Charlotte die Gelegenheit bot, Kenilworth und Harrington zu vergleichen. Während des gemeinsamen Spaziergangs mit Harrington hatte sie diesen gefragt, ob ihm die Nachricht über ihre Verlobung zu Ohren gekommen war. Es wäre ihr eigenartig erschienen, dass er sie zu einem Spaziergang im Hyde Park einlud, wenn es so wäre.

»Ihr denkt nicht ernstlich darüber nach, den Kerl zu heiraten, oder?« Sein indignierter Blick hatte sie überrascht. »Ich habe die gesamte Saison damit zugebracht, nur Euch meine Aufmerksamkeit zu schenken, und mein Vater billigt die Verbindung.«

»Wie bitte?« Einen Augenblick lang war sie zu schockiert gewesen, um mehr sagen zu können. Nach den ersten paar Wochen hatte er sich benommen, als ob er nichts mehr tun müsste. Er hatte sich nicht nur auf einen einzigen Tanz mit ihr pro Abendball beschränkt, sondern ihr auch nur ein einziges Mal Blumen geschickt. »Nach den ersten beiden Wochen der Saison habe ich Euch nur noch auf den Bällen und anderen Veranstaltungen gesehen. Und die letzten paar Wochen habt Ihr auf dem Land verbracht. Das würde ich kaum als ›mir Eure gesamte Aufmerksamkeit schenken‹ bezeichnen.«

»Es gibt keinen Grund, sich zu echauffieren. Ich war beschäftigt. Ihr müsst doch gewusst haben, dass ich daran arbeite, Euch einen Antrag zu machen.« Harrington stieß die Luft aus. »Ich habe sogar an Euren Bruder geschrieben, um ihn darüber in Kenntnis zu setzen, dass ich mir die Ehre geben und ihn aufsuchen würde, sobald ich zurück wäre.«

Tatsächlich war Charlotte nicht nur echauffiert, sondern verstimmt, und nun wuchs ihr Zorn. »Ganz richtig. Allerdings habt Ihr es nicht einrichten können, mir zu schreiben.«

»Das wäre nicht angemessen gewesen, solange ich nicht die Erlaubnis meines Vaters hatte.« Sie hatte vorher nicht gewusst, wie sehr ihm an der Zustimmung seines Vaters gelegen war. »Da meine Position bei Sir Charles noch zur Disposition stand, habe ich es nicht gewagt, Fehler zu riskieren.«

»Sir Charles?« Was hatte Sir Charles mit Harringtons Verhalten ihr gegenüber zu tun?

»Ja.« Er sah mit belehrendem Ausdruck zu ihr hinab. »Ich vermute, Ihr wisst das nicht: Er ist der Botschafter in Frankreich und Den Haag.«

Selbstverständlich wusste sie das, was ihm nach ihrer gestrigen Unterhaltung klar sein müsste.

»Als meine Ehefrau müsst Ihr Euch selbstredend anstrengen, um die Personen und den politischen Bereich, in dem sie tätig sind, kennenzulernen ...«

»Ich weiß sehr wohl, wer Sir Charles ist. Warum habt Ihr diese Möglichkeit nicht erwähnt, bevor Ihr abgereist seid?«

»Wie ich bereits sagte, war noch nichts entschieden, und ich wollte keine falschen Hoffnungen bei Euch wecken.«

Hoffnungen? Charlotte war so zornig, dass sie Harrington am liebsten einen Tritt verpasst hätte. Unglücklicherweise war das jedoch ausgeschlossen. Sie hatten den Park erreicht, und es schien, als würde alle Welt sie anstarren. Sie beschwor ein Lächeln auf ihre Lippen. Anscheinend war ihre Einschätzung richtig gewesen, dass ihm gar nicht so sehr an ihr gelegen war. Er wollte nur eine Gattin. Was für ein Glück, dass sie nicht gezwungen war, diese Saison zu heiraten.

»Nun kommt«, sagte er in einem Tonfall, den er ebenso gut einem Kind gegenüber anwenden könnte. »Ich werde mit Worthington reden und alles klarstellen.«

Glücklicherweise hielt Lady Bellamny am Wegesrand, um mit ihnen zu sprechen. Ihr folgten mehrere andere Damen, die Charlotte bekannt waren, und als sie wieder am Tor ankamen, war sie mit der Welt wieder versöhnt, wenn auch nicht mit ihm.

»Ich sollte nach Hause gehen.«

»Wenn Ihr es wünscht.«

Bei diesem Teil ihres Spazierganges bemerkte sie, dass er keinerlei liebenswerte Anrede für sie benutzte, noch sagte er ihr, wie er gefühlsmäßig zu ihr stand. Außerdem ging er betont langsam und nötigte sie, ihren Schritt dem seinen anzupassen, so, als ginge sie zu schnell, und seine Armmuskeln waren nicht so fest wie die von Kenilworth. Dieser Gedanke erschreckte sie. Charlotte hatte zuvor nie auf die Muskeln eines Mannes geachtet. Warum sollte sie sich jetzt dafür interessieren?

Sie fragte sich, ob Harrington zu ihr nach Hause gekommen wäre, als die Kinder krank gewesen waren, so wie Rothwell, Louisas Mann, es getan hatte – Bentley, Harringtons Freund hingegen nicht, obgleich er zu der Zeit noch dachte, er wäre in Louisa verliebt. »Meine kleineren Geschwister hatten die Masern, während Ihr auf dem Lande wart.«

»Wie grässlich.« Seine Worte waren die richtigen, doch seine Stimme ließ schließen, dass es ihm nichts bedeutete.

»Ich habe dabei geholfen, sie zu pflegen«, fügte sie hinzu, um seine Reaktion zu beobachten.

»Seid versichert, dass Ihr solcherlei Dinge nicht tun werdet, wenn wir verheiratet sind.«

Sie wusste, dass viele Mütter sich auf ihre Kindermädchen und deren Gehilfinnen verließen, doch Charlotte konnte sich nicht vorstellen, nicht bei ihren Kindern zu sein, wenn sie krank würden.

Sie stiegen die Treppe zum Haus hoch, da öffnete sich die Tür, sodass sie beinahe in Lord Kenilworth hineingelaufen wäre ... hinter dem die Kinder eine Reihe bildeten. Und wieder schmollte Harrington wie ein Kleinkind und weigerte sich, mit ihnen zu *Gunter's* zu kommen.

Charlotte genoss den Geschmack des Lavendeleises. Auf dem Weg hierher hatten sich Kenilworths Armmuskeln unter ihren Fingern bewegt, und sie hatte es genossen, seine Kraft zu spüren. Dann hatte er gesagt, dass er diese Aktion ihr zuliebe getan hätte. Es war Zeit, herauszufinden, ob er der Richtige war.

Sie reichte Hal, einem ihrer Burschen, ihren Teller. Kenilworth wischte Marys Hände mit einem Leintuch ab.

»Ich mag ihn leiden«, sagte Theo. »Du kannst ihn heiraten, wenn du magst.«

»Danke sehr.« Charlotte unterdrückte das aufsteigende Kichern. »Ich weiß noch nicht, ob ich das will.«

Er gab das Tuch einem der Burschen, der es dem Teeladenbesitzer zurückgab, dann schlenderte er zu ihnen. »Das war die Letzte.« Er grinste sie an, und sie erwiderte das Lächeln. »Ich hoffe, ich habe sie nicht für das Abendessen verdorben.«

Theo lief zu ihrem Burschen zurück, und Kenilworth bot Charlotte seinen Arm an.

»Ich denke, es geht ihnen gut«, antwortete sie und nahm seinen Arm.

Sie würde Grace nach ihrer Rückkehr darum bitten, ihn vor dem nächsten Ball zum Abendessen einzuladen.

KAPITEL 18

Am nächsten Morgen suchten Charlotte und ihre Schwester Madame Lisette, die Schneiderin, auf, bei der sie gewöhnlich fertigen ließen.

»Ich wünsche Euch Glück«, sagte Madame, während sie Entwürfe auf einem langen Tisch ausbreitete. »Ich 'örte von Eurer Verlobung.«

Wie der gesamte *Ton*. »Danke sehr, Madame.«

Der Schlaf hatte vergangene Nacht auf sich warten lassen. Jedes Mal, wenn sie dachte, sich Morpheus zu ergeben, überflutete ein anderer Gedanke ihren Geist. Es hatte sich gezeigt, dass Lord Harrington nicht der war, der er bei ihrer ersten Begegnung vorgespielt hatte zu sein. Anscheinend entsprach die Art von Aufmerksamkeit, die er ihr am Anfang vorgetäuscht hatte – Interesse an ihren Geschwistern etwa – nicht der Haltung, die er als Ehemann an den Tag zu legen gedachte. Wenn er tatsächlich den Schritt machen und um ihre Hand anhalten wollte, würde sie ihn zurückweisen. Auch wenn er höchstwahrscheinlich ein Nein nicht als Antwort akzeptieren wollte. Das Ganze würde peinlich werden.

Aber war Kenilworths Interesse echt? Wenn ja, könnte sie ihn lieben – und er sie? Warum wollte er sie überhaupt heiraten? Vielleicht gab es auch einen anderen, dritten Gentleman, der für sie infrage kam?

Sie riss sich zusammen. Gleich, was geschah oder eben nicht geschah, sie bekam eine neue Ausstattung. Das war etwas, worüber sie sich freuen konnte. »Was hältst du hiervon?«, fragte Grace.

Charlotte sah sich ein Reisekleid in Spanisch Braun an – einer Farbe, die ihr gut stand – und ein Ausgehkleid aus dunkelviolettem Damast. Sie wären perfekt für den Herbst. Ob sie sie würde tragen dürfen, sollte sie nicht heiraten, war allerdings eine andere Frage. »Sie sind zauberhaft.«

Madame zeigte ihr noch mehrere andere Entwürfe, darunter Abendkleider, Ballkleider und Tageskleider. Als sie und ihre Schwester den Laden wieder verließen, war die Liste ihrer Bestellungen länger als diejenige für diese Saison gewesen war.

Entschlossen, den Überfluss einfach zu genießen, zog Charlotte ihre Liste heraus, während Grace Stoffproben einsammelte. »Als Nächstes zur Putzmacherin, dann zum Schuhmacher.«

Als sie später am Morgen nach Hause kamen, war Charlotte wieder mit sich im Reinen. Sie ging in die große Halle und blieb stehen. Der runde Walnusstisch und beide vorderen Salons waren überfüllt mit Blumen. »Woher stammen die?«

Royston hielt ein Silbertablett mit zwei Karten hin, eine von Lord Kenilworth und die andere von Lord Harrington. Der Butler räusperte sich. »Lord Kenilworth machte kurz nach Eurem Ausgang heute Morgen seine Aufwartung. Auf der Rückseite dieser Karte ist eine Notiz.«

Sie hob sie auf und drehte sie um.

Erweist Ihr mir die Ehre, mir zwei Walzer auf Lady Penningtons Ball zu reservieren, darunter den Supper-Tanz? Bitte.
C.

Sie würde ihm später ihre Antwort schicken. »Was hat das mit den Blumensträußen zu tun?«

»Lord Kenilworth brachte das erste Bouquet.« Er zeigte auf eine zauberhafte Zusammenstellung von provenzalischen Moosröschen, ihrer Lieblingsblume, Nigella und Efeu. »Lord Harrington traf sodann ein, bevor Seine Lordschaft ging.« Sie nahm die zweite Karte.

Ich möchte gern den Supper-Tanz mit Euch bei Lady Penningtons Ball morgen reservieren.
G. Earl of Harrington

Nun musste sie eine Entscheidung treffen. Kenilworth hatte als Erster gefragt, und außerdem höflicher. »Lassen Sie mich raten, Lord Harrington hat ebenfalls Blumen geschickt.«

»In der Tat, Mylady. Die roten Rosen sind von ihm.«

»Nun, damit sind zwei der Bouquets erklärt, aber es müssen mindestens zehn sein.« Außerdem die Ringelblumen, der Rittersporn und die Lupinen. Offensichtlich hatte er versucht zu erraten, welche Blumen sie mochte, aber wie hatte Kenilworth wissen können ... Natürlich, die Kinder hatten es ihm verraten. Doch was noch wichtiger war: Offenbar hatte er danach gefragt. »Fünfzehn, Mylady. Bisher liegt Lord Kenilworth um einen Strauß vorne. Stündlich kommen neue Sträuße an. Misses Pennymore hat keine Vasen mehr übrig.«

»Arme Pennymore. Was für eine schlimme Situation für eine Haushälterin.« Grace ließ sich auf einen der Stühle fallen und brach in Gelächter aus. Kurz darauf zog sie ihr Taschentuch heraus und tupfte sich die Augen ab. »Der Krieg der Blumen«, keuchte sie, bevor sie erneut loslachte. »Matt hatte recht. Sie kämpfen um dich.«

»Ja.« Charlotte ließ sich auf den anderen Stuhl fallen, unfähig an eine echte Rivalität um sie selbst zu glauben. »Aber was machen wir denn jetzt mit all diesen Blumensträußen?«

***

Abgesehen von ihrem Ausflug im Park würden Con und Charlotte an diesem Abend zum ersten Mal in der Öffentlichkeit auftreten. Während der letzten paar Jahre war er vor dieser Art Veranstaltungen – bei denen junge Damen und Gentlemen die passenden Ehepartner zu finden hofften – zurückgescheut, doch jetzt bemerkte er, dass er sich auf den Abend freute.

Er sah sich noch einmal ihre Antwort auf seine Bitte an, ihm für den morgigen Abend Tänze zu reservieren. Es wäre das zweite Mal, nach dem heutigen ersten Mal, dass er zwei Tänze mit ihr haben würde.

Lieber Lord Kenilworth,
es wäre mir ein Vergnügen, Euch den Supper-Tanz sowie einen zweiten Walzer zu reservieren.
Grüße,
Lady Charlotte Carpenter

Oder vielleicht freute er sich auch schlicht darauf, Charlotte während des Tanzes im Arm zu halten und ihr seinen Arm am restlichen Abend so lange zu leihen, wie er nur konnte. Diese Vorstellung gefiel ihm viel mehr, als es noch vor einigen Tagen der Fall gewesen wäre.

Was ihm jedoch noch mehr gefallen würde, wäre, sie in seinem Haus und seinem Bett zu haben. In mancher Hinsicht war es bedauerlich, dass sie keine fügsamere Dame war. Das würde ihm die Sorge nehmen, dass sie ihn am Ende doch noch zurückwies.

Andererseits würde er sie dann vermutlich nicht so sehr schätzen und bewundern. War das nicht seine wichtigste Kritik an all den jungen Damen gewesen, die in den letzten Jahren ihr Debüt gehabt hatten? Dass sie fade und langweilig waren?

Er sah noch einmal in den Spiegel, während Cunningham die letzten Korrekturen vornahm.

»Sehr schön, Mylord.«

»Ich glaube, du hast recht. Ich rechne nicht damit, vor ein Uhr zurück zu sein.«

»Jawohl, Mylord.«

Con ging in das Zeichenzimmer hinunter und goss sich einen Brandy ein. Kurz darauf hörte er das Rascheln der Seidenröcke seiner Mutter und erhob sich, als sich die Tür öffnete.

Sie blickte auf sein Glas.

»Möchtest du einen Sherry?« Er hielt die Karaffe hoch.

»Ja, bitte.« Er gab ihr ein Glas des Weins, und sie nahm einen Schluck. Sie kräuselte leicht die Stirn.

War der Sherry gekippt? »Stimmt etwas nicht?«

»Aber nein, mein Lieber.« Sie lächelte. »Du siehst sehr attraktiv aus. Ich wollte dich daran erinnern, dass du als Verlobter mehr als zwei Mal mit Charlotte tanzen kannst.« Mama tippte mit dem Finger gegen das Glas. »Ja, du könntest den ganzen Abend an ihrer Seite verbringen, und niemand würde dich für rüde halten, weil du mit keiner der anderen jungen Damen tanzt.«

»Ach so. Danke sehr.« Er war über diese neue Information erfreut. Vielleicht war er der feinen Gesellschaft doch zu lange ferngeblieben. »Es war mir nicht bekannt, dass die Gepflogenheiten sich geändert haben.«

»Das ist auch nicht der Fall«, antwortete seine Mutter säuerlich. »Jedoch hat sich dein Status geändert.« Webster erschien, um das Abendessen anzukündigen, und sie legte die Hand auf seinen Arm, als sie zum Speisezimmer gingen.

Er hielt ihr den Stuhl am Ende des Tischs, der zusammengeschoben worden war, um ihnen beiden Platz zu bieten, und dachte über das nach, was sie gesagt hatte. Vielleicht dürfte er Charlotte tatsächlich mit Beschlag belegen, aber er hatte das deutliche Gefühl, er könnte sie damit so erzürnen, dass sie sich ihm widersetzte, und das wollte er ganz und gar nicht. Nicht nur, dass es sein Vorankommen in ihrer Gunst verlangsamen würde, er würde damit auch zum Gespött. Es war viel besser, sich von ihr leiten zu lassen, anstatt von ihr zu erwarten, dass *sie* an *seiner* Kandare lief.

Er hätte gern, dass sie Harrington zurückwies. Aus irgendeinem Grund konnte Con sich nicht dazu durchringen, dem jüngeren Mann Sympathie entgegenzubringen. Charlotte war deutlich erbost gewesen, als sie von ihrem Spaziergang mit dem Stutzer zurückgekommen war. Hatte Harrington versucht, Druck auf sie auszuüben, ihn zu heiraten? Oder noch schlimmer, hatte er sie dafür gescholten, dass sie mit Con verlobt war? Er wünschte, er könnte sie darum bitten, ihm zu vertrauen, doch dafür war es noch zu früh.

Con hatte seinen Platz eingenommen, und seine Mutter hatte den Dienern signalisiert, dass sie mit dem Auftragen beginnen konnten. Sie würde sich nie daran gewöhnen, dass die Teller bereits auf den Tisch gestellt wurden. Er fragte sich, welche Tischsitten Charlotte pflegen würde, wenn dieses Haus erst ihres wäre.

Zwei Stunden darauf betrat er Lady Herefords Ballsaal. Die Frau war eine Freundin seiner Mutter, wodurch er erfahren hatte, dass sie den neuen Tanz aus Deutschland liebte. Diese Information stimmte ihn nicht froh. Es sollten drei Walzer gespielt werden, und er selbst würde zwei davon mit Charlotte tanzen. Das bedeutete jedoch, dass ein weiterer Gentleman – wahrscheinlich Harrington – sie in seinen Armen halten würde.

Er entdeckte sie in der Mitte des Saals, in der Nähe von Worthington und ihrer Schwester, umgeben von ihrem Hof. Einige von ihnen waren viel jünger als er und offensichtlich noch neu in London. Endicott war da, ebenso Harrington und zwei weitere Gentlemen, die er noch nicht kannte. Einer der beiden Männer ließ ihn die Brauen hochziehen. Con wunderte sich, dass Wor-thington es Lord Ruffington gestattete, sich Charlotte auf mehr als einen Meter zu nähern. Immerhin hielt er sich im Hintergrund und beteiligte sich nicht am Wortgeplänkel.

Unglücklicherweise brauchte Con mehrere Minuten, bis er an der Seite seiner Verlobten ankam. Es war erstaunlich, wie viele seiner Kollegen im House of Lords Ehefrauen und heiratsfähige junge Töchter hatten, die ihn alle kennenlernen mussten. Es gelang ihm, sich zwischen Charlotte und einen jungen Verehrer zu schieben, dessen Kragenspitzen ihm die Augen auszustechen drohten.

Sie hatte über eine Bemerkung gelacht, und als sie zu ihm aufsah, funkelten ihre Augen noch immer belustigt. »Guten Abend, Mylord.«

Er deutete eine Verbeugung an. »Mylady.« Im Gegensatz zu Harrington schien der andere Gentleman ein winziges Stück abzurücken. »Wie ich sehe, habt Ihr einen angenehmen Abend.«

Sollte Con von ihr die Bemerkung erwarten, dass seine Gegenwart den Abend erst vervollkommnete, so wurde er enttäuscht.

»Oh ja. Lord Endicott hat mir eine sehr lustige Geschichte aus seiner und Eurer Kindheit erzählt.«

Con warf seinem Freund einen grimmigen Blick zu. »Nicht die vom Stier.«

Charlottes Lachen klang wie Glöckchengeläut. »Ebendie. Stimmt es, dass Ihr runtergesprungen seid, um den Stier abzulenken, damit Seine Lordschaft flüchten konnte, und Euch dann hinter einer Kuh verstecken musstet?«

»Hinter mehreren Kühen.« Sicher erwähnte er besser nicht, dass einige der Kühe bereit für die Aufmerksamkeit des Stiers gewesen waren. »Eine von ihnen zeigte Mitleid mit mir und half mir, zum Zaun zu gelangen.«

»Wie gewitzt von Euch.« Sie legte ihm die Finger auf den Arm und blickte zu ihm auf. »Ich hoffe, Ihr habt sie danach dafür belohnt.«

Dass er Charlotte am liebsten weggetragen und zu der Seinen gemacht hätte, überraschte ihn nicht. Ihn schockierte allerdings, dass sein Begehren sogar stärker war als sein Stolz. »Kühen kann man viel schwerer einen Gefallen tun als Pferden, aber ich glaube, etwas Rübensirup hat eine Rolle gespielt.«

Der Auftakt zum ersten Walzer begann, und er sagte: »Dieser Tanz gehört mir, glaube ich.«

Demonstrativ blickte sie auf die Tanzkarte, die an einem seidenen Band von ihrem Handgelenk baumelte. Jede Zeile war ausgefüllt. »Jawohl, Mylord.«

Harrington zog eine finstere Miene, und Con hätte am liebsten gelacht.

Con und Charlotte nahmen ihre Plätze auf der Tanzfläche ein. Als sie ihre Hand auf seine Schulter legte, wünschte er sich, sie würde näher zu ihm treten. Er legte die Hand in ihre Taille, und einen Augenblick weiteten sich ihre Augen, bevor sie die dichten, dunkelblonden Wimpern senkte. Als sie mit dem Tanz begannen, war es, als bewegten sie sich wie ein einziger Körper. Keine andere Frau fühlte sich so sehr wie ein Teil seiner selbst an.

Es herrschte eine Anziehungskraft zwischen ihnen. Er hatte sich nicht geirrt, als er sie auf der Flucht vom Inn in der Kutsche gespürt hatte. Doch wie sollte er Charlotte überzeugen? Vermutlich war sie zu unschuldig, um dieses Gefühl zu erkennen, das sie zweifellos bei ihren Berührungen verspürte.

Er fing einen Blick ihres Schwagers auf, als sie sich auf der Tanzfläche drehten. Worthington beobachtete sie wie ein Falke. Aus dieser Richtung hatte er keine Hilfe zu erwarten.

Charlotte lächelte einem anderen Pärchen zu.

»Wer sind die beiden?«, fragte Con.

»Eine meiner Basen, Miss Blackacre, und Lord Bentley. Sie haben sich kürzlich verlobt. Sie werden auf dem Lande heiraten, auf dem Gut seines Vaters.« Ihre Stimme wurde weicher, als sie vom Lande sprach.

»Werdet Ihr froh sein, wenn die Saison vorbei ist?«

Charlotte erwiderte seinen Blick mit ernstem Ausdruck. Ihm wurde klar, dass sie nicht nur höfliche, sondern vor allem ehrliche Antworten gab.

»Ich denke, ja. Ich erlebe eine wunderschöne Zeit in London, aber ich vermisse die Ruhe auf dem Land.«

»Ich weiß, was Ihr meint.« London war im Sommer beinahe unerträglich. Für gewöhnlich sorgte er dafür, seine Ländereien aufzusuchen, flüchtete aber außerdem mehrere Wochen nach Brighton. Anschließend wurde er zu verschiedenen Hausgesellschaften eingeladen, bei denen auch seine Geliebte zu Gast war. Ihm wurde bewusst, dass er nicht viele Freunde besaß, denen er Charlotte vorstellen würde. Das müsste er sobald als möglich ändern.

»Werdet Ihr nach Belgien reisen?«, fragte sie.

»Viele tun das, aber ich kann mir nicht helfen – ich halte die Aussicht, den Ort eines möglichen Kampfes zu besuchen, nicht für eine gute Idee.«

Sie grinste. »Das sagt mein Bruder auch.«

»Ich vermute, dass er noch viel mehr zu diesem Thema zu sagen hat.« Tatsächlich kannte er Worthingtons Meinung zu dieser Frage.

»Ich bezweifle nicht, dass Ihr richtigliegt«, sagte sie und entspannte sich in seinen Armen.

Con zog sie in einer Drehung dichter an sich.

»Ich würde Europa gerne bereisen, aber erst, wenn der Krieg beendet ist«, fügte sie hinzu.

Harringtons Vater hatte für seinen Sohn arrangiert, dass er mit Sir Charles, dem britischen Botschafter in Frankreich, arbeiten und deshalb mehrere Jahre weg sein würde. »Habt Ihr je darüber nachgedacht, auf dem Kontinent zu leben?«, fragte Con.

Sie schien überrascht. »Um die Wahrheit zu sagen: Nein. Ich würde nicht so lange so fern von meiner Familie leben wollen.«

Lord Kenilworths Frage erinnerte Charlotte daran, dass Harrington bald nach Frankreich aufbrechen würde. Sie wünschte ihm nur das Beste, verspürte jedoch keinerlei Wunsch, mit ihm dort zu weilen. Selbst wenn sie dächte, dass sie in ihn verliebt wäre, so hätte sie doch nie ihre Familie und ihre Freundinnen für mehrere Jahre am Stück verlassen wollen.

Ihr stockte der Atem, als Kenilworth sie noch etwas fester hielt als zuvor. Nicht ungebührlich nah, natürlich. Keiner von beiden wollte noch mehr Gerede auslösen. Doch seine Hand lag schwer und warm in ihrer Taille, sandte wohlige Schauder ihren Rücken hinauf und erwärmte ihren Körper. Sie hatte ein solches Gefühl noch nie gehabt und wusste nicht, was sie davon halten sollte. Tatsächlich schien es, als würde jede Berührung von ihm in ihr eine Reaktion hervorrufen.

Eine prickelnde Wahrnehmung, wie sie sie zuvor nie erlebt hatte.

Charlotte hatte längst den Überblick verloren, wie viele Tänze sie im Laufe dieser Saison bereits getanzt hatte. Bei einigen Tanzpartnern – zum Glück nicht allzu vielen – hatte sie auf ihre Zehen achtgeben müssen. Seiden- oder auch rehlederne Schläppchen hatten den Abendschuhen eines Herren nichts entgegenzusetzen. Oft hatte ihr Tanzpartner sehr gut getanzt, aber noch nie hatte sie sich gefühlt, als würde sie über das Parkett schweben. Noch nie hatte ein Walzer so wenig Anstrengung gekostet, und sie bedauerte es, als der Tanz-Satz endete.

Als sie zurück zu der Stelle schlenderten, an die ihr Bruder und ihre Schwester zurückkehren würden, und wo auch ihr Kreis üblicherweise stand, nahm Lord Kenilworth zwei kleine Schalen mit Eis von einem Diener und reicht ihr eine davon. »Das ist das Passende für eine warme Nacht.«

»Allerdings.« Sie kostete. Zitrone. »Wie erfrischend das Eis ist.«

Eines Tages, wenn sie selbst ein Haus hatte, würde sie das Gleiche machen. Matt und Grace trafen gleichzeitig mit Charlotte und Lord Kenilworth ein. Kurz darauf gesellten sich Dotty und Merton, Lord Endicott, Bentley, ihre Base Oriana Blackacre, Elizabeth Turley, Harrington und einige der jüngeren Gentlemen zu ihnen.

Charlotte sah zu Elizabeth und bemerkte, wie sie Harrington einen raschen Seitenblick zuwarf. Sie hatte schon gesagt, dass sie an ihm interessiert sein könnte. Und falls sie sich zuvor noch nicht begegnet waren …

»Miss Turley, sind Sie und Lord Harrington einander schon vorgestellt worden?«

Elizabeths Augen weiteten sich etwas, und ihre Mundwinkel wanderten nach oben. »Nein, das sind wir nicht.«

Harrington runzelte die Stirn, wobei Charlotte nicht wusste, ob es dieser Tage sein üblicher Gesichtsausdruck war, oder ob er über etwas anderes ärgerlich war. »In diesem Fall – darf ich Sie Lord Harrington vorstellen. Mylord, Miss Turley.«

Elizabeth knickste, und er nahm ihre ausgestreckte Hand mit einer Verbeugung. »Sehr erfreut, Sie kennenzulernen, Miss Turley.«

Lady Hereford näherte sich ihnen, bereit, die Herren zu Damen zu führen, die noch keine Tanzpartner für den nächsten Satz hatten. »Miss Turley«, sagte Harrington rasch, »bitte geben Sie mir die Ehre, mit mir zu tanzen.«

»Ihr habt Glück, Mylord. Dies ist der letzte Satz, den ich noch frei habe.«

Charlotte war froh darüber, dass Elizabeths Lächeln und ihr Tonfall nur sehr höflich waren. Wenn sie an Harrington interessiert war, sollte sie bei ihm nicht den Eindruck erwecken, sie sei allzu erpicht.

»Danke sehr.« Er verbeugte sich erneut, als Lady Hereford herbeirauschte.

»Mylords und Gentlemen, ich habe noch mehrere junge Damen, die Tanzpartner brauchen. Ich werde Sie gern miteinander bekannt machen.«

Die jüngeren Männer murrten leise vor sich hin, doch die älteren beugten sich ihrem Schicksal ohne Klage. Dotty flüsterte Elizabeth etwas ins Ohr, bevor sie auf die Tanzfläche ging, dann wandte sie sich an Grace, um mit ihr zu sprechen, während Merton zurückging, um mit Matt zu reden. Innerhalb weniger Augenblicke stand nur noch Kenilworth als einziger der Gentlemen neben Charlotte. Er hatte auf Lady Herefords Rede kaum reagiert und war ihr nicht gefolgt.

Charlotte würde ihm einen Stupser geben müssen. »Solltet Ihr nicht gehen und mit einer anderen tanzen?«

»Aber Ihr habt mir versprochen, mich zu beschützen.« Er zog eine Braue hoch. »Oder nicht?«

Plötzlich fiel ihr der Schwur ein, den sie während ihrer Kutschfahrt gemacht hatte. Sie konnte nicht glauben, dass er es ernstgemeint hatte. »Ich dachte, dass Ihr nur scherzt.«

»Oh nein.« Er schüttelte langsam den Kopf. »Ich scherze niemals über meine Sicherheit.«

Charlotte schwankte zwischen Lachen und Verzweiflung. Er konnte nicht den gesamten Abend an ihrer Seite bleiben. »Ihr solltet Lady Merton oder Miss Turley zum Tanzen auffordern. Bei ihnen wärt Ihr sicher.«

»Miss Turleys letzter Satz ist vergeben, und Merton sieht nicht aus, als würde er seine Frau bereitwillig hergeben.« Er hob ihre Hand an seine Lippen. »Ihr, Mylady, seid meine einzige Hoffnung.«

Dieser unverbesserliche Mann. »Ihr rechnet nicht damit, dass ich den ganzen Abend hier sein werde, nehme ich an.«

»Aber nein.« Er tat überrascht. »Eure Tanzkarte ist gefüllt. Ich werde mich hinter den Kübelpflanzen verstecken, bis Ihr mit den jeweiligen Tanz-Sätzen durch seid.«

Wie lächerlich er sich benahm. Er erinnerte sie an eine Katze, die darauf bestand, auf dem Schoß sitzen zu bleiben, nachdem man sie aufgefordert hatte, hinunterzuspringen. Charlotte nahm einen tiefen Atemzug. »Nun denn. Wie es Euch beliebt.«

»Vielen Dank.« Seine Lippen berührten ihre Knöchel, und ein prickelnder Schauder lief ihren Arm hinauf. Was geschah hier mit ihr?

KAPITEL 19

Mehrere Abende später ertappte Con sich dabei, dass er eine finstere Miene zog, weil der Jüngling Harrington Charlotte zur Tanzfläche führte. Es war nur ein Landtanz, sollte Con also gleichgültig sein. Endicott hatte einen ihrer Walzer ergattert, und ein junger Lord Henry, der sich selbst als Dichter sah, hatte den anderen gewonnen. Nach dem Imbiss gab es noch zwei weitere Sätze Walzer, aber die zählten nicht. Worthington blieb nie länger als bis nach dem Supper. Dadurch wurde ein Platz auf Charlottes Tanzkarte zu einem richtigen Pokal für die anderen Gentlemen, hatte Con beobachtet.

Obgleich er es geschafft hatte, den größten Teil des Abends an ihrer Seite zu bleiben, irritierte es ihn dennoch unglaublich, dass ihr ehemaliger Kavalier sich nicht auf die elegante Art geschlagen gab und zurückzog. Vielmehr hatte der Kerl sogar versucht, an ihrer anderen Seite zu bleiben und ihre Hand auf seinen Arm zu legen. Wie das Glück es wollte, hatte da gerade ein anderer Tanz-Satz begonnen, sodass sie mit ihrem Tanzpartner davongegangen war. Nur deshalb hatte Con sich bremsen können, etwas zu tun, das er anschließend höchstwahrscheinlich bedauert hätte.

»Bei deinem Anblick musste ich an einen gefangenen Löwen denken«, sagte Endicott. »Einen Augenblick lang dachte ich, du würdest Harrington einen Boxhieb verpassen.«

Dicht, sehr dicht davor war er gewesen, was ausgesprochen dumm gewesen wäre. »Er sollte sich eine andere Dame suchen.«

»Er war wohl sehr verblüfft, als er zurückkam und entdeckt hat, dass du mit Lady Charlotte verlobt bist.«

»In dem Fall hätte er London erst gar nicht verlassen sollen«, antwortete Con sanft. »Ladies schätzen es nicht, wenn man sie ignoriert.«

»Sehr richtig.« Endicott grinste spöttisch, dann ging er davon.

Con war sicher, dass Charlotte dem wertlosen Schwätzer gegenüber nur höflich war. Doch die Tatsache, dass sie Cons Antrag noch immer nicht angenommen hatte – nicht, dass er sie gefragt hätte; er wusste es besser, als eine zögerliche Dame unter Druck zu setzen –, wurmte ihn. Zu seinen Gunsten sprach derzeit lediglich, dass sie auch keinen anderen Gentleman zu bevorzugen schien.

Wenn ihm doch nur ein Kniff einfallen würde, mit dem er ihre Aufmerksamkeit auf sich als denjenigen Gentleman lenken könnte, den sie sich zum Ehemann wünschte! Bisher hatten weder Kutschfahrten in den Park noch ein Besuch im Haus ihrer Schwester noch die Tänze mit ihr an den Abenden ausgereicht. Und was ihn betraf, war die voranschreitende Zeit nicht auf seiner Seite. Wenn er zuließe, dass sie ohne festes Heiratsversprechen aufs Land zurückkehrte, hätte er seine Chance vertan.

Andererseits hatte er von ihrer Familie eine Einladung zum morgigen Dinner vor dem Abendball erhalten. Der gestrige Ausflug in den Hyde Park musste letztendlich doch zu etwas Gutem geführt haben. Es konnte außerdem bedeuten, dass sie für Harrington nichts empfand. Allerdings konnte das auch nur Wunschdenken sein. Der Jungspund würde das Feld nicht räumen, und Con war nach wie vor unglücklich über Worthingtons Weigerung, die Verlobung in der Zeitung zu annoncieren. Nicht dass es wirklich eine Rolle spielte. Jeder wusste, dass sie verlobt waren.

Der Tanz endete, und Con stieß sich von der Säule ab, an die er sich gelehnt hatte. »Es ist Zeit für den Supper-Tanz.«

Danach würden er und Charlotte sich zu ihrer Familie gesellen, und dann würden die Worthingtons gehen. Und wieder würden sie ihm keine Zeit unter vier Augen mit ihr zugestehen. Irgendwie musste er herbeiführen, dass er mit ihr allein wäre. Er wusste eine Möglichkeit, wie er sie von einer Hochzeit mit ihm überzeugen könnte.

***

Am nächsten Abend fing ihn seine Mutter im Flur ab. »Ich diniere mit Lady Bellamny. Du und ich sehen uns auf dem Ball.«

»Ich wünsche dir einen angenehmen Abend.« Er half seiner Mutter in ihre Stadtkutsche, klopfte auf das Dach und trat zurück.

»Den werde ich haben, mein Lieber. Dito!«

Er hatte es jedenfalls vor. Diesen Abend würde er eine Möglichkeit finden, mit Charlotte allein zu sein.

Ein Bursche klappte den Tritt an seiner Kutsche herunter. »Wenn wir ankommen, fragen Sie bitte den Kutscher der Worthingtons, wann Sie wiederkommen sollen, um mich abzuholen.«

Wenige Minuten darauf sprang Con aus der Kutsche und eilte die Stufen zu Stanwood House hinauf. Wie erwartet öffnete sich die Tür. Nachdem der Butler seinen Hut entgegengenommen hatte, wurde er zu einem kleinen Salon geführt, in dem Charlotte, Worthington und seine Frau sowie Lord und Lady Merton Sherry tranken.

»Ich hoffe, ich bin nicht zu spät?«, sagte Con beim Eintreten.

»Nicht im Geringsten«, antwortete Charlotte. Die Brust wurde ihm eng, als sie auf ihn zukam und ihm die Hände entgegenstreckte. »Dotty und Merton sind vor wenigen Minuten eingetroffen.«

Con hob zuerst eine ihrer nicht behandschuhten Hände an die Lippen, dann die zweite. »Ihr seht bezaubernd aus.«

Ein zartrosa Hauch von derselben Farbe wie ihre Lieblingsblumen legte sich auf Charlottes Wangen. »Danke sehr. Ihr seht ebenfalls sehr attraktiv aus.«

Er fing ihren Blick ein und suchte in den blauen Tiefen nach einem Zeichen, dass sie mehr als ihre neue Freundschaft für ihn empfand, doch anstelle von Erkennen sah er nur Verwirrung.

Bevor er sich über den Grund dafür klar werden konnte, hörte er eine Frau hüsteln, und Charlotte sah zu ihrer Schwester. »Wünscht Ihr Sherry oder Wein, Mylord?«

Zum Teufel. Er musste einen Ort finden, an dem er mit ihr allein sein konnte. »Sherry bitte.« Während Worthington ihm einschenkte, begrüßte er Lady Worthington. »Vielen Dank für die Einladung, mit Euch zu dinieren.«

»Sehr gerne.« Sie lächelte und blickte zu Charlotte. »Allerdings war es die Idee meiner Schwester.«

Das war eine höchst willkommene Überraschung. »Tatsächlich?«

Charlotte errötete erneut. »Das war sinnvoller ...«

»Das verstehe ich.« Aber er wollte verdammt sein, wenn er begriff, was es bedeutete. In dem Versuch, das Thema zu wechseln, sagte er: »Das Haus ist viel ruhiger als sonst.«

»Das liegt daran, dass die Kinder im Bett sind«, erwiderte Worthington. »Mit den in London üblichen Zeiten kommen sie nicht gut zurecht.«

Con hatte den Eindruck, dass sein Freund noch etwas sagen wollte, sich dann jedoch unterbrach. »Ich verstehe.«

»Normalerweise essen wir viel früher und *en famille*«, fügte Charlotte hinzu.

Außer an diesem Abend, da er, kein Familienmitglied, hinzukam. Und das erfreute ihn nicht. »Auch, wenn ihr zu einem Ball geht?«

»Ja. Es gibt immer etwas, womit man die Zeit ausfüllen kann, bevor wir aufbrechen.«

»Gewöhnlich Karten und andere Spiele«, fügte Lady Merton hinzu. »Habt Ihr schon einmal Domino gespielt?«

Das hatte er nicht. »Ich glaube, von diesem Spiel habe ich noch nie gehört.«

Innerhalb kurzer Zeit wurde ihm bewusst, dass seine Bildung, aber auch seine Vergnügungen große Lücken aufwiesen. Natürlich drehte sich das Gespräch um die Spielregeln und darum, wer von den Anwesenden alle anderen für gewöhnlich in die Tasche steckte.

Charlotte galt als sehr gute Spielerin, doch Lady Worthington war die ungekrönte Expertin.

»Nur, weil ich schon so viel länger spiele«, wandte die Lady bescheiden ein.

Ehe er es sich versah, kündigte der Butler das Dinner an. Ein kurzer Blick um sich verriet ihm, dass er seine Verlobte zum Speisesaal eskortieren durfte. Seine Stimmung besserte sich noch weiter, als er bemerkte, dass er auch neben ihr sitzen konnte.

Die Konversation wandte sich schon bald von den Spielen ab und der Politik zu. Es überraschte Con nicht zu sehen, dass Charlotte sowohl belesen als auch gut informiert war. Dass sie bezüglich der meisten Probleme, die das Land plagten, derselben Meinung waren, überraschte ihn ebenfalls nicht. Schließlich war er im House of Lords einer von Worthingtons Verbündeten. Trotz ihrer Unterhaltung, die seiner Meinung nach hervorragend verlief, wirkte Charlotte extrem nervös, und Con wusste nicht, wie er daran etwas ändern könnte.

Zum Glück hatte Charlotte zuvor mit den Kindern zusammen ein leichtes Abendessen eingenommen, denn ihr Magen war zu verknotet, um mehr zu tun, als an ihrem Abendessen nur herumzupicken. Sie hatte erwartet, dass Lord Kenilworth neben ihr sitzen würde. Allerdings hatte sie nicht erwartet, welche Wirkung seine Nähe auf ihre Sinne haben würde.

Das ganze Mahl hindurch musste sie sich zwingen, nicht herumzuzappeln. Manchmal, wenn er näher herankam, um etwas zu äußern, wurde sie so kurzatmig, als wäre sie gerannt. Selbst als sie zuvor seinen Arm genommen hatte, hatte sie ein aufregender Schauder überlaufen, und als er ihr die Hände küsste, hätte sie sich am liebsten Luft zugefächelt. Sie wusste nicht, wohin mit ihren Reaktionen auf ihn. Harrington hatte bei ihr nie solchen inneren Aufruhr oder gar Atemlosigkeit ausgelöst.

Endlich, als Charlotte schon dachte, sie müsse aus der Haut fahren, erhob sich Grace. »Ladies, überlassen wir die Herren sich selbst.«

Gott sei Dank! Charlotte gab sich die größte Mühe, um nicht aus dem Raum zu rennen.

Kenilworth half ihr auf, und seine bloße Hand an ihrem ebenfalls bloßen Ellenbogen versengte sie beinahe.

»Mylady?« Er zog leicht die Brauen zusammen, und seine smaragdfarbenen Augen blickten verwirrt.

Sie ging über seine Frage hinweg und knickste. »Danke sehr, Mylord.«

Als sie mit Grace und Dotty im kleinen Salon war, ging sie sogleich zum Piano und begann zu spielen. Die Musik floss aus ihren Fingern, und die Tasten reagierten auf ihre hektischen Nerven, sodass sie sich wieder beruhigen konnte.

Einige Minuten darauf schloss sie den Deckel und stand auf. »Ich weiß nicht, wie ich den restlichen Abend überstehen soll.«

Dotty reichte Charlotte ein Glas Wein. »Trink etwas.«

Grace tätschelte auf den Platz neben sich. »Wo genau liegt das Problem?«

»Ich weiß es nicht.« Charlotte sank auf das Sofa, ihr Weinglas fest in der Hand. »Es ist Lord Kenilworth. Auch wenn er mich auf formelle Art berührt, *spüre* ich es. Das – diese Empfindungen begannen vor einigen Tagen, und ich weiß nicht, was ich dagegen tun kann.«

Dotty neigte den Kopf zuerst nach rechts, dann nach links, als ob sie Klarheit gewänne, wenn sie Charlotte aus beiden Blickwinkeln studierte. »Hattest du die gleiche Reaktion auf ihn, als er dich zu den Kutschfahrten mitgenommen hat?«

Charlotte dachte nach. »Ja und nein. Zuerst hat seine Berührung mich nur gewärmt, war aber nicht unangenehm, aber jetzt ...«

Grace wandte sich ihr zu. »Unangenehm? Auf welche Weise?«

»Ich weiß nicht, wie ich es erklären soll.« Sie bedeckte ihr Gesicht mit den Händen.

»Lass mich es mal versuchen.« Dotty nahm Charlottes Hände. »Du spürst ein Prickeln oder Schaudern, wenn er in deiner Nähe ist.«

»Ja.« Dank den Schicksalsgöttinnen, jemand verstand es! »Und heute Abend war es noch intensiver als vorher. Ich dachte, seine Finger würden mich verbrennen.«

Ihre Freundin lehnte sich im Stuhl zurück. »Ich glaube, du musst ihn küssen.«

»Aber das will ich nicht.« Dotty zog die Brauen hoch. Charlotte hatte ihre liebste Freundin noch nie anlügen können. Seit Lord Kenilworth angekommen war, bereitete es ihr Mühe, ihren Blick von seinen Lippen abzuwenden. Doch genau das war der Grund, weshalb sie ihn nicht küssen sollte. »Noch nicht. Nicht, solange ich nicht weiß, was ich für ihn empfinde.«

»Für mich klingt das so, als ob du ihn begehrst, aber aus irgendwelchen Gründen gegen deine Gefühle ankämpfst.«

Das war nicht das, was Charlotte hören wollte. »Grace?«

»Ich glaube, Dotty hat da einen richtigen Punkt angesprochen.« Charlotte öffnete den Mund zum Protest, aber ihre Schwester hob die Hand. »Aber nur du kannst entscheiden, ob du zu diesem Schritt bereit bist. *Ich* werde dir ganz sicher nicht sagen, dass du ihn küssen sollst, wenn du nicht bereit bist.«

Sie sprang auf und ging erneut zum Piano. »Das wäre viel einfacher, wenn ich ihn ganz normal während der Saison kennengelernt hätte. Oder wenn ich ihn nicht mit seiner Geliebten im Theater gesehen hätte ...«

»Oder«, sagte Dotty, »wenn ich dir nicht von den armen Frauen erzählt hätte, die Miss Betsy entführt und so böse missbraucht hat.«

Charlotte hastete zurück an die Seite ihrer Freundin. »Bitte mach dir keine Vorwürfe. Selbst Grace sagte, wir sollten es wissen.«

»Wenn nur nicht der ganze *Ton* Zeuge geworden wäre, wie er dir den Hof macht«, sinnierte Grace. »Ich weiß, dass das üblich ist, aber ich glaube, für dich wäre es anders besser gewesen.«

»Besonders, da die Saison schon so weit fortgeschritten ist und derzeit sonst niemand für Unterhaltung sorgt«, fügte Dotty hinzu.

»Ja.« Charlotte seufzte. »Und das Verhalten von Harrington ist nicht gerade hilfreich.«

»Es ist vielleicht gerade nicht der beste Augenblick, es dir zu sagen«, Dotty zog eine Grimasse, »aber Dom und ich fahren für ein paar Tage auf ein Gut, das er in Surrey besitzt.«

Das war nicht das, was Charlotte hören wollte. »Wann habt ihr vor, abzureisen?«

»Morgen am späten Vormittag. Wir werden nur für ein paar Tage weg sein.«

Außer ihrer Base und ihrem Vetter eine gute Reise zu wünschen, konnte sie nichts sagen, ohne egoistisch zu klingen.

Kurz darauf trat Royston mit dem Teetablett ein, und die Gentlemen folgten ihm auf dem Fuße. Grace schenkte ein, und Charlotte verteilte die Tassen. Sie ging zum Fensterplatz, um es ihrer Schwester zu ermöglichen, unter vier Augen mit Matt zu sprechen.

Kenilworth folgte ihr und zog sich einen Stuhl neben ihren Platz. »Ich kann die Verwandlung, die mit Merton vor sich gegangen ist, kaum fassen. Er scheint ein anderer Mann zu sein.«

Hatte Kenilworth ihr Unbehagen nicht bemerkt? Nein, höchstens schien er zu denken, dass irgendetwas nicht stimmte, zog aber vor, es nicht anzusprechen. »Matt sagt, er ist jetzt viel mehr wie sein Vater.«

»Ich bin zu jung, um den alten Marquis gekannt zu haben, aber mein Vater hat ihn sehr geschätzt.« Er nahm einen Schluck Tee. »Er scheint Lady Merton außerordentlich zugetan zu sein.«

Charlotte warf einen Blick zu Dotty und Merton, die sich mit Matt und Grace unterhielten. Zum ersten Mal bemerkte sie die kleinen Berührungen und die Blicke, die sie sich zuwarfen. Matt und Grace kommunizierten auf die gleiche wortlose Weise. »Ja. Sie lieben einander sehr.«

»Ich hörte, Eure Schwester und Rothwell sind ebenfalls eine Liebeshochzeit eingegangen.«

»Das stimmt. Auch meine Eltern haben aus Liebe geheiratet. Es ist eine Tradition in beiden Familien, sowohl bei den Carpenters als auch bei den Vivers'.« Mit Ausnahme der armen Patience, Matts Stiefmutter, doch auch sie war jetzt glücklich verliebt und verheiratet.

»Verstehe.« Seine Worte waren nachdenklich, aber er führte sie nicht weiter aus.

Aber was verstand er? Und würde es etwas an dem ändern, das zwischen ihnen beiden vor sich ging?

Matt erhob sich. »Wir müssen aufbrechen.«

Wenn das mal kein schlechter Zeitpunkt war. Trotzdem war, als sie beim Ball ankamen, der erste Tanz-Satz bereits im Gange.

»Ich glaube, der nächste Tanz ist ein Walzer«, flüsterte Kenilworth. Seine Lippen waren dabei so dicht an ihrem Ohr, dass sie erneut gegen die wohligen Schauer ankämpfen musste, die sein Atem auslöste. Sie hätte sich gerne näher zu ihm gebeugt, hielt sich jedoch starr aufrecht und kämpfte gegen ihre körperliche Reaktion an, wie Dotty bereits beobachtet hatte.

Sie und Kenilworth blieben hinter ihrer Gruppe zurück, als Freunde, die sie länger nicht gesehen hatte, sie beide anhielten, um sie zu beglückwünschen. An diesem Abend fühlte sie sich nicht mehr so sehr wie eine Schwindlerin und fragte sich, ob es daran lag, dass ein Teil von ihr ihn zu schätzen begann.

»Was mich interessieren würde, Kenilworth ...«, sagte einer der Gentlemen. »Wie hast du es bloß angestellt, den meisten Veranstaltungen der Saison zu entgehen, und am Ende dennoch mit einer der Grazien dazustehen.«

»Der Grazien?« Er wandte sich Charlotte zu und zog eine tiefschwarze Braue hoch.

Das konnte er natürlich nicht wissen. Dotty, Louisa und Charlotte waren entzückt gewesen, als sie zum ersten Mal den Spitznamen gehört hatten. »Es war ein Name, den man Lady Merton, meiner Schwester und mir verpasst hat.«

»Dann ist es nur richtig, dass auch die dritte Grazie getraut werden sollte, da die anderen beiden es bereits sind.« Er grinste, wodurch sein Antlitz sich aufhellte und er noch attraktiver wirkte. Keine einzige Dame auf diesem Ball würde verstehen, weshalb sie zögerte, ihn zu heiraten. »Die Schicksalsgöttinnen waren auf meiner Seite.«

»Das müssen sie tatsächlich«, grummelte ein anderer Gentleman.

»Mach dir nichts aus Ruffington«, sagte Lord Endicott. »Er hat eine Pechsträhne. Lady Charlotte«, er verbeugte sich, »darf ich Euch Eurem Verlobten für den nächsten Walzer entführen?«

Kenilworhts Armmuskeln spannten sich an, und er legte die Finger auf ihre Hand. »Nein, das darfst du nicht.«

Er hatte sich nun seit Tagen wie ein Hund benommen, der seinen Knochen verteidigte, aber dies war das erste Mal, dass er auch etwas sagte. Aber seine besitzergreifende Haltung störte sie nicht. Er klang so sehr wie Merton, als er und Dotty frischverlobt gewesen waren, dass Charlotte sich die Hand auf den Mund legen musste, um nicht laut zu lachen. »Dieser Satz ist schon vergeben. Vielleicht der nächste Landtanz, Mylord.«

»Nur, wenn Kenilworth mich nicht mehr anschaut, als wollte er mich niederrennen.« Endicott machte einen Diener und schlenderte zu einer Gruppe junger Damen.

Als Charlotte und Kenilworth ihre Schwester erreichten, hatten die Violinen bereits begonnen, die ersten Takte des Walzers zu spielen. Dotty und Merton gingen bereits auf die Tanzfläche.

Matt sah Grace an. »Komm, meine Liebe.«

»Ich wäre sehr erfreut.« Sie lächelte ihn an, und die Liebe leuchtete aus ihren Augen. »Es ist so viel angenehmer, mit dir zu tanzen, wenn du nur noch auf Charlotte achtgeben musst.«

Kenilworth hob Charlottes Hand an die Lippen, und erneut kamen die Empfindungen. »Wollen wir?«

Hatten ihre Freundin und ihre Schwester recht? Bedeutete das, dass sie ihn mehr liebte, als sie zugab, auch vor sich selbst? »Jawohl.«

Sobald er sie in die Arme zog, schwankte ihre Welt. Sie fühlte sich, als hätten ihre Tanzschläppchen den Boden verlassen und als wirbelte sie durch die Luft. »Ich wollte Euch sagen, dass Ihr gut tanzt.«

»Es ist einfach, wenn man eine Partnerin hat, die auf jede Bewegung reagiert, als hätte sie sie bereits geahnt.« Er sah ihr forschend in die Augen, so als könne er ihre Gedanken lesen. »Was verwirrt Euch so?«

Augenscheinlich wusste er nicht, was in ihr vorging. Das erleichterte sie. »Ihr. Meine Reaktion auf Euch.«

»Da werden wir Abhilfe schaffen.« Sein Tonfall war tief und fest. Als ob er wusste, was zu tun wäre oder wie er ihr helfen könnte.

Wenn sie doch nur darauf vertrauen könnte, dass er recht hatte. Aber wie sollte sie ihm trauen können, wenn sie nicht einmal ihre eigenen Gefühle kannte?

KAPITEL 20

Es war der zweite Walzer, den Con und Charlotte an diesem Abend tanzten. Einige der anwesenden Gäste warfen ihnen verstohlene Blicke zu, die Con verrieten, dass sie das Objekt von Spekulationen und Gerede waren. Er hatte sein Möglichstes getan, um sicherzustellen, dass die feine Gesellschaft wusste, dass Charlotte die Seine war. Nun fehlte nur noch eine offizielle Annonce.

Was jedoch viel wichtiger war: Charlotte begann, sich in seinen Armen zu lockern, ihm langsam wie ein nervöses Fohlen zu vertrauen. Er war sich inzwischen sicher, dass er sie zur Frau gewinnen würde. Er musste darauf achten, sie schrittweise zu erobern, etwas, das er noch bei keiner anderen Frau hatte tun müssen. All seine Frauen hatten bereits Erfahrung gehabt.

Beim Gedanken an Aimée zuckte er. Wie viele seiner vorherigen Gespielinnen waren gewaltsam in das gleiche Leben gedrängt worden und gaben nur vor, es zu mögen? Nicht alle, nahm er an, aber doch zu viele.

Merton hatte die Unterstützungen erwähnt, die er und seine Frau ins Leben gerufen hatten, um Damen und anderen Frauen sowie Kindern zu helfen, die Bordellbesitzern und Zuhältern zum Opfer gefallen waren. Laut Worthington stiftete Charlotte bereits einen größeren Teil ihres Taschengeldes für solche Fälle, als sie sollte.

Das war allerdings, wie Con erkannte, genau das, was er von ihr erwartet hätte. Er würde es auch so machen. Es würde ihnen eine weitere gemeinsame Beschäftigung geben, und außerdem war es ehrenhaft.

Er lächelte ihr ermutigend zu und umfasste ihre Taille fester. Sie war sich bezüglich seines Werbens um sie keineswegs sicher, aber sie gab ihm die Gelegenheit, sich in ihren Augen zu bewähren. Und er hatte sein Bestes getan.

Ein eigenartiges Flattern ließ ihm die Brust eng werden, und er wusste, dass der besitzergreifende Zug, den er zuvor bereits an den Tag gelegt hatte, ihm nun bis zum Lebensende erhalten bleiben würde, ebenso wie sein Wunsch, sie zu beschützen.

»Ihr blickt plötzlich sehr ernst drein.« Sie lächelte, und die Enge in seiner Brust wurde noch größer. »Worüber denkt Ihr nach?«

»Über Euch. Über uns.« Seine Stimme klang, als hätte er den ganzen Abend noch nichts gesagt – oder zu viel geredet.

Zwischen ihren Brauen bildete sich eine Falte und durchfurchte die weiche Schönheit ihrer Haut. »Wünscht Ihr, Ihr hättet nicht zugestimmt ...«

»Nein. Nichts könnte mir fernerliegen. Ich wünschte, ich könnte mehr tun, um Euch ein besseres Gefühl bezüglich meines Werbens zu vermitteln.« An einem Tag, der nicht mehr fern war, müsste er herausfinden, wie genau seine eigenen Gefühle für sie geartet waren. Irgendwann im Laufe dieses Abends hatten sie sich von reinem Begehren zu etwas anderem entwickelt. Etwas Tieferem. Einer Antwort auf Lady Worthingtons Frage an dem Tag, an dem er die Kinder zum Eis eingeladen hatte.

Ihre Mundwinkel zogen sich nach oben. »Das Gefühl war überhaupt nicht schlecht.«

»Wir scheinen in vielerlei Dingen derselben Meinung zu sein und verbringen gern Zeit zusammen.« Zumindest verbrachte er gern Zeit mit ihr.

»Ja, das tun wir.« Sie sagte die Worte langsam, als hätte sie bisher noch nicht darüber nachgedacht.

Der Tanz endete. Sie knickste, er verbeugte sich, und er traf eine Entscheidung. Er nahm ihre Hand und legte sie auf seinen Arm. »Kommt Ihr mit mir?«

Sie sah zögerlich aus. »Wohin?«

»Vertraut mir. Ich werde Euch nicht wehtun oder die Lage verkomplizieren.« Con verstummte und betete, dass Charlotte mit ihm gehen würde.

»Nun gut.« Wieder schien es, als suchte sie noch nach einer Antwort, während sie sprach.

Er bahnte ihnen durch die vielen Menschen einen Weg zur nächsten Verandatür. Sie wandten sich nach rechts und gingen zum Rand der Terrasse, und dort, in den Schatten, wo niemand sie sehen konnte, legte er die Hand an ihre schmale Taille. »Ich möchte Euch küssen. So wie letztes Mal.«

Sie würde nicht wissen, dass es seit vielen Jahren der erste so unschuldige Kuss für ihn gewesen war – und dass er selbst dabei der unschuldige Part war.

Charlotte starrte ihn einen Augenblick lang an, als würde sie gerade etwas entdecken, das sie noch nicht kannte. »Ja.«

Er beugte den Kopf herunter, brachte seine Lippen dicht vor ihre und wartete, ob sie seine zärtliche

Berührung wünschte, dann hob sie die Hände an seine Wangen, stellte sich auf die Zehenspitzen und erwiderte seinen Kuss. Die Reinheit ihrer Berührung ließ ihn beinahe in die Knie gehen.

»Danke.« Con legte die Stirn auf ihre.

Trotz der Dunkelheit sah er, wie sie errötete. »Gern geschehen.«

Er strich nochmals mit den Lippen über ihre. »Wir sollten jetzt zurückgehen.«

Charlotte hatte nicht gewusst, was sie erwartet hatte, aber gewiss nicht einen solch zärtlichen Kuss von Kenilworth. Sie hatte einmal gesehen, wie Merton Dotty küsste. Jener Kuss war fordernd und voller Leidenschaft gewesen. Hätte Kenilworth so etwas bei Charlotte versucht, hätte sie ihn geohrfeigt und wäre weggelaufen. Jetzt jedoch, nachdem sie seine Lippen erneut auf den ihren und seine Hände fest um ihre Taille gespürt hatte, freute sie sich beinahe auf diese andere Art Kuss.

Doch noch nicht heute Abend. Noch nicht, wenn ihr Wohlbehagen in seiner Gegenwart erst noch wachsen musste und noch zerbrechlich war.

Sie reckte sich und strich mit den Lippen über seinen Mund, wie er es gerade bei ihr getan hatte. »Ja. Wir sollten zurückgehen.«

Sein Körper versteifte sich. Selbst die Muskeln seines ebenmäßigen Antlitzes wirkten wie aus Stahl. »Ihr werdet mein Tod sein.«

Sie konnte sich ein Schmunzeln nicht verkneifen. »Das hat noch nie jemand zu mir gesagt, Mylord.«

Kenilworth stöhnte, und sie lachte unbeschwert.

»Ich würde mich freuen, wenn Ihr mich Con oder Constantine nennen würdet.«

Sie hatte darauf bestanden, formeller miteinander umzugehen, als es die meisten verlobten Paare taten, weil sie sich nicht sicher war, ob sie wirklich verlobt waren. Doch jetzt war es vielleicht an der Zeit, einen Schritt weiter zu gehen.

Sie hatten tatsächlich vieles gemeinsam. Sie war überrascht gewesen, als er ihr erzählte, dass er darauf bestand, dass all seine Untergebenen, nicht nur die Kinder, die Grundzüge des Lesens, Schreibens und Rechnens lernten. Sie hatte gehört, wie er mit Merton über die Wohltätigkeitswerke gesprochen hatte, in denen er, Dotty und Charlotte sich engagierten, und er schien daran interessiert zu sein. Kenilworth stellte sich als viel besserer Mensch heraus, als sie es für möglich gehalten hatte. Und dann gab es diese körperliche Verbindung zwischen ihnen beiden, die sie noch mit keinem anderen Gentleman erlebt hatte.

Sie wusste nicht, ob sie Liebe empfand, aber wollte sich erlauben, herauszufinden, was sie fühlte.

»Constantine, wenn Ihr möchtet. Es ist ein starker Name. Ihr dürft mich Charlotte nennen.«

Er zog sie sanft in die Arme, und sie küssten sich erneut. »Charlotte, wir müssen nun zurückgehen. Bevor uns jemand suchen kommt.«

Nach dem nächsten Walzer gesellten sie sich zum Imbiss zu ihrer Familie. Matt fand einen Tisch, und wie gewöhnlich nahm er Constantine und Merton mit sich, um Essen für die Damen zu holen.

Seit sie und Constantine – sie mochte seinen Namen wirklich – wieder den Ballsaal betreten hatten, warf Dotty Charlotte fragende Blicke zu.

Nun beugte ihre Freundin sich dicht zu ihr und fragte: »Nun?«

Ihre Schwester ignorierte sie betont, als wünschte sie nicht, sie zu belauschen. Charlotte bedeckte trotzdem eine Seite ihres Mundes mit der Hand und sagte: »Ich habe ihn geküsst.«

Dottys Lächeln wurde breiter. »Und?«

»Es hat mir gefallen. Ich war zuerst sehr zurückhaltend und hätte mich beinahe geweigert, mit ihm nach draußen zu gehen, aber er hat nicht versucht, zu weit zu gehen, und ... und es hat mir gefallen, ihn zu küssen.«

»Charlotte, ich freue mich so für dich.« Dottys Augen umwölkten sich etwas. »Ich möchte, dass du die Liebe findest, und ich glaube, das hast du, oder du wirst es bald.« Sie schnaubte. »Wenn du irgendwelche Fragen hast, frag einfach. Oder wenn dich etwas, das er tut, ängstigt, dann sag es mir.«

»Das werde ich.« Charlotte glaubte nicht, dass Constantine ihr wehtun oder ihr sogar Angst machen würde, aber sie war dankbar für das Angebot von Hilfe und Rat.

Die Herren kamen zurück, und Constantine setzte sich neben sie, offerierte ihr Hummerpastetchen, kleine Pilztörtchen, Spargel, der in hauchdünne Schinkenscheiben gewickelt war, und Eis. Dieses Mal konnte sie die angenehmen Empfindungen genießen, die seine Berührungen und sein Atem an ihrem Ohr, wenn er sprach, auslösten. Anstatt vor ihnen davonzulaufen.

Es war wirklich erstaunlich, was ein Kuss ändern konnte.

Charlotte erwachte früh am nächsten Morgen. In ihren Träumen hatte Con sie nochmals geküsst, sogar auf die Art, die sie noch nicht erlebt hatte.

Ihre Tür flog auf, und Mary sprang auf ihr Bett, gefolgt von Theo, die aber so viel Verstand aufbrachte, die Tür hinter ihnen zu schließen. »Guten Morgen.«

»Guten Morgen«, echoten die Mädchen, krabbelten zu Charlotte und umarmten sie.

Sie legte die Arme um beide Kinder. »Welcher Tatsache verdanke ich diesen Besuch?«

Mary kuschelte sich noch fester an sie. »Wir sehen dich kaum noch.«

Es stimmte, dass Charlotte viel mehr Zeit außerhalb ihres Zuhauses verbracht hatte.

Theo umgriff eines der Bänder an Charlottes Nachthemd. »Matt sagte, wenn du wach bist und Lust hast, könnten wir auf den Platz gehen, um zu spielen.«

»Nun, ich bin wach. Also läute die Glocke, und sobald ich gewaschen und angekleidet bin und mein Frühstück eingenommen habe, können wir zum Berkeley Square spielen gehen.«

»Wir lieben dich«, riefen die Mädchen und schmatzten ihr Küsse auf beide Wangen, bevor sie vom Bett sprangen und aus der Kammer liefen.

»Ich liebe euch auch«, flüsterte sie. Wenn sie tatsächlich heiratete, würde der schwierigste Teil ihres neuen Lebens sein, ihre Geschwister zurückzulassen.

Sie war froh, dass sie ihre Aufmerksamkeiten nicht allein auf Harrington konzentriert hatte. In einem anderen Teil Englands zu wohnen, wäre schon schwer genug. Niemals könnte sie mehrere Jahre auf dem Kontinent leben.

Als sie im Frühstücksraum ankam, stopften die Kinder sich bereits mit dem Essen voll.

»Guten Morgen.« Die tiefe, inzwischen vertraute Stimme überraschte sie. Constantine saß neben Charlottes Stammplatz am Tisch.

»Guten Morgen.« Sie lächelte ihm zu, bevor sie zur Anrichte ging. Als sie mit ihrem Teller zurückkam, zog er den Stuhl für sie zurück. »Ich habe nicht erwartet, Euch so zeitig zu sehen.«

Aber sie freute sich, dass er hier war. Alle Gentlemen, die in letzter Zeit Mitglieder der Familie geworden waren, hatten das Frühstück mit ihnen eingenommen.

»Euer Bruder hat vorgeschlagen, dass ich Euch Gesellschaft leiste.« Nachdem er sich den eigenen Teller mit Essen beladen hatte, kam Constantine zu dem Stuhl neben ihrem zurück.

Die Zwillinge und Madeline sahen auf, tauschten Blicke aus und kicherten.

»Wenigstens stellen sie keine peinlichen Fragen«, bemerkte Constantine flüsternd.

»Da frage ich mich, was sie planen«, schoss Charlotte zurück.

»Char, hast du die erstklassigen Pferde gesehen, die er besitzt?«, fragte Walter.

»Ja, das habe ich. Sie haben auch sehr weiche Mäuler.« Sie blickte zu Constantine. »Wenn ihr besonders brav seid, zeigt er sie euch vielleicht.«

Walters und Phillips Gesichter strahlten. »Oh, würdet Ihr das tun, Sir?«

»Aber ja, gewiss. Sie werden nach vorne gebracht, wenn ich wieder aufbreche. Dann könnt ihr ihre Vorzüge beurteilen.« Constantine wandte seine Aufmerksamkeit wieder Charlotte zu. »Ich habe gehört, dass heute Morgen vor Unterrichtsbeginn ein Ausflug zum Berkeley Square geplant ist.«

»Richtig.« Sie warf ihm einen Blick zu. Er wirkte beinahe nervös. »Würdet Ihr uns gern begleiten?«

»Das würde ich sehr gern.« Er lächelte ihr zu, bevor er sich seinem Essen widmete.

Sie wandte sich ebenfalls ihrem Frühstück zu. Bisher verlief dieser Morgen außerordentlich gut. Sie musste Matt dafür danken, dass er Constantine eingeladen hatte. »Wo sind Matt und Grace?«

»Sie inspizieren die Renovierungen«, antwortete Augusta. »Ich weiß nicht, ob sie damit jemals fertig werden.«

»Das dachte Grace auch bei den Umbauten, die sie an diesem Haus vornehmen ließ.« Charlotte sah die kleineren Kinder an. »Wenn ihr mit Essen fertig sein, macht euch für den Park fertig.«

Der Lärm zurückgeschobener Stühle und aus dem Raum hastender Kinder erfüllte die Luft.

»Ich hoffe, es ist nicht unhöflich, wenn ich sage, dass sie sich wie eine Elefantenherde anhören, die die Treppe hinaufpoltert.«

Sie stützte einen Ellbogen auf den Tisch und ihr Kinn in die Handfläche. »Habt Ihr schon einmal Elefanten gehört?«

»Ja. Ich durfte zwar keine Grand Tour machen, aber für kurze Zeit nach Indien reisen. Auch wenn ich mehr Zeit auf dem Schiff als an Land verbracht habe.«

»Ihr müsst mir alles darüber erzählen.« Sie stieß einen Seufzer aus. »Ich würde so gern reisen.«

»Wenn Wellington erst einmal mit dem Korsen verhandelt hat, wird Europa wieder sicher sein.«

»Das sagen alle. Meine Schwester Louisa denkt aber, dass Napoleon ihm mehr Schwierigkeiten bereiten wird, als die meisten annehmen.«

»Ich neige dazu, zuzustimmen.« Constantine tupfte seine Lippen mit der Serviette ab, womit er Charlotte daran erinnerte, wie seine Lippen sich auf ihren anfühlten. »Wie viel Zeit haben wir, bevor die Kinder kommen?«

»Wenige Minuten. Ich muss noch meine Haube holen.«

Er ging mit ihr in den Flur. »Bevor Ihr das tut.« Er schmiegte die Hand an ihre Wange und küsste sie. Der Kuss war genauso süß wie diejenigen des vorherigen Abends. Sie seufzte leise. Vielleicht würde er bald ein Stück weitergehen.

»Ich werde in wenigen Minuten wieder da sein.« Sie streckte die Hand nach oben und strich ihm mit dem Daumen über die Unterlippe. Er sog den Atem ein.

Sie schmunzelte bei sich und ging zu ihrer Schlafkammer. Endlich schien ihr Leben in den richtigen Bahnen zu laufen. Als könnte alles, was sie wollte – Liebe, ein Heim, Kinder – in Reichweite sein.

Kapitel 21

Con hätte Charlottes Daumen gern mit seinen Zähnen geschnappt und sie an sich gezogen. Stattdessen ließ er sie los und genoss den Anblick ihres runden Hinterteils, das sich hin und her bewegte, als sie die Treppe hinaufstieg. Er war erfreut, dass sie heute seinen Kuss akzeptiert und so bereitwillig erwidert hatte. Täglich wurde eine gemeinsame Zukunft mit ihr wahrscheinlicher.

Worthington hatte recht. Wenn Con sie wollte, musste er Teil der Familie werden. Heute war die zweite Gelegenheit, ihr zu zeigen, dass er die Voraussetzungen hatte, ein guter Ehemann und Vater zu werden.

Die beiden Doggen erschienen als Erste mit den Burschen. Man konnte die Kinder wieder die Treppen herunterkommen hören, und als sie versammelt waren, kamen noch mehr Burschen.

Endlich kam Charlotte die Treppe herunter und blieb auf dem letzten Absatz stehen, um die Halle zu überblicken. Sie lächelte ihm zu, und er hielt ihr den Arm hin. Gemeinsam schritten sie durch die Haustür und überquerten die Straße, um zum Berkeley Square zu gehen.

Sie waren nicht die Einzigen, die ihre freie Zeit im Park verbrachten. Mary und Theo gesellten sich zu einem anderen Mädchen, das etwa im gleichen Alter zu sein schien. Das Kind wurde von einer Frau begleitet, die etwa in Charlottes Alter sein musste, sowie einer älteren Frau, die auf einen Säugling in einem aufwendig verzierten und vergoldeten Kinderwagen aufpasste.

»Er ist für Lord Whartons Söhne und Erben.« Ihr Atem streichelte sein Ohr, und er hätte gerne die Arme um sie gelegt.

»Woher wisst Ihr, worauf ich gerade geschaut habe?«, neckte er sie.

»Wie hätte ich es nicht bemerken sollen?« Sie sah aus, als wolle sie gleich in Erheiterungsrufe ausbrechen. »Grace sagte, wir hatten schlichte Weidenkörbe, die auf einen Rahmen mit Rädern gesetzt wurden.«

»Ich habe keine Ahnung, worin ich gefahren wurde. Ich werde meine Mutter fragen müssen.« Er sah nochmals den Kinderwagen an. »Ich bin mir recht sicher, dass es nicht solch ein Kunstwerk war.«

Charlotte hakte sich unter, und sie schlenderten etwas von den anderen weg, hielten dabei jedoch weiterhin ein Auge auf die Kinder und die Hunde. Daisy lag im Gras, Duke stand neben ihr und beschnupperte sie gelegentlich. »Sie geben ein trautes Bild ab.«

»Nur weil sie *enceinte* ist. Andernfalls würde sie durch den gesamten Park tollen.«

»Vielleicht wird sie ruhiger, wenn die Welpen geboren sind.« Das war bei einigen seiner Jagdhündinnen nach dem Werfen so gewesen.

»Man kann es nur hoffen. Grace und ich kamen vor den Kindern nach London. Als sie auf dem Weg hierher waren, hat Daisy versucht, mit einem Pferdegespann Freundschaft zu schließen.« Charlotte zog eine Grimasse. »Sagen wir, es endete nicht, wie sie es sich vorgestellt hatte.«

Er konnte sich vorstellen, was seine Pferde tun würden, fragte aber dennoch nach: »Was ist passiert?«

»Sie gingen durch. Der Gentleman, dem die Kutsche und die Pferde gehörten, begann zu schreien. Glücklicherweise waren unsere Kutschpferde gerade ausgewechselt worden, sodass Mister Winter, der Hauslehrer der Kinder, sie alle zurück in die Kutsche scheuchte und nicht mehr anhielt, bis sie hier waren.«

Con konnte nicht anders, er stieß ein bellendes Lachen aus. »Vielleicht sollte ich über einen Welpen nochmal nachdenken.«

»Oh nein.« Charlotte lehnte sich fester an ihn. »Sie haben das gutartigste Wesen. Sie benimmt sich viel besser, seit Matt mit ihr trainiert hat.«

Con genoss den frühen Morgen auf eine Weise, wie er es vor der Begegnung mit Charlotte nur selten getan hatte. Nicht, dass er oft einen erlebt hätte. Die Luft schien frischer. Das Gras war noch leicht feucht. Andere Kindermädchen und ihre Schützlinge strebten auf den Platz.

»Lady Charlotte, guten Morgen.« Harrington verbeugte sich und ignorierte Con dabei ein weiteres Mal.

»Mylord.« Sie knickste. »Ich bin überrascht, Euch zu dieser Stunde hier anzutreffen.«

»Ich dachte, ich sehe mal, ob Ihr zu Hause seid.« Der Kopf des Grünschnabels schien sich noch weiter von Con wegzubewegen.

»Ich war in letzter Zeit sehr beschäftigt.«

Mit Ausritten und Spaziergängen in meiner Gesellschaft. Con feixte beinahe.

Plötzlich zerriss ein Schrei den Frieden des Parks, gefolgt von rufenden männlichen Stimmen und knurrenden und bellenden Hunden. Con schob Charlotte hinter sich, aber der Aufruhr fand bei der alten Dame mit der Kinderkutsche statt. Mary und Theo, die Gott sei Dank in Sicherheit waren, versuchten das andere Mädchen zu beruhigen, und die junge Frau, die die ältere Frau begleitet hatte, war verschwunden. Drei Burschen standen um Duke herum, der etwas auf dem Boden anknurrte.

Charlotte griff nach Cons Hand. »Kommt. Wir müssen herausfinden, was geschehen ist.«

Kurz darauf schob er sich zwischen zwei der Burschen und sah, dass die Dogge einen Mann gefangen hatte und auf dessen Brust stand.

»Holt ihn von mir runter«, schrie der Mann. »Ich hab nix gemacht.«

»Lüg Seine Lordschaft nicht an«, beschied ihn einer der Burschen. »Du hast dabei geholfen, die Frau zu schnappen.«

Charlotte stand nun neben Con und starrte auf den Schurken auf dem Boden. »*Sie* sind das!«

Con sah sich den Missetäter genauer an. Es war der Entführer, den er in der Nacht von Charlottes Rettung betrunken gemacht hatte. »Holt den Hund zurück. Ich kümmere mich um ihn.«

Sobald Duke von ihm heruntertrat, versuchte der Gauner zu entkommen. Con packte ihm am Kragen, drehte ihn zu sich herum und boxte ihm in den Magen. Der Schurke sank auf die Knie und röchelte, als müsse er sich übergeben. »Und jetzt sagst du mir besser, wohin dein Komplize die junge Frau gebracht hat, wenn du nicht noch mehr einstecken willst.«

»Ich sag gar nix.« Der Gauner spuckte und verfehlte Cons Stiefel nur knapp.

»Nein? Na, du hast die Wahl: Entweder hängst du, oder du wirst deportiert. Wenn der Frau etwas zustößt, wirst du hängen, und ich werde dafür sorgen, dass der Strick schön fest und neu ist.«

»Der Tod am Strick dauert lange«, kommentierte einer der Burschen.

»Er bringt sie zum *Dove* am anderen Ende von Richmond.«

»Einer von Ihnen«, wies Con an, »rufen Sie die Wache!«

Charlottes Geschwister hatten sich neben ihr eingefunden.

»Was ist geschehen?«, fragte Walter.

»Hal, holen Sie Ben und sperren Sie diesen Kerl im Keller von Worthington House ein«, sagte Charlotte. »Ihr übrigen bringt bitte die Kinder nach Hause.«

Con sah sich um und entdeckte eine große Reisekutsche, die vor Stanwood House anhielt. Die Mertons eilten herbei.

»Was geht hier vor?« Merton hielt seine Frau dicht bei sich.

»Miss Betsy hat eine von Lord Whartons Dienerinnen gekidnappt.« Con blickte nach unten, wo Theo an seinem Jackett zupfte. »Ja, mein Schatz?«

»Sie ist kein Dienstmädchen. Sie ist die Nichte der Haushälterin, und sie heiratet bald.«

»War sie bei ihrer Tante zu Besuch?«, fragte Charlotte.

Theo nickte, und Mary sagte: »Ihr Name ist Miss Cloverly.«

Con dachte daran, was die Hure für die junge Frau bereithielt, und sein Blut gefror zu Eis. Er warf Charlotte einen Blick zu. »Ich hole sie zurück.«

»Ich komme mit Euch. Sie wird einem einzelnen Mann nicht trauen.«

»Charlotte, das kannst du nicht.« Merton sah von ihr zu Con und zuckte die Achseln. »Worthington wird das nicht zulassen.«

»Das sehe ich vollends gleich«, sagte Harrington. Was zum Teufel tat er noch hier? Und wen zum Teufel scherte seine Meinung? »Lady Charlotte, Ihr dürft Lord Kenilworth nicht begleiten. Das verbiete ich.«

»*Ihr.*« Ihre Stimme bebte vor wachsender Wut. »Ihr habt mir nichts zu sagen. Nichts wird mich aufhalten. Wenn es nötig ist ...«

»Aufhalten? Wo willst du hin?«, fragte Worthington, der soeben herbeilief, dicht gefolgt von seiner Frau; sie musste fast rennen, um mit ihm Schritt zu halten.

»Miss Betsy hat wieder eine Frau entführen lassen.« Charlotte drehte Harrington ihren schmalen Rücken zu. Ihr Kinn war angespannt, und aus den sanften blauen Augen blitzte die Wut. »Kenilworth fährt zu dem Inn, zu dem sie sie bringen. Ich fahre mit ihm.«

»Kenilworth?«, fragte ihr Bruder.

Dies war *die* Gelegenheit, ihr zu beweisen, dass sie ihm vertrauen konnte. Dass er von ihr nicht erwartete, sich kleiner zu machen, als sie war.

»Ich beschütze sie«, versprach er. Um die Wahrheit zu sagen, würde er sein Leben für sie geben.

Das Lächeln, das sie ihm schenkte, strahlte so sehr, dass er blinzeln musste. »Ich bin rasch wieder zurück.«

»Ich erhebe Einspruch.« Harrington starrte Charlotte an.

Con griff nach seiner Schulter. »Es steht Euch nicht zu, Einspruch zu erheben. Es ist die Entscheidung ihres Vormunds, und er hat sie bereits getroffen.«

Der Jüngere riss sich aus Cons Griff los. »Ich sehe, was hier vor sich geht«, sagte er zu Worthington. »Du ermutigst Kenilworths Werben meinem gegenüber.«

Ihr Bruder drehte sich um und musterte Harrington. »Dieser Mann«, er deutete auf Con, »hat um die Hand meiner Schwester angehalten, was ich von dir nicht sagen kann. Ich schlage vor, du gehst jetzt, bevor du dazu gezwungen wirst.«

Con kämpfte dagegen an, zu lachen oder zu grinsen. »Ich muss meiner Mutter und meinem Leibdiener eine Nachricht zukommen lassen.«

»Ich werde dafür sorgen, wenn ihr gegangen seid«, versicherte Worthington ihm. »Schickt eine Nachricht, wenn ihr denkt, dass ihr nicht vor heute Abend zurück sein könnt. Ich denke mir dann etwas aus.«

Lady Merton zog ihren Gatten zur Seite, und nach einem kurzen, leise geführten Gespräch sagte sie: »Wir folgen ihnen. Merton hat vorgeschlagen, dass wir im *Star and Garter* einkehren.«

Sie überquerte die Straße und ging ins Haus, und Merton gab seinem Kutscher Anweisungen.

»Mylord.« Der Bursche namens Hal schauderte sichtlich zusammen. »Jemmy ist auf die Rückseite der Kutsche aufgesprungen.«

»Er macht eine Gewohnheit daraus«, murmelte Con. Und keine gute für einen gerade mal sechsjährigen Jungen.

Weniger als fünf Minuten später waren er und Charlotte auf ihrem Weg zur Richmond Road.

Charlotte hielt sich an der Seite fest, während Constantine den Phaeton durch den Morgenverkehr lenkte. In dem Augenblick, in dem er den Verbrecher erkannt hatte, hatte sich sein Gesicht in Stein verwandelt.

»Danke für Eure Zustimmung, dass ich mitkomme.«

»Wenn irgendjemand das Recht hat, hier zu sein, dann Ihr.« Er warf ihr einen raschen Blick zu. »Dieses Mal schnappen wir sie und übergeben sie dem Untersuchungsrichter.«

»Ich hoffe, wir kommen rechtzeitig.« Sie konnte sich vorstellen, wie verängstigt die junge Frau war. »Wieso hat Miss Betsy eine junge Frau ausgesucht, die nur zu Besuch ist? Wie hat sie überhaupt von ihr erfahren?«

Con schwieg einen Moment, damit beschäftigt, den Phaeton zwischen einem Milchwagen und einer großen Kutsche hindurch zu steuern. »Möglicherweise vermittelt sie an Einzelpersonen. Sie scheint kein Bordell zu haben, in das sie die Frauen holt. Sonst würde sie das benutzen anstelle von Landgasthöfen.«

Sie holte tief Luft. Sicherlich meinte er nicht das, was sie vermutete. »Ihr meint, sie besorgt ...«

»In einem Wort: Ja. Jemand hat einen bestimmten Wunsch, und sie sucht nach der richtigen Person, ihn zu erfüllen. Im vorliegenden Fall hat der Kunde sich vielleicht Miss Cloverly gewünscht.« Er überholte einen Gemüsewagen. »Die Frage, die ich mir jetzt stelle, lautet: Warum hat sie Euch entführt?«

Charlotte schüttelte den Kopf. »Wir dachten die ganze Zeit, aus Rache.«

Erneut sah er ihr in die Augen. »Warum dann nicht Lady Merton? Ihr Ehemann war in die Geschichte verwickelt. Oder Eure Schwester Louisa oder Lady Worthington?«

Das war eine gute Frage. Grace und Dotty waren dabei gewesen, als Matt und Merton das Bordell der Frau vernichtet hatten. Also, warum gerade sie? »Ich wünschte, ich wüsste es.«

»Nun, wenn wir sie gefunden haben, fragen wir sie danach.« Endlich wurde der Verkehr weniger dicht. »Habt Ihr Euren Korb mitgebracht?«

»Ja, Euer Bursche hat ihn unter den Sitz gestellt.«

»Ist das Kätzchen dieses Mal darin?«

Sie konnte an seinem Tonfall nicht ablesen, ob er mehr verärgert wäre, wenn die Katze dabei wäre oder wenn sie eben nicht dabei wäre. Sie zog ein Gesicht und nickte. Collette hatte sich geweigert, zu Hause zu bleiben. Nicht einmal Dotty hatte sie von Charlottes Pelisse lösen können, ohne den Stoff zu zerreißen. »Ich fürchte ja. Sie hat darauf bestanden, mit mir zu kommen. Sicher spürte sie meine, meine ... dass ich erregt war.«

»Das ist kein Problem. Ich muss nur daran denken, dass ich nicht die Hand in den Korb stecke, ohne sie vorzuwarnen.« Constantines Ton war trocken, aber ein Lächeln lag in seinen Mundwinkeln.

Sie erwiderte sein Lächeln, als sie auch schon in die Richmond Road einbogen. Die Spannung in der Luft war greifbar, aber sie umgab sie und herrschte nicht zwischen ihnen beiden. Sie vermutete, das lag daran, dass sie ein Team waren und gemeinsam agierten.

Außerdem vertraute er ihr genug, um sie mit sich zu nehmen. Sie war bereit für ein Wortgefecht mit ihm oder jedem anderen gewesen, der sie davon abhalten wollte, mitzukommen, aber er hatte es ihrem Bruder leichtgemacht, zuzustimmen.

»Schaut, dort, genau vor uns, hinter dem Landauer.« Sie zeigte mit dem Finger dorthin, obwohl es nicht nötig war. »Das ist Jemmy auf der Rückseite der Kutsche.«

»Ja, das ist er.« Ein Lächeln erschien auf seinen Lippen, die sich so gut anfühlten, wenn er sie küsste. »Wir bleiben einfach dahinter.«

Jemmy winkte und ließ sie so wissen, dass er sie auch gesehen hatte. »Ich werde wirklich ein ernstes Wörtchen mit ihm über das Aufspringen auf fahrende Kutschen reden müssen«, sagte sie mehr zu sich selbst als zu Constantine. »Zumindest sollte er dieses Mal etwas Geld bei sich haben.«

»Warum sagt Ihr das?« Constantine sah sie an.

»Ihr habt ihm viel mehr als nötig gegeben. Die Summe war beträchtlich höher als die, die er für die Postkutsche und die Mietdroschke bezahlen musste.«

»Er ist ein erstaunlicher junger Bursche.« Sein Tonfall war nachdenklich, und sie wünschte, sie wüsste, was er gerade dachte.

»Ja, das ist er. Er wollte Euch anbieten, den Restbetrag zurückzugeben, aber ich sagte ihm, Ihr wolltet, dass er ihn behält.«

»Das hat sich als eine gute Entscheidung erwiesen.« Constantine nahm die Zügel in eine Hand und bedeckte kurz ihre Hände mit der seinen. »Wir sorgen dafür, dass sowohl er als auch Miss Cloverly in Sicherheit sein werden.«

Je länger Charlotte darüber nachdachte, desto mehr wünschte sie sich, dass Jemmy nach ihrer Hochzeit mit ihr käme. Vorausgesetzt, dadurch würden seine Aussichten darauf, seine Familie zu finden, nicht verringert. Doch dies war nicht der richtige Zeitpunkt für diese Fragen. Zuerst mussten sie die arme Miss Cloverly retten.

Als sie durch Richmond fuhren, bog der Landauer vor ihnen am *Star and Garter* ab.

»Ich glaube, das ist das Inn, in dem Dotty und Merton vorhaben, abzusteigen.«

Constantine verlangsamte und betrachtete das Gasthaus einen Moment. »Es ist sicher groß genug für zwei Marquis. Ich vermute, die Entscheidung wurde getroffen, als Ihr Euren Korb holen wart. Worüber habt Ihr mit ihr gesprochen?«

»Dotty will es so einrichten, dass Miss Cloverly bei unseren Mädchen bleiben kann. Sie hat auch vor, sich von der Haushälterin der Whartons Wechselkleidung mitgeben zu lassen, und einer ihrer Burschen wird unmittelbar nachdem wir mit Miss Cloverly zurückkommen, losreiten, um der Haushälterin mitzuteilen, dass ihre Nichte in Sicherheit ist.« Charlotte schmunzelte in sich hinein. »Als ich ging, ließ sie meine Zofe eine kleine Kiste für mich packen.« Sie blickte Con an. »Dotty ist sehr praktisch veranlagt.«

»Diesen Eindruck habe ich auch von ihr.«

Sie hatten Richmond durchquert, und durch die Bäume wurde das Dach eines Gebäudes sichtbar. »Wir sollten bald da sein. Wie ist Euer Plan?«

»Wir gehen hinein und fragen nach einem Zimmer, in dem Ihr Euch erfrischen könnt, und nach einem privaten Salon.« Sie waren verlobt, also war das sicherlich erlaubt.

Ihre Mundwinkel sanken etwas herab. »Ich dachte … Na, gleichgültig. Euer Plan wird funktionieren.«

Er fragte sich, ob sie etwas in der Art hatte tun wollen, wie er es am *Hare and Hound* getan hatte. »Danke sehr.«

Das Inn kam in Sicht. Es war viel kleiner, als er erwartet hatte. Im Grund war es eher eine Schenke als ein Inn. Er bezweifelte, dass sie mehr als ein oder zwei Schlafzimmer hatten, und die wären bereits von den Schurken belegt. Sehr wahrscheinlich würde man sie zurückweisen und zum *Star and Garter* schicken.

Andererseits, wenn es ein Notfall war … Vielleicht konnte er ihr doch den Willen tun. »Wie dramatisch könnt Ihr Euch geben?«

Sogleich wurde Charlottes Haltung aufrechter. »Ich bin in unseren Krippenspielen recht gut. Habt Ihr etwas im Sinn wie bei meiner Rettung?«

»In der Tat.« Con hatte recht. Sie hatte durchaus eine Schwäche für etwas Dramatik, und wenn sie ihn so betrachtete, würde er gerne für etwas Drama sorgen.

Sie erreichten ein Gebäude, auf dessen Schild eine weiße Taube zu sehen war. Wie erwartet bog die Kutsche in den Hof ein. Sie folgten dicht dahinter.

Charlotte grinste und rief mit gut vernehmlicher Stimme: »Oh, ich kann nicht mehr weiterfahren. Ich brauche etwas zu trinken. Ich bin so erschöpft. Außerdem ist es unerträglich heiß.«

»Ja, ja, meine Liebe.« Er nahm ihren Fächer und begann zu wedeln. »Du siehst, wir machen hier Halt.« Er winkte Jemmy, der sogleich zu den Pferden rannte, bevor noch jemand bemerkte, dass er nicht mit ihnen angekommen war.

Sie und Constantine wechselten einen verschworenen Blick, bevor der Stallknecht zu ihnen eilte.

»Helfen Sie meinem Burschen mit den Pferden, und rasch!«, befahl er, hob sie herunter auf seine Arme und schritt zum Inn hinein. »Ich brauche ein Zimmer für meine Lady. Wo ist der Hausherr? Jetzt gleich bitte.«

Ein älterer Mann kam aus dem Flur. »Mylord.« Der Hausherr verbeugte sich. »Mein Name ist Crowe. Wir fühlen uns sehr geehrt von Eurer Anwesenheit, aber ich habe nicht die Art Unterkunft, nach der Ihr suchen werdet. Da wäre das *Star and Garter* in Richmond ...«

»Ich brauche sogleich ein Zimmer. Meine Dame kann nicht mehr weiter.« Der Gastwirt sah so aus, als wolle er Einwände erheben, und Constantine senkte die Stimme. »Bitte, ich benötige lediglich eine Kammer, in der meine Dame sich ausruhen kann, und einen privaten Salon.« Er hatte sie auf die Füße gestellt und sein Augenglas herausgezogen. »Sicherlich könnt Ihr solche einfache Annehmlichkeiten zur Verfügung stellen. Es ist nur für eine oder zwei Stunden.« Er beugte sich näher zu ihm und sagte mit leiser Stimme: »Ich zahle gut. Ich möchte nicht den restlichen Weg zur Residenz des Herzogs eine hysterische Frauensperson bei mir haben.«

»Was immer Ihr wünscht, Mylord.« Der Gastwirt winkte einer jungen Frau zu, die herbeigekommen war. »Maisy, führ Seine Lordschaft und Ihre Ladyschaft in das große Frontzimmer und sag Misses Crowe, dass sie Tee zubereiten soll und was immer sie rasch an Essen zusammenstellen kann.«

Con hob Charlotte wieder auf seine Arme, wodurch sie Gelegenheit hatte, über seine Schulter zu blicken. Miss Cloverly, die eher verärgert aussah als verängstigt, wurde von einem Mann begleitet, den Charlotte noch nie gesehen hatte.

Gott sei Dank für kleine Gefälligkeiten. Zumindest würde sie nicht wiedererkannt werden. Sie beschloss, dass es Zeit war, in Ohnmacht zu fallen.

»Ach, herrje!«, seufzte sie, bevor sie in Cons Armen ganz schlaff wurde.

Maisy öffnete die Tür für sie und reichte Con den Schlüssel. »Bitte sehr, Mylord. Ich lasse gleich Tee schicken. Meint Ihr nicht, sie braucht eher ein Bier?«

»Tee wird für Ihre Ladyschaft völlig ausreichen. Schickt jedoch einen Krug Ale für mich, und warmes Wasser. Sie wird sich gerne den Staub abwaschen wollen, wenn sie erwacht.«

»Jawohl, Mylord.«

»Ach, und Miss ...«, Con schnippte ihr eine halbe Krone zu, »sorgen Sie dafür, dass mein Bursche weiß, wo ich bin, und dass er etwas zu essen bekommt, seid so gut.«

»Gern, Mylord.« Durch ihre zusammengekniffenen Lider konnte Charlotte sehen, dass das Mädchen grinste.

Maisy ging davon, während Constantine Charlotte wieder auf den Boden stellte. »Dieser Teil war einfach«, sagte sie. »Wie schnappen wir nun Miss Betsy und wie retten wir Miss Cloverly, die ihrem Aussehen nach sehr zornig ist?«

Er zog seinen Hut und seine Handschuhe aus und legte sie auf eine Kommode. »Dafür werden wir etwas

Planung brauchen. Wenn wir nur wüssten, wann Miss Betsy eintreffen wird.«

»Vielleicht kann Jemmy das herausfinden.« Charlotte zog die Hutnadel aus ihrer Haube und legte sie neben seine Handschuhe.

»Charlotte, er ist noch ein Kind«, sagte Constantine, der offensichtlich nicht froh darüber war, den Jungen mit hineinzuziehen. Er kannte allerdings noch nicht Jemmys Vergangenheit.

»Ja, aber ein ganz erstaunliches, und er ist klug. Er lebte auf der Straße, bis ich ihn fand, und er weiß es besser, als dumme Risiken einzugehen.«

Constantine rieb sich den Nacken und runzelte die Stirn. »Nun gut, wir fragen ihn.«

Charlotte lächelte ihm ermutigend zu, doch Con war nicht im Geringsten froh darüber, die Hilfe eines Kindes in Anspruch zu nehmen. Er hätte den Jungen lieber sogleich nach Richmond zurückgeschickt.

Doch als Jemmy wenige Augenblicke darauf kam, brachte er Neuigkeiten mit. »Sie haben Miss Cloverly drei Türen weiter untergebracht. Wie retten wir sie?«

KAPITEL 22

»Warte.« Con war schockiert, dass Jemmy diese Information so rasch herausgefunden hatte. »Woher weißt du das?«

»War nicht schwer.« Der Junge zuckte die Achseln. »Ich habe an die Türen geklopft, ganz leise, bis eine Frau geantwortet hat. Dann habe ich sie nach ihrem Namen gefragt.«

Er rieb sich mit der Hand über das Gesicht. So viel zum Thema, keine dummen Risiken einzugehen. »Was, wenn jemand von den Verbrechern die Tür geöffnet oder dich gehört hätte?«

»Die sind beide unten in der Schankstube.« Jemmy grinste breit.

»Sehr gut.« Charlotte hatte in Bezug auf den Jungen recht. »Jetzt müssen wir nur noch einen Weg finden, wie wir sie hier herausbekommen.«

»Dafür haben wir die ganze Nacht. Sie sind nicht«, er warf Charlotte einen raschen Blick zu, »ich meine, die wollen sie nicht vor dem Morgen holen. Das habe ich sie sagen gehört.«

»Ich will sie nicht die ganze Nacht hier lassen«, sagte Charlotte. »Was, wenn etwas dazwischenkommt und sie sie früher holen wollen? Wenn er weiß, dass sein Komplize gefangen wurde, könnte er es Miss Betsy mitgeteilt haben, und sie kommt, so schnell sie kann.«

Jemmy blickte an Con vorbei und antwortete seiner Herrin. »Ich glaub nicht, dass das passiert, Mylady. Die Hausherrin sagt, dass sie nachts immer versacken, um über ihr Lasterleben nachzudenken. Ich habe sie gefragt, was sie damit meint, aber sie sagte, ich wäre zu klein, um das zu erfahren.«

»Lasterleben!« Charlotte spuckte das Wort aus. »Wenn Misses Crowe nur wüsste, dass sie dabei hilft, das Lasterleben zu bewahren.«

»Heute Nacht ist Neumond. Ich bezweifle, dass Miss Betsy eine Fahrt durch die Dunkelheit machen möchte«, sagte Con in der Hoffnung, Charlottes Bedenken zu mindern.

»Das mag sein, aber ich will nicht zulassen, dass Miss Cloverly noch mehr Angst bekommt als sie schon hat.« Sie sah mit zusammengezogenen Brauen zu Jemmy. »Geh zurück nach unten und versuche, niemanden nach oben zu lassen. Und wenn jemand dicht an die Treppe kommt, mach irgendeinen Lärm.«

»Ja, Mylady.«

»Ach, und noch etwas«, sagte Charlotte. »Maisy wird den Tee und das Wasser hochbringen. Vielleicht kannst du ihr sagen, dass ich mich ausruhe und nicht gestört werden möchte.«

»Das mache ich, Mylady.«

Con sah, wie der Junge breit grinste, bevor er die Treppe hinunter flitzte. Wenigstens einer hatte einen guten Tag.

Als sie zu Miss Cloverlys Tür kamen, gab Charlotte ihm zwei ihrer Haarnadeln, und er versuchte, das Schloss aufzubrechen.

Nach einer Weile, die ihr vorkam wie mehrere Minuten, tatsächlich jedoch nur wenige Augenblicke gedauert haben konnte, fragte sie: »Seid Ihr sicher, dass Ihr es
mich nicht einmal versuchen lassen wollt?«

»Ihr hattet beim letzten Mal nicht viel Glück.« Er
wusste, dass seine Antwort säuerlich klang, aber sie
hatten nicht den ganzen Tag Zeit, und er würde es ihr
später erklären. Aber nicht nur das, sondern er war
auch mehr als nur etwas verärgert, dass er so lange für
etwas brauchte, das Dieben so leicht von der Hand zu
gehen schien.

»Ich habe geübt. Ich glaube, ich weiß jetzt, was der
Trick ist.« Ihr Tonfall war süß, doch ihm schien es, als
erahne er unter dem Honig Stahl.

»Ich auch.« Zur Hölle. »Warum zum Geier ist dieses
Schloss so sperrig?«

Charlotte beugte sich über seine Schulter. »Wahrscheinlich haben sie den Zylinder seit einiger Zeit nicht
mehr geölt.«

Woher zur Hölle wusste sie so etwas? Er beäugte sie
misstrauisch. »Woher wisst Ihr das?«

Sie warf ihm einen enervierten Blick zu, als hätte er
sie einer unziemlichen Sache beschuldigt. »Von meiner
Haushälterin. Sie hat mich dabei gesehen, wie ich an
der Dachbodentür geübt habe.«

Das würde ihn lehren, sie in Frage zu stellen. Er setzte
sich auf seine Hacken. »Wie lösen wir also das Problem?«

Charlotte zog einen kleinen Kupfervogel aus ihrer Tasche.

»Ich dachte, Damen hätten keine Taschen mehr in
den Kleidern. Ist das ein Pfau?«

»Ich habe die Taschen einnähen lassen, und das ist ein Ölkännchen in der Form eines Pfaus. Ich habe es von unserer Haushälterin ausgeliehen.« Sie schob den langen Schnabel in das Schloss. »Versucht es noch einmal.«

»Nein.« Es war Zeit aufzuhören, sich wie ein dummer Kerl zu benehmen, wie seine jüngste Schwester sagen würde. »Bitte.« Con stand auf und gab ihr die Nadeln. »Ihr habt die Lösung gefunden. Die Ehre gebührt Euch.«

Sie schenkte ihm dafür ein Lächeln so voller Freude, dass er blinzelte und sich schwor, sie öfter zum Lächeln zu bringen. Kurz darauf klickte es im Schloss, und Charlotte öffnete die Tür.

»Oh nein!« Sie huschte zu der jungen Frau, die geknebelt und an einen Stuhl gefesselt war. »Wie konnten Sie so Jemmy antworten?« Eine sehr weibliche Stimme erklang. Der Junge hatte nach den Tönen geurteilt, die die junge Frau gemacht hatte. »Ich verstehe.«

Während sie Miss Cloverly losbanden, sprach Charlotte die ganze Zeit leise. »Ich bin Lady Charlotte Carpenter. Das Heim meiner Familie liegt ein paar Häuser weiter als das, in dem Ihre Tante arbeitet. Dies ist Lord Kenilworth, mein Verlobter. Wir sind zu Ihrer Rettung gekommen. Haben die Sie, außer Sie zu entführen und zu fesseln, noch anderweitig verletzt?«

Diese letzte Frage stellte sie in dem Moment, in dem der Knebel herauskam. »Nein, Mylady, aber ich würde diese Halunken gerne ordentlich verletzen.«

»Das kann ich Ihnen nicht im Mindesten vorwerfen. Wir konnten einen der Entführer fassen.«

»Das freut mich! Der andere dachte, sein Komplize wäre entkommen.«

Das würde ihnen noch einige dringend benötigte Zeit verschaffen. »Das wäre er auch, wäre eine unserer großen Doggen nicht gewesen«, führte Con an. »Der Hund hat ihn gestellt und auf dem Boden festgehalten, bis wir bei ihm waren.«

»Seht Ihr.« Miss Cloverly rieb sich über die Arme, wahrscheinlich, um wieder Gefühl hineinzubekommen. »Ich sagte meiner Tante, dass sie nützlich wären. Und außerdem liebenswürdig.«

»Ja, das sind sie«, sagte Charlotte voller Gefühl. »Daisy, das Weibchen, wird bald werfen. Vielleicht möchten Sie einen der Welpen.«

»Wenn er Ihnen nicht die Haare vom Kopf fressen würde«, murmelte Con zu sich.

»Kommen Sie, wir nehmen Sie mit in unser Zimmer.« Charlotte half der Frau auf und sagte zu Con: »Versperrt Ihr die Tür wieder?«

»Gewiss. Ich komme gleich nach.«

Kaum war das Schloss mit einem Klackern eingerastet, da hörte Con den Lärm einer auf den Hof einfahrenden Kutsche.

Türen wurden geöffnet und wieder geschlossen. Jemmy erschien auf dem Treppenabsatz und flüsterte laut: »Lord und Lady Merton sind da.«

Die beiden könnten von Nutzen sein, wenn es darum ging, Miss Cloverly aus diesem Lokal herauszubekommen. Es würde viel einfacher sein, mit den Entführern, dem Gastwirt und seinen Leuten zu verhandeln, wenn er mehr Hilfe hatte. »Sag ihnen, dass sie heraufkommen sollen.«

Jemmy nickte und rannte die Treppe wieder hinunter. Nur eine Minute später schritten Merton und seine Dame auf Con zu.

»Ist sie in Sicherheit?«, fragte Lady Merton. Die Sorge stand ihr ins Gesicht geschrieben.

»Ja. Charlotte ist bei ihr. Wir müssen entscheiden, wie wir am besten vorgehen.«

Ihre Ladyschaft huschte hinter ihm vorbei. »Das werden wir, aber im Zimmer, wo man uns nicht belauschen kann. Am Ende des Flurs, richtig?«

»Ja.« Mit seinen langen Schritten war Con als Erster an der Tür. Warum das wichtig war, wusste er nicht. Nur, dass es wichtig war. »Charlotte.« Er klopfte an die Tür. »Die Mertons sind hier.«

Der Riegel wurde zurückgeschoben, die Tür geöffnet, und Charlotte und Lady Merton flogen einander in die Arme.

»Dotty, ich dachte, ihr bleibt in Richmond.« Charlotte nahm die Hand ihrer Freundin und führte sie in den Raum.

Eine Sekunde fühlte Con sich vernachlässigt, doch dann fing sie seinen Blick auf, und ihre Augen funkelten vor Vergnügen.

»Wir haben uns überlegt, dass ihr uns vielleicht braucht. Es konnte niemand wissen, wie viele Verbrecher hier sind.« Lady Merton schmunzelte. »Zwei Marquis können mehr ausrichten als einer.«

Vom Flur her hörte er ein raues Lachen, dann kommentierte Merton: »Einschüchterung und Zugang zu bestimmten Dingen sind die einzigen Dinge, wofür sie meinen Titel braucht.«

Con könnte über Charlotte das Gleiche sagen. Sein Titel war für sie vollends unwichtig. Bis er zugegeben hatte, dass er sich in Bezug auf seine Konkubine geirrt hatte, und versuchte, das wieder auszugleichen, hatte sie so wenig wie möglich mit ihm zu tun haben wollen.

Er hatte nie eine Frau haben wollen, die ihn nur seines Titels wegen heiratete, aber bevor er Charlotte begegnet war, hatte er ihn als einen seiner größeren Pluspunkte betrachtet.

»Vetter, bitte, komm herein.« Sie trat zur Seite. »Kenilworth hat unten auch einen Salon reserviert, aber ich möchte Miss Cloverly nicht alleinlassen.«

»Gewiss«, sagte Merton und trat in die kleine Kammer. »Ich schätze, wir sollten darüber nachdenken, wie wir sie hier herausbekommen.«

»In der Tat.« Seine Frau zog ein Gesicht. »Ich habe mir die Fenster angeschaut, aber es gibt keine Möglichkeit, hinunterzuklettern, ohne gesehen zu werden.«

»Ich sage, wir nehmen sie einfach mit hinaus«, meinte Merton. »Unsere Vorreiter und ich sind bewaffnet.«

Con strahlte. Einfach und geradlinig. Es könnte auch bedeuten, dass er jemanden schlagen könnte, was er, nachdem er gesehen hatte, wie sie Miss Cloverly gefesselt und seine Verlobte bekümmert hatten, um jeden Preis tun wollte.

»Ich schätze, das könnte funktionieren, mein Lieber.« Die Lady sah ihren Gatten mit leicht zweifelndem Blick an.

»Aber wenn wir sie hier herauszaubern, bringt uns das nicht Miss Betsy«, sagte Charlotte, womit sie den Gedanken erfolgreich verabschiedete.

»Oder einen ihrer Handlanger«, sagte Con, der versuchte, einen Weg zu finden, mit dem sie all ihre Ziele erreichen konnten, auch wenn es bedeutete, dass er mit niemandem kämpfen könnte.

Charlotte begann damit, von einem Ende des Raums zum anderen zu laufen. Nach einer Weile blieb sie stehen. »Jemmy.« Der Junge wandte sich ihr zu und sah sie aufmerksam an. »Sah es so aus, als ob der Gastwirt sich Gedanken um das Verhalten von Miss Cloverly machte?«

»Ja, Mylady.«

»Höchstwahrscheinlich hat man ihm eine ähnliche Geschichte aufgetischt wie die über mich.« Charlottes fixierte erneut Con mit ihren blauen Augen. »Warum versuchen wir nicht, sie zu unseren Verbündeten zu machen? Wir könnten ihnen verraten, was Miss Betsy in Wirklichkeit bezweckt. Dann könnten wir sie um ihre Hilfe bei der Gefangennahme der Männer bitten, die Miss Cloverly hergebracht haben, sowie bei der Ergreifung von Miss Betsy, wenn sie eintrifft.«

»Das könnte wirklich funktionieren«, antwortete er. Sie brauchten einen Ersatzplan. »Und wenn sie uns nicht glauben?«

»In dem Falle«, Charlotte warf ihm einen listigen Blick zu, »werdet Ihr, Merton und seine Diener euch einfach den Weg freikämpfen müssen.«

Wenn sie wollte, konnte sie durchtrieben sein. Cons Leben hatte sich definitiv zum Besseren gewandelt, als er sie traf. »Jemmy«, sagte Con zu dem Jungen, »bitte den Gastwirt und seine Frau, zu uns zu kommen.«

»Jawohl, Mylord.«

»Und Jemmy«, sagte Charlotte, »sorg dafür, dass Lord Kenilworths Kutsche eingespannt wird, und sag Lord Mertons Vorreitern, dass sie in die Schankstube gehen und sich auf Ärger gefasst machen sollen.«

Der Junge grinste breit. Nun, in seinem Alter hätte Con all dies ebenfalls für ein großes Vergnügen gehalten.

Merton stellte sich auf einer Seite der Tür auf, Con auf der anderen. Miss Cloverly ließen sie auf dem Bett Platz nehmen. Lady Merton und Charlotte saßen auf Stühlen, die an das Bett gezogen worden waren, und rahmten Miss Cloverly ein. Beide Damen zogen ihre Pistolen heraus und legten sie unter ihr Retikül in den Schoß.

Etwas später erklang ein Pochen an der Tür. »Mylord«, rief der Gastwirt. »Euer Bursche sagte, Ihr wünschtet mich und meine Frau zu sehen.«

Con nickte Merton zu, der die Tür aufzog. Sobald der Hausherr und seine Frau in der Kammer waren, schloss Con sie.

»Wie ist sie ...«, begann der Mann, die Augen so rund wie Untertassen.

Charlotte schnitt ihm das Wort ab. »Sie wurde im Park vor dem Haus, in dem ihre Tante angestellt ist, entführt. Ich werde Ihnen alles erklären, doch zunächst müssen wir uns vorstellen.«

Bevor sie noch ein weiteres Wort sagen konnte – wie zum Beispiel, dass sie als unverheiratete Frau mit einem ebenfalls unverheirateten Gentleman in einem Schlafzimmer war –, erklärte Con: »Mister und Misses Crowe, ich bin der Marquis of Kenilworth. Dies ...«, er zeigte auf Merton, »ist der Marquis of Merton. Diese beiden«, er deutete auf Lady Merton und Charlotte,

»sind unsere Damen«, ergänzte er, Charlottes ehelichen Status sorgfältig umgehend. Außer, dass sie einen Augenblick die Lider schloss, gab sie keinerlei Anzeichen, dass er mit der Wahrheit spielte. »Wie Sie bereits erfahren haben, ist diese junge Frau entführt worden. Wir waren zufällig mit den Geschwistern meiner Frau vor Ort, als wir sahen, wie die Tat begangen wurde. Natürlich sind wir der Kutsche in der Hoffnung gefolgt, dass wir sie retten könnten.«

Con blickte Charlotte an, und sie setzte die Geschichte fort. »Soweit wir wissen, könnte eine Person namens Miss Betsy Ihnen erzählt haben, dass Miss Cloverly von ihren Eltern oder ihrem Ehemann weggelaufen wäre.«

Der Hausherr nickte. »Uns hat man gesagt, dass sie den Mann nicht wollte, den ihre Eltern für sie ausgesucht hatten.«

»Das ist nicht wahr. Tatsächlich hat sie gerade ihre Tante besucht.«

Miss Cloverly nickte bestätigend. »In zwei Wochen heirate ich den Sohn des Mannes, der den größten Kleinwarenladen in Luton besitzt. Meine Familie besitzt das beste Textilkontor in der Stadt, und unsere Eltern haben unsere Ehe bereits geplant, als wir noch Kinder waren.« Eine feine Röte zog von ihrem Hals in die Wangen. »Mein Ben ist außerdem der schmuckste Mann weit und breit. Ich hätte keinen Grund, ihn nicht zu heiraten.«

Die Frau des Gastwirts klappte den Mund mehrmals auf und zu, schien jedoch unfähig, etwas zu sagen.

Lady Merton blickte zu Charlotte und schüttelte den Kopf. »Mein Ehemann und ich haben zusammen mit Lady Kenilworths Bruder«, ihre Worte schickten sie vom Regen in die Traufe, aber Charlotte blinzelte nicht einmal, »Miss Betsys Bordell in London auffliegen lassen. Irgendwie konnte sie dem Gesetz entgehen, noch bevor sie nach Newgate kam.«

Inzwischen wirkte Misses Crowe, als stünde sie kurz vor einem Schlaganfall. Sie ließ sich auf das Bettende fallen und fächelte sich mit ihrer Schürze Luft zu. »Ich hätte nie gedacht … Sie sieht aus und verhält sich wie eine echte Dame, eine so gute Person.«

Charlotte beugte sich zu der Frau und tätschelte ihr die Hand. »Sie sind nicht die Einzige, die sie hereingelegt hat. Wir müssen diese junge Frau in Sicherheit bringen und den Untersuchungsrichter rufen, damit er die Männer verhaftet, die sie hergebracht haben. Wir müssen auch Miss Betsy fassen, damit sie keine weiteren Unschuldigen mehr erbeuten kann.«

Mister Crowe, der geschwiegen hatte, sagte schließlich: »Sagt uns einfach, was wir machen können, Mylords. Ich kann nicht zulassen, dass mein Inn einen schlechten Ruf bekommt.«

»Als Erstes«, sagte Con, »rufen Sie den Untersuchungsrichter. Wenn Sie uns sagen, wohin wir ihn bringen können, kann einer von Lord Mertons Dienern ihn empfangen. Wenn Sie einen Keller haben, oder wenn es in der Nähe einen Kerker gibt, können wir die Entführer so lange festsetzen.«

»Das nächste Gefängnis ist in Richmond. Dort ist auch unser Magistrat, Sir John. Ich habe einen Keller, in den wir sie sperren können, bis er hier ist.«

Charlotte wechselte Blicke mit Dotty, dann sah sie zu Con. Sie war etwas besorgt gewesen, dass die Crowes ihre Geschichte entweder nicht glauben oder sich nicht hineinziehen lassen wollten.

Es lief also viel besser als erwartet. Andererseits musste nicht alles im Leben schwierig sein. »Es ist eine Schande, dass wir nicht wissen, wo Miss Betsy lebt oder wie sie heißt.«

Die Hausdame räusperte sich. »Da könnte ich behilflich sein.«

Alle sahen sie an. Das war fast mehr, als sie erhoffen konnten. »Wie?«

Misses Crowe strich sich mit der Hand die Schürze glatt. »Meistens kann einer der Halunken lesen und schreiben, und ich gebe seinen Brief unseren Stallburschen, um ihn aufzugeben. Dieses Mal hat der Mann, der Miss ...«, sie blickte Miss Cloverly an.

»Miss Cloverly«, half sie aus.

Misses Crowe nickte dankend. »Der Miss Cloverly hergebracht hat, mir einen Brief an Miss Betsy gegeben.« Alle, selbst ihr Ehemann, hatten sich nach vorne gebeugt, als hörten sie die spannendste Geschichte ihres Lebens aus Misses Crowes Mund. »Der Name auf dem Brief war E. Bottoms, und er war an den *White Swan* in Twickenham adressiert.«

»Twickenham ist nicht weit weg«, sagte Merton. »Nur wenige Meilen.« Er sah Con an. »Wir könnten in weniger als zwei Stunden dort und wieder zurück sein.«

»Und für Miss Betsys Verhaftung sorgen«, sinnierte Con.

KAPITEL 23

Bevor Constantine und Merton in ihrem Plan zu weit vorpreschten, unterbrach Charlotte sie. »Und wie möchtet ihr beweisen, dass Misses E. Bottoms Miss Betsy ist? Und da wir gerade dabei sind, wie wollt ihr beweisen, dass eine Frau, die ihr festhaltet, Menschen gegen ihren Willen entführt? Uns wurde gesagt, dass sie Miss Betsy ist, aber ohne Beweise wird man sie wieder laufen lassen. Besonders, wenn sie in ihrem Heimatort als unbescholtene Bürgerin bekannt ist.«

Merton öffnete den Mund, doch Dotty kam ihm zuvor. »Charlotte hat recht. Wie die Dinge liegen, müssen wir sie auf frischer Tat ertappen.«

Ohne etwas zu sagen, presste Constantine die Lippen zusammen und legte den Kopf schräg. Die anderen schwiegen ebenfalls.

Nach mehreren Minuten sagte Misses Cloverly: »Wenn Ihr mich beschützen könnt, bin ich bereit, morgen mit ihr zu fahren. Ich würde zu gern herausfinden, wer sie dafür bezahlt hat, mich zu entführen.«

»Nein.« Mertons Tonfall war fest, als würde er keinen Einwand dulden. »Es ist nicht richtig, Sie auf eine solche Art zu benutzen.«

»Ich denke, es würde funktionieren«, sagte Dotty langsam. »Natürlich müssen wir für ihre Sicherheit sorgen.«

Charlotte ging rasch die möglichen Szenarien durch, dann nickte sie. »Ich stimme zu. Wir müssten mehr als eine Person der Kutsche folgen lassen, und vielleicht mehrere Reiter.« Sie blickte ihre Freundin an. »Dotty, wie viele Burschen und Diener haben euch begleitet?«

Sie lächelte Charlotte reuevoll an. »Mindestens zehn. Ist das richtig, mein Lieber?«

»Zwölf«, sagte Merton grummelnd, in recht defensivem Tonfall. »Man weiß nie, ob ein Pferd lahmt oder ein Mann stürzt und sich verletzt. Ich wollte sicherstellen, dass du in Sicherheit bist. Außerdem, meine Liebste, müssen wir allen Menschen, die du rettest, Arbeit geben.«

»Nun, das stimmt«, antwortete Dotty, nicht im Mindesten beschämt. »Je mehr Erfahrungen sie sammeln können, um so rascher werden sie eine Festanstellung finden.«

»Seht ihr?« Charlotte lächelte ihrer Freundin und Base zu. »Wir haben haufenweise Männer, wenn es Schwierigkeiten gibt.« Sie wandte sich Miss Cloverly zu. »Es ist Ihre Entscheidung. Fühlen Sie sich sicher genug?«

Alle schienen sich auf die junge Frau zu konzentrieren, während sie über alle Optionen nachdachte. Nach einer Weile nickte sie entschlossen. »Das tue ich, Mylady.«

Charlotte ließ den Atem herausströmen, den sie angehalten hatte. »Danke. Bis dahin bleiben Sie bei uns. So sind Sie nicht in Gefahr, falls Miss Betsy zu früh kommt.«

»Nun denn.« Constantine drückte sich von der Wand ab. »Lasst uns dafür sorgen, dass die Entführer da unten sicher verwahrt werden.«

»Was sollen wir Miss Betsy über ihre Männer sagen?«, fragte Mister Crowe.

In der Erinnerung an ihre eigene Entführung und den einen Schurken, der sich betrunken hatte, sagte Charlotte: »Wir können sagen, sie sind zum Trinken weggegangen.«

»Das könnte funktionieren.« Miss Crowe nickte. »Außer dem einen Mann, der nicht da ist, kippen sie das Ale nur so.«

Mit hochgezogener Braue sagte Constantine zu Merton: »Nach Euch, Mylord.«

»Eines noch.« Misses Crowe verschränkte ihre Hände in der Schürze. »Versucht, kein Durcheinander anzurichten. Bald beginnt der Mittagstisch, und es ist keine Zeit, vorher noch Ordnung zu schaffen.«

Con verbeugte sich elegant vor ihr. »Wie Sie wünschen, Madam.«

»Allerdings«, sagte Merton. »Wir werden so rasch und sauber wie möglich agieren.«

»Solange ich wenigstens einen Haken austeilen kann, bin ich ein glücklicher Mann«, murmelte Constantine.

Es schien nicht, als ob die Hausherrin ihn gehört hätte, aber Dotty schüttelte den Kopf, und Charlotte unterdrückte ein Glucksen.

Sie ging zur Tür, und als Merton und die Crowes das Zimmer verlassen hatten, wandte Constantine sich ihr zu. »Versprich mir, dass du hier in Sicherheit bleiben wirst.«

Es schien die normalste Sache der Welt zu sein, ihm die Hand an die Wange zu legen, sich auf die Zehenspitzen zu stellen und ihn zu küssen. »Das werde ich.«

Sie schloss und verriegelte die Tür hinter ihm. »Meinst du, sie werden lange weg sein?«

»Nicht, wenn man ihnen verbietet, Unordnung zu machen«, sagte Dotty und musste sichtlich ein Lachen unterdrücken. »Und du? Wie fühlst du dich jetzt in Bezug auf Kenilworth?«

Wie ein Vogel, der fröhlich im Baum trällert. Als ob ich auf Wolken gehen könnte.

Noch vor einer Woche hätte sich Charlotte nicht vorstellen können, dass sie Constantine Kenilworth einmal so sehr schätzen und bewundern würde. Tatsächlich konnte sie sich nach den letzten Tagen ein Leben mit ihm gut vorstellen. Sie wusste noch nicht, ob sie ihn liebte, aber wenn nicht, dann war sie nahe daran. So nahe, dass sie beschlossen hatte, ihm zu sagen, dass sie ihn heiraten würde. Sie warf einen Blick auf Nell Cloverly, die sie mit neugierigen Augen anstarrte.

Charlotte hätte gern ein ausführliches Gespräch mit ihrer Freundin geführt, aber nicht in Anwesenheit einer anderen Person. »So, wie du es getan hast, als Merton deine Annahmen nicht bestätigte, nehme ich an.«

»Aber du hattest doch keine«, drängte Dotty.

»Oh, ich hatte jede Menge davon.« Charlotte lachte. »Und keine von ihnen war gut.«

Constantine hatte die Herausforderungen, die sie ihm gestellt hatte, mehr als gemeistert. Heute hatte er sich wie ein Gefährte verhalten und nicht wie die meisten Männer. Und als er sie als seine Frau vorgestellt hatte, auch wenn es keine andere Wahl gegeben hatte, war sie zunächst erstaunt gewesen, dass sie die Vorstellung überhaupt nicht störte. Sie freute sich sogar darauf, es ihm zu sagen.

»Aber jetzt?«, fragte Dotty.

»Es hat sich alles geändert.« Vielleicht war es an der Zeit für mehr als nur Küsse.

»Nun, wenn Ihr mich fragt, Mylady«, sagte Miss Cloverly, »würde ich sagen, Sie sind beide verliebt.«

Charlottes Wangen wurden heiß, da pochte es an der Tür.

»Charlotte«, sagte Constantine. »Es ist Zeit zu gehen.«

Als sie die Tür öffnete, füllte er den Rahmen aus und wirkte, als hätte er einen flotten Spaziergang hinter sich.

»Ich nehme an, es ist alles glatt gelaufen.«

»Merton hatte so viele Männer zur Hand, dass es wenig zu tun gab. Die Schurken haben kaum versucht, zu kämpfen.«

»Das muss eine Enttäuschung für dich gewesen sein.« Allerdings dürfte es die Hausherrin glücklich gemacht haben. Sie küsste ihn auf die Wange. »Wurde der Magistrat gerufen?«

»Ja, und schon darüber informiert, dass er uns im *Star and Garter* findet, falls er Fragen hat.«

»Wenn das so ist, sollten wir uns auf den Weg machen.«

Ihr Magen knurrte, und er grinste sie an. »Wir hatten unseren Tee noch nicht.«

»Nein, hatten wir nicht, und langsam werde ich recht hungrig.« Sie schüttelte ihre Röcke aus.

Er hielt ihr den Arm hin. »Das geht überhaupt nicht an.«

Man beschloss, dass sie mit Dotty und Miss Cloverly in der Kutsche der Mertons mitfahren würde. Merton ritt, und Constantine würde Jemmy in dem Phaeton mitnehmen.

Doch Miss Cloverly lehnte ab. »Vielen Dank für das Angebot, aber ich würde mich auf dem Außensitz wohler fühlen.«

»Wenn Sie sich sicher sind?«, fragte Dotty, überrascht über die Entscheidung der Frau.

»Ja, Mylady. Ich war lange genug eingepfercht, und er sieht bequem aus.«

Damit hatte sie recht, dachte Charlotte. Es gab sogar ein bewegliches Sonnenverdeck auf dem hinteren Teil der Kutsche.

»Nun gut.« Merton half Dotty in die Kutsche.

Einer der Lakaien half Miss Cloverly, und Constantine stützte Charlotte mit der Hand in die Kutsche. Seine grünen Augen schienen die Blätter der Bäume widerzuspiegeln, als er ihr Antlitz betrachtete. »Ich werde Euch bald wiedersehen.«

»Das werdet Ihr tatsächlich.« Bald, beschloss Charlotte. Sie würde ihm sagen, dass sie seine Frau werden würde. Sie nahm neben ihrer Freundin Platz. Und es war definitiv Zeit für mehr als nur Küsse.

Die Tür schloss sich, und er gab dem Kutscher ein Zeichen zum Aufbruch.

»Nun denn«, sagte Dotty, und ihre Augen funkelten vor Neugierde. »Hast du dich entschlossen, den Mann von seinem Elend zu befreien und ihn zu heiraten?«

»Ja.« Charlotte konnte sich ein zufriedenes Schmunzeln nicht verkneifen. »Ich denke, mehr als eine Woche werden wir nicht brauchen.« Dann kam ihr ein

Gedanke. »Dotty, ich muss wissen, wie es zwischen Mann und Frau ist.«

Ein vielsagendes Lächeln ließ ihr Antlitz leuchten. »Es ist glorreich.«

Das war nicht sehr hilfreich. »Das habe ich dir und Louisa bereits entnommen, aber ich glaube, ich brauche noch etwas mehr Information.«

»Ah, ja.« Dotty setzte sich aufrechter hin. »Wenn du vorhast, was ich denke, brauchst du etwas mehr Information. Hat Grace dir irgendetwas erzählt?«

»Abgesehen davon, dass eheliche Verpflichtungen wundervoll sind, wenn man den Mann heiratet, den man liebt, nicht das Geringste.«

»Ich verstehe. In diesem Fall ist etwas mehr Aufklärung womöglich angebracht.«

Als sie im Inn in Richmond ankamen, war Charlotte nicht mehr ganz so erpicht auf mehr als Küsse wie zuvor. »Es tut nur das eine Mal weh? Bist du sicher?«

»Sicher.« Dotty bekräftigte ihre Äußerung mit einem nachdrücklichen Nicken. »Mach dir keine Sorgen. Ich denke, Kenilworth wird dafür sorgen, dass du es genießt.«

»Wenn du es sagst.« Charlotte hatte ihre Zweifel. Andererseits verfügte er über beträchtliche Erfahrung, auch wenn sie über diesen Teil nicht nachdenken wollte.

Wer A sagt, muss auch B sagen, wie ihre Mutter immer sagte. Jetzt musste sie nur noch ihren Plan entwerfen.

Zu Hölle nochmal! Con hatte gehofft, mit Charlotte sprechen zu können, bevor sie in Richmond ankamen.

In letzter Zeit hatte er eine große Wärme anstatt der Eiskristalle von zuvor in ihren Augen gesehen. Als sie ihn geküsst hatte, bevor er hinuntergegangen war, um die Erpresser zu verhaften, hatte ihn das bis in die Zehenspitzen erschüttert. Nicht, dass sie ihn geküsst hatte – das hatten sie zuvor schon getan –, sondern, dass sie es in Gegenwart von Lady Merton und Miss Cloverly tat.

Merton hatte sofort begriffen, dass Con bald zur Familie gehören würde, und vorgeschlagen, dass sie sich nicht mehr so formell anreden müssten.

»Nach dem, was meine Frau mir erzählt hat, hatte ich Bedenken, dass Ihr Charlotte umstimmen könntet«, sagte er. »Aber das scheint Euch ja gelungen zu sein. Ich gratuliere. Ich würde mich geehrt fühlen, wenn Ihr mich Merton nennen würdet.«

»Danke sehr.« Con wäre viel glücklicher, wenn er sich Charlottes genauso sicher sein könnte. »Bitte, nennt mich Kenilworth.«

Er hatte vorgehabt, die Fahrt nach Richmond zu nutzen, um seine Zukunft mit Charlotte zu festigen. Jedoch konnte er nicht gegen die Entscheidung aufbegehren, dass sie in der Kutsche reisen sollte. Es wäre angemessener für sie. Es gab keinen Grund, mehr Gerede zu provozieren, ganz im Gegenteil. Richmond war ein bekanntes Ausflugsziel, wenn man dem Schmutz der Stadt entkommen wollte, und das *Star and Garter* war beim Adel ein beliebtes Gasthaus. Es stand zu erwarten, dass man jemandem begegnete, der entweder ihn oder sie kannte.

Es war an der Zeit, sich zu vergewissern, dass sie ihn tatsächlich heiraten würde, und er musste sich einen

Plan zurechtlegen, wie er sich ihr nähern sollte. Aber da Jemmy während der kurzen Fahrt neben Con saß und wie ein Wasserfall redete, meistens ohne auf Antworten zu warten, konnte Con sich nicht genug konzentrieren, um etwas anderes zu tun als dem Jungen zu antworten.

»Das war der beste Kinnhaken, den ich je gesehen habe. Bringt Ihr mir bei, wie man das macht?«, fragte Jemmy. »Ich dachte schon, er würde Euch Schwierigkeiten machen, aber Ihr habt ihn einfach so zu Fall gebracht. Zeigt Ihr mir, wie man eine Kutsche lenkt? Seine Lordschaft hat gesagt, er würde es Phillip und Walter beibringen, aber von mir hat er nichts gesagt.«

»Wenn Seine Lordschaft es erlaubt«, erwiderte Con und fragte sich, welchen Platz Jemmy im Haushalt der Worthingtons einnahm.

»Das wär das Größte!« Jemmy hüpfte auf dem Sitz auf und ab, und Con streckte den Arm hinüber, um ihn davor zu bewahren, aus dem Phaeton zu purzeln.

»Bleib sitzen. Ich kann dir nichts beibringen, wenn du runterfällst und dir den Kopf einschlägst.«

»Mister Winters wird es nicht gefallen, dass ich schon wieder den Unterricht verpasst habe.« Das sagte er etwas mürrisch.

»Gefällt dir der Unterricht?«, fragte Con, der mehr über den Jungen wissen wollte.

»Ich lerne gern verschiedene Dinge, und Seine Lordschaft sagte, ich müsse genauso viel wissen wie Walter und Phillip.«

Con fragte sich, was Worthington mit dem Jungen vorhatte. Dass er Jemmy eine gute Erziehung angedeihen lassen wollte, war klar, aber zu welchem Zweck? Darauf hatte das Kind allerdings keine Antwort.

Nicht viel später – Merton scheute sich nicht, einen beeindruckenden Auftritt hinzulegen – kam die Gruppe vor dem *Star and Garter* mit großem Getöse zum Stehen. Natürlich ließ sich das bei der Anzahl der Vorreiter, von denen die meisten in Livree gekleidet waren und die die Kutsche flankierten, kaum vermeiden.

Jemmy kletterte von seinem Sitz hinunter. »Ich kümmere mich um die Pferde, Mylord.«

»Danke.« Eines war klar, der Junge war pferdeverrückt. Con schlenderte zur Kutsche hinüber, öffnete die Tür und klappte die Stufen heraus. »Mylady.«

Charlotte schürzte die Lippen. »Mylord, wie freundlich von Euch.«

»Es ist mir ein Vergnügen.« Als sie auf dem Boden stand, drückte er seine Lippen auf ihre behandschuhte Hand.

Während sie auf Merton und seine Dame warteten, führte Con sie zur Seite, und die Zeit schien stehen zu bleiben, als er in ihre klaren blauen Augen blickte. Irgendwie war er zwischen dem *Dove* und hier zu dem Schluss gekommen, dass er sie nicht nur wegen seines Versprechens und seines Stolzes wollte, sondern dass er sie in seinem Leben brauchte. »Charlotte, ich ...«

»Kommt mit«, sagte Merton. »Ich bin darüber in Kenntnis gesetzt worden, dass meine Frau sofort etwas zu essen braucht.«

»Ich ebenfalls.« Charlotte legte ihre Hand auf Cons
Arm. »Lasst uns einen ungestörten Zeitpunkt zu zweit
finden.«

Das würde erst viel später geschehen. »Nun gut. Übrigens, wusstet Ihr, dass Jemmy eine echte Quassel-
strippe ist?«

»Er ist überaus neugierig.« Ihre Mundwinkel zogen
sich deutlich nach unten. »Ich hoffe, Ihr habt Euch von
ihm nicht belästigt gefühlt.«

»Ich bin nur interessiert, was Worthington mit dem
Jungen vorhat. Ich nehme an, dass er mit Euren Brüdern und Schwestern am Unterricht teilnimmt.«

»Das tut er in der Tat, und er macht sich prächtig. Als
ich ihn auflas, konnte er weder lesen noch schreiben.
Jetzt übertrifft er Phillip und Theo.«

»Ihr habt ihn aufgelesen?« Wie zum Teufel konnte
eine sanftmütige junge Frau ein Kind von der Straße
›auflesen‹? Dann erinnerte er sich daran, was ihr Bruder ihm erzählt hatte.

»Ähm, ja.« Sie biss sich auf die Unterlippe, und zwischen ihren wohlgeformten Brauen erschien eine Linie. »Ihr wisst, dass Kinder an Kinderheime verkauft
werden.«

Das war keine Frage, sondern eine Feststellung. »Ja.«

»Wir konnten einige von ihnen retten und ein neues
Zuhause für sie finden. Jemmy war mit einem anderen
Jungen zusammen.« Sie seufzte leise. »Wir haben seine
Familie noch nicht gefunden.«

»Ihr glaubt, er stammt aus dem Adel?« Con warf einen
Blick auf das Kind. Es war möglich. Jemmy hatte die
normalen Gesichtszüge jedes beliebigen Jungen in
Mayfair, dazu schien er eine knospende Patriziernase

zu haben. Andererseits könnte er aber auch ein Kind aus einem Seitensprung von jemandem sein.

»Das waren die meisten Kinder aus dieser einen Gruppe. Er war schon lange dort und hat keine klare Erinnerung an seine Eltern.« Sie betraten das Gasthaus und wurden eine breite Treppe hinaufgeführt. »Wir hoffen, ja beten, ehrlich gesagt, dass er jemandem ähnelt, wenn er älter wird, und erkannt wird.«

Con bezweifelte sehr, dass dies der Fall sein würde. Wie groß war schließlich die Wahrscheinlichkeit, dass jemand zufällig auf den Jungen stoßen würde?

Als hätte sie seine Gedanken gehört, sagte sie: »Es ist bei einem kleinen Mädchen schon so geschehen. Eine Lady, die sich als die Großmutter herausstellte, sah das Mädchen im Park spielen und wäre beinahe in Ohnmacht gefallen. Die Kleine sah exakt wie ihre Mutter in dem Alter aus.«

»Und die Mutter?«, fragte er, obwohl er die Antwort kannte.

»Ermordet.«

Sie hatten das Apartment erreicht, das Merton gemietet hatte.

Es gab einen großen Salon mit zwei Türen auf beiden Seiten des Raumes. »Was werdet Ihr tun, wenn ihr seine Familie nicht finden könnt?«

»Ihn als einen von uns behalten.« Sie lächelte ein wenig traurig. »Irgendwann wird er sich an das Leben mit uns gewöhnen. Im Moment sieht er sich gezwungen, einen Teil der Zeit im Stall zu arbeiten. Matt hat vor, ihn im Jahr, nachdem Phillip die Schule verlässt, in die Schule zu schicken.«

»Vielleicht mag er einfach Pferde.« Con grinste zu ihr hinunter. »Wenn ich in seinem Alter die Wahl gehabt hätte, im Haus oder in den Ställen zu leben – ich versichere Euch, in hätte den Ställen den Vorzug gegeben.«

Charlotte gluckste leise. »Das kann ich mir vorstellen.« Sie schaute sich im Zimmer um. »Ah, wie elegant.«

Das war es auch. Jetzt, wo sie im Salon waren, konnte er hinter zwei Terrassentüren einen Balkon erkennen. Sie schritt hinüber, zog die Vorhänge zurück und trat hinaus. »Richmond ist eine hübsche kleine Stadt. Ich frage mich, ob sie einen Markt haben.«

Als er hinter ihr stand, blickte er auf die Straße hinunter. »Ich werde fragen.«

»Danke.« Erneut brachte ihr Lächeln ihn dazu, sie in seine Arme ziehen und nicht mehr loslassen zu wollen. »Schließlich haben wir es nicht eilig, in die Stadt zurückzukehren.«

Außer, um zu heiraten. Doch vorher musste er sich ihrer und ihrer gemeinsamen Zukunft sicher sein. Er blickte sich nochmals im Salon um. Die Tür auf der einen Seite stand einen Spalt breit offen, und er hörte, wie sich ihre Base und Merton leise unterhielten. Höchstwahrscheinlich hatte sie das Zimmer, das dem der Mertons gegenüberlag. Er fragte sich, wo sein Zimmer lag, und hoffte, es wäre nicht zu weit weg. Wobei, wenn Merton ebenso überfürsorglich war, wie Worthington zu sein schien, konnte es am anderen Ende des Inns liegen.

»Mylord?«

Con drehte sich um. Sein Diener stand direkt vor der Tür, jedoch nicht derjenigen, die vom Hauptflur hereinführte.

Offensichtlich hatte er Charlotte so viel Aufmerksamkeit geschenkt, dass er den kleineren Flur vor der Haupttür des Salons nicht bemerkt hatte. »Cunningham.«

Er verbeugte sich. »Eure Kammer ist hier entlang, falls Ihr Euch vor dem Mittagessen waschen möchtet.«

»Meine Liebe.« Con hob Charlottes Hand, drehte diesmal jedoch ihre Handfläche nach oben, küsste sie und schloss ihre Finger darum. »Ich bin gleich wieder da.«

Sanft strich sie ihm mit derselben Hand über die Wange. »Ich werde hier sein.«

Bei Jupiter, er hasste es, sie zu verlassen. Doch die Wahrscheinlichkeit war groß, dass er erst nach dem Abendessen Zeit finden würde, mit ihr allein zu sein, wenn ihre Freundin und Base sich für den Abend zurückgezogen hatte.

Er folgte seinem Kammerdiener durch zwei Türen in ein großes Schlafgemach mit einer Tür zur Rechten und einer zur Linken. Wie in vielen älteren Häusern mussten alle Zimmer miteinander verbunden sein, so dass man, wenn man alle Türen öffnete, leicht zwischen den Salons hin- und hergehen konnte. Der kleine Flur, durch den ihn sein Diener geführt hatte, musste ein Anbau sein, den das Inn beim Kauf des Nachbarhauses errichtet hatte.

Das bedeutete, dass Charlottes Schlafzimmer eine Tür weiter war als seins, und dass nur ein Ankleidezimmer dazwischen lag. Offensichtlich hatte er Mertons Absichten falsch eingeschätzt. Der Mann hatte vor, Con nach besten Kräften zu helfen, Charlotte zu gewinnen. Oder ihm zumindest beim Hofieren nicht im Wege zu stehen.

Sollte das der Fall sein, so würde er seinen Vetter in spe nicht enttäuschen. Einige Tage hier, dann zurück nach London, und wenige Tage später würde er seine Hochzeit bekommen.

KAPITEL 24

Burt konnte sein Glück nicht fassen. Da war sie, genau vor ihm, und blickte aus dem großen Inn über die Straße hinweg. Er hatte in Richmond angehalten, um ein Pint Bier zu trinken, bevor er zum *Dirty Duck*, einer Kneipe auf der Strecke zwischen hier und Twickenham weiterreiten wollte, wo seine Reise endete. Da er seine Chefin nicht sehen wollte, hatte er beschlossen, für sie eine Nachricht im *Duck* zu hinterlassen. Nun würde er nicht mitteilen müssen, dass er Lady Charlotte verloren hatte. Er konnte die Beute einfach zu Miss Betsy bringen.

Er schnippte der Kellnerin am Tresen eine Münze zu. »Ich brauche doch noch ein Zimmer für die Nacht.«

Sie griff unter den Schalter und zog einen Schlüssel hervor. »Das macht einen Schilling. Die Treppe hoch, dann links. Abendessen ist inbegriffen. Es liegt zur Straße und ist nur klein, aber Sie müssen's mit keinem teilen.« Sie lehnte sich herausfordernd nach vorne. »Außer, es würd Ihnen nix ausmachen.«

Wie sie erwartet hatte, blickte er an ihr hinunter. Dunkelrosafarbene Nippel weckten seine Aufmerksamkeit und seinen Schwanz, der sich sogleich regte. Es war lange her, seit er eine Frau gehabt hatte, und er verdiente eine Belohnung dafür, dass er die Beute doch noch gefunden hatte. »Komm zu mir, wenn du hier fertig bist.«

»Mit Vergnügen.« Sie lächelte, und er freute sich, als er sah, dass sie noch die meisten Zähne hatte.

Er hob seine Tasche hoch. Nachdem er sie in sein Zimmer gestellt hatte, würde er sich umschauen und eine gute Stelle finden, um Lady Charlotte zu schnappen.

Zuerst musste er jedoch noch vor dem folgenden Tag eine Nachricht an Miss Betsy schicken, dass er die vornehme Beute gefunden hatte. Er zog den kleinen Reiseschreibtisch hervor, den er benutzte, kritzelte die Nachricht und ging zurück in den Schankraum.

»Jemand muss das für mich nach Twickenham bringen.«

Dieselbe Frau, die ihn zuvor bedient hatte, winkte einem Jungen von vielleicht zwölf Jahren. »Eddy hier kann das übernehmen.« Sie schlenderte mit wiegenden Hüften zu ihm herüber. »An wen ist es?«

»Meine Arbeitgeberin«, sagte er, das vornehme Wort benutzend. »Ich muss ihr mitteilen, dass ich hier abgestiegen bin, weil ich ein Päckchen für sie abhole.«

Es gab keinen Grund, die Frau eifersüchtig zu machen. Burt freute sich auf diese Nacht.

»In dem Fall, Eddy«, sie ließ ihren Blick auf Burt ruhen, während sie sprach, »gehst du besser gleich, damit sie nicht auf dich warten muss.«

Er gab dem Burschen den Brief und einen Penny. Nach den vergangenen paar Tagen meinte das Leben es wieder gut mit ihm, und er freute sich auf seine Bezahlung.

Am späten Nachmittag trat Betsy Bell in die Eingangshalle des *White Swan* in Twickenham, um nach ihrer

Post zu fragen. Sie stand mehrere Minuten am Tresen, bevor der Gastwirt erschien.

»Guten Tag, Misses Bottoms.«

Sie neigte den Kopf leicht, eine perfekte Imitation der Geste, die sie bei echten Damen beobachtet hatte. »Auch Ihnen einen guten Tag, Mister Griffen. Würden Sie bitte nachsehen, ob Post für mich angekommen ist?«

»Zwei Briefe. Einer wurde vor wenigen Stunden per Boten abgegeben. Wenn Sie mir einen Moment geben, hole ich sie.«

»Gewiss.« Betsy blickte sich um, und was sie sah, gefiel ihr. Keiner außer ihr hätte gedacht, dass ein Mädchen von St. Giles in einem netten Dorf wie Twickenham landen würde. Sie hatte gewusst, dass sie sich ein besseres Leben verschaffen würde, und das hatte sie getan. Ein kuscheliges kleines Haus nannte sie ihr Eigen, ebenso wie ein Mädchen und einen Koch, der dreimal die Woche kam, außerdem eine Kutsche samt Kutscher. All ihre Nachbarn gehörten dem Adel an. Nicht zum Geldadel, aber immerhin Adel.

Viel harte Arbeit, nicht nur auf dem Rücken liegend, hatte es sie gekostet, hier anzukommen. Als ihr Vater sie mit dreizehn Jahren an ihr erstes Nonnenkloster verkauft hatte, hatte sie weder lesen noch schreiben gekonnt. Sie kannte genügend Zahlen, um sicherzustellen, dass keiner sie übers Ohr haute, und sie hatte eine alte Dame gefunden, die ihr den Rest beibrachte.

Jetzt, sechzehn Jahre später, wurde sie wie eine Dame behandelt, und schon bald hätte sie genug, um sich zur Ruhe setzen zu können. Wenn der Krieg erst einmal vorbei wäre, könnte sie sich Italien gut vorstellen.

Manche der Gentlemen, mit denen Betsy zusammen gewesen war, hatten gesagt, es wäre dort das ganze Jahr über warm und man könnte günstig dort leben. Allerdings sie würde ihr Haus vermissen. Aber sie könnte hinfahren und sehen, ob es ihr dort gefiele.

Nein, nicht mehr lange, und sie hätte alles, was sie wollte.

»Bitte sehr.« Mister Griffen gab ihr zwei Briefe.

»Danke sehr.« Wie erwartet, erkannte sie auf der Nachricht, die vom *Dove* geschickt worden war, ihre eigene Handschrift. Das Päckchen würde ihr ein schönes Sümmchen Kleingeld bringen. Das dumme Mädchen hätte annehmen sollen, was der Gentleman ihr angeboten hatte, allerdings würde Betsy dann weniger an ihr verdienen. Und es war ein eiliger Auftrag gewesen. Anscheinend war das Mädchen nur wenige Tage in London.

Den anderen Brief hatte Burt geschrieben. Mit etwas Glück hätte er Lady Charlotte gefunden. Sie unterdrückte ein Stirnrunzeln und schenkte dem Hausherrn ein höfliches Lächeln. »Wir sehen uns in einigen Tage wieder, Mister Griffen.«

»Ja, Ma'am.«

Betsy schritt so eilig, wie der Anstand es erlaubte, zu dem Cottage, das sie in einer Wohngegend nahe der Kirche gekauft hatte. Sie war sogar ein oder zwei Mal zur Messe gegangen. Grinsend malte sie sich den Gesichtsausdruck von Misses Hall und Misses Eccles aus – den beiden Damen, die ihre direkten Nachbarinnen waren –, wenn sie erführen, dass eine einfache Hure mit ihnen Tee getrunken hatte.

Sie lachte bei sich, aber bei genauerem Nachdenken wäre es überhaupt nicht lustig. Sie würden sie aus ihrem Haus und aus dem Dorf jagen. Nicht nur dafür, dass sie eine Hure war, sondern auch, weil sie hochgestapelt hatte.

Ihr Mädchen öffnete ihr die Tür. »Soll ich Tee bringen, Ma'am?«

»Ja, bitte.« Eines Tages würde sie einen männlichen Hausdiener haben. Derzeit war es noch ein Problem, dass sie teurer waren und die verdammte Regierung auch noch eine Steuer auf sie gelegt hatte. »Ich werde in meinem Salon sein.«

Das Mädchen knickste unbeholfen. »Jawohl, Ma'am.«

Betsy setzte sich an ihren Schreibtisch und zog einen Bogen weißes Kanzleipapier hervor. Ihre Feder war bereits angespitzt, und sie tauchte sie in die Tinte.

Mein lieber Herr,
das Päckchen, das Ihr in Auftrag gegeben habt, wird morgen geliefert. Trefft mich morgen um zehn Uhr vormittags im Dirty Duck, abseits der Hauptstraße zwischen Richmond und Twickenham.
Die Zahlung erfolgt in bar vor Entgegennahme des Päckchens.
Stets zu Diensten,
B.

Sie streute Sand auf das Blatt und wischte ihn wieder ab, bevor sie den Bogen faltete, die Adresse schrieb und das Siegelwachs auftrug.

Als Nächstes öffnete sie Burts Brief.

Sie konnte ihr Glück kaum glauben.

Erneut schrieb sie eine Nachricht an den zweiten Gentleman mit der Bitte, sie um neun Uhr dreißig am nächsten Morgen zu treffen. Das brachte ihr Glück wirklich voran. Das war zwar früh für einen Adligen, aber es ginge nicht an, dass die beiden Männer sich begegneten, und sie konnte nicht riskieren, dass einer der üblichen Kunden des Duck sie dort sah. Doch nicht nur das, sondern die nächste junge Dame sollte nicht später als an diesem Abend oder am nächsten Morgen im *Hare and Hound* eintreffen.

Alles in allem war das ein gutes Tagewerk. Sobald sie Ihre Ladyschaft dem Gentleman und das nächste Päckchen ausgeliefert hätte, könnte sie sich sogar rascher zur Ruhe setzen als gedacht.

Sie zog ein weiteres Blatt Papier heraus und schrieb eine Nachricht an ihren Anwalt mit der Frage, wie lange er brauchen würde, alles für eine Italienreise in die Wege zu leiten und ihr Haus zu vermieten, während sie weg war. Sechs Monate sollten ausreichen.

Das Abendessen war schon lange vorbei, da warf Charlotte Dotty einen bittenden Blick zu. Konnte sie Merton nicht mitnehmen und Charlotte etwas Zeit mit Constantine verschaffen? Sie wollte, dass ihre Zukunft in die Wege geleitet wurde, und das wäre unmöglich, solange ihre Verwandten anwesend waren.

Dotty legte die Hände vor den Mund und täuschte ein Gähnen vor. »Liebster, ich brauche deine Hilfe.«

Merton warf ihr einen feurigen Blick zu. »In diesem Fall sollten wir uns zurückziehen.« Er erhob sich und hielt ihr die Hand hin. »Meine Liebste.«

Kurz darauf fiel die Tür ins Schloss, und Charlotte ließ die Luft entweichen, die sie angehalten hatte. Nun musste sie lediglich so mutig sein, zu Constantine zu gehen und ihn zu küssen.

Dann lag sie auch schon in seinen Armen. So viel zum Thema Mut. »Ich dachte, sie würden nie zu Bett gehen.«

Er senkte den Mund auf ihren, und sie öffnete die Lippen, ließ ihn ein und glitt mit ihrer Zunge an seiner entlang, um seinen Mund zu erforschen. Er schmeckte nach Wein und nach Mann, und noch nie hatte sie etwas so Gutes wie ihn in diesem Augenblick gekostet. Sie hoffte, dies bedeutete, dass er die gleichen Gedanken hegte wie sie selbst. Immerhin hatte sie im Verlauf des Tages ihr Bestes getan, um ihn wissen zu lassen, dass ihre Gefühle für ihn sich geändert hatten. Dass sie sich jetzt darauf freute, in seinen Armen und seinem Leben zu sein.

Im Lauf der vergangenen Woche, besonders aber heute, war sie überrascht gewesen, wie oft ihre Ansichten im Einklang standen. Sie fuhr mit den Fingern durch sein Haar und nahm seine weichen Locken wahr, während sie gleichzeitig seinen Mund erforschte. Würde es ihn überraschen, dass sie ihre Meinung über ihn geändert hatte? Nein. Das konnte nicht sein. Charlotte hatte ihm genügend Hinweise gegeben. Es war richtig gewesen, sich von ihm nicht auf diese Weise küssen zu lassen, bevor sie sich sicher war, dass er sie wollte, denn jetzt wollte sie nicht mehr damit aufhören und hatte alle Absichten, ihn zu dem Ihren zu machen.

Endlich war Con mit Charlotte allein, zum ersten Mal, seit sie das *Hare and Hound* verlassen hatten. Er hatte schon gedacht, die Mertons würden sich nie zurückziehen und ihm die Möglichkeit geben, ihr zu zeigen, wie sehr er sie wollte. Wie sehr er sie heiraten, zu seiner Marquise, seiner Helferin und zur Mutter seiner Kinder machen wollte.

Er zog sie in die Arme, etwas überrascht, dass sie willig näherkam.

»Charlotte.« Sie legte den Kopf zurück und vertiefte ihren Kuss. Könnten sie das doch die ganze Nacht tun, aber er musste auch sichergehen, dass sie nicht nur von ihrer ersten Erfahrung mit der Wollust mitgerissen wurde. Er zog sich zurück und wollte frohlocken, als sich ihre Lippen mit bewegten. »Ich glaube, wir haben heute sehr gut zusammengearbeitet.«

»Ich stimme dir zu«, sagte sie mit leiser, verführerischer Stimme. »Überhaupt waren wir nur selten unterschiedlicher Meinung.«

Verdammt. Wann hatte sie sich von einer Jungfer in eine Sirene verwandelt? Sie schlang die Arme um seinen Nacken und presste zum ersten Mal ihre vollen Brüste gegen seine Brust. Ihm stockte der Atem, und sein Glied schwoll an.

Damit machte sie ihre Wünsche sogar noch klarer deutlich als zuvor, bei ihrem Kuss. Er neigte den Kopf wieder hinunter, um ihre Lippen mit seinen zu berühren. Vielleicht sollten sie später sprechen. Ihr Mund öffnete sich, und er nutzte es aus, schmeckte sie, trank, als wäre er in einer Wüste gestrandet. Ein sanftes Stöhnen klang von ihren Lippen, und ihre Zunge berührte seine, zunächst tastend, als ob sie noch lernte, wie sie die Kontrolle übernahm, dann mit mehr Selbstbewusstsein. Es schien, als wollte sie alles, was er ihr geben konnte.

Sie fühlte sich so gut, so weich und bezaubernd an. Langsam, um sie nicht zu erschrecken, umfasste Con einer ihrer Brüste und ließ den Daumen über ihren Nippel gleiten. Sie legte den Kopf erneut zurück, vertiefte den Kuss und schmiegte ihren Körper enger an ihn. Dieses Mal schob er die Hand zu ihrem Hintern und zog sie an sich. Ihre Finger spielten mit seinem Haar im Nacken, sanft kratzte sie über die Haut seines Hinterkopfs.

Wollte sie ihm auf diese Weise sagen, dass sie ihn heiraten wollte? Oder war es nur eine Folge der Gefahr, in der sie heute geschwebt hatten, als sie Miss Cloverly gerettet hatten? Er musste das verdammt noch mal herausfinden, bevor sie zu weit gingen.

Charlotte schloss die Arme fester um ihn, wobei sie an seinem Körper nach oben glitt. Gott, sie würde sein Tod sein. Sein Glied war härter als jemals zuvor, es drückte gegen ihren Körper, und verdammt, er wollte sie mehr als er jemals eine Frau begehrt hatte.

Er wollte sie schon, seit sie sich zum ersten Mal begegnet waren, aber dies ... dies war noch mehr. Nicht eine reine Verführung. Wobei er in diesem Augenblick keinen Schimmer hatte, wer wen verführte. Diese Frau wollte er für den Rest seines Lebens.

Ihr Griff in seinem Nacken lockerte sich, und sie schlüpfte mit einer Hand unter seine Jacke und an seinen Rücken. Sie stoppte ihre Finger knapp oberhalb seines Hinterns, verlockend dicht davor, ihn auf die gleiche Weise zu berühren, wie er es mit ihr tat.

Cons Blut kochte, als entzündeten sich kleine Feuer auf seiner Haut und in seinen Adern. Er wollte ihren nackten Körper mit seinen Händen berühren und ihre Hände auf seinem Körper spüren. Niemals hätte er geglaubt, dass eine unschuldige Jungfrau ihn so sehr erregen könnte. Er wollte nur noch ihre Röcke hochheben und in sie eindringen, um sie für immer zu der Seinen zu machen.

Dann würde sie ihn heiraten müssen. Oder ihn für den Rest ihrer beider Leben hassen. Christus, er wusste nicht einmal, ob sie wusste, was sie tat oder welche Wirkung sie auf ihn hatte.

Und das musste er herausfinden.

Jetzt.

Wenn sie nicht vorhatte, sich an ihn zu binden, ein Paar aus ihnen zu machen, dann musste das aufhören, bevor es noch weiterging.

Er zog sich langsam von ihrem Kuss zurück, drückte die Lippen auf ihren Mundwinkel, dann auf ihre Wange und den Hals hinunter, als sie seufzte.

»Charlotte, Liebste.«

Constantines Lippen lagen an Charlottes Hals, wodurch seine Worte undeutlich klangen, aber dennoch verstand sie sie. Sie kämpfte gegen die prickelnde Freude an, die sie verspürte, als er sie seine Liebste nannte. Liebte er sie wirklich, oder war das nur ein Kosewort?

Wie sollte sie es wissen? »Ja?«

»Bedeutet dies, dass wir heiraten werden?« Seine Stimme war ein tiefes Knurren. »Und zwar bald?«

Sie öffnete die Augen und sah zu ihm auf. Ein ängstlicher Ausdruck umwölkte seine grünen Augen. Als hätte er genauso viele Fragen wie sie, und sie lächelte. »Ja, das bedeutet es.«

»Gott sei Dank!« Die Worte klangen eher wie ein Knurren, und er presste den Mund hart auf ihren.

Sie hätte beinahe gelacht, als er sie in seine Arme riss. Er musste sie lieben. Warum sollte er sonst ihren Ärger und den ihrer Familie riskieren?

»Ist dein Zimmer dort drüben?«

»Ja.« Oder vielleicht wollte er sie nur, liebte sie gar nicht und scherte sich nicht um das, was sie empfand.

Er hielt sie fest, als er mit langen Schritten den Abstand zur Tür überwand. »Und dein Mädchen?«

»Ich sagte ihr, dass ich sie nicht mehr brauche.« Charlotte zog seinen Kopf herunter und küsste ihn. Ihre Freundinnen hatten ihr gesagt, sein Kuss würde ihr verraten, was sie wissen wollte, doch war sie sich nicht ganz sicher. Aber vielleicht traute sie nur sich selbst nicht ganz. Obwohl sie das sollte. Trotz aller Widrigkeiten war ihr allererster Eindruck, den sie von ihm gewonnen hatte, richtig gewesen. Constantine war freundlich, fürsorglich, und er wollte den Menschen helfen, die vom Schicksal weniger gut bedacht worden waren als er selbst. Er hatte einfach nicht begriffen, dass er anderen Schaden zufügte. Und sobald er seinen Irrtum erkannt hatte, tat er etwas dagegen.

Sie wusste, dass sie recht hatte. All diese Fragen, mit denen sie sich quälte, waren nur Ausdruck der Angst vor der Veränderung, die ihr bevorstand. Und der Tatsache, dass er ihr noch nicht gesagt hatte, dass er sie liebte.

Er balancierte mit ihr, als er den Riegel hob und die Tür öffnete. Als sie im Raum waren, setzte er sie sorgsam ab, und sie spürte jeden Zentimeter seines muskulösen Körpers an ihrem, als ihre Füße den Boden berührten.

Etwas, das sich so hart wie Stahl anfühlte – das musste der Grund sein, warum manche es als Schwert bezeichneten – drückte gegen ihren Bauch, und sie wollte die Stelle streicheln, doch das wäre für den Augenblick vielleicht doch zu verwegen. Stattdessen rieb sie sich daran und schmunzelte in sich hinein, als er erneut stöhnte und sie in die Arme zog.

Es fühlte sich richtig an, so mit Constantine zusammen zu sein. Früher an diesem Tag hatte sie zum ersten Mal gedacht, dass sie ihn für immer wollte; nun wusste sie, dass sie ihn nie wieder loslassen wollte.

Er hob den Kopf und unterbrach damit ihren Kuss. Ein Lächeln zuckte um seine strengen Lippen, doch seine Augen waren warm vor Begierde. »Verführst du mich gerade, Liebste?«

Da sagte er es wieder: Liebste. Liebte er sie? Sie wollte fragen, doch die Angst hielt sie zurück. Was würde sie tun, wenn er sie nicht liebte? Ja, sie war sich sicher, dass sie ihn liebte. Aber könnte sie das auch, wenn er sie nicht wiederliebte? Sie kräuselte die Nase und konzentrierte sich auf die gestellte Frage. »Ich versuche es.«

»Warum?« Er blickte sie mit einem solch intensiven Blick an, dass sie beinahe sprachlos war.

»Weil wir hei-heiraten werden?« Sie fühlte sich wie eine Närrin. Das war sicherlich der Augenblick, ihm zu sagen, dass sie ihn liebte.

»Ist das alles?« Constantines Finger schlossen sich fester um sie, um sie näher an sich zu ziehen. »Charlotte, wenn nur dieses erste – ach was. Es ist nicht das, was ich sagen will. Charlotte, ich liebe dich. Ich kann mir ein Leben ohne dich nicht mehr vorstellen. Wenn du nicht das Gleiche empfindest ...«

Dem Himmel sei Dank! »Ich liebe dich auch.« Sie presste die Lippen auf seine, begieriger denn zuvor. »Ich möchte den Rest meines Lebens mit dir verbringen.«

Er lehnte die Stirn an ihre. »Dann lass uns dies jetzt richtig machen.« Er schob ihre Schultern gerade so weit zurück, dass sie sich ins Gesicht blicken konnten. »Lady Charlotte, würdet Ihr mir die Ehre erweisen, meine Frau, die Mutter unserer Kinder und meine Marquise zu werden? Willst du jeden Abend mit mir schlafen gehen und jeden Morgen mit mir erwachen? Willst du mit mir alt werden? Und willst du es mir jedes Mal sagen, wenn ich mich wie ein Narr aufführe?«

Freudentränen prickelten in ihren Augen, und bei seinem letzten Satz hätte sie am liebsten laut gelacht. Sie hatte keinen Heiratsantrag erwartet, und schon gar nicht einen so zauberhaften. »Ich will Euch heiraten, Constantine Kenilworth, und ich will Euch und unsere Familie den Rest meiner Tage lieben. Und ich werde nie damit aufhören, es dir zu sagen, wenn du falschliegst.«

Er eroberte ihren Mund erneut, und ihr Kleid rutschte herunter. »Was machst du denn da?«

»Ich helfe dir dabei, mich zu verführen«, murmelte er an ihren Lippen.

KAPITEL 25

»Wie rücksichtsvoll.« Charlottes Kleid fiel rauschend zu Boden.

»Keine Ursache.« Constantine widmete sich ihren Unterröcken und dem Korsett.

Sie löste seine Krawatte und warf sie beiseite, dann befasste sie sich mit seinem Kragen, dem Hemd und der Weste. Bald kamen sie zu ihren Schuhen, die sie leicht abstreifen konnten. Er öffnete die Schnallen an ihrem Strumpfhalter, und ihre Strümpfe glitten zu ihren Füßen hinunter. Constantine hob sie hoch und legte sie aufs Bett, dann kletterte er neben sie.

Charlotte ließ die Hände über seine Brust gleiten und verfing sich mit den Fingern im weichen Haar, das seine straffe Haut bedeckte. »Du bist so anders als ich.«

Er umfasste ihre Brüste und leckte an einer Brustwarze, worauf sie vor Verlangen stöhnte. »Diese Tatsache kann ich nur als positiv empfinden.«

Sie hielt seinen Kopf an ihrer Brust fest. »Überaus positiv.«

Er streckte ihre Arme zu den Seiten und hielt sie dort fest, während er sich einen Weg über ihren Bauch und weiter hinunter leckte und küsste. Zwischen ihren Beinen entstand eine unbekannte Anspannung und erfasste von dort aus ihren ganzen Körper. Noch nie hatte sie solche Hitze und solches Verlangen verspürt. Ein

Teil von ihr wollte ihm Einhalt gebieten, doch der andere Teil wollte, dass er immer weitermachte.

Mehr. Oh, bitte mehr.

Er berührte mit der Zunge ihren Venushügel, und sie wölbte sich ihm entgegen. »Himmel, was auch immer du gerade machst, bitte hör nicht auf damit.«

»Du schmeckst nach würzigem Honig.« Constantine gluckste, dann leckte er wieder. »Komm für mich, meine Liebste.«

Sein Finger füllte sie aus, und sie dachte, sie verlöre den Verstand. Wie viel mehr konnte sie aushalten? Die sich aufbauende Spannung entlud sich und entspannte sich dann. Einen Augenblick dachte Charlotte, sie würde sterben, als die Lust sie am ganzen Leib zucken ließ.

Con bedeckte sie mit seinem großen, starken Körper, er küsste sie und hielt sie fest. »Weißt du, was ehelicher Verkehr ist?«

Ihre Glieder waren locker, und noch nie in ihrem Leben hatte Charlotte sich so entspannt gefühlt. Er kniete sich zwischen ihre Beine, und sein Glied stupste ihren Eingang. Sie rieb sich an ihm, um ihn zu ermutigen. »Dotty hat es mir gesagt.«

»Was hat sie dir erzählt?« Seine Stimme klang angespannt. Vor Anstrengung oder etwas anderem, wovon Charlotte nichts wusste.

»Dass es zuerst wehgetan hat, aber dann herrlich war.«

Er schob sich in sie, füllte sie langsam aus. »Vertrau mir, und ich bereite dir den Himmel.«

Wieder? Sie konnte sich nicht vorstellen, dass irgendetwas besser wäre als das, was er gerade getan hatte. »Ich vertraue dir.«

Großer Gott, Charlotte war eng. Con hatte alles getan, was er konnte und was er wusste, um sie vorzubereiten. Er war erleichtert, dass sie zumindest ein wenig darüber wusste, was sie erwartete. An dieses erste Mal würde sie sich den Rest ihres Lebens erinnern, und er musste sie dazu bringen, es zu genießen. Vor allem nach seiner Prahlerei. Den Himmel bereiten, natürlich. Er hätte es bei herrlich bewenden lassen sollen.

Er glitt in ihr vor und zurück und beherrschte sich, wo er doch nichts wollte, als in sie hineinzustoßen und sich in ihrem Körper zu verlieren. Er hatte noch nie Schwierigkeiten gehabt. Er hatte immer dafür gesorgt, dass seine Partnerinnen ebenfalls ihr Vergnügen hatten. Doch mit Charlotte war alles anders.

Er liebte sie mehr, als er für möglich gehalten hätte, und betete, dass sie keine großen Schmerzen empfinden würde. »Schling deine Beine um mich.« Charlotte tat, was er sagte, und Con drang vor. Sie schrie auf, verkrampfte sich um ihn, und er hielt inne, damit ihr Schmerz sich zurückziehen konnte. »Das war das Schlimmste, meine Liebste. Geht es dir gut?«

Sie blieb eine Weile still, dann schenkte sie ihm ein kleines Lächeln. »Es wird schon besser.«

Er bewegte sich wieder, langsam dieses Mal, und wartete auf ein Zeichen, dass ihre Lust sich wieder aufbaute. Ein leiser Seufzer entkam ihren von seinen Küssen angeschwollenen Lippen. Ihr Atem ging stoßweise, und ihre Beine umfassten ihn fester. Einen Augenblick darauf rief sie seinen Namen, und er ergoss sich in sie, verströmte seinen Samen. Er machte sie auf die einfachste und grundlegendste Weise zu der Seinen. Sie würde ihn nun nicht mehr verlassen. Sie konnte ihn nicht mehr verlassen.

Charlotte war für immer sein. Den Schicksalsgöttinnen sei gedankt, dass ihre erste Vereinigung so gut verlaufen war.

Der Druck, den Con in letzter Zeit verspürt hatte, verließ seinen Körper. Er konnte sich kaum noch dazu bringen, sich neben sie fallen zu lassen, anstatt über ihr zusammenzubrechen. Er zog sie dicht an sich heran, barg sie an seiner Brust und murmelte in ihr Haar: »Charlotte, ich liebe dich. Ich wusste nicht, wie groß der Unterschied sein würde, wenn Liebe ins Spiel kommt.«

»Ich liebe dich auch, Constantine.« Sie rollte sich herum und kuschelte ihre Wange an seine Brust. »Du hattest recht, ich war im Himmel.«

Er wollte sich nie wieder bewegen, nie wieder dieses Bett verlassen. Dann fiel ihm jedoch ein, dass sie eine Jungfrau gewesen war, und wenn er nicht bald etwas unternähme, würde jeder in diesem verfluchten Hotel wissen, was geschehen war. »Bleib hier. Genau, wo du bist. Ich bin gleich zurück.«

Mit drei langen Schritten war er am Waschtisch, holte ein Stück Leinen und machte es nass. Das Wasser hatte sich abgekühlt, aber vielleicht war das sogar besser. Er säuberte sich selbst. Sogar in diesem schummrigen Licht konnte er ihr Blut sehen. Er spülte das Tuch aus und kehrte zu Charlotte zurück, wischte sie sanft ab und tupfte das Betttuch ab.

»Was machst du da?«

»Ich wasche uns etwas.« Um das Wasser wollte er sich am Morgen kümmern. »Dein Mädchen wird morgen früh nach den Betttüchern schauen müssen.«

Er warf das Tuch zur Schüssel und kletterte ins Bett, wo er sich erneut an sie kuschelte. Eine Zufriedenheit, wie er sie nie zuvor erlebt hatte, füllte ihn aus. »Wann wollen wir heiraten?«

»In der nächsten Woche vielleicht.« Sie hob den Kopf und lächelte ihn an. »Ich glaube nicht, dass man uns erlauben wird, vorher zu heiraten. Zu unserem Glück will Matt Daisy nach Stanwood zurückholen, bevor sie wirft.«

Con versuchte, sich einen Wurf Welpen rund um Stanwood House vorzustellen, und lachte. »Den Schicksalsgöttinnen sei Dank für trächtige Hunde.«

»Oh, wirklich.« Charlottes Lippen verzogen sich zu einem Lächeln. »Ich weiß noch, dass Daisy, als wir sie aussuchten, zehn Geschwister hatte.«

Con musste Worthington noch sagen, dass er und Charlotte einen der Welpen wollten. »Es wundert mich, dass er sich zum Züchten entschied, während ihr in London wart.«

»Nun, ganz so hat es sich nicht zugetragen.« Sie lachte. »Tatsächlich hat er für Daisy ein Gehege bauen lassen, um Duke von ihr fernzuhalten.«

Das hätte eigentlich funktionieren müssen. Zumindest hatte es das bei den meisten seiner Jagdhunde. »Was ist passiert?«

»Mary und Theo.« Charlotte kicherte. »Für die beiden war klar, dass die Doggen zusammen sein wollten, und sie meinten, es würde nicht schaden, wenn sie Daisy herauslassen.«

Er stimmte in ihr Lachen ein. »Meine Mutter hatte mal einen Mops, der auf eine meiner Jagdhündinnen scharf war. Natürlich haben wir die Tiere getrennt, als die Zeit der Hitze kam. Eines Tages entdeckte sie der Stallbursche: Der Mops hatte sich einen Tunnel unter der Stallwand gegraben, und der Jagdhund zog ihn an den Ohren heraus.«

Con küsste sie, als sie in Begeisterungsstürme ausbrach. »Es tut mir leid. Ich sollte daran denken, dass wir nicht laut sein dürfen.«

»Momentan nicht. Wenn wir erst in unserem eigenen Haus sind, werden wir tun und lassen können, was wir wollen.«

Ihre Lider begannen sich zu senken, doch er brauchte ihre Aufmerksamkeit noch etwas. »Wir werden eines Tages Hundewelpen haben.«

Etwas landete auf dem Bett und begann zu schnurren. Die Katze hatte er ganz vergessen.

»Und Kätzchen«, murmelte Charlotte mit schläfriger Stimme.

Con zog die Decken über sie beide. Eine Sekunde später rollte sich die Katze neben Charlotte auf seiner Brust zusammen. Er streichelte sie und bewunderte die Weichheit ihres Fells. »Und Kätzchen.«

So würde sein Leben mit Charlotte aussehen: Hunde, Katzen, ihre Kinder und eine Liebe, die er sich nie hätte ausmalen können.

Con konnte nicht erwarten, dass es damit ernstlich losging. Sobald sie zurück nach London kamen, würde er eine Sondergenehmigung beantragen.

Stunden später sickerte Licht durch den Schlitz im Vorhang und weckte ihn auf. Er lag da, lauschte auf

Charlottes leises Atmen und staunte darüber, dass sie nun für immer Teil seines Lebens sein würde.

Sie ist mein.

Ganz gleich, was geschähe, sie wäre immer bei ihm.

Das Kätzchen streckte sich und trat mit den Pfötchen seine Brust. Mit seinen großen, gelben Augen schien es ihn zu mustern.

»Ich vermute, du brauchst etwas.« Er streichelte die Katze erneut und freute sich übermäßig, als sie zu schnurren begann. »Wir werden bald frühstücken.«

Tatsächlich wollte er Charlotte erneut lieben, aber Con war sich nicht sicher, was geschähe, wenn er das Kätzchen nötigte, sich zu bewegen. Er wollte jedenfalls nicht von ihren Krallen gekratzt werden. Wahrscheinlich war Charlotte auch wund. Heute Abend wäre noch früh genug.

Aus seinem Zimmer drangen Geräusche, die seinen Frieden störten. *Verdammt.* Cunningham war bereits auf und bei der Arbeit. Sie würden das Inn zeitig verlassen müssen, um Miss Cloverly zurückzubringen, aber sicherlich konnte es noch nicht so spät sein.

Con schlüpfte aus dem Bett, raffte seine Kleidung zusammen und öffnete die Tür zu seiner Schlafkammer.

Die Augen seines Leibdieners weiteten sich – vielleicht – aber er hätte es nicht beschwören können. »Sie können mich beglückwünschen. Lady Charlotte und ich werden nächste Woche heiraten.«

»Das sind die besten Neuigkeiten, Mylord. Glückwunsch.« Cunningham war damit fertig, Cons Ausstattung für den Tag bereitzulegen. »Das Frühstück wird in Kürze serviert.«

Zwei Türen wurden geöffnet und wieder geschlossen, und er widerstand dem Drang, sich über die Stirn zu reiben. Nur wenige Minuten später, und er wäre in ihrem Bett erwischt worden. Auf gewisse Weise war das noch viel beunruhigender, als wenn sein Kammerdiener wusste, dass er mit ihr geschlafen hatte.

Etwa eine halbe Stunde darauf betrat er den Salon. Lady Merton, die ihn gebeten hatte, Dotty zu ihr zu sagen, schenkte gerade Tee für Merton aus, während Charlotte sich soeben am Tisch niederließ. Die Kätzchen purzelten über den Boden und achteten nicht auf die Anwesenden.

Con ging um sie herum und nahm den Stuhl neben Charlotte. »Guten Morgen.«

Sie lächelte mit einem schläfrigen Ausdruck in ihrem schönen Antlitz. »Guten Morgen. Wie möchtest du deinen Tee?«

»Mit Milch und zwei Stück Zucker.« Er bemerkte eine zweite Teekanne neben ihrem Ellbogen. Er nahm die Tasse, die sie ihm reichte, und nippte daran. »Perfekt.«

»Das ist eine weitere Sache, die wir gemeinsam haben«, sagte sie und griff nach ihrer Tasse. »Ich werde mit Collette einen kurzen Spaziergang machen, bevor wir fahren. Ich konnte gestern den ganzen Tag nichts mit ihr unternehmen.«

Ein vages Gefühl des Unbehagens lief ihm das Rückgrat entlang. Es war so ähnlich wie das, das er verspürt hatte, als das Abenteuer mit ihr begonnen hatte.

Einer der Männer, die sie entführt hatten, war noch immer verschwunden. Allerdings wagte er nicht, ihr den Ausgang zu verbieten. Das würde sie nicht gut auffassen. Er konnte sie auch nicht überfürsorglich behandeln. Aber er konnte sie vom Balkon aus beobachten, der zur Vorderseite des Gasthauses lag. »Würdest du mir den Gefallen tun, auf dem Hof zu bleiben?«

Sie nickte und schluckte den Bissen Toast herunter, an dem sie gerade kaute. »Ich bleibe auf der Seite und achte darauf, den Kutschen und Pferden nicht im Weg zu sein.«

»Danke sehr.« Er bedeckte ihre Hand. Con fing einen Blick von Merton auf. Er war ihr Vetter und offiziell zum Wächter ihres Wohlergehens eingesetzt worden. Sie drehte ihre Hand in seiner und hielt sie, als wolle sie ihr Einverständnis geben, die Neuigkeit mitzuteilen. »Charlotte und ich haben beschlossen, nächste Woche zu heiraten.«

»Wie wunderbar!« Dotty kam um den Tisch herum, um Charlotte zu umarmen. »Ich freue mich so für dich.« Sie blickte Con an. »Und für dich auch. Du wirst nie eine süßere und freundlichere Person als Charlotte finden.«

Oder eine stärkere Frau. »Ich weiß, wie viel Glück ich habe, sie für mich gewonnen zu haben.«

Merton schüttelte Con die Hand. »Ich wünsche dir alles Gute.«

Zu viert plauderten sie noch einige Minuten, während sie das Frühstück beendeten. Doch es war klar, dass sie mehr daran dachten, was geschehen würde, sobald sie im *Dove* ankämen.

Charlotte erhob sich. »Wir treffen uns im Vorhof.« Sie blickte sich im Raum um. »Collette, *venez.*«

Zu seiner großen Überraschung lief das Kätzchen zu Charlotte und setzte sich zu ihren Füßen hin. »Ich kann ehrlich sagen, dass ich noch nie von einer Katze gehört habe, die so etwas tut.«

Wenige Minuten darauf stand Con auf dem Balkon und betrachtete Charlotte, die ihr Kätzchen an der Leine spazieren führte. Jemmy stand nicht weit von ihr weg und passte auf ihren Korb auf. Cons Pferde, die an seinen Phaeton gespannt waren, wurden in die Mitte des Hofes geführt, nicht weit von Charlotte entfernt.

Es war Zeit zu gehen. Als er sich vom Fenster abwenden wollte, hielt eine schwarze Kutsche neben Charlotte. Ein Mann sprang ab, ergriff sie und zog sie in die Kutsche, dann schlug er die Tür zu.

Zur Hölle! Nicht schon wieder.

»Sie haben Charlotte!«, rief er und rannte aus dem Salon.

»Verdammt«, fluchte Merton.

Con erreichte den Vorhof als Erster und sprang in seine Kutsche. »Jemmy ist auf der Rückseite der Kutsche.« Noch eine Sache, mit der Schluss sein musste. »Gib mir Charlottes Korb.«

»Wo ist Collette?«, rief Dotty.

»Sie ist vor Schreck in den Korb gesprungen«, antwortete Merton, holte die Katze heraus und reichte sie ihr. »Sie kann hier bei Cyrille bleiben.«

»Ich nehme sie mit rein.«

»Wer ist der Junge?«, wollte eine ältere Dame in schrillem Ton wissen. »Der Junge auf der Rückseite der Kutsche. Ich verlange zu wissen, wer er ist.«

Eine Frau, die etwas älter als seine Mutter war, schritt auf Con zu, doch er hatte keine Zeit zu verlieren. Er musste Charlotte hinterher. »Dort steht Lord Merton. Fragt ihn.«

Die Kutsche war mehrere Minuten lang außerhalb von Cons Sichtweite, doch dann sah er Jemmy winken. Mit etwas Glück wären sie beim *Dove* gleichauf. Con betete nur, dass die Crowes nicht zu geschockt wären, wenn sie sahen, dass Charlotte hereingebracht wurde, und ihren Plan dann ruinierten.

Er fuhr am *Dove* vorbei, und seine Hoffnung auf eine rasche Rettung zerstob. Wohin zur Hölle wurde sie gebracht?

Eine große Postkutsche zog vor ihn. Con versuchte, sie zu überholen, doch das verfluchte Gefährt hielt sich fast in der Mitte der Straße und machte keinen Platz, bis sie Twickenham erreichten.

Hölle und Verdammnis! Die Kutsche mit Charlotte war verschwunden. Wie zur Hölle sollte er sie finden, bevor es zu spät war?

Hinter ihm erklang das Trommeln von sich näherndem Hufschlag, und er lenkte die Kutsche zur Seite.

»Mylord.« Einer von Mertons Vorreitern erschien an Cons Seite. »Seine Lordschaft schickt uns, Euch zu helfen.«

Gott sei Dank. »Wie viele Männer haben Sie dabei?«

»Vier, Mylord.«

»Die Kutsche ist irgendwo zwischen dem *Dove* und hier abgebogen. Sucht jede Straße und jeden Pfad ab. Sie muss schnell gefunden werden.«

»Ja, Mylord.«

Die Reiter galoppierten zurück die Straße entlang. Con wendete seinen Phaeton. Hätte er doch nur auf die abzweigenden Wege und Straßen geachtet, aber er war so versessen darauf gewesen, die Kutsche einzuholen, dass er nicht aufgepasst hatte. Glücklicherweise

würden die Vorreiter mehr Gelände durchsuchen können als er allein.

Die Rettung war, dass es bis zum *Dove* gar nicht weit
war. Er rieb sich mit der Hand über das Gesicht. Aber
wie viele verfluchte Nebenstraßen gab es?

Das war das Entscheidende.
Er betete, dass Charlotte bis zu seiner Ankunft nichts
geschähe.

KAPITEL 26

Verflixt, verflixt, verflixt! Charlotte richtete sich vom Boden der Kutsche auf und probierte den Türgriff aus. Abgesperrt, und es schien kein Schlüsselloch zu geben.

Verflucht aber auch!

Sie atmete tief ein und richtete ihre Haube, bevor sie sich einen Überblick über ihre Lage verschaffte. Keine Pistole, kein Messer, aber wenigstens war Collette in Sicherheit. Sie war inzwischen vermutlich in ihr Körbchen geklettert, wo sie sich sicher fühlte.

Jemmy wusste, dass Charlotte erneut entführt worden war, aber er war auf der Rückseite der Kutsche. Das bedeutete keine Hilfe. Die Frage war, ob noch jemand es wusste.

Mit etwas Glück würde Burt – sie hatte den Kerl noch von ihrer letzten Entführung in Erinnerung – am *Dove* anhalten. Dann würde sie gerettet, sobald Constantine und ihr Vetter auftauchten.

Sie blickte gerade rechtzeitig aus dem Fenster, um zu sehen, dass sie an dem Inn vorbeifuhren. So viel dazu.

Verflucht! Sie musste unbedingt ein paar bessere Schimpfwörter lernen. In Zeiten wie diesen wären sie hilfreich.

Constantine wird mich finden.

Dieser Gedanke erfüllte sie mit Ruhe. Er liebte sie und würde nie zulassen, dass jemand anderes ihr etwas antat. Aber wie lange würde es dauern, bis er bemerkte, dass sie entführt worden war und wohin sie gebracht wurde? Ja, er würde sie suchen, aber am besten versuchte sie auch, sich selbst zu helfen.

Etwas später rumpelte die Kutsche, als wären die Räder in ein Loch gesackt, hielt an, und die andere Tür wurde geöffnet.

»Diesmal geht Ihr mir nich durch die Lappen, Mylady.« Burt griff nach ihrem Arm, seine Finger gruben sich in ihr Fleisch, und zog sie grob aus der Kutsche. »Hier gibt's keine feinen Pinkel, die Euch helfen können.«

Charlotte wollte ihm sagen, dass er tot oder im Gefängnis landen würde, sobald ihr Verlobter sie fand. Aber es wäre nicht sinnvoll, ihn vorzuwarnen. Stattdessen hielt sie den Mund, streckte die Schultern und warf ihm einen Blick zu, bei dem sie sich alle Mühe gab, wie Lady Bellamny die Botschaft zu übermitteln »Du bist Schmutz unter meinen Füßen«.

»Ihr werdet nicht mehr so hochnäsig sein, wenn der andere Pinkel kommt und Euch abholt.« Er feixte boshaft.

Ihr stieg die Galle auf und drohte, sie zu ersticken, aber sie ließ ihn ihre Angst nicht sehen. Constantine hatte recht. Es war keine Rache. Jemand hatte für ihre Entführung gezahlt. Aber wer?

Sie schüttelte sich innerlich, was ihr nicht schwerfiel, wenn man bedachte, dass sie von einem Wüstling in ein Inn gezerrt wurde, das eindeutig nur so von Ungeziefer wimmelte.

Dennoch hatte sie das starke Gefühl, dass ihr Verlobter nicht weit weg war. Vielleicht konnte sie etwas Zeit gewinnen, wenn sie die Füße fest in den Grund grub und ihre Abführung erschwerte.

Sie betrachtete die Umgebung. Sie waren vielleicht vier Meilen vom *Dove* entfernt. Die Richmond Road war durch die Bäume zu erkennen. Ein Schild, das schief am Gebäude hing, verkündete, dass es sich um das *Dirty Duck* handelte. Nun, diesem Namen tat es alle Ehre. Die Taverne war schmutzig weiß gestrichen. Das Dach fiel zur einen Seite ab, als ob ein Teil des Gebäudes versinken würde.

»Kommt schon.« Burt riss an ihrem Arm.

Charlotte raffte die Röcke zusammen und hob sie etwas, um sie vor den Drecklachen zu schützen, die den Hof übersäten. Er führte sie zur Seite des Gebäudes, zog einen Schlüssel hervor, schloss eine Tür auf und zog sie hinein.

Der Raum war überraschend gut ausgestattet und sauber, beinahe, als wäre er Teil eines anderen Gebäudes. Ein Schreibtisch stand an einem Ende des Raums, etwas versetzt zu einem Fenster. Irrationalerweise hatte Charlotte den Drang, das Möbelstück zu verschieben, damit es in der Mitte der Wand stünde. Es gab einen quadratischen Tisch mit vier Stühlen. Auf einer Anrichte standen Karaffen. In einer davon war Brandy, da war sie sich sicher. Es gab mehrere Schiebefenster: drei auf einer Seite und zwei zum Hof hin. Eine andere Tür schien zur Taverne zu führen, und eine dritte war im Hintergrund des Raums zu sehen.

Wenn er sie allein hierlassen würde, wäre es nicht schwer, zu entkommen. Vorausgesetzt, die Fenster ließen sich öffnen natürlich.

Erneut riss er an ihrem Arm und zog sie zur Rückseite des Raums, wo er sie in eine kleine Kammer drängte. Sie war mit einem Bett ausgestattet, und das einzige Fenster war mit Eisenstangen versehen. Das war gar nicht gut.

Sie wirbelte herum und sah, wie die Tür zugeschlagen wurde, dann hörte sie das Schloss einrasten.

Na, zumindest war sie allein. Sie ging zur Tür und drückte das Ohr dagegen. Es war kein Geräusch zu hören. Bedeutete das, dass der Entführer nicht mehr nebenan war? Sie legte ihr Ohr an die Wand zur Taverne, durch die leise Stimmen drangen.

Es gab nur eines, das sie jetzt tun konnte: versuchen, die Tür zu öffnen. Charlotte zog zwei Nadeln aus ihrem Haar und begann, am Schloss zu arbeiten. Nach kurzer Zeit war klar, dass dieses Schloss seit Längerem nicht mehr gewartet worden war, und ihr Ölkännchen war in ihrem Korb. Sie müsste eine andere Fluchtmöglichkeit ersinnen, doch welche?

Der größte Teil des wenigen Platzes wurde von einem Bett eingenommen. Die Matratze war mit frischen Leintüchern bezogen. Froh, dass kein Ungeziefer zu sehen war, wollte sie sich schon setzen, hielt dann jedoch inne. Die Bettwäsche war für ihren Geschmack zu sauber. Sie hätte nicht klar sagen können, was sie daran störte, doch es war so.

Sie und Constantine hatten sich bereits gefragt, wo Miss Betsy ihre Opfer ablieferte. Dies musste einer dieser Orte sein. Charlotte rieb mit ihren plötzlich feuchten Händen über ihre Röcke. Ganz gleich, was geschah, sie würde nicht zulassen, dass sie Angst bekam.

Dieser Entführer, Burt, hatte gesagt, ein Gentleman würde kommen, um sie zu holen. Ermutigte Miss Betsy die Männer, ihren Gefangenen Gewalt anzutun, bevor sie wieder loszogen? Sorgte sie wegen der Gentlemen dafür, dass die Bettwäsche so sauber war? Charlotte blickte erneut auf das Bett und fröstelte. Es war der einzige Grund, der ihr in den Sinn kam, weshalb hier ein Bett stand. Sie versuchte, nicht erneut zu schaudern oder an die Schrecken zu denken, die sich in dieser Kammer schon abgespielt hatten.

Als sie im Raum auf und ab ging – um nicht auf dem Bett zu sitzen – stolperte sie über einen kleinen Holzschemel und wäre beinahe gefallen. Er hatte vier Beine mit Holzspeichen, oder wie man das nennen konnte, dazwischen. Charlotte hob ihn hoch, um ein Gefühl dafür zu bekommen. Auch wenn er nicht groß war, so war er doch gut und stabil gebaut. Sie übte, ihn von Seite zu Seite und hoch und herunter schwingen zu lassen. Kurz darauf lächelte sie bei sich. Der Hocker würde ihr gute Dienste tun. Wen auch immer sie damit traf, sobald er in das Zimmer trat – sie war sich sicher, damit einigen Schaden anrichten zu können. Nun blieb nur noch die Frage, wen sie damit angreifen würde.

Von der Vorderseite des Inns hörte sie das Geräusch eines Pferdegespanns, das angehalten wurde. Eine Tür wurde geöffnet und zugeschlagen. Sie klammerte sich an den Schemel, froh, eine Waffe gefunden zu haben.

Eine Frauenstimme erklang, doch Charlotte konnte noch nicht verstehen, was die Frau sagte.

»Ma'am«, antwortete ein Mann.

»Das ist Burt«, murmelte sie bei sich. Die Frau musste Miss Betsy sein.

Charlotte stellte den Schemel hin und trat davor. Sie hoffte, ihre Röcke würden ihn verbergen.

Eine Tür in der Nähe, vermutlich die zum Salon, öffnete und schloss sich. »Gute Arbeit«, sagte Miss Betsy, während sie die Tür zum Schlafzimmer öffnete. *Wenn man es nicht besser wüsste, könnte man sie für eine ganz freundliche Frau halten*, dachte Charlotte beim Anblick von Miss Betsys adretter Kleidung. »Fahr zum *Dove* und hol das andere Paket. Unser erster Kunde müsste bald hier sein.«

»Paket? Kunde?« Zorn durchflutete Charlotte bei dem Gedanken an all die Leben, die diese Vettel bereits zerstört hatte. »Sind Menschen für Sie nur das? Ist es Ihnen völlig egal, wen Sie da vernichten?«

»Ich biete eine Dienstleistung an«, antwortete Miss Betsy mit betont gefasster Stimme und zuckte die Achseln. »Was danach passiert, ist nicht meine Sache.«

Bevor Charlotte den Hocker greifen und der Hexe über den Schädel ziehen konnte, schloss Miss Betsy die Tür. Kurz darauf unterbrach das Klirren von Zaumzeug die Stille.

Das Klappern von Metall war zu hören, höchstwahrscheinlich ging die Bezahlung vonstatten, dann wurde die Tür zur Kammer einen Spaltbreit geöffnet. »Wenn Ihr fertig seid, geht durch die Seitentür hinaus. Niemand wird Euch sehen.«

»Sie denken an alles.« Der Mann trat in die Kammer, und Miss Betsy zog die Tür zu. »Jetzt kann Euch niemand mehr retten, meine Liebe«, sagte Lord Ruffington. »Euer Bruder wird unserer Vermählung zustimmen müssen.«

Großer Gott! *Ruffington?* Charlotte kannte ihn kaum. Tatsächlich glaubte sie, dass sie weder mit dem Mann getanzt hatte noch ihm auch nur vorgestellt worden war. Es hatte immer so gewirkt, als wäre er außerhalb ihres Bekanntenkreises.

Sie streckte den Rücken durch und zog eine Braue hoch. »Lord Kenilworth wird das allerdings nicht tun.«

»Glaubt Ihr wirklich, er will Euch noch, wenn ich mit Euch fertig bin?« Er sah zum Bett. »Ich wollte warten, aber vielleicht ist es einfacher, Euch gleich hier zu nehmen.«

Ruffington schlenderte auf sie zu und knöpfte dabei seinen Hosenlatz auf, dann blieb er stehen und blickte nach unten, als hätte er Probleme mit einem Knopf. Charlotte hob den Hocker hoch und schlug ihm damit so fest sie konnte auf den Kopf.

Er fiel auf die Knie und schlug sich die Stirn am Bettrahmen an. »Verfluchtes Weibsstück«, brüllte er und versuchte, aufzustehen. »Dafür wirst du zahlen.«

Ein Rad schlug auf der Holperpiste auf und ließ Con zur Seite schlingern.

Zur Hölle! Er musste langsamer fahren. Wo zum Teufel war dieser verfluchte Ort? Kaum eine Sekunde später kam ein großes, heruntergekommenes Gebäude in Sicht, an dem ein Schild schief von einem hölzernen Ausleger herunterhing. Auf dem Vorhof stand eine Kutsche, die Pferde noch eingespannt.

Er musste Charlotte finden. *Bitte, Gott, lass mich rechtzeitig eintreffen.*

Im Augenwinkel nahm er eine Bewegung auf einer Seite des Inns wahr, wo ein Gentleman durch eine

Seitentür eintrat. Er hielt seinen Phaeton auf einer Seite des Vorhofs an, sprang ab und hastete zu der Seite. Er duckte sich, damit man ihn nicht durch die Fenster sehen konnte.

»Verfluchtes Weibsstück«, brüllte ein Mann. »Dafür wirst du zahlen.«

Jeder Muskel und jede Sehne in seinem Körper waren angespannt, als Con die Tür an der Seite des Inns aufriss, durch den Raum zur hinteren Tür rannte und sie eintrat.

Wie eine Walküre stand Charlotte da, einen Hocker über den Kopf erhoben. Ruffington – dieser Schweinehund – stand gerade auf, eine blutende Wunde am Kopf.

Con ergriff den Hund an seinem Halstuch. Es würde tatsächlich jemand dafür zahlen, jedoch nicht die Liebe seines Lebens. »Nimm das dafür, dass du meine Verlobte beleidigt hast«, knurrte er und rammte Ruffington die Faust ins Gesicht. Beim Geräusch der brechenden Nase grinste Con. Blut floss über das Gesicht des Schuftes auf sein Halstuch, als er rückwärtstaumelte. »Und das dafür, dass du auch nur daran gedacht hast, sie zu entehren.«

Con hielt das Halstuch fest und rammte dem Schurken die Faust gegen den Kiefer. Ruffington sackte bewusstlos zu Boden. »Schade, dass ich ihn nicht umgebracht habe.« Das hätte er zu gern getan. Er zog Charlotte zu sich heran. »Geht es dir gut? Ich hatte solche Angst, ich würde nicht ankommen, bevor ...«

»Ja, ja, es geht mir gut.« Sie hatte ihre Arme um seinen Hals geworfen, ließ ihn aber wieder los. »Ich kann nicht glauben, dass er ...« Sie wirbelte herum und starrte fassungslos auf Ruffington hinab. »Ich wünschte auch, du hättest ihn getötet. Dieser Schurke! Was werden wir mit ihm machen?«

»Ich bin mir noch nicht sicher.« Ein Strafverfahren gegen Ruffington vor dem House of Lords kam nicht in Frage. Das würde dazu führen, dass Charlottes Ruf ruiniert wäre. »Ich werde mir eine angemessene Bestrafung ausdenken.« Con wollte sie wieder in den Arm ziehen, aber sie mussten fliehen, bevor jemand sie fand. »Wir müssen ihn von hier wegbringen. Wir wissen nicht, wann dieses Schandweib mit Miss Cloverly ankommen wird.«

»Sie ist eben erst von hier weggegangen«, sagte Charlotte.

Con öffnete die Seitentür. Mertons Männer waren eingetroffen und standen bereit, um zu helfen. Er deutete auf die Schlafkammer. »Holt den Mann dort heraus, fesselt ihn und legt ihn in seine Kutsche.«

Als er sich umdrehte, um Charlottes Hand zu ergreifen, stieß er fast mit ihr zusammen. »Lass uns gehen.«

»Sollten wir nicht warten und sicherstellen, dass es zu Ende gebracht wird?«

Natürlich würde sie nicht sofort aufbrechen wollen. Wie töricht von ihm zu glauben, dass sie das wollte. »Wenn du das möchtest, aber nicht hier drin.«

»Nein.« Sie zitterte, als ob der Schrecken dieses Morgens sie einholte.

Er stieß einen Seufzer aus. »Am besten versteckt ihr seine Kutsche und legt ihn in meinen Phaeton. Auf diese Weise können wir ihn im Auge behalten.«

»Ja, Mylord.«

Charlotte und Con standen draußen, als Ruffington zu den Bäumen getragen, auf den Boden geworfen, gefesselt und mit seinem eigenen blutigen Halstuch geknebelt wurde.

»Wir haben ihn gut und fest verschnürt, Mylord«, sagte derselbe Reiter, der die Schänke entdeckt hatte.

»Wie ist Ihr Name?«, fragte Con.

»Jeffers, Mylord.« Er war ein guter Mann. Con würde Vorreiter in seine Dienste nehmen müssen, um Charlotte zu beschützen. Vielleicht wäre Merton bereit, den Diener gehen zu lassen.

»Wir müssen einen Weg finden, Miss Cloverly in Sicherheit zu bringen«, sagte Charlotte. »Könntest du zurück in das Zimmer gehen und dort bleiben, bis wir wissen, dass ihr nichts mehr geschehen kann?«

Con zögerte. Er würde viel lieber bei Charlotte bleiben und für ihre Sicherheit sorgen. Einen Moment lang dachte er daran, einen der anderen Diener zu beauftragen, das Zimmer zu bewachen, aber wenn einer von ihnen einen Adligen oder den Sohn eines Adligen schlug, könnten sie in große Schwierigkeiten geraten.

»Wir werden uns gut um Ihre Ladyschaft kümmern«, sagte Jeffers.

»Nun gut.« Con begleitete Charlotte zu seinem Phaeton, der versteckt abgestellt war. »Wenn du in Gefahr gerätst, warte nicht auf mich. Flieh einfach. Ich komme auf jeden Fall wieder zurück.« Er blickte sich um. »Wo ist Jemmy?«

»Gleich hier, Sir.« Der Junge tauchte hinter der Kutsche auf.

»Du bleibst bei Lady Charlotte.«

Der Junge grinste. »Ich werde sie beschützen, Mylord.«

Con zerzauste ihm das Haar. »Ich weiß, das wirst du. Übrigens,
wenn das alles vorbei ist, müssen wir ein ernstes Wörtchen darüber reden, dass du ständig auf Kutschen aufspringst.« Jemmy öffnete den Mund, aber Con sagte streng: »Jetzt ist keine Zeit, das zu besprechen.«

Der Junge verzog das Gesicht. »Ja, Sir.«

Als er zurück zur Taverne ging, erinnerte er sich an die Frau von diesem Morgen.

Mist. Er hatte vergessen, Charlotte von der älteren Dame zu erzählen, die sich nach Jemmy erkundigt hatte. Con hoffte, die Frau würde sich als Jemmys Verwandte entpuppen. Con schätzte den Jungen immer mehr, aber Charlotte würde sich freuen, wenn er seine Familie wiedergefunden hätte. *Falls* es so war. Ihm fiel kein anderer Grund ein, warum die Frau nach dem Jungen hätte fragen sollen.

In der Zwischenzeit, im Star and Garter ...

Matt ritt kurz vor seiner Kutsche in den Hof. Mehrere Diener in Mertons Livree saßen auf ihren Pferden und waren bereit zum Aufbruch. Er war es zufrieden gewesen, dieses Chaos seinem Vetter und Kenilworth zu überlassen, und hätte es auch getan, wäre nicht sein unerwarteter Gast eingetroffen.

Einen Moment später sah Matt, wie Merton von einer älteren Frau bedrängt wurde. Was zum Teufel war hier los?

»Madam, ich werde später alles erklären«, sagte Merton in einem hochmütigen Tonfall, den Matt seit seiner Hochzeit mit Dotty nicht mehr gehört hatte. »Im Moment habe ich eine dringende Aufgabe, der ich nachkommen muss.«

»Ich verlange ...« Die Frau streckte die Hand aus.

»Kommen Sie mit.« Dotty nahm die Frau am Arm. »Ich werde Ihnen alles erklären, aber mein Gatte muss unverzüglich los.«

Merton stieß hörbar die Luft aus. »Worthington, was machst du denn hier?«

»Ich versuche herauszufinden, was zum Teufel hier los ist.« Er hatte einen anstrengenden Morgen hinter sich, dabei war es noch nicht einmal acht Uhr.

»Ich habe dir geschrieben«, sagte sein Vetter in beleidigtem Ton, als ob das alles erklären würde.

»Ich habe den Brief erhalten, aber Grace war besorgt, und«, Matt deutete auf seine Kutsche, »Miss Cloverlys Verlobter ist eingetroffen.«

Merton schwang sich auf sein Pferd. »Wir haben im Moment keine Zeit für Höflichkeiten. Ich nehme an, du willst mitkommen?«

Matt nickte, als hätte er eine echte Wahl.

»Dann los.« Mertons Kutsche fuhr an, als sie vom Hof ritten. »Ich glaube nicht, dass du deine Kutsche brauchst. Ich habe meine.«

»Ich erkläre es dir später«, sagte Matt. Da trieb Merton seinen Wallach auch schon zum Galopp an, und Matt konnte nichts weiter tun, als ihm zu folgen. Wenige Augenblicke später holte er seinen Vetter ein. »Weißt du, Dominic«, rief Matt über den Lärm der Hufe hinweg, »du hast dir mein Eintreffen selbst zuzuschreiben. Der

Brief, den du geschrieben hast, war bestenfalls lapidar und wenig informativ. Grace war überhaupt nicht erfreut.«

»Ihr könnt euch darauf verlassen, dass ich mich um diese Angelegenheit kümmere«, brummte er und verlangsamte den Galopp.

Matt wurde langsamer, um mit Merton Schritt zu halten. »Ich bin sicher, dass du das kannst, aber sie hat festgestellt, dass es nicht mehr nur um die Rettung von Miss Cloverly geht, und hat sich Sorgen gemacht. Dann, heute früh, traf Ben Mitchell, der Verlobte der jungen Frau, mit meinem Nachbarn Lord Wharton ein.«

Merton schloss einen Moment die Augen. »Ich nehme an, du musstest ihn mitbringen?«

»Du weißt so gut wie ich, dass ich keine Wahl hatte. Würdest du zurückbleiben, wenn Dotty in Schwierigkeiten wäre?«

»Nein, natürlich nicht.«

Das waren genau die Worte, die Matt von seinem Cousin erwartet hatte. »Dieser Mann gehört zwar nicht den Adel an, aber er ist nicht weniger besorgt um seine Verlobte. Übrigens, wo ist Kenilworth?« Matt kannte Kenilworth seit Jahren. Es ergab keinen Sinn, dass er nicht da war. »Ich kann mir nicht vorstellen, dass er bei dieser Sache nicht mitwirkt.«

»Hinter Charlotte hergefahren.« Merton spannte den Kiefer an. »Sie wurde heute Morgen entführt, als sie mit ihrer Katze spazieren ging. Es gibt keinen Grund zur Sorge. Ich habe vier Männer mit ihm geschickt.«

Verfluchte Scheiße. »Wie um Himmels willen ist das denn passiert?«

Bevor sein Vetter antworten konnte, wendete ein livrierter Diener, der ihnen entgegenkam, sein Pferd und schloss zu ihnen auf. »Mylord. Ich habe eine Nachricht von Lord Kenilworth. Ich soll Euch sagen, dass alles in Ordnung ist und er in der Winkelschänke bleiben wird.«

Gott sei Dank war Charlotte in Sicherheit. Grace hätte ihn umgebracht, wenn ihrer Schwester etwas zugestoßen wäre. Aber was zum Teufel taten sie in einer Winkelschänke?

»Gut«, sagte Dominic. Sie hatten das *Dove* erreicht, und er suchte mit den Blicken den Vorplatz des Gasthauses ab. »Wir liegen gut in der Zeit.« Die Kutsche der Mertons fuhr zur Rückseite des *Dove*, und abermals fragte sich Matt, was da vor sich ging. Sein Vetter wandte sich an einen seiner Vorreiter. »Versteckt unsere Pferde und Lord Worthingtons Kutsche. Bringt Mister Mitchell durch die Hintertür hinein.« Dominic blickte Matt an. »Sobald wir an Ort und Stelle sind, werde ich dir und Mitchell alles erklären.«

»Nun gut.« Schließlich gab es darauf keine andere Antwort. Sie konnten nicht auf dem Hof herumsitzen und die Angelegenheit besprechen.

Sein Vetter wandte sich an den Diener. »Jeffers, komm zu mir, wenn du fertig bist.«

»Ja, Mylord.«

Der Gastwirt empfing sie an der Tür. »Alles ist vorbereitet, Mylord. Meine Frau bringt Miss Cloverly in das Zimmer.«

»Ich danke Ihnen. Worthington, das ist Mister Crowe. Wir haben ihn und seine Frau gestern über die Situation aufgeklärt. Sie waren sehr hilfsbereit.«

»Guten Morgen.« Matt neigte den Kopf. »Ich danke Ihnen.«

»Guten Morgen, Mylord.« Der Gastwirt zog eine Grimasse. »Müssen wir das Fräulein wieder fesseln? Das schmeckt mir gar nicht.«

»Nein«, versicherte Dominic dem Hausherrn. »Miss Betsy wird nicht wissen, dass sie gefesselt war.»

Mister Crowe führte sie zu einem Zimmer am oberen Ende der Treppe. »Es ist nicht so schön wie das, das Lord und Lady Kenilworth gestern hatten, aber ich dachte, es wäre für unsere Zwecke besser geeignet.«

Lord und Lady Kenilworth?

KAPITEL 27

Es würde einen enormen Erklärungsbedarf nach sich ziehen, wenn Charlotte und Kenilworth tatsächlich durch das Land zogen und vorgaben, verheiratet zu sein. Matt fragte sich, wie lange es wohl dauern würde, die ganze Geschichte dahinter zu erfahren. Er war kurz davor, seine Schwester einfach mit in die Stadt zu nehmen und zu verlangen, dass Kenilworth sie sofort heiratete.

»Ausgezeichnet.« Merton klopfte Mister Crowe auf die Schulter. »Ihr Verlobter, Mister Mitchell, begleitet uns. Wir haben ihn angewiesen, mit Lord Worthingtons Kutsche zur Rückseite des Inns zu fahren. Schicken Sie ihn so bald wie möglich in meine Kammer. Ich nehme an, er wird sich auch vergewissern wollen, dass Miss Cloverly in Sicherheit ist.«

»Ich werde es ihm sagen, Mylord.« Crowe verbeugte sich zuerst vor Merton, dann vor Matt.

»Er scheint ein guter Mann zu sein.« Matt sah dem Gastwirt nach, wie er zügig den Korridor hinunterging.

»Er und seine Frau sind beide gute Menschen«, sagte Merton. »Es war Charlottes Idee, sie mit einzubeziehen. Sie waren schockiert darüber, wie man sie hereingelegt hat.«

»Das kann ich mir vorstellen.« Hereingelegt? Die Bemerkung seines Vetters verwirrte Matt, und ihm wurde bewusst, dass weder er noch Grace Charlotte nach allen

Einzelheiten der Entführung befragt hatten, und sie hatte die Informationen nicht freiwillig ausgebreitet.

Offenbar hatte sie viel mehr über Miss Betsys Machenschaften herausgefunden, als sie zugegeben hatte. Andererseits hatte man sie auch nicht gefragt, was genau vorgefallen war. Außerdem war Charlotte mit der ungewollten Verlobung mit Kenilworth beschäftigt gewesen.

Zumindest das schien sich geändert zu haben. Sobald er wieder zu Hause wäre, würde Matt eine Sondergenehmigung einholen, damit die beiden heiraten konnten.

Ein paar Minuten darauf wirkte der kleine Raum noch kleiner. Ben Mitchell war ein großer, stämmiger Mann mit braunen Augen und blondem Haar, das eine Nuance dunkler war als das seiner zukünftigen Frau.

»Ich durfte Miss Cloverly sehen.« Mitchells Brauen zogen sich bedrohlich zusammen. »Sie hat mich nur umarmt, mir gesagt, dass es ihr gut ginge, und mich zur Tür hinausgeschoben. Seid Ihr sicher, dass es ihr auch danach noch gut gehen wird?«

Dominic nickte. »Sie wird den ganzen Weg über bewacht werden.« Er wandte sich an Jeffers. »Ich nehme an, Sie wollten mir noch mehr sagen?«

»Ja, Mylord. Sie sind in einer Winkelschänke namens *Dirty Duck.* Ihrer Ladyschaft ist es gelungen, dem Schurken einen Hocker über den Kopf zu ziehen, und seine Lordschaft hat ihn sozusagen fertiggemacht. Sie ...«

»Warum sind sie nicht mit Ihnen zurückgekommen oder zum *Star and Garter* gefahren?«

»Worthington«, sagte sein Cousin in einem Ton, der Fragen von vornherein ausschließen sollte, »lass ihn ausreden. Wir haben nicht viel Zeit, bevor die Kupplerin kommt. Ich werde unseren Plan erklären, wenn wir ihn erfolgreich zu Ende geführt haben.«

»Es gibt noch einen Mann, der verhaftet werden muss. Wenn es Euch nichts ausmacht, Mylords, sollte ich zurückkehren für den Fall, dass meine Hilfe gebraucht wird.«

Dominic nickte. Als Jeffers sich wieder entfernt hatte, wandte er sich zu Matt um. »Gestern haben wir gemeinsam, auch mit Miss Cloverly, beschlossen, dass die einzige Möglichkeit, Miss Betsys üblen Machenschaften ein Ende zu bereiten, darin besteht, sie auf frischer Tat zu ertappen. Die Rettung der Frauen allein würde nicht ausreichen, um sie zum Strang zu verurteilen.« Dominic schaute Mitchell an und fuhr fort: »Wir überließen Miss Cloverly die Entscheidung, mitzumachen oder nicht, aber sie hat zugestimmt, uns zu helfen, solange wir für ihre Sicherheit sorgen können. Ich verspreche Ihnen, dass ihr nichts zustoßen wird.«

»Das überrascht mich nicht.« Mitchells Mund wurde zu einem Strich. »Sie ist außerordentlich mutig.« Er schüttelte den Kopf. »Was ich nicht verstehe, ist: Warum sie?«

»Wir haben herausgefunden«, sagte Dominic, »dass diese Frau, Miss Betsy, eine Zuhälterin ist. Mit anderen Worten, sie wird von Männern angeheuert, die eine bestimmte Frau wollen.«

Oder ein Kind. Matt drehte sich der Magen um, als er sich an das erinnerte, was Charlotte gesagt hatte.

In Mitchells Gesicht zeichnete sich Mordlust ab, und Matt konnte es ihm nicht verdenken. »Was ist mit den Männern, die sie angeheuert hat«

»Wir werden sie ebenfalls festnehmen.« Mertons Stimme war so grimmig, wie Matt sie noch nie gehört hatte. »Ein Prozess kommt natürlich nicht in Frage. Das Einzige, was er bewirken würde, wäre, den schädlichen Gerüchten Nahrung zu geben.« *Und Charlottes Ruf zu ruinieren*, dachte Matt. »Na, es gibt auch andere Möglichkeiten, die Schurken loszuwerden.«

»Ich bin normalerweise nicht damit einverstanden, Verbrechen ohne Gerichtsverhandlung zu ahnden.« Mitchell warf Merton und Matt einen Blick zu. »Aber ich möchte auch nicht, dass Miss Cloverly vor Gericht aussagen muss. Also machen Sie, was Sie für richtig halten.«

»Es wird für alle viel einfacher sein, wenn das unter uns bleibt.« Als Matt zugestimmt hatte, Mitchell mitzunehmen, hatte er nicht an die Vorbehalte der Mittelschicht gegen gewisse aristokratische Privilegien gedacht. Matt wollte gerade nachfragen, wie Charlotte entführt worden war, als es an der Tür klopfte.

»Mylords, Sir, es fährt gerade eine Kutsche in den Hof ein.«

Wenige Augenblicke später erklang von unten eine laute Männerstimme. »Wo sind die anderen?«

»Ich weiß es nicht, Sir«, sagte der Hausherr. »Ich habe sie seit gestern Abend nicht mehr gesehen. Sie sind in ein anderes Gasthaus gegangen, um zu trinken.«

»Nutzlos. Das sind sie. Ich habe ihr gesagt, dass sie sie nicht behalten soll. Wo ist die Frau?«

Auf der Treppe erklangen schwere Schritte. Man hörte, wie eine Tür aufgeschlossen wurde, und leichtere Schritte waren auf den Stufen zu hören. Sobald sich die Haustür öffnete, rannten Dominic, Mitchell und Matt die Treppe hinunter. Als Dominic und Matt auf ihre Pferde gestiegen waren, sahen sie nur noch die Kehrseite einer schwarzen Kutsche. Matt konnte nur darauf vertrauen, dass Mitchell einen kühlen Kopf bewahren würde.

Zurück im Dirty Duck

Charlotte beobachtete vom Hof aus, wie Constantine zurück in den Salon trat. Es schien, als würde niemand die Tür wieder verschließen, aber kaum war er im Schlafzimmer, schlenderte Miss Betsy am Fenster vorbei. Ach, verdammt! Er hatte angenommen, sie sei schon weg. Das Weibsstück musste gerade irgendwo anders im Gasthaus gewesen sein.

Charlotte schnappte sich ihre Pistole aus dem Korb, den Constantine mitgebracht hatte, kletterte von der Kutsche herunter und lief so leise wie möglich zum Schlafzimmerfenster. Auf den Zehenspitzen stehend, konnte sie gerade hineinsehen. Constantine lehnte an der Wand, als die Tür leicht geöffnet wurde. Miss Betsy trat ein, schaute auf das Bett und ging wieder. Mit einem Seufzer der Erleichterung, dass die offene Tür das Fenster blockierte, schlich Charlotte zum nächsten Fenster des Salons weiter. Die Kupplerin war verschwunden, und ihr Plan war dennoch sicher. Charlotte ging zurück zum Schlafzimmer und sah durch das offenstehende Fenster wieder zu ihm hinein.

»Ich weiß deine Besorgnis zu schätzen, meine Liebe.« Cons tiefe, raue Stimme rief ein Prickeln in ihr hervor. »Aber du solltest besser zum Phaeton zurückkehren, bevor Miss Cloverly eintrifft.«

»Das werde ich.« Charlotte küsste ihre Finger und streckte ihre Hand hinein, um seine Hand zu berühren. »Als Glücksbringer.«

»Ich wäre viel glücklicher, wenn ich dich einfach nach Hause bringen könnte«, brummte er.

Wenn es nach ihr ginge, wäre sie bei ihm im Zimmer. Momentan war er derjenige, der in Gefahr war. »Ich auch, aber wir müssen an die Menschen denken, denen sie Schaden zugefügt hat, und an die, denen sie in Zukunft noch schaden wird, wenn wir sie nicht aufhalten.«

»Ich kann nicht glauben, dass ich so viel Glück habe, dich zu heiraten.« Sein Antlitz nahm einen gequälten Ausdruck an. »Ich habe es dir nicht leicht gemacht.«

»Ich war aber auch nicht gerade zugänglich.« Trotz ihrer schlechten Anfänge war er der perfekte Gentleman für sie. Er behandelte sie nie, als sei sie weniger fähig oder intelligent als er. »Ich liebe dich.«

»Ich liebe dich auch. Und jetzt geh.«

»Mylady«, sagte einer von Mertons Dienern, »es ist gerade eine Kutsche von der Hauptstraße abgebogen.«

»Ich danke Ihnen.« Es war wieder Zeit, sich zu verstecken. Zum Glück waren die Bäume nicht weit entfernt.

Sie erreichte die Kutsche gerade noch, bevor das schlichte schwarze Gefährt in den Hof fuhr. Wenn es so weiterging wie bisher, würde es nicht lange dauern, bis sie Miss Betsy und ihren Komplizen in der Hand hatten.

Charlotte hörte ein dumpfes Stöhnen und blickte zu Ruffington. Seine Augen waren immer noch geschlossen und eines der Seile, mit denen er gefesselt war, war zusätzlich an einem Baum befestigt.

»Ich glaube, er wacht auf, Mylady.« Jemmy war neben ihr aufgetaucht. »Wir könnten ihm noch einmal eins über den Kopf ziehen.«

Charlotte dachte über seinen Vorschlag nach. Der Mann war gefesselt wie ein Schwein und auch geknebelt. Er konnte wirklich keine Schwierigkeiten machen. Dennoch … Sie nahm einen dicken Stock in die Hand. Er öffnete die Augen, und der Schwachkopf besaß die Frechheit, sie anzuglotzen. Jegliches Mitgefühl, das sie für den Schurken empfunden haben mochte, verflog, und sie schlug ihm mit dem Holz auf den Kopf, sodass er wieder bewusstlos wurde. Das würde ihn lehren, Damen verschleppen zu lassen.

»Charlotte.« Sie zuckte zusammen und war sich sicher, ihr würde das Herz stehen bleiben.

»Matt. Was machst du denn hier?«

Er warf einen Blick auf Ruffington. »Überflüssig herumstehen, scheint es. Ich würde ja fragen, wie es dir geht, aber wie es aussieht, hast du alles im Griff.«

»Ja.« Sie umarmte ihren Bruder kurz, bevor sie ihre Aufmerksamkeit wieder der Seite der Taverne zuwandte.

»Was genau ist hier los? Merton erwähnte einen Plan, aber die Ereignisse haben sich so schnell entwickelt, dass ich noch nicht alles mitbekommen habe.«

»Bis jetzt ist unser Plan, Miss Betsy zu fangen, erfolgreich. Kenilworth ist drinnen. Er ist rechtzeitig gekommen.« Sie wagte nicht, Matt zu sagen, wie knapp es gewesen war. »Ich habe Ruffington auf den Kopf geschlagen, und Kenilworth hat ihm die Nase gebrochen, und dann haben Mertons Männer ihn hinausgetragen und gefesselt.«

»Ich nehme an, das ist Ruffington?« fragte Matt in gleichmütigem Ton. »Man kann es nicht genau sehen.«

»Das ist er. Er hat Miss Betsy angeheuert, mich zu entführen.« Charlotte war überrascht, dass ihr Bruder sich über ihre Anwesenheit hier nicht mehr aufregte.

»Hast du dich entschieden, was du mit ihm machen wirst?« Matt wirkte fast zu ruhig. Genau wie Constantine es gewesen war, kurz bevor er den Schurken am Halstuch gepackt und verprügelt hatte.

»Noch nicht.« Charlotte warf einen Blick zur Seite der Taverne, gerade noch rechtzeitig, um zu sehen, wie Miss Cloverly durch die Tür gebracht wurde. »Sobald der Mann ankommt, der Miss Cloverly haben will, werden wir ihn ebenfalls schnappen. Bis dahin muss die Entscheidung noch warten. Wo ist Merton?«

»Ich habe eventuell ein paar Vorschläge, was man mit ihnen machen könnte.« Matt sah erneut Ruffington an. »Merton versteckt sich in der Nähe der Vorderseite der Taverne. Ist es sicher, näher ranzugehen?«

»Sobald der andere Schurke eintrifft, können wir unter den Fenstern lauschen. Wie du sehen kannst, sind sie weit über dem Boden. Mit Ruffington kam sie durch das Gasthaus, aber ich weiß nicht, ob sie das immer so macht.«

»Charlotte«, sagte Matt in einem gleichmütigen Ton, der sie allmählich verunsicherte, »gibt es einen Grund, warum Mister Crowe dich als Lady Kenilworth bezeichnet hat?«

»Ach, das.« Hitze kroch über ihren Hals ihr Antlitz hinauf. Sie hatte wirklich nicht erwartet, dass sie das erklären müsste. Andererseits hatte sie auch nicht erwartet, dass Matt hier sein würde.

»Ja, das.« Matt wartete schweigend.

»Nun … siehst du …« Sie blickte ihn an, doch sein Gesicht war eine Maske. Das konnte nicht gut gehen. »Als … ähm … als Constantine, ich meine Kenilworth, und ich gestern im *Dove* ankamen, mussten wir eine Charade veranstalten, um zu Miss Cloverly zu gelangen.« Charlottes Kehle war plötzlich trocken. Wenn sie den Rest möglichst schnell sagte, würde es ihm vielleicht nicht auffallen. »Das Gasthaus hatte nur ein großes Zimmer, und das haben wir genommen. Dann kamen Dotty und Merton an, und wir haben alle mit Mister und Misses Crowe gesprochen, und dabei hat es sich einfach so ergeben.« Charlotte warf ihm einen weiteren Blick zu, doch sein Gesichtsausdruck hatte sich nicht verändert. »Wir werden nächste Woche heiraten.« Zum Glück erklang da der Lärm einer sich nähernden Kutsche. »Ah, der andere Mann ist angekommen.«

»Glaub nicht, dass du der Sache dadurch entkommst«, warnte Matt. »Wir werden das später zu Ende besprechen.«

Sie atmete aus. So musste sich Louisa gefühlt haben, nachdem sie Matt den Grund für ihre Verlobung mit Rothwell hatte beichten müssen. Wenigstens hätte Charlotte Constantine, Dotty und Merton auf ihrer Seite.

Die Tür zum Gasthaus wurde zugeschlagen. »Komm, jetzt können wir näher heran.«

Sie erreichten gerade die Fenster, als Miss Betsy und der Mann die Stube betraten.

»Ich möchte sie sehen, bevor ich Sie bezahle.« Charlotte erkannte seine Stimme nicht, doch Matt neben ihr spannte sich an.

»Natürlich.« Wie zuvor, wurde die Tür zur Schlafkammer kurz geöffnet.

»Sie ist so schön, wie man mir gesagt hat«, sagte der Mann mit zufriedener Stimme.

»Sie meinen, Sie haben sie noch nie gesehen?« Miss Betsy klang überrascht.

»Nein, man hat mir von ihr erzählt, und ich konnte nicht widerstehen. Hier ist Ihre Bezahlung.«

»Sie haben nicht mehr als eine Stunde Zeit, bevor die Stammgäste des Gasthauses eintreffen«, sagte Miss Betsy. »Ich schlage vor, dass Sie anschließend durch den Seiteneingang gehen. Sie wollen doch weder die Frau noch Ihre Geldbörse verlieren.«

»Ich werde Ihren Rat befolgen. Guten Tag, Madam.«

»Guten Tag, Sir.«

Der Schurke öffnete die Tür zum Schlafgemach. »Sie sind wunderschön. Ich sage voraus, dass wir viel Spaß miteinander haben werden.«

Miss Cloverly schüttelte den Kopf. »Ich verstehe das nicht. Wer sind Sie?«

»Mein Name ist Corning. Ich bin ein Freund von Gerald Smithton.«

»Dem Neffen von Lord Wharton?«, fragte sie erstaunt. »Was hat er mit der Sache zu tun?«

»Er konnte Sie sich nicht leisten. Der Preis der Zuhälterin war zu hoch. Als sein Onkel einen Sohn bekam, wurde sein Unterhalt gekürzt. Wenn ich mit Ihnen fertig bin, werde ich ihn fragen, ob er immer noch interessiert ist. Das scheint nur fair zu sein.«

Ihr Gesicht verlor alle Farbe, und Charlotte befürchtete, sie könne in Ohnmacht fallen. Doch Miss Cloverly ballte die Fäuste. »Sie sind widerwärtig und ekelerregend. Sie werden mich nicht anrühren. Niemals.«

»Oh, ich werde noch mehr tun, als Sie nur anzurühren, meine Liebe. Ich habe vor, Sie sehr gut zu benutzen.«

Als er ins Zimmer schlenderte, trat Constantine die Tür zu und schlug Corning mit der Faust ins Gesicht.

»Das sollte ihn für eine Weile ruhigstellen«, sagte Constantine und ging zur Seitentür.

Der erzürnte Schrei einer Frau erklang von der Vorderseite des Gasthauses, dazu die Geräusche eines Kampfes. Kurz darauf stürmte ein Mann, den Charlotte nicht kannte, in den Salon.

»Das ist der Verlobte von Miss Cloverly«, flüsterte Matt,

»Ben.« Der schmuckste Mann in Luton. Charlotte schmunzelte in sich hinein.

»Nell?«

»Hier! Oh, Ben.« Miss Cloverly warf sich in seine Arme. »Ich bin so froh, dass du gekommen bist. Er war furchtbar. Ich hatte solche Angst, obwohl ich wusste, dass überall die Männer Seiner Lordschaft postiert waren.«

Ben streichelte ihren Rücken und beruhigte sie. »Jetzt ist alles gut, und denk an die anderen Frauen, die du gerettet hast.«

»Ich weiß. Ich hätte nicht anders gekonnt, aber ich bin so froh, dass es vorbei ist.«

Im Augenwinkel sah Charlotte, wie Corning sich aufrappelte. »Hinter Ihnen!«

Ben wirbelte herum und rammte Corning die rechte Faust in den Magen und die Linke auf die Nase. Der Schurke ging mit blutüberströmtem Gesicht zu Boden.

Bevor er versuchen konnte, aufzustehen, packte Merton den Kerl und brachte ihn nach draußen.

Constantine trat heraus und schlang die Arme um Charlotte. »Ich kann dir nicht sagen, wie froh ich bin, dass wir diesen Teil unseres Plans hinter uns haben.«

»Ich auch. Aber warum hast du ihm denn nicht eins über den Schädel gezogen?«

Er lachte bellend. »Jeffers sagte mir, dass Mister Mitchell hier wäre. Ich nahm an, er wollte selbst die Gelegenheit nutzen, seine Verlobte zu rächen.«

»Ihr habt recht, Mylord.« Ben gluckste, als er zu ihnen trat, den Arm besitzergreifend um Miss Cloverlys Schultern gelegt. »Ich wäre nicht erfreut, wenn man mich dieser Gelegenheit beraubt hätte.« Er zog sie näher an sich. »Es ist Zeit, dass wir nach Luton zurückkehren, nicht wahr, Liebste? Lord Worthington hat uns angeboten, seine Kutsche und den Fahrer zu nehmen.«

Auf ihrem Antlitz lag ein verklärtes Lächeln. »Ich kann es nicht abwarten, wieder nach Hause zu kommen.« Sie blickte zu Charlotte. »Werdet Ihr die andere Frau noch retten, von der Ihr gehört habt, Mylady?«

»Ja, das werden wir. Mister und Misses Crowe erwarten sonst niemanden, aber ich denke, dass ich weiß, wohin sie verschleppt werden soll.« Solange Matt sie nicht daran hinderte, würde sie genau dort sein und dafür sorgen, dass dieser Sache ein Ende gesetzt wurde. Wenn man allerdings bedachte, dass die Inhaber des

Hare and Hound schlechte Erinnerungen an Charlotte haben könnten, war es besser, Dotty und Merton ebenfalls mitzunehmen.

Nachdem Miss Cloverly und ihr Verlobter zur Kutsche gegangen waren, drehte Matt sich zu Constantine und Charlotte um. »Sobald wir nach Richmond zurückfahren, werden wir ein Wörtchen darüber reden müssen, wie ihr euch anderen Leuten vorgestellt habt.«

»Gewiss«, antwortete er und verhielt sich kein bisschen so, als wäre er von ihrem Bruder eingeschüchtert.

Matt stapfte zu einem der Vorreiter, und Constantine sah sie an. »Was war das denn? Er hat mich angesehen, als wollte er mich erdrosseln.«

»Er hat herausgefunden, dass wir die Crowes haben glauben lassen, wir wären schon verheiratet.«

Er schwieg eine Weile, dann zuckte er die Schultern. »Wir werden heiraten, so schnell er es wünscht.«

Charlottes Herz war von Liebe und Freude erfüllt. Sie konnte sich nicht vorstellen, jemals glücklicher als in diesem Augenblick zu sein. Matt hatte es geschafft, Louisas Rothwell und in gewissem Grade auch Merton einzuschüchtern, bevor sie heirateten, aber Constantine schien gegen die Wut ihres Bruders immun zu sein. Charlotte konnte gar nicht anders, als sich selbst und ihrer beider Liebe ebenso sehr zu vertrauen, wie er sich selbst.

KAPITEL 28

Charlotte und Constantine waren auf halbem Weg zu seinem Phaeton, als ein Schuss fiel.

»Was zum Teufel?« Er hob sie auf seine Arme und trug sie eilends zu seiner Kutsche.

»Das ist von der Vorderseite des Gasthauses gekommen«, sagte sie. »Ich hoffe, es ist nicht Merton.«

»Ihr zwei bleibt hier«, rief Matt ihnen zu. Er verlängerte seine Schritte und ging auf die Straße zu. »Ich finde heraus, was los ist.«

Wenig später kam Jemmy vom Eingang des Gasthauses herbei gerannt. »Mylord, diese Frau ist tot, und der Mann, der Lady Charlotte entführt hat, ist verschwunden.«

»Was ist passiert?« fragte Charlotte und gab sich alle Mühe, nicht auf die Sitzbank zu fallen.

»Irgendwie ist sie an eine Waffe gekommen. Einer der Reiter versuchte, sie ihr wegzunehmen, und der Schuss löste sich. Direkt in ihre Brust. Überall war Blut, und Lord Worthington sagte, sie sei tot.«

»Oh, mein Gott.« Charlotte fühlte sich einer Ohnmacht nahe. Sie war froh, dass Matt ihnen befohlen hatte, beim Phaeton zu bleiben. »Ich nehme an, sie wusste, dass sie dieses Mal nicht entkommen würde.«

Constantine hob Jemmy hoch und setzte ihn auf die Rückseite der Kutsche, bevor er selbst aufstieg. »Jemmy, wie viel hast du gesehen?«

»Nicht viel. Der Bursche hat mich nicht hinschauen lassen, sie haben mir nur gesagt, was passiert ist.«

»Gott sei Dank.« Constantine schloss einen Moment die Augen. »Wir fahren zurück nach Richmond. Merton und Worthington können sich um den Rest kümmern. Ich möchte, dass du und Jemmy von hier verschwindet, bevor euch jemand sieht.«

Charlotte legte den Arm um Constantine. »Wir sollten im *Dove* anhalten und den Crowes sagen, dass die Sache erledigt ist.« Er sah nach Jemmy, der immer noch versuchte, einen Blick auf das Geschehen zu erhaschen, und flüsterte: »Als ich heute Morgen Richmond verlassen habe, hat sich eine Dame nach ihm erkundigt.« Ihr Herz begann schneller zu schlagen. »Glaubst du …?«

»Ich halte es durchaus für möglich, aber wir werden es nicht wissen, bevor wir die beiden zusammenführen.«

Sie schickte ein inbrünstiges Stoßgebet zum Himmel, dass Jemmy seine Familie gefunden hatte. »Was wird mit den Gentlemen geschehen?« Die Bezeichnung für die Schurken, die Miss Betsy bezahlt hatten, hinterließ einen üblen Nachgeschmack in Charlottes Mund, auch wenn sie den Titel von Geburtsrechts wegen verdienten.

Bevor sie losfahren konnten, gab Matt Constantine ein Zeichen. Er übergab ihr die Zügel. »Ich bin gleich wieder da. Behalte Jemmy hier.« Wenige Augenblicke später kam ihr Verlobter zurück. »Worthington kennt einen Kapitän zur See, der dafür sorgen wird, dass die Kerle für eine sehr lange Zeit beschäftigt sind.«

»Gut. Nach dem, was sie getan haben, hoffe ich, dass sie nie wiederkommen.«

»Wenn sie wissen, was gut für sie ist, werden sie Englands Küsten nie wieder betreten.«

Es schien, als wäre fast alles geklärt, bis auf ... »Was ist mit dem Geld, das ihr gezahlt wurde?«

»Lord Merton hat es, Mylady«, sagte Jemmy. »Er sagte, dass es für ihre Opfer verwendet werden soll. Meint er damit, den Menschen, denen sie wehgetan hat?«

»Genau das bedeutet es.« Charlotte wollte die bestärkende Gegenwart von Constantine an ihrer Seite spüren und lehnte sich an ihn, bis sie die Hauptstraße erreichten. »Jemmy, wenn wir zum *Star and Garter* zurückkommen, möchte ich, dass du sofort zu May gehst und ihr sagst, dass du ein Bad und saubere Kleidung brauchst.«

»Muss ich? Ich habe neulich erst ein Bad genommen.« Charlotte versuchte, nicht zu grinsen. Sie würde nie verstehen, warum kleine Jungen nicht gerne badeten. »Das mag so sein, aber ja, du musst.«

Sie hielten am *Dove*. Sobald sie auf den Hof fuhren, kamen Mister und Misses Crowe heraus, um sie zu begrüßen.

Constantine erzählte ihnen, was geschehen war, einschließlich der Todesfälle.

»Es ist schwer zu glauben, dass ich so angetan von ihr war«, sagte Misses Crowe. »Sie war so hübsch und hatte so feine Manieren.«

»Ich denke, es ist immer schwer, sich die Abgründe in den Menschen vorzustellen.« Charlotte tätschelte der Frau die Schulter. »Soweit ich weiß, waren Sie nicht die Einzigen, die sie betrogen hat.«

»Ende gut, alles gut. Das sage ich dazu.« Mister Crowe trat von der Kutsche weg. »Danke für das, was Ihr getan habt, Mylord und Mylady. Es gibt nicht viele, die so etwas tun würden.«

»Und ich danke Ihnen für Ihre Hilfe«, erwiderte Constantine.

Knapp zwanzig Minuten darauf fuhren sie auf den Hof des *Star and Garter.* Jemmy sprang ab und rannte hinein.

»Trotz allem, was er gesagt hat, scheint er doch begierig auf ein Bad zu sein.«

»Ich glaube, er genießt es mehr, als er zugibt.« Charlotte lachte. »Meine Brüder sind auch so.«

»Meine Mutter wird dir sagen, dass kleine Jungen Heiden sind, und sie hatte nur mich.« Ein Stallknecht kam heraus, um die Pferde zu holen. »Nun, Mylady, lasst uns herausfinden, ob Jemmy eine neue Familie hat.«

»Ja, das wollen wir.« Sie lächelte, als er auf ihre Seite der Kutsche kam.

Constantine hob sie aus dem Phaeton und ließ sie langsam auf den Boden hinunter. »Ich habe das Gefühl, dass Worthington dich überzeugen will, mit ihm nach London zurückzukehren.«

»Das werde ich nicht, auch wenn er es mir befiehlt. Spätestens nächste Woche werden wir heiraten. Er kann sehr einschüchternd sein. Aber sei es zum Guten oder zum Schlechten – er hat über mich nicht in der Weise zu bestimmen, wie er es bei Louisa konnte. Wenn er mich bedrängt, wird er feststellen, wie entschlossen die Damen der Familie Carpenter sein können.« Constantine zog zweifelnd eine Braue hoch. »Abgesehen davon will er diese Hochzeit. Dotty und Merton müssen uns auf jeden Fall begleiten. Ich glaube nicht, dass der Wirt des *Hare and Hound* oder seine Frau uns in guter Erinnerung haben.«

»Nicht, nachdem wir ihre Tochter so gefesselt haben«, murmelte Con.

»Genau deshalb brauchen wir die beiden.« Charlotte versuchte, ein Kichern zu unterdrücken, aber es gelang ihr nicht ganz. »Merton ist so gut darin, ein Marquis zu sein.«

Ihr Verlobter wandte ihr empört das Gesicht zu. »Willst du damit sagen, dass ich nicht die richtige Erscheinung für einen Marquis habe? Ich möchte Euch wissen lassen, dass mein Titel mindestens fünfzig Jahre älter ist als der seine.«

Sie brach in schallendes Gelächter aus. »Oh, nein, mein Liebster. Es ist nur so, dass er früher fürchterlich anmaßend war. Hast du ihn damals nicht gekannt?«

»Nicht gut«, brummte er. »Ich erinnere mich aber, dass er etwas bieder war.«

»Er war so aufgeblasen von seiner eigenen Wichtigkeit, dass die kleineren Kinder, vor allem Theo, ihn immer Seine Marquisschaft nannten.«

»Das *ist* allerdings übel.« Constantines Gesicht war immer noch unbeweglich und hart, doch seine Augen funkelten, und einer seiner Mundwinkel zuckte. »Ich verstehe, was du meinst.«

Sie schob ihre Hand in seine Armbeuge. »Ich kann es kaum erwarten, zu hören, was Dotty über Jemmy zu sagen hat. Außerdem bin ich mir sicher, sie wird die ganze Geschichte aus uns herausholen, bevor mein Vetter zurück ist.«

Con verließ Charlotte an der Tür zum Salon, ging zu seinen Räumen, um sich das Gesicht und die Hände zu waschen, und holte eine Kleinigkeit, die er ihr noch nicht überreicht hatte.

Nachdem er sich gewaschen und sein Halstuch gewechselt hatte, rief er nach seinem Kammerdiener.

»Mylord?«

»Bringen Sie mir mein Schmuckkästchen.« Seine Mutter hatte ihm drei Ringe gegeben, bevor sie Hillstone Manor verlassen hatten. An dem Tag kannten sie beide Charlotte noch nicht gut genug, um zu wissen, was ihrem Geschmack entsprach. Inzwischen wusste er, dass er sie ihren eigenen Ring aussuchen lassen würde.

Cunningham stellte die Schachtel auf die Kommode und öffnete sie. »Welchen davon werden Sie Lady Charlotte schenken, Mylord?«

»Das soll sie entscheiden.« Con nahm die Ringe heraus. Jeder von ihnen hatte einen anderen Stein und stammte aus einem anderen Jahrhundert. Der jüngste war gerade einmal hundert Jahre alt.

»Eine weise Entscheidung, Mylord.« Sein Diener schloss die Schatulle und nahm sie weg.

Mit den Ringen in der Hand klopfte er an, bevor er die Tür zwischen ihren Gemächern öffnete. »Charlotte?«

Ihr Dienstmädchen wurde gerade damit fertig, ihrer Herrin ein grünes Band ins Haar zu binden, und kicherte. Charlotte hatte ihr Reisekleid gegen ein bauschiges Gewand aus gelbem Musselin mit grünem Ripsband ausgetauscht.

Ihr Blick begegnete seinem im Spiegel, und sie lächelte. »Du kannst gehen, May.«

Die Dienerin machte einen Knicks und verschwand durch eine Tür, die Con zuvor nicht bemerkt hatte.

»Verzeih mir, meine Liebe. Ich habe gar nicht daran gedacht, dass deine Zofe anwesend sein könnte. Wird sie dir Schwierigkeiten machen?«, fragte er, weil er dachte, das Mädchen könnte Worthington erzählen, dass er in Charlottes Schlafgemach gekommen war. Worthington war bereits nicht sehr erfreut über sie beide.

»Nein, sie ist seit Jahren bei mir. Ich habe ihr schon gesagt, dass wir heiraten werden, und sie ist ganz aus dem Häuschen.« Con trat hinter Charlotte und legte ihr die Hände auf die Schultern. Er wagte nicht, sie mehr zu berühren, weil er fürchtete, dass er dann nicht aufhören könnte und man ihr danach ansähe, dass sie geküsst worden wäre. Ihre schlanke Hand wanderte nach oben und legte sich auf seine. »Ganz zu schweigen davon, dass mein Mädchen, seit Dotty und Merton geheiratet haben, auch mir eine Hochzeit wünscht.«

Con verstand nicht. Die Hochzeiten seiner Freunde hatten in seinem Kammerdiener nicht den Wunsch ausgelöst, dass Con ebenfalls in diesen Familienstand eintreten sollte. »Warum das?«

Charlotte lachte. »Dottys Zofe und meine, May, sind die besten Freundinnen, aber dennoch in gewisser Weise auch Rivalinnen. Jetzt wird May auch die Kammerzofe einer Marquise.«

»Ah, ich verstehe.« Er täuschte eine Ruhe vor, der er nicht verspürte, beugte sich vor, öffnete die Hand und ließ die Ringe auf ihren Ankleidetisch fallen. »Wo wir gerade von Hochzeiten sprechen. Meine Mutter hat mir diese Ringe gegeben. Anstatt einen für dich auszuwählen, habe ich beschlossen, dass du selbst denjenigen nimmst, der dir am besten gefällt.«

Sie schenkte ihm das strahlendste Lächeln, das er bisher gesehen hatte. »Sie sind alle wunderschön.« Ihr Zeigefinger schwebte über dem Schmuck, während sie jeden Ring genau betrachtete. Schließlich blieb ihr Finger oberhalb eines Goldrings in der Schwebe, der mit einem großen Smaragd und kleineren Opalen zu beiden Seiten besetzt war. »Ich glaube, dieser hier. Grün ist meine Lieblingsfarbe, und mein Geburtstag ist im Oktober.«

Er nahm die beiden anderen Ringe, um sie in die Tasche seiner Weste zu stecken. Dann nahm er denjenigen, den sie erwählt hatte, und hielt ihre Hand fest, während er ihr den Ring auf den Finger schob. »Er passt ausgezeichnet zu dir.«

Con vergaß seinen vorherigen Entschluss und senkte den Mund auf ihren, fuhr mit der Zunge die Konturen ihrer dunkelrosa Lippen nach. Charlotte öffnete sie und berührte seine Zunge mit der ihren. Er neigte den Kopf, wollte mehr, wollte ihr näher sein. »Ich will mehr, als ich sagen kann, mit dir zusammen sein.«

Er fuhr mit den Händen ihre Schultern und Arme entlang, und ihre Finger wanderten über seinen Rücken.

»Wo ist Charlotte?« Worthingtons tiefe Stimme schien von den Wänden abzuprallen.

»Geh.« Sie schubste Con durch die Tür in seine eigene Kammer. »Wir sehen uns im Salon. Jemmy müsste gleich da sein. May sagte, er wäre bei Mertons Kammerdiener, um sich anzukleiden. – Ich bin gleich da, Matt.« Charlotte warf Con eine Kusshand zu, als er durch die Tür ging.

Als er etwa eine Minute später in den Salon schlenderte, waren Dotty, Worthington, Charlotte und Jemmy zugegen.

Worthington fixierte Con. »Ich habe Charlotte gesagt, ich möchte, dass sie mit mir nach London zurückkehrt. Sie hat sich geweigert.«

»Das hat sie mir bereits angekündigt.« Er wandte sich seiner Verlobten zu und sah ihr in die Augen. Die Wärme und Liebe in ihrem Blick sagten ihm alles, was er wissen musste. Er machte sich nicht die Mühe, seinen Freund und zukünftigen Schwager anzusehen, sondern sagte: »Wenn du möchtest, werden wir, bevor wir zum *Hare and Hound* fahren, wo sie gefangen gehalten wurde, bei *Doctors' Commons* vorbeischauen, um eine Heiratslizenz zu besorgen. Ich bin sicher, Lord und Lady Merton werden einverstanden sein, unser Gelübde zu bezeugen.«

»Nur, wenn du willst, dass ich ermordet werde«, spottete Worthington. »Grace und die Kinder, ganz zu schweigen von ihrer Tante und ihrem Onkel, würden mir den Kopf abreißen, wenn sie nicht bei Charlottes Heirat zugegen wären.« Er erhob sich und schritt im Zimmer umher. »Charlotte, bedeutet es dir so viel?«

Sie sah Con nicht an, nickte aber. »Ja. Ich muss das zu Ende bringen.«

»Matt«, sagte Dotty, »niemand kann etwas dagegen haben, dass wir alle zusammen reisen. Und sie sind verlobt. Wenn du nach Hause fährst und Grace bittest, mit der Planung der Hochzeit zu beginnen, wird sie dafür sorgen, dass der gesamte Ton es erfährt.«

»Lady Bellamny und Kenilworths Mutter werden sich freuen, wenn sie helfen können«, fügte Charlotte hinzu.

»Selbst die, die nach Belgien gereist sind, werden noch vor Ablauf einer Woche wissen, dass wir in Kürze heiraten werden.«

Worthingtons Blick huschte von Charlotte zu ihrer Freundin, während er ihre Bemerkung zu überdenken schien. »Nun gut.« Er nahm Charlottes Hand. »Du lässt dich nicht so leicht einschüchtern wie Louisa. Aber ich hatte ja auch achtzehn Jahre Zeit, sie zu bearbeiten.« Charlotte schenkte ihm ein Lächeln. »Ich werde darauf vertrauen müssen, dass ihr wisst, was ihr tut.«

Sie stellte sich auf die Zehenspitzen und küsste seine Wange. »Du warst der beste Beschützer, den sich eine Dame wünschen kann, und ich danke dir. Aber jetzt übernehme ich.« Sie lächelte ihn an. »Grace wird es verstehen. Das verspreche ich dir.«

»Das sollte sie auch«, murmelte er. »Ich mag es nicht, im schwarzen Buch meiner Frau zu stehen.«

»Grüße sie von mir, und wir sehen uns bald wieder.«

Keine fünf Minuten, nachdem er gegangen war, klopfte es an der Tür.

»Herein«, rief Dotty.

Ein Lakai öffnete die Tür, und eine Dame mittleren Alters in dunkelgrauem Bombasin kam ins Zimmer.

»Lady Merton.« Die Frau legte den Kopf schief.

Das war interessant. Sie hatte entweder denselben Rang wie Dotty oder einen höheren. Con musterte sie genau, von ihrem hellbraunen, noch nicht ergrauten Haar bis zu ihren scharfen blaugrauen Augen, die ihn an jemanden erinnerten. Und zwar an … »Jemmy?«

»Ja, Mylord.« Der Junge erhob sich hinter einem Sofa und ging sofort zu Charlotte. Was zum Teufel hatte er da hinten gemacht?

Die ältere Frau schnappte nach Luft und legte die Hand an die Kehle.

»Mylady«, sagte Dotty, »darf ich Euch Lady Charlotte Carpenter und ihren Verlobten, den Marquis von Kenilworth, vorstellen. Lady Charlotte, Kenilworth, die Marchioness of Litchfield.«

»Lady Merton hat mir erzählt, wie dieses Kind zu Euch kam. Ich kann Euch nur loben, Lady Charlotte, weil Ihr ihn gerettet habt.« Ihre Lippen bildeten eine dünne Linie. »Es gibt nur einen Weg, die Wahrheit herauszufinden: Der Junge muss seine Kleidung ablegen.«

Jemmy ergriff Charlottes Hand. »Ich hatte bereits ein Bad.«

Sie blickte auf ihn herab. »Ja, ich weiß, Schatz.« An Lady Litchfield gewandt, fragte sie: »Zu welchem Zweck?«

»Wenn er der ist, für den ich ihn halte« – oh gut, sie drückten sich alle um das eigentliche Thema herum – »hat er zwei Muttermale, eines auf der Schulter und das andere auf dem Oberschenkel. Sie sind beide von bräunlicher Farbe.«

»Anstatt Jemmy zu nötigen, seine Kleidung vor einer Fremden abzulegen«, sie zog geradezu in königlicher Manier eine Braue nach oben. Mein Gott, sie würde eine ausgezeichnete Herzogin abgeben, aber Con wollte sie nicht hergeben, also musste sie sich damit begnügen, eine einfache Marquise zu sein. »... schlage ich vor, wir rufen meine Zofe herbei. Sie war für seine Fürsorge verantwortlich und wird Euch sagen können, ob er die Geburtsmale hat.«

»Die Zofe der Lady?«, sagte Lady Litchfield zweifelnd.

»Ja«, erklärte Charlotte fest. »Sie hat mehrere kleinere Brüder und Schwestern und kann gut mit Kindern umgehen.«

»Nun gut, ruft sie herein.«

»Wollt Ihr Euch nicht setzen, Mylady?«, fragte Dotty und geleitete die Frau zum Sofa.

Nachdem ihre Besucherin Platz genommen hatte, zog Dotty an der Klingelschnur, und einer von Mertons zahlreichen Lakaien erschien. »Tee, bitte.«

Er verbeugte sich und wollte gerade den Salon verlassen, da trat Charlottes Zofe ein.

»Ihr wolltet mich sprechen, Mylady?« Sie machte einen Knicks.

»Ja. May, kannst du mir sagen, ob Jemmy Muttermale hat? Eines an der Schulter und eines am Oberschenkel?«

»Ja, Mylady. Ich meine, er hat welche. Sie sind braun und haben eine ungewöhnliche Form. Eines sieht aus wie ein Hufeisen und das andere wie ein Vogelnest.«

Charlotte warf einen Blick auf Lady Litchfield. »Beantwortet das Eure Frage?«

»Ja.« Sie erhob sich und sah Charlotte an. »Es tut mir leid, dass ich Euch so gedrängt habe.«

Sie und Dotty tauschten einen niedergeschlagenen Blick aus. Dem Himmel sei Dank, dass keine von ihnen etwas zu Jemmy gesagt hatte.

»Kann ich jetzt meine normalen Sachen anziehen?«, fragte er. Charlotte umarmte ihn kurz. »Ja, das darfst du.«

Das Kind rannte aus der Stube, und Con schlang seine Arme um sie. »Es tut mir leid.«

»Mir auch. Mit zwei Muttermalen dachte ich, wir hätten sicher seine Familie gefunden.« Entschlossen blinzelte sie die Tränen zurück.

»Ja, in der Tat.« Dotty stellte sich neben sie, und Charlotte umarmte ihre Freundin. »Es ist ihr Verlust.«

»Er hat schon eine Familie. Uns.« Cons Stimme klang selbst in seinen eigenen Ohren rauer. Das musste daran liegen, dass der Junge ihm inzwischen ans Herz gewachsen war. »Und zwar für immer – oder, solange er uns braucht.«

Er würde sein Bestes tun, um die Familie des Jungen zu finden, aber wenn das nicht möglich war, würde er das Kind zusammen mit den Kindern großziehen, die er und Charlotte haben würden. Jemand musste ihm beibringen, nicht auf die Rückseite von Kutschen aufzuspringen.

Kapitel 29

Eine Stunde später traf endlich Merton ein. »In den Ställen habe ich Jemmy gesehen.«

»Die Lady, die dich angehalten hat, dachte, er wäre mit ihr verwandt.« Charlotte schüttelte den Kopf. »Offenbar hat sie sich geirrt.«

Doch Constantine hatte sich wundervoll verhalten. Sie war so glücklich darüber, dass er Jemmy auch gern bei der Familie haben wollte.

»Nun, denn«, Merton räusperte sich. »Ich schlage vor, wir treffen eine Entscheidung darüber, wie wir diese unangenehme Sache mit dieser Miss Betsy zu Ende führen wollen.«

»Sind die Schurken, die Miss Betsy angeheuert haben, weg?«, fragte Con.

»In der Tat. Man hat ihnen alles abgenommen, was zu ihrer Erkennung beitragen könnte, und sie zu den Londoner Docks verfrachtet. Augenscheinlich kennt Addison mehrere Schiffskapitäne und hat Worthington ihre Namen genannt. Wir brauchen uns um sie keine Sorgen mehr zu machen.«

Dotty legte ihrem Mann die Hand auf den Arm. »Bist du sicher? Was, wenn sie entfliehen und zurückkommen?«

Sein böses Grinsen überraschte Charlotte. »Ich habe ihnen überzeugend klar gemacht, dass sie tote Männer sind, wenn Kenilworth, Worthington oder ich sie je wieder zu Gesicht bekämen.«

»Aber wird denn nicht jemand nach ihnen suchen«, sagte Charlotte, »wenn sie einfach von der Bildfläche verschwinden?«

»Ich habe ihnen gestattet, ihren Vermögensverwaltern brieflich mitzuteilen, dass sie für lange Zeit außerhalb des Landes weilen werden. Damit sollten einige Probleme gelöst sein. Soweit ich gehört habe, ist keiner von ihnen die Sorte Mann, von der man nur Gutes denkt.«

»Ruffington steht unter Beobachtung«, fügte Constantine hinzu. »Es würde mich nicht wundern, wenn seine Gläubiger hinter ihm her sind.«

»Und was ist mit Miss Betsy? Was will der Magistrat in Bezug auf ihre Familie machen? Will er sie benachrichtigen? Vorausgesetzt, sie hatte eine.«

»Derzeit sieht es so aus, als wären wir außer Mister und Misses Crowe die Einzigen, die wissen, wo sie ihre Post empfängt«, sagte Merton. »Sobald wir die Information haben, die wir suchen, werden wir den Untersuchungsrichter in Kenntnis setzen. Der einzige Verbrecher, der jetzt noch fehlt, ist der, der geflüchtet ist.«

Also der, der Charlotte zweimal entführt hatte. Was die anderen betraf, so war es – außer sie gleich zu töten – das Einzige, was sie hatten tun können. »Ich weiß, es war ein langer Tag, aber ich schlage vor, wir fahren nach dem Essen zum *White Swan* in Twickenham und fragen nach Misses Bottoms' Anschrift. Ich kann mich als eine alte Freundin ausgeben.« Zustimmung heischend sah sie Constantine an. »Im Lauf seiner Ermittlungen wird Sir John sich daran erinnern, dass die

Crowes in die Sache verwickelt waren, und alles erfragen, was sie wissen. Ich würde die Informationen, die wir haben, lieber benutzen, um die andere Person zu finden, die Miss Betsy entführt hat.«

»Ich stimme Charlotte zu. Laut Miss Betsy gibt es noch ein weiteres Opfer. Wenn die Frau im *Hare and Hound* ist, hat Sir John keine juristischen Befugnisse, und wir müssen sie herausbekommen, bevor der zuständige Untersuchungsrichter hineingezogen wird«, sagte Constantine. »Je eher wir dies zu Ende bringen, desto besser. Davon abgesehen«, er grinste, »bin ich zu einer Hochzeit eingeladen.«

»Ich stimme zu«, sagte Dotty.

»Wie ihr wollt«, sagte Merton. »Ich habe ihren Hausschlüssel an mich genommen, außerdem das Geld, das heute den Besitzer gewechselt hat. Wir werden alles von Wert, das wir finden, dazu verwenden, ihren Opfern zu helfen.«

»Wir müssen sie zuerst einmal finden, bevor wir sie retten können«, fügte Constantine in grimmigem Tonfall hinzu.

Kurz nach dem Abendessen legten sie die kurze Strecke nach Twickenham zurück.

Der Betreiber des *White Swan* glaubte Charlottes Geschichte, sie sei eine Freundin von Misses Bottoms, und gab ihr nicht nur die Wegbeschreibung zu ihrem Haus, sondern auch gleich einen Brief mit, der an sie gerichtet war.

Minuten später fanden sie das kleine Haus. Den Vordereingang zierte eine rote Kletterrose, die von der Veranda anmutig über das kleine, spitze Vordach wuchs.

Die weiße Fassade war gut gepflegt, und auf beiden Seiten des Eingangs befand sich ein Fenster.

Merton klopfte an, als ginge er davon aus, dass jemand zu Hause wäre. Als niemand öffnete, benutzte er den Schlüssel und schloss auf. »Sprecht so, als wäre jemand da. Ich möchte ihren Nachbarn oder der Wache, falls es hier eine gibt, nicht erklären müssen, warum wir in ein leeres Haus eindringen.«

Nachdem er die Tür geschlossen hatte, betrachtete Charlotte den hübschen Flur, von dem Türen abgingen. In einer Ecke gegenüber dem Eingang befand sich seitlich eine weitere Tür, die mit grünem Gips verputzt war. Direkt gegenüber der Eingangstür führte eine Treppe in ein zweites Stockwerk. Neben der Treppe befand sich ein schmaler Korridor. Das Haus war tiefer, als es von außen aussah.

»Ich werde nach ihrem Schreibtisch suchen«, sagte Dotty und ging den Flur entlang.

Charlotte öffnete den Brief, den die Wirtin ihr gegeben hatte. »Ich hatte recht. Das nächste Opfer ist bereits im *Hare and Hound*.« Sie warf Constantine einen Blick zu. »Hast du eine Ahnung, wie weit das von hier entfernt ist?«

»Unglücklicherweise nicht. Ich bin sicher, im *Star and Garter* gibt es eine Karte, auf der wir nachsehen können.«

»Ich habe ein Taschenbuch gefunden, in dem Einträge der letzten drei Monate stehen«, sagte Dotty, die geschäftig von der Rückseite des Hauses kam.

»Das war noch bevor wir ihr Bordell geschlossen haben«, sagte Merton.

»Allerdings.« Dottys Lippen wurden zu einem schmalen Strich. »Sie ist einfach von einer Art des Menschen-
handels zu der nächsten gewechselt.«

»Kann ich es sehen?« Charlotte nahm das Buch von
ihrer Freundin entgegen. »Hast du irgendwelche Kon-
toauszüge oder etwas anderes gefunden, das hilfreich
sein könnte?«

»Es gibt mehrere Kontoblätter und auch andere Dokumente. Wir sollten sie alle an uns nehmen.«

»Ja, aber wie können wir sie hier heraus schaffen?«,
gab Con stirnrunzelnd zu bedenken. »Es wird seltsam
aussehen, wenn wir zur Kutsche zurückgehen und
Kontobücher bei uns haben.«

»Sie muss eine Hutschachtel oder etwas ähnliches be-
sitzen, das wir verwenden können.« Charlotte stieg die
Treppe hoch, dicht gefolgt von Con.

Es gab drei Zimmer, deren Türen alle geschlossen waren. Sie sah nacheinander hinein. Zwei enthielten
keine Möbel, aber in der dritten Kammer standen ein
Bett und eine Mangel. Auf der Mangel lagerten mehrere
Schachteln.

»Darf ich?« Con holte eine der Hutschachteln herunter. »Diese müsste groß genug sein.«

Sie öffnete die Schachtel und hob eine Haube heraus,
die sie auf das Bett legte.

Als sie zurück in den unteren Flur kamen, hatten
Dotty und Merton die Kontobücher bereitgelegt. Weniger als fünfzehn Minuten nach ihrer Ankunft gingen
sie wieder zur Tür hinaus, wobei sie alle vorgaben, sich
von der imaginären Person im Haus zu verabschieden.

»Das war ein interessantes Schauspiel«, kommentierte Constantine, als sie die Kutsche erreichten. »Man

würde annehmen, ihr habt so etwas schon öfter gemacht.«

Charlotte fing Dottys Blick auf und lachte.

»Rollenspiel«, sagten sie gleichzeitig.

Constantine fiel die Kinnlade herunter. »Krippenspiel?« Charlotte nickte.

»Ich konnte nie mitspielen«, sagte er, »zuerst war ich zu klein, und als ich älter wurde, waren meine Schwestern schon aus dem Haus.«

»Ich habe nie eines gesehen«, nörgelte Merton.

»Dieses Jahr wirst du eines sehen«, versicherte Dotty ihm.

»Du ebenfalls«, sagte Charlotte zu Constantine. »Es ist wirklich unfair, dass du nicht mitmachen durftest. In meiner Familie haben die Kinder mitgespielt, sobald sie sich von einer Stelle zur anderen bewegen konnten.«

Charlotte hängte sich bei Con unter, und er war froh darüber, sie an seiner Seite zu haben. Weihnachten war nur eine von vielen Veränderungen, die in seinem Leben bevorstanden. Er hatte es im Gefühl, dass alle Feiertage im Kreise der Worthingtons stattfinden würden, wann immer es möglich wäre.

Im Geiste zählte er die Anzahl der Personen, die höchstwahrscheinlich anwesend sein würden, und beschloss, seinen Verwalter zu fragen, ob sich eines seiner Anwesen in der Nähe des Hauptsitzes von Charlottes Familie befand. Er meinte, es müsse so sein. Doch bis Weihnachten waren es noch Monate, und er musste erst eine junge Frau retten und eine Hochzeit hinter sich bringen. Alles andere käme später an die Reihe.

»Darf ich mir das Notizbuch ansehen?«

»Gewiss.« Charlotte reichte es ihm.

Er verbrachte den Rest der Fahrt zurück nach Richmond damit,

die Einträge zu studieren. Fast sofort wurde ihm klar, dass er mehrere der Männer kannte, die versucht hatten, Frauen zu kaufen. Worthington hatte recht. Bevor Con Charlotte kennenlernte, hatte er sich in schlechter Gesellschaft befunden. Er würde eine Straßenkarte brauchen, um herauszufinden, wie er am besten zum *Hare and Hound* gelangen konnte.

Als sie im *Star and Garter* ankamen, lag dort bereits eine Nachricht des Untersuchungsrichters für sie bereit.

Merton öffnete sie, las und knurrte. »Unsinnige Ansichten eines Bürgerlichen!«

»Was steht darin?« fragte Charlotte.

Con riss Merton das Papier aus den Fingern und las es. »Kurz gesagt ist Sir John der Meinung, dass der Mann, der Miss Cloverly entführt hat, sowie der Kutscher in London vor Gericht gestellt werden sollten. Er lässt sie nach Newgate verlegen. Verflixt. Ich hatte gehofft, das Ganze hier beenden zu können. Das wäre viel schneller gegangen.« Con las weiter. »Er überstellt sie mitsamt den Stellungnahmen, die Merton und ich geschrieben haben.«

»Na, das ist ja mal ein Ding.« Charlotte kräuselte die Nase, wie immer, wenn sie verärgert war. Con fand das bezaubernd. »Nun, daran können wir nichts ändern. Ich habe aber eine Idee, wie wir das letzte Opfer retten können.« Er nickte. »Ich denke, Dotty und Merton sollten ohne uns hineingehen.«

Ihr Vorschlag überraschte ihn. Es stimmte zwar, dass sie dem Gastwirt, seiner Frau und seiner Tochter die

Anwesenheit von Charlotte und Con nicht erklären müssten, wenn sie diesem Plan folgten. Es bedeutete aber ebenfalls, dass es für Dotty und Merton schwieriger sein würde, den Wirt davon zu überzeugen, dass Miss Betsy eine Übeltäterin gewesen war. »Liebste, ich sage es nur ungern, aber ich bin anderer Meinung. Wer könnte Mister Wick und seine Familie besser davon überzeugen, dass Miss Betsy sie ausgenutzt hat, um – im harmlosesten Fall – Prostitution und – im schlimmsten Fall – die Sklaverei weiterzuführen, als du, ein Entführungsopfer, und ich als dein Retter?«

Charlotte zog die Augenbrauen zusammen und kaute auf der Unterlippe herum. »Nun, wenn du es so ausdrückst, hast du wohl recht. Es wäre nicht gerecht, die ganze Last auf Dotty und Merton abzuwälzen.«

»Das ist meine tapfere Dame«, flüsterte Con ihr ins Ohr.

»Ich habe immer noch ein schlechtes Gewissen, weil ich das Dienstmädchen gefesselt habe.«

»Nun, es musste sein. Wir hatten keine andere Wahl, soweit ich sehen konnte.«

Bevor sie ihre Räume aufsuchten, hatte er sich beim Gastwirt die Landkarte von Surrey und Kent ausgeliehen. Nun breitete er sie auf dem Tisch aus und stellte Kerzenständer auf die Ecken. Er folgte der Route, die die Schurken von London aus genommen hatten. *Verflucht nochmal.* Er hatte eine Nebenstraße der Londoner Postroute übersehen.

»So habe ich die Orientierung verloren«, murmelte er vor sich hin.

»Was ist los?«, fragte Merton.

»Nichts. Das Inn liegt nur etwa zehn Meilen auf der anderen Seite von Twickenham.«

Wenn er gewusst hätte, wo er war, hätte Con Charlotte kurz nach Sonnenaufgang wieder in Mayfair abliefern können. Aber das wollte er ihr jetzt auf keinen Fall sagen. Vielleicht in vier oder fünf Jahren, wenn sie Kinder hatten und sie es für eine lustige Geschichte halten würde. Er hoffte nur, dass sie es nicht selbst herausfinden würde.

»So nah?«, rief seine Liebste aus. »Das hätte ich nie gewusst. Wir haben Stunden gebraucht, um dorthin zu kommen.«

»Aber es ergibt Sinn«, überlegte Dotty. »Miss Betsy musste nicht weit reisen, aber die Entfernung zwischen den Crowes und den Wicks war groß genug, dass sie sich nicht kannten.«

Merton warf einen Blick auf die Karte und hob die Brauen.

Con rollte sie rasch wieder zusammen. Es hatte keinen Sinn, das Schicksal herauszufordern. »Wir könnten hierher zurückkehren oder nach Hilltop Manor fahren. Das ist zwar ein bisschen weiter weg, aber keiner der Bediensteten würde Fragen stellen.«

»Es gibt keinen Grund, warum wir die Frau nicht hierher bringen können«, sagte Merton. »Wenn wir erst einmal herausgefunden haben, wo sie wohnt, können wir sie von einer belebten Stadt aus leichter zurückbringen als von einem Landsitz.«

»Wenn wir morgen zeitig aufbrechen, können wir bis zum Nachmittag wieder in London sein«, fügte Dotty hinzu.

Charlotte blickte von den Papieren auf, in denen sie gelesen hatte. »Wir sollten auf jeden Fall so schnell wie möglich nach London zurückkehren. Es scheint, dass Miss Betsy eine Tochter hat. Die Anschrift ihres Anwalts ist in diesen Dokumenten enthalten, zusammen mit ihrem Testament. Das Mädchen wird von einem Ehepaar in Shrewsbury aufgezogen und weiß nicht, dass die beiden nicht ihre wahren Eltern sind. Sie erbt alles.«

Das war vielleicht das einzig Selbstlose, was diese Person je getan hatte. »Morgen früh also.«

Kapitel 30

Später am Abend betrat Con Charlottes Schlafzimmer. Sie saß am Garderobentisch, bereits in ihr Nachtgewand gekleidet. Ihr goldenes Haar ergoss sich über die Schultern; es schimmerte im Kerzenlicht und fiel in Locken auf ihre Hüften herab. Er zog den Atem ein, unfähig, sein Glück zu fassen. Bis zu seinem Lebensende würde die schönste Frau der Welt der letzte Mensch sein, den er abends sah, und der erste beim Aufwachen. Er konnte sich nicht vorstellen, dass er sich jemals noch etwas anderes wünschen könnte.

Jahre war er nun vor dem Heiraten davongelaufen und hatte nicht glauben können, dass eine Jungfrau sein Blut in Wallung bringen könnte. Dass er mit nur einer Frau zufrieden sein könnte. Dass eheliche Verpflichtungen mehr als eine geschäftliche Vereinbarung sein könnten. Er hatte sich dafür verflucht, angehalten zu haben, um ihr zu helfen, und er hatte das Schicksal verflucht, ihn in die Lage des einzigen Mannes gebracht zu haben, der an Ort und Stelle gewesen war, um zu helfen.

Doch keine Hure, Witwe oder andere Frau hatte sich ihm so frei hingegeben wie Charlotte. Noch hatte er je einer anderen Frau sein Herz, seinen Verstand und seine Seele gegeben. Seine Mutter hatte recht, wenn sie sagte, dass er ein gemachter Mann wäre, wenn er Charlotte zu einer Ehe mit ihm überzeugen könnte. In der kurzen Zeit, die sie gemeinsam verbracht hatten, hatte er sich bereits geändert, und zwar zum Guten.

»Constantine?« Ihre sanften blauen Augen wurden warm, als sie ihn anblickte. »Ein Penny für deine Gedanken.«

»Ich dachte darüber nach«, er ging zu ihr und nahm sie in die Arme, »dass ich noch nie so glücklich war wie mit dir.«

Ihr Hals und ihr Antlitz färbten sich hellrosa. Er hoffte, dass er sie auch in vielen Jahren noch zum Erröten bringen konnte. »Ich fühle genauso. Ich habe zugesehen, wie meine Schwester, meine Base und meine Freundin sich verliebten, und mich gefragt, ob ich auch den richtigen Mann finden würde.« Sie schlang ihm die Arme um den Hals. »Und das habe ich. Stell dir vor, was geschehen wäre, wenn du dich nicht verirrt hättest.«

Er schnaubte. »Du hast es gewusst?«

»Ich kann durchaus eine Landkarte lesen, und in der Kutsche hast du Selbstgespräche darüber geführt.« Ihre Augen funkelten übermütig, und ihre Mundwinkel zogen sich nach oben. »Ich bin froh, dass es so geschehen ist. Andernfalls wären wir nicht zusammen. Und deine Konkubine wäre noch immer in einem Leben gefangen, das sie nicht wollte.«

»Ich habe normalerweise einen guten Orientierungssinn. Ich muss abgelenkt gewesen sein.«

»Constantine, bist du etwa wütend darüber, dass du nicht bemerkt hast, wie dicht vor London wir waren?«

Er legte den Kopf schief, knabberte an ihrer Wange und hauchte zarte Küsse auf ihren anmutigen Hals. »Jetzt? Nicht mehr. Hätte ich den Irrtum früher bemerkt, dann ja. Aber irgendetwas an dir hat mich ohnehin angezogen.« Er legte die Hände über ihre Brüste, deren Nippel bereits vorfreudig aufgerichtet waren. »Selbst, als ich noch dachte, du wärest grundlos starrköpfig, habe ich schon darüber nachgedacht, wie ich deine Zustimmung zur Hochzeit erringen könnte.«

Ihr Atem beschleunigte sich, als sie sich in seine Hände schmiegte. »Ich weiß, was du meinst. Etwas an dir hat mich im Herzen berührt.«

»Ich wünschte, dein Bruder hätte mich bei meinem Angebot, dich sogleich zu heiraten, beim Wort genommen.« Er ließ die Hände tiefer gleiten. Eines Tages würde er stundenlang mit ihr Liebe machen können. Eines Tages, wenn sie zu Hause wären und nicht wegen einer entführten Frau, der sie helfen wollten, in aller Frühe aufstehen müssten.

»Nein, das wünschst du dir nicht.« Charlotte lachte, ein leichter, glockenheller Klang. »Die Rache meiner Schwestern wäre es nicht wert gewesen.«

Er dachte an die Zwölfjährigen mit ihren enormen Hauben und an die kleineren Mädchen, die ihn mit aller Ernsthaftigkeit ausgefragt hatten. »Wahrscheinlich hast du recht.« Er nahm einen rosafarbenen Nippel in den Mund und murmelte: »Wir sollten die Zeit nutzen, die uns bleibt, bevor wir getrennt sein werden.«

Daran wollte sie in diesem Augenblick nicht denken. Charlottes Atem kam stoßweise, und sie rieb ihren Körper an seiner Erektion. »Diese Gefühle ... ich weiß nicht, wie ich es sonst nennen soll, sind stärker als letzte Nacht.«

Er glitt mit den Händen über ihre sanft gewölbten Hüften und strich mit den Fingern über ihren

Venushügel. Seine Lippen verzogen sich an ihren vollen Brüsten zu einem Lächeln. »Hier?«

»Ja.« Seine tiefe, verführerische Stimme steigerte ihr Begehren. »Als ob alles an der Stelle zusammenfände.«

Sie umfasste sein Gesicht, hauchte Küsse entlang seinen Lippen und forderte Einlass. Ihre Zungen umschlangen einander und sie stöhnte, als er ihr Nachthemd hochschob, den Finger in ihre Spalte tauchte und ihn vor und zurück bewegte. »Als müsstest du sterben, wenn du keine Erleichterung bekommst.«

»Ich brauche dich.«

Er hob sie hoch und trug sie zum Bett. »Du bist nicht die Einzige, die fast stirbt.«

Er zog ihr das Nachthemd über den Kopf und öffnete die Verschlüsse an seinem Hausmantel, um ihn abzustreifen.

»Ich liebe deine Brust.« Sie ließ von seinem Mund ab und verteilte federleichte Küsse seinen Hals hinunter, bis zur Brust, dann leckte sie an einem seiner Nippel. »Das gefällt dir. Ich merke es.«

Con stöhnte. »Wenn ich nicht sofort in dich eindringe, werde ich mich ergießen.«

»In diesem Fall ...«, er spürte, wie ihre Lippen sich auf seiner Haut zu einem Lächeln verzogen, »worauf wartest du?«

Sie schafften es gerade noch zur Matratze, da schlang Charlotte schon die Beine um Constantine und drängte ihn, sie zu nehmen. Er drang tief in sie ein, tiefer als vergangene Nacht, füllte sie aus, nahm sie. Sie schwelgte in ihrer Vereinigung.

Ihre Gier nach Erlösung wuchs immer mehr, und schon bald löste sich ihre Anspannung, und sie fühlte sich wieder wie im Himmel. Er drang noch tiefer ein und rief ihren Namen. Sie hielt ihn fest, bevor er sich auf ihre Seite fallen ließ und sie an sich zog. Hierher gehörte sie für den Rest ihres Lebens. Sie betete, dass sie ein sehr langes Leben zusammen haben würden. Sie wusste, wie leicht es zu früh zu Ende sein konnte.

Charlotte zeichnete Muster auf seine Brust, um in dem weichen Haar zu spielen. »Werden wir uns nach unserer Hochzeit ein Schlafgemach teilen?«

Sein Atem stockte für eine Sekunde. »Wenn es nach mir geht.«

»Gut.« Diese Antwort hatte sie von ihm hören wollen. »Ich habe es genossen, heute Morgen mit dir aufzuwachen. Soweit ich weiß, haben meine Eltern immer zusammen geschlafen. Zumindest waren sie im selben Bett, wenn ich schlecht geträumt habe.«

»Das werden wir auch für unsere Kinder sein.« Er schnupperte an ihrem Haar, und sie drohte dahinzuschmelzen.

Könnte es doch immer so weitergehen. Sie streichelte ihm über die Brust, dann tiefer über seinen festen Bauch und ließ ihre Finger die Haarlinie hinunter zu seinem Glied wandern. Zuerst war es weich, dann wurde es hart in ihrer Hand.

»Herr, Charlotte, was du mit mir machst.«

Er drehte sie auf den Rücken und kam über sie, drang sanft in sie ein. Dieses Mal liebten sie sich langsamer, weniger wild. Sie kam und riss ihn mit zur Erfüllung.

Er küsste ihr die Stirn, die Lider und die Lippen, bevor er sie wieder an sich zog. »Wir müssen schlafen gehen.«

Sie schloss die Augen, da kam ihr ein Gedanke, und sie öffnete sie wieder. »Ich werde es hassen, wenn wir nach London zurückkehren.«

»Lass uns jetzt nicht daran denken.« Constantine sprach mit leiser, schläfriger Stimme. »Wir finden eine Lösung. Am liebsten eine baldige Hochzeit.«

Sie erwachten, als gerade die Sonne durch den Vorhangschlitz fiel. Collette hatte sich neben Charlotte zusammengerollt und schnurrte.

Seine Hand berührte ihre Brust, und erneut erfüllte sie Verlangen. Sie wollte ihn. »Ich setze das Kätzchen herunter.«

»Nicht nötig.« An ihrem Rücken erbebte seine Brust, als lache er in sich hinein. »Ich zeige dir eine andere Stellung.«

Eine Stunde später aßen sie mit Dotty und Merton ihr Frühstück. Constantine reichte Charlotte ein Stück Toast, das bereits mit Marmelade bestrichen war, so wie sie es liebte. »Danke sehr. Ich wusste nicht, dass du darauf geachtet hast.«

»Es gibt nichts in Bezug auf dich, was ich nicht registriere.« Sein Blick ließ ihr Herz flattern, als hätten sich Schmetterlinge darin eingenistet. »Wie auch nicht, wo du meinen Tee so vollkommen zubereitest.«

Charlotte fragte sich, ob das einfach zu einer jungen Liebe dazugehörte, und ob es im Verlauf ihrer Ehe so bleiben würde. Ihr Magen knurrte und lenkte sie von ihren Gedanken ab. Sie war ausgehungerter als seit Jahren, und erst nach einigen Minuten bemerkte sie, dass niemand sonst Konversation trieb.

Als sie fertig war, setzte sie ihre Tasse ab und seufzte. »Ich weiß nicht, wann ich je so viel gegessen habe.«

»Ich weiß, was du meinst«, antwortete Dotty. »Seit ich verheiratet bin, ist mein Appetit auch gewachsen.«

Merton warf Con ein bedeutungsvolles Grinsen zu, das Charlotte nicht interpretieren konnte. »Du isst auch tatsächlich für zwei, meine Liebste.«

»Ich nehme an, du hast recht.« Dotty wollte ihren Stuhl zurückschieben, aber ihr Gatte sprang auf, um ihr zu helfen. »Danke, Schatz.«

»Die Kutsche wird in einer halben Stunde bereitstehen«, sagte Merton über die Schulter und folgte Dotty in ihr Zimmer.

»Wir werden fertig sein.« Charlotte schenkte noch eine Tasse Tee ein und beobachtete Constantine dabei, wie er sein Frühstück beendete.

Seine Bewegungen waren knapp und effizient, aber elegant – auf die gleiche Art, wie er seine Kutsche lenkte, auf einem Pferd ritt und sich bewegte. Sie unterdrückte ein Glucksen. Und wie er sie entkleidete. Hitze stieg ihr den Hals hoch und ins Gesicht.

»Darf ich es wagen, eine Vermutung anzustellen, woran du gerade denkst, meine Liebste?« Er grinste sie frech an und legte sein Besteck ab. »Hätten wir doch nur mehr Zeit.«

»Ja.« Ihr kam ein Einfall. »Ich muss noch etwas erledigen, bevor wir fahren.«

Er stand auf, als sie sich erhob, und zog sie in die Arme. »Wir werden mindestens noch eine Nacht haben.«

Und wenn es nach ihr ginge, noch viele Nächte in der unmittelbaren Zukunft. Sie stellte sich auf die Zehenspitzen, um ihn zu küssen. »Ich liebe dich.«

Sie wand sich aus seinen Armen. »Ich bin gleich wieder bei dir.«

Charlotte begab sich in ihr Zimmer und ging zu einem kleinen Schreibtisch in der Ecke. Sie zog ein Blatt Papier heraus, vergewisserte sich, dass die Feder nicht angespitzt werden musste, und tunkte sie in die Tinte.

Meine liebste Grace,
ich vermute, dass Du inzwischen von Matt erfahren hast, dass Kenilworth und ich heiraten wollen, und zwar rasch. Ich möchte meine Bitte hinzufügen, dass es kurz nach unserer Rückkehr nach London stattfinden sollte. Nun, da ich den Mann gefunden habe, mit dem ich mein Leben verbringen möchte, sehe ich keinen Grund, noch länger zu warten. Es würde mich sehr freuen, wenn Matt eine Sondergenehmigung besorgen und mit dem Priester (dessen Name ich mir partout nicht merken kann) Kontakt aufnehmen könnte, der die anderen Trauungen vollzogen hat, um einen Termin in vier Tagen ab heute festzulegen. Das sollte uns genug Zeit geben, die Angelegenheiten hier zu regeln und zurückzukehren.
Für den Fall, dass Matt danach fragt: Kenilworth weiß nichts hiervon, und ich möchte es dabei belassen.
In großer Liebe,
Deine ergebene Schwester
Charlotte

Sie streute Sand auf das Papier und ließ es trocknen, dann schrieb sie die Adresse darauf und versiegelte es mit dem Ring an ihrem kleinen Finger.

Sie griff ihre Haube, die Handschuhe und die Pelisse, eilte zurück in den Salon und klopfte an Dottys Tür. Sie rief: »Ich habe einen Brief, den ich per Boten verschicken will. Ich bin gleich wieder zurück.«

Sie verließ das Apartment zum Flur und rief den Pagen des Stockwerks. »Ich möchte, dass das per Boten verschickt wird.« Sie gab ihm den Brief und eine Münze. Bediensteten Trinkgeld zu geben, stellte fast immer sicher, dass eine Aufgabe rasch erledigt wurde. »Er muss heute noch ankommen. Eine Antwort ist nicht nötig.«

»Jawohl, Mylady.« Der Mann ging zur Treppe und gab jemandem ein Zeichen. Kaum eine Sekunde darauf erschien ein jüngerer Mann. »Lass dies sofort nach London bringen.«

Als sie zurück in den Salon kam, ging Constantine auf und ab. »Wo warst du?« Sorgenfalten durchzogen seine Stirn. »Nicht einmal deine Zofe wusste es.«

»Es tut mir leid. Ich war nur kurz auf dem Flur. Ich hatte einen Auftrag für den Pagen.« Sie strich eine Haarlocke, die ihm in die Stirn gefallen war, zurück. »Ich wollte dich nicht beunruhigen.«

»Es ist nicht deine Schuld.« Er legte seine Hände an ihre Taille. »Ich reagiere nur auf das, was gestern geschehen ist. Ich will dich gewiss nicht ersticken, aber ich möchte immer wissen, dass du in Sicherheit bist.«

Ein Teil von ihr war über seine Reaktion besorgt. Schließlich war sie nur kurze Zeit im Flur gewesen. Andererseits waren die letzten paar Tage stressig gewesen, und sie war erneut entführt worden. Und er bemerkte ja, dass es ein Problem war, an dem er arbeiten musste. »Ich verstehe.«

Dotty und Merton gesellten sich kurz darauf zu ihnen, und sie verließen das Inn in Richtung des *Hare and Hound*. Sie und Charlotte reisten in der Kutsche, während die Gentlemen beschlossen hatten, dass zumindest zehn von Mertons Vorreitern sie begleiteten.

Sie hoffte, dass Constantine nicht darauf bestehen würde, dass ebenso viele Bedienstete sie zu ihrem Schutz begleiten sollten. Andererseits bestand Matt immer ohne Widerrede darauf, dass sein Bursche sie begleitete, wenn sie das Haus verließ. Mit Dotty und Louisa hatte er es vor ihren Eheschließungen genauso gehalten. Vielleicht war es das, was ein zuverlässiger Gentleman tun musste, um seine Familie in Sicherheit zu wissen.

Charlotte wandte ihre Gedanken dem Brief zu, den sie Grace geschrieben hatte. Das Einzige, woran Charlotte nicht gedacht hatte, war die Frage, ob Louisa früh genug von Charlottes Hochzeit Bescheid bekäme, um rechtzeitig nach London reisen zu können. Sie dachte, dass sie die Hochzeit nötigenfalls noch einen Tag oder so aufschieben könnte. Andererseits – sie schmunzelte in sich hinein – war die frischgebackene Herzogin eine Naturgewalt. Sobald Louisa von Charlottes Hochzeit erfuhr, würde sie Himmel und Erde in Bewegung setzen, um rechtzeitig da zu sein.

KAPITEL 31

Con hatte leichte Schwierigkeiten, Jemmy davon zu überzeugen, dass er sie nicht begleiten durfte. Am Ende stimmte er schließlich doch zu, im Hotel zu bleiben, wenn Charlottes Zofe ihm dafür ein Eis holen würde. Die Kätzchen wurden bis zur Abfahrt in Charlottes Schlafkammer gebracht. Es war fast befremdlich, ohne den Jungen und die Katze loszufahren.

Sie kamen kurz nach zehn Uhr am *Hare and Hound* an. Con hatte den ganzen Weg darüber nachgedacht, wie er und Charlotte sich dem Gastwirt und seiner Frau nähern sollten. Er war mit ihr einer Meinung, dass das Paar sich nicht gerade freuen würde, sie wiederzusehen. Wie schwer würde es sein, die beiden davon zu überzeugen, dass sie von Miss Betsy hereingelegt worden waren? Er fragte sich auch, ob Charlotte den Brief mitgenommen hatte, der der Kupplerin geschickt worden war. Vielleicht hätte er sie darauf ansprechen sollen.

Con lenkte sein Pferd näher zu Merton. »Ich schlage vor, wir nehmen mehrere deiner Männer mit ins Inn. Nach meinen bisherigen Erfahrungen mit den Handlangern der Zuhälterin dürften sie im Gastraum sein.« Merton nickte. »Einer oder zwei sollten im Stall sein für den Fall, dass jemand versucht, zu fliehen oder eine Nachricht zu schicken. Wir wissen noch nicht, was sie für ihre Kunden in die Wege geleitet hat.«

»Soll ich als Erster hineingehen? Nach dem, was Charlotte sagte, könnten der Wirt und seine Frau versuchen, dich anzugreifen, weil du sie befreit hast.«

»Wenn sie vorhaben, uns etwas zu tun«, sagte Con reuevoll, »dann, weil wir ihre Tochter ans Bett gefesselt und geknebelt haben.«

»Dann ist die Sache klar. Ich gehe auf jeden Fall als Erster in Begleitung mehrerer Diener hinein. Gestern dachte ich, wir hätten alle von der Bande erwischt. Ich hoffe, der heutige Tag beweist, dass ich recht habe.« Merton rief Jeffers zu sich. »Ich rechne mit Schwierigkeiten – entweder vom Hausherrn und seinen Leuten oder von den Entführern, die für diese Frau gearbeitet haben. Schicken Sie bitte einiger der Männer in den Gastraum. Ich brauche drei weitere, die mit mir hineingehen, bevor Lord Kenilworth es tut.«

»Jawohl, Mylord.«

Der Mann wollte los, doch Con hielt ihn auf. »Ich will, dass Lady Charlotte die Kutsche nicht verlässt, bevor wir wissen, dass das Inn sicher ist.«

»Wir sorgen dafür, dass beide Ladies in Sicherheit sind, Mylord.« Jeffers berührte seinen Hut und ging davon.

Er und Merton zügelten ihre Pferde und ritten auf den Hof. Sie warteten, bis die Vorreiter an Ort und Stelle waren, dann stiegen sie ab. »Bald werden wir wissen, womit wir es zu tun haben.«

Einige der Diener, die unauffällig in Alltagskleidung gekleidet waren, betraten das Gasthaus. Drei weitere, die Mertons Livree trugen, postierten sich an der Tür. Merton ging hinein, gefolgt von Con.

»Herr Wirt!«, rief Merton.

Mister Wick hastete aus einem Zimmer auf der rechten Seite der Halle herbei. »Mylord.« Er blickte an Merton vorbei, und seine Augen weiteten sich zunächst, dann wurden sie schmal vor Wut. »Euresgleichen wollen wir hier nicht. Entfernt Euch sogleich wieder.«

Con ignorierte den Hausherrn und zog eine seiner Karten heraus. »Wir sind einander noch nicht richtig vorgestellt worden. Ich bin der Marquis of Kenilworth. Mein Begleiter ist der Marquis of Merton. Ich war letztes Mal aus demselben Grund hier wie heute, nämlich um die Person zu retten, die auf Anweisung einer gewissen Miss Betsy hierhergebracht worden ist.«

Mister Wicks klappte der Mund auf. »Zu retten?«

Da der Mann nicht weitersprach, fuhr Con fort: »In der Tat. Die Frau ist eine Menschenhändlerin. Die Dame, die ich gerettet habe, war entführt worden, um sie dem Mann zu verkaufen, der die Entführung in Auftrag gegeben hatte.«

»Ich glaube Euch nicht.« Streitlustig schob der Wirt das Kinn vor. »Was für Beweise habt Ihr?«

»Ich bin der Beweis«, sagte Merton. »Mein Vetter, der Vormund der Dame, und ich haben Miss Betsys Bordell zerschlagen. Sie zwang die Frauen dort zur Prostitution.«

Wick ruckte aggressiv mit dem Kinn. »Das sagt Ihr.«

»Vielleicht hilft ein Brief weiter.« Charlottes Stimme erklang hinter Cons Rücken. »Der ist von Miss Betsy, geschrieben an den Mann, der sie für meine Entführung bezahlt hat.« Sie hielt das Schreiben nach vorne, sodass der Innbesitzer es lesen konnte. Nach einer Weile sagte sie: »Glauben Sie uns jetzt?«

»Wir wissen, was sie Ihnen erzählt hat.« Dotty stellte sich neben Charlotte. »Die gleiche Geschichte hat sie einem anderen Gastwirt und dessen Frau aufgetischt. Es tut mir leid, Ihnen sagen zu müssen, dass Sie auf eine Kriminelle hereingefallen sind, die Frauen und Kinder verkauft.«

Mister Wick öffnete den Mund, schüttelte dann den Kopf und reichte Con einen Schlüssel. »Sie ist in demselben Zimmer wie beim letzten Mal.«

»Wo sind Miss Betsys Handlanger, und wie viele sind es?« fragte Con.

»Der Kutscher ist im Stall«, antwortete der Wirt, dessen Adamsapfel auf und ab hüpfte. »Einer von ihnen ist im Schankraum, der andere ist zwei Türen weiter bei der Dame. Sie erwarten Miss Betsy jeden Moment.«

»Sie brauchen nicht zu befürchten, dass Sie sie je wiedersehen«, sagte Merton, dann blickte er zu Jeffers. »Kümmern Sie sich um den Kutscher.«

Con gab den beiden anderen Vorreitern ein Zeichen, in der Halle zu bleiben. »Ich bin in ein paar Minuten zurück.«

Als er den Schankraum betrat, unterhielt sich einer von Mertons Dienern mit einem mittelgroßen Mann in dunkelbrauner Kleidung, der an einem Tisch in der Nähe des Tresens saß. Der Mann sah Con an, entschied offensichtlich, dass er keine Bedrohung darstellte, und wandte sich wieder seinem Bier zu.

Con schlenderte zu dem Tisch und gab dem Diener ein Zeichen, sich zu entfernen. »Ich habe gehört, Sie arbeiten für Miss Betsy?«

Der Kerl blickte von seinem Krug auf und starrte ihn an. »Mein Name ist Smith. Wollen Sie ihr eine Nachricht zukommen lassen?«

»Das wäre ein bisschen schwierig.« Er lächelte kalt. »Sie ist tot. Und Sie werden es auch sein, wenn Sie mir nicht sagen, was ich wissen will.«

Unvermittelt ging der Schurke auf Con los. Con holte aus und schlug seine Faust gegen Smiths Kiefer. Der Halunke wich zurück und stürzte sich erneut auf Con. Con rammte ihm die Faust in den Magen, packte ihn an den Haaren und verpasste ihm einen Faustschlag ins Gesicht. Blut und Spucke spritzten über den Tisch.

Con packte Smith, hob ihn hoch und schüttelte ihn kräftig. »Ich kann gern noch mal nachlegen, wenn Sie weitermachen wollen, oder wir können uns unterhalten.«

»Ich sag nichts.«

»Wenn das so ist, werden Sie wohl hängen.« Con winkte den Vorreitern zu. »Bindet ihn fest. Ich werde herausfinden, wer in der Gegend der Untersuchungsrichter ist. Wenn Mister Smith Glück hat, wird sein Fall hier verhandelt, wenn nicht, bringen sie ihn nach Newgate.« Con warf dem Mann einen Blick zu. »Das hat zumindest der Richter in Richmond beschlossen, da die Entführung in London stattfand.« Bei der Erwähnung von Newgate wurde der Mann blass. »Ich nehme die Frauen einfach mit, und mehr weiß ich nicht.«

Con hob eine Augenbraue. »Das ist schade. Wenn Sie mehr wüssten, würde man Sie vielleicht zu einer Deportation verurteilen anstatt zum Strang.«

»Warten Sie, vielleicht weiß ich doch was.«
»Ach ja?«

Der Mann nickte. Offensichtlich handelte es sich nicht um einen der Schlägertypen von St. Giles. Con fragte sich, wo Miss Betsy ihn gefunden hatte. »Nun gut. Was wissen Sie?«

»Diese Miss Susan war sehr gesprächig. Sie war glücklich, als wir sie abholten. Sie sagte, ein gewisser Sir Reginald würde für sie kommen und sie würden heiraten.«

Sir Reginald? Der einzige Mann mit diesem Namen, den Con kannte, war nicht nur ohne Tätigkeit, sondern überdies kein geeigneter Begleiter für eine junge Dame. Soweit er wusste, wurde der Mann in der feinen Gesellschaft geächtet.

»Wissen Sie zufällig, wo Miss Betsy ihn treffen wollte?«

»In einer einfachen Wirtschaft nicht weit von hier. Sie heißt *Gray Horse*.«

»Sie waren sehr hilfreich. Ich werde später noch mehr Fragen an Sie haben.« Von oben ertönte ein lautes Krachen. »Bitte entschuldigen Sie mich. Ich muss mal nach dem Rechten sehen.«

Er verließ den Raum gerade noch rechtzeitig, um zu sehen, wie ein großer Schläger die Treppe herunterhastete. Jeffers lief ihm hinterher und rief: »Lasst ihn nicht entkommen!«

Der Schurke stolperte, landete vor Mertons Füßen und versuchte, aufzustehen, aber Merton hielt ihm eine Pistole an den Kopf. »Das würde ich an Ihrer Stelle nicht tun. Im Allgemeinen lehne ich es ab, in Gegenwart von Damen Gewalt anzuwenden. Aber bei Ihnen würde ich eine Ausnahme machen.«

Im nächsten Moment hörte er eine Frau schreien: »Sam! Hat er dir wehgetan?«

Die Frau stürmte nach vorne, und Charlotte flüsterte Con ins Ohr: »Misses Wick.«

»Das scheint eine Familienangelegenheit zu sein.« Die Vermieterin sah aus, als wolle sie sich auf Merton stürzen. Bevor sie handeln konnte, sagte Con: »Das würde ich an Ihrer Stelle nicht tun. Es sei denn, Sie wollen Sam tot sehen?«

»Ihr!« Ihre Augen verengten sich. »Ich werde Euch den Magistrat auf den Hals hetzen.«

»Bitte lassen Sie ihn holen. Ich glaube, er wird sich sehr dafür interessieren, welche Rolle Sie und Ihre Familie beim Menschenhandel gespielt haben.«

»Menschenhandel?« Misses Wick stemmte die Hände in die Hüften. »Sie sollen wissen, dass ich eine gute Christin bin.«

Charlotte beobachtete die Szene. Merton hatte seine Pistole immer noch auf Sams Kopf gerichtet. Jeffers schien auf der ersten Treppenstufe erstarrt zu sein. Misses Wick sah immer noch aus, als wolle sie auf jemanden losgehen, könnte sich jedoch nicht recht entscheiden, auf wen. Zwei Vorreiter standen in der Tür zu einem Saal, den Charlotte für den Gemeinschaftsraum hielt, und hielten einen Mann mit gefesselten Händen fest. Constantine hatte sein Augenglas vor das Gesicht gehoben. Sie konnte nur vermuten, dass er versuchte, die Vermieterin einzuschüchtern.

Mister Wick stand daneben und sah aus wie ein verängstigtes Kaninchen, bereit zum Sprung.

Sie beschloss, zuerst mit der Hausherrin zu sprechen. »Misses Wick.« Die Augen der Frau weiteten sich, als sie

Charlotte endlich bemerkte. »Die Wahrheit ist, dass Miss Betsy eine Zuhälterin war. Sie hat keineswegs Frauen und Kinder gerettet. Vielmehr hat sie Aufträge von Männern entgegengenommen, so wie man eine Haube in Auftrag gibt, und Frauen an sie verkauft.« Der älteren Frau blieb der Mund offen stehen.

»Ich – niemand von uns«, Charlotte umfasste mit einer Handbewegung Dotty, Constantine und Merton, »geht davon aus, dass Sie von ihren Aktivitäten wussten. Nach dem kurzen Gespräch, das ich mit Ihrer Tochter hatte, bin ich mir sogar sicher, dass Sie nicht wussten, was Miss Betsy tat.«

Misses Wick schüttelte den Kopf. »Nein, Mylady. Ich wusste es nicht.« Sie zeigte mit dem Finger auf Sam. »Aber ich wette meinen letzten Penny darauf, dass dieser Schurke es wusste.« Sie bedachte ihn mit einem wütenden Blick. »Und er hat kein Wort zu mir gesagt.«

Sam hatte anscheinend den gesunden Menschenverstand, den Mund zu halten, denn er schwieg.

»Nun denn«, fuhr Charlotte fort, »meine Verwandten und mein Verlobter sind hergekommen, um die junge Dame zu retten, die Miss Betsy abholen sollte.«

»Sie wird dich dafür zahlen lassen, dass du dich eingemischt hast, Peg«, sagte Sam.

Also war er doch nicht so vernünftig. »Sie ist gestern gestorben«, antwortete Charlotte, und plötzlich wirkte Sam kleiner. »Was wir nun gerne wissen wollen: Wie oft hat sie Frauen und Kinder hierher gebracht? Können Sie mir etwas darüber sagen?«

Misses Wick streckte den Rücken durch und nickte langsam. »Ich werde alle Termine für Sie aufschreiben.«

»Ich danke Ihnen. Wir wissen jede Hilfe zu schätzen, die Sie uns geben können. Vielleicht kann Ihre Tochter Ihnen helfen.«

Constantine hatte sein Augenglas heruntergenommen, nachdem Charlotte zu sprechen begonnen hatte. »Gut gemacht, Mylady. Was hat dich dazu bewogen, dich einzumischen?«

»Der Ausdruck auf ihrem Gesicht, als du sie beschuldigt hast, mit Miss Betsy im Bunde zu stehen. Sie war so wütend, dass ich nicht glaubte, sie würde sich noch etwas von dir sagen lassen.«

Er zog den Zimmerschlüssel hervor. »Ich sollte dir sagen, dass die junge Dame vielleicht nicht der Meinung ist, dass sie gerettet werden muss. Offenbar hat sie sich von Sir Reginald Stanley täuschen lassen. Wobei ich nicht verstehe, wie er überhaupt in ihre Nähe gekommen ist.«

»Wer ist Sir Reginald? Ich habe noch nie von ihm gehört.« Charlotte wartete, während Jeffers und ein anderer Reiter Sam von der Treppe wegführten: »Dein Bruder hätte ihm eine Kugel verpasst, wenn er sich dir oder deinen Schwestern auf eine halbe Meile genähert hätte. Vor ein oder zwei Jahren hat der liebe Sir Reggie versucht, sich mit einer Erbin davonzumachen, die seine Bemühungen nicht zu schätzen wusste. Es genügt zu sagen, dass man ihn meidet. Außerdem wurde er aus seinen Klubs ausgeschlossen, weil er seine Spielschulden nicht bezahlt hat.« Constantine hielt ihr den Arm hin. »Wenn ich so darüber nachdenke, habe ich ihn in letzter Zeit nicht mehr in London gesehen.«

»Wenn es ihm gelungen ist, sie zu täuschen, muss er sehr charmant und attraktiv sein.«

»Ich nehme an, manche Frauen würden das so sehen.« Er klang angewidert. »Er ähnelt auf gewisse Weise Lord Byron, nur in blond statt dunkelhaarig.«

Mehr Erklärungen waren nicht vonnöten. »Ach je. Dann könnte es schwierig werden mit ihr.« Sie stiegen die Treppe hinauf. »Ich schlage vor, wir widersprechen ihr nicht wegen Sir Reggie. Sie könnte versuchen, vor uns davonzulaufen.«

»Ihr Name ist Miss Susan.« Constantine öffnete die Tür und trat zurück, damit Charlotte den Raum betreten konnte.

Eine junge Dame eilte strahlend lächelnd vom Fenster herbei. Sobald sie die beiden sah, verschwand das Lächeln. Sie hatte dunkelbraunes Haar und blaue Augen. Ihre Haut war hell und glatt, nur auf der hohen Stirn hatte sie einen Fleck. Charlotte sog den Atem ein. Miss Susan konnte nicht älter als sechzehn sein.

»Sind Sie Miss Betsy?«, fragte sie und blieb in der Nähe des Fensters stehen.

»Nein. Ich bin Lady Charlotte Carpenter.« Charlotte trat tiefer in den Raum, etwas ratlos, wie sie erklären sollte, dass weder Miss Betsy noch Sir Reginald kommen würden.

Die Züge des Mädchens hellten sich auf. »Oh, ich glaube, Sir Reginald hat Euch gebeten, mich abzuholen. Ich war ein wenig überrascht, dass er nicht gekommen ist.«

Constantine berührte Charlottes Ellenbogen und verließ den Raum.

Charlotte zog leicht die Augenbrauen zusammen und versuchte, den Tonfall der jungen Dame einzuordnen. Er war nicht ganz so kultiviert wie der ihrer

Schwestern ... Plötzlich fügte sich alles zusammen. Miss Susans Familie stammte nicht aus dem Adel, sondern wahrscheinlich aus irgendeiner wohlhabenden Kaufmannsfamilie. Das würde erklären, wie Sir Reginald es geschafft hatte, ihre Bekanntschaft zu machen, und warum ihm daran gelegen war. »Ja, so ist es. Sir Reginald hat etwas Geschäftliches zu erledigen. Miss Betsy hatte gestern einen unglücklichen Unfall und kann nicht kommen.« Charlotte beobachtete den Gesichtsausdruck des Mädchens und hoffte, dass sie ihre Geschichte glaubte. In diesem Alter war die junge Frau durchaus in der Lage, eine Szene zu machen, die sie alle auffliegen lassen würde, wenn sie im *Star and Garter* ankamen. »Wir, meine Verwandten und mein Verlobter, sind nicht weit von hier zu Besuch und wollen Sie abholen.« Sie beugte sich vor und senkte ihre Stimme. »Ich muss gestehen, dass mein Verlobter ein schlechtes Gedächtnis hat, und da Sir Reginald Sie meistens mit Miss Susan ansprach, kenne ich Ihren Nachnamen nicht.«

»Merryville.« Sie lächelte. »Miss Susan Merryville. Meine älteste Schwester ist Miss Merryville.«

Charlotte hätte ihren Phaeton darauf verwettet, dass Miss Susan noch nicht debütiert hatte und es auch in den nächsten Jahren noch nicht tun würde. »Es freut mich sehr, Sie kennenzulernen, Miss Susan Merryville.«

Sie verbeugte sich. »Ich freue mich auch sehr, Euch kennenzulernen, Mylady. Ich nehme an, wenn Sir Reginald und ich verheiratet sind, werde ich viele Damen kennenlernen.«

Charlotte bezweifelte, dass das Mädchen überhaupt alt genug war, um in Schottland zu heiraten, und fragte sich, was der Schurke wohl im Schilde führte. Aber das musste erst einmal warten. Sie musste herausfinden, wo das Mädchen lebte, und entscheiden, wie sie sie am schnellsten nach Hause bringen konnte.

Sie lächelte Miss Susan aufmunternd an. »Sagen Sie mir, wie haben Sie Sir Reginald kennengelernt?«

»Oh, wir sind uns nicht in London begegnet, sondern in Bath, wo meine Großmutter lebt. Ich war bei ihr zu Besuch und traf Sir Reginald, als ich eine Besorgung für meine Großmutter machte.«

Nicht nur jung, sondern auch vertrauensselig. »Ich bin sicher, Ihre Großmutter muss ihn vergöttert haben, er ist so gutaussehend und charmant.«

»Das hat sie anfangs auch.« Miss Susan setzte eine mürrische Miene auf, die Charlotte stark an ihre Schwester Theo erinnerte. »Aber sie meint, er sei zu alt für mich.«

Charlotte tippte sich mit einem behandschuhten Finger an die Wange. »Ich bin mir nicht sicher, ob ich weiß, wie alt er ist, aber sicher nicht über zweiunddreißig?«

»Neununddreißig.« Miss Susans Stimme war kaum ein Flüstern. »Er hält mich für sehr reif für mein Alter, und ich wage zu behaupten, dass das Alter keine Rolle spielt, wenn man verliebt ist.«

»Oh, in der Tat. Die Liebe wischt alle Schwierigkeiten weg.« Wenn Sir Reginald in dieses Kind verliebt war, würde Charlotte ihre Haube aufessen. »Aber Sie sind doch nicht den ganzen Weg von Bath hergekommen?«

»Aber nein.« Miss Susan kicherte bei der Vorstellung, aus Bath entführt worden zu sein. »Ich war im *Gunter's.*«

»Meine Liebste.« Constantine trat hinter Charlotte. »Wir sind bereit zur Abreise.«

»Ich danke dir, mein Liebster.« Sie hakte sich bei dem Mädchen unter. »Ich liebe *Gunter's.* Lassen Sie uns unser Gespräch in der Kutsche fortsetzen.«

KAPITEL 32

Irgendwie musste Charlotte Miss Susan davon überzeugen, dass sie einen schrecklichen Fehler beging, wenn sie dem Kerl vertraute. Sie hoffte, dass ihrer Freundin dazu ein paar gute Einfälle kämen. Ein Lakai half dem Mädchen in die große Reisekutsche der Mertons. Dotty unterhielt sich mit ihrem Mann, und Con stand neben Charlotte.

»Weißt du schon ihren Nachnamen?«

»Merryville. Sie ist sehr vertrauensselig. Bis wir Richmond erreichen, werde ich ihre Lebensgeschichte kennen.«

»Dann überlasse ich das ganz dir.« Con hob ihre Hände an die Lippen und küsste sie. »Wenn du einen Weg findest, sie in ihr Zuhause zurückzubringen, wäre ich dir dankbar.«

Sie stieg die Stufen zur Kutsche hinauf. »Ich tue mein Bestes.«

Charlotte sorgte dafür, in der Kutsche neben dem Mädchen zu sitzen, während sie auf Dotty warteten.

Zum ersten Mal gab es Anzeichen dafür, dass die junge Frau Charlotte vielleicht doch nicht so bereitwillig vertraute, wie sie gedacht hatte. »Wird Sir Reginald wissen, wohin ich gefahren bin? Vielleicht sollte ich hierbleiben.«

»Nein, nein, wir müssen sofort aufbrechen«, sagte Dotty und nahm gegenüber von Charlotte und Susan

Platz. »Merton hat das Mittagessen bestellt und möchte sich nicht verspäten.« Sie wandte den Blick zum Dach der Kutsche und seufzte. »Er wird zum Bären, wenn er zu spät zu essen bekommt. Wir können unsere Rückkehr einfach nicht aufschieben.« Nachdem sie ihre Röcke gerichtet hatte, wandte Dotty ihre Aufmerksamkeit Susan zu. »Lady Charlotte, wen haben wir denn da?«

»Ich möchte dich mit Miss Susan Merryville bekannt machen. Miss Susan, darf ich Sie meiner besten Freundin, der Marchioness of Merton, vorstellen.«

»Ich bin erfreut, Sie kennenzulernen.« Dotty lächelte Susan anmutig an.

Dem Mädchen fiel die Kinnlade herunter. »Ich hätte mir nie träumen lassen, dass ich einmal eine Marchioness treffen würde. Ich meine, ich weiß, dass Sir Reginald zum *Ton* gehört, aber ich wusste nicht, dass er *solche* Freunde hat.«

Charlottes Blick traf den ihrer Freundin, und sie zog eine Grimasse. »Susan – darf ich Sie Susan nennen?«

»Oh, ja, Mylady.«

»Ich danke Ihnen. Wie ich bereits sagte, hat Susan mir erzählt, wie sie ihren Geliebten kennengelernt hat. Es ist eine sehr romantische Geschichte. Wir sind gerade bei dem Punkt angelangt, dass ihre Großmutter sein Alter nicht gutheißt. Außerdem kam sie nicht direkt aus Bath zum Inn, sondern von *Gunter's.*« Charlotte blickte das Mädchen an. »Wie sind Sie zu einer so gewagten Entscheidung gekommen?«

»Oh, warten Sie«, sagte Dotty, die Charlottes Posse dankend aufnahm. »Sie wollen mir doch nicht erzählen, dass Ihre Großmutter Ihren Verehrer vor Ihren Eltern schlechtgemacht hat? Das wäre doch zu dumm.«

»Genau das hat sie getan.« Susan nickte. »Als ich versucht habe, Mama und Papa von ihm zu erzählen, haben sie sich geweigert, ihn überhaupt zu empfangen. Wir mussten mein Mädchen und seinen Kammerdiener einspannen, um Briefe auszutauschen.«

Dotty klatschte in die Hände. »Ah, *billets doux*. Wie romantisch!«

Susan warf Charlotte einen verwirrten Blick zu. »Das ist Französisch für Liebesbriefe«, erklärte Charlotte. Das Mädchen nickte. »Aber wo ist dein Mädchen? Hätte sie nicht mitkommen wollen?«

»Sie hat sich nicht getraut. Meine Mama hätte sie ohne Empfehlungsschreiben rausgeworfen. Als die Männer mich in die Kutsche setzten und wir losfuhren, fing sie an zu schreien, damit ihr niemand einen Vorwurf machen konnte.«

Dotty beugte sich ein wenig vor. »Lady Charlotte wohnt am Berkeley Square. Wohnen Sie auch dort?«

»Nein, ich wohne am Russell Square. Wir haben früher in Cheapside gewohnt, aber meine Eltern haben beschlossen, dass es Zeit ist, umzuziehen. Das ist der Grund, warum ich bei meiner Großmutter war.«

»Russell Square ist sehr schön«, sagte Charlotte, »und eine viel bessere Gegend als Cheapside. Wobei an dem Viertel nichts auszusetzen ist.«

»Meine beste Freundin wohnt immer noch in Cheapside.« Susans Tonfall wurde mürrisch, ihre Mundwinkel zogen sich nach unten. »Ich vermisse sie sehr.«

Charlotte fragte sich, ob der Rat ihrer Freundin Susan davor bewahrt hätte, einen so verhängnisvollen Fehler zu begehen.

Dottys Augen weiteten sich. »Da bin ich mir sicher, aber ich muss wissen: Wer ist dieser Mann, von dem wir sprechen?«

»Sir Reginald Stanley.« Das Mädchen hauchte seinen Namen. »Kennen Sie ihn, Mylady?«

»Sir Reginald.« Sie tippte sich an die Wange und lächelte dann. »Ja, natürlich. Ich wurde ihm vorgestellt. Natürlich erst nach meiner Heirat, und eher zufällig. Er ist in der feinen Gesellschaft nicht willkommen, müssen Sie wissen.«

Susans Antlitz verfinsterte sich, und Charlotte konnte geradezu sehen, wie alle Träume des Mädchens, bald dem *Ton* anzugehören, ins Wanken gerieten. »N-nicht willkommen?«

»Er hat den Ruf, ein Wüstling und ein unverbesserlicher Spieler zu sein. Das ist nicht die Art von Gentleman, in deren Gesellschaft die Damen ihre Töchter sehen wollen.«

»Aber Wüstlinge können sich bessern.« Das Mädchen schien sich zu sammeln. »Wenn sie erst einmal verheiratet sind, versteht sich.«

»Ja, das können sie. Manche behaupten sogar, dass geläuterte Wüstlinge die besten Ehemänner abgeben, aber zuerst muss er heiraten.« Dottys Brauen zogen sich zusammen. »Meine Liebe, wie unbedacht von mir. Sie haben vor, ihn zu heiraten?«

Die Miene des Mädchens hellte sich wieder auf. »Ja, Mylady. Wir werden nach Schottland reisen.«

»Nun, wenn Sie heiraten, würde das natürlich alles ändern.« Sie blickte wieder zu Susan. »Wie alt, sagten Sie, sind Sie, meine Liebe?«

»Fünfzehn«, sagte Susan, als sei das ein hohes Alter.

»Fünfzehn?«, fragte Dotty in zweifelndem Tonfall nach. Das Mädchen nickte. »Nun, das wird nicht gehen. In Schottland muss man sechzehn sein, um zu heiraten. Es sei denn, man hat die Erlaubnis seiner Eltern.« Sie schwieg und ließ die Stille andauern, bevor sie weitersprach: »Aber die haben Sie nicht.«

Susan verschränkte die Hände im Schoß und starrte sie an. »N-nein, Mylady.«

»Lady Merton«, sagte Charlotte, »seid Ihr ganz sicher, dass es sechzehn ist?«

»Das bin ich in der Tat. Erinnern Sie sich nicht an das Paar, das am Beginn der diesjährigen Saison durchgebrannt ist?« Das tat sie, aber sie war sich sicher, dass ihre Freundin sich nicht gerade auf dieses Paar bezog. Trotzdem nickte sie. »Sie hatte noch nicht einmal debütiert. Sie kamen zwei Monate vor ihrem sechzehnten Geburtstag zur Grenze und wurden abgewiesen. Nun wird sie natürlich nie in der feinen Gesellschaft debütieren dürfen, und ihr Ruf ist für immer ruiniert.«

Charlotte hielt sich den Mund zu und schnappte nach Luft. »Oh, ja. Jetzt erinnere ich mich. Eine furchtbare Geschichte!« Sie warf Susan einen Blick zu, deren Augen vor Entsetzen geweitet waren. »Meine liebe Susan, wie gut, dass Sie nicht nach Schottland gegangen sind.«

Prompt brach das Mädchen in Tränen aus. Charlotte schlang ihre Arme um das Kind, zog ihr Taschentuch hervor und drückte es dem Mädchen in die Hände. »Nun, nun. Wir sind hier, um Ihnen zu helfen.«

»Ich bezweifle, dass Sir Reginald sich die Reise nach Schottland leisten kann«, überlegte Dotty. »Er verfügt über nichts, womit er die Reise bewerkstelligen könnte.«

Nun, das sollte die Sache wohl klären.

Susan begann noch mehr zu schluchzen. »W-was wird aus m-m-mir werden?«

Charlotte und Dotty wechselten einen Blick. Wie auch immer die Antwort auf die Frage des Mädchens lauten mochte – das Ergebnis wäre wahrscheinlich viel besser als das, was Miss Betsy und Sir Reginald für die arme Susan geplant hatten. Gott sei Dank hatten sie sie retten können! Die Frage war nur, wie sie den Mann finden und ihn bestrafen konnten, bevor er einem anderen Mädchen etwas antun konnte.

Con ritt neben Merton und besprach mit ihm, was sie mit der jungen Dame tun würden. Beide waren sich zwar nicht ganz sicher, glaubten aber, dass sie noch nicht debütiert haben konnte.

»Ich bin gespannt, was Charlotte und Dotty sagen«, sagte Con.

»Augusta scheint älter oder zumindest reifer zu sein«, erwiderte Merton und bezog sich dabei auf Charlottes fünfzehnjährige Schwester.

»Und vernünftiger.« Sie schwiegen mehrere Minuten, bevor Con sagte: »Ich wollte heute Abend ursprünglich im *Star and Garter* bleiben, aber nun bin ich der Meinung, dass wir nach London zurückkehren sollten.«

»Da hast du wahrscheinlich recht. Die Frage ist nur, was wir mit dem Mädchen machen.«

»Ich bin zuversichtlich, dass unsere Damen eine Adresse für ihre Eltern haben werden, wenn wir uns zum Mittagessen hinsetzen. Ich habe etwas von dem Gespräch mitgehört, das Charlotte mit ihr geführt hat, und offenbar hat sie beschlossen, die mitfühlende

Dame zu spielen. Mir wurde ausdrücklich gesagt, ich solle nicht schlecht über Sir Reggie sprechen.«

»Das wird mir nicht schwerfallen«, sagte Merton. »Ich hatte noch nie von dem Mann gehört, bevor du mir von ihm erzählt hast.«

»Nein, das hätte mich auch gewundert. Er ist schon seit Jahren auf der Flucht«, sagte Con. »Miss Susan muss eine Erbin sein.«

»Kennst du ihren Nachnamen?«

»Merryville.« Er hatte noch nie von dieser Familie gehört und hoffte, Merton kannte sie.

»Es gibt einen Merryville in der Stadt, der im Handel und in der Schifffahrt tätig ist. Ich habe kürzlich in ein Projekt investiert, in dem sein Name erwähnt wurde.«

»Wenn sie Bürgerliche sind, haben sie nichts von Sir Reggie gehört. Das wäre ein Grund, warum ihre Eltern sie nicht sicher weggesperrt haben. Ich frage mich, ob Erpressung mit gebrochenen Eheversprechen sein Spiel ist.«

»Wir werden vielleicht nie erfahren, was es ist, wenn der Mann sich in der Stadt nicht blicken lassen kann.«

Con überlegte, dass dies die beste Lösung für das Problem sein könnte. »Wenn Miss Betsy weg ist, wird er nicht wissen, wo das Mädchen ist. Er könnte sogar glauben, dass sie gar nicht entführt wurde.«

»Und sie wird glauben, dass er sie nie abgeholt hat«, überlegte Merton.

»Sie wird untröstlich sein, aber nur für kurze Zeit, nicht für ihr ganzes Leben.« Die Ehe mit einem Taugenichts wie Sir Reggie wäre die Hölle. Vorausgesetzt, das war alles, was er für sie geplant hatte.

Merton trieb sein Pferd schneller an. »Je eher wir sie zu ihrer Familie zurückbringen, desto besser.«

Con stimmte von ganzem Herzen zu.

Als sie im *Star and Garter* ankamen, flüsterte Charlotte ihm zu, dass sie das Mittagessen bestellen müssten, ohne Miss Susan merken zu lassen, dass es nicht schon geschehen sei. »Das ist die Ausrede, die Dotty dafür benutzt hat, warum wir so Hals über Kopf abreisen mussten. Sie hatte schon Zweifel, ob sie mit uns kommen sollte. Wir haben das Vertrauen des Mädchens gewonnen, aber wenn sie uns bei der kleinsten Lüge erwischt, laufen wir Gefahr, es zu verlieren.«

»Ich kümmere mich darum«, sagte Con, als die Mertons Miss Susan in den Gasthof führten. »Wir haben beschlossen, heute in die Stadt zurückzukehren.«

»Das ist auch besser so. Wir werden keine Zeit mehr für Zweisamkeit haben, aber wir müssen sie nach Hause bringen. Ich kann mir vorstellen, dass ihre Eltern ganz außer sich sind.«

»Wie alt ist sie?«

»Fünfzehn. Der Kerl hat ihr gesagt, sie würden in Schottland heiraten, aber muss sie dafür nicht sechzehn sein?«

Con nickte. »Für eine heimliche Heirat schon.«

»Und warum hat er sie östlich von London getroffen und nicht irgendwo an der Great North Road?«

»Das war vielleicht Miss Betsys Werk. Es sei denn, sie hat auch ein Haus nördlich der Stadt.«

»Ich glaube nicht, dass er überhaupt die Absicht hatte, sie zu heiraten.« Besorgnis schwang in Charlottes Stimme mit. »Ich vermute, sie hatten etwas viel Ruchloseres geplant. Ich wünschte, ich wüsste, was es war. Das

Mädchen in die Prostitution zu verkaufen, würde ihm nicht das nötige Geld einbringen.«

Eine Auktion hingen schon, aber das wollte er ihr gegenüber nicht erwähnen. »Ich glaube nicht, dass wir uns darüber jetzt Gedanken machen sollten.«

»Da hast du wahrscheinlich recht. Obwohl ich wünschte, wir könnten diesen Schurken finden und ihn bestrafen. Und dann ist da noch Burt. Der Missetäter, der uns entkommen ist.« Sie rieb sich die Stirn. »Wir haben noch viel zu tun, wenn wir die anderen Opfer retten wollen.«

»Das sehe ich auch so, aber wir müssen nicht alles allein machen.« Con war erleichtert, dass sie das Thema gewechselt hatte. »Ich habe dir noch nicht meinen formidablen Sekretär vorgestellt. Er wird sich über ein Projekt freuen, das ihn herausfordert.«

Sie schob ihre Hand in seine Armbeuge. »Ich bin hungrig.«

»Das geht nicht«, sagte er in dramatischem Tonfall.

»Du hältst dich für witzig.« Sie runzelte die Stirn. »Ich versichere dir, dass ich sehr unleidlich bin, wenn ich Hunger habe.«

»Wenn das alles ist, was ich tun muss, um dich glücklich zu machen, wird mein Leben die reine Wonne sein.«

Charlotte senkte die Augenlider. »Nun, es gäbe da vielleicht noch ein oder zwei andere Dinge.«

May hatte sich um Susan Merryville gekümmert, und als sie zu ihnen in den Salon kam, hatte sie ihre gute Laune wiedergefunden. Sie redete während des gesamten Mittagessens. Als sie mit dem Essen fertig waren und sich zum Aufbruch bereit machten, wusste Con alles, was er hatte wissen wollen, und mehr. Das Mädchen kannte keine Diskretion. Kein Wunder, dass sie ein so leichtes Ziel für Sir Reggie gewesen war.

Jemmy hatte sich zu ihnen gesellt, und mehr als einmal hatte Con sich widerwillig gezwungen gesehen, den Jungen zu tadeln, weil er das Mädchen kritisierte. Und nicht nur das, er hatte auch das Gefühl, dass der Junge ein wenig eifersüchtig darauf war, dass Miss Susan Zeit mit seiner Heldin verbrachte.

Als sie vom Tisch aufstanden, zog er Charlotte zur Seite. »Liebling, willst du mit mir in die Stadt zurück fahren? Es wird auf mehrere Tage hinaus unsere letzte Gelegenheit sein, zu zweit zu sein.«

Sie warf einen Blick auf Miss Susan, die mit Cyrille spielte, während Collette so klug gewesen war, sich in ihrem Korb zu verstecken. »Oh ja, sehr gerne. Selbst wenn Dotty des Mädchens überdrüssig wird, wird Cyrille sie beschäftigen.« Charlotte blickte zu ihm auf und runzelte ihre hübsche Stirn. »Ich hasse es, sie anzulügen, aber ich glaube, die Geschichte, die Dotty sich ausgedacht hat, hat funktioniert. Sie ist viel zu vertrauensselig. Ich hoffe nur, ihre Eltern werden begreifen, wie sie in den Bann des Kerls geraten konnte.«

»Ich wusste, dass dir diese Täuschung nicht gefallen würde. Dennoch war das Beste, was ihr tun konntet, ihr ein Märchen zu erzählen. Falls es dich beruhigt, Merton hat schon von ihrem Vater gehört und deinem Bruder eine Nachricht geschickt, um die Merryvilles zu finden.«

»Danke, dass du mir das gesagt hast.« Durch diese Nachricht fühlte sich Charlotte viel besser. »Sie ist arg jung. In vielerlei Hinsicht viel jünger als Augusta.«

Selbst die Zwillinge und Madeline hatten mehr Verstand als ihr Schützling. »Ich kann mir nicht vorstellen, dass eine deiner Schwestern so etwas Unüberlegtes täte.«

»Da stimme ich zu, aber wir sollten das nicht hier besprechen.« Susan schien zu wissen, dass die Herren weniger Mitgefühl mit ihr hatten als Charlotte und Dotty, das hatte Charlotte im Gefühl. »Ich hole meine Haube.«

Sie waren auf halbem Weg nach Mayfair, als Constantine behauptete, dass etwas mit seinem Phaeton nicht in Ordnung sei, weshalb man in einem Gasthaus übernachten müsse, von dem er wusste, dass es ganz in der Nähe lag.

Charlotte versuchte, nicht zu lachen, als Jemmy sich meldete: »Ich sehe nichts.«

Daraufhin brach sie in Gelächter aus. »Treffer. Liebster, wir werden bald heiraten.«

»Aber wie bald? Als meine Schwestern heirateten, schien es, als müssten die armen Kerle ewig warten.«

Beinahe hätte sie ihm gesagt, dass sie sich in vier Tagen das Eheversprechen geben würden, aber da sie wollte, dass es eine Überraschung war, schwieg sie. »Wenigstens müssen die Herren sich nicht neu einkleiden.«

»Nein.« Er warf ihr einen raschen Blick zu, bevor er sich wieder den Pferden zuwandte. »Sag mir, warum sich junge Damen in Pastellfarben kleiden müssen? Wäre es nicht einfacher, sie tragen zu lassen, was sie wollen?«

»Du meinst, die Farben, die ihnen am besten stehen. Das wäre es. Es würde allerdings auch als leichtherzig gelten, und die Damen, die über *Almack's* bestimmen, würden sich weigern, ihnen Coupons zu geben, und andere Damen würden sich weigern, sie zu Veranstaltungen einzuladen. Alles in allem ist es weniger teuer, wenn man sich an die Regeln hält.«

»Du siehst immer reizend aus.«

»Ich habe das Glück, dass ich einige Pastellfarben gut tragen kann. Aber viele Damen können das nicht.«

»Wenn wir erst einmal verheiratet sind, kannst du einkaufen, was du möchtest.« Er klang so großzügig. Sie wollte schon wieder in Jubelschreie ausbrechen.

»Danke, das werde ich.« Dies war ein weiteres Geheimnis, das sie vor ihm verbarg. Von Grace und Lady Kenilworth angeregt, hatte Charlotte bereits eine neue Garderobe in Auftrag gegeben. Ihr Gewissen meldete sich wegen ihrer Verlogenheit. Sie konnte nur beten, dass am Ende alles gut werden würde.

KAPITEL 33

Es war bereits später Nachmittag, als Constantines Kutsche auf den Berkeley Square rollte. Mertons Kutsche war nicht weit hinter ihnen. Kaum hatte Constantine Charlotte aus dem Phaeton gehoben, schlangen sich kleine Arme um ihre Beine.

»Wir haben dich vermisst«, sagte Mary.

Überraschenderweise nickte Theo nur bestätigend.

»Bitte, Mylady, kommt ins Haus.« Royston hielt die Tür auf, und ein Lakai griff nach Daisy.

»Gewiss.« Charlotte schritt über die Schwelle, dicht gefolgt von Constantine und Jemmy, und der Butler schloss die Tür. »Guten Tag, Daisy. Dich habe ich auch vermisst.«

Die Dogge strich um Charlotte herum. Ein Zirpen erklang aus dem Korb, und Collette sprang heraus und rieb sich an Daisys Beinen.

»Ich bin mir nicht sicher, ob wir es wirklich bis ins Haus schaffen«, meinte Constantine.

»Es dauert eben manchmal ein bisschen«, sagte Jemmy.

Langsam schob sich Charlotte weiter in den Flur vor. »Dotty und Merton werden bald hier sein. Lasst uns ins Morgenzimmer gehen. Habt ihr schon Tee getrunken?«

»Schon vor Stunden«, sagte Theo. »Es gibt schon bald Abendessen.«

»Meine Güte, ist es schon so spät?«

Maria nickte. »Du hast genug Zeit, um dich zu waschen und umzuziehen. Das machen Matt und Grace auch gerade. Wir haben euch die Straße entlangkommen sehen.«

Damit war diese Frage beantwortet. Charlotte hatte sich schon gefragt, wo alle anderen waren.

»Wenn Seine Lordschaft uns Gesellschaft leistet, werde ich ihn in eine Kammer führen«, bot Royston an.

»Ich danke Ihnen.« Constantine grinste sie an. »Wir treffen uns im Salon.«

Sie schüttelte Hundehaare von ihrem Rock. »Bis später.«

Sobald sie in ihrem Zimmer war, begann May, ihr Kleid aufzuschnüren. »Als ich hier ankam, war das Haus wie leergefegt.«

»Wie das?« Charlotte stieg in das warme Badewasser, das May für sie vorbereitet hatte. »Wie wohltuend.«

»Lady Worthington hat Euren Brief erhalten und eine Nachricht an die Modistin geschickt. Lord Worthington war zur Kirche geeilt und kam gerade zurück, als ich eintraf.« Charlotte wusch sich schnell und stand auf, damit May sie abspülen konnte. »Er hat die Sondergenehmigung geholt. Ihr könnt um neun Uhr morgens heiraten. Aber er hat gesagt, der Tag, den Ihr wolltet, sei bereits voll, deshalb heiratet Ihr in drei Tagen statt in vier.« Das übertraf Charlottes Hoffnungen noch. »Sie haben es mir im Arbeitszimmer Ihrer Ladyschaft gesagt, damit die Kinder es nicht hören.«

»Das war klug.« Wenn eines der jüngeren Kinder von Charlottes Hochzeit wüsste, würde es zwangsläufig durchsickern, und Constantine würde es erfahren.

»Lord Worthington sagte, er hätte nicht gewusst, dass Ihr ebenso geschäftstüchtig seid wie Lady Louisa, ich meine Ihre Gnaden. Lady Worthington hat nur gelacht und sagte ihm, da hätte er wohl nicht aufgepasst.«

»Ich glaube, Louisa hat schlicht eine andere Art.« Charlotte schmunzelte. »Ist ihm denn nie aufgefallen, wie meine Schwester die Dinge regelt?«

»So sind die Männer, Mylady. Meine Mutter sagt immer, dass ein Mann erst sieht, was er vor der Nase hat, wenn man ihm damit einen Stüber verpasst.«

Charlotte musste sie lachen. »Ich meine, meine Mutter hat manchmal das Gleiche gesagt.« Sie dachte darüber nach, wie still Theo vorhin gewesen war. »Kannst du mit einem der Kindermädchen sprechen und dich erkundigen, wie es Lady Theo ergangen ist? Ich bin ein wenig besorgt. Sie war sehr still, als ich nach Hause kam.«

»Das werde ich tun, sobald die Kleinen zu Bett gegangen sind, Mylady.«

»Ich danke dir.« Charlotte erinnerte sich daran, wie besorgt Louisas Dienstmädchen darüber gewesen war, die Zofe einer Herzogin zu werden. »Wie geht es dir? Freust du dich auf die Veränderungen, die auf dich zukommen werden?«

»Ich könnte nicht glücklicher sein, Mylady.« Charlotte hatte May noch nie so strahlend lächeln sehen. »Ich hatte ein gutes Gespräch mit Polly ... ich sollte Miss Franks sagen. Sie sagte mir, als sie nach Merton House ging, habe sie sofort ihren Platz als Zofe der Lady dort eingenommen, und ich solle dasselbe tun. Das tat ich dann auch. Der Kammerdiener Seiner Lordschaft nennt mich Miss Walker, wie auch die anderen

Bediensteten. Um die Wahrheit zu sagen, als wir hier ankamen, hat Bolton sich meiner angenommen. Das war eine große Hilfe.«

Inzwischen war Charlotte angekleidet, und ihr Mädchen schloss gerade eine Perlenkette um ihren Hals. Sie würde ihre Zofe ebenfalls mit Walker anreden müssen. Charlotte fände es nicht richtig, ihrer persönliche Zofe den angemessenen Respekt zu verwehren.

»Ich bin froh darüber, dass du jemanden hattest, der dir gezeigt hat, wie es gehen soll.«

»Jawohl, Mylady.« Walker trat zurück. »Ich werde versuchen, etwas über Lady Theo zu wissen, wenn Ihr zurückkommt.«

»Nochmals vielen Dank.« Charlotte stand auf, als ihre Zofe ihr den Seidenschal um die Schultern legte. »Ich kann mich glücklich schätzen, Sie zu haben, Walker.«

May strahlte vor Stolz. »Ich schätze mich glücklich, eine so feine Dame wie Euch zur Herrin zu haben, Mylady.«

Es klopfte an der Tür, und Charlotte antwortete: »Herein.«

Grace schwebte ins Schlafgemach. Eines Tages, so schwor sich Charlotte, würde sie das auch lernen. Ihre Schwester umarmte sie fest. »Du solltest dir darüber im Klaren sein, dass du Matt in den Wahnsinn treibst.«

»An ihn habe ich im Grunde gar nicht gedacht.« Sie blickte ihrer Schwester in die Augen. »Das hätte ich wohl sollen. Ich möchte einfach nur heiraten.«

»Ich weiß.« Grace gluckste leise. »Ich muss dir sagen, dass ich Lady Kenilworth in das Geheimnis eingeweiht habe. Es wäre nicht fair gewesen, es nicht zu tun.«

Charlotte konnte das verstehen. »Ich nehme an, ich bekomme ein Hochzeitsfrühstück.«

»Natürlich. Allerdings wird auf keiner der Einladungen stehen, dass es ein Hochzeitsfrühstück ist.« Ihre Schwester gluckste. »Wir nennen es Frühstück zum Ende der Saison.«

»Was für eine brillante Idee.« Sie hatte überhaupt nicht mit einem Hochzeitsfrühstück gerechnet.

»Lady Kenilworth hat sich das ausgedacht.« Grace grinste wie früher, wenn sie Überraschungen für ihre Eltern plante.

»Kenilworth wird also erst erfahren, was los ist, wenn Matt ihn in die Kirche bringt?« Je mehr Charlotte über ihre geplante Überraschung nachdachte, desto vorfreudiger wurde sie.

»Drücken wir die Daumen.« Grace umarmte Charlotte erneut. »Ich bin so froh, dass du deine Liebe gefunden hast.«

Sie blinzelte, als Tränen der Freude ihr in die Augen stiegen. »Das bin ich auch.«

Als Charlotte an diesem Abend den Salon betrat, wartete Constantine bereits auf sie. Er reichte ihr ein Glas Sherry. »Ich hatte nicht erwartet, dich so schnell zu sehen.«

»Ich hätte nicht gedacht, dass ich die Erste sein würde, aber ich bin sehr froh darüber.« Sie presste ihre Lippen auf die seinen. »Ich habe eine Überraschung für dich, aber ich kann es dir noch nicht sagen.«

Er legte die Arme um sie und zog sie an sich. »Das, Mylady, ist nicht fair.«

»Oh, ich glaube, Ihr werdet es sehr genießen, wenn Ihr herausfindet, was es ist.«

»Hexe.« Sein Mund senkte sich auf ihren, und sie öffnete die Lippen, sodass ihre Zungen einander liebkosen konnten.

Doch dann wich Charlotte zurück. Die Kinder würde sie die Treppe herunterkommen hören, aber Matt konnte sich leise bewegen, wenn er wollte. Obwohl sie wusste, dass sie und Constantine in drei Tagen heiraten würden, wollte sie nicht riskieren, dass ihr Bruder sich aufregte, insbesondere nach allem, was er getan hatte. »Ich es vermisse es jetzt schon, mit dir in einem Bett zu schlafen und die Tage mit dir zu verbringen.«

Cons Finger griffen fester zu. »Ich treffe mich morgen mit deinem Bruder wegen der Ehevereinbarungen. Ich werde auf eine baldige Heirat drängen.«

Von der Treppe erklang Füßestampfen, die Tür flog auf, und die Kinder stürmten ins Zimmer. »Charlotte, du bist wieder da!« Die Zwillinge und Madeline warfen die Arme um Charlottes Taille, sie erwiderte die Umarmung. »Wir haben dich vermisst.«

»Ich habe euch auch vermisst. Denkt an eure Manieren und sagt Lord Kenilworth guten Abend.«

Die drei Mädchen verbeugten sich. »Guten Abend, Lord Kenilworth.«

Er verbeugte sich, dann rieb er sich das Kinn. »Ich glaube, unter diesen Umständen solltet ihr mich Constantine nennen. Übrigens schätze ich ebenfalls Umarmungen.«

Die Mädchen starrten ihn einen Moment lang an, bevor sie ihn umarmten. »Dich mögen wir am liebsten.«

»Wirklich?« Seine Augen weiteten sich. »Wieso das?«

»Louisas Mann müssen wir Rothwell nennen«, sagte Madeline. »Weil er ein Herzog ist.«

»Und Dottys Mann Merton«, fügte Eleanor hinzu. »Weil er ein bisschen spießig ist.«

»Constantine gefällt uns«, sagte Alice. »Wann werden du und Charlotte heiraten?«

»Sobald ich deinen Bruder überzeugen kann, es zu erlauben.« Er knurrte beinahe, und Charlotte verbarg ein Lächeln.

In diesem Moment kamen Grace und Matt herein. »Was das angeht«, sagte Matt, »werden wir uns morgen früh treffen, um die Ehevereinbarungen zu besprechen.«

»Ich werde um neun Uhr da sein, wenn das nicht zu früh ist.«

Matt schenkte für sich und Grace Sherry ein. »Keineswegs.«

Einige Minuten später trafen die Mertons mit Susan ein und mischten sich in das Getümmel im Salon. Con wollte herausfinden, ob es jemandem gelungen war, mit der Familie des Mädchens Kontakt aufzunehmen, aber es gab keine Möglichkeit, ein privates Gespräch zu führen. Ein paar Minuten später kündigte der Butler das Abendessen an.

Er legte Charlottes Hand auf seinen Arm. »Ich verspreche dir, ich werde deinen Bruder dazu bringen, uns nächste Woche heiraten zu lassen.«

»Ich bin sicher, dass es dir gelingen wird.« Sie blieb zu gelassen. War ihr gleich, wie bald sie heirateten? Oder war sie sicher, dass er sich durchsetzen würde?

Das Abendessen war so lebhaft, wie er es erwartet hatte, und ihm wurde bewusst, wie einsam er als kleinstes Kind gewesen war. Er warf einen Blick auf Mary und fragte sich, wie sie sich wohl fühlen würde, wenn ihre Brüder und Schwestern fort wären. Dann erinnerte er sich daran, dass Grace – sie hatte ihn vor dem Abendessen gebeten, sie so zu nennen – Ende Dezember ein Kind erwartete. Neben ihm unterhielt sich Charlotte mit ihrem Bruder Walter, und Con war erstaunt, wie gut sie miteinander auskamen. Natürlich verstand er sich auch mit seiner Schwester Annis gut, aber das war nichts im Vergleich zu Charlottes Familie.

Das Geräusch einer sich öffnenden und schließenden Tür erklang. Wenige Sekunden später betrat ein junger Mann mit der typischen Haarfarbe der Carpenters den Raum. »Ist für mich auch ein Platz frei?«

Die Stühle wurden zurückgeschoben, und die Kinder stürmten auf den jungen Mann zu.

»Charlie!«, rief jemand.

»Du bist wieder da!«

»Wir haben dich vermisst.« Con erkannte die Stimme von Theo. Worthington erhob sich. »Du kommst zur rechten Zeit.«

»Heute haben die Ferien begonnen. Ich konnte es kaum erwarten, hier zu sein.« Er umarmte alle Kinder und war auf halbem Weg zu Charlottes Platz, als sie sich erhob. »Ich habe gehört, dass du heiraten wirst.«

Ihre Augen füllten sich mit Tränen, und sie lächelte ihn an. »Das werde ich.« Sie nahm seine Hand. »Komm und lerne ihn kennen.«

Con schob seinen Stuhl zurück, erhob sich und wartete.

»Constantine, das ist mein Bruder Charlie, Earl of Stanwood. Charlie, der Marquis of Kenilworth.«

Der junge Mann hatte den Carpenterblick, wie Kenilworth ihn bei sich nannte, und aus seiner Haltung war klar zu erkennen, dass ihm seine Schwestern und Brüder sehr am Herzen lagen, auch seine neuen Schwestern. Ihm wurde die Kehle eng. Bald würde er zu dieser Familie gehören, die sich so innig liebte. »Stanwood.«

»Kenilworth.« Der jüngere Mann drückte ihm die Hand. »Willkommen in der Familie«, rief Phillip, » du kannst ihn Constantine nennen.«

»Und du kannst ihn Charlie nennen«, sagte Alice.

Für Charlie wurde gedeckt, und alle setzten sich wieder. Charlie blickte sich um und begrüßte Dotty und Merton. Sein Blick blieb an Miss Susan hängen. »Ich glaube, man hat vergessen, uns bekanntzumachen.«

»Miss Susan«, sagte Dotty und warf Charlotte einen strahlenden Blick zu, »darf ich Ihnen meinen Bruder, den Earl of Stanwood, vorstellen? Charlie, das ist Miss Susan Merryville. Sie ist bei mir zu Besuch.«

Er verbeugte sich. »Es ist mir ein Vergnügen, Miss Susan. Ich hoffe, Sie genießen Ihren Besuch.«

In dem Moment, als Charlie sie ansah, waren Susans Augen rund geworden und ihre Lippen blieben offenstehen. Con war sich sicher, dass sie Sir Reginald ganz vergessen hatte. »Das tue ich, Mylord. Sehr sogar.«

Charlie setzte sich neben Grace und unterhielt sich während des restlichen Mahls leise mit ihr. Ein- oder zweimal warf er einen Blick in Charlottes Richtung, dann auf Worthington.

Charlotte beugte sich näher zu Con. »Grace erzählt ihm, was sich zugetragen hat. Nach dem Abendessen oder morgen wird er den größten Teil des Tages mit Matt verbringen. Wenn die Kinder ihren Unterricht beendet haben, wird er bei ihnen sein.«

»Wie alt sagtest du, ist er?«

»Sechzehn. Er nimmt seine Verantwortung sehr ernst.«

»Das kann ich sehen.« Charlies Haltung, sein ganzes Auftreten

vermittelte Con fast das Gefühl, als ob er selbst etwas versäumt hätte. Als hätte er seine Pflichten irgendwie vernachlässigt. Das war natürlich lächerlich. Er kümmerte sich immer um sein Land und seine Leute. »Er wird eines Tages jemand sein, mit dem man rechnen muss.«

Unter dem Tisch ließ Charlotte ihre Hand in seine gleiten. »So wie du es jetzt bist.«

Dafür würde er verdammt noch mal sorgen. »Hast du bemerkt, wie Miss Susan ihn ansieht?«

Sie schmunzelte und nickte. »Eine Verliebtheit in einen jüngeren Mann könnte genau das sein, was sie braucht. Und Charlie ist gefahrlos. Er wird freundlich sein, sie aber so behandeln, wie er einen von uns behandeln würde.«

»Weißt du, ob Worthington ihre Eltern erreichen konnte?«

Charlotte schüttelte den Kopf. »Keiner hat etwas gesagt. Ich hoffe, sie kommen bald.«

Eine Stunde später erhob sich Grace von ihrem Stuhl. »Lassen wir die Herren allein.«

Die Herren und Lakaien halfen den anderen Damen. Charlotte drückte Cons Hand. »Ich sehe dich bald wieder.«

Die Tür schloss sich hinter seiner Geliebten, und die Männer begaben sich alle an das Kopfende des Tisches. Lakaien brachten Limonade, Brandy und Portwein. Die kleineren Jungen und Charlie tranken Limonade, Con und Worthington wählten Brandy, Merton Portwein. Das Gespräch drehte sich um Sport und, auf einem grundlegenden Niveau, um Politik. Doch Con wollte sich möglichst bald zu den Damen gesellen und Zeit mit Charlotte verbringen.

Als es acht Uhr schlug, stand Worthington auf. »Meine Herren, wollen wir uns den Damen anschließen? Walter und Phillip, es ist Zeit, ins Bett zu gehen.«

Con war überrascht, wie schnell die Jungen den Raum verließen. Doch sobald sich die Tür hinter ihnen schloss, sagte Charlie: »Ich habe gehört, dass Ihr Char nicht nur einmal, sondern zweimal gerettet habt. Ich schulde Euch meinen Dank.«

»Ich kann Ihnen versichern, dass es mir ein Vergnügen war. Um ganz ehrlich zu sein, hat sie sich beim ersten Mal selbst gerettet. Ich habe lediglich die Kutsche zur Verfügung gestellt. Das zweite Mal ist mir zu verdanken.«

Charlie grinste. »Ich hoffe, Ihr entscheidet Euch zur Heirat, bevor ich wieder zur Schule gehe.«

Con warf einen Blick auf Worthington. »Das werden wir morgen früh besprechen. Sollen wir uns den Damen anschließen?«

Eine halbe Stunde später betrat der Butler den Salon und sprach in leisem Ton mit Worthington. Er deutete auf Con und Charlotte.

»Ich glaube, die Merryvilles könnten hier sein.«

»Ich hoffe, dass es das bedeutet. Ich kann mir auch nichts anderes vorstellen.« Sie legte ihre Hand auf seinen Arm. »Wir werden es bald herausfinden.«

Merton warf Con einen Blick zu, als sie Worthington aus dem Zimmer folgten. Con zuckte mit den Schultern, Merton nickte. Sie überquerten den Platz zu Worthington House. »Wie kommt es, dass deine Familie in zwei Häusern wohnt?«, fragte Con Charlotte.

»Wie du weißt, gehört Stanwood House Charlie. Bevor Matt und Grace heirateten, lebten er, seine Stiefmutter und seine Schwestern mit ihm in Worthington House. Als er und Grace heirateten, schlug sie vor, ebenfalls in Stanwood House zu wohnen, aber Matt wollte nicht einmal darüber nachdenken, Charlies Schlafgemach zu übernehmen, und keines der anderen Betten passte ihm. Doch Worthington House war zu klein für uns alle, und Dotty kam für die Saison zu uns.« Bei Gott! Con konnte sich nicht vorstellen, elf Kinder, die eigene Stiefmutter und eine weitere junge Dame in einem Stadthaus zu haben. »Es gab viele Diskussionen, aber am Ende beschlossen Matt und Grace, dass sie im Worthington House schlafen würden und alle anderen, einschließlich seiner Stiefmutter, im Stanwood House. So haben sie mehr Privatsphäre als mit all den anderen Kindern.« Con hatte keinen Zweifel daran, dass dies Worthingtons Idee gewesen war. »Worthington House wird gerade renoviert, und in der nächsten Saison wird Charlie dieses Haus an Matts Stiefmutter und ihren neuen Mann vermieten. Das war Teil der Vereinbarung, als sie heirateten.«

»Wen hat Lady Worthington geheiratet?«

»Viscount Wolverton. Sie war seine Kindheitsliebe. Ich weiß nicht, warum sie nicht in dem Jahr geheiratet haben, als sie ihr Debüt hatte.«

Con merkte, dass er genau zuhören musste, um nicht durcheinanderzubringen, was Charlotte ihm alles erzählte. »Du hast eine komplizierte Familie.«

»Ich habe eine große Familie mit vielen verschiedenen Bedürfnissen.« Sie warf ihm einen Blick zu, als sie die Stufen zum Worthington House hinaufgingen. »Wird das ein Problem für dich sein?«

Con zog sie näher an sich heran. »Ganz und gar nicht. Mir liegt deine Familie sehr am Herzen, und ich hoffe, dass unsere Kinder ihren Tanten und Onkeln, Basen und Vettern nahe sein werden.«

Charlotte lehnte sich an ihn. »Das freut mich.«

Sie betrat als Erste einen Salon auf der rechten Seite des Flurs, ihr folgten Matt und ihr Verlobter. Sie zog die Brauen hoch. »Ich wusste gar nicht, dass dieser Raum fertig ist.«

Im Salon stand zwischen zwei Sofas ein niedriger Tisch. An beiden Enden des langen Tisches standen zwei breite Stühle mit geflochtenen Rückenlehnen. Die Wände waren mit gelber Seide bespannt, die mit kleinen violetten Blüten und grünen Blättern bedruckt war, und hier und da hingen Gemälde mit Pflanzenmotiven. Der Raum wirkte hell und ruhig. Den größten Teil des Bodens bedeckte ein bunter Teppich.

Es war ein gemütlicher Raum, dabei unpersönlich. Hier herein wurden Menschen geführt, die keine Freunde oder Familienmitglieder waren.

Ein Mann und eine Frau, bei denen es sich nur um die Merryvilles handeln konnte, standen da, als sie eintraten. Sie waren gut und modisch gekleidet. Der dunkelblonde Mann war groß und wirkte schlaksig. Die Frau sah aus wie eine ältere Version von Susan. Ihre Gesichter waren von Sorge gezeichnet.

Charlotte trat vor. »Mister und Misses Merryville?« Der Mann neigte den Kopf. »Ich bin Lady Charlotte Carpenter.« Sie deutete auf Worthington. »Dies sind mein Bruder, Lord Worthington, und mein Verlobter, der Marquis von Kenilworth. Lord Kenilworth war bei mir, als wir Susan retteten.«

KAPITEL 34

Mister Merryville verbeugte sich, und seine Frau knickste. Charlotte und Con nahmen nebeneinander auf dem gegenüber stehenden Sofa Platz, ihr Bruder setzte sich auf einen Sessel.

»Dürfen wir fragen, wie es unserer Tochter geht?«, fragte Misses Merryville. Sie umklammerte das Taschentuch, mit dem sie sich die rot geränderten Augen abgetupft hatte.

»Lassen Sie mich Ihnen versichern, dass Susan sicher und unverletzt ist.« Charlotte schenkte der Frau ein beruhigendes Lächeln. »Sie war recht mitteilsam.«

Misses Merryville atmete aus. »Ich fürchte, sie ist ein ziemliches Plappermaul.« Sie drehte das Taschentuch in ihren Händen. »Ich – wir hätten uns nicht träumen lassen, dass sie so etwas tun würde.«

»Das war vollends inakzeptabel«, sagte Merryville. Von den beiden war er eindeutig der Zornigere.

»Es wird Ihnen wahrscheinlich kein großer Trost sein«, sagte Con und richtete seinen Blick auf den Vater des Mädchens, »aber Sir Reginald ist ein vollendeter Frauenheld. Ich glaube nicht, dass auch nur irgendein junges Mädchen die nötige Erfahrung hätte, um ihm widerstehen zu können.«

»Es war nicht hilfreich, dass ihre Großmutter ihn zunächst akzeptierte und dann zurückwies, ohne Susan ihre Gründe zu nennen«, fügte Charlotte hinzu.

»Er kann sehr charmant sein«, sagte Con. »Allerdings ist er hoch verschuldet, wie Sie wahrscheinlich schon wissen, und in der höflichen Gesellschaft wird er gemieden.«

Charlotte beobachtete den Vater des Mädchens, der den Mund verzog und dessen Miene sich verhärtete. Das verhieß nichts Gutes für die arme Susan. »Sie können ihr nicht die Schuld geben. Während ihres Aufenthalts in Bath hatte sie die Freiheit, Besorgungen für ihre Großmutter zu machen, allein oder nur mit einem jungen Dienstmädchen. Obwohl die Stadt nicht London ist, ist es für ein junges Mädchen immer noch nicht sicher, allein herumzulaufen. Es würde mich nicht wundern, wenn Sir Reginald sie gesehen und sich nach ihr erkundigt hat. Wie ich hörte, ist er ziemlich verzweifelt.«

»Das muss er auch sein, wenn er nach Bath geht«, sagte Constantine leise. Charlotte widerstand dem Drang, den Blick zur Decke zu richten.

»Wir haben sie nur dorthin geschickt, weil meine Mutter darum gebettelt hat, dass eine ihrer Enkeltöchter zu Besuch kommt«, sagte Mister Merryville. »Ich hatte keine Ahnung, dass sie so nachlässig sein würde. Andererseits passen wir besser auf unsere Kinder auf, als sie es bei uns zu tun pflegte.«

»Es ist bedauerlich, dass sie sich nicht besser um Susan gekümmert hat.« Charlotte hatte Mitleid mit dem Paar.

»Sie ist noch nicht einmal fünfzehn!«, rief Misses Merryville und brach in Tränen aus. Ihr Mann legte ihr den Arm um die Schultern. »Wie konnte er nur so etwas tun?«

Einen Moment lang war Charlotte von der Aussage der Frau, Susan sei noch nicht fünfzehn, abgelenkt, dann verstand sie, was Misses Merryville wirklich beschäftigte. »Verzeihen Sie, Ma'am, aber als ich sagte, dass es ihr gut geht, meinte ich, dass sie nicht angerührt worden ist.«

Die Frau nahm ihr Taschentuch von den Augen herunter. Mister Merryville starrte Charlotte an. »Seid Ihr sicher, Mylady?«

»Ich bin mir ganz sicher. Sie versteht auch, was für ein schrecklicher Fehler es war, ihm zu vertrauen.« Sie wurde leiser: »Ich denke, Sie werden feststellen, dass sie auf Ihre Vergebung hofft.«

»Wenn ich einen Vorschlag machen darf«, sagte Matt. »Ich erlaube meinen Schwestern nicht, das Haus zu verlassen, ohne dass mindestens ein erfahrener, älterer Diener dabei ist.«

»Ich habe sie als nützlicher empfunden als meine Zofe«, fügte Charlotte hinzu. »Insbesondere, wenn ich einkaufen gehe.«

»Haben Sie irgendeine Korrespondenz von Sir Reginald erhalten?«, fragte Constantine.

»Nein, gar nichts.« Misses Merryville runzelte die Stirn. »Wir hatten keine Ahnung, wo sie sein könnte oder wer sie entführt haben könnte, bis wir die Nachricht von Seiner Lordschaft erhielten.«

Der Kiefer ihres Mannes hatte zu zucken begonnen. »Ihr reagiert nicht überrascht.«

Constantines Blick richtete sich auf den anderen Mann. »Wie groß ist das Vermögen, das Susan erben wird?«

»Mein Vater hat das Unternehmen gegründet. Ich habe es ausgebaut, und wir stehen gut da. Allerdings habe ich vier Töchter. Die Älteste wird nächstes Jahr debütieren. Natürlich nicht in der Adelsgesellschaft, aber die Ausgaben sind dennoch beträchtlich. Ihre Mitgift ist ausreichend. Und obgleich ich nicht vorhabe, eine von ihnen in die Aristokratie zu verheiraten, wünsche ich ihnen, dass sie gute Ehemänner finden.« Mister Merryville stand auf. »Ich danke Euch für eure Hilfe. Ich weiß nun, was wir falsch gemacht haben, und es wird nicht wieder vorkommen.« Er sah Matt an. »Ich werde Euren Rat bezüglich der Burschen befolgen. Wir würden unsere Tochter nun gerne nach Hause bringen.«

»Gewiss.« Charlotte erhob sich. »Sie ist auf der anderen Straßenseite in Stanwood House.«

Die Merryvilles beschlossen, in der Halle zu warten, während man nach Susan schickte. Als sie kam, warf sie einen Blick auf ihre Eltern und begann zu weinen. Ihre Eltern umarmten sie und sprachen in beruhigendem Ton auf sie ein.

Constantine warf Charlotte einen amüsierten Blick zu. »Das ist wahrscheinlich das Beste, was sie hätte tun können.«

»Es scheint so.«

Sie nahm seine Hand, und sie wollten sich gerade entfernen, da trat Mister Merryville auf sie zu. »Ich kann Euch nicht genug dafür danken, dass Ihr Susan gefunden und beschützt habt. Wenn es irgendetwas gibt, womit ich mich revanchieren kann, lasst es mich bitte wissen.«

»Ihre Sicherheit war unser wichtigstes Anliegen«, sagte Charlotte. »Wir sind froh, dass sie wieder bei Ihnen ist.«

Er verbeugte sich und geleitete seine Frau und seine Tochter zur Tür hinaus. Nachdem die Tür sich geschlossen hatte, warf Matt Grace einen entsetzten Blick zu, als sie den Flur betrat. »Habe ich dir schon gesagt, wie sehr ich es schätze, dass du keine Cheltenham-Tragödien aufführst? Das Geheule würde mich in den Wahnsinn treiben.«

»Im Gegensatz zu einer bloßen Ohnmacht«, erwiderte seine Frau. Bevor sie geheiratet hatten, war Grace immer in Ohnmacht gefallen, wenn sie überrascht worden war. Glücklicherweise hatten die Gelegenheiten, bei denen Charlotte und ihre Geschwister sich Schnittwunden, Schürfwunden und Knochenbrüche zugezogen hatten, nicht dazugehört.

»In Ohnmacht fallen ist viel besser. Zumal ich gelernt habe, dass es nicht ungewöhnlich ist.« Er schob einen Arm um Graces Taille. »Ist dir aufgefallen, dass du seit unserer Hochzeit nicht ein einziges Mal in Ohnmacht gefallen bist?«

Sie schien einen Moment lang zu überlegen. »Ich glaube, du hast recht. Andererseits habe ich jetzt auch keine Angst mehr, dass man mir die Kinder wegnimmt.«

»Es steckt doch eine Geschichte hinter diesem Gespräch«, flüsterte Constantine in Charlottes Ohr, was ihr einen wohligen Schauer über den Rücken jagte.

Sie merkte, dass sie immer noch seine Hand hielt, als sie in den Salon gingen. »Eines Tages werde ich dir alles sagen, was ich weiß. Doch ich habe das Gefühl, dass selbst das nicht die ganze Geschichte ist.«

Am nächsten Morgen wachte Con früh auf und beschloss, Charlotte zu überraschen. Zwar war es ihm nicht vergönnt, neben ihr aufzuwachen, aber er konnte mit ihr das Frühstück einnehmen. Ganz zu schweigen davon, dass er einen Termin hatte, um mit ihrem Bruder die Vereinbarungen bezüglich der ehelichen Güter zu besprechen.

Danach könnten sie eine Ausfahrt in seinem Phaeton machen. Bei der Gelegenheit würde er ein paar wenig befahrene Wege im Park finden, auf denen sie allein sein konnten.

Er zog am Glockenseil, und wenige Augenblicke darauf erschien sein Kammerdiener.

»Guten Morgen, ist alles recht, Mylord?«

»Könnte nicht besser sein. Ich werde bei Lady Charlottes Familie frühstücken.«

Wie von Geisterhand erschien heißes Wasser, und innerhalb kürzerer Zeit, als er es sich hätte vorstellen können, war er angekleidet und auf dem Weg hinunter in die Halle. Wieso war ihm nie aufgefallen, wie effizient sein Personal war?

»Mylord«, sagte sein Butler Webster, als Con die Halle erreichte. »Misses Henley möchte wissen, ob Lady Charlotte bald das Haus inspizieren wird.«

Das ließ ihn innehalten. Natürlich würde Charlotte das Haus besichtigen wollen. Was auch immer das bedeuten mochte. Er wusste nicht genau, wie das Protokoll für die Ablösung der Hausherrin durch eine neue aussah. Wäre es besser, seine Mutter wäre für den

Ablauf von Charlottes Besuch zuständig? Eindeutig musste er jemanden um Rat fragen. Doch wen, das war die Frage. »Ich bin sicher, dass sie das irgendwann tun möchte.« Wenn es nach ihm ginge, nach ihrer Hochzeit. »Ich werde in Erfahrung bringen, wann sie Misses Henley kennenlernen möchte.«

»Sehr wohl, Mylord.« Sein Butler öffnete die Tür. »Werden Sie zum Mittagessen zurück sein? Der Koch möchte informiert werden.«

Con blieb stehen und warf Webster einen Blick zu. »Ich kann mich nicht erinnern, jemals von der Küche gefragt worden zu sein, wann ich zum Essen hier sein werde.«

»Nein, Mylord. Aber Ihr pflegtet bisher nicht viel Zeit zu Hause zu verbringen.«

Diese Bemerkung irritierte Con. Doch sein Butler hatte recht. Seit er aus seinen Mieträumen ins Haus umgezogen war, hatte er eine Reihe von Mätressen gehabt und die meiste Zeit bei ihnen oder in seinem Club oder anderswo verbracht. Wenn er es sich recht überlegte, so hatte er, seit er Charlotte kennengelernt hatte, mehr Zeit hier zu Hause verbracht als in den letzten vier Jahren. »Ich werde hier zu Mittag essen und Ihrer Ladyschaft sagen, dass ich mich freue, wenn sie mir Gesellschaft leistet.«

»Ich danke Euch, Mylord.«

Das Mittagessen wäre der perfekte Zeitpunkt, um seiner Mutter mitzuteilen, dass die Hochzeit von irgendwann im Sommer oder im Herbst – oder nie – auf nächste Woche vorverlegt worden war. Er könnte Mama auch fragen, wann Charlotte seine Haushälterin kennenlernen sollte.

Er ging die Treppe hinunter, vergrößerte vor dem Haus seine Schritte und betrat Stanwood House etwa zehn Minuten später. Seine Ankunft sorgte nicht einmal mehr für überraschtes Schweigen in dem Lärm, den er aus der Halle gehört hatte.

»Guten Morgen.« Er betrat den Frühstücksraum und schlenderte zu Charlotte. »Ich dachte, wir könnten wenigstens gemeinsam frühstücken.«

»Ich freue mich, dass du hier bist.« Sie schenkte ihm eines ihrer strahlenden Lächeln, und er sonnte sich in der Wärme.

Worthington nickte, und seine Frau schmunzelte.

Phillip sprang von seinem Platz auf. »Guten Morgen, du kannst meinen Stuhl haben. Ich bin fertig.«

Ein Lakai räumte die Reste des Frühstücks des Jungen ab und deckte den Platz neu ein. Nachdem Con seinen Teller an der Anrichte gefüllt hatte, setzte er sich neben Charlotte. »Was sind deine Pläne für heute?«

»Meinst du, nachdem wir uns mit Matt wegen der ehelichen Gütervereinbarungen getroffen haben?«

Wir? Con hatte angenommen, ihr Bruder würde sich um alles kümmern. »Ja. Bevor wir losgefahren sind, habe ich ihm meine Informationen zukommen lassen.« Er wollte schon die Einzelheiten mit ihr durchgehen, ließ es dann jedoch. Er hatte von seinem Anwalt den Vertrag noch nicht erhalten, und sie beide würden später genug Zeit dafür haben. »Er hat es erwähnt.« Sie reichte ihm eine Tasse Tee, und er strich ihr Marmelade auf den Toast. »Soweit ich weiß, handelt es sich um denselben Vertrag, der auch für Dotty und Louisa verwendet wurde. Wenn auch mit meinen Informationen.« Charlotte knabberte an ihrem Toast. Er mochte

sogar das Geräusch, das sie beim Essen machte. »Du
solltest wissen, dass es eine Klausel geben wird, die be-
sagt, dass mein Eigentum

nur für meinen persönlichen Gebrauch treuhände-
risch verwaltet wird.«

Er erstarrte, die Tasse auf halbem Weg zum Mund.
»Haben Merton und Rothwell dieser Klausel zugestimmt?«

Ihr Blick wurde lebhaft. »Merton war ganz und gar
nicht glücklich, aber er wollte Dotty heiraten, und das
war die einzige Bedingung, unter der Matt der Hochzeit
zustimmen würde. Du musst wissen, dass er zu dieser
Zeit nicht sehr beliebt war. Rothwell wiederum hatte einige finanzielle Schwierigkeiten, von denen die meisten inzwischen behoben sind, und er bestand darauf,
dass Louisa nicht nur ihren Besitz behielt, sondern ihn
auch nicht zum Nutzen des Herzogtums verwendete.«

»Und jetzt bin ich da.« Er nahm einen Schluck von seinem Tee und wünschte, es wäre etwas Stärkeres.

Charlottes blickte ihn unverwandt aus ihren himmel-
blauen Augen an. »Und jetzt bist du da.«

Seine Familie war immer durch Heirat zu Reichtum
gekommen. Con hatte keinen Gedanken an Charlottes
Anteil verschwendet. Es spielte für ihn einfach keine
Rolle. Aber wenn er es getan hätte, wäre er angesichts
der Anzahl ihrer Geschwister auf der Carpenter-Seite
ihrer Familie zu dem Schluss gekommen, dass ihre Mitgift nicht mehr als respektabel war. Doch eine innere
Stimme sagte ihm, dass das vielleicht gar nicht der Fall
war. Es war durchaus möglich, dass Worthington, klug
wie er war, berechnender vorging, als Con bisher angenommen hatte. Charlottes Freundin und ihre

Schwester hatten innerhalb weniger Wochen geheiratet, nachdem sie ihre Verlobten kennengelernt hatten. Das war selbst nach den Maßstäben der feinen Gesellschaft schnell.

Ergo würde sich ein verliebter Mann niemals dagegen wehren, wenn die Verträge vorgelegt wurden. Andernfalls würde er riskieren, die Frau zu verlieren, die er brauchte. »Ich werde keine Einwände gegen diese Bestimmung erheben.«

Con glaubte, sie aufatmen zu hören, war sich jedoch nicht sicher. Er wusste genau, wenn er nicht zustimmte, würde Charlotte niemals ihm gehören, und dass sie Teil seines Lebens wurde, war ihm wichtiger als die Vermehrung des Familienvermögens.

Als die Kinder gingen, wurde es immer ruhiger im Frühstücksraum. Bald waren sie mit Matt und Grace allein, die am anderen Ende des Tisches saßen, die Köpfe zusammensteckten und leise sprachen.

Eine Uhr schlug die Viertelstunde, und Worthington schob seinen Stuhl zurück und erhob sich. »Wir sehen uns in fünfzehn Minuten.«

Con beugte sich näher zu Charlotte. »Ich wusste nicht, dass er es mit der Pünktlichkeit so genau nimmt.«

»Er ist im Moment sehr beschäftigt.« Sie sagte es leichthin, doch ihre Antwort kam ihm etwas ausweichend vor, ohne dass er hätte sagen können, weshalb. »Es gibt viel zu tun, bevor dieses Haus fertig ist, die Renovierungen am anderen Haus beendet sind und die Reise aufs Land ansteht.«

Das klang sinnvoll, aber das nagende Gefühl, dass er etwas nicht mitbekommen hatte, kehrte zurück. Con wünschte nur, er wüsste, was es war.

Das Treffen auf der anderen Seite des Platzes in Worthington House war kurz. Die eheliche Gütervereinbarung wurde ihm als *fait accompli* vorgestellt. In Anbetracht der Tatsache, dass Charlottes Anteil viel größer war, als Con erwartet hatte, hätte ihm der Vertrag vielleicht missfallen, wenn er nicht so gerecht gewesen wäre. Der wichtigste Teil betraf ihr Wohlergehen für den Fall, dass ihm etwas zustoßen sollte, bevor ein Erbe geboren war.

»Dies kam zustande«, erklärte Worthington, »weil ich meinem mutmaßlichen Erben nicht zutraute, sich so um meine Frau zu kümmern, wie ich es mir wünschte. Ich habe von zu vielen Witwen gehört, die verarmt zurückbleiben.«

Con hatte die gleichen Geschichten gehört. Einige der Frauen hatten sich Beschützer genommen, und das war nicht das, was er für Charlotte wollte. Nicht, dass ihre Familie das zulassen würde, auf keinen Fall. Und er selbst kannte den Vetter kaum, der seinen Titel erben würde, wenn er ohne Nachkommen sterben sollte. Er nahm die Feder aus Worthingtons Hand und unterschrieb die Dokumente.

Sobald Constantine gegangen war, verlangte Grace nach der Stadtkutsche. »Madam Lisette ist bereit, uns zu empfangen, sobald wir da sind. Ich kann dir gar nicht sagen, wie froh ich bin, dass du deine Brautkleider bereits in Auftrag gegeben hast.«

Ihre Einkaufstouren, die sie unternommen hatten, um den *Ton* von Charlottes Verlobung zu überzeugen, hatten sich als eine wunderbare Entscheidung erwiesen. »Glaubst du, dass Louisa es schafft, rechtzeitig anzureisen?«

»Ich hoffe es.« Grace zuckte mit den Schultern. »Das müssen wir abwarten.«

Charlotte und Grace verbrachten die nächsten drei Stunden in Madam Lisettes Laden, um letzte Anpassungen vorzunehmen. Sie verließen den Laden mit einer Liste von Dingen, die Charlotte noch brauchen würde.

Als sie und ihre Schwester den Morgenraum zum Nachmittagstee betraten, fanden sie nicht nur Matt und die Kinder vor, sondern auch Constantine, seine Mutter und eine andere Dame, die die gleichen grünen Augen hatte. Sie unterhielt sich mit den Zwillingen und Madeline.

»Charlotte.« Mit drei langen Schritten war er bei ihr. »Meine Schwester Annis ist angekommen, und meine Mutter wollte, dass du sie kennenlernst.« Er sah aus, als hätte er die Kontrolle über sein Leben verloren, und sie konnte sich ein Lachen nur schwer verkneifen. »Ich wusste nicht, wie ich sie davon abhalten sollte, zu kommen.«

Charlotte war sich sicher, dass er keine Chance gehabt hatte, dieses Ziel zu erreichen. »Deine Schwester scheint gerade Freundschaft zu schließen.« Sie nahm seine Hand. »Bitte stell uns einander vor.«

Kurz nachdem sie Annis, Lady Kendrick, kennengelernt hatte, war Charlotte froh, in der Dame eine neue Schwester zu finden.

»Wenn du etwas zu erledigen hast«, sagte Charlotte zu Constantine, »können deine Mutter und deine Schwester später in unserer Kutsche nach Hause fahren.«

»Ja, mein Lieber«, stimmte Lady Kenilworth zu. »Bitte geh deinen Geschäften nach.«

Sobald sich die Tür hinter ihm schloss und seine Schritte auf dem Korridor zu hören waren, sagte Annis: »Mama hat mir erzählt, dass du eine Überraschungshochzeit geplant hast. Was für eine charmante Idee. Abgesehen davon, dass du es geheim halten musst, musst du mir sagen, was ich tun kann, um zu helfen.«

»Ich habe die Hilfe meines Vetters Merton in Anspruch genommen, um Constantine zu beschäftigen, aber wenn du ihn ebenfalls so ablenken könntest, dass er nicht errät, was vor sich geht, wäre das wunderbar.« Charlotte kräuselte die Nase. »Ich habe manchmal den Eindruck, dass er misstrauisch ist.«

»Hm, darüber werde ich mal nachdenken.« Die Mundwinkel der Dame zogen sich nach oben. »Ich bin viel besser darin, meine Mutter bei der Stange zu halten. Ich brauche nur das Wörtchen Einkaufen zu erwähnen. Aber ich bin sicher, dass mir etwas einfällt.«

Charlotte hoffte es. Obwohl sie es liebte, Zeit mit ihrem Verlobten zu verbringen, hatte sie eine Hochzeit zu planen und nur wenig Zeit dafür.

KAPITEL 35

Auch am nächsten Morgen gesellte sich Constantine zum Frühstück zu Charlotte und ihrer Familie. Sie hatten darüber gesprochen, dass sie seine Haushälterin kennenlernen müsse, doch ohne Wissen ihres Verlobten würde dieser Termin bis nach ihrer Heirat warten müssen.

»Ich wünschte, ich könnte dich begleiten.« Er sah auf die Uhr und runzelte die Stirn. »Aber Merton hat mir eine Nachricht geschickt. Er bittet mich, ihm bei einem Pferd, das bei Tattersalls zum Verkauf stehen soll, beratend zur Seite zu stehen. Wenn du diese Sache nicht lieber absagen möchtest, werde ich nicht die Zeit für beides finden.«

Sie dankte Gott für ihren hilfreichen Vetter. »Aber nein. Du wirst viel mehr Spaß damit haben, nach den Pferden zu schauen. Du könntest sogar schauen, ob du für mich ein zusammenpassendes Gespann findest. Matt hat für Louisa und mich ein Paar besorgt, aber ich nehme an, er wird sie selbst behalten wollen.«

Constantines Miene hellte sich auf. »Das ist eine hervorragende Idee.«

Kurz nachdem sie fertig gespeist hatten, begaben sich Charlotte und Grace zum Bond Street Bazaar, um ihre Einkäufe von Strümpfen und anderen Dingen zu Ende zu bringen.

Charlotte kam rechtzeitig zum Nachmittagstee zurück und sah, dass Louisa und Rothwell angekommen waren.

Louisa zog sie beiseite, und ihre Stimme vibrierte von unterdrückter Aufregung. »In dem Brief, den ich bekommen habe, stand, dass die Hochzeit eine Überraschung werden und ich Gideon nicht einweihen solle.«

»Dass wir heiraten, ist nicht die Überraschung, sondern das Datum«, erklärte Charlotte. »Im Gegensatz zu Matt und Charlie, hatte ich bei diesem Gentleman die Sorge, er könnte das Geheimnis verraten. Die Kinder wissen auch noch nichts. Merton ist ein Schatz, er beschäftigt Constantine derweil, um ihn abzulenken.«

»Charlotte, heraus mit der Sprache«, flüsterte Louisa, »was ist geschehen? Vor einem Monat kanntest du ihn nicht einmal.«

»Ich werde dir alles erzählen, jedoch nicht hier.« Sie blickte sich im Raum um. »Komm vor dem Abendessen in unseren Salon der jungen Damen.«

Louisa sah aus, als wolle sie die Augen verdrehen. »Nun gut, aber ich will alle Einzelheiten hören.«

»Das wirst du. Aber jetzt muss ich mit Grace sprechen.«

Con vergnügte sich bei Tattersalls besser, als er erwartet hatte. Merton und er waren in seiner Kutsche hergekommen. Es waren noch andere Männer anwesend, die er aus der Schulzeit kannte, zu denen er jedoch den Kontakt verloren hatte. Der Earl of Huntley und Viscount Wivenly begrüßten Con. Marcus Evesham weilte außerhalb Londons, weil seine Frau bald niederkommen sollte. Rutherford war ebenfalls zugegen, doch bereits auf dem Sprung, um aufs Land zu reisen. In ihre Gespräche über die Pferde mischten sich auch Fragen der Politik sowie Familienangelegenheiten. Huntley und Wivenly scheuten die Ehe noch, hatten sich aber nicht, wie Con, aus der feinen Gesellschaft zurückgezogen.

Was habe ich mir nur dabei gedacht, meine Freunde zu meiden und mich mit anderen Männern abzugeben, die nicht annähernd so interessant oder wertvoll sind?

Woher kam dieser Gedanke? Aber vielleicht war es die Wahrheit. Worthington hatte ihn vor der schlechten Gesellschaft gewarnt, in der er sich bewegte. Und wenn er jetzt darüber nachdachte, hatte er sich nie die Mühe gemacht, mit diesen Herren Verabredungen zu treffen. Er hätte zum Beispiel niemals mit ihnen im *Brooks's* diniert.

»Wenn du nach einem Paar für Lady Charlottes Kutsche suchst«, sagte Wivenly, der eine rötlichgraue Stute begutachtete, »sollten es wohl Graue sein.«

»Graue?« Con hatte ihren hochsitzigen Phaeton noch nie gesehen. Dabei war er höchstwahrscheinlich der einzige Gentleman, der sie noch nie hatte fahren sehen.

Wivenly nickte. »Ihre Kutsche ist grün, und die Grauen, die Worthington dazu gekauft hat, waren die perfekte Ergänzung.«

Vielleicht sollte Con versuchen, seinem Schwager in spe das Gespann abzukaufen. Er schlenderte zu Merton, der nach einem passenden Paar Cleveland Bays suchte.

»Was hältst du von diesen?«, fragte Merton.

Sie hatten breite Brustkörbe. Ein Stallbursche führte die Pferde herum und ließ sie im Stechschritt gehen. »Ihre Haltung ist ausgezeichnet.«

»Aber natürlich.« Er sah Con an, als wäre es verrückt, Mertons Urteilsgabe zu bezweifeln. »Ich beziehe mich auf die Farbe. Die Kutsche meiner Frau ist rot, mit goldenen Verzierungen.«

Con hätte aufgelacht, wenn sein Freund nicht so besorgt dreinblicken würde. »Ich glaube, sie passen.«

Er ging weiter zu Huntley. »Macht die Ehe das aus einem Mann?«

»Das wirst du bald genug herausfinden.« Huntley schüttelte den Kopf. »Das Traurige daran ist, dass es Lady Merton egal ist, ob ihre Pferde perfekt aufeinander abgestimmt sind. Aber es ist schön zu sehen, dass er sich für sie ins Zeug legt. Ich hätte nie gedacht, dass ich das erleben würde.«

Con würde Worthington beim Nachmittagstee diesbezüglich ansprechen. Nicht so sehr, um bei Charlotte zu punkten, sondern weil sie höchstwahrscheinlich an den Pferden hing.

Nachdem der Kauf erledigt war, gingen sie zum Mittagessen zu *Brooks's*.

»Haben du und Lady Charlotte schon ein Datum festgelegt?«, fragte Huntley.

»Noch nicht.« Das war ein weiteres Thema, das er mit Worthington besprechen musste. »Ich muss zu *Doctor's Commons*, um eine Sondergenehmigung zu bekommen.«

»Dann nach dem Frühstück, das zum Ende der Saison ausgerichtet wird.« Wivenly schnitt ein Stück von seinem Rindfleisch ab.

Frühstück zum Ende der Saison? Warum hatte Con noch nichts von dieser Vergnügung gehört? Er erhielt doch inzwischen alle Einladungen. »Wann soll das stattfinden?«

»Übermorgen, wenn ich mich nicht täusche.« Huntley sah Con ins Gesicht. »Du musst eine Einladung bekommen haben.«

»Vielleicht hat meine Mutter sie.« Und er hatte sie in den letzten Tagen kaum zu Gesicht bekommen. Sie war zu sehr mit seiner Schwester beschäftigt.

»Das erklärt es«, sagte Merton. »Du musst sie danach fragen.«

Dennoch war es eigenartig, dass Charlotte es nicht erwähnt hatte, aber vielleicht war es geplant worden, während sie auf dem Lande unterwegs gewesen waren. »Das werde ich ganz gewiss.«

Er würde sie beim Nachmittagstee darauf ansprechen. Auch wenn er nicht eingeladen worden war, war er sich sicher, dass man ihn nicht abweisen würde. Schließlich liebten die Kinder ihn.

»Hat jemand von euch in letzter Zeit Ruffington gesehen?« Die Frage kam von einem Gentleman am nächsten Tisch. »Er schuldet mir ein Pony.«

»Das wirst du auf keinen Fall bekommen«, sagte ein anderer Mann. »Wie ich hörte, hat er das Land verlassen.«

So konnte man es auch bezeichnen, dachte Con befriedigt. Ihr Täuschungsmanöver hatte also funktioniert.

Einige Stunden später ließ ihn der Sous-Butler in Stanwood House ein. »Die Familie nimmt den Tee im Morgenzimmer ein, Mylord.«

»Danke sehr.« Trotz weniger Stunden der Trennung von Charlotte war er ungeduldig, sie wiederzusehen.

Als er jedoch den Raum betrat, waren nur Worthington und ein Gentleman anwesend, in dem Con Rothwell erkannte. Aus dem Garten klangen die Geräusche spielender Kinder herauf. »Sind die Damen draußen?«

Rothwell hob sein Glas, um ihn zu begrüßen. »In gewisser Weise. Sie sind zum Einkaufen.« Sein Missfallen war aus seinem Tonfall herauszuhören. »Wir waren nicht einmal zwanzig Minuten da, da haben meine Frau, deine Verlobte und Grace uns schon verlassen.«

Con fragte sich, ob Rothwell wegen des Geldes besorgt war. »Sie können in der Zeit, die ihnen zur Verfügung steht, nicht allzu viel erledigen. In zwei Stunden ist bereits Abendessenszeit, und sie werden sich vorher noch umkleiden wollen.«

»Du weißt offenbar nicht, wie effizient sie sein können«, murmelte Worthington.

Er schenkte Con ein Glas Clairet ein.

»Wenn ich so darüber nachdenke ...«, fuhr Rothwell fort und nahm einen großen Schluck Wein. »Als ich nach London kam, um im House of Lords meinen Sitz einzunehmen, ließ Louisa die Küche renovieren und mehrere Zimmer neu einrichten, bevor ich wieder zurück war.« Er sah stirnrunzelnd in sein Weinglas. »Ich war nur zwei Wochen weg. Ich weiß immer noch nicht, wie sie das angestellt hat.«

Auch wenn Con keine Zeit mit seiner Verlobten verbringen konnte, hinderte ihn nichts daran, etwas über das Fest herauszufinden. »Wie ich hörte, soll es in zwei Tagen ein großes Frühstück geben.«

»Grace wollte etwas ausrichten, bevor wir aufs Land reisen. Sie hatte ursprünglich einen Ball für unsere Schwestern und für Dotty vorgesehen, aber es kamen immer Hochzeiten dazwischen.« Worthington nahm einen Schluck Wein. »Wir waren der Meinung, dass eine Abendveranstaltung in Anbetracht eurer bevorstehenden Hochzeit zu viel Arbeit wäre, und haben uns deshalb für ein Frühstück entschieden.« Worthington blickte aus dem Fenster und sah eine Weile den Kindern zu. »Deine Mutter hat deine Einladung.«

Auch das ergab vollends Sinn. Dennoch hatte Con das Gefühl, ihm entginge etwas. »Ich freue mich darauf. Zu schade, dass wir das Hochzeitsfrühstück nicht mit euer Veranstaltung zusammenlegen konnten.«

Worthington wartete lange, bevor er antwortete. »Ja, in der Tat.«

»Da wir von unserer Hochzeit sprechen ... Ich würde gern einen Tag festlegen und außerdem das Paar Grauer von dir erwerben, das Charlotte für ihre Kutsche verwendet.«

»Das mit den Pferden können wir einrichten. Was den anderen Punkt betrifft, so warte ich immer noch darauf, dass meine Frau mir einen Tag nennt.«

In diesem Augenblick stürmten die Kinder in das Morgenzimmer, etwas langsamer gefolgt von den beiden Doggen.

Worthington seufzte. »Ich muss Daisy unbedingt aufs Land bringen, bevor sie wirft.«

Die Kinder scharten sich um sie, aber er schickte sie ins Schulzimmer. »Ich lade Kenilworth zum Abendessen ein.«

Als die Kinder den Salon verließen, plapperten sie fröhlich und verhandelten darüber, wer neben ihm sitzen würde.

Rothwell sah verwirrt aus. »Was ist mit mir?«

»Ich bin ihr Lieblingsschwager.« Con musste grinsen.

»Was zum Teufel hast du gemacht?«, brummelte der Herzog. »Als ich sie zum letzten Mal gesehen habe, mochten sie mich sehr.«

In dem Wissen, dass er im Vorteil war, streckte er die Brust heraus. »Ich habe ihnen erlaubt, mich bei meinem Vornamen zu nennen.«

»Diese Kinder tun meinem Selbstbewusstsein nicht gut.« Rothwell schnaubte. »Nie fühle ich mich weniger wie ein Herzog, als wenn ich im Kreis dieser Familie weile.«

Worthington hob sein Glas. »Und ich habe vor, es auch genauso zu belassen.«

»Du könntest ihnen erlauben, dich ›Gid‹ zu nennen«, sagte Con. Rothwells Blick verfinsterte sich, und Con presste die Lippen zusammen, um nicht lachen zu müssen. »Das würden sie sehr schätzen.«

»Sicher würden sie das. Und dich könnten sie Connie nennen.«

»Nein, das geht nicht«, erwiderte er. »So wird meine Schwester Cornelia genannt.« Ein Umstand, für den er immer dankbar gewesen war. »Abgesehen davon wird Barton – du erinnerst dich an ihn? – Connie genannt. Wir würden alle verwirren.«

»Du musst dich nicht schlecht fühlen.« Worthington schenkte Rothwell Wein nach. »Merton glaubte auch, dass Dotty niemals Verwendung für seinen Titel finden würde.«

Con erinnerte sich, dass er etwas diesbezügliches im Inn erwähnt hatte. »Ich für meinen Teil möchte lieber als der Mensch geschätzt sein, der ich bin, und nicht für meinen Titel.« Auch wenn er nie geglaubt hätte, dass es so wäre.

Oder geglaubt hätte, trotz seines Titels und Vermögens zurückgewiesen zu werden.

Am nächsten Nachmittag hatten es sich Louisa, Dotty und Charlotte im Salon der jungen Damen gemütlich gemacht, um über Charlottes Hochzeit zu sprechen.

»Sind deine Hochzeitsgewänder fertig?«, fragte Louisa. Sie hatte einen Bogen Papier hervorgeholt und hielt eine Feder darüber.

»Alles, was dazugehört, wurde angeliefert.« Charlotte war über diese Tatsache verblüfft. Andererseits war Madam Lisette keine dumme Person, und sie wusste, dass auf Jahre hinaus Bestellungen von ihnen nachfolgen würden. »May – vielmehr, Walker – packt just, während wir hier sprechen.«

»Wohin fahrt ihr in die Flitterwochen?« Louisa runzelte die Stirn. »Macht ihr eine Hochzeitsreise?«

»Das wollen wir. Wohin hängt davon ab, wie sich die Lage auf dem Kontinent entwickelt. Wenn es weiter unsicher bleibt, werden wir zum Lake District fahren. Ich habe gehört, dass es dort wunderschön ist.«

»Das Hochzeitsfrühstück ist bereits geplant«, sagte Dotty. »Das kannst du auf deine Liste schreiben.«

Louisa schrieb auf das Kanzleipapier. »Sondergenehmigung?«

»Die hat Matt besorgt«, sagte Charlotte.

»Hochzeitsgeschenk?«

»Ich habe eine Krawattennadel mit Smaragd für ihn anfertigen lassen. Sie passt fast genau zu seinen Augen und zu meinem Ring.«

Louisa zog einen Schmollmund. »Er wird für dich nichts haben.«

»Das ist nicht schlimm.« Charlotte zuckte die Achseln. »Ich bin mir sicher, dass er das später gutmachen wird.«

»Ich bin wirklich verblüfft, dass es dir gelungen ist, das geheim zu halten«, sagte Dotty. »Dominic hat es herausgefunden, aber versprochen, niemandem etwas zu sagen. Ich glaube, er findet es etwas gemein.«

»Der arme Constantine hatte nicht viel Zeit zum Nachdenken.« Charlotte war erleichtert, dass ihr Vetter sich bereiterklärt hatte, ihren Verlobten zu beschäftigen. »Während du und Louisa so viel Zeit mit mir verbringt, verbringen Rothwell und Merton Zeit mit ihm.«

»Morgen um diese Zeit seid ihr verheiratet.« Louisa blinzelte rasch. »Bei meiner Hochzeit machte ich mir Sorgen, dass du als letzte übrig bleiben und einsam sein würdest. Ich bin so froh, dass du einen Mann gefunden hast, den du lieben kannst.«

Charlottes Augen wurden feucht, doch sie war fest entschlossen, nicht zu weinen. Sonst würden sie alle die Contenance verlieren. »Das bin ich auch.«

Louisa steckte ihr Taschenbuch in ihr Retikül und erhob sich. »Wir können die Stunde, die uns noch bleibt, auch nutzen, um deine Einkäufe zum Ende zu bringen.« Von der Tür erklang ein Pochen, und Louisa setzte sich wieder hin. »Ich hoffe, es sind nicht unsere Gentlemen. Wir haben noch so vieles zu tun.«

»Das werden wir gleich herausfinden«, sagte Charlotte. »Herein.«

»Mylady.« Royston überreichte ihr eine Karte.

Sie erkannte den Namen darauf nicht. »Sagte sie, was sie möchte?«

»Nein, Mylady.«

Die Einkäufe würden warten müssen. »Nun, dann schicken Sie sie herauf.«

Ihre Freundinnen sahen sie an. »Eine Dame, von der ich noch nie etwas gehört habe, wünscht mich zu sehen.«

»Ich hoffe, das bedeutet keine schlechten Nachrichten«, murmelte Louisa.

»Ich bin mir sicher, dass es nicht so ist.« Dotty beugte sich vor, um die Karte sehen zu können. »Royston hätte sie nicht eingelassen, wenn es an ihr etwas zu beanstanden gäbe.«

KAPITEL 36

Eine Lady, deren Alter Charlotte auf Mitte zwanzig schätzte, wurde in den Salon geführt. Sie war in ein blaues Ausgehkleid aus Seide gekleidet und hatte hellbraunes Haar zu blau-grauen Augen, aus denen sie recht besorgt blickte.

»Lady Pierrepont«, verkündete Royston.

Charlotte hielt noch die Karte in der Hand, die Royston ihr gegeben hatte. Sie legte sie hin und trat einen Schritt vor, um den unerwarteten Gast willkommen zu heißen. »Guten Tag, ich bin Lady Charlotte Carpenter. Dies ...«, sie deutete auf Louisa, »sind meine Schwester, die Duchess of Rothwell, und meine Base, die Marchioness of Merton.«

Lady Pierrepont knickste. »Euer Gnaden, Myladies.«

Louisa und Dotty lächelten höflich und neigten den Kopf. »Bitte«, sagte Charlotte, »leistet uns Gesellschaft.« Sie deutete auf einen Sessel neben dem kleinen Sofa, das sie mit Dotty teilte. »Der Tee wird jeden Augenblick kommen.«

»Danke sehr.« Die Frau fokussierte sich auf Charlotte. »Ich würde gern sogleich auf den Punkt kommen, wenn ich darf. Ihr habt meine Mutter, Lady Litchfield, vor ungefähr einer Woche in Richmond kennengelernt.«

Dotty und Louisa streckten den Rücken durch, ihre vollständige Aufmerksamkeit der Dame zugewandt. »Geht es um Jemmy?«

»Ja.« Sie öffnete ihr Retikül und zog ein kleines Buch heraus. »Fast alle Mitglieder der Familie Mooring haben Muttermale, die meisten von uns sogar zwei. Als meine Geschwister und ich Kinder bekamen, habe ich Zeichnungen aller Muttermale gemacht.« Lady Pierrepont schlug das Buch an einer Seite auf, die mit einem blauen Band markiert war, und reichte es Charlotte. »Ich muss wissen, ob der Junge – ob Jemmys Muttermale wie diese aussehen.«

Dotty schüttelte den Kopf, als könne sie nicht glauben, was die Dame da sagte. »Aber Eure Mutter war sich sicher, dass Jemmy nicht das Kind sein konnte, für das sie ihn gehalten hatte.«

»Nun ja«, Lady Pierrepont presste die Lippen zusammen und seufzte. »Mama ist sich immer sehr sicher. Dabei bezweifle ich ernstlich, ob sie einen von uns oder ihren Enkeln je ohne Kleidung gesehen hat, nicht zu erwähnen, ob sie in der Lage ist, alle Muttermale auseinanderhalten zu können. Wir sind zu acht, und wir alle haben mindestens ein Kind.« Charlotte blickte auf die Zeichnung und reichte das Buch an Dotty weiter. »Bitte, könntet Ihr das nehmen und die Muttermale vergleichen? Ich wäre Euch wirklich sehr verbunden. Ich habe mit meinem ältesten Bruder gesprochen, und wir sind uns einig, dass wir einfach wissen müssen, ob er ein Mooring ist.«

Charlotte ging zur Glocke und zog zweimal am Seil. »Meine Zofe wird sogleich hier sein. Sie wird Euch sagen können, ob sie gleich sind. Wobei ...«, mit einem

Blick über die Schulter ihrer Freundin betrachtete sie die Zeichnung erneut, »sie anscheinend der Beschreibung entsprechen, die mir meine Zofe gegeben hat.«

Walker kam, gefolgt von einem Burschen mit dem Teetablett. Nachdem er das Tablett auf dem niedrigen Tisch zwischen den beiden Sofas abgestellt hatte, verteilte sie die Tassen und richtete sich auf. »Ja, Mylady?«

»Sehen Jemmys Muttermale so aus?«

Charlotte hielt den Atem an, und es schien, als würden die anderen das auch tun, bis Walker nickte. »Ja, fast exakt so.«

Charlotte ließ den Atem heraus. »Oh, Gott sei es gedankt.«

»Ein schöneres Hochzeitsgeschenk hättest du nicht bekommen können.« Dotty hatte Tränen in den Augen, und Louisa umarmte sie beide. »Ich schenke ein, während ihr alles besprecht.«

»Nein, ich glaube, das hätte ich wirklich nicht.« Charlotte zog ihr Schnäuztuch heraus und tupfte sich die Augenwinkel ab. »Lady Pierrepont, würdet Ihr ihn gern kennenlernen?«

»Danke, das würde ich wirklich gerne«, sagte sie und brach unvermittelt in Tränen aus. Louisa reichte der Dame ihr Taschentuch. »Danke sehr, Euer Gnaden. Ich weiß nicht, was über mich gekommen ist. Wir hatten beinahe die Hoffnung aufgegeben, James je wiederzufinden.«

»Wird Eure Mutter ihn denn akzeptieren?«, fragte Charlotte. Lady Litchfield war so überzeugt gewesen, als sie das Kind zurückgewiesen hatte.

»Ja, das wird sie. Ihr müsst wissen, ich habe sie gründlich dafür gerügt, dass sie mich nicht mitgenommen hat.« Lady Pierrepont putzte sich die Nase. »Aber meine jüngste Schwester war gerade niedergekommen, und meine Mutter wollte nicht warten.« Sie gluckste zittrig. »Das wird sie lehren.« Die Dame wischte ihre Augen ab. »Wann können wir ihn nach Hause holen?«

»Machen wir einen Schritt nach dem anderen, nicht wahr?«, sagte Charlotte.

Lady Pierrepont zog eine Grimasse.

Charlotte wollte die Frau nicht verletzen, aber Jemmy musste sich bezüglich seiner neuen Familie sicher fühlen. »Ich heirate morgen früh, und ich weiß, dass er dabei sein möchte.«

»Bitte erwähnt die Hochzeit niemandem gegenüber«, sagte Louisa. »Sie ist eine Überraschung.«

»Ihr habt mein Wort«, sagte Lady Pierrepont. »Mich interessiert nur das Kind.«

»Soll ich ihn holen?«, fragte Walker.

»Ja, seien Sie doch so gut.« Charlotte griff nach der Teetasse, die ihre Schwester ihr hinhielt. »Wir werden einen besseren Eindruck haben, wenn Ihr erst mit ihm gesprochen habt. Vielleicht könnt Ihr ihm von seinen Eltern und der restlichen Familie erzählen.«

»Gewiss.« Die Frau nahm eine Tasse und einen Teller mit Gebäck von Louisa entgegen.

»Ihr solltet wissen«, sagte Dotty, »Charlotte hat ihn in einem Kinderhort gefunden, einem Ort, an dem kleine Kinder zu Dieben herangezogen werden.«

Die Dame hob die Hand an den Hals, wie ihre Mutter es getan hatte. »Wie lange ist das her?«

»Nur etwa drei Monate.« Charlottes Hals wurde eng, und sie nahm einen Schluck Tee. »Er wurde mit meinen Geschwistern zusammen unterrichtet und hat schnell gelernt.« Sie wollte Jemmys Tante Sicherheit geben. Es ginge nicht an, wenn die Familie ihn zurückweisen würde. »Er hat ein so gutes Herz, wie ich es selten bei einem Menschen gesehen habe.«

»Danke, danke«, Lady Pierreponts Stimme brach, und sie tupfte die Augen mit dem feinen Leinen ab. »Danke, dass Ihr ihn gerettet habt. Ich kann mir nicht ausmalen, wie schrecklich das gewesen sein muss.«

Von der Tür erklang ein Pochen, und Walker trat herein, Jemmy an der Hand. Er plapperte und grinste. Mary, Theo und Phillipp folgten ihm herein.

»Er ist das Abbild meines Bruders.« Lady Pierrepont schnappte nach Luft. »Jemmy, kommst du mal bitte zu mir?«

Er sah zu Walker hoch, die nickte.

Er kam langsam näher, als hätte er etwas Angst. Als er bei ihr war, dienerte er. »Guten Tag.«

»Wer ist sie?«, fragte Theo laut flüsternd.

Louisa zog Theo zum Sofa und flüsterte etwas, das Charlotte nicht verstand.

Lady Pierrepont streckte die Hand nach Jemmy aus, überlegte es sich dann wohl und legte sie im Schoß ab. »Ich bin Amalia Pierrepont, deine Tante. Ich glaube, Jemmy ist die Kurzform von James. Du musst etwa vier Jahre alt gewesen sein, als du verlorengingst. Erinnerst du dich an irgendetwas im Zusammenhang mit deinen Eltern?«

Er schüttelte den Kopf. »Nein, Ma'am.«

Sie zog ein Medaillon hervor und öffnete es. »Dieser Gentleman und diese Dame sind deine Eltern. Sie sind vor zwei Jahren verstorben. Die siehst genau wie dein Vater aus, als er in deinem Alter war.«

Jemmy nahm das Medaillon und setzte sich auf den Boden, um es zu betrachten. Schließlich sah er zu seiner Tante auf. »Werdet Ihr mich mitnehmen?«

»Wenn du mich lässt«, sagte sie sanft. »Du hast eine sehr große Familie, die sehr lange nach dir gesucht hat.« Sie zog eine Miniatur aus ihrem Retikül. »Dies wurde gezeichnet, als dein Vater etwa sechs Jahre alt war.«

Mary, Theo und Phillip versammelten sich um ihn und blickten von Jemmy zu dem Porträt und wieder zurück.

»Er sieht wirklich wie du aus«, kommentierte Mary.

»Wenn Ihr wollt, dass er bei euch lebt«, sagte Theo, »müsst Ihr ihn genauso lieben wie wir.«

»Und versprechen, gut zu ihm zu sein«, fügte Phillip hinzu.

Lady Pierrepont zeichnete ein Kreuz auf die Stelle, an der ihr Herz saß. »Ich schwöre. Ich verspreche, dass wir ihn lieben werden und niemand ihn je verletzen wird.«

Mary legte die Hand auf Jemmys Schulter. »Du könntest es eine Zeitlang ausprobieren, schätze ich.«

»Wir kommen dich abholen, wenn es dir nicht gefällt.« Theo blickte über ihre Schulter zu Louisa. »Stimmt's?«

»Ja, meine Süße, das stimmt.«

Die Tür öffnete sich, und Constantine, Merton und Rothwell kamen in den Salon, wodurch der Raum sogleich kleiner wirkte.

Constantine legte den Arm um Charlotte, dann sah er zu Lady Pierrepont. »Ich habe gehört, Jemmys Familie hat ihn gefunden?«

»Ich erzähle dir später, wie es gekommen ist, aber ja«, flüsterte sie. »Lady Pierrepont ist Lady Litchfields Tochter und Jemmys Tante. Sein Familienname ist Mooring. Sie würde ihn gerne mitnehmen, damit er seine Tanten, Onkel und Cousins kennenlernt.«

Constantine betrachtete Jemmy eine Weile. »Weißt du, ich hatte immer das Gefühl, etwas an ihm sei vertraut. Ich habe die Schule mit jemandem besucht, der James Mooring hieß.«

»Er ist anscheinend Jemmys Vater.«

Mary zupfte an Cons Jacke. »Sie wollen ihn mitnehmen, damit er seine Familie kennenlernt.«

Charlotte riss sich zusammen und sagte: »Mylady, darf ich Euch meinen Verlobten vorstellen, den Marquis of Kenilworth? Der Gentleman neben Ihrer Gnaden ist mein Bruder, der Duke of Rothwell, und der andere Gentleman ist mein Vetter, der Marquis of Merton.«

Jemmys Tante knickste, während die Herren sich verbeugten.

»Ich weiß, dass Ihr Damen beschäftigt seid«, sagte Constantine. »Aber wir haben gerade nichts zu tun. Warum begleiten wir Lady Pierrepont und Jemmy nicht zu seiner Familie?« Merton und Rothwell nickten. »Natürlich nur, wenn es Euch recht ist.«

Charlotte wäre gerne dabei, wenn die Begegnung stattfand, aber Constantine hatte recht. Besser, es geschah früher als später, und morgen war ihre Hochzeit, auch wenn Constantine das noch nicht wusste. Außerdem konnte sie darauf vertrauen, dass er dafür sorgen würde, dass Jemmy zu nichts genötigt würde, das er nicht wollte.

Sie sah zu Dotty und Louisa. Beide nickten beinahe unmerklich. »Das ist eine exzellente Idee.«

»Lady Pierrepont?«, fragte Constantine.

»Ich habe gegen nichts Einwände, das die Begegnung leichter macht.« Die Dame stellte ihre Tasse ab und erhob sich.

»In diesem Falle.« Er hob Jemmy vom Boden hoch. »Wollen wir.«

»Dürfen wir auch mit?«, fragte Phillip.

Eine Augenblick lang schienen Constantine die Worte zu fehlen, dann sagte er: »Wenn Grace und Worthington einverstanden sind, dürft ihr mit uns kommen. Ich bin mir sicher, dass Jemmy sich besser fühlt, wenn ihr dabei seid.«

Con öffnete für Lady Pierrepont die Tür, und alle anderen folgten ihnen.

»Nun«, sagte Louisa, als sich die Tür hinter ihnen geschlossen hatte. »Kenilworth ist wirklich ein Teil der Familie geworden.«

»Das ist er in der Tat.« Charlotte lächelte, als sie an ihren nicht gerade verheißungsvollen Anfang dachte. »Alle unsere Ehemänner, oder in meinem Fall der zukünftige Ehemann, sind Teil der Familie geworden.«

Sie warf Dotty einen schelmischen Blick zu. »Sogar Merton.«

»Hör auf damit. Selbst Louisa muss eingestehen, dass er sich sehr verändert hat, seit er in die Stadt gekommen ist«, erwiderte Dotty.

»In der Tat, das gebe ich zu.« Louisa ging zum Glockenstrang und zog daran. Kurz darauf betrat Hal den Raum und wandte sich an Charlotte. »Mylady?«

»Champagner bitte«, sagte Louisa.

Er verbeugte sich. »Sogleich, Euer Gnaden.«

»Ich denke, eine kleine Festlichkeit ist angebracht.« Sie schaute sich im Raum um, als würde sie ihn sich einprägen. »Wenn man bedenkt, dass dies das letzte Mal ist, dass wir diesen Salon als unseren bezeichnen können.«

»Denk nur an all die Gespräche, die wir hier geführt haben«, sinnierte Charlotte. »Ich nehme an, er wird jetzt Augusta gehören.«

»Bis sie heiratet«, stimmte Dotty zu. »Lasst uns nicht rührselig werden. Wir haben sehr viel, wofür wir dankbar sein können. Ich für meinen Teil bin begeistert, dass unsere Ehemänner oder« – sie grinste Charlotte an – »baldigen Ehemänner sich so gut verstehen.«

»Wollen wir uns darauf einigen, uns öfter zu besuchen«, fügte Louisa hinzu. »Ich werde eine Liste machen.« Sie duckte sich, als Charlotte ein Kissen nach ihr warf, und lachte. »Irgendjemand muss ja den Überblick über die Pläne behalten.«

Die Tür ging auf. Hal kam mit zwei Flaschen und vier Gläsern herein, öffnete eine Flasche und begann einzugießen. »Miss Turley ist auf dem Weg herauf.«

»Noch jemand, der trotz unseres ersten Eindrucks eine gute Freundin geworden ist«, sagte Charlotte.

An dem Abend, an dem sich Dotty und Merton verlobt hatten, dachten sie, Elizabeth hätte versucht, ihn in eine Falle zu locken, damit er sie heiratete. Seither war ihre Freundschaft aber enger geworden.

»Elizabeth«, begrüßte Charlotte die ankommende Dame und drückte ihr einen Kuss auf die Wange. »Wie geht es dir?«

»Mir geht es gut. Ich würde dich ja fragen, aber du siehst aus, als würdest du auf Wolken schweben.«

»So kann man es ausdrücken.« Sie war tatsächlich noch nie so glücklich gewesen.

Nachdem ihre Schwester und ihre Freundin den Neuankömmling begrüßt hatten, reichten sie die Champagnergläser herum und setzten sich auf die Sofas.

Elizabeths Augen funkelten, als sie Louisa, Dotty und Charlotte betrachtete. »Ich habe mich schon gefragt, ob dein ursprünglicher Plan, mit der Heirat bis zum Sommer zu warten, Bestand haben würde.«

Hitze stieg in Charlottes Wangen auf. »Ich habe festgestellt, dass ich genauso wenig warten kann wie der Rest meiner Familie.« Um das Thema zu wechseln, fragte sie: »Hast du irgendwelche Aussichten? Die Saison dauert noch ein paar Wochen.«

»Ich habe ein Auge auf einen Herrn geworfen«, sagte Elizabeth vorsichtig. »Da du nicht mehr auf dem Markt bist, orientiert er sich in meine Richtung.«

»Harrington?« Charlotte hatte bereits bei Elizabeths Worten vor ein paar Wochen den Eindruck gehabt, dass sie an dem Herrn interessiert sein könnte. »Du musst ihn auf Herz und Nieren prüfen, bevor du dich mit ihm vermählst. Er ist viel zu sehr von sich überzeugt.«

»Da stimme ich zu. Zumindest war er das einmal. Er hat einen kleinen Schock erlitten, als er begriff, dass du einen anderen Herrn zu heiraten gedenkst.«

»Ich hoffe, du hast recht.« Nach Charlottes Meinung musste Harrington von seinem hohen Ross heruntergeholt werden.

Andererseits hätte sie, wenn er in der Stadt geblieben
wäre, Constantine nie kennengelernt und wäre nie so
glücklich geworden.

Elizabeth blieb noch eine Viertelstunde, dann erhob
sie sich. »Wir sehen uns morgen beim Frühstück. Ich
wollte nur kurz vorbeischauen und Glück wünschen.«
Sie umarmte Charlotte. »Ich könnte mich nicht mehr
für dich freuen.«

Und genauso fühlte sich Charlotte auch. Alles war
perfekt.

KAPITEL 37

Charlotte, Louisa und Dotty widmeten sich soeben einer zweiten Flasche Champagner, als Merton, Rothwell und Constantine in den Salon kamen. Con und Rothwell setzten sich neben Charlotte und Louisa auf die Armlehnen des Sofas. Merton ließ sich neben Dotty auf dem Sofa nieder.

Einen Augenblick darauf trat Hal mit noch einer Flasche Champagner und Gläsern herein. Er schenkte die Reste der ersten Flasche in die Kelche der Damen ein, öffnete die frische Flasche und füllte die Gläser, die er gerade gebracht hatte.

»Was feiern wir?«, fragte Con.

»Unsere Familie und unsere Freundschaft.«

Con hob Charlottes Hand an und küsste ihre Handfläche. Er hätte sie gern in die Arme gezogen, doch nicht einmal in dieser Gesellschaft würde er das tun.

»Wie ist das Treffen zwischen Jemmy und seiner Familie abgelaufen?«, fragte Charlotte.

»Sehr gut.« Con nahm einen Schluck. »Er hat seine Großmutter, Lady Litchfield, wiedergetroffen, die überaus betrübt darüber war, dass sie seine Muttermale nicht erkannt hatte. Er hat zahlreiche Basen und Neffen, die alle nur wenige Jahre jünger oder älter sind als er.« Er stellte sein Glas ab und verschränkte seine Finger mit ihren. »Natürlich haben sich Theo, Mary und Phillip anfänglich überaus beschützend verhalten.

Aber selbst sie haben eingesehen, dass Jemmy seiner Familie wohl sehr am Herzen liegt.«

»Wo ist er jetzt?«

»Er hat zugestimmt, zum Dinner zu bleiben«, sagte Con. »Danach kommt er bis nach unserer Hochzeit hierher zurück. Was, wie ich hoffe, nicht mehr allzu lange dauern wird.«

»Wie lautet also der Plan?« Charlotte umfasste Cons Finger fester.

»Wie du weißt, will Worthington die Familie so bald wie möglich nach unserer Hochzeit nach Stanwood verlegen.« Wenn er dauernd wiederholte, dass sie heiraten würden, würde vielleicht endlich das Datum festgelegt. »Er hätte es gerne schon früher getan, aber soweit ich es verstanden habe, hat deine Schwester ihm gesagt, er solle schon einmal alles in die Wege leiten, wenn er der Meinung wäre, die Familie könnte so leicht umziehen.« Con dachte an den Jungen und fühlte sich ernüchtert. »Jemmy wird nach unserem Hochzeitsfrühstück zu den Moorings ziehen, in dem Wissen, dass deine Familie nicht weit weg ist, wenn er uns brauchen sollte.«

»Also Ende gut, alles gut?«, fragte Charlotte.

»Es scheint so.« Er küsste sie sanft auf den Kopf. »Er wird euch alle vermissen, aber er wirkt wirklich glücklich. Andernfalls hätten wir ihn nicht dort gelassen. Er hat die Anweisung, wöchentlich zu schreiben, wenn er erst einmal bei ihnen lebt.«

Freudentränen prickelten ihr in den Augen. »Ich bin so, so glücklich, dass er seine Familie gefunden hat.«

»Wie ich, meine Liebste, wie ich.« Er verzichtete darauf, Worthington zu drängen, sich auf ein Datum festzulegen. Als letztes hatte man Con gesagt, sein Schwager in spe müsse mit jemandem von *St. George's* sprechen.

»Ich möchte einen Toast ausbringen, bevor alle anwesenden Damen anfangen zu weinen«, sagte Rothwell und füllte alle Gläser mit Champagner auf. »Auf neue Familien und auf meinen neuesten Bruder.«

»Und«, sagte Merton und erhob sich, »darauf, dass unsere Familien immer zusammenhalten werden.«

Sie hoben die Gläser. »Hört, hört.«

»Wir haben noch etwas zu feiern.« Louisas Wangen färbten sich rosig. »Rothwell und mich erwartet Ende Februar ein interessantes Ereignis.«

»Oh, Louisa, das ist wundervoll!« Charlotte beugte sich hinüber und umarmte ihre Schwester.

Dotty kam herüber und zog Louisa ebenfalls in die Arme. Die Männer klopften Rothwell auf den Rücken und beglückwünschten ihn.

Con schob den Arm um Charlotte und flüsterte: »Wir werden die nächsten sein.«

Vielleicht trug sie sogar schon sein Kind. Er begriff einfach nicht, warum zur Hölle ihr Bruder und seine Gattin den verdammten Hochzeitstermin nicht festlegen wollten.

Con wachte früh am nächsten Morgen auf, wie es ihm in letzter Zeit zur Gewohnheit geworden war. Am gestrigen Abend war der Tisch der Worthingtons verlängert worden, um den Mertons und Rothwells ebenfalls Platz zu bieten.

Hauptthema des Gesprächs waren Jemmy und das bevorstehende Fest gewesen, an dem alle Kinder teilnehmen durften. Der Raum war mit so viel Energie geladen, dass er geglaubt hatte, die Kinder würden sich weigern, zu Bett zu gehen. Doch er hatte sich geirrt. Allein die Drohung, sie könnten von dem Vergnügen ausgeschlossen werden, machte sie handzahm.

Con hatte sich einige kurze Augenblicke mit Charlotte stehlen können, doch da sie alle früh auf sein mussten, hatte sich die Versammlung kurz nach neun Uhr aufgelöst. Trotzdem war es ein erfolgreicher Abend gewesen. Worthington hatte zugestimmt, Con an diesem Morgen endlich zu sagen, wann er heiraten konnte.

Von seinem Ankleidezimmer drang ein Geräusch zu ihm, und Cunningham kam heraus, seine schwarzen Seidenhosen haltend.

»Ich dachte, ich könnte heute Morgen Kniehosen tragen«, sagte Con.

»Nicht zum Frühstück, Mylord.« Sein Kammerdiener wirkte schockiert.

»Nein, aber bis dahin. Das wird ja noch einige Stunden dauern.«

»Ihr habt eine Nachricht von Lord Worthington erhalten, dass er wünscht, Euch um acht Uhr dreißig zu empfangen.«

Vielleicht war es endlich so weit. Con würde herausfinden, wann er Charlotte heiraten würde, und sie könnten es beim Frühstück verkünden. »Wie viel Uhr ist es jetzt?«

»Fast sieben Uhr, Mylord. Euer Bad ist bereit.«

Er band gerade seine Krawatte, als Cunningham auf ein Pochen zur Tür ging. Er kehrte mit einem kleinen Samtbeutel zurück. »Dies ist für Euch, Mylord.«

»Einen Moment.« Con senkte das Kinn, damit die Falten seines Halstuchs perfekt lagen. »Jetzt können Sie es mir geben.«

Sein Kammerdiener zog ein gefaltetes Stück Papier und eine Krawattennadel hervor.

Con öffnete die Nachricht.

Für meinen Geliebten,
wir sehen uns gleich.
In aller Liebe,
Charlotte

»Sie erinnert mich an den Ring, den Ihr Ihrer Ladyschaft geschenkt habt.«

Zwischen kleinen Perlen leuchtete ein makelloser Smaragd. »Oh ja. Ich muss nach dem Frühstück zu *Rundell and Bridge.*«

Vielleicht würde er Charlotte mitnehmen, und sie könnten gemeinsam ein weiteres Stück auswählen.

»Eure Schwester sagte, sie erwartet Euch im Frühstücksraum.« Sein Leibdiener half ihm mit dem Jackett. »Fertig, Mylord.«

Als er in den Frühstücksraum eintrat, wurde soeben eine Kanne Tee auf den Tisch gestellt. Annis war bereits zugegen und trug ihr Tagesgewand anstelle ihres sonst üblichen Morgenkleids.

»Wohin gehst du?«, fragte Con, nahm sich ein Stück Toast und legte es auf seinen Teller. Schinkenscheiben und Rührei folgten.

»Ich mache Morgenbesuche.« Sie stellte ihre Tasse ab. »Mama sagte mir, ich solle dir dies geben. Es ist für

Charlotte.« Seine Schwester reichte ihm ein großes, samtenes Futteral. »Es passt zu dem Ring, den sie trägt.«

Er zog eine Halskette heraus. Opale und Smaragde waren auf die gleiche Weise in Goldornamente gefasst wie ihr Ring. »Sie wird es lieben. Sie hat mir heute Morgen diese Krawattennadel geschickt. Ich denke, ich werde ihr dies ebenfalls schicken lassen. Sie kann es zum Frühstück tragen.«

Annis hob ihre Tasse und verbarg ihr Gesicht zum Teil dahinter. »Das ist eine bezaubernde Idee.«

Con aß rasch, dann begab er sich in sein Studio. Er zog ein Blatt Büttenpapier hervor und dachte darüber nach, etwas Romantisches zu schreiben, doch er war einfach kein Poet.

Meine liebste Charlotte,
Dies ist für Dich, in aller Liebe.
Ich sehe Dich gleich.
C.

»Webster, lassen Sie dies zu Lady Charlotte bringen.«

Sein Butler verbeugte sich, und Con meinte, er sähe seinen Mundwinkel zucken. Seine Augen mussten ihn zum Narren halten. Allein die Vorstellung war schockierend.

Charlotte war in ihr zartgrünes Seidenkleid gewandet. Ihre Zofe steckte Nadeln mit Perlen in ihr Haar, da ging die Tür auf, und Mary und Theo liefen herein.

»Grace hat uns gerade gesagt, dass du heute Morgen heiratest und wir deshalb dieses Fest geben.« Die Wörter sprudelten aus Marys Mund hervor, bevor Theo ein

Wort loswerden konnte. »Warum hast du uns nichts gesagt?«

Charlotte nahm die Hände der kleinen Mädchen und zog sie zu sich. »Weil es eine Überraschung für Constantine ist. Er weiß noch nicht, dass er heute Morgen heiraten wird.«

»Weiß Merton es?«, fragte Theo in leicht aggressivem Tonfall nach.

»Ja, aber nur, weil er dafür sorgen musste, dass Constantine beschäftigt war.« Charlotte hoffte, Theo würde es verstehen. »Aber Rothwell, Base Jane, Vetter Hector und fast alle anderen wissen nichts. Dotty und Louisa musste ich es sagen, weil ich ihre Hilfe brauchte. Und Lady Kendrick und ihre Mutter wissen aus demselben Grund ebenfalls Bescheid.«

»Dann fühle ich mich nicht mehr schlecht.« Mary umarmte Charlotte vorsichtig.

»Ich auch nicht.« Theo küsste Charlottes Wange. »Du siehst wunderschön aus, aber wir haben nichts für dich.«

»Lasst uns nicht voreilig sein.« Grace schlenderte in das Schlafzimmer und hielt ein Sträußchen aus rosafarbenen Rosen und winzigen blauen Blüten. »Was haltet ihr hiervon?«

Mit strahlenden Augen nickten die Mädchen. »Das ist das schönste Sträußchen, das wir je jemandem geschenkt haben.«

»Wir haben damit auch etwas Blaues beigetragen.« Grace lächelte Charlotte zu. »Ich fürchte, Madeline und die Zwillinge sind auch etwas verstimmt.«

Als wären sie gerufen worden, betraten die drei Mädchen das Zimmer. Jedes von ihnen hielt ein weißes, besticktes Taschentuch in Händen. »Es wären mehr«, sagte Alice, »wenn wir es gewusst hätten.«

»Die sind wunderschön. Bitte verzeiht mir, aber ich wollte Constantine wirklich überraschen.«

»Fast niemand hat es gewusst«, sagte Theo. »Nur Dotty, Louisa, Grace, Merton und Matt.«

»Und Constantines Mama und Schwester, weil Charlotte sie brauchte, um das Geheimnis zu wahren«, fügte Mary hinzu.

»Wir vergeben dir«, sagten die größeren Mädchen einstimmig.

»Mylady.« Walker kam von der Tür zurück. »Dies ist für Euch angekommen.«

Charlotte legte das Futteral auf ihren Garderobentisch und zog das schönste Halsband heraus, das sie je gesehen hatte. Sie legte es auf dem Tisch ab und las die Nachricht. »Es ist von Constantine. Meint ihr, er weiß Bescheid?«

»Überhaupt nicht«, sagte Grace. »Annis ist eingefallen, dass eine Halskette zu dem Ring gehörte, und gab sie ihm heute Morgen.«

»Sind wir spät dran?« Dotty betrat das Zimmer. »Ich sehe, du hast neue Taschentücher, blaue Blumen und ein altes Halsband. Du kannst dir meine Schmetterlingsbrosche leihen.«

»Und ich habe Ohrringe für dich.« Louisa schüttete ein Paar Ohrringe aus Smaragden und Opalen aus einem Beutelchen in ihre Hand.

»Ich danke euch beiden.« Charlotte umarmte ihre Freundin, gegen die Tränen ankämpfend, die ihr in die Augen stiegen. »Sie sind perfekt.«

»Vergiss mich nicht.« Augusta rauschte in das Schlafzimmer und reichte Charlotte ein Armband mit Opalen. »Grace sagte, ich könnte eines mit Smaragden kaufen, aber ich dachte, du willst vielleicht etwas, das du öfter tragen kannst.«

»Das ist sehr umsichtig von dir.« Charlotte küsste ihre Schwester auf die Wange. »Ich werde es oft tragen.«

»Char.« Charlie klopfte an die Tür. »Es ist Zeit zu gehen. Kenilworth ist bei Matt im Studio, sodass wir vorne hinausgehen können.«

»Gehen wir dieses Mal zu Fuß?«, fragte Mary.

»Nein, Schatz«, sagte Grace, »wir wollen nicht, dass Constantine dich sieht. Er wird als Letzter die Kirche betreten.«

»Also weiß jetzt jeder außer ihm Bescheid?«, fragte Theo.

Charlotte nickte. »Ja.«

Als sie in der Kirche ankamen, hatte Mister Peterson, der Geistliche, der alle Trauungen der Worthingtons zelebriert hatte, ein breites Lächeln im Gesicht.

Er begrüßte Charlotte. »Mylady, ich habe davon gehört, dass eine Braut eine Überraschungshochzeit plante, aber wie ich von Eurem Bruder erfahren habe, freut sich der Gentleman darauf, Euch zu heiraten.«

»Er versucht schon seit einigen Tagen, meinen Bruder zu überzeugen, ein Datum festzulegen.«

»Nun denn.« Mister Peterson gluckste. »Da Lord Worthington den Bräutigam herbei bringen wird – wer wird die Hand der Braut übergeben?«

»Das mache ich.« Charlie trat neben sie.

»Mein Bruder, Earl of Stanwood.«

Mister Peter blickte sich in der Kirche um. »Werden Eure anderen Brüder ebenfalls anwesend sein?«

»Ja«, sagte Louisa, die neben Dotty stand. »Sie kommen mit unseren Ehemännern.«

Annis und ihre Mutter schlüpften in eine der Kirchenbänke, sie winkte kurz.

Die Mädchen hatten sich gerade gesetzt, da trafen Walter, Phillip, Jemmy, Rothwell und Merton ein.

Die Jungen grinsten breit. »Wir mussten dem Kutscher sagen, dass er uns herbringt«, sagte Walter.

»Ich habe nie von einer Überraschungshochzeit gehört.« Rothwell gesellte sich zu Louisa. »Und du hast alles gewusst.«

Dotty schob ihre Hand in Mertons Armbeuge. »Danke, dass du geholfen hast, das Geheimnis zu wahren.«

»Alles für meine Familie.« Er beugte sich herunter und küsste ihre Wange.

»Sie kommen«, rief Hal vom Seitenportal der Kirche.

Die Kinder setzten sich. Dotty und Louisa standen mit Charlie an Charlottes Seite, und Merton und Rothwell stellten sich auf der anderen Seite auf, an der Constantine stehen würde.

Charlotte fing Constantines Blick auf, als er mit ihrem Bruder hereinkam. »Ist er nicht attraktiv?«

»Fühlt sich dein Bauch an, als hätte sich ein Schwarm Vögel eingenistet?«, fragte Dotty.

»Ich konnte kaum atmen. Es war, als wäre mir die Luft weggeblieben«, fügte Louisa hinzu.

»All das und noch mehr.« Charlottes Lächeln wurde strahlender, als ein breites Grinsen auf Constantines Antlitz erschien.

Als er endlich bei ihr war, griff er nach ihren Händen. »Du hast mich vollends überrascht. Aber jetzt, da ich darüber nachdenke, sehe ich die Hinweise, die unsere Familien versehentlich haben fallen lassen.«

»Bist du glücklich?« Sie wusste nicht einmal, warum sie ihn das fragte. Seine Augen verrieten ihr alles, was sie wissen wollte.

»Könntest du daran zweifeln?«

»Nein, niemals.« Sie sah zu dem Priester. »Wir sind bereit.«

Charlotte hatte die Worte in letzter Zeit so oft gehört; und dennoch war sie fast überrascht, als sie sich selbst ebendiese Worte wiederholen hörte. Am liebsten hätte sie laut aufgelacht, als Constantines Blick brannte, während er gelobte, ihren Körper zu ehren.

Als der Pfarrer sie zu Mann und Frau erklärte, schockierte er alle und küsste sie am Altar. »Endlich.«

»Ja«, flüsterte sie, »endlich.«

Constantine drehte sich um, und sie zog ihn zur Seite. »Wir müssen die Urkunde unterschreiben.«

»Ich habe das auch vergessen«, sagte Rothwell.

»Es hat etwas mit dem Wunsch zu tun, mit der Braut allein zu sein«, fügte Merton hinzu.

»Nun, da das erledigt ist«, sagte Constantine, »müssen wir zu einem Frühstück zum Ende der Saison. Hast du unsere Hochzeitsreise ebenfalls geplant?«

Charlotte machte große Augen und sagte trocken: »Natürlich nicht. Das wäre zu voreilig gewesen, Mylord.«

Er lachte leise. »Was haltet Ihr vom Lake District? Ich hörte, dort ist es zu dieser Jahreszeit zauberhaft.«

»Was für ein wunderbarer Gedanke.« Sie warf Dotty einen irritierten Blick zu, die in Begeisterungsstürme ausgebrochen war.

»Ich freue mich, dass du zustimmst. Möglicherweise habe ich sogar ein bezauberndes kleines Haus am Lake Windermere. Mit sehr wenig Personal.«

Charlotte lächelte sinnlich. »Das ist sogar noch besser.«

EPILOG

Acht Monate später

Charlotte schlenderte in Cons neu gestaltetes Studio und ließ sich auf einem der beiden ledergepolsterten Stühle vor seinem Schreibtisch nieder. Wie sie trotz des Gewichts, das sie aufgrund ihres Kindes zugelegt hatte, noch so graziös bleiben konnte, war ihm schleierhaft.

»Das ist für dich angekommen.« Sie hielt ihm einen Brief hin. »Aus Frankreich.«

Die einzige Person, die er in Frankreich kannte, war Aimée, und er hatte sicherlich nicht erwartet, von ihr zu hören. »Öffne es.«

Charlotte erbrach sorgsam das Siegel und strich das Schreiben auf seinem Schreibtisch glatt. Sie las: »*Mon ami.*« Sie sah zu ihm auf. »Hat sie dich immer ihren Freund genannt?«

»Ja.« Nun, da er darüber nachdachte, war es eine eigenartige Anrede. Viele Konkubinen bezogen sich mit intimeren Bezeichnungen auf ihre Galane. »Entweder so oder Kenilworth.«

»Nie Constantine oder Con?« Auf Charlottes Antlitz legte sich ein neugieriger Ausdruck, und er fragte sich, ob er besser Vorsicht walten ließe.

»Nein. Sie war nie so informell. Ich dachte immer, es hätte etwas damit zu tun, dass sie Französin war, doch nach jenem letzten Gespräch mit ihr glaube ich, dass sie auf diese Weise Distanz halten wollte.«

Seine Frau nickte, als verstünde sie das, und wandte sich wieder dem Brief zu. »Ihr könnt das Konto, das Ihr für mich eingerichtet habt, stilllegen. Ich habe geheiratet und benötige Eure Unterstützung nun nicht mehr. Glaubt mir, wenn ich Euch mitteile, dass ich in meinem Leben noch nie so glücklich war. Ich wünsche, es möge Euch ebenso ergehen. Aimée.'«

»Das freut mich«, sagte er, während Charlotte den Briefbogen wieder faltete. »Sie hat es verdient, glücklich zu sein.«

»Ja, sie und viele andere.« Sie schob die Nachricht über den Tisch zu ihm. »Bist du überrascht, dass sie deine Großmut nicht länger annimmt?«

Con legte die Hand auf ihre, um sie festzuhalten. »Nein. Sie würde es immer als Bezahlung für das betrachten, was sie in ihrem früheren Leben getan hat. Es würde mich nicht verwundern, wenn sie einen Weg fände, all das Geld zurückzuzahlen.« Er sah auf ihre Hände, dann in das Antlitz seiner Gattin. »Das hier gehört ins Feuer.«

Verbrannt. Zu Asche zerfallen, wie Aimées früheres Leben. Con würde nichts festhalten, das ihn an diese Vergangenheit binden konnte.

Charlotte sah ihn eine ganze Weile an, den Kopf seitwärts geneigt. Dann nickte sie fast unmerklich, ging mit dem Brief zum Kamin und warf ihn hinein. Kurz darauf kam sie zum Stuhl zurück. »Was wirst du mit dem Geld tun, wenn sie es zurückschickt?«

»Ich werde es deiner Stiftung spenden. Es sollte weiterhin anderen helfen, die in Not sind.« Er sonnte sich in dem strahlenden Lächeln, das sie ihm schenkte. Er hätte nie geglaubt, dass er so glücklich sein könnte.

Plötzlich verwandelte sich Charlottes Gesicht in eine Grimasse, und sie legte die Hand an den Bauch. »Sie kommen jetzt dichter aufeinander und werden stärker.«

»*Was*« Er sprang auf, wobei sein schwerer Lederstuhl nach hinten umkippte, und lief um den Tisch herum zu ihr. »Du bist schon in den Wehen?« Es war noch zu früh. Sie sollte erst in einigen Wochen gebären. Er half ihr vom Stuhl auf. »Du solltest ins Bett gehen.« Er streckte den Arm aus und zog an der Glockenschnur, und die Tür wurde geöffnet. Sein Butler verbeugte sich. »Rufen Sie die Hebamme und den Doktor.«

»Die Hebamme wurde bereits gerufen, Mylord. Sie ist vor wenigen Minuten eingetroffen.«

Con legte den Arm um Charlotte und stützte sie, als er sie langsam zum Flur führte. »Was ist mit dem Arzt?«

»Er ist gerade bei einer anderen Geburt anwesend, Mylord.« Webster runzelte die Stirn. »Er hat eine Nachricht geschickt, dass er so bald als möglich hier sein werde.«

»Constantine«, sagte Charlotte lachend. »Hör auf. Mir geht es gut, und ich weigere mich, in mein Schlafzimmer verbannt zu werden, bevor die Kinder kommen.«

Für eine Sekunde hakte sein Verstand aus. »Kinder?«

»Ja.« Sie grinste ihn an. »Misses Connor meint, sie hat letztes Mal zwei Säuglinge ertastet, als sie mich untersuchte.« Charlotte tätschelte seine Wange. »Sie kommen meistens etwas früher, aber mir geht es gut. Sowohl die Kleinen als auch ich sind gesund und waren die ganze Zeit aktiv.«

»Ich bin mir sicher, dass du ins Bett gehörst.« Er versuchte, Autorität in seine Stimme zu legen, es gelang ihm jedoch eindeutig nicht. Noch nie im Leben hatte er sich so hilflos gefühlt.

»Auch wenn ich noch ein Kind war, als einige meiner Geschwister zur Welt kamen, habe ich doch gesehen, wie meine Mutter sich damals verhalten hat. Sie ging immer erst in ihr Zimmer, wenn sie sicher war, dass die Niederkunft kurz bevorstand.«

Sein Butler war noch da, und er wusste nicht, was er darauf antworten sollte. »Aber, aber ...«

»Das Schlimmste, was passieren kann, ist, dass die Kinder in einem anderen Raum als in meinem Schlafzimmer zur Welt kommen. Wenn du helfen möchtest, geh mit mir umher.«

»Wenn du dir sicher bist.« Ihr armer Ehemann hörte sich an wie ein Krieger, der ohne Schwert vor einer Schlacht stand.

»Ich bin mir sehr sicher.« Sie spazierte langsam zur Tür.

Grace hatte Charlotte kurz nach der Geburt ihres Sohnes, Gideon Viscount Vivers, geschrieben und ihr berichtet, worauf sie sich einstellen musste. Auch von Dotty hatte sie einen Monat später einen Brief erhalten, nachdem ihre kleine Tochter, Lady Vivienne, geboren war, und dann von Louisa nach der Geburt von Matthew, Marquis of Langton. Deshalb fühlte sich Charlotte, obwohl sie noch nie ein Kind geboren hatte, überraschend sicher und gut vorbereitet.

Der Brief ihrer Schwester war der wichtigste gewesen. Grace war dabei gewesen, als ihre Mutter die Zwillinge und die kleineren Kinder zur Welt gebracht hatte. Außerdem hatte sie von Mama die Geschichte erzählt bekommen, wie sie mit Grace schwanger gewesen war.

Charlotte hatte die Absicht, den Rat, leichte Nahrung zu sich zu nehmen und so lange wie möglich auf den Füßen zu bleiben, zu befolgen. Es war Glück, dass die Hebamme zustimmte. Der Arzt wiederum war ein ganz anderes Kaliber, und sie hoffte, dass er sich nicht als Schwierigkeit herausstellen würde. Sie hätte wirklich gewünscht, der Butler hätte nicht eigenmächtig nach ihm geschickt.

Nachdem Charlotte eine Stunde herumgegangen war und gegessen hatte, begriffen Constantine und der restliche Haushalt, was sie da tat. Burschen mit besorgten Gesichtern blieben immer in Reichweite und hielten leichte Köstlichkeiten aus der Küche bereit. Kräftigende Brühe stand ebenso bereit wie kleine Toastscheiben mit Hühnchen, Käse und Obst von den Pächterhäusern.

Collette hielt sich ebenfalls die ganze Zeit um Charlotte herum auf, immer dicht bei ihren Röcken, aber nie im Weg.

In regelmäßigen Abständen kam Misses Connor herauf, um Fragen zu stellen und ihre erfahrenen Hände auf Charlottes Bauch zu legen und zu nicken. Nach der ersten dieser Untersuchungen begann Con damit, jedes Mal, wenn sie wegen einer Kontraktion schrie, auf die Uhr zu blicken.

Nach fünf Stunden kündigte die Hebamme an: »Ich glaube, es ist bald soweit.«

Auf halber Treppe nach oben verspürte Charlotte den Drang zu pressen. »Oh Gott. Schnell. Ich glaube, die Kinder kommen.«

Constantine hob sie hoch und trug sie trotz des Gewichts, das sie hatte, als würde sie nicht mehr wiegen als die Katze.

May war im Schlafzimmer, bereit, Charlotte aus der Kleidung zu helfen, und Constantine wollte hinausgehen.

»Geh nicht.« Sie streckte die Hand aus und berührte seinen Arm. »Ich möchte, dass du hierbleibst. Mein Vater ist bei meiner Mutter geblieben.«

Seine ausgeprägten Gesichtszüge spannten sich an, doch er neigte den Kopf. »Wenn du es möchtest.«

Mägde brachten heißes Wasser, Leinentücher und Eis, das in einer Silberschüssel aufgeschichtet war.

Misses Connor zog den Geburtsstuhl aus der Zimmerecke herbei. Inzwischen zog May Charlotte rasch bis auf die Chemise aus.

»Mylord«, sagte die Hebamme, »bitte helft Ihrer Ladyschaft auf den Stuhl.«

Constantine warf Charlotte einen Blick zu. »Grace hat ihn geschickt«, erklärte Charlotte.

Sie hatte sich kaum auf dem Stuhl niedergelassen, als die nächste Presswehe kam.

»Nun denn, Mylady, lasst uns sehen, wie viel Fortschritt Ihr gemacht habt.« Die Hebamme ging in die Knie und hob den Hemdsaum an. »Nicht mehr lange. Noch eine oder zwei.«

»Was in Gottes Namen?« Die Dowager Lady Kenilworth schritt in die Kammer. »Charlotte, geh ins Bett. Kenilworth, verlasse sofort den Raum, wo ist der ...«

»Mutter, sei still. Oder geh.« Constantines Tonfall war herrischer, als sie ihn jemals gehört hatte.

Mit aufgerissenen Augen klappte die Dowager Marchioness of Kenilworth den Mund zu.

Constantine wimmerte, als Charlotte seine Hand wieder quetschte und gleichzeitig presste. Sie spürte, wie das erste Kind aus ihrem Körper glitt. Eine der älteren Mägde hastete mit einem nassen Tuch nach vorn.

»Ein feiner Junge, Mylady«, verkündete Misses Connor. »Wollen wir sehen, was Ihr noch habt.«

Sekunden später erschien das zweite Kind. »Ein Mädchen. Nun noch einmal, und wir machen Euch sauber.«

Innerhalb einer sehr kurz wirkenden Zeitspanne war Charlotte gewaschen, in ihr Nachthemd gekleidet und zu Bett gebracht worden, wo sie ihre Kinder in den Armen hielt.

Constantine küsste sie sanft auf die Stirn und nahm eines der Kinder. »Das möchte ich nie wieder durchmachen.«

»Beim nächsten Mal wird es einfacher sein.« Sie war erschöpft, jedoch nie in ihrem Leben zufriedener gewesen. »Wenigstens werden wir sie voneinander unterscheiden können. Wir mussten damals die Fußsohlen von Alice und Eleanor markieren.«

»Und du hast einen Erben, Constantine«, sagte seine Mutter. Es war das erste Mal, dass sie etwas sagte, seit er ihr gesagt hatte, sie solle still sein. »Aber ich verstehe nicht. Was ist das für ein Stuhl?«

»Ein Geburtsstuhl, Mylady«, erklärte die Hebamme. »Doktoren nehmen sie nicht mit, aber sie machen die Geburt eines Kindes viel leichter.«

»Meine Schwester hat ihn mir geschickt«, fügte Charlotte hinzu. »Sie hat ihn für mich anfertigen lassen. Der, den meine Mutter benutzte, ist auf Worthington Place.«

»Was ist mit dem Arzt geschehen?«, fragte ihre Schwiegermutter, sichtlich noch immer verwirrt.

»Glücklicherweise konnte er nicht herkommen.« Was sie betraf, brauchte er nicht mehr zu kommen. Sie hatte es im Gespür, dass er nur Schwierigkeiten machen würde. Er hatte der Hebamme auch nicht zugestimmt, dass Charlotte Zwillinge erwartete. »Ich bin mir sicher, er hätte mit Misses Connor und mir gestritten.«

»Nun, es ist dir auf jeden Fall deutlich besser ergangen als mir.« Lady Kenilworth streckte die Hände nach dem Kind aus, das Charlotte hielt. »Hast du schon eine Amme angeheuert?«

»Nein. Die, die der Doktor geschickt hat, stank nach Bier, und wir haben uns entschieden, sie nicht zu nehmen.« Constantine küsste das Kind und knuddelte es. »Wenn du darauf bestehst, das noch einmal durchzumachen, werden wir dafür sorgen, dass er nicht wieder eingeladen wird. Besonders, wenn er diese Prozedur für dich nur schwieriger machen würde.«

Charlotte sah zu Constantine auf. Seine Unterstützung und seine Bereitschaft, immer auf sie zu hören, überraschten sie noch immer. »Ich bin die glücklichste Frau der Welt, und ich liebe dich.«

»Und ich bin der glücklichste Mann. Ich liebe dich.«

Misses Connor knickste. »Zwei Monate lang keine Vereinigung.«

Constantine fluchte leise, und Charlotte konnte ihr Kichern nicht unterdrücken. »Ja, Misses Connor. Danke für Ihre Hilfe.«

Anmerkungen der Autorin

Auch mit diesem Buch habe ich unter die Gürtellinie von Regency-England geschaut. Kinderhorte gab es – man denke nur an Oliver Twist –, und oftmals waren die Kinder ausgesetzt oder verwaist. Diese Horte nahmen sehr kleine Kinder auf. Die Herren dieser Horte fütterten ihre Schützlinge, kleideten sie ein und gaben ihnen ein Dach über dem Kopf, denn die Kinder wurden gelehrt, Taschen zu leeren, in Häuser einzubrechen und zahlreiche andere Verbrechen zu begehen. Warum Kinder? Sie konnten in kleine Nischen klettern, durch Gitterstäbe, Kamine hinunter und durch Kellerfenster. Außerdem war die Wahrscheinlichkeit geringer, dass sie erhängt oder deportiert wurden, wie es bei Erwachsenen der Fall war.

Entführung war ebenfalls nicht ungewöhnlich. Kidnapper reichten von Glücksrittern zu Lösegelderpressern. Die Folgen der Entführungen waren oft tragisch. Junge Damen wurden gezwungen, ihre Entführer oder Vergewaltiger zu heiraten. Tatsächlich konnte einem Vergewaltiger in den Vereinigten Staaten noch bis in die Siebziger hinein die Strafe erlassen werden, wenn er sein Opfer heiratete, und ich spreche hier nicht von Vergewaltigung Minderjähriger. Man kann sich ausmalen, welchem Druck eine Regency-Lady ausgesetzt war, die eine gewisse Zeit mit ihrem Entführer allein gewesen war. Unverheiratet zu bleiben, hätte ihren Ruf ruiniert.

So eigenartig es erscheinen mag, gab es zu dieser Zeit in England keine offiziellen Polizeikräfte. Bow Street Runner waren nur für eine bestimmte Zone innerhalb Londons zuständig. Viele Untersuchungsrichter, die Magistrate, waren für einzelne Bereiche in den Städten und Bezirken zuständig. Oftmals wünschten sie nicht behelligt zu werden und leiteten ein Verbrechen nach Möglichkeit in den Bereich einer anderen Rechtsprechung. Die Opfer von Verbrechen waren dafür verantwortlich, die Übergriffe gegen sie selbst zu verfolgen, was bedeutete, die Anwälte zu bezahlen. Über männliche und weibliche Peers, die angeklagt wurden, konnte nur im House of Lords zu Gericht gesessen werden. Rechtsprechung für die Mittelschicht und die Armen wurde schnell abgehandelt und war grausam. Diebstahl, egal welchen Gutes, war ein Vergehen, das mit Erhängen bestraft wurde. Wenn man Glück hatte, wurde man in das Land deportiert, das später Australien genannt wurde. Allerdings wurde der Fall einer entführten Dame nie gerichtlich verhandelt. Es hätte ihren Ruf ruiniert. Solche Angelegenheiten wurden immer privat gelöst. Die Strafe für den Täter war entweder der Tod, erzwungene Deportation oder die Zustimmung des Täters, das Land dauerhaft zu verlassen. Sie haben sicherlich bemerkt, dass Miss Cloverly nicht auf die gleiche Weise behandelt wurde wie Lady Charlotte. Das liegt daran, dass – sei es recht oder unrecht – bürgerliche Frauen anders behandelt wurden als adlige.

Sie haben sicherlich ebenfalls bemerkt, dass ich meistens Matt als Charlottes Bruder bezeichne, Louisa als ihre Schwester und so weiter. Nach den damals geltenden Gesetzen wurde Matt, nachdem er Grace geheiratet hatte (*Wie widersteht man einem Earl*), ihr Bruder. Es war sogar illegal, wenn ein Mann seine Schwägerin heiratete. Deswegen und wegen der engen Beziehung, die alle Kinder zueinander haben (um gar nicht erst davon zu sprechen, wie langweilig es ist, ständig Schwager oder Schwägerin* schreiben zu müssen), bezeichne ich sie als Brüder und Schwestern. Zur Information: Im Englischen existierte das Wort »Geschwister« (siblings) oder »Geschwisterteil« (sibling) vor 1903 noch nicht.**

Bevor ich zum Schluss komme, möchte ich noch ein Wort zu Chartreux-Katzen sagen. Sie sind eine alte französische Rasse, die für ihr blaues Fell und die gelben Augen bekannt ist. Sie wurden im Mittelalter wegen ihres Felles und ihrer Nahrung gejagt (sie ernähren sich äußerst vielseitig). Ich hatte das Glück, viele Jahre eine Chartreux-Katze in meinem Leben zu haben, und kann bestätigen, dass sie gerne reisen. Raphaella war die einzige Katze, die wir je besessen haben, die lieber in ihr Reisekörbchen geklettert ist, als zu Hause zurückgelassen zu werden.

Ich bin stolz darauf, alle Fakten gründlich zu recherchieren, aber auch ich bin nur ein Mensch, und wahrscheinlich wird es den einen oder anderen Fehler geben.

Wenn Sie Fragen haben, kontaktieren Sie mich bitte über meine Website, www.ellaquinnauthor.com. Ich beantworte immer gern Fragen, und ich erhalte gerne Nachrichten von meinen Leserinnen und Lesern.

Und nun auf zum nächsten Buch!
Ella

*Anmerkung der Übersetzerin: Schwager: brother-in-law, Schwägerin: sister-in-law. Im Englischen ist die Schreibweise also umständlicher als im Deutschen, wo die einfachen Wörter Bruder und Schwester durch ebenso einfache Wörter (Schwager und Schwägerin) ersetzt werden könnten.

**Anmerkung der Übersetzerin: Im Deutschen ist das Wort »Geschwister« bereits seit dem 16. Jahrhundert gebräuchlich, weshalb ich »brothers and sisters« überwiegend als »Geschwister« übersetzt habe.

DANKSAGUNG

Jeder, der mit dem Büchermachen zu tun hat, weiß, dass die Anstrengung eines ganzen Teams nötig ist, damit der erste Ideenfunke im Kopf einer Autorin auf gedruckten oder digitalen Buchseiten landet. Ich möchte meinen Testleserinnen Jenna, Doreen und Margaret für ihre Anmerkungen und Vorschläge danken. Meinen Agentinnen Deidre Knight und Janna Bonikowski danke ich dafür, dass sie mir durch ganze Teile dieses Buchs geholfen haben, und für ihren Rat, Charlotte nicht zu rasch nachgeben zu lassen. Sicher hat Kenilworth das nicht so zu schätzen gewusst, aber, tja ... gut so.

Meinem wunderbaren Verleger John Scognamiglio, der meine Bücher genug liebt, um sie für Kensington unter Vertrag zu nehmen. Dem Team von Kensington, Vida, Jane und Lauren, die meinen Büchern solch große Publicity bieten. Und den Korrekturleserinnen, die all die kleinen Fehler aufspüren, die ich nie sehe.

Ich möchte außerdem der lieben Tessa Dare für die Ideen danken, die sie beigetragen hat. Und zuletzt, aber sicherlich nicht als Letztes, meinen Lesern und Leserinnen. Ohne Sie wäre all dies nicht der Mühe wert. Ich danke Ihnen aus tiefstem Herzen dafür, dass Sie meine Geschichten mögen!

Ich freue mich, wenn ich Rückmeldungen meiner Leserschaft bekomme, also bitte nehmen Sie gern über

meine Homepage oder Facebook Kontakt zu mir auf, wenn Sie Fragen haben. Die entsprechenden Links und den Link zu meinem Newsletter finden Sie auf www.ellaquinnauthor.com.
Auf zum nächsten Buch!
Ella